Rena Fischer

CHOSEN

DAS ERWACHEN

PLANET!

Für Sarah, Patrick und Markus,
die mich täglich aufs Neue mit ihren Gaben überraschen

SPLITTER

»Schreib es auf«, hat er gesagt, »und dann beginnen wir neu.«

Wir. Meine Finger zittern, als sie über das Leder streichen. Es ist weich und so schwarz wie meine Geschichte. Seit einer Stunde sitze ich nun schon davor und habe es noch nicht einmal geschafft, den Einband aufzuschlagen.

Als ich es tue, sehe ich eine cremefarbene Seite.

Leer.

Nein, nicht ganz. In ihrer Mitte lauert etwas, versteckt zwischen den Papierfasern. Ein Wasserzeichen. Ich hebe das Buch und halte es gegen das Fenster. Die Flügel des Raben flattern wie mein Herz, und ich erinnere mich plötzlich, wo ich ihn das erste Mal gesehen habe.

Feuer, Luft, Wasser.

Ich schließe die Augen.

Der Füller liegt in meiner Hand und blaue Tinte fließt über das Papier.

Nie.

Nie hast du mich selbstlos geliebt.

Sonst hättest du sie nicht ermorden können.

Meinen Rabenbruder. Meinen Vater.

Wenn du zurückkommst, erwarte nicht, dass ich dir verzeihe. Zu viele Splitter meines Herzens liegen auf deinen Fußspuren. Genug.

Ich werde sie von deinem Weg fegen.

Bis meine Finger blutig sind.

Und ich frei.

Ein Personenverzeichnis und eine Übersicht über
die Rangordnung der Raben findet sich auf S. 492 ff.

Teil 1

SCHERBEN

So lag ich denn, wie ich gewollt.
Und dunkle Fische zogen still
zu meinen Häupten hin und her.
Und schwarzer Seetang überschwamm
mein Grab.
Und mein Bewusstsein schwand.

(Christian Morgenstern
aus: »Der gläserne Sarg«)

Aidan

LAUFEN

Es ist dunkel. Meine linke Seite sticht und eisige Luft schießt in meine Lungen. Ich höre Schreie, aber die Worte erreichen mich nicht.

»Du musst laufen!«, hämmert es in meinem Kopf. *»Laufen!«*

Meine Füße tragen mich mechanisch weiter. Sie kennen den Weg. Wind peitscht mir ins Gesicht und ich kneife die tränenden Augen zusammen und renne auf Bäume zu. Da ist ein Wummern über mir und bunte Lichter tanzen auf den Steinen. Irgendetwas wirbelt den Kies vor mir auf, schlägt ihn an meine Hose, und das dröhnende Geräusch wird immer lauter. Aber ich schaue nicht nach oben. Es würde mich zu viel Zeit kosten. Ein paar Zehntelsekunden mindestens. Meine Schritte werden länger und der Schmerz in den zuckenden Muskeln ebbt langsam ab.

Vor mir erhebt sich ein Tor. Schwarze Stäbe ragen in den Himmel und darüber kauern zwei Vögel. Es kommt mir irgendwie bekannt vor, aber als ich mich darauf konzentrieren will, ist da nichts. Merkwürdig.

Egal. Ich weiß, ich muss laufen. Nur das zählt.

Aber am Tor sind Männer. Sie tragen Waffen. Sie werden mich nicht durchlassen. Also schlage ich mich nach links durch das Gebüsch. Die Mauer ist hoch. Ich versuche mich an einem kleinen Spalt zwischen zwei Ziegeln emporzuziehen. Als ich abrutsche, reißt der Nagel meines Zeigefingers ein und ich blute. Scheiße!

Ich versuche es erneut, diesmal an einer anderen Stelle. Aber es klappt nicht.

»Warte, ich helfe dir!«

Mein Herz klopft mir bis zum Hals, als ich mich langsam umdrehe. Vor mir steht ein junger Mann in schwarzer Kleidung. Seine Nase und die Oberlippe sind geschwollen. Darunter klebt getrocknetes Blut. Ich weiche einen Schritt zurück. Er hebt beschwichtigend die Hände und lächelt. Seine Zähne sind ebenfalls blutig.

»Ganz ruhig! Mann, du siehst aus, als wärst du geradewegs der Hölle entsprungen«, sagt er.

Mir liegt auf der Zunge, dass er erst einmal selbst in den Spiegel schauen sollte, aber als ich die Maschinenpistole in seinem Gürtel sehe, halte ich lieber den Mund. Er geht auf mich zu und stellt sich an die Mauer. Als er seine Hände ineinander verschränkt und von sich streckt, sieht er mich auffordernd an.

»Beeil dich!«

Mit dem linken Fuß stütze ich mich auf seinen Händen ab und fasse nach seinen Schultern. Er gibt ein ächzendes Geräusch von sich, als ich mich nach oben schwinge. Meine Finger krallen sich in die Mauer, aber meine Handrücken schaben an dem darüber befestigten Stacheldraht entlang. Ich beiße die Zähne zusammen und drücke die Arme durch. Der Draht sticht tiefer in meine Haut und ich spüre, wie warmes Blut über meine klammen Finger läuft. Mit dem rechten Knie stütze ich mich auf die Mauer, ziehe mein linkes Bein nach und richte mich auf. Vorsichtig steige ich über den Draht.

Verdammt, ist das hoch!

Bevor ich springe, drehe ich mich noch einmal um.

Sein Gesicht ist bleich und sein blutiges Lächeln gruslig.

Er hebt die Hand und deutet mit dem Daumen nach oben.

»Lass dich nicht erwischen!«

»Geht klar!«, sage ich und habe keine Ahnung, wer mich erwischen will oder wer er ist. Meine Knie beugen sich durch und ich federe ab. Der gefrorene Boden kommt näher und ich kann nur noch an eines denken:

Du musst laufen!

Emma

SCHULD UND SCHAM

Ein Jahr.

So lange dauert es, bis sie meinen Vater für tot erklären können.

Ich sitze zusammen mit Farran und Callahan in dem Raum, in dem ich bei den Aufnahmetests an die SENSUS CORVI den Projektor zerstört habe. Es kommt mir vor, als läge das schon Jahre zurück, dabei ist es nur ein paar Monate her. Farrans Büro gehört zu den Gebäudeteilen des Internats, die am stärksten zerstört worden sind. Deshalb hat er sich zeitweilig hier unten eingerichtet, fernab von dem Lärm, den Bohrmaschinen, Hämmer, Fliesenschneider und sonstige Gerätschaften in den oberen Geschossen tagsüber veranstalten.

»Da Jacobs Leiche nicht auffindbar ist, gilt er als verschollen. In diesem Fall helfen auch unsere Zeugenaussagen bei der Polizei nichts. Das Gesetz sieht vor, dass ein Antrag auf Todeserklärung beim Obersten Gerichtshof gestellt wird, und die Gerichtsmühlen mahlen dort bekanntlich langsam«, erklärt mir der Schulleiter, als ich nicht reagiere.

Seine graublauen Augen mustern mich eindringlich.

Was erwartet er? Mein Vater ist tot. Das weiß ich auch, ohne es von einem Richter bestätigt zu bekommen. Kein Mensch überlebt einen Sturz aus dieser Höhe. Ich schaue auf meine zitternden Hände.

»Warum ist es so dringend?«

»Weil du sonst sieben Jahre lang SENSUS CORVI auf der Tasche liegst, bis du an dein Erbe rankannst«, fährt Callahan dazwischen. »Das ist die Frist, die man üblicherweise in Fällen wie diesen wartet. Bedank dich bei deinen *Freunden*.«

Ich muss nicht in ihn tauchen, um seinen Hass zu spüren. Glühende Nadelspitzen auf meiner Haut. Seit mehr als zwei Wochen suchen er, als Socius der engste Verbündete von Farran, die Polizei und ganze Heerscharen von Raben fieberhaft nach seinem ebenfalls vermissten Sohn. Ergebnislos. Sein Foto klebt sogar auf Milchtüten. Aber Aidan ist genauso unauffindbar wie Dads Leichnam. Und schuld an all dem bin natürlich ich. Zumindest in Callahans Augen.

»James, hör auf damit«, sagt Farran streng, beugt sich vor und greift nach meiner Hand. Ich zucke zusammen.

Da ist es wieder. Dieses eigenartige Gefühl. So, als wären meine Emotionen irgendwie falsch gepolt. Alles in mir erstarrt. Ich halte die Luft an und konzentriere mich auf seinen Blick. Der metallische Glanz seiner Iris weicht einem Funkeln, so warm wie seine Hand, doch ich fröstele auf einmal so stark, dass meine Lippen beben. Ein winziges Zucken huscht über sein linkes Augenlid und er lässt mich abrupt los.

Zitterig atme ich wieder aus.

Nicht einen einzigen Vorwurf habe ich seit jener schrecklichen Nacht von ihm gehört. Er hat mich kommentarlos in einem Einzelzimmer im Internatsbereich untergebracht und meine Sachen von zu Hause holen lassen. Seit Silvester habe ich das Rabengelände nicht wieder verlassen.

Dabei erinnere ich mich noch genau an seine Worte, als ich mit Patrick, Connor und Jared vor den schweren, schmiedeeisernen Torflügeln der Schule stand, um Farran zu stürzen und meine Freundin Liz zu befreien: *Wirst du mich zur Begrüßung auf die linke Wange küssen, Emma MacAengus?*

Aber Jacobs Tod hat seine Verbitterung über meinen Verrat von ihm gewaschen.

»Fion und ich werden als Zeugen auftreten und seinen Tod so glaubhaft wie möglich schildern. Dennoch kann es sein, dass sie dich in den Zeugenstand bitten. Dir ist hoffentlich klar, dass Aidan nicht erwähnt werden darf. Schon gar nicht seine Gabe, mit der er die Scheibe zerplatzen ließ. Montgomry hat vom Hubschrauber aus auf das Fenster geschossen und dein Vater ist im Kampfgetümmel hinausgestürzt. Danach haben sie die Leiche mitgenommen. So die offizielle Version.«

Der drohende Tonfall in Callahans Stimme schreckt mich eigenartigerweise weniger, als es die sanfte Berührung von Farrans Hand getan hat.

Sie haben erst hinterher geschossen. Das weiß ich genau. Aidan hat Dad getötet, indem er ihn mit einem Luftwirbel von Farran wegschleuderte.

Schwer atmend erwidere ich Callahans eisigen Blick. Er kneift die Augen zusammen.

»Du weißt, wer ihn zu dieser Wahnsinnstat gebracht hat!«, zischt er.

Ich beiße mir fest auf die Unterlippe.

»Sie trägt nicht alleine die Schuld«, wirft Farran ein. »Wenn Jacob nicht so ein schlechtes Gewissen wegen der Ermordung Katharinas gehabt hätte, wäre das alles nicht passiert. Niemals hätte er sich gegen mich gewandt. In seiner Angst, seine Tochter nach diesem Geständnis zu verlieren, wollte er Emma etwas Gutes tun.«

Callahan lacht höhnisch auf. »Indem er sie zu unserem Feind überlaufen lässt? Grundgütiger! Es war abzusehen, dass Aidan das verhindern würde.«

»Von wegen!«, rufe ich empört. »Aidan ist schließlich freiwillig mit Jared und mir zu Richard geflüchtet. Das war kein Grund, meinen Vater umzubringen!«

Es ist das erste Mal, dass wir darüber reden. Wie eine düstere Gewitterwolke schwebten ungesagte Worte die ganze Zeit über uns. Jederzeit bereit, sich zu entladen. Doch Farran hat mir vor diesem Gespräch zwei Wochen Ruhe gegönnt, in denen Evelyn O'Connell, die Schulpsychologin, mich unter ihre Fittiche genommen hat. Als ob mir irgendjemand helfen könnte, über die Ereignisse jener Nacht hinwegzukommen.

Callahan öffnet den Mund, aber Farran bringt ihn mit einer knappen Handbewegung zum Schweigen.

»Ich verlange, dass ihr beide bei diesem Gespräch sachlich und ruhig bleibt.« Bei seinem Tonfall bekomme ich eine Gänsehaut. Die Luft um seine dünne Gestalt vibriert und seine kurzen Haare bewegen sich, als würde Wind durch sie streichen. Schlagartig wird mir wieder bewusst, dass ich seiner Macht vollkommen ausgeliefert bin.

»Schau mich nicht so verschreckt an, Emma. Du weißt genau, dass ich allen Grund hätte, dich zu verstoßen. Damit ist jedoch weder dir noch mir geholfen. Diese Missverständnisse müssen endlich ein Ende haben und deshalb habe ich beschlossen, dir die ganze Wahrheit zu sagen, auch wenn das sehr schmerzhaft für dich sein wird.«

Die Wahrheit? Wovon spricht er?

»Es gibt Hintergründe, die du noch nicht kennst. Umgekehrt erwarte ich von dir, dass wir über deine und Aidans Flucht zu meinem Erzfeind offen sprechen. Ich sehe dich immer noch als Rabe und ihn auch.«

Wie schön! Ich schlucke eine bissige Bemerkung hinunter.

Hör auf, Emz! Dad selbst hat vor seinem Tod zugegeben, dass er Farran nichts von dem Mordauftrag erzählt hat.

»Bist du bereit, dir meine Sicht der Dinge anzuhören?«, unterbricht Farran meine Gedanken und lehnt sich in den Stuhl zurück.

Warum nicht? Schlimmer kann es nicht werden.

»Jacob hat deine Mutter von Vater und Sohn Owens ermorden lassen. Diese Tat ist nicht zu beschönigen. Dein Vater muss nicht bei Sinnen gewesen sein, als er das veranlasste. Vermutlich konnte er nicht überwinden, dass sie ihm all die Jahre seine Tochter verheimlicht hatte und auch weiterhin jeden Kontakt unterbinden wollte. Sein erster Fehler.«

Fehler nennt er das?

»Den zweiten beging er, als er dir und mir vor deiner Aufnahme bei den Raben nicht reinen Wein einschenkte. Zu allem Überfluss scheinen Dean Owens und sein Vater vor Jacob zu viel Angst gehabt zu haben, als dass sie sich mir anvertraut hätten. Selbstverständlich wäre das ihre Pflicht gewesen.«

»Na, das ist wohl nicht weiter verwunderlich. Du kennst ja Jacobs Ruf«, unterbricht Callahan spöttisch.

Farran seufzt. »Allerdings.« Er lehnt sich vor und sieht mich eindringlich an. »Emma, wie hat Aidan damals auf Jareds Geständnis reagiert?«

Ich will nicht an Aidan denken. Zumindest nicht an die Zeit, als ich noch meinte, dass er mich liebt. Aber Farrans Blick hält mich fest und meine Gedanken fliegen zu jener Nacht.

»Pack deinen Rucksack, Emz. So wie … damals, als … als du vor deinem Vater in Deutschland fliehen wolltest, weißt du noch? Wir müssen hier auf der Stelle weg.«

»Er hatte Angst um mich. Vermutlich dachte er, mein Vater würde mich töten, weil ich sein Geheimnis kenne.«

»Das macht Sinn. Hat Aidan dem Falkenführer einen Eid geschworen?«

Seine Stimme klingt lauernd und ich höre, wie Callahan scharf die Luft einzieht. Als ich mich zu ihm umdrehe, sehe ich die Anspannung in seinem Gesicht. Ich könnte es Aidan jetzt heimzahlen. Mich für den Mord an Jared rächen. Sekunden vergehen.

Nein. Ich bin nicht wie er.

»Richard hat es von ihm verlangt. Aber Aidan hat abgelehnt.« Callahan atmet erleichtert aus und ein zufriedenes Lächeln flackert über seine Züge. Ich wende mich ab. »Aidan hat ihm gesagt, dass er ein Rabe mit Leib und Seele sei und ihm nur so lange dienen werde, wie er mich vor meinem Vater beschützt.«

»Gut.« Farran verschränkt die schmalen Finger ineinander und legt sie nachdenklich an sein Kinn. »Ihr beide dachtet natürlich, ich wäre in die Pläne deines Vaters eingeweiht gewesen, nicht wahr?«

»Allerdings.«

»DAS WAR ICH NICHT!«, ruft er laut und schlägt mit der flachen Hand auf den Tisch. Mein Herz macht vor Schreck einen Satz. Aber als Farran weiterspricht, klingt er unendlich müde. »Damit du mir das endlich ein für allemal glaubst, lasse ich dich jetzt in meine Gefühle tauchen.«

»FION!« Fassungslosigkeit spiegelt sich in Callahans Blick.

Wie oft habe ich mir gewünscht, das zu tun!

Doch als ich meinen Schulleiter jetzt ansehe, schnürt die Angst mir die Kehle zu. Ich kralle meine Nägel in den Rock meiner Schuluniform. Farrans Gesicht ist so ruhig und friedlich wie ein See an einem lauen Sommertag, aber ich habe das irrsinnige Gefühl, das Ungeheuer von Loch Ness lauere unter seiner Oberfläche. *Atme, Emz! Nutz diese Chance!* Plötzlich fühle ich ein Kribbeln auf meiner Kopfhaut.

»Emma, ich habe das noch niemandem erlaubt. Bitte, tu es! Ich will, dass du mir endlich vertraust.«

Ich konzentriere mich auf seine Augen und tauche langsam in ihren metallischen Glanz. Es ist ganz anders als beim ersten Mal. Ich erinnere mich an Mauern und Kälte. Jetzt stehe ich auf einer Waldlichtung. Warme Sonnenstrahlen kitzeln meine Haut. Zuneigung. Ich haste los, versuche im schattigen Dickicht des Waldes die Lügen zu finden, bevor er es sich anders überlegt.

»Dein Vater hat mir nie verraten, dass er deine Mutter gefunden hat. Aus gutem Grund. Niemals hätte ich zugelassen, dass er seine Pläne verwirklicht«, sagt Farran sanft.

Nichts. Keine Lüge. Wie kann das sein? Die Sonnenstrahlen folgen mir durch das Geäst, als wollten sie mich zurück in die Wärme der Lichtung locken. Aber ich taumle weiter. Da ist doch was. Ich fühle es! Da muss etwas sein! Aber wohin ich mich auch wende, alle Wege führen zurück ins Licht.

»Und was Owens anbelangt: Ich hatte keine Ahnung, ob und welche Anweisungen dein Vater ihm gegeben hat. Ich hielt ihn und Dean für überzeugte, loyale Raben, die mir alles berichten würden, was sie über abtrünnige Mitglieder erfuhren.«

Erneut taumle ich auf die Lichtung. Verdammt, wo hat er sie versteckt? Er ist gerissen, aber er kann doch unmöglich Lügen vor einer Taucherin verbergen! Schließlich bin ich jetzt mit seinen Gefühlen verschmolzen. Aber alles, was er sagt und denkt, scheint wahr zu sein.

»Davon, dass Dean Jared an Halloween am liebsten umgebracht hätte, um vor dir ihre Tat zu verschleiern, wusste ich nichts. Auch nicht, dass er dachte, er könne über dich in meiner Gunst steigen. Lächerlich!«

Noch ein Schritt und ich stolpere erneut auf die Lichtung. Wahr. Alles. Oh Himmel! Und statt mich für meinen Verrat an ihm zu hassen, fühle ich weiterhin nur Wärme und Zuneigung. Nicht den Hauch von Wut. Mein Magen krampft sich schmerzhaft zusammen.

»Emma, glaub mir, du bist wie eine Tochter für mich.«

Das Sonnenlicht wird gleißend hell und brennt wie glühendes Eisen auf meiner Haut. Ich schnappe nach Luft und tauche auf.

Etwas Nasses fließt über meine Wangen. Beschämt wische ich mit dem Ärmel meiner Jacke über mein Gesicht und schnappe Callahans Blick auf.

Seine Mimik ist eigenartig.

Mit einer Mischung aus Triumph und unverhohlener Bewunderung starrt er Farran an. Bevor ich darüber nachdenken kann, glätten sich seine Züge und er sagt: »Verstehst du jetzt endlich, wie sehr du den einzigen Menschen, der immer ehrlich zu dir war, der dich gefördert und unterstützt hat, hintergangen hast? Ich wusste von Anfang an, dass du nicht stark genug bist, ein Rabe zu werden. Deshalb war ich gegen deine und Aidans Verbindung. Du bist engstirnig und egoistisch, Mädchen. Wie deine Mutter. Ich wollte verhindern, dass Aidan das gleiche Schicksal erfährt wie dein Vater.«

Es dauert eine Weile, bis ich die beißenden Schuldgefühle Farran gegenüber niederkämpfe und Callahans Worte zu mir durchdringen.

»Meine Mutter ist geflohen und hat mich allein aufgezogen, damit mein Vater nicht ebenfalls des Verrats bezichtigt wird. Was ist daran egoistisch?«

Aidans Vater hebt die Augenbrauen und macht eine auffordernde Handbewegung zu Farran. Ich schlucke. Was geht hier vor?

»Schon gut, James«, seufzt Farran. »Ich wünschte nur, es gäbe einen anderen Weg. Du weißt, wie sehr sie ihre Mutter liebt. Sieh mich an, Emma.«

Ich will ihn nicht anschauen. Nicht solange sich Scham und Schuldgefühle einen erbitterten Wettstreit in meinem Inneren liefern. Aber Fion hasst Schwäche. Und plötzlich will ich ihm auf jeden Fall beweisen, dass Callahans Worte falsch sind. Als ich den Kopf hochreiße, erschlägt mich Farrans trauriger Blick.

»Deine Mutter hat deinem Vater einen Abschiedsbrief hinterlassen, bevor sie ihn verlassen hat. Ich habe ihn um eine Kopie gebeten, weil ich so stolz war, dass sie zumindest am Ende den Mut aufbrachte, ihm die Wahrheit über sich und Richard Montgomry zu sagen und ihn zu schonen. Es war ein kleiner Triumph, dass nicht all mein Unterricht umsonst war.«

Er greift in sein Jackett, zieht ein zusammengefaltetes Blatt Papier hervor und schiebt es über den Tisch zu mir.

Jacob,
meine Eltern haben sich wegen mir umgebracht.
Meine Gefühle kann und will ich dir gar nicht schildern. Aber ich bereue. Bereue so sehr. Ich hätte niemals Richards Reden glauben dürfen. Er wollte dich von Farran abwerben und ich sollte ihm bei diesem Plan behilflich sein. Glaub mir, ich habe dich niemals so geliebt, wie ich vorgegeben habe. Aber ich mag dich gern und möchte nicht, dass dir etwas geschieht. Bleib bei Farran. Bitte ihn um Verzeihung. Er weiß, dass ich die Schuld

an allem trage. Sag ihm, dass ich schwöre, nichts, was ich über die Raben weiß, jemals irgendjemandem preiszugeben. Ich werde untertauchen und ein neues Leben fernab von Raben und Falken beginnen. Bitte versuch nicht, mich zu finden. Ich würde dich nur abweisen.
Es tut mir leid,
Rina

Jacob

WAHRHEITEN

»Du … du hast das wirklich geglaubt?«, zischt Montgomry und sein Blick wandert von dem vergilbten, zerknitterten Stück Papier in seiner Hand zu ihm.

Jacobs Atem geht schneller. Warum gibt er es nicht endlich zu? Er weiß doch, dass er auf ihn angewiesen ist, wenn er seine Tochter retten will, und dass er alles diesem einen Ziel opfern wird.

Seinen Stolz, seine Selbstachtung, sein Leben.

Wenigstens *ein Mal* sollte er ehrlich sein!

»Hör mal, Montgomry. Wir haben doch beschlossen, reinen Tisch zu machen und dann die Vergangenheit ruhen zu lassen.« Selbst er hört das drohende Knurren in seinem Tonfall. *Ruhig, Jacob. Du brauchst ihn.*

Aber bevor er sein rasendes Herz unter Kontrolle bringen kann, trifft ihn ein Schlag mitten auf die Brust. Eine Sekunde lang starrt er fassungslos auf die Hand des Falken, der Rinas letzte Botschaft fest gegen sein Herz presst – die Finger klauenartig gebogen, als wollte er es ihm herausreißen.

»Du bist der dämlichste Schwachkopf, der mir je untergekommen ist! Hätte ich Rina bloß nicht an diesem Abend zu dir gelassen! Deine Dummheit …« Weiter kommt er nicht.

Wie an unsichtbaren Fäden gezogen wird Montgomry rückwärts durch die Luft geschleudert und landet mit einem dumpfen Aufprall in dem hinter ihm stehenden Sessel, so schnell, dass das zu Boden segelnde Blatt noch nicht einmal sein Ziel erreicht hat.

Mit einem empörten Schrei springen Phyllis und Patrick auf. Letzterer hebt drohend die Hand und deutet mit dem Zeigefinger auf ihn. »Noch ein Ausbruch dieser Art, MacAengus, und du kannst dir schon mal ein Grab in Kilcully schaufeln.«

Bevor er noch etwas erwidern kann, richtet sich der Falkenchef stöhnend im Sessel auf.

»Deine Dummheit wird nur noch übertroffen von meiner.«

»Ach?« Jacobs Herzschlag beruhigt sich. Er beugt sich nach unten und hebt Rinas Brief auf. Die Worte kennt er seit Jahren auswendig.

»Ich hab Farran unterschätzt«, sagt Montgomry mit einem gequälten Unterton in der Stimme.

»Natürlich hast du das. Immer und immer wieder. Du …«

»Himmel! Halt mal einen Moment lang deine große Rabenklappe!« Er steht mit einem Ruck auf und reibt sich den Rücken.

Hoffentlich hat er blaue Flecken!

»Farran hat ihre Eltern ermordet.«

Was? Das schmale Gesicht von Rinas Mutter blitzt in Jacobs Erinnerung auf. Die Augen leuchtend vor Bewunderung, wenn sie über Farran sprach. Ihre Leichen auf dem Bett. Unmöglich!

»Und deshalb schreibt Rina mir zum Abschied, dass sie für den *Selbstmord* ihrer Eltern verantwortlich ist, und du sie angestachelt hast, mir glühende Liebe vorzuheucheln?«, fragt er sarkastisch.

»Genau!«

»Okay, ich weiß, dass es euch Mantikern im Blut liegt, nicht nur die Zukunft vorherzusehen, sondern vor allem in orakelhaften Rätseln zu sprechen. Dennoch bitte ich dich, mir deine wirren Gedankengänge zu entknoten.«

Das Lächeln auf Montgomrys Gesicht gefällt ihm nicht. Es ist das eines überzeugten Kreuzritters, der gerade mit dem Schwert ausholt, um es dem Ungläubigen mitten ins Herz zu rammen.

»Mit dem größten Vergnügen, Jacob.«

Vor ihm liegt der Zettel mit dem Gedicht von Shakespeare, den er zusammen mit Rinas Abschiedsbrief auf ihrem Schreibtisch gefunden hatte. Montgomry nimmt ihn in die Hand und wedelt Richtung Phyllis.

»Wann hab ich das geschrieben, Phyl?«

Sie sieht angespannt aus und ihre ineinander verschränkten Finger zittern leicht. Nervös huschen ihre hellen Augen zwischen ihm und Montgomry hin und her. Es ist ihr Vorschlag gewesen, sich erst einmal auszusprechen, bevor sie gemeinsame Pläne schmieden.

»Eine Woche bevor ich SENSUS CORVI verlassen habe«, erklärt sie an Jacob gewandt. »Mein Verlobter Dennis hat sich damals heimlich in Dublin mit Falkenmitgliedern getroffen und Richard hat herausgefunden, dass Farran davon Wind bekommen hatte, und wollte mich warnen.« Sie zitiert den Inhalt der Warnung auswendig.

»Der Weiber Gram um Anverlobte,
die dieser grimme Streit verschlingen wird.
Dies ist sein Ruf, sein Drohn
und meine Botschaft.

In meiner Abwesenheit hat Farran mein Zimmer durchsuchen lassen und sie haben Richards Brief entdeckt. Du weißt, was danach passiert ist!« Ihr Tonfall verändert sich und Jacob schlägt der Hass in ihrer Stimme wie ein Schwall kalten Wassers ins Gesicht. Zumindest hat sie sich länger unter Kontrolle gehabt als die anderen. »Ich dachte damals, du wärst der Schnüffler gewesen, Jacob.«

Zischend presst er die Luft aus, die er angehalten hat, und sieht sie ernst an.

»Nein. Denk nach, Phyllis! Dann hätte ich doch seinen Inhalt bereits gekannt! Ich schwöre dir, an dem Abend, als Rinas Eltern starben und sie floh, habe ich diese Zeilen zum ersten Mal gelesen. Fion ...« Er räuspert sich und schaut zu Montgomry. »Farran hat mir nie gezeigt, was du Phyllis geschickt hast. Ich wusste nur von einem konspirativen Schreiben.« Ein kalter Schauer überläuft Jacob, als er an Farrans Worte denkt. »Er verkündete, du wärst vor uns im Haus gewesen, hättest die Leichen von Rinas Eltern und ihren Brief entdeckt und dieses Schreiben sei deine wütende Reaktion darauf gewesen, dass Rina und ich dir durch die Lappen gegangen sind. Eine Drohung, dass du dich an mir rächen willst.«

Der Falkenchef lacht bitter auf. »Als ob du mich interessiert hättest! Ich hab Rina klipp und klar gesagt, dass ich es nicht ertragen könnte, wenn sie dich zu mir bringen würde. Ihr hätte ich Unterschlupf gewährt. Euch beiden zusammen nicht. Ich bin kein Heiliger, MacAengus. Weder jetzt und schon gar nicht damals.«

Seine Worte ergeben keinen Sinn, außer ...

»Nein!«, flüstert er. »NEIN!«

Aber es genügt Montgomry nicht, das Schwert bis zum Griff in seine Brust zu stoßen. Mit seinen folgenden Worten dreht er es genüsslich um.

»Hast du es jetzt endlich begriffen? Sie hat diesen Schwachsinn nur geschrieben und ist geflohen, um *dich* vor Farran zu schützen! Deshalb hat sie auch keinen Kontakt zu dir gesucht, als sie merkte, dass sie schwanger war. Er muss ihr gedroht haben, dich umzubringen, wenn ihr zusammen SENSUS CORVI verlasst. Als Beweis dafür, wie ernst es ihm ist, tötete er ihre Eltern. Und auf mich konnte sie nicht zählen, da ich, egoistisch und verletzt, nur an meine eigenen Gefühle für sie dachte und jedwede Hilfe verweigert habe!«

Dunkle Flecken tanzen vor Jacobs Augen und das Parkett wölbt sich ihm plötzlich entgegen. Erst als Emmas Gesicht vor ihm aufflackert, erinnert er sich daran, dass er atmen muss. Keuchend klammert er sich an einen Stuhl und setzt sich.

»Ich fass es nicht! Du hast wirklich die ganze Zeit über nicht gewusst, wie innig sie dich geliebt hat!«

Patricks Stimme entflammt den Zorn erneut und bringt wieder Leben in ihn. Kein Mitleid! Alles, bloß das nicht!

»Was ist mit deiner verdammten Mantik? Warum hast du das alles nicht vorhergesehen und Rina rechtzeitig gewarnt?«, herrscht Jacob den Falkenchef an.

»Oh, jetzt soll ich der Sündenbock sein? Nein, Jacob. So einfach ist das nicht. Ich trage meinen Teil der Schuld schon so lange mit mir. Den deinen nehme ich dir nicht auch noch ab! Meine Mantik funktioniert, indem ich mich auf die Person, von der ich etwas wissen will, konzentriere. Von dem Moment an, als Rina sich von mir losgesagt hat, um mit dir zu fliehen, habe ich jeden Gedanken an sie vermieden. Ich bin weder ein Voyeur noch ein Masochist!«

Ein schmerzhafter Ausdruck schleicht sich in die dunklen Augen des Falken.

»Seit wann kann man deine Gabe abstellen? In Farrans *Bibel* ...«

»Vergiss es! Kein Mantiker, den Farran kennt, hat es je so weit gebracht, das Hellsehen bewusst zu steuern. Kannst du dir auch nur ansatzweise vorstellen, wie grausam es ist, wenn Bilder auf dich einströmen, die du gar nicht sehen willst? Zukünftige Ereignisse, die du in den seltensten Fällen beeinflussen kannst? Seit meinem dreizehnten Lebensjahr arbeite ich daran, es zu beherrschen.«

Einen Augenblick lang starren sie sich an wie zwei hungrige Wölfe, die sich umkreisen und nur auf den richtigen Moment warten, um zuzuschnappen.

»Ähm, vielleicht lassen wir das lieber mit der Vergangenheitsaufarbeitung und blicken frohgemut nach vorn«, durchschneidet Phyllis' frustriert klingende Stimme die Stille. Ein belustigtes Schnauben von Patrick begleitet ihre Worte.

Montgomry nickt langsam, ohne seine Augen von Jacob zu lösen. »Besser so. Sonst muss ich an all unsere Leute denken, die dieser Kerl auf dem Gewissen hat, angefangen mit Rina.«

»Wir beide!«, zischt Jacob und das Blau seiner Augen funkelt wie Gletschereis. »Hättest du uns damals bei der Flucht geholfen oder zumindest hinterher versucht, mit mir über Rina zu reden, wäre es nie so weit gekommen!« Jacob hebt ihren Brief hoch. »Denn nachdem ich das da gelesen und als Beweis die Leichen ihrer Eltern gesehen hatte, blieb mir in meiner Wut nur eine Möglichkeit: All diejenigen zu jagen, die ich für schuldig hielt!«

»Ich dachte, du wärst schon immer auf uns Falken angesetzt gewesen!« Montgomry reißt verwundert die Augen auf. »Dann hast du deine Falkenspürhunde, die Picten, erst hinterher ins Leben gerufen?«

»Richtig. Ihr habt mich früher nur am Rande interessiert. Natürlich war ich verärgert, wenn ihr unsere Leute abgeworben habt, und natürlich habe ich gegen euch gekämpft, wenn es zu Angriffen kam. Aber mein Spezialgebiet war es, Leute in

Wirtschaft und Politik einzuschüchtern, die nicht mit Farran kooperieren wollten.«

»Na, das macht ihn doch gleich viel sympathischer, findest du nicht, Rich?«, wirft Patrick Namara zynisch ein.

Jacob platzt der Kragen. »Geh Schafe hüten, Namara. Nein, reih dich besser gleich bei den Lämmchen ein! DU bist ja so unschuldig!«

Mit zwei großen Schritten, die Hände zu Fäusten geballt, stürmt der stämmige Ire auf Jacob zu.

»Du wagst es, mich ...«

Der Stuhl neben Jacob zischt in die Luft und verharrt reglos zwischen ihnen, sodass Patrick um ein Haar dagegenprallt.

Jacob lächelt. »Hast deine Reaktionsgeschwindigkeit ganz schön verbessert, Phyllis. Das wird Farran aber gar nicht gefallen.«

»Männer und miteinander sprechen! Mir reicht's!« Mit roten Wangen stellt sie sich neben Patrick, und Jacob fragt sich, ob der Zorn oder sein Kompliment sie erröten lassen. »Jetzt wo wir geklärt haben, dass wir uns immer noch glühend hassen und jeder von uns schuldig ist, sollten wir uns vielleicht darum kümmern, wie wir Emma Farrans Krallen entreißen können!«

Laut krachend fällt der Stuhl zu Boden und kippt um.

Montgomry hebt eine Augenbraue. »Aber das wollten *wir Männer* doch von Anfang an, liebste Phyllis!«

Emma

ERSTER SCHULTAG

Es ist warm und hell.

Ich liege unter einer Decke und halte die Augen geschlossen, während ich versuche, mich zu erinnern.

Durch meinen leeren Kopf dröhnen Schreie und das helle Klirren von zersplitterndem Glas. Farrans Stimme klingt angespannt, als er Callahan befiehlt, sofort die Schulpsychologin zu rufen. Tische und Stühle bewegen sich, prallen gegen weiße Wände, schlagen Löcher in den Putz. Ich frage mich, ob die Falken wieder angreifen, bis ich Farrans Kraft spüre. Sie umgibt mich so gewaltig und mächtig wie eine Mauer aus Beton. Und da begreife ich, dass ich schreie und es meine Telekinese ist, die er abblockt.

»Ruhig, Emma! Hör auf damit! Sofort! Es wird alles gut.«

Gut?

Hundertmal.

Nein. Bestimmt viel häufiger hat sie es zu mir gesagt.

Zwischen uns darf es keine Lügen geben.

Und ich habe ihr geglaubt. Habe all die Jahre gedacht, dass sie meinen Vater liebt und sich für ihn geopfert hat. Dabei hat meine Mutter ihn nur in Richards Auftrag benutzt. Warum hat Jacob mir nie von dem Brief erzählt? Ich denke an die Kerze, die er für sie an Weihnachten ins Fenster gestellt hat, und fühle, wie sich hinter meinen geschlossenen Lidern Tränen bilden.

Oh Gott, glaub mir, ich hatte so sehr gehofft, wir könnten eine glückliche Familie werden! Aber deine Mutter war zerfressen von Hass und Paranoia.

Meine Finger krallen sich in das Laken unter mir. Mein rechter Unterarm schmerzt. Farran und Callahan haben mich zu zweit festgehalten und trotzdem hat die Schulpsychologin zwei Anläufe gebraucht, bis sie die Spritze darin versenkt hatte.

»Emz.«

Jemand berührt meine Stirn und ich reiße die Augen auf. Selbst im Winter sind auf ihren Wangen fröhliche Sommersprossen und ihre roten Locken fallen so ungezähmt in ihr Gesicht, als hätten sie noch nie eine Bürste gesehen.

»Faye!«, flüstere ich. Sie beugt sich zu mir hinunter und nimmt mich in die Arme, als wäre nichts geschehen, als hätte ich die Raben niemals verlassen.

Faye ist zurück. Endlich! Farran hatte die Schule vor Silvester evakuiert. Alle Schüler wegen des zu erwartenden Angriffs der Falken in Sicherheit gebracht. Nur wenige auserwählte, für einen Kampfeinsatz trainierte Jugendliche durften bleiben.

»Hey«, sagt Faye und löst sich von mir. »Hast uns allen einen ganz schönen Schrecken eingejagt.«

Sie setzt sich auf die Bettkante und erst jetzt erkenne ich, dass ich in meinem Zimmer bin. Was hat man ihr erzählt? Ihre grünen Augen mustern mich so unverhohlen neugierig wie bei unserer ersten Begegnung.

»Wie spät ist es?«, frage ich ausweichend.

»Zehn.« Sie grinst plötzlich verschmitzt. »Deinetwegen muss ich nicht in Mathe. Bin todtraurig deswegen.«

Ich lächle, bis mir die Bedeutung ihrer Worte klar wird. Als ich mit Farran und Callahan geredet habe, war es elf Uhr gewesen. Was auch immer in Mrs O'Connells Spritze war, es hat mich fast 23 Stunden schachmatt gesetzt, und heute ist der erste Schultag nach dem Falkenangriff.

»Willst du reden?«

Ich atme tief durch. Abgesehen von Liz ist Faye die einzige Freundin, der ich je vertraut habe. Andererseits war auf dieses Gefühl in letzter Zeit wenig Verlass.

»Schon okay, du musst nicht, wenn du nicht willst.«

Sie sieht enttäuscht aus. Irgendwo in der Nähe knallt eine Tür zu und ich höre Stimmen und schnelle Schritte auf dem Gang. Dann ist es wieder still.

»Farran persönlich war hier bei dir, als ich reinkam!«, platzt sie plötzlich heraus.

»Wie bitte?«

»Hat total übermüdet ausgesehen. So als wäre er die ganze Nacht an deinem Bett gesessen. Jedenfalls war er eindeutig unrasiert. Ich bin fast rückwärts aus der Tür gestolpert. Aber er hat mich reingewunken und gefragt, ob ich Lust hätte, bei dir zu bleiben und den Unterricht zu schwänzen.« Sie streicht sich eine Haarsträhne hinters Ohr und rollt die Augen. »Wer kann dazu schon Nein sagen?«

Er hat nach meinem Anfall persönlich auf mich aufgepasst?

Mein Herz klopft plötzlich so hart gegen meinen Brustkorb, dass es schmerzt.

Die Worte aus Mamas Brief tanzen wie Irrlichter vor meinen geschlossenen Augen. Ich bin auf Montgomry ebenso hereingefallen wie sie. Vielleicht hat er meine Mutter wirklich geliebt. Aber das hat ihn nicht davon abgehalten, sie zu benutzen, um seinen Plan, möglichst viele hochrangige Raben auf seine Seite zu bringen, durchzusetzen.

»Faye«, schluchze ich und ihr Gesicht verschwimmt vor meinen tränenden Augen. »Ich hab verdammt viel Mist gebaut und ich hab keinen Schimmer, wie ich das jemals wiedergutmachen kann. Aber zumindest weiß ich jetzt wieder, auf welcher Seite ich stehe.«

DROHUNGEN

Ihr Misstrauen brennt wie eine Warnung auf meiner Haut und ich ersticke in der Stille ihrer ungesagten Worte.

Welche Ansprache Fion auch immer vor den Schülern am ersten Schultag gehalten hat, sie kann nicht ungeschehen machen, dass nach meiner erzwungenen Rückkehr Aidan vermisst, mehr als zwanzig Raben verletzt und fünf tot sind, darunter mein Vater, Jared und Dean.

Ich denke zurück an die ersten Schultage als Anwärterin. Doch diesmal fühlt es sich anders an.

Ganz anders.

Als würde ich auf einem zugefrorenen See laufen. Über mir ein veilchenblauer Himmel und zu meinen Füßen brennt die Sonne unbarmherzig Wasserlachen in die hauchdünne Eisfläche. Egal wie klein und vorsichtig meine Schritte sind, wie sehr meine Ohren auf jedes einzelne Knacken achten und meine Augen nach den ersten Rissen Ausschau halten.

Das Eis wird brechen.

Der 31. Januar fällt dieses Jahr auf einen Montag. Am Wochenende wäre es leichter gewesen. Ich hätte einfach einen Tag im Bett verbracht. Faye hat meinen Geburtstag hoffentlich vergessen. Einen Augenblick lang überlege ich, ob ich mich krankmelden soll. Aber Farran hasst Schwäche. Er würde es sofort durchschauen. Mit einem Ruck stehe ich auf und gehe ins Bad. Immer noch habe ich ein Zimmer für mich allein. Die Zeit, in der Farran mir Ruhe gönnen wollte, ist vorbei. Große Teile des Schulgebäudes werden noch renoviert, trotzdem will keiner freiwillig mit mir zusammenwohnen. Lieber quetschen sie sich zu viert in ein Zweierzimmer. Je höher man steigt, desto tiefer fällt man. Die Zeiten, in denen alle geradezu begierig auf meine Gesellschaft gewesen waren, sind nun ein für allemal vorbei.

Ich schlüpfe aus meinem Nachthemd, gleite unter die Dusche und schließe die Augen. Immer heißer drehe ich das Wasser, bis meine Haut feuerrot ist und das Bad in milchigem Dampf versinkt. Das knallende Geräusch einer Tür lässt mich zusammenfahren. Habe ich vergessen abzusperren?

»Faye?«

Wer sonst würde mich freiwillig besuchen? Ich schiebe die Duschwand beiseite und spähe hinaus. Keine Antwort. Das Zimmer ist leer. Langsam wandert mein Blick von der Tür nach rechts über das Waschbecken. Als ich in den Spiegel darüber sehe, schreie ich auf. Er ist beschlagen und die drei Worte, die jemand mit dem Finger darauf gemalt hat, verblassen schnell durch den Wasserdampf, der aus der Dusche tritt. Ich kann sie gerade noch lesen:

Verräter müssen sterben

Sarah Parker runzelt ungehalten die Stirn, als ich fünf Minuten zu spät in den Economics Unterricht hineinplatze. Das Frühstück habe ich ausfallen lassen. Ich hätte eh keinen Bissen runterbekommen. Ich erwarte, dass sie schimpft, aber sie dreht sich nach meiner hastig gemurmelten Entschuldigung wortlos zu dem Whiteboard um und fährt mit ihrem Vortrag fort. Hasserfüllte Blicke und Getuschel begleiten mich auf meinem Weg zu Faye.

»Wo warst du?«, formen ihre Lippen lautlos.

Ich winke ab und ziehe meinen Block und das Federmäppchen heraus. Vermutlich denkt sie jetzt, ich hätte verschlafen. Mein Puls rauscht laut in meinen Ohren, während ich die Schüler um mich herum beobachte. War es einer von ihnen? Ich wage nicht, in sie zu tauchen. Sie könnten es merken und Parker Bescheid sagen. Es ist uns verboten, unsere Gabe gegen Mitschüler einzusetzen, und ich kann mir wahrhaft keine weiteren Fehler bei Farran leisten. Zwei Reihen vor mir sitzt Lynn. Sie ist einer der Gründe, warum ich diesen Kurs nicht wählen wollte. Aber Farran hat mich vor meinem Praktikum bei *Haddington Consulting* gebeten, Economics zu belegen. Bei dem Gedanken an das Praktikum blitzt Aidans Gesicht schmerzhaft in meinem Kopf auf und ich wehre es so schnell ab, als könnte allein die Erinnerung an ihn mich verbrennen.

Lynns Hand schießt nach oben.

»Miss MacAengus, ich habe gerade gefragt, welche Auswirkungen ein steigender Export für die inländische Wirtschaft hat.«

Sollten wir das etwa über die Weihnachtsferien lesen? Aber ich war bei Richard. Montgomry, verbessere ich mich in Gedanken.

»Ähm, die Wirtschaft nimmt mehr Geld ein?«, mutmaße ich.

Lynns Hand kann nicht mehr höher steigen. Parker ruft sie auf.

»Ein steigender Export erhöht das Bruttoinlandsprodukt, weil es sich aus den Faktoren Konsum, Investition und Export zusammensetzt. Die Bewertung der Produkte folgt dabei den

Gesetzmäßigkeiten von Angebot und Nachfrage. Demnach führt der zusätzliche Absatz, also das steigende Angebot, zu einem Preisverfall. Außerdem entstehen mehr Arbeitsplätze, wenn die Produktion sich ausweitet.«

»Vollkommen richtig. Miss MacAengus, ich erwarte, dass Sie den Stoff nachholen, den sie während ihres *Ausflugs* versäumt haben.«

Keiner lacht.

Als Lynn sich zu mir umdreht, erwarte ich zumindest ein triumphierendes Lächeln. Aber ihr Gesicht ist so reglos wie das einer Porzellanpuppe. Kreidebleich starrt sie mich mit zusammengekniffenen, dunkel umschatteten Augen an. Dann dreht sie sich wortlos wieder um. Ich schlucke. Mit ihrem Hohn habe ich gelernt umzugehen. Aber das hier ist gruselig. Meine Hand ist eiskalt und zittert so stark, dass ich den Stift kaum ruhig halten kann.

Verdammt! Was hast du erwartet? Dass sie dir nach zwei Wochen wieder alle um den Hals fallen?

Faye kritzelt einen zähneknirschenden Smiley mit einer Geburtstagstorte an den Rand meines Blocks. Daneben schreibt sie: »Kopf hoch, sonst pustest du an den Kerzen vorbei!«

Ich lege den Zeigefinger an die Lippen und schüttele den Kopf. Sie nickt.

Vier Stunden später stehen wir in der Mensa.

Sobald wir uns in die Essensschlange einreihen, wenden uns die Schüler den Rücken zu. Allmählich bildet sich hinter uns eine kleine Lücke und die zwei Mädchen, die sie peinlich genau einhalten, begutachten den Serviettenspender, als wäre er ein Kunstwerk.

Faye redet schneller auf mich ein als Liz, wenn sie mir von ihrem Traumtypen erzählt. Als ob ich mich je für Hurling interessiert hätte. Das war immer Aidans und ihr Hauptgesprächsthema gewesen. Die Tatsache, dass sie mir jetzt sämtliche Spielhighlights der letzten Wochen aufzählt, verrät sie. Ebenso ihre angestrengten Bemühungen, den grünen Nagellack von ihren Fingern zu kratzen. Es wäre so viel besser für sie, nicht mit mir befreundet zu sein.

»Hi, Faye! Kommst du zu uns an den Tisch?«, ruft eine dunkle Stimme hinter uns.

Wir drehen uns um. Brandon Miles lächelt sie auffordernd an und ignoriert mich vollkommen. Sein Haar ist über die Weihnachtsferien noch länger geworden. In dichten Wellen fällt es auf seine Schultern und erinnert mich schmerzhaft an Jared. Jetzt zieht er eine Augenbraue hoch und sein Lächeln vertieft sich. Aus den Augenwinkeln sehe ich, wie Faye vor Verwunderung der Mund aufklappt und ihre Wangen ihren roten Haaren Konkurrenz machen. Brandon gibt sich normalerweise nicht mit Mädchen wie ihr ab. Zusammen mit Aidan und Dean gehört er sonst immer zu den Jungs, denen weibliche Bewunderer reihenweise nachspringen.

Jetzt steht er außer Konkurrenz.

Hinter ihm bauen sich Ian Sutherland und zwei andere Typen aus seiner Hurlingmannschaft auf. Vielleicht ist es die Tatsache, dass sie alle fast zwei Köpfe größer sind als wir oder dass sie immer näher an uns heranrücken. Jedenfalls werden meine Hände schweißnass und mein Atem geht schneller. Ich drehe mich um und schiebe mein Tablett auf dem Gitter der Essensausgabe ein Stück weiter, als sich plötzlich Ian neben mich drängt. Er nimmt Besteck aus dem Korb über uns. Die Gabel legt er auf sein Tablett, das Steakmesser nicht. Er schaut mich an. Ich möchte schreien, laufen, mich in Sicherheit bringen. Stattdessen starre ich wie hypnotisiert auf seine kräftige Hand, die mit dem Messer spielt.

Du bist Kate. Und Kate hat keine Angst.

Aber Kate war eine Erfindung meiner Mutter. Eine Lüge, um mich besser zu manipulieren. All die Jahre hat sie mir meinen Vater vorenthalten. Es fühlt sich auf einmal vollkommen falsch an, wieder Kate zu sein.

Lügen, so viele Lügen.

Ich glaube, an ihnen zu ersticken. Da ist so ein hohes Surren in meinem Kopf. Verzerrte Stimmen dringen an mein Ohr. Jemand zieht mich weiter und ich sehe verschwommen das Essen vor mir. Lamm-Eintopf. Mein Magen rebelliert, als der herbe Geruch von Fleisch und Rosmarin in meine Nase dringt. Die Acrylscheibe, die mein Tablett von der Ausgabe trennt, beschlägt und meine Gedanken malen darauf die Worte: *Verräter müssen sterben.*

Nein! Instinktiv drehe ich mich zurück zu Ian. Wie in Zeitlupe fliegt in diesem Moment das Messer hoch über meinen Kopf, dreht sich einmal um sich selbst und segelt mit der Klinge nach unten, wo er es geschickt auffängt, ohne sich auch nur die Haut zu ritzen. Er weiß, wie man damit umgeht.

Und da spüre ich es. Die warme Holzmaserung des Schaftes, die den kühlen Stahl umfasst. Den Wellenschliff, der so scharf ist, dass er mühelos Haut und Fleisch teilt. In den wenigen Sekunden, die das Messer in der Luft schwebte, habe ich sein Wesen begriffen. Gleichzeitig bäumt sich etwas in mir auf. Mächtig und unkontrollierbar. Ich muss ihn warnen.

»Ian, nicht!« Meine Stimme ist nur ein Hauch.

Er lacht laut auf, versteht alles falsch und das Gefühl in mir wird immer stärker. Das Messer jagt erneut nach oben, durchtrennt die Luft und knüpft das Band zu meiner Gabe fester. Ich bin mit ihm verbunden. Wie mit einem Gummiband, zum Zerreißen gespannt, aber kurz bevor etwas in mir explodiert, schieben sich rote Locken vor mein Gesicht und ich höre noch Fayes vor Wut vibrierende Stimme, während ich mich umdrehe und aus der Mensa renne.

»Bist du total bescheuert, Ian? Hast du eine Ahnung, was sie durchmacht? Leg sofort das Messer weg oder ich melde es dem Schulleiter!«

Kies spritzt unter meinen Schuhen, während ich in einen schnellen Laufrhythmus falle. Erst als das Tor mit den Raben und dem Pförtnerhaus vor mir auftaucht, wird mir bewusst, wohin mich meine Füße tragen. Der mit Bauschutt beladene Pick-up eines Handwerkers passiert gerade die geöffneten Flügeltüren. Zwei schwarz gekleidete Männer mit Maschinenpistolen springen aus dem Pförtnerhaus und gestikulieren mit beiden Armen in meine Richtung, aber ich bleibe nicht stehen, schlage einen Haken um sie und laufe noch schneller weiter, um ihnen zu entkommen. Meine Kondition ist erstklassig. Aidan hat hart mit mir trainiert.

Aidan.

Ich sprinte gegen den Schmerz in meiner Brust, höre ihre Schreie und Warnschüsse. In meinem Kopf schrillt die verzerrte Stimme meiner Mutter gegen aufheulende Alarmsirenen. *Du musst besser sein als sie. Viel besser.*

Nach etwa hundert Metern verlasse ich die Straße und kämpfe mich einen Hügel hinauf. Der Boden ist matschig, und als ich abrutsche und falle, zerreiße ich mir die Strumpfhose. Auf allen vieren krabble ich weiter nach oben. Unter mir liegt der River Lee. Gleich den dunkel glänzenden Schuppen einer Schlange windet er sich zwischen bräunlichem Gras und winterkahlen Bäumen. Abwärts zu laufen ist bei dem Matsch noch schwieriger.

Hinter mir höre ich einen dumpfen Schlag, gefolgt von einem lauten Fluch.

»Emma, verdammt, bleib stehen! Mach jetzt keinen Mist! Bitte!«

Endlich habe ich das Wasser erreicht. Was nun? Rechts oder links? Ich laufe nach links. Mein Blick streift etwas Schwarzes zwischen Büscheln von Gras direkt neben dem Ufer. Ein Schritt, noch einer, dann bleibe ich abrupt stehen, drehe mich um und hebe es auf: eine kleine Plastikkarte mit einem Foto.

»Aidan!«, keuche ich. Meine Beine geben nach und ich stürze auf die Knie.

Vorsichtig reibe ich den Schlamm von Aidans Schulausweis an meinem Rock ab. Callahan hat doch das ganze Gelände absuchen lassen und nirgends eine Spur gefunden. Ich starre auf den gurgelnden Fluss. Nein! Ein Schluchzen dringt aus meiner Kehle, schleudert weiße Angst in kalte Winterluft.

»Aidan ist ein Kämpfer, Emma. Vielleicht braucht er einfach mal eine Auszeit.«

Jamie. Er zieht seine schwarze Lederjacke aus und legt sie mir um die Schultern. Erst jetzt merke ich, wie meine Zähne vor Kälte aufeinanderschlagen. Jamie, der mich damals vor Sheen gerettet und der als einer der wenigen Raben in der Nacht des Falkenangriffs nicht die Waffe gegen Jared und mich erhoben hat.

Er geht neben mir in die Hocke und sieht mich aufmerksam an. Sein Brustkorb hebt und senkt sich in einem schnellen Rhythmus von dem anstrengenden Lauf. Über seinem schwarzen Wollpullover spannt sich ein Halfter, in dem eine Pistole steckt. Das Funkgerät an seinem Gürtel schlägt an, aber er geht nicht ran, sondern stellt den Ton leiser.

»Ich hab dir nie gedankt«, murmele ich. Seine Augenbrauen wandern nach oben. »Dafür, dass du Sheen erschossen hast, bevor er mir was antun konnte.«

Jamie zuckt mit den Schultern. »Ist mein Job. Alles okay bei dir?«

»Du meinst, abgesehen davon, dass ich jetzt eine Waise bin, weil mein Freund meinen Vater ermordet hat, mich alle bis auf Faye und Farran hassen und ich eben um ein Haar meine Gabe dazu benutzt hätte, einem meiner Mitschüler ein Messer in den Leib zu rammen?«

Seine blauen Augen weiten sich. Er beugt sich vor, packt mich an den Schultern und raunt eindringlich: »Erzähl das bloß niemandem, verstanden?«

Weit entfernt hören wir Stimmen und Jamies Funkgerät piepst erneut. Sie müssen den Hügelkamm erreicht haben. Gleich werden sie bei uns sein.

»Wenn Callahan das erfährt, bist du erledigt.«

Bei dem Gedanken an Aidans Vater bildet sich auf meinen Armen Gänsehaut. »Glaubst du, ich weiß nicht, dass ich mein Leben ausschließlich Farran zu verdanken habe? Nur wegen ihm mache ich weiter.«

Jamie wirft mir einen langen Blick zu.

»Aidan wird zurückkommen«, sagt er schließlich und streicht mir eine Haarsträhne aus dem Gesicht.

»Möglich. Ich hab ihn trotzdem verloren.« Ich öffne meine Hand und betrachte das Foto auf der Karte. Die meisten Schüler sehen idiotisch auf ihren Schulausweisen aus. Aber Aidan lächelt so natürlich wie bei unserer ersten Begegnung in Jacobs Garten, und ich beschließe, den Ausweis zu behalten.

Tu's nicht. Es wird nur stärker schmerzen.

Jamie seufzt und weicht meinem Blick aus. Vorwürfe sind nicht seine Art. Einer der Gründe, warum er bei fast allen Schülern beliebt ist. Das Geräusch von sich nähernden Stimmen und Schritten lässt mein Herz bis zum Hals klopfen. Ich will nicht zurück.

Jamies Hand ist warm, als er nach meiner greift. »Komm jetzt, Emma! Ich pass auf dich auf.«

Ich pass auf dich auf. Aber natürlich! Jamie kann mir helfen. Schließlich ist das sein Job.

»Du musst mich beobachten! Irgendwas stimmt seit dem Kampf mit meinen Emotionen nicht. Und über die steuere ich meine Telekinese. Wenn ich zu stark provoziert werde, ist da etwas in mir … ich … ich habe wahnsinnige Angst, dass es ausbricht, dass ich jemanden verletze oder töte. Hörst du?! Wenn ich ausraste und in der Schule Amok laufe, musst du mich daran hindern, notfalls erschießen.«

Mit einem Ruck reißt er mich von sich. Sein Gesicht hat jede Farbe verloren. »NEIN!«

»Dann muss ich abhauen, bevor es passiert.«

»Scheiße! Emma, das kannst du nicht …«

Aber mein Blick sagt ihm, dass ich kann. Er verstummt. Drei Männer tauchen neben uns auf.

»Warum gehst du nicht an dein verdammtes Funkgerät ran! Du weißt genau, dass sie gefährlich ist«, schimpft ein bärtiger Mann aufgebracht.

Jamie zuckt bei den Worten sichtlich zusammen, und ich

lache bitter auf. Er sieht mich an wie ein verletztes Tier in einer Falle.

»In Ordnung«, sagt er laut zu mir. Dann wendet er sich an den Wachmann. »In Zukunft stell ich das Funkgerät lauter.«

GEBURTSTAG

Zwei Worte.

In Ordnung.

Sie haben geschafft, was hundert Worte der Schulpsychologin Mrs O'Connell und Farrans nicht erreichen konnten. Mich aus der dunklen Höhle zu zerren, in die ich mich seit dem Kampf verkrochen habe.

Auf dem Weg vom Fluss zurück ins Schulgebäude fallen die ersten Tropfen, und während die Wachmänner den Regen verfluchen, lege ich den Kopf in den Nacken und heiße das eisige Nass auf Wangen und Stirn willkommen, bis es an meinem Hals vorbei das Rückgrat hinunterläuft.

Farrans Büro hatte bei der Instandsetzung des Schulhauses höchste Priorität. Der Geruch von frischer Farbe und Teppichkleber verdrängt die Erinnerung an Feuer, Glassplitter und Blut. Ich rieche den Rauch trotzdem. Er ist der Faden auf dem Webrahmen meiner Angst. Und ich hoffe so sehr, dass ich das Muster, das er in diesem Zimmer spinnt, irgendwann zerreißen werde.

Der Schulleiter dreht sich ruckartig um, als ich eintrete, und ich halte den Atem an. Die Luft vibriert um seinen schmalen Körper und ich fühle seinen Zorn wie eine Druckwelle auf mich zurasen. Da ist er wieder, der Schauder, den seine Gegenwart neuerdings in mir auslöst, das Gefühl, in Panik fliehen zu wollen, aber ich unterdrücke es.

»Was hattest du vor, Emma? Wolltest du wieder mal einen kleinen Ausflug zu Montgomry machen?«

Ich schaue ihn aufrichtig entsetzt an. »Nein, Sir. Ich ... Es ist nicht ganz einfach, mit der Ablehnung, die mir entgegenschlägt, zurechtzukommen. Haben Sie den Lehrern gesagt, dass sie mich schonen sollen?« Sarah Parker hätte mich für mein Zuspätkommen ansonsten sicherlich bestraft. »Damit helfen Sie mir nicht. Jede Schonung ist für die anderen Raben wie Öl im offenen Feuer. Sie werden mich erst wieder akzeptieren, wenn ich meine Strafe abgebüßt habe.«

Farrans Augen ruhen nachdenklich auf mir. »Fühlst du dich inzwischen stark genug, dass ich das ändere? Die meisten von ihnen haben an Silvester ihr Leben riskiert. Bewusst oder unbewusst. Sie werden es dich spüren lassen.«

»Je länger Sie mich schützen, desto mehr verlieren Sie an Glaubwürdigkeit. Ich habe schon genug Schaden angerichtet.«

Seine schmalen Lippen verziehen sich zu einem aufrichtigen Lächeln. Bunte Lichtreflexe huschen über seine Gestalt. Es wirkt sympathisch, aber dennoch fröstele ich. »Mach dir keine Sorgen um mich. Du hast nicht die geringste Ahnung, wie mächtig ich bin. Mir kann sich auf Dauer niemand widersetzen.«

Vermutlich soll mich das beruhigen, aber die Kälte in mir wird noch stärker.

Eine Weile schweigen wir. Im Stockwerk unter uns heult eine Bohrmaschine auf. Die Gläser auf dem Couchtisch vibrieren gegeneinander. Sektgläser. Hatte Farran heute schon Grund zum Feiern? Er folgt meinem Blick und steht auf.

»Ich möchte dir etwas geben, Emma.«

Verwundert sehe ich ihm nach. Aus seinem Schreibtischcontainer zieht er einen in glänzendes Papier mit einer goldenen Schleife verpackten Karton hervor. Dann nimmt er eine Flasche Sekt aus der Minibar.

Oh nein!

Er setzt sich wieder neben mich, öffnet die Flasche und schenkt die Gläser voll. Ich möchte im Boden versinken vor Scham, als er mir eines reicht. Nach allem, was ich getan habe, denkt ausgerechnet er an meinen Geburtstag.

»Ich bin nach wie vor davon überzeugt, dass du die begabteste Schülerin bist, die ich je hatte. Alles Gute zum Geburtstag, Emma.«

Ich nippe an dem Glas und bringe kein Wort heraus. Der Sekt ist herb und schwer. Er prickelt auf meiner Zunge und in meinem Kopf. Nach ein paar weiteren Schlucken spüre ich, wie die Hitze aus meinen Wangen in meinen Bauch wandert.

Farran stellt sein Glas ab und überreicht mir das Geschenk. Langsam löse ich die Schleife. In dem Karton befinden sich ein in schwarzes Leder gebundenes Buch und ein kleiner Samtbeutel. Als ich das Buch aufschlage, sehe ich nur leere Seiten.

»Schreib es auf«, sagt er, »alles, was du am liebsten vergessen willst. Und dann beginnen wir neu.«

Ich streiche über das weiche Leder und lächle. Er schenkt mir einen Neuanfang.

Mit glänzenden Augen, die Beine übereinandergeschlagen, sitzt Farran so gelassen da, wie ich ihn bislang nur in Anwesenheit meines Vaters erlebt habe. Selbst mit Callahan, seinem engsten Vertrauten, ist immer eine gewisse Anspannung und Unruhe in ihm zu erkennen.

Als ich die Kordeln des Samtbeutels öffne und seinen Inhalt in meine Hand kippe, keuche ich auf. Ein münzgroßes goldenes Amulett an einer schmalen Kette glänzt warm im Schein der Lampe über mir. Auf seiner Oberfläche ist der Rabe von SENSUS CORVI eingraviert. Die Augen des Raben bestehen aus kleinen, funkelnden Brillanten. Ebenso der Kreis, der um die Gestalt des Raben gezogen ist.

»Das wollte dein Vater dir schenken. Er hat es kurz vor Weihnachten in Auftrag gegeben. Der Juwelier hat mich letzte Woche verständigt, dass es fertig ist. Mach es auf!«

Ich drehe das Amulett zur Seite und entdecke einen kleinen Knopf. Als ich darauf drücke, schwingt ein Deckel auf und die lächelnden Gesichter meiner Eltern sehen mir entgegen. Meine Hand zittert und alles verschwimmt vor meinen Augen.

»Sie haben Fehler gemacht, wie wir alle. Du musst ihnen verzeihen, um neu anzufangen.«

Tränen laufen über meine Wangen, während ich stumm nicke. Seine schlanken Finger nehmen das Amulett aus meiner Hand und legen es mir um den Hals. Kühl schmiegt es sich an die Haut zwischen meinen Schlüsselbeinen.

Heute ist mein siebzehnter Geburtstag.

Mein Name ist Emma MacAengus. Nicht Meyer und auch nicht Kate. Ich brauche sie nicht mehr. Denn ich bin stärker als sie.

Ich öffne die glänzenden Schwingen meines Rabengefieders und stürze mich über dem Abgrund meines alten Lebens in den gewitterschweren Himmel.

Aidan

ANKUNFT

Atmen.

Laufen.

Immer am Fluss entlang. Wohin er mich führt, weiß ich nicht. Aber ich muss hier oft gerannt sein. Jeder Unebenheit weichen meine Füße instinktiv aus, und Bäume recken mir ihre kahlen Äste entgegen, als würden sie einen alten Bekannten begrüßen. Der Schlamm zwischen dem Gras ist festgefroren und im Mondlicht glänzt das Wasser des Flusses wie ein schwarzer Spiegel. Ich stoppe, als ich eine Eiche sehe, deren Krone sich wie ein verkrüppeltes Monster über einem Stamm mit mindestens fünf Metern Umfang erhebt. Ein Blitz muss in sie eingeschlagen sein. Ich gehe in die Knie, springe vom Boden ab und umfasse mit beiden Händen einen Ast, etwa einen Meter über mir. Mit aller Kraft ziehe ich mich nach oben und schwinge mich rittlings darüber. Vorsichtig rutsche ich auf den Stamm zu. Meine Hände tasten über die raue, zerfurchte Rinde, bis ich die Öffnung finde. Dann beuge ich mich noch weiter vor und mein Arm versinkt bis zur Schulter in dem hohlen Baum. Einen kurzen Moment lang habe ich Angst, ein Tier könnte darin Zuflucht vor der Kälte gesucht haben und würde nach mir schnappen. Aber ich spüre nichts als zerfurchtes Holz und dann das kühle Metall des Nagels. Er steckt so fest in dem Stamm, als hätte ich ihn eben erst eingeschlagen. Und an ihm hängt die Schnur. Ich schließe meine Faust um sie und ziehe das, was an ihrem unteren Ende befestigt ist, nach oben.

Rastlos.

Mein Herz pumpt im Rhythmus meiner Schritte. Irgendwann führt mich mein Weg zurück auf eine schmale Straße. Auf Asphalt läuft es sich leichter. Sirenen von Krankenwagen und Polizei heulen durch die Finsternis und ich verstecke mich seitlich im Gebüsch.

Lass dich nicht erwischen!

Aber der Lärm kommt von der gegenüberliegenden Seite des Flusses. Hier sind nichts als Gestrüpp und kleine Häuser, deren Fenster mich wie dunkle leere Augen anstarren.

Und endlich erreiche ich die Stadt. Straßenlaternen blenden mich. Auf einer Parkbank neben dem Flussufer hocken ein paar Jugendliche mit Sektflaschen und Bierdosen in den Händen. Als ich an ihnen vorbeikomme, wirft mir einer von ihnen eine leere Dose gegen das Schienbein und grölt: »Oh shit! Seht euch den mal an! Hey, wer hat dir denn Feuer unterm Hintern gemacht?«

Feuer.

Irgendetwas rührt sich für Sekunden in mir, dann erlischt es. Ihr Gelächter hallt dafür noch in meinem Kopf, als ich endlich mein Ziel erreicht habe. Ein längliches rotes Backsteingebäude. Die Kent Railway Station.

In dem khakifarbenen Gewebe des Rucksacks blüht Stockschimmel wie dunkle Sommersprossen. Zu lange hat die Eiche ihn schon in ihren Eingeweiden verborgen. Der Reißverschluss hakt beim Aufziehen. Ganz oben auf liegt ein Geldbeutel aus weichem Ziegenleder. Aus dem Fach für die Geldscheine ragt mir ein Reisepass entgegen. Als ich ihn aufklappe, starre ich in das Gesicht eines jungen Mannes mit braunem Teint. Er hat schulterlange schwarze Rastalocken, dunkelbraune Augen und trägt eine eckige Brille aus Kunststoff. Hinter dem Fach mit dem Reisepass ist ein schmaler Reißverschluss. Tausend Euro und fünftausend US-Dollar kommen zum Vorschein. Ich schiebe den Geldbeutel in meine Hosentasche und inspiziere den Rest des Rucksacks. Er enthält eine abgewetzte blaue Jeans, ein rotes T-Shirt, einen schwarzen Hoodie mit roten, gelben und grünen Streifen sowie eine gehäkelte Baskenmütze in den gleichen Farben. Als ich etwas Haariges ertaste, spüre ich, wie meine Lippen sich zu einem Lächeln verziehen.

Regen peitscht mir ins Gesicht, als ich in Dublin den Hauptbahnhof verlasse, um mir ein Taxi zum Flughafen zu nehmen. Für einen Augenblick bleibe ich wie gebannt stehen und hebe die Hand zu meiner Wange. Ein eigenartiges Gefühl steigt in mir auf. Es fühlt sich an wie ... Glück. Ich drehe mich um. Menschen hasten an mir vorbei, während das Wasser langsam in meinen Kragen läuft und mich schaudern lässt. Seltsam. Gerade meinte ich, jemand neben mir zu spüren. Jemand, der mich aufhalten will. Doch als ich versuche, mich auf diesen Gedanken zu konzentrieren, entschwindet er und zurück bleibt nur dieses eine übermächtige Gefühl, weglaufen zu müssen. Verwirrt eile ich weiter zum Taxistand.

»Rauchen ist während des Fluges verboten«, sagt die Flugbegleiterin beim Boarding und sieht mich so streng an, als würde mir bereits ein selbst gedrehter Joint aus dem Mundwinkel hängen. Ich nicke, quetsche mich durch die engen Sitzreihen auf meinen Platz und ziehe die Kapuze des Hoodies in mein Gesicht. Die Frühmaschine von Dublin nach New York ist fast leer, trotzdem habe ich Angst, dass jemand sich neben mich setzen könnte. Die Kontaktlinsen brennen höllisch und ich bin mir nicht sicher, ob ich nicht bereits Teile von dem braunen Make-up verwischt habe, als ich mir beim Check-in über die tränenden Augen reiben musste. Meine Armbanduhr zeigt 9:35 Uhr.

Ich bin müde.

So müde.

Lass dich nicht erwischen.

Um nicht einzuschlafen, laufe ich in meinen Gedanken weiter am River Lee entlang. Bis endlose Runden später der Pilot zur Landung ansetzt.

Emma

NACHRICHTEN

»Mors certa, hora incerta.«

Mein Lippenstift liegt abgebrochen am Waschbeckenrand unter dem verschmierten Spiegel.

Der Tod ist sicher, nur die Stunde ist ungewiss.

Ich hole tief Luft. *Ruhig, Emz. Hunde, die bellen, beißen nicht.*

Mein erster Gedanke gilt Ian und seinen Teamkameraden. In den zwei Stunden, die ich bei Farran war, hätten sie genügend Zeit gehabt, in mein Zimmer einzubrechen. Aber lateinische Zitate passen ebensowenig zu den Jungs wie anonyme Drohbotschaften. Schon eher offene Demütigungen vor versammelter Rabenschülerschaft. Das hier sieht nach einem Mädchen aus. Einem ziemlich feigen, hinterhältigen Mädchen.

Lynn?

Ich schleudere den Lippenstift in den Abfalleimer und rolle ein paar Lagen Klopapier ab, um den Spiegel zu putzen. Meine Hand stockt über dem roten M. Warte!

Mein Handy liegt in der Schublade meines Nachtschränkchens. Seit Silvester habe ich es nicht eingeschaltet. Wozu auch? Bis auf Faye will niemand etwas mit mir zu tun haben und mit ihr bin ich fast die ganze Zeit zusammen. Ich bin sicher, dass meine Mitschüler mich aus den Chatgruppen entfernt haben. Auf weitere feindselige Botschaften kann ich auch gerne verzichten.

Während das Telefon den Netzanbieter sucht, haste ich

zurück ins Bad und fotografiere den Spiegel. Dem blechernen Digitalton der Kamera folgt plötzlich der kurze Klang einer Harfe. Mein Signalton für neu eingegangene Nachrichten. Vor Schreck rutscht mir das Handy aus der Hand und ich kann es gerade noch auffangen, bevor es auf den Boden schlägt. Einen Augenblick lang bin ich unentschlossen, was ich jetzt tun soll. Aber dann siegt meine Neugier.

Zu meiner Verwunderung zeigt das Display nur zwei neue Sprachnachrichten. Die Flut von Hass-SMS, mit denen ich gerechnet habe, bleibt aus. Natürlich! Ihr Absender wäre viel zu leicht feststellbar. Meine Finger zittern, als ich die Mailbox wähle.

Eine roboterhafte Frauenstimme sagt: »Sie haben eine neue Nachricht. Empfangen am ersten Januar. Elf Uhr fünfzehn.«

Ich schließe die Augen und beiße mir auf die Unterlippe.

»Emma, hör mir jetzt genau zu! Der Satan selbst nimmt gern die Gestalt eines Engels an. SENSUS CORVI hat zwei Seiten. Denk immer daran! Du musst die zweite Seite finden und beide wieder zu einer Einheit zusammenfügen. Versprich es mir!«

Ich weiß nicht, was mich mehr trifft. Die wirren Worte oder die Verzweiflung in Montgomrys Tonfall. Eine kurze Pause, in der ich nur seinen Atem höre, so schnell, als käme er gerade von einem Marathonlauf zurück. Als er fortfährt, ist seine Stimme rau und scharfkantig wie Schiefer.

»Farran, ich gebe dir genau vierundzwanzig Stunden Zeit, Emma zu mir zurück zu lassen. Denn ich werde dich jagen. Und zur Strecke bringen. Für das, was du Rina, Jacob und Emma angetan hast, wirst du büßen.«

Der Boden zu meinen Füßen fühlt sich immer noch an wie

Watte, als bereits die zweite Nachricht abgespult wird. Sie ist von heute Morgen.

»Hi, Emz. Ähm … also ich weiß nicht, ob du das jetzt abhörst oder dein durchgeknallter Schulleiter. Ich wollte dir nur sagen, dass du die beste Freundin bist, die man sich wünschen kann. Was du an Silvester für mich riskiert hast, war der Hammer und … verdammt … was auch immer sie mit dir gemacht haben, ich helfe dir da raus! Happy Birthday!«

Ein Schluchzen, dann bricht die Nachricht ab.

Atme, Emz!

Ich stecke das Handy in die Hosentasche und wische mit dem Klopapier mechanisch den Spiegel sauber. Tränen laufen mir über die Wangen. Oh Liz!

Denk nicht einmal daran! Du hast es Fion versprochen. Nur dumme Menschen begehen den gleichen Fehler zweimal.

»Mr Farran erwartet dich bereits, Emma«, tönt die Stimme der neuen Sekretärin durch die Sprechanlage, als ich vor Farrans Büro stehe, und ich fühle das Lächeln darin, bevor ich es in ihrem Gesicht sehe. Der Schulleiter hat schnell Ersatz für Neve gefunden. Angesichts ihres brutalen Todes ist es bestimmt nicht richtig, sich darüber zu freuen. Ich tue es dennoch. Ihre Nachfolgerin duzt uns Schüler genauso selbstverständlich, wie sie verlangt, dass wir sie Claire nennen.

»Für das ›Miss Green‹ hab ich noch Zeit genug, wenn ich dreißig bin und die ersten grauen Haare wachsen«, hat sie mir augenzwinkernd an ihrem ersten Tag gesagt. Die brünetten Haare zu einem Dutt zurückgesteckt, stöckelt Claire mir in Pumps mit ungewohnt hohen Absätzen entgegen. Sie trägt ein schwarzes Kostüm mit einem knielangen engen Rock und sieht mich mit einem leidenden Blick an.

»Farran empfängt heute Abend irgendwelche hohen Tiere«, flüstert sie mir zu. »Bis die weg sind, haben mich diese Schuhe umgebracht.«

Trotz meiner Anspannung muss ich lachen. Ihre Augen sind braun wie Haselnüsse, und wenn sie mich so schelmisch anfunkeln, glaube ich manchmal, etwas von Mamas Goldsprenkeln darin zu erkennen.

»Du siehst toll aus, Claire. Ehrlich.«

Wir haben Farrans Bürotür erreicht, aber bevor sie daran klopft, flüstert sie mir noch zu: »Vorsicht! Der Börsenschakal ist ebenfalls anwesend.«

Wer?

Sie grinst verschwörerisch und öffnet nach Farrans Aufforderung die Tür.

Callahan. Meine Freude über seinen neuen Spitznamen wird von dem säuerlichen Blick gedämpft, den er mir zuwirft, als ich das Büro betrete.

»Du hast dich getäuscht, mein Lieber«, sagt Fion zu ihm. Seine Augen mustern mich interessiert.

Meine Beine fühlen sich wacklig an, als ich vor dem Schreibtisch stehen bleibe.

»Entschuldigen Sie bitte die Störung.« Ich ziehe mein Handy aus der Tasche. »Aber Sie sollten sich das mal anhören.«

Bevor ich die Mailbox aktivieren kann, winkt Farran ab.

»Nicht nötig.«

Ich starre ihn an.

Mr Farran erwartet dich bereits, Emma.

Erst jetzt kommen mir Claires Worte wieder in den Sinn. Woher wusste er, dass ich …

Die Erkenntnis trifft mich wie ein Schlag und meine Finger

graben sich in das weiche Leder der Stuhllehne vor mir. Der Schulleiter hebt die Augenbrauen.

»Du hast wirklich gedacht, ich hätte dir dein Handy einfach so überlassen? Gut! Das beweist umso mehr, auf wessen Seite du stehst.«

»Das beweist vor allem, wie unglaublich naiv sie ist«, wirft Callahan neben mir ein.

Mein Magen fühlt sich an, als würde ich gerade vom höchsten Punkt einer Achterbahn aus in die Tiefe rasen.

»Setz dich bitte!«, durchbricht Farrans Stimme das Rauschen in meinem Kopf.

Mechanisch folge ich seiner Aufforderung und drehe mich zu Aidans Vater. Es kostet mich meine ganze Überwindung, ruhig zu bleiben. Er hat am ersten Januar die Durchsuchung von Dads Haus geleitet und all meine persönlichen Sachen inspiziert.

»Sie haben mein Handy manipuliert?«

»Uns blieb keine andere Wahl«, antwortet Farran an seiner statt. »Um deine Sicherheit zu gewährleisten, habe ich eine Speicherkarte mit einem Abhörprogramm in dein Handy einbauen lassen. Es lag nahe, dass die Falken mit dir erneut Kontakt aufnehmen würden.«

Meine Sicherheit? Na klar. Farran beugt sich zu der Tastatur seines Computers und gibt etwas ein. Nach ein paar Sekunden spulen sich Montgomrys und Liz' Nachrichten ab.

»Was hältst du davon?«

Ich schlucke meinen Ärger hinunter und frage zurück: »Dass er Sie einen Satan nennt? War zu erwarten, oder?«

Farran stützt die Ellenbogen auf den Tisch und legt die Handflächen aneinander unter sein Kinn. Seine Nachdenkhaltung. Ich kenne sie aus zahlreichen Unterrichtsstunden.

Die Vertrautheit der Geste sticht wie eine Nadel in mein Herz.

»Erkennst du das Zitat?«

»Aus der Bibel?«

»Zweiter Korintherbrief, elftes Kapitel. Montgomry war schon mal einfallsreicher. Interessanter ist seine Aufforderung. Was meint er mit der zweiten Seite?«

Diese Frage habe ich erwartet. Aber ich weiß keine Antwort darauf. Farrans graublaue Augen ruhen auf mir wie Blei, das man an Silvester über einer Kerze verflüssigt. Er beherrscht seine Gesichtszüge noch besser als mein Vater.

Die Gefühle von Menschen, in die du bereits getaucht bist, kannst du hinterher leichter erkennen. Auch ohne erneut zu tauchen.

Mamas Worte treffen mich wie ein Blitzschlag. Und tatsächlich. Ich spüre es. Sein meisterlich unterdrücktes Verlangen, meine Gedanken zu lesen. Wie einfach wäre es für ihn, meine Antworten zu bekommen, ohne sich die Mühe zu machen, sie aus meinem Mund zu erfahren. Aber er befürchtet, dadurch mein Vertrauen zu verlieren. Wusste er, was er tat, als er mich in sich tauchen ließ? Dass er dadurch einen Teil seiner Maske für immer verlieren würde? Die Luft im Raum ist plötzlich so stickig, dass ich kaum atmen kann.

»Emma?« Die Stimme meines Mentors klingt besorgt. Vermutlich hat der Empath in ihm gerade meine Aura gesehen. Ich bin nicht geübt darin, sie zu verbergen. Nicht vor ihm. Nicht bei dem Gedanken, der mir gerade in den Kopf geschossen ist.

»Ich soll mich auf die Suche nach Aidan machen«, flüstere ich tonlos. Callahan zuckt zusammen und starrt mich an. »Als Montgomry Aidan vor Weihnachten entführt hatte, schickte er mir eine Münze und die hat bekanntlich zwei Seiten.«

»Du glaubst, Montgomry hat meinen Sohn schon wieder in seiner Gewalt?«

In seinen Augen lese ich mehr Sorge um Aidan, als ich ihm zugetraut hätte. Anfang Januar dachte er noch, Aidan würde von selbst zurückkommen. Einunddreißig Tage Ungewissheit gehen selbst an einem Eisberg wie Callahan nicht spurlos vorüber.

Ich räuspere mich. »Nein. Dann hätte er mich direkt aufgefordert, zu ihm zu kommen. Montgomry kann nicht wissen, dass sich alles geändert hat. Er denkt, dass ich immer noch …« Meine Stimme bricht ab.

»Dass du was?«, fragt Callahan gereizt.

Sein Anzug ist so zerknittert wie sein Gesicht. Die Haare länger als sonst. Die Angst frisst Löcher in sein perfektes Aussehen.

»Dass ich immer noch bereit wäre, alles für Aidan zu opfern. Meine eigenen Wünsche, meine Zukunft, mein Leben.«

Callahans Brust hebt und senkt sich schneller. Schließlich stößt er hervor: »Hör zu, Mädchen, wenn du es schaffst, mir meinen Sohn zurückzubringen …«

»NEIN!« Noch nie habe ich in diesem Ton mit ihm geredet. »Ich habe keine Ahnung, wo ich nach ihm suchen soll, selbst wenn ich es wollte. Und ich will es ganz sicher nicht. Nicht nach allem, was geschehen ist. Montgomry wartet doch nur darauf, dass ich SENSUS CORVIS Mauern verlasse, um mich zu schnappen und mit seinen Lügen zu bearbeiten.«

Die Kiefermuskeln zucken kurz in Callahans Gesicht, dann hat er sich wieder unter Kontrolle. »Du hättest mir diese Emma schon früher zeigen sollen. Diese Härte ist neu. Bisher habe ich immer nur deine Eltern in dir gesehen. Eine Mutter, die unfähig war, sich ihren Fehlern zu stellen. Einen Vater, der sein ganzes Leben lang einer falschen Liebe nachtrauerte. Verletzbar. Schwach. Das war offenbar ein Fehler.« Mit einem wölfischen Lächeln wendet er sich Farran zu. »Deine Menschenkenntnis ist unübertroffen, Fion. Sie hätte eine perfekte Schwiegertochter abgegeben. Nun, dafür ist es noch nicht zu spät.«

Was hätte ich vor einem Monat noch für diese Aussage gegeben. »Fragen Sie doch Lynn, ob sie nach Aidan suchen will!«

Das hält sie dann wenigstens davon ab, lateinische Aphorismen an meinen Badspiegel zu kritzeln.

»Sie hat es mir bereits angeboten.«

Ich schlucke.

Hör auf, Emz. Du bist nicht eifersüchtig. Nicht mehr.

Callahan beugt sich so weit vor, dass sein Atem meine Wangen streift. »Wem willst du hier etwas vormachen, Emma MacAengus? Du wirst meinen Sohn immer lieben. Du klebst an ihm wie die Motte am Licht.«

Ich drücke mich in die Lehne meines Stuhls und bin so perplex von der Wandlung in seinem Verhalten, dass ich kein Wort herausbringe.

»Lass sie endlich in Ruhe!«, greift Farran ein. »Vergiss nicht, dass du dir ein Ende ihrer Beziehung gewünscht hast. Wir werden Aidan auch ohne ihre Hilfe finden.«

»Und wenn nicht?« Callahan fährt zu ihm herum wie ein Hund, der die Zähne fletscht. »Wir könnten es ändern. Sie könnte wieder lernen, ihn zu lieben, nicht wahr? Du hast sie von Anfang an als perfektes Paar gesehen. Vor ihr würde er nicht weglaufen.«

Er hat den Verstand verloren. Wie sollten er und Fion mich dazu bringen, Aidan wie früher zu lieben?

»Nein, James.« Farrans Silhouette beginnt vor meinen Augen zu vibrieren. »Sie würde daran zerbrechen. Du hättest ...«

Seine Worte rauschen an mir vorbei und ein eigenartiges Gefühl schraubt sich plötzlich in mir hoch. So schnell, dass ich gar nicht merke, wie Farran aufspringt und auf mich zueilt. Erst als er neben mir steht und nach meiner Hand greift, nehme ich ihn wahr und schrecke vor ihm zurück.

Lauf weg!

Etwas schnürt sich um meine Brust, drückt zu, fester, immer fester. Tränen stürzen in meine Augen und ich weiß, ich muss fort von hier, muss mich in Sicherheit bringen. Wovor auch immer. Schnell.

»Emma, ruhig! Ich lass nicht zu, dass du weggehst. Niemals.«

Farrans Worte sind schrille Alarmsirenen in meinem Kopf. So schmerzhaft laut, dass sich in meinem Nacken und auf meinen Armen die Haare aufrichten. Vor meinen Augen tanzen grelle Lichter. Doch dann höre ich Mamas Stimme in meinem Kopf und mein Atem wird langsam ruhiger. Sauerstoff füllt meine Lungen.

Vergiss niemals, dass ich dich liebe. Deswegen pass auf dich auf.

Jacob

FRÜHLING

Zu viele Menschen.

Und der Ausgang mehr als 600 Meter entfernt von dem Grab. Er wollte es Montgomry sagen. Aber der Spott schrieb *Angst, MacAengus?* in Großbuchstaben auf Patrick Namaras Gesicht, und Jacob schwieg.

Ja. Er fürchtet um sein Leben. Wer soll sich um Emma kümmern, wenn die Raben ihn erwischen? Etwa Montgomry?

Er schluckt den bitteren Geschmack in seinem Mund hinunter, als sie an der Friedhofsmauer entlangfahren. Hier soll er Miller treffen, den Sohn des Mannes, der vor 18 Jahren gedroht hatte, Rina das Genick zu brechen. Phyllis' Sorge, dass Millers Privathaus überwacht wird, ist nicht unbegründet. In seiner Firma wimmelt es jedenfalls von Rabenspionen, das weiß er aus erster Hand.

Namara hält den Van mit den getönten Scheiben etwa zehn Meter vor dem Eingangstor an und lässt Jacob aussteigen.

»Viel Erfolg!«, murmelt Phyllis und ihr Mund bemüht sich um ein Lächeln, dem ihre Augen nicht folgen können. Auf Jacobs Liste einflussreicher Persönlichkeiten, die Farran abgrundtief hassen, steht Miller an fünfter Stelle. Den ersten vier haben die Falken in einer minutiös geplanten Aktion zeitgleich einen Besuch abgestattet. So konnten sie vermeiden, dass die Männer und Frauen sich untereinander warnen und die Falkenmitglieder gefährden konnten.

Vielleicht haben sie auch nur deiner Liste nicht getraut.

Aber die beste Planung kann nicht verhindern, dass Angst jeden Gedanken an Widerstand lähmt. Wer könnte das besser verstehen als der Rabe, der ihre Angst in der Vergangenheit am meisten geschürt hat?

Miller heute Abend einen Besuch abzustatten kommt nach den vorangegangenen Misserfolgen einem Selbstmordversuch gleich. Wenn auch nur einer der vier nach dem Besuch Farran verständigt hat, um sich bei ihm einzuschmeicheln, würde jeder Schritt Millers heute Abend von Raben überwacht werden. Nun, bis auf Phyllis und Dennis wäre es den meisten Falken sowieso lieber, Jacob befände sich auf der anderen Seite der Mauer.

Und zwar nicht zu Besuch.

Als Jacob das Tor durchquert, wünscht er sich erneut, Millers Grab läge auf einem der kleineren Friedhöfe Dublins. Glasnevins Tote könnten eine Millionenstadt von Geistern füllen, dementsprechend sind die Ausmaße des Areals so gewaltig wie der Ruf der irischen Freiheitskämpfer, die hier beerdigt sind. Auf dem Platz vor dem grün beleuchteten Daniel-O'Connell-Turm tummeln sich mehr Touristen als Friedhofsgänger an Allerheiligen. Jacob zieht die Kapuze seines schwarzen Anoraks tiefer ins Gesicht, als der Lichtstrahl auf ihn fällt. Er hat nie verstanden, was die Leute so besonders daran finden, dass einige öffentliche Gebäude am St. Patrick's Day in Grün getaucht werden.

Der Frühling ist dieses Jahr schnell angebrochen. Die Nacht ist mild und die frischen Blumen auf den Gräbern verströmen einen Duft, der wie Honig an seiner Kleidung haften bleibt. Zumindest halten die Vögel um diese Tageszeit ihren Schnabel. Jedes fröhliche Zirpen in der Früh verspottet Jacobs Schwur, bis zum Ende des Winters seine Tochter Farrans Gewalt entrissen zu haben. Aber seit den Kämpfen an Silvester hat Farran die Sicherheitsvorkehrungen so verstärkt, dass es leichter wäre, den Kronprinzen von England aus dem Buckingham Palace zu entführen als Emma aus Sensus Corvi. In den Häusern auf den Zufahrtsstraßen beobachten Rabenspione rund um die Uhr alle sich nähernden Autos. Aktuelle Phantombilder der hochrangigen Falken und sein Vermisstenfoto hängen in jeder Polizeistation. Farrans Beziehungen zum Innenminister sei Dank. Ihre Hoffnung, als Handwerker getarnte Falken in das Schulgebäude einzuschleusen, zerschlug sich, als Farran jeden einzelnen Arbeiter mit Identitätskarten versah und eine Ausweiskontrolle in einem Wohnhaus etwa zwei Kilometer vor Sensus Corvi einführte. Verflucht soll er sein! All die Jahre hat er ihn geliebt wie einen älteren Bruder. Jetzt kann er nur noch an sein Sterben denken.

Jacob wischt die Gedanken an Farran beiseite und strafft die Schultern, als er sich dem Grabstein nähert. Miller steht mit dem Rücken zu ihm vor einem gut zwei Meter hohen, keltischen Hochkreuz. Eine Familie, die Wert auf Traditionen legt. Millers Großvater mütterlicherseits ist bei dem Osteraufstand 1916 erschossen worden. Seinem Vater wird nachgesagt, die IRA zumindest finanziell unterstützt zu haben.

Na, MacAengus, wie schmeckt dir das? Ich war mal ein guter Ringer. Glaub mir, wie man ein Genick bricht, weiß ich immer noch.

Rinas weit aufgerissene Augen, der muskulöse Arm um ihren zarten Hals ... Jacob ballt die Hände zu Fäusten, während er weitergeht.

Denk nicht gerade jetzt daran! Du brauchst ihn.

Die kämpferische Ader sieht man James Miller nicht an. Er ist sieben Jahre älter als Jacob, etwa gleich groß, aber glatzköpfig und so feist wie ein Truthahn an Thanksgiving. Mit hängenden Schultern steht der Mann, in den er all seine Hoffnung setzt, wie ein gebrochener Riese vor dem Grab. Hilflos. Nichtsahnend.

»Was wollen Sie?«

Du solltest ihn nicht unterschätzen, Jacob.

»Reden.«

»Seamus hat mich vorgewarnt. Die Antwort lautet ›Nein‹.«

Also hat zumindest einer der vier geplaudert.

Jacob wirft einen unruhigen Blick über seine Schulter. Steine über Steine. Eine Stadt der Toten und kein Lebender weit und breit. Gut.

»Ihre Mutter hatte am St. Patrick's Day Geburtstag, nicht?«

»Verschwinden Sie!«

Sein Tonfall wird gereizter. Aber er wendet ihm immer noch den Rücken zu.

»Hat ihr nicht besonders viel Glück eingebracht«, erklärt Jacob gelangweilt.

Endlich! Miller fährt herum, als hätte ihn eine Wespe gestochen. Jacob hebt die Hand und zieht langsam seine Kapuze nach unten. Die kleinen Augen in dem rundlichen Gesicht weiten sich.

»Sie!« Er atmet schwer. »Farrans Jagdhund lebt also noch. Welch ein Glück für uns alle!«

Jacobs Mundwinkel zucken. *Nicht übel. Vielleicht steckt mehr von seinem Großvater in ihm, als er sich selbst eingestehen will.*

»Farran wird das anders sehen.«

Der Wind flüstert zwischen den Grabsteinen, doch Miller starrt ihn schweigend an.

Gib ihm mehr! Jacob hebt die Hand und deutet auf das Kreuz.

»Der angebliche Selbstmord ihres Vaters muss ein schwerer Schlag für Sie gewesen sein.«

Zwei schnelle Schritte, dann ist Miller so nah, dass er seinen Atem riechen kann. Whiskey, aber sein Blick ist klar wie der Himmel über ihnen.

»Angeblich?«

»Schon eigenartig bei so einer Kämpfernatur. Ein Unfall hätte es auch getan. Aber manchmal schlagen Farrans Rachegelüste über die Stränge.«

Stimmen nähern sich. Eine jüngere Frau stützt die Ältere, während sie zielstrebig auf ein Grab wenige Meter entfernt von ihnen zusteuern.

Jacob reagiert nur eine Sekunde zu spät. Als seine Hände die Kapuze über den Kopf stülpen, ist Caitlin Callahans schönes Gesicht bereits direkt auf ihn gerichtet. Hat sie ihn erkannt?

Zum dritten Mal an diesem Abend verflucht Jacob, dass es ausgerechnet Dublins berühmtester Friedhof sein muss.

Such dir schon mal einen Grabstein aus.

Hat eigentlich jede bedeutende Familie Irlands hier einen Verwandten begraben? So nah dran, so verdammt nah. Ob er Miller noch einmal an seinen Haken bekommt? Jacobs Schritte werden schneller, als er aus der Sichtweite der Frauen ist. Er mischt sich unter die Friedhofsbesucher, erreicht die zwei mächtigen Steinsäulen mit den schwarzmetallenen Kreuzen. Der dunkle Van steht auf der anderen Straßenseite direkt gegenüber vom Eingang. Namara hat die Strickmütze tief ins Gesicht gezogen und lässt die brennende Zigarette aus dem Fenster fallen, als er ihn sieht. Die Schiebetür öffnet sich, während er über die Straße rennt. Jacob schwingt sich auf das schwarze Leder.

»FAHR!«, ruft er und zieht die Tür zu, während der Wagen bereits losrollt.

Sie kommen nicht weit.

Als Jacob nach vorne gegen die Kopfstütze schlägt, glaubt er, sein Nasenbein wäre gebrochen. Blut läuft über seinen Mund. Er hebt den Kopf und greift zu der Pistole in seiner Jackentasche. Was zur Hölle ...

Namara gibt einen keuchenden Laut von sich. Ein Mann steht mit weit ausgebreiteten Armen nur Zentimeter vor der Stoßstange des Vans. Sein rundes Gesicht ist krebsrot und seine Brust hebt und senkt sich von dem schnellen Lauf. Jacob reißt die Schiebetür auf und rutscht neben Phyllis. Ächzend quetscht sich Miller auf den Sitz neben ihn und schließt die Tür. Als er sich umdreht, zieht ein selbstgefälliges Grinsen über sein Gesicht.

»So wollte ich dich schon vorhin sehen, MacAengus. Aber du musstest ja davonspringen, bevor ich dir meine Faust in deine arrogante Visage rammen konnte.«

Emma

HASS

Botschaften.

Auf meinem Spiegel. In meiner Schultasche. Neben meinem Bett.

Farran hat mir eine neue SIM- und die alte Speicherkarte für mein Handy zurückgegeben. Beweis seines Vertrauens.

Die Beweise für das Misstrauen meiner Mitschüler umfassen mittlerweile 56 Fotos auf der Karte. Nur die Mobbingpräsente – die kleinen Gemeinheiten tagsüber nicht mitgezählt. Ich lerne, mich dagegen zu wappnen. Seitdem meine zwanzigseitige Seminararbeit in Irischer Geschichte trotz Kennwort von meinem Computer verschwunden ist, speichere ich jede Datei zusätzlich auf einem Stick, den ich immer bei mir trage.

»Du musst es Farran endlich sagen!«, stöhnt Faye, als Keira mit Brandon vorbeischlendert und er bei meinem Anblick ins Gras spuckt. Wie Gift sickert Fayes hilflose Wut in meinen Bauch, bitterer als die Anfeindungen selbst. Wenigstens weiß sie nichts von den Drohungen. Zitate über mein baldiges Ableben, mit Nadeln gespickte Voodoo-Puppen, ein Strick als Geschenk verpackt – die Botschaften sind so fantasielos wie die Verfasser geschickt darin sind, sich nicht von mir auf frischer Tat ertappen zu lassen.

»Wie lange soll das noch so gehen? Wir haben schon Ende Mai!« Faye läuft schneller, wenn sie sich aufregt, und ich bemühe mich, ihr zu folgen.

Ja. Wie lange? Als ich einen Blick über die Schulter werfe, dreht Keira sich um und zeigt mir den Mittelfinger, bevor sie Brandon ein strahlendes Lächeln schenkt. Der Wind weht ihre Haare in sein Gesicht, so dicht drängt sie sich an seine Seite. Sie war lange Deans Freundin gewesen. Die Demütigung, dass er mit ihr Schluss gemacht hat, um mir nachzustellen, sitzt offenbar tiefer als die Trauer um seinen Tod.

Innerlich rolle ich mich zusammen wie ein Igel, stachlig, unnahbar, und stelle mir vor, dass alles nur ein Spiel ist. So wie die Spiele, die ich mit Mama als Kate gespielt habe, nur eben in der Erwachsenen-Version.

»Wenn du es nicht tust, geh ich!« Faye verlässt mit langen Schritten den Kiesweg und steuert auf die Bäume zu.

Unser Ziel ist eine Steinbank zwischen den Roteichen in der Nähe des Eingangstors. Wenn das Wetter es zulässt – und das ist in Irland nicht häufig der Fall – essen wir mittags nicht in der Kantine, sondern entfliehen der Meute zu unserem »Rabennest«, wie Faye diesen Ort liebevoll nennt.

Eine Wespe summt auf mich zu und ich trete einen Schritt zur Seite. Da sehe ich ihn. Die schwarzen Anzugschuhe voller Erde und den Hosensaum schlammverspritzt, kommt uns Ian zwischen den Bäumen entgegen. Wollen sie mich jetzt auch noch hier verfolgen? Als sich unsere Blicke treffen, dreht er den Kopf zur Seite und beschleunigt seinen Schritt. Faye wirft ihm dennoch einen Blick hinterher, der tödlicher nicht sein könnte.

Grüne Algen und Flechten sprießen auf dem groben Naturstein der Bank, die von kauernden steinernen Raben getragen wird. Früh am Morgen oder abends, wenn die vermoosten Stämme der Roteichen ihren weißen Nebelatem aus den zerfurchten Astlöchern hauchen, sieht das Rabennest geradezu mystisch aus. Nirgendwo in Sensus Corvi fühle ich mich wohler. Schon gar nicht in meinem Zimmer.

Faye lässt sich neben mir auf die Bank fallen und ich lege den Arm um ihre Schulter.

»Ich steh das schon durch, okay? Irgendwann wird es auch dem Letzten zu dumm. Neue Schüler kommen, irgendjemand anderes baut Mist …«

»Hör auf!« Wenn sie ihre grünen Augen zu schmalen Schlitzen zusammenkneift, sieht sie noch katzenhafter aus. »Du bist nicht lange genug in Sensus Corvi. So was hab ich hier noch nie erlebt!«

Ich drücke sie kurz und packe dann eins der Sandwiche aus, die wir in der Mensa geholt haben.

»Du isst? Ich könnte Brandon jetzt einen Hurlingschläger über den Schädel ziehen.«

»Könntest du nicht!« Nachdem ich eine Gurkenscheibe hinuntergeschluckt habe, schaue ich sie todernst an. »Du reichst mitsamt Schläger höchstens bis zu seiner Nase.«

Die Wut in ihren Augen bricht. Sie gibt mir einen Knuff gegen den Arm.

»Spiel du nur die Unverletzliche. Ich kenne dich besser. Und glaub mir. Mobbing ist bei uns Raben eigentlich verpönt, es sei denn, es wird von oben angeordnet, weil jemand gegen die Regeln verstößt. Ansonsten halten wir Raben …«

»Zusammen. Ich weiß. Aber ich habe gegen die Regeln verstoßen, Faye.«

»Farran hat dir in seiner Ansprache eine Amnestie erteilt. Ich war ja nicht dabei, aber Kelly …«

»Na, Emma, heute schon einen Mitschüler erstochen?«, raunt eine tiefe Stimme in unserem Rücken.

Faye keucht erschrocken auf. Den linken Unterarm auf die Lehne hinter ihrem Kopf abstützend, schwingt sich Jamie wie ein Kunstturner über unsere Bank und landet geschmeidig neben Faye. Wow! Ich will nicht wissen, wie oft er das in unserer Abwesenheit trainiert hat. Und wie er es schafft, nur mit einem eng anliegenden, schwarzen T-Shirt und dunkler Stoffhose bekleidet, bei dem Wind keine Gänsehaut zu bekommen.

»Habt ihr mir eins mitgebracht?« Er beäugt das Sandwich in Fayes Händen so sehnsüchtig, als hätte er seit Tagen nichts gegessen. Der Ausdruck seiner Augen ändert sich nicht, als er zu ihrem Gesicht hochwandert. Seine Hand rutscht über die Lehne der Bank in ihre Locken. Faye schüttelt sie ab wie eine lästige Fliege und ich presse die Lippen zusammen, um nicht zu lachen.

»Nein, Jamie. Und Emz macht immer noch auf Opferlamm. Leider. Dafür entwickle ich in letzter Zeit ganz eigentümliche Träume.« Er lächelt sie erwartungsvoll an. »Darin kommen ein Messer und ein extrem lästiger Wachmann vor.«

»Ernsthaft? Du *träumst* von mir, Faye O'Brien? Oh Mann!«

Er lehnt sich vor. Sie versetzt ihm einen Stoß gegen die Brust, aber Jamie nutzt die Gelegenheit, ihr lachend das Sandwich aus der anderen Hand zu schnappen. Einige Sekunden lang unterbricht nur das Rascheln des Butterbrotpapiers und das Flüstern des Windes die Stille. Aber Fayes Augen flackern plötzlich so unruhig wie grünes Polarlicht, als sie den Kopf dreht und mich fragend anschaut. Meine Lippen zucken. Ein Schatten legt sich über ihre Miene und die Finger in ihrem Schoß verflechten sich fest ineinander.

»Lasst uns eine Runde durch den Park spazieren!«, schlägt Jamie gut gelaunt zwischen zwei herzhaften Bissen vor.

Was?, fragen meine Augen, als Fayes Gesicht immer bleicher wird. Sie mag ihn doch. Das spüre ich. Schließlich bin ich bereits auf Macmillans Bitte hin während der SPSE-Stunde in ihre Emotionen eingedrungen. Seit Wochen ist Jamie der Einzige, der uns zum Lachen bringt. Aber ihre Augen umschatten sich noch mehr und ihre Stimme klingt ungewohnt schrill, als sie spöttisch sagt: »Damit du vor den anderen Security-Typen mit uns angeben kannst? Das hättest du wohl gern! Wir sind Mystinnen und in deiner Familie besitzt ausschließlich dein Vater eine Gabe.«

Nein! Das bist nicht du, Faye! Ist dir Farrans Rangordnung wirklich so wichtig?

Jamie hält mitten in der Kaubewegung inne und schaut sie an. Schließlich lässt er die Hand sinken und steht langsam auf.

»Danke für das Sandwich, Faye«, sagt er trocken und wirft den Rest des angebissenen Brotes in einen Abfalleimer unweit der Bank.

»Jamie!« Ich springe auf, aber er hat uns schon den Rücken zugedreht und marschiert Richtung Eingangstor. Ein Schritt. Noch einer. Dann höre ich hinter mir einen gedämpften Knall. Ein ohrenbetäubendes Kreischen vibriert schmerzhaft in meinen Ohren und ich fahre herum. Mit angezogenen Beinen, die Arme um die Knie geschlungen, kauert Faye auf der Bank und starrt nach unten. Ihr Gesicht ist so grau wie der Stein unter ihren Chucks und ihre Lippen verziehen sich vor Abscheu. Ich folge ihrem Blick.

Auf dem lehmigen Boden, nur einen halben Meter von mir entfernt, ist etwas Dunkles, Gefiedertes. Als ich mich hinunterbeuge, erkenne ich es.

Ein Wanderfalke.

Er liegt auf dem Rücken, die dunklen Krallen nach oben gereckt und die schwarzen Augen starr auf mich gerichtet. Unterhalb seines Hakenschnabels wird der schmale Hals von einem grünen Gartendraht umschlungen, dessen Ende hoch in die Luft ragt. Ich schaue nach oben in die Äste der Roteiche. Jemand muss ihn dort befestigt haben. So lose befestigt haben, dass der Wind ihn herunterwerfen musste. Jemand, der genau wusste, dass wir hier bei schönem Wetter sitzen. Faye wimmert. Aus den Augenwinkeln sehe ich, wie Jamie zurückeilt, den toten Vogel mit der Stiefelspitze wegstößt und Faye in die Arme nimmt. Sie klammert sich an seine Schultern und schluchzt.

Jemand.

Bevor meine Lippen noch den Namen formen, beginnen meine Füße zu laufen. Ich schnappe nach dem Draht und ziehe den Falken im Rennen hoch. Meine linke Hand gräbt sich in weiche Federn.

»EMMA!«, ruft Jamie. »Wo willst du hin?«

Mein Puls rauscht lauter als der Wind in meinen Ohren und vor meinen Augen glimmen orangefarbene Lichtpunkte.

Ausgerechnet vor Faye!

Konnten sie den Falken nicht einfach in mein Zimmer legen? Von mir aus in mein Bett! Faye, die bissige Dobermänner nur anzuschauen braucht, damit sie sich in zahme Welpen verwandeln, die ihr den Bauch zum Kraulen entgegenrecken. Die im Fota Wildlife Park Geparden und Tiger streichelt wie Hauskätzchen. Natürlich außerhalb der Besuchszeit mit Sondergenehmigung von Farran und unter Aufsicht ihres Vaters, der über dieselbe Gabe verfügt wie sie: wilde Tiere in Sekunden zu besänftigen. Faye hat Hamster, Mäuse, einen

Retriever, drei Katzen und ein Pferd. Raven Spirit ist auf einem Gestüt in der Nähe der Falknerei untergebracht, auf der ihr Vater Wildvögel trainiert. An den Wochenenden hilft sie ihm. Womöglich ist es sogar ein Tier gewesen, das sie kennt.

Oh, ich hasse sie!

Hasse sie! Die Worte pulsieren bei jedem Schritt schmerzhafter in meinem Kopf, als ich endlich den Sportplatz erreiche. Nur die Hälfte der Mannschaft steht bereits in einem Halbkreis um ihren Trainer. Also laufe ich weiter zu den Umkleiden. An der Tür stoße ich mit einem Jungen in dunkler Trainingskleidung zusammen. Sein Hurlingschläger fällt scheppernd zu Boden.

»Pass doch auf!« Er bückt sich nach dem Holz, während ich die Tür weiter aufstoße und mich an ihm vorbeiquetsche.

»Spinnst du? Das ist die Jungenumkleide!«, ruft er mir nach.

Hasse sie!

Es riecht nach Linoleum, Schweiß und Männerdeo.

Meine Augen suchen nach ihnen. Ihm. Gespräche und Lachen verstummen. Ein anzüglicher Pfiff durchbricht die Stille, gerade als Ian sich umdreht. Hellrote, kurze Haare. Aquamarinblaue Augen. Er öffnet den Mund und schaut mich vollkommen überrumpelt an.

Da ist es wieder. Dieses Gefühl. Wie damals in der Mensa. Nur viel stärker. Über Monate unterdrückt bäumt es sich auf, wie ein gefangenes Ungeheuer, das endlich seine Fesseln sprengt. Und Jamie ist nicht da, um mich aufzuhalten.

Nutze. Nicht. Deine. Gabe.

Mit jedem mir selbst befohlenen Wort gehe ich einen Schritt auf ihn zu. Mein Atem ist noch immer hektisch vom Laufen. *Nicht. Deine. Gabe.*

Ich reiße beide Arme nach oben. Die linke mit dem Falken schlägt hart gegen Ians Brust, die rechte schnellt weiter hoch. Meine Hand brennt, dem klatschenden Geräusch folgen empörte Rufe in meinem Rücken und Ians Wange färbt sich so rot wie sein Haar.

»Du. Mieses. Schwein!«, keuche ich nach Atem ringend.

Ian starrt auf den toten Vogel und zuckt angewidert zurück. Der Falke fällt zu Boden. Erst jetzt registriere ich, dass Ian mit nacktem Oberkörper, nur mit seiner Trainingshose bekleidet, vor mir steht. Brandon baut sich wie ein Turm neben ihm auf.

»Raus hier, MacAengus, bevor ich mich vergesse!«

Sein drohender Tonfall könnte dem meines Vaters in seiner zornigsten Stimmung Konkurrenz machen. Sein Blick ebenfalls. Aber ich bin zu sehr damit beschäftigt, dieses Monster in mir zu bändigen, um ihm Beachtung zu schenken.

»Nur zu, Brandon!«, flüstere ich heiser. »Bring es hinter dich! Aber lass in Zukunft Faye aus dem Spiel! Weißt du, Morddrohungen verlieren mit der Zeit ihre Wirkung, wenn nichts weiter passiert. Oder kannst du nur Vögeln den Hals umdrehen?« Ich deute auf den Falken zu ihren Füßen.

»Morddrohungen?« Brandon schüttelt den Kopf und verzieht verächtlich den Mund. »Du bist ja total gestört! Farran sollte dich dringend mal untersuchen lassen.«

Meine Hand ist kalt und zittert, als ich das Handy aus der Rocktasche ziehe und die Fotos suche.

»Ach! Und was ist das hier?« Ich halte ihm das Display vor die Nase. »Und das?« Meine Finger huschen über die Bilder. Erst als das Letzte zur Seite gewischt ist, merke ich, dass ich von mindestens zehn Jungen umringt bin. Nein, umzingelt. Meine Beine fühlen sich auf einmal an, als wären sie aus Gelee.

»Finn, lauf hoch zum Trainer und sag ihm, dass Ian einen Wadenkrampf hat und ich versuche, ihn wegzumassieren«, befiehlt Brandon plötzlich. »Ihr anderen hört auf zu glotzen, als ob ihr noch nie ein Mädchen gesehen hättet! Zieht euch an und raus aufs Feld!«

»Also in unserer Umkleide war bislang noch keins«, witzelt ein schlaksiger Junge mit Igelhaarschnitt.

Unter Brandons Blick verstummt er und zieht sich in Windeseile seine Turnschuhe an.

»Kein Wort von dem, was ihr gesehen und gehört habt! Zu niemandem. Klar?«

»Ja, Captain!«, rufen alle Jungen bis auf Ian.

Verflucht. Das ist nicht gut. Gar nicht gut. Ich will nicht mit Ian und Brandon allein bleiben. Warum fällt mir erst jetzt ein, dass Brandon ein Neurokinet ist? Aidans schmerzverzerrtes Gesicht nach Macmillans »Behandlung« geistert durch meine Gedanken und ich fröstele. Würde man es mir abnehmen, dass ich meine Telekinese nur zur Verteidigung eingesetzt habe? Selbst wenn Brandon seine Gabe nicht anwendet und Ian sich zurückhält, hätte ich ohne sie keine Chance gegen diesen Goliath.

In Rekordzeit verschwindet ein Junge nach dem anderen, bis wir nur noch zu dritt sind. Ian reibt sich mit einem Handtuch über die Brust und zieht sich das Mannschaftsshirt von Sensus Corvi über. Auf seiner linken Wange blüht immer noch ein roter Fleck. Er hat die Stirn in Falten gelegt, als würde er angestrengt nachdenken.

»MacAengus!«, sagt Brandon rau.

Ich halte die Luft an und wappne mich gegen den Schmerz.

Ian stellt sich mit vor der Brust verschränkten Armen neben ihn. »Du solltest das Farran zeigen.«

Wie bitte? Ein hysterisches Lachen bricht aus mir heraus.

»Damit ihr erst recht einen Grund habt, mich eine Verräterin zu nennen? Ist das euer Plan?«

Er verdreht die Augen und schüttelt den Kopf.

»Ich war das nicht«, antwortet Ian stattdessen.

»DU bist uns doch vorhin aus dem Park entgegengekommen!«

»Und?« Ian packt mich so plötzlich an den Schultern, dass ich nicht mehr zurückweichen kann. »Du musst wirklich eine hohe Meinung von mir haben, wenn du glaubst, ich schmiere solche Gemeinheiten heimlich an deinen Spiegel! Und was den Falken anbelangt – ich bin Internatsschüler. Wie soll ich denn an ihn rangekommen sein? Glaubst du, ich hab ihn mit einem Stein abgeworfen, als er zufällig über SENSUS CORVI geflogen ist?«

»Du tust mir weh, Ian«, sage ich leise. Bestimmt habe ich schon blaue Flecken an den Schultern. Zu meiner Überraschung weiten sich seine Augen und er lässt mich abrupt los.

»Tut mir leid, Emma, ich ... ich wollte nicht ...«

»Dann war's eben ein anderer aus eurer Clique. Ist mir auch egal wer, solange ihr Faye da raushaltet!«

Ich drehe mich auf dem Absatz um und versuche, die Tür zu erreichen, aber Brandon hält mich am Arm fest.

»Nicht so eilig, du hörst mir jetzt zu, Emma!« Verwundert schaue ich auf. Emma? Brandon hat seit Silvester nicht mehr meinen Vornamen benutzt. »Deinetwegen sind Dean, unser Trainer und dein Vater tot. MacAengus war nicht beliebt, aber wir haben ihn alle bewundert. Aidan ist verschwunden. Und keiner hier hat einen blassen Schimmer, was genau passiert ist. Nur dass du und Aidan nach Weihnachten zu Montgomry übergelaufen seid, Jared für ihn gearbeitet hat und du reumütig zu den Raben zurückgekehrt bist.« Er lässt meinen Arm los und fährt sich durch die Haare. »Versetz dich mal in unsere Lage! Es gehen die wildesten Gerüchte um und Farran befiehlt uns, einfach so weiterzumachen, als ob nichts geschehen wäre. Ich mag dich nicht, okay? Das hab ich dich spüren lassen. Aber mit den Schmierereien und dem toten Falken haben wir nichts zu tun. Das ist hinterhältig und widerlich. Uns so etwas zu unterstellen ist eine Beleidigung, die ich dir am liebsten sofort heimzahlen würde.«

»Brandon!«, wirft Ian tadelnd ein.

»Halt den Mund, sie ist kein Lämmchen! Dean und Aidan können ein Lied davon singen.«

Ich glaube ihm.

Keine Ahnung, warum. Und er hat recht. *Zwischen den Raben darf es keine Geheimnisse geben*, hat Farran immer gesagt. Warum hat er ihnen dann am ersten Schultag nicht alles erzählt? Wollte er es mir überlassen, um das Vertrauen der anderen wiederzugewinnen? Himmel, warum hab ich nie danach gefragt, ob sie es wissen?

Weil du mehr von deinem verschlossenen Vater hast, als du zugeben willst!

Brandon geht mit schnellen Schritten zur Tür. Ian zuckt die Schultern und folgt ihm.

»Wartet!«, rufe ich, aber er drückt schon die Klinke. »Brandon, bitte!«

Ohne sich umzudrehen, hält er inne.

Gib ihm was, irgendwas, damit er bleibt!

»Dean tut euch also leid? Mir nicht!«

Ich beobachte, wie Brandon die Hände zu Fäusten ballt

und seine Schultern strafft. Es fällt mir so irrsinnig schwer, es zu sagen.

»Er hat zusammen mit seinem Vater meine Mutter ermordet. Nachdem Dean sie geortet hat, konnte er eine Projektion von mir vor ihrem Auto aufwerfen, der sie ausgewichen ist. Sie war auf der Stelle tot.«

Brandon und Ian drehen sich um. Auf ihren Gesichtern liefern sich Entsetzen und Ungläubigkeit einen Kampf. Aber ich bin noch nicht fertig.

»Und was Aidan anbelangt, der hat an Silvester Jared erschossen und Dad aus Farrans Panoramascheibe geschleudert.«

In zwei Sätzen steht Brandon wieder vor mir, rote Flecken in dem wutverzerrten Gesicht.

»DU LÜGST! Aidan hat MacAengus mehr als seinen Vater geliebt!«

»ICH WEISS! Was glaubst du wohl, warum er danach abgehauen ist? Was glaubst du wohl, wie ich mich seitdem fühle!«

Mit einem lauten Krachen schlägt die Tür gegen die Wand. Ian springt erschrocken zur Seite.

»Lass Emma sofort in Ruhe, Miles!«, knurrt Jamie mit erhobener Waffe. Schweißperlen glänzen auf seiner Haut. Er muss mich schon eine ganze Weile auf dem Schulgelände suchen.

Brandon lächelt mir spöttisch zu und wendet sich langsam um. »Beeindruckend! Sollst du neuerdings Verräter beschützen?«

Jamies Miene bleibt unbewegt, bis auf ein winziges Zucken um das rechte Auge.

»Komm, Ian, die anderen warten!«, sagt Brandon und schiebt seinen Freund zur Tür hinaus.

Aidan

NEW YORK

»Monster.«

Die Flugbegleiterin zieht die Lippen nach oben. Ein karmesinfarbener faltiger Streifen über leicht gelblichen Zähnen. Unter ihren Augen verklebt Maskara ihre Wimpern zu Spinnenbeinen. Sie hebt ihre Hand und deutet mit einem spitzen Fingernagel auf mich.

Monster? Ich versuche mich auf das Wort zu konzentrieren, zu begreifen, warum sie mich so nennt, aber ich fühle nur den dumpfen Schmerz in meinem Hinterkopf, ein Pulsieren hinter meiner Stirn und die Kontaktlinsen wie trübe Glasplättchen in meinen Augen, die meine Sicht verschmieren.

»Sir, das Monster.«

Muss ich das verstehen?

Sie beugt sich auf einmal vor und ich presse mich in die Lehne meines Sitzes. Ein süßer, schwerer Geruch umfängt mich. Welkende Blumen, ein schwarzer Sarg, Musik. Ich sollte jetzt laufen.

Konzentrier dich!

Aber in meinem Gehirn herrscht nur Chaos. Wie lange fliegen wir schon? Wie lange bin ich eigentlich schon wach? Es wäre so schön, einfach einzuschlafen. Ihr Arm streift mein Kinn, als sie nach dem Rollo greift.

Licht.

Heller als ein Blitz. Glühende Punkte auf meiner Netzhaut. Es brennt. Ich schließe die Augen. Die Musik ist immer noch da. Wumm, wumm, wumm. Ein dumpfer Bass. Dazwischen singt sie. Die Flugbegleiterin? Scheiße, ich verliere den Verstand.

Konzentrier dich, verdammt noch mal!

Ich zwinge mich, die Augenlider nach oben zu schieben, kämpfe gegen die Helligkeit, blinzele die Tränen weg.

»... Sicherheitsgurt schließen. Ist Ihnen nicht wohl, Sir?«

Die Worte klingen, als hätte sie jemand mit dem Synthesizer verzerrt. Nicht gut. Gar nicht gut.

»Okay«, ist alles, was ich herauswürgen kann. Meine Stimme klingt auch eigenartig. So als wäre ich betrunken. Ich taste nach dem Gurt an meinem Bauch und stecke ihn zusammen. Es klappt erst beim dritten Versuch. Die Frau runzelt die Stirn. Anstelle von Augenbrauen hat sie schwarze Striche auf ihre Haut gemalt.

Ein Rütteln geht durch das Flugzeug.

Wir landen.

Rufe, Hupen, quietschende Reifen, das Brummen von Motoren. Alles ist lauter als sonst, heller. Selbst die Farben sind intensiver.

Du musst laufen.

Ja doch! Aber nach den ersten Schritten bricht überall auf meiner Haut Schweiß aus und mir wird übel. Meine Beine fühlen sich an wie Brei. Mein Kopf auch. Als das gelbe Auto langsam neben mir fährt, hebe ich die Hand.

»Wohin?«

Denken ist noch schwieriger als laufen. Der Mann dreht sich nach hinten um und zieht die grauen Augenbrauen hoch.

»Du hast doch Kohle, Bruder?«

»Sicher.«

Ich nestele den Geldbeutel aus meinem Rucksack und zeige ihm einen 100-Dollar-Schein.

»Siehst echt fertig aus«, sagt er und grinst breit. Die Zähne leuchten weiß in dem dunklen Gesicht. »Na, in deinem Alter konnte man mich nach Silvester auch in die Tonne klopfen. Genieß es!«

Es fühlt sich nicht an, als hätte ich besonders viel Spaß gehabt.

Der Mann öffnet das Handschuhfach und holt eine Medikamentenpackung heraus. Er reicht sie mir zusammen mit einer Dose Cola nach hinten.

»Wirf erst mal ein Aspirin ein. Wirkt manchmal Wunder.« Braune Augen beobachten mich durch den Rückspiegel, während ich zwei Tabletten schlucke. Die Cola prickelt auf meiner Zunge.

»Manhattan«, sage ich. Meine Stimme hallt in den Ohren wie ein Echo. »Danke.« Ich gebe ihm die Packung wieder zurück.

Die Fahrt dauert fast eine Stunde.

Als ich am nördlichen Teil des Central Park aussteige, ist es Viertel nach zwei. Durch das Aspirin sind die Kopfschmerzen etwas leichter geworden. Aber die Stimmen und Geräusche klingen immer noch verzerrt, und ich bin so müde, dass ich wahrscheinlich im Stehen einschlafen könnte, wenn es nicht so verdammt kalt wäre.

Ich gehe ein Stück in den Park hinein. Lachende Kinder hasten mit Schlittschuhen über den Schultern an mir vorüber. Was nun? Ich setze mich auf eine Bank. Mein Atem schwebt wie ein weißes Gespenst vor mir. Die Kapuzenjacke ist nicht wirklich warm. Ich sollte mich bewegen, wenn ich nicht erfrieren will. Nur einen Augenblick noch. Nur noch einmal kurz die Augen schließen.

Stimmen.

Etwas berührt mein Gesicht, drückt mir mit Gewalt das linke Auge auf. Weißes Licht stößt wie eine Klinge in meine Pupille. Ich blinzele. Mein Körper ist so schwer wie Blei und zittert ununterbrochen. Die Luft, die ich einatme, ist eisig, aber gleichzeitig ist mir fürchterlich heiß und ich versuche herauszufinden, wie das sein kann.

»Verstehst du mich?«, ruft eine raue Männerstimme ganz nah an meinem Kopf.

Ich bin nicht taub.

Aber scheinbar sehe ich nicht gut. Da ist etwas in meinen Augen und ich reibe mit den Händen darüber, bis es draußen ist. Jemand zerrt meine Hände nach unten.

»Schau dir das an, Mike. Das is'n Weißer. Hat sich geschminkt.« Ein Ruck an meinem Kopf. »Und 'ne Perücke aufgesetzt.«

Ich erkenne die Umrisse eines runden Gesichtes. Der Mann, der sich über mich beugt, ist vielleicht Mitte zwanzig und trägt eine dunkle Jacke mit Messingknöpfen. In seiner Hand hält er eine Pistole. Alles in mir erstarrt. Als er sich zur Seite dreht, streift das Licht seinen Arm. Ein dreieckiges Wappen mit goldenem Rand ist auf Schulterhöhe angebracht. *Police Department* leuchtet mir in weißen Großbuchstaben entgegen. Ich atme langsam aus und setze mich auf.

»Zeig mir mal deinen Ausweis, Junge«, sagt der Polizist namens Mike. Seine Stimme klingt freundlicher als die seines Kollegen.

Ich bewege die Finger über die Bank auf der Suche nach dem Rucksack. Eben habe ich ihn hier abgestellt.

Eben hat noch die Sonne geschienen.

Jetzt ist es dunkel.

Im Lichtkegel von Mikes Taschenlampe spähe ich unter die Bank.

Leer.

Ich schwitze. Und schlottere.

»Mein Rucksack ist weg«, sage ich.

»War bestimmt ein halbes Vermögen drin«, spottet der Polizist mit der Waffe.

Fünftausend Dollar in bar. Ich nehme nicht an, dass er mir glauben wird. Mike zieht etwas aus seiner Jackentasche. Sieht wie ein Notizblock aus. Er klemmt die Taschenlampe unter den Arm.

»Name? Adresse? Alter?«

Jedes Wort ein Schlag. Und ich kenne die Antworten nicht.

Keine einzige.

Mein Herz klopft auf einmal so hart gegen meine Brust, als wollte es sie sprengen.

Nur ein Albtraum. Gleich wachst du wieder auf.

Aber statt aufzuwachen, springe ich hoch, taste über meine Kleidung, durchwühle meine Taschen. Nichts.

»Mach deinen Mund auf!«

Niemand. Niemand vergisst einfach so seinen Namen. Warum ich? Warum muss das ausgerechnet mir passieren? Was soll ich denn jetzt tun? Wo soll ich hingehen?

Die Pistole ist immer noch auf mich gerichtet, als er fragt: »Nehmen wir ihn mit aufs Revier? Der hat bestimmt was ausgefressen. Ich tipp auf Drogen.«

»Oder gestern zu ausgiebig gefeiert. Gehen wir, Junge.«

Er hebt die Hand, um nach mir zu greifen, und ich weiche einen Schritt nach hinten aus.

Da passiert es. Die Luft vor mir vibriert, reißt Staub und Steinchen weit nach oben und fegt wie ein Orkan über die Männer hinweg, die rückwärts zu Boden stürzen. Es knallt mehrmals und ein Projektil fliegt ganz knapp an meiner Wange vorbei.

Ich ducke mich und renne los.

Emma

NACHTS

»Emma!«

Mein Schlafshirt klebt feucht auf meiner Haut, als ich aufwache und die Nachttischlampe anknipse. Ich höre Gemurmel vor meiner Tür und schaue auf meinen Wecker. Halb drei. Hastig wische ich mir die Tränen aus dem Gesicht, schleiche barfuß zur Tür und lege mein Ohr an das Holz.

»... ihr vorher sagen müssen.«

»Dann hätte sie uns an die Wachen verpfeifen können. Hast du etwa Lust auf Nachsitzen?«

»Und jetzt? Sie schläft wie ein Stein und wenn wir noch mehr Lärm machen ...«

Das Metall des Schlüssels ist so kalt wie meine Finger. Ich drehe ihn um und öffne die Tür.

»Was ...«, beginne ich, aber Brandon und Ian stürmen an mir vorbei, als wäre es das Natürlichste der Welt, nachts in ein Mädchenschlafzimmer einzudringen.

Ich stemme meine Hände in die Hüften. »Was zum Teufel wollt ihr hier?«

Brandon stößt sich von der Tür ab und geht geschmeidig wie ein Panther auf mich zu. Ich zwinge mich, nicht ins Bad zu laufen und mich einzusperren. Etwas in Ians Augen verrät mir, dass Brandons einschüchterndes Gehabe nicht ernst gemeint ist. Sekundenlang starren wir uns an.

»Wir wollen dich zu einer Märchenstunde einladen. Manchmal treffen wir Internatsschüler uns nachts und erzählen uns Geschichten.«

Wie bitte?

»Um halb drei? Spinnt ihr?«

Ian stellt sich neben ihn, beide Hände in den Taschen seiner Jeans vergraben. Er sieht aus, als würde Macmillan ihn gerade am Whiteboard ausfragen.

»Ähm … also diese Treffen sind … sehr selten«, stottert er. »Und freiwillig. Du musst nicht … Aber vielleicht wäre es besser, wenn du …«

»Das letzte Mal hat Jared uns ein Märchen erzählt«, unterbricht Brandon ihn rau.

Jetzt verstehe ich.

»Lass mich raten. Es hieß *Blaubart*.«

»Richtig.«

Armer Jared. Er hat versucht, sich zu rechtfertigen, aber sie haben ihm nicht geglaubt. Deshalb ist er von Dad nach Deutschland geschickt worden. Ich möchte ihn ohrfeigen vor Wut.

»Und wie lautet mein Märchen?«, frage ich stattdessen mit so viel Kälte in der Stimme, wie ich aufbringen kann.

Brandons Augen weiten sich ein wenig und er beugt sich zu mir hinunter, bevor er leise flüstert: »Von einem Mädchen, das auszog, ein Rabe zu werden, und als Falke zurückkam, um seine Brüder zu ermorden.«

Ian stöhnt auf. »Mensch, kannst du nicht wenigstens warten, bis sie vor dem Tribunal ist? Musst du ihr jetzt schon Angst machen?«

Tribunal? Das wird ja immer besser.

»Angst? Vor euch? Träum weiter!«

Ich kann nur hoffen, dass ihnen das Zittern in meiner Stimme nicht auffällt.

In den Gängen brennt nur die Notbeleuchtung. Dennoch beäuge ich misstrauisch die schwarze Kamera, die am Flurende über der doppelflügligen Tür hängt.

»Keine Sorge, die hat Sheila alle auf Standbild geschaltet, war ein Kinderspiel für sie«, flüstert Ian mir zu. Brandon marschiert mit so großen Schritten vorneweg, dass ich fast ins Laufen komme. Sheila ist einen Jahrgang über mir. Ein Technik- und Mathematikgenie. Ihre Gabe besteht laut Aidan darin, die kompliziertesten Schaltpläne von Computern wie Bauklötzchen-Anleitungen für Kindergartenkinder zu sehen. Sie beherrscht alle gängigen Programmiersprachen und arbeitet an aufwendigen Hackerprogrammen zum Knacken von Sicherheitscodes.

Sensus Corvis Biologie- und Chemiesaal zählt schon tagsüber nicht zu meinen Lieblingsklassenzimmern. Jetzt würde ich am liebsten auf der Stelle kehrtmachen.

Es riecht nach Wachs, Schwefel und abgestandenem Wasser. Tierpräparate von Eulen und Mardern erwachen in dem trüben Licht flackernder Kerzen zum Leben und Repliken von Urmenschenschädeln starren mich vorwurfsvoll aus hohlen Augenlöchern an. Die Vorhänge der Kellerfenster sind zugezogen und die etwa vierzig Internatsschüler sitzen in den Bankreihen, die stufenförmig nach oben angeordnet sind. Unten, vor dem Pult, mit Blickrichtung zu den Bänken, steht ein einzelner Stuhl. Um ihn herum sind in einem Halbkreis Kerzen in unterschiedlich hohen Ständern und Teelichter angeordnet. Ohne Zweifel mein Platz. Hell erleuchtet, einer anklagenden Masse ausgesetzt, die im Halbdunkel Zuflucht findet.

Hat Ian nicht etwas von freiwillig gesagt?

Reiß dich zusammen! Du bist ein Rabe, kein Feigling.

Die Schüler in den ersten Reihen werfen mir feindselige Blicke zu.

»Okay, Leute. Für diejenigen unter euch, die noch nicht wissen, wie das Tribunal abläuft, eine kurze Einleitung«, beginnt Brandon. »Zunächst wird Keira die Anklagepunkte vorlesen, die wir vorab gesammelt haben. Emma hat dann eine halbe Stunde Zeit, sich zu rechtfertigen. Anschließend stimmen wir darüber ab, ob wir sie in unserem Kreis behalten oder für den Rest ihrer Schulzeit ächten werden. Es gibt keine Enthaltungen. Wer für Emma stimmt, malt einen Kreis auf seinen Zettel. Gegner zeichnen ein Kreuz. Das Urteil wird den Nicht-Internatsschülern mitgeteilt, die sich danach zu richten haben.« Er macht eine kurze Pause.

Den Nicht-Internatsschülern? Kälte kriecht in meine Fingerspitzen. Faye! Für sie gilt das Urteil also auch.

»Ich muss euch nicht erst erklären, dass diese Abstimmung streng geheim ist. Wer petzt, wird ebenfalls geächtet«, erklärt er kühl. »Und bevor du uns verurteilst: Die Regeln hat sich keiner von uns ausgedacht. Keira, zeig ihr die Urkunde.«

Sie zieht ein Blatt Papier aus ihrer Umhängetasche und reicht es nach vorn. Das Schriftstück sieht aus, als wäre es mehr als hundert Mal entfaltet und wieder zusammengelegt worden. Es ist an den Kanten und Ecken leicht eingerissen, vergilbt und mit einem halb zerbrochenen Wachssiegel versehen, dessen Symbol nicht mehr zu erkennen ist. In außergewöhnlich schwungvollen Schriftzügen fließt die schwarze Tinte über das Blatt. Auch ohne ein Grafologe zu sein, lese ich darin starkes Selbstbewusstsein. »Das Tribunal – Notwendigkeit, Methodik, Urteilsüberwachung« lautet die Überschrift.

Du kannst froh sein, dass sie nicht einen Inquisitionsbericht aus dem Mittelalter herausgekramt haben.

»Sie wurden von einem gewissen Ethan Parker aufgestellt, nachdem sein Mitschüler Richard Montgomry begann, innerhalb von SENSUS CORVI Falken gegen Farran zu rekrutieren. Parker wollte, dass die Schüler Druck auf Montgomry ausüben, bevor er ihn an Farran meldete. Das entspricht dem Gedanken, dass Raben erst einmal zusammenhalten und versuchen, intern ihre Probleme zu lösen.«

Dann liest Keira die Anklagepunkte vor:

1. Geheime Treffen mit den Falken.
2. Verrat interner Geheimnisse.
3. Abwerben loyaler Raben und Überlaufen zum Feind.
4. Teilnahme an offenen Kampfhandlungen gegen die Rabengemeinschaft.
5. Ermordung von mindestens einem Rabenmitglied.

»Was hast du dazu zu sagen?«

Ja, was? Wo soll ich anfangen? Wie soll ich in einer halben Stunde erklären, was in dem letzten Dreivierteljahr passiert ist? Über der Tür schwebt die Uhr wie ein Beil. Dreimal hat ihr Zeiger bereits surrend den Kreis umrundet, aber ich bringe kein Wort heraus.

Sieh sie nicht an!

Doch meine Augen wandern bereits über ihre Gesichter und jeder Funken Hoffnung verglüht in der sengenden Hitze ihres Hasses. Keira, die Harmonikerin, kann durch minimale Frequenzänderungen in ihrer Stimme ihre eigenen Emotionen mit einer Macht auf andere übertragen, dass die Sirenen Odysseus' neidisch werden könnten. Die perfekte Rednerin.

Bewusst oder unbewusst, ich bin mir sicher, dass sie eben ihre Gabe eingesetzt hat. Vermutlich würden mich selbst dann alle hassen, wenn sie anstelle der Anklagepunkte die erste Seite des Corker Telefonbuchs vorgelesen hätte.

Wenn doch nur Faye hier wäre! Aber sie ist keine Internatsschülerin. Der Zeiger wandert weiter.

Fünf Minuten.

Ich öffne den Mund und sage: »Alle fünf Anklagepunkte stimmen.«

Aidan

NATHANIELS SUCHE

Menschen.

Je mehr, desto besser. Sie können unmöglich mitten in die Menge schießen.

Meine Füße jagen über den asphaltierten Weg, bis sie eine gepflasterte Straße erreichen. Das Ende des Parks liegt vor mir. Straßenlaternen, Autos, das fünfstöckige Gebäude mir gegenüber, alles ist hell erleuchtet. Der Geruch von ranzigem Frittierfett einer Imbissbude streift mich. Ein weißblauer Stadtbus versperrt mir plötzlich den Weg. Ich laufe einen kleinen Bogen, um hinter dem Bus die Fahrbahn zu überqueren, vorbei an einer grünen Straßenlaterne mit einem weißen Schild. Erst als ich aus dem Schutz des Busses hervorrenne, wird mir klar, was darauf stand: NYPD Überwachungskamera.

Verdammt! Jetzt hat die Polizei mich auch noch gefilmt. Einen kurzen Moment stocke ich.

Und der dunkelblaue Van auf der gegenüberliegenden Straßenseite verpasst mich um wenige Zentimeter.

Reifen quietschen, jemand schreit aufgebracht.

Konzentrier dich! Aber ich kann nur an eines denken:

Wie heißt du?

Ein Backsteingebäude mit vergitterten Erdgeschossfenstern und Feuerleitern an der Außenfassade, die grellroten Türen einer Baptistenkirche, Leuchtreklame, kahle Bäume und blinkende Ampeln wirbeln in einem bunten Farbenrausch an mir vorbei.

Und meine Füße klopfen *Name, Adresse, Alter* in den Asphalt.

Nur wenige Blocks entfernt höre ich Polizeisirenen und aufgeregte Rufe. Im Zickzack jage ich zwischen Fußgängern und Autos über die nächste Querstraße. Aus einem Gully dringt Fäulnisgeruch. Ich biege um die Ecke und stolpere in einen Berg von Mülltüten, die auf dem Gehweg neben der Straße liegen, kann meinen Sturz gerade noch auffangen und remple eine Frau in einem dunklen Wollmantel an. Sie ruft mir eine Beleidigung hinterher.

Name, Adresse, Alter.

Schweiß läuft in Rinnsalen über mein Rückgrat. Etwas stimmt nicht mit mir. Alle Glieder schmerzen. Mein Herzschlag flattert unregelmäßig und ich bekomme kaum noch Luft. Ich muss aufhören zu laufen. Aber die Sirenen kommen unaufhaltsam näher.

Nathaniel's Quest steht in altertümlich verschnörkelten, goldenen Lettern über der schwarzen Holztür. Unschlüssig stehe ich davor. Das einzig beleuchtete Geschäft weit und breit. Wahrscheinlich ist es trotzdem geschlossen. Mein Atem schlägt stoßweise gegen die quadratischen Glaseinsätze und taucht sie in ein milchiges Weißgelb. Ein Windspiel aus Bambusstäben erzeugt dumpfe Klänge, als ich die matt geriebene Messingklinke drücke und den Laden betrete. Vor meinen Augen öffnet sich ein Raum mit deckenhohen Wandregalen, vollgestopft mit Büchern jeglicher Art. Es riecht nach Leder und Holz, Papier und Staub, aber über allem liegt ein feiner, blumiger Duft, den ich nicht zuordnen kann.

Drei Schritte von mir entfernt teilen zwei Meter hohe Regale das Geschäft in ein enges Labyrinth, das nur von Wühltischen mit gefährlich hohen Bücherstapeln unterbrochen wird. Noch nie habe ich so viele Bücher auf so kleinem Raum gesehen. Was für ein Durcheinander! Alte Lederfolianten stecken zwischen abgenutzten Taschenbänden, dazwischen liegen große Bildbände auf ihrem Buchrücken, sodass ihre Titel erst lesbar sind, wenn man sie herauszieht. Grünpflanzen in Tonkübeln wuchern die schmalen Wege zwischen den Regalen fast zu.

Lautes Geschrei dringt von der Straße herein und ich quetsche mich schnell an den ledrigen Blättern eines Gummibaums vorbei in den hinteren Bereich des Ladens. Polizeisirenen folgen und plötzlich fragt eine Frauenstimme hinter mir: »Suchst du was Bestimmtes?«

Ich fahre herum, stoße mit dem Ellenbogen an einen Bücherstapel auf dem Wühltisch neben mir und die obersten Bände landen mit einem lauten Knall auf dem Boden. Verdammt!

»Tut mir leid!«, rufe ich und gehe in die Hocke, um die Bücher aufzuheben. Als ich mich langsam wieder aufrichte, wandert mein Blick von dunkelblauen Turnschuhen über eine Jeans und einen schwarzen Rollkragenpullover zu dem Gesicht einer etwa vierzigjährigen Frau. Sie ist einen halben Kopf kleiner als ich und trägt ihr braunes Haar mit einem Band zu einem Pferdeschwanz gebunden. Eine schwarze eckige Plastikbrille sitzt auf ihrer schmalen Nase. Lächelnd nimmt sie mir die Bücher ab. An ihrem linken Mittelfinger klebt blaue Tinte.

Bambusstäbe schlagen aneinander.

Mein Herz zieht sich schmerzhaft zusammen. Ich halte den Atem an und beiße die Zähne fest aufeinander, um nicht zu schreien. Die Frau stellt gelassen die Bücher ab, hebt ihre Hand und berührt meinen Arm.

»Versteck dich hinten im Lager«, flüstert sie, als wüsste sie, dass ich verfolgt werde, als wäre ich ihr Sohn oder ein guter Freund ihres Sohnes oder irgendein Verwandter.

»Hallo? Jemand da?«, ruft eine barsche, männliche Stimme.

Ich habe die Hintertür erreicht, öffne sie vorsichtig und husche in einen schmalen, niedrigen Gang. Der blumige Duft ist hier noch stärker. Links von mir entdecke ich ein kleines Büro mit einem Schreibtisch, auf dem handgeschriebene Blätter neben einem Notebook liegen. Rechts zweigt das Lager ab. Kartons türmen sich hier bis zur Decke. Es riecht nach feuchtem Estrich. Kein guter Lagerort für Bücher. Ich schleiche zurück zur Tür, um zu lauschen.

»... nicht. Das hätte ich sicher gemerkt. Sehen Sie, über der Tür hängt eine Kamera.«

Ach, wirklich? Dann hat sie mich also die ganze Zeit beobachtet, als ich hereinkam.

»In Ordnung, Ma'am. Trotzdem sollten Sie lieber aufpassen. Der Kerl sieht wie ein harmloser Jugendlicher aus, aber er hat zwei erfahrene Kollegen mit irgendeiner asiatischen Kampftechnik zu Boden geschlagen.«

Ich hab was?

»Dann sperre ich jetzt besser ab, Officer. Ich war gerade dabei, die Buchhaltung zu machen und dachte, vielleicht schauen ein paar Spaziergänger auf der Suche nach einem guten Roman rein. Lesen Sie gerne Bücher? Ich habe auch Krimis.«

»Danke, Ma'am.« Er hüstelt. »Ich bin mehr der Fernsehtyp.«

»Na dann. Viel Erfolg bei Ihrer Jagd.«

»Magst du Jasmintee?«

Sie bewegt sich so leise durch ihr Buchlabyrinth wie eine Schlange im Dschungel. Jasmin. Das habe ich also die ganze Zeit über gerochen.

»Warum haben Sie das getan?«

Sie zuckt die Schultern und geht zu einem niedrigen Schrank, auf dem ein silberfarbener Teekocher steht. Ich starre auf ihren schmalen Rücken, während sie mit dem Geschirr klappert.

»Ich mag Polizisten nicht«, erklärt sie. »Die meisten sind unfähig. Machen zu viele Fehler, die hinterher nicht mehr korrigierbar sind.« Sie dreht sich mit zwei Tassen in der Hand um und deutet mit einer Kopfbewegung auf den Stuhl. »Warum setzt du dich nicht? Du siehst müde aus.«

Ich zögere einen Moment. Aber die Versuchung ist zu groß. Langsam lasse ich mich auf den Bürostuhl sinken und nehme die Tasse aus ihrer Hand. Ich nippe an dem heißen Getränk. Den Geschmack kenne ich irgendwoher. Die Frau schiebt ihre Unterlagen auf dem Schreibtisch beiseite und lehnt sich neben mir gegen seine Kante.

»Woher wussten Sie, dass ich verfolgt werde?«

Sie lächelt und stellt ihren Tee auf den Tisch. Dann deutet sie auf meine linke Schulter. Ich drehe den Kopf.

»Oh!«, entfährt es mir ungläubig. Der Baumwollstoff meiner Jacke ist etwa fingerbreit zerfetzt.

»Sie haben auf dich geschossen«, stellt sie fest.

Etwas sagt mir, dass ich lieber nicht darauf antworten sollte. Also nehme ich einen großen Schluck Tee. Wärme breitet sich in meinem Bauch aus, wandert durch meinen Körper bis in meine Fingerspitzen.

»Ich bin Amy und wie heißt du?«

Fast hätte ich aufgelacht. Die Tasse ist zu zwei Dritteln leer, als ich den Blick hebe.

»Tom... Thomas«, sage ich.

Ihr Gesicht wird irgendwie unscharf. Als ich auf den Boden schaue, wölbt er sich mir entgegen.

»Entspann dich, Thomas.« Ihre Augen sind auf einmal sehr ernst. »Du musst keine Angst haben. Ich helfe Jungen wie dir.« Sie klingt, als spräche sie in einen Stimmenverzerrer. Mein Puls rauscht wie ein wilder Strom in meinen Ohren. Ich starre auf die Tasse. Meine Finger öffnen sich und sie rutscht mir aus der Hand, prallt auf den Boden und rollt vor Amys Füße. Sie ignoriert die Teereste, die dabei auf unsere Schuhe spritzen.

Ich mag Polizisten nicht. Die meisten sind unfähig. Machen zu viele Fehler ...

Oh mein Gott! Ich versuche, mich aufzurichten, aber meine Muskeln gehorchen mir nicht. Tränen stürzen mir in die Augen.

»Bitte nicht!«, flüstere ich.

»Gleich ist es vorbei. Wehr dich nicht dagegen.«

Dann wird es dunkel und ich fühle Regen. Hart wie Glassplitter peitscht er gegen meine Haut. Jemand ist bei mir. Und ich ertrinke in Glück.

Emma

DAS URTEIL

»Lügnerin!«

Keiras Schrei ist wie ein Schwall Eiswasser ins Gesicht. Ich habe mich so auf meine Erzählung konzentriert, dass ich die anderen Schüler tatsächlich vergessen habe. Als mein Blick jetzt zu der Uhr über der Tür wandert, muss ich blinzeln. Kurz vor fünf! Warum hat mich keiner nach einer halben Stunde unterbrochen?

»Aidan hat Jacob niemals getötet! Er wollte zu Lynn zurück, und Emma erfindet aus Eifersucht alles nur, um ihn schlecht zu machen und von ihrem Verrat und Deans Ermordung abzulenken.«

»Und wie erklärst du dir, dass Aidan fort ist?«, wirft Ian ein. »Hält sie ihn seit Januar gefesselt in ihrem Wäscheschrank versteckt, damit er nicht zu Lynn läuft?«

»Keine Ahnung!«, giftet Keira. »Wahrscheinlich hat Emma selbst ihren Vater umgelegt und das hat ihn so schockiert, dass er ...«

Ich springe auf und grabe meine Nägel in die Handinnenflächen. »Wenn es dem hohen Tribunal nichts ausmacht, würde ich gerne draußen warten, bis die Abstimmung zu Ende ist.«

Ein paar Schüler kichern, aber Keiras Stimme überschlägt sich vor Wut: »Du arrogantes Miststück! Farran kann dir hier nicht beistehen. Ich rate dir, etwas höflicher ...«

Mit drei schnellen Schritten stehe ich so nah vor ihr, dass sie unmerklich zurückzuckt. »ICH rate DIR mich augenblicklich gehen zu lassen, Keira. Denn Farran kann dir ebenfalls nicht beistehen, wenn ich jetzt die Kontrolle über meine Gabe verliere.«

Sie schluckt und drängt sich näher an Brandon. Aber der macht einen Schritt zur Seite.

»Wenn du nicht endlich aufhörst, die anderen zu beeinflussen, werde ich ein neues Tribunal eröffnen müssen. Und zwar über dich, Keira.«

Ich warte nicht ihre Reaktion ab, sondern drehe mich um und eile hinaus.

Nach dem dichten Gedränge im Chemiesaal ist die Luft im Kellergang frisch. Bis auf einen grün beleuchteten Lichtschalter am Ende des Flurs umgibt mich vollkommene Dunkelheit. Ich hätte eine Kerze mitnehmen sollen. Ein dünner Schweißfilm liegt auf meiner Haut und ich beginne zu frösteln. Ein paar Schritte von der Tür entfernt lasse ich mich zu Boden gleiten, schlinge die Arme um die Knie und stütze mein Kinn darauf ab. Ich soll meinen eigenen Vater umgebracht haben? Vollkommen absurd! Und doch. Es fühlt sich richtig an. Als wäre das tatsächlich die Wahrheit. Ich schließe die Augen und konzentriere mich auf meine Gefühle. Hat Keira mich mit ihrer Gabe beeinflusst? Ich kann doch unmöglich Dad …

Etwas Warmes berührt plötzlich meine Wange, und als sich mein Mund zu einem Schrei öffnet, presst sich eine Hand auf meine Lippen. Mein Körper reagiert, bevor ich ihn aufhalten kann. Die Gestalt, die sich über mich gebeugt hat, prallt polternd an die gegenüberliegende Wand. Die Tür des Chemiesaals wird aufgerissen und kurz darauf erscheint Brandon im Lichtkegel einer Taschenlampe.

»Verdammt noch mal, könnt ihr zwei nicht leiser …«, zischt

er, dann bleibt ihm der Rest des Satzes im Mund stecken. Voller Entsetzen starre ich geradeaus. Was habe ich getan?

»Entschuldige!«, stöhnt Ian, schiebt sich höher und reibt sich seinen Kopf. »Bin nur in der Dunkelheit gestolpert.«

Brandon kneift die Augen zusammen und sieht mich durchdringend an. Dann geht er vor mir in die Hocke und drückt mir seine Taschenlampe in die Hand.

»Sieh zu, dass es nicht noch mal passiert, Ian«, sagt er, ohne den Blick von mir abzuwenden.

Kaum ist die Tür wieder hinter Brandon ins Schloss gefallen, stürze ich zu ihm. »Ian, ich wollte nicht … es tut mir so leid, ich wusste doch nicht …«

Er streicht über meine Wange und ich erkenne die Berührung von vorhin wieder.

»Hey, schon okay. Als du schreien wolltest, musste ich dir den Mund zuhalten wegen der Security-Typen. Ich wollte dich nicht erschrecken.«

»Hör auf, dich zu entschuldigen. Ich hab total überreagiert.« Und dann bricht es einfach aus mir heraus: »Ich, ich hab's einfach nicht mehr im Griff, verstehst du? Seit Silvester kämpfe ich schon dagegen an. Damals in der Mensa, als du mit dem Messer gespielt hast, und vorhin, ich schwöre dir, wenn Keira weiter auf mich eingeredet hätte …«

Er lacht leise. »Was glaubst du, warum ich gerade zu dir gegangen bin? Du weißt, dass ich ein Aerokinet bin?« Ich nicke und er holt tief Luft. »Die Kerzen haben schon zu flackern begonnen.«

Es dauert ein paar Sekunden, bevor ich verstehe, was er mir sagen will.

»Du … du hattest deine Gabe auch nicht mehr unter Kontrolle?«, flüstere ich erstaunt. »Wieso?«

»Ich sag dir lieber nicht, was Keira noch alles von sich gegeben hat, nachdem du draußen warst. Seit Dean mit ihr Schluss gemacht hat, ist sie ein totaler Psycho.«

Ich entspanne mich wieder und rutsche neben ihn an die Wand. Zwischen uns liegt die Taschenlampe und beleuchtet die Tür gegenüber, aus der dumpf aufgeregtes Stimmengemurmel zu hören ist. »Das mit dem Messer in der Mensa war nicht fair. Tut mir leid. Ich wäre an deiner Stelle schon viel früher ausgerastet. So wie ich dich inzwischen kenne, hast du Farran nicht erzählt, dass du Probleme mit deiner Telekinese hast.«

Mein Seufzen ist ihm Antwort genug.

»Und nicht mal Faye hast du die Bilder auf dem Handy gezeigt, stimmt`s?«

»Faye hat schon genug darunter zu leiden, mit mir befreundet zu sein«, murmele ich traurig.

Ian schüttelt ungläubig den Kopf. »Und du wunderst dich, dass deine Telekinese aus den Fugen gerät!«

»Was hat das mit Faye und Farran zu tun?«

Er hebt die Hände nach oben und lässt sie zurück in seinen Schoß fallen. »Emma, du bist eine Taucherin! Wenn Farrans Bibel auch nur ansatzweise stimmt, wirkt alles, was du durchgemacht hast, viel intensiver auf dich als auf andere Menschen. Aber anstatt dich bei jemandem auszuheulen, frisst du seit Silvester den ganzen Mist in dich rein. Dein Vater hätte es nicht besser machen können!« Er beugt sich vor und lehnt sich so nah über mich, dass ich seinen warmen Atem spüren kann. »Das Ergebnis kennst du. Hätte er nicht über all die Jahre seine Gefühle unterdrückt, wäre es vermutlich nie zu der Ermordung deiner Mutter gekommen.«

Nein! Meine Kehle schnürt sich zu und ich drücke mich an die Wand. *Ich will das nicht hören.* Aber Ians Stimme wird noch eindringlicher.

»Lass es endlich raus, Emma! Jeder braucht einen Freund.«

Langsam, als hätte er Angst, mich zu verletzen, legt er den Arm um meine Schultern und lehnt sich mit geschlossenen Augen zurück. Ich verkrampfe mich. Aber nichts geschieht. Er ist einfach nur da. Und sein Arm ist so warm. Zögernd lasse ich meinen Kopf an seine Brust sinken. Etwas Nasses läuft über meine Wange.

Als die Tür aufgeht und die Schüler herausströmen, ist Ians Hemd ziemlich durchnässt. Einige schauen uns verwundert an, die meisten gucken verlegen weg. Nur ein paar lächeln. Keira verlässt als Vorletzte den Raum. Ihr Gesicht ist das einer steinernen Medusa. In bleichen Marmor gemeiselter Hass. Hastig wische ich mir die Tränen aus dem Gesicht. Ians Arm ruht immer noch auf mir, als Brandon auf uns zutritt. Er sieht aus, als hätte er gerade am Dingle Marathon teilgenommen.

»Und? Jetzt mach's nicht so spannend, Alter«, sagt Ian ungeduldig.

»Emma hat gewonnen«, erklärt Brandon kurz angebunden.

Mein Herz flattert wie ein Falter, der zum Licht fliegt. Viel zu schnell, um etwas sagen zu können.

»Wow!« Ian springt auf und zieht mich mit sich hoch. »Mit welchem Ergebnis?«

»Ziemlich knapp.« Brandon verzieht den Mund zu einem schiefen Lächeln. »22 zu 21.«

Während ich mich aus Ians Arm löse, wird mir klar, was daran nicht stimmen kann.

»Es sind doch nur 42 Internatsschüler«, sage ich.

Ian gluckst. »Schätze, mit Keira hast du's dir verscherzt, Bran.«

»Mit der hätte ich nach dieser Nacht eh Schluss gemacht«, murmelt Brandon und sein Blick verdüstert sich. »Hätte schon früher auf dich hören sollen.«

Ich stemme die Hände in die Hüften. »Kann mir mal einer von euch erklären ...«

»Als Vorsitzender habe ich bei Gleichstand doppeltes Stimmrecht, MacAengus«, sagt Brandon kühl, bevor er sich umdreht und mit langen Schritten auf die Kellertreppe zusteuert.

Jacob

AM STRAND

Als Jacob am Morgen aus dem Fenster der kleinen Pension auf den Strand von Laxey schaut, möchte er den verwaschenen, ockerfarbenen Vorhang wieder vorschieben und sich zurück ins Bett legen. Der Tag wird genauso schwül werden wie die letzten drei. Eine dumpfe, für die Isle of Man ungewöhnliche Hitze, die offenbar alle anderen träge und ihn aggressiv macht. Doch es ist nicht das Wetter allein. Der Anblick des verliebten jungen Paares, Emmas Freundin Liz und Steins Sohn David, die gestern zu ihnen gestoßen sind und nun eng aneinandergeschmiegt auf einer Parkbank der Strandpromenade sitzen und aufs Meer schauen, wühlt in seinem Inneren wie ein Messer.

Zu lange.

Viel zu lange ist es her, seit Aidan Emma vor seiner Haustür geküsst hat, als würde es kein Morgen geben. Zu lange, dass er diesen vor Glück strahlenden Blick aus Augen gesehen hat, die den seinen so unglaublich ähnlich sind. Die Hoffnung, Farran würde seine Tochter in den Sommerferien aus seiner Festung lassen, hat sich ebenso zerschlagen, wie die, wenigstens den Jungen, der ihm wie sein eigener Sohn ans Herz gewachsen ist, wiederzufinden.

Mechanisch greift er zu seiner Kleidung. Mittlerweile hat er so stark abgenommen, dass er ein neues Loch in seinen Gürtel stanzen musste, damit die Hose passt. Als er sich das Hemd zuknöpft, klopft es an der Tür. Der Duft von Schwarztee, Toast und angebranntem Speck folgt Richard Montgomry nach oben und aus der Gaststube im Erdgeschoss dringen Tellerklappern und Stimmengewirr.

»Lust auf einen Spaziergang vor dem Frühstück?«

Im Gegensatz zu ihm blüht der Falkenchef seit Jacobs Anwesenheit beim Horusring geradezu auf. Sein Gesicht ist voller geworden, mit sonnengebräuntem Teint und ohne die Augenringe, die er an ihn weitergegeben hat. Emsig wie eine Spinne webt er an dem feinen Netz, in das er Farran locken will, unermüdlich entstehen neue Muster, die der Stratege in ihm so mühelos knüpft, das Jacob hin- und hergerissen ist zwischen Bewunderung und Neid, Hoffnung und Angst.

In der Nacht, in der es Jacob schaffte, Miller auf ihre Seite zu ziehen, hat Richard ihn mit leuchtenden Augen beiseitegenommen und ihm überraschend die Freundschaft angeboten.

»Lass uns gegensätzliche Brüder mit dem gleichen Ziel werden, Jacob! Vertrau mir, gemeinsam können wir es schaffen, Emma zu befreien und Farran endgültig zu vernichten. Das hier ist das Spiel meines Lebens. Ich werde jeden einzelnen Zug hundertfach kalkulieren und lange genug vorausplanen, dass Farran nicht die geringste Chance hat, ihn zu durchschauen, vor allem, weil er nicht weiß, dass du noch lebst. Ich war die letzten Jahre nicht untätig, aber noch nie, verstehst du, noch nie hatte ich solche Möglichkeiten! Mit deinem langjährigen Wissen über ihn und die Raben, deinen Kontakten, deinem Mut und deiner Entschlossenheit kannst du mir ganz neue Wege ebnen. Du wärest die Dame auf meinem Schachbrett, die mächtigste Figur überhaupt, wenn du einwilligst, dich meinem Befehl zu unterstellen.«

Eine Figur auf Montgomrys Schachbrett! Vor einem Jahr hätte er ihn ausgelacht. Und danach vermutlich umgebracht.

Jetzt ist er nur froh, das er nicht sein Bauer ist.

Das hellblonde Mädchen winkt ihnen fröhlich zu, als sie die verwitterten Betonstufen zum Strand hinuntergehen und Steins Sohn hebt lässig die Hand. Jacob nickt kurz und dreht dann hastig den Kopf Richtung Meer. Glatt und schimmernd wie ein Spiegel liegt es vor ihnen. Die Sonne malt gleißend helle Flecke auf das Wasser, die am Horizont von blassen Wolkenstreifen verschluckt werden.

»Ich weiß, woran du denkst«, seufzt Richard.

Jacob schnaubt verächtlich. »Dazu musst du wirklich kein Hellseher sein. Sag mir lieber, ob du etwas Neues über Emma oder Aidan weißt.«

»Aidan kann ich immer noch nicht sehen. Egal, wie oft ich es versuche. Er ist wie ein blinder Fleck in meiner Mantik. Ich verstehe es einfach nicht.«

»Du bist wirklich sicher, dass er nicht tot ist?«

»Ja.« Richard fährt sich durch die Haare. Sie sind voller geworden und länger. Mit seinem Bart und den stechenden, dunklen Augen sieht er einem südamerikanischen Guerillakämpfer ähnlicher als einem Iren.

»Woher weißt du das? Was sieht deine Mantik bei Verstorbenen?« Schon lange will er ihm diese Frage stellen. Über Aidan zu reden ist unverfänglich. Aber Richards Blick verrät ihm, dass er mit dieser Frage bereits gerechnet hat.

»Als Rina starb, hatte ich meine Mantik verloren. Nach Silvester versuchte ich noch ein einziges Mal sie zu finden.« Er atmet tief durch und presst die Lippen aufeinander.

Jacobs Kehle schnürt sich zu, als er die Anspannung in seinem Gesicht sieht.

»Glaub mir, es fühlt sich anders an. Als ... als würde ich in einen Abgrund blicken, ohne den Boden zu erkennen. Nur Schwärze. Sonst nichts.«

Du musstest ja unbedingt fragen, Jacob!

»Und meine Tochter?«

»Emma geht es soweit gut. Sie liest viel. Und sie wird jetzt noch häufiger mit Farran trainieren.«

Jacob stolpert fast über einen Stein und sein Kopf ruckt herum. »Wie bitte? Es sind Ferien!«

»Beruhige dich. Der Unterricht lenkt sie von ihrer Trauer und der Einsamkeit in SENSUS CORVI ab. Fast alle Internatsschüler sind bei ihren Familien. Ich bin wahrlich der Letzte, der etwas für Farran übrig hat, aber wann immer ich Visionen von den beiden empfange, geht er äußerst behutsam mit ihr um.«

»Behutsam? Er manipuliert sie!«, faucht Jacob. »Bald wird sie einen Vater in ihm sehen!«

Mit dem Fuß kickt er ein paar Steine über den Sand.

»Das ist das Ziel.«

Sein Tonfall macht Jacob stutzig. Misstrauisch schaut er auf.

»Spuck's aus. Du warst doch sonst immer so erfrischend ehrlich. Fang jetzt bloß nicht an, Mitleid mit mir zu haben.« Dass Richard ernst bleibt und so interessiert auf das Meer starrt, als würde die Titanic sich gerade aus den Fluten erheben, lässt einen kalten Schauer über Jacobs Rücken laufen.

»Phyllis hat mich gestern angerufen. Sie hat herausgefunden, dass Farran sich bei seinem Anwalt erkundigt hat, ob man das Verfahren, dich für tot zu erklären, nicht beschleunigen kann, damit er anstelle seiner vorübergehenden Vormundschaft das volle Sorgerecht für Emma zugesprochen bekommt.«

Ein brennender Schmerz jagt wie eine Stichflamme durch Jacobs Kopf und eine Handvoll Steine stößt zu seinen Füßen in die Luft und schnellt hüpfend über das Wasser.

Richard packt ihn am Arm und zerrt ihn herum. »Himmel, reiß dich zusammen!« Er wirft einen besorgten Blick nach hinten. »Du kannst froh sein, dass nur David und das Mädchen dein Kunststück gesehen haben. Wie würdest du das einem normalen Menschen erklären?«

»Früher musste der Überbringer der schlechten Botschaft dran glauben«, entgegnet Jacob zwischen zusammengepressten Zähnen. Sein Kopf pocht immer noch so schmerzhaft, als müsste er jeden Moment zerspringen.

»Dann habe ich also noch mal Glück gehabt?«

»Exakt. Ich werde das nicht zulassen, Richard. Niemals. Du wirst deinen Zeitplan beschleunigen oder ich gehe zu Farran zurück. Egal, was dann mit mir geschieht.«

»Er wird dir das Gehirn verdrehen und ich kann wieder bei Null anfangen, weil er alle unsere Pläne in deinen Gedanken liest. Noch ist das Jahr nicht um. Er kann dich nicht für tot erklären lassen. Wir haben noch ein paar Monate Zeit und sind doch schon so nah dran!« Er formt mit Zeigefinger und Daumen einen schmalen Spalt vor Jacobs Augen. »Verliere jetzt bitte nicht die Geduld.«

Ein Keuchen in ihrem Rücken lässt die beiden Männer herumfahren. Das junge Pärchen steht hinter ihnen und hat offenbar das Ende ihres Gesprächs mitangehört. Liz sieht Jacob mit weit aufgerissenen Augen an.

»Das ist furchtbar! Wenn ich mir nur vorstelle, wie sie diesem Kerl ausgeliefert ist. Gibt es denn gar nichts, was man gegen dieses Verfahren tun kann?«

»Doch«, hört Jacob in diesem Moment eine Stimme neben sich. Als er aufschaut, begegnet er dem glasigen Blick Montgomrys.

Die Augen eines Blinden, durchfährt es Jacob. Jeder Fremde würde ihn dafür halten, obwohl er gerade in diesem Moment mehr sieht, als es jeder andere Mensch vermag.

Ehrfurchtsvolle Stille senkt sich über die kleine Gruppe, lediglich unterbrochen von dem Murmeln des Wassers, das in sanften Wellen an den Strand spült. Eine Möwe lässt sich nicht weit entfernt von ihnen auf einem Stück Treibholz nieder und schaut mit schief gelegtem Kopf in ihre Richtung. Montgomry blinzelt plötzlich und sein Blick wird wieder klar.

Jacob hält die Luft an.

»Du kannst etwas tun, Liz.« Der Falke lacht leise in sich hinein und strahlt das junge Paar vor sich an, als wären sie die längst erwartete Nachhut, die im entscheidenden Augenblick der Schlacht seinen Truppen zur Hilfe kommt. »David und du, ihr werdet heute Abend in Cork ins Kino gehen.«

Emma

SCHATTEN

Neun Tage hat es gedauert.

Neun Tage, in denen ich vor keinen Drohbotschaften und Anfeindungen mehr Angst haben musste, mittags zusammen mit Faye bei Brandons Clique am Tisch saß, von Ian angelächelt wurde und das Lächeln erwiderte.

Dann kommt der Abend, an dem ich erkenne, dass Feindseligkeiten der anderen Raben mein geringstes Problem gewesen sind.

Angefangen hat es mit dem verdammten Regen.

Ein sanftes Klopfen an meinem Fenster.

Lass mich rein.

Ich schaue von meinem Geschichtsbuch auf. Durchsichtige Wasserperlen gerinnen zu einem glänzenden Mosaik unterdrückter Tränen. Und da spüre ich ihn. Ich atme den unverwechselbaren Duft seiner Haut, so verführerisch nah, dass sich meine Haare im Nacken aufrichten. Mein Herz klopft mir bis zum Hals und ich warte, lausche dem Klang seiner Schritte, einzig unterbrochen von dem Prasseln, das immer stärker wird.

Aidan, Aidan, Aidan trommelt es an das beschlagene Glas.

Er ist zurück. Callahan, der seit Wochen durch ganz Europa fährt, muss endlich seinen Sohn gefunden haben. Ich halte den Atem an und spüre einen Lufthauch, der über meinen Nacken streicht. Dann fühle ich seine Fingerspitzen. Kleine Feuerzungen auf meiner Haut, die glühende Kreise über meinen Hals bis zu meinen Wangen malen. Wie gelähmt sitze ich an meinem Schreibtisch und schaue aus dem Fenster in die Dämmerung. Ein bleiches schwarzhaariges Mädchen starrt mit weit aufgerissenen Augen zurück. Moment mal. Müsste er sich nicht auch darin spiegeln? Mit einem Ruck fahre ich herum.

Und sehe ein leeres Zimmer.

Zwei Wochen vor den Sommerferien kommt Callahan tatsächlich zurück.

Allein. Er sieht mindestens zehn Jahre älter aus.

Ich rede mir ein, dass ich froh sein sollte, den Mörder meines Vaters und Jareds nicht wiederzusehen. Die Schatten verfolgen mich dennoch. Tag für Tag sperre ich meine Liebe zu Aidan zwischen die Seiten des schwarzen Lederbandes. Es ist so schwer. Aber wenn das Buch erst voll ist, bin ich frei. Schon jetzt fühle ich den Geschmack der Freiheit wie ein Versprechen auf meiner Zunge.

Jacob

IM KINO

»Zumindest weiß ich jetzt, von wem deine Tochter diese Sturheit hat!«

Richards zornige Worte haben ein wohliges Gefühl von Befriedigung in Jacobs Bauch hinterlassen. Sicher, das Risiko, in Cork von Rabenmitgliedern entdeckt zu werden, ist trotz Perücke und falschem Bart groß. Andererseits – welcher Erwachsene sieht sich um 18 Uhr den Film *High School Boys On Tour* an?

Wann hat er eigentlich das letzte Mal ein Kino besucht? Der karamellige Duft des Popcorns ist ihm jedenfalls noch vertraut und weckt bittersüße Erinnerungen.

David Stein hat seinen Arm um Liz gelegt. Sie sitzt eine Reihe vor ihm und dreht den Kopf immer wieder zum Eingang. Vielleicht hat sich Richard getäuscht. Mittlerweile sind Werbung und Vorspann gelaufen und der Film startet mit kotzenden Jugendlichen auf einer Party im Elternhaus. Jacob seufzt. Wenn der Falke sich einen Scherz mit ihnen erlaubt hat, wird er ihm diese Folter hinterher heimzahlen.

Einige geistlose Filmszenen später stolpern zwei Schemen durch das Dunkel die Treppe hinunter. Der Teppich schluckt das Geräusch ihrer Schritte, sodass Jacob sie erst wahrnimmt, als sie sich an seiner Reihe vorbeitasten und auf die Sitze schräg vor David und Liz setzen. Unglaublich! Der Mantiker hat sogar ihre Plätze richtig vorherbestimmt! Das Paar widmet dem Film so viel Aufmerksamkeit, wie er verdient, und beginnt sich nach wenigen Minuten zu küssen.

Angespannt beugt Jacob sich vor, als suche er etwas im Fußraum.

»Da wird Farran aber gar nicht entzückt sein«, sagt David halblaut.

Jemand schreit auf.

»Ruhe!«, ruft ein Junge ein paar Reihen entfernt.

Dann flüstert eine dunkle Stimme in unmittelbarer Nähe drohend: »Ach? Willst du es ihm vielleicht persönlich stecken, Stein? Dürfte ein wenig schmerzhaft für dich werden.« Ein Licht blitzt auf. »Gib sofort das Handy her!« Diesmal liegt ein Zittern im Tonfall des jungen Mannes.

Jacob würde zu gerne sein Gesicht sehen, zumal bei der verrenkten Haltung sein Rücken langsam zu schmerzen beginnt.

»Eine Bewegung und Liz drückt den Sendeknopf zu Farrans E-Mail-Account.«

»Jamie, nicht!«, stöhnt eine weibliche Stimme. »Mein Dad bringt mich um!«

Atemloses Schweigen folgt ihren Worten.

»Okay, was wollt ihr?«

»Informationen.«

»Lass mich raten. Über Emma, nicht wahr? Vergiss es, das Mädchen hat genug am Hals! Lasst sie endlich in Ruhe!«

Jacobs Magen krampft sich zusammen. Verflucht, er wusste es! Und der Falke behauptet immer, es gehe ihr gut.

»Spuck's aus! Was ist mit Emma los? Ich schwöre, ich schick sonst das Foto ab. Euer Geknutsche vorhin habe ich auch aufgenommen.«

Einen Moment lang ist nur die Tonspur des Kinofilms zu hören. Jacob drückt seinen Kopf noch ein Stück näher an Davids Sitzlehne.

»Callahan will sie in die Knie zwingen, weil sie sich weigert, Aidan zu suchen. Sie hat ihre Emotionen nicht mehr im Griff und Angst, dass sie deswegen die Kontrolle über ihre Telekinese verliert«, raunt Jamie.

»Und Farran?«, fragt David.

»Weiß nichts davon.«

»Ach, wo ihm doch sonst nichts entgeht. Wie kommt's dann, dass du es weißt?«

»Das mit Callahan hör ich zum ersten Mal! Emma ist meine beste Freundin. Sie hätte mir das bestimmt erzählt«, flüstert Faye schockiert.

Schweigen. Jacob hält den Atem an.

»Ich ... sie ...«

»Jamie?«, fragt Faye halblaut.

»Kleines, du musst mir glauben, dass ich es nicht wollte ... nur für uns ...«

»James O'Shea, was hast du ausgefressen?«

»Das mit dem Falken war ich im Auftrag Callahans«, sagt er leise.

Ihr Aufkeuchen geht in erneutem Gelächter anderer Jugendlicher unter.

Falke? Hat Jamie einen von Richards Leuten angegriffen und der weiß noch nichts davon?

»Du ... du Scheißkerl! Wie konntest du uns das antun?!«

»Callahan hat ihn mir gegeben und mich gezwungen, ihn an den Baum zu hängen. Ehrlich! Ich wollte mit euch spazierengehen, bevor das Vieh runterfällt, aber ihr musstet ja unbedingt sitzen bleiben und ...«

»Verdammt, könnt ihr zwei mal Klartext reden?«

Aber keiner der beiden nimmt Notiz von Liz.

»Warum? Was hat der Schakal dir versprochen? Ein wenig

Kohle zur Gehaltsaufbesserung?« Fayes Stimme klingt wie das bedrohliche Zischen einer Schlange.

»Er hat mich erpresst, als er herausbekommen hat, was ich für dich empfinde. Ich wollte doch nur, dass wir zusammenbleiben können«, seufzt Jamie.

»WAS? Bist du irre? Das hat Callahan doch gar nicht zu entscheiden, sondern Farran und unsere Eltern!«

»Callahan hat MacAengus' Job übernommen, Faye. Und ich bin ein Pictus geworden.«

Oh Himmel! Jacob ballt die Hände so fest zusammen, dass seine Knöchel knacken. James als Anführer der Picten! Das wird eine Hetzjagd in den eigenen Reihen auslösen. Schon immer hat James ihm vorgeworfen, bei der Aufdeckung von Rabenverrätern nicht energisch genug vorzugehen.

»Na wunderbar. Ihr könnt euch gerne hinterher bereden, aber ...«

»Da gibt es nichts mehr zu bereden«, unterbricht Faye David kühl.

»Faye!«, ruft Jamie so laut, dass ihn erneut einige Kinobesucher zur Ruhe mahnen.

»Hört zu! Wenn ihr rauswollt, bietet der Falke euch seine Hilfe an. Aber ihr müsst uns helfen, Emma zu befreien.«

»Nein!«, flüstern beide einmütig.

»Nur ein Angebot. Denkt darüber nach, wie es Jared ergangen ist. Pictus zu sein ist keine Lebensgarantie. Eher das Gegenteil.«

»Jared wurde von Aidan erschossen, weil er die Raben verraten hat!«, sagt Faye.

»Tatsächlich? Wir haben einen Augenzeugen, der schwört, dass Jared von Callahan erschossen wurde.«

»Lügen!«, keucht Jamie. »Darin seid ihr ganz große Klasse!«

»Denk nach! Jared war Emmas Freund. Aidan hat Emma sogar zu ihm ins Krankenhaus gefahren und ihn verschont, als MacAengus ihn jagte. Warum sollte er ihn auf einmal töten?«

»Was weiß ich? Vielleicht war er eifersüchtig. Aidan hat ja auch MacAengus umgebracht, was nun wirklich niemand erwartet hätte.«

Jacob schreckt so heftig zusammen, dass er mit dem Kopf gegen die Sitzlehne prallt. Glücklicherweise übertönt die Filmmusik den dumpfen Laut. Deshalb will Emma Aidan nicht für Callahan suchen! Die Manipulation ihrer Erinnerungen hat sich gegen ihn gewandt. Und Aidan? Denkt er etwa auch ... Entsetzen und Sorge mischen sich mit dem bitteren Geschmack des Hasses. Das werden sie büßen!

»Den Mist glaubst du? Emmas Erinnerungen wurden von Farran manipuliert, Jamie. Was denkst du, warum sie Probleme mit ihren Gefühlen hat? Weshalb wohl ist Aidan abgehauen?«

Quietschende Autoreifen, rockige Musik, Kreischen. Jacob kommt es vor, als würde die Zeit still stehen. Auf seiner Unterlippe schmeckt er Blut.

Komm schon, Jamie! Du bist kein dummer Kerl.

Aber es ist das Mädchen, das den Anfang macht. »Wer hat dann MacAengus auf dem Gewissen?«

David zögert einen Moment.

»Derselbe, der ihre Mutter ermordet hat. Fionbarr Farran. Und jetzt, da sie beseitigt sind, will er Emma adoptieren, um sich ihre außergewöhnlichen Kräfte als liebender Vater für immer zu sichern«, sagt Liz in einem so überzeugenden Tonfall, als läge Jacob tatsächlich bereits unter einem Hochkreuz in Kilcully statt gekrümmt auf dem Boden hinter ihr. An dem Mädchen ist eine Schauspielerin verloren gegangen.

»Nein!«, stöhnt Faye. »Oh mein Gott!«

»Faye, du wirst diesen Unfug doch nicht glauben«, flüstert Jamie unsicher.

»Halt die Klappe, Pictus. Du kannst mich ja deinem reizenden Chef verraten.«

»Niemals!«

»Dann hör zu! Ich weiß, wie sehr Emma und Aidan sich geliebt haben. Das vergeht nicht von einem Tag auf den anderen. Dass er Jared umgelegt haben soll, kam mir von Anfang an eigenartig vor. Und erst noch MacAengus! Dann hat Farran an dem Tag vor Schulbeginn die ganze Nacht an Emmas Bett gewacht. Hat er das jemals für einen anderen Schüler getan?«

»Verdammt! Ich will das nicht hören!«, stöhnt Jamie.

»Dann träum eben weiter!«, fällt David ihm harsch ins Wort. »Irgendwann erledigt dich Callahan genau wie Jared. Vielleicht hat er sogar seinen Sohn auf dem Gewissen. Zutrauen würde ich es ihm.«

»Nein. Ich hab Aidan persönlich geholfen zu fliehen.«

»Jamie! Das hast du wirklich getan?« Bewunderung liegt in Fayes Stimme. Der Junge räuspert sich verlegen.

»Also gut. Wie können wir Emma helfen?«

Aidan

GELÖSCHT

Das Zupfen einer Gitarre.

Melancholisch, romantisch. Ich kenne dieses Stück. Es stammt aus dem Film *Jeux Interdits* und wird von Narciso Yepes gespielt. All das weiß ich.

Aber nicht meinen Namen.

Es ist, als ob Fragmente meines Gedächtnisses einfach gelöscht wurden. Leider nicht die Unwichtigen.

»Mach die Augen auf. Ich weiß, dass du wach bist.«

Die Stimme klingt nach einem Mann, der es gewohnt ist, zu befehlen. Er spricht mit spanischem Akzent, hart und das R rollend.

Ich liege auf einer Couch in einem Wohnzimmer. Die Decke ist mindestens vier Meter hoch und mit Stuck verziert. Neben mir sitzt ein Mann in einer grauen Hose und einem hellblauen Hemd. Darüber trägt er eine Strickweste und eine Krawatte. Er sieht so antiquiert aus wie die dunklen Möbel hier im Raum. Die eckige goldmetallene Brille auf dem glatt rasierten Gesicht unterstreicht den strengen Ausdruck seiner Augen.

»Deine Blutwerte weisen keine Spuren von Drogenkonsum oder Alkoholmissbrauch auf. Dafür ist dein Stoffwechsel massiv gestört. Serotonin, Tryptophan und Taurin sind überdurchschnittlich hoch. Ebenso die Cortisol- und Adrenalin-Werte. Und du hattest über 39 Grad Fieber, bevor ich dir Ibuprofen gespritzt habe.«

»Wer sind Sie?«, unterbreche ich und versuche mich aufzurichten. Alles dreht sich in meinem Kopf. Als er sich vorlehnt, beschleicht mich der Verdacht, er habe eben in einem Fass Old Spice gebadet.

»Ich schließe aus dem Laborbefund, dass du mindestens 48 Stunden nicht geschlafen hast«, erklärt er, ohne auf meine Frage einzugehen. »Die Stresshormone bestätigen Amys Vermutung, dass du schon länger auf der Flucht bist. Außerdem weist dein Körper Verletzungen und Blutergüsse auf. Was hast du dazu zu sagen?«

»Ich muss dringend pinkeln.«

Er zieht die Stirn in Falten. Jemand lacht leise hinter mir.

»Komm, ich zeig dir, wo das Bad ist.«

Die Buchhandlungsschlange steht im Türrahmen und lächelt, als wäre es vollkommen normal, ihre Kunden erst zu betäuben und dann in eine fremde Wohnung zu verschleppen, wo Dr. Frankenstein mit ihrem Blut experimentiert. Vielleicht kann ich über das Badezimmerfenster abhauen. Ich stehe auf und gehe schwankend auf sie zu. Schande. Meine Beine sind wie aus Gummi. Ibuprofen war bestimmt nicht das Einzige, was der Quacksalber mir gespritzt hat. Wir bleiben vor einer Eichenholztür mit floralen Ornamenten stehen. Als ich sie öffne, möchte ich jubeln. Durch ein großes Milchglasfenster strömt helles Sonnenlicht in den Raum.

»Das Fenster ist außen vergittert«, sagt sie. »Abgesehen davon befinden wir uns hier im vierten Stock.«

Die Tür fällt hinter mir ins Schloss.

So viel dazu.

Emma

TRAINING

Das Sonnenlicht, das durch die Deckenfenster der Turnhalle dringt, hat die Farbe von reifen Rapsfeldern. Ich stehe mit Fion in der Simulation eines Wohnraumes. Vor der Sprossenwand sind Regale mit Flohmarktbüchern aufgebaut, rechts davon ein Schreibtisch mit einem ausgemusterten Monitor und einem Bürostuhl, aus dem bereits das Futter quillt. Eine Couchgarnitur mit Blümchen und der Wohnzimmertisch passen farblich genauso wenig zueinander wie das kunterbunte Geschirr in den Vitrinen gegenüber. Anstelle eines Teppichs ist der Boden mit Turnmatten ausgelegt, um unsere Stürze abzufedern. Ich konzentriere mich auf jeden einzelnen Gegenstand. Fünf Minuten habe ich Zeit, um mir den jeweiligen Standort und die besonderen Merkmale einzuprägen. Fünf Minuten, in denen ich entscheide, wie ich ihn am geschicktesten als Waffe gegen meinen Lehrmeister einsetzen kann. In einer halben Stunde wird von der Einrichtung nicht mehr viel übrig sein.

Und ich werde den Kampf verloren haben.

So wie jeden Tag seit Ferienbeginn.

Konzentriere dich! Nur ein Training, nichts weiter.

Aber heute sitzen neben der Eingangstür zwei von Fions Security-Hünen, Callahan und Mrs O'Connell auf einer Turnbank. Drei Tage vor Schulbeginn soll ich meine Fähigkeiten demonstrieren.

Mit dem schwarzen Trainingsanzug und den Turnschuhen sieht Fion wie ein Ninja ohne Gesichtsmaske aus. In den letzten Wochen musste ich feststellen, dass er sich auch ebenso flink und geschmeidig bewegen kann.

Er lächelt.

»*Nervös?*«, fragt seine Stimme in meinem Kopf.

Ich beiße mir auf die Lippen und denke *Ja*. Das Lächeln vertieft sich und das Kribbeln auf meiner Kopfhaut verschwindet so schnell, wie er in die Knie geht und sich duckt. Ohne zu zögern, werfe ich mich rechts auf den Boden und rolle mich einmal um mich selbst.

Ein Klirren hinter mir. Ich drehe mich um. Scherben vor dem Regal. Das muss die Vase vom Couchtisch gewesen sein.

»Emma!«, sagt Fion streng.

Ich reiße den Kopf zurück und starre auf den Monitor, der wenige Zentimeter vor mir schwebt.

Oh verdammt!

Lektion 1: Lass nie deinen Gegner aus den Augen. Du musst an seinem Gesicht ablesen, was er als Nächstes plant.

Farran lässt den Monitor zurück zum Tisch schweben. Vermute ich. Denn als das Gerät aus meinem Augenwinkel verschwindet, sehe ich weiterhin ihn an. Seine Augen sind nach rechts gerichtet. Das Gesicht eine undurchschaubare Maske. Da! Ein Zucken am rechten Augenlid ...

Etwas Hartes trifft mich im Rücken. Ich stolpere und falle der Länge nach auf die Matte. Schau nicht nach, was es war! Ich starre auf den Couchtisch. Er schnellt hoch und jagt zu der Stelle, an der Farran steht. Stand. Wo ist er nur so schnell hin?

»Hier, Emma!«

Ich drehe mich nicht um, sondern lasse den Tisch nach links jagen, genau in die Richtung, aus der seine Stimme gekommen ist. Als ich aufspringe, fühle ich, wie seine Kraft gegen meine drückt.

»Gut gemacht!«

Von wegen gut. Er hat den Angriff schließlich abgeblockt. Jetzt lächelt er wieder. Bestimmt sieht er meine Aura.

Sei ehrlich. Im Vergleich zu ihm siehst du wie ein Idiot aus.

Ich atme mehrmals tief durch. Der Tisch schwebt zwischen uns und ich spüre, wie meine Kraft erlahmt. So kann ich nicht weitermachen. *Denk nach!*

Da ist ein Kugelschreiber auf dem Schreibtisch hinter mir. Ich schaue nicht hin, springe nach links. Lasse den Tisch los und konzentriere mich zugleich auf den Stift. Der Couchtisch jagt durch Fions ungebremste Kraft dahin, wo ich eben noch stand.

Fion reißt die Augen auf. Blut läuft über seine Stirn. Jemand klatscht und meine Kopfhaut kribbelt.

»Ausgezeichnet. Bei einem anderen Gegner musst du aber auf die Augen zielen.«

Vor mir baut sich das grausige Bild eines Stiftes im Augapfel auf. Es lenkt mich ab. Und schon liege ich in der Luft. Kurz bevor ich gegen die Sprossenwand schlage, bremst Farran ab und setzt mich sanft zu Boden. Wie demütigend!

Ich beginne, Bücher und Geschirr aus den Vitrinen gegen ihn zu schleudern. Es ist kindisch. Er wehrt sie mit seiner Gabe so mühelos ab wie lästige Fliegen. Dabei fixieren mich seine metallisch glänzenden Augen.

»Du enttäuschst mich, Emma.«

Ach was.

Ich lasse die restlichen Bücher im Regal stehen.

Lektion 2: Vergeude deine Kräfte nicht mit Angriffen, die zu keinem Sieg führen.

Schwer atmend schaue ich Fion an. Jetzt sieht er richtig betrübt aus.

»Los, Emma!«, feuert mich Mrs O'Connell an, als hätte ich auch nur eine verdammte, winzige Chance gegen ihn.

Mein Blick schweift ganz kurz zu den Zuschauern. Lange genug, um Callahans Gähnen zu sehen. Meine Darbietung muss wirklich unendlich langweilig für Mr Perfect sein.

Hass brennt wie Säure in meinem Bauch und meine Hände zittern. Seltsam. Schließlich hat Callahan mich in Ruhe gelassen, seit ich ihm in Farrans Büro die Meinung gesagt habe. Aber jetzt ist nicht die Zeit, das Gefühl zu hinterfragen. Ich nutze es stattdessen für meine Telekinese.

Die Turnmatte, auf der Fion steht, drückt so ruckartig gegen ihn, dass er stolpert und auf die Knie fällt. Ich wappne mich für seinen Gegenschlag. Bücher, der Monitor, Wolken von Scherben jagen in Sekundenabstand auf mich zu und ich schleudere sie von mir, bevor er sie kurz vor ihrem Ziel abbremsen und mich erneut wie einen Trottel aussehen lassen kann. Doch nach wenigen Minuten bin ich schweißgebadet und mein Kopf dröhnt.

Kann überhaupt ein Mensch gegen Farran ankommen? Bestimmt konnte nicht einmal Dad ... Halt! Nicht weiterdenken.

»*Doch, Emma. Genau das. Nutze es!*«, flüstert Fion in mir.

Nein, ich will nicht an ihn denken. Egal, wie groß meine Wut wäre, wie stark sie meine Telekinese machen würde. Die Angst vor dem Schmerz ist stärker. *Will nicht. Will nicht.*

Farran schleudert mich plötzlich hoch in die Luft wie eine Schaufensterpuppe. *Will nicht.* Der Boden kommt näher.

Soll ich mich einrollen? Wozu, er bremst doch sowieso ab.

Ein Krachen. Meine Schulter brennt. Alles ist plötzlich unscharf. Jemand schreit. Bin ich das? Es hört sich eigenartig an. Als wäre ich unter Wasser. Wieso kann ich mich nicht bewegen? Mein Kiefer fühlt sich an, als hätte mich jemand mit der Faust niedergestreckt und da ist auf einmal Blut in meinem Mund.

»Genug gespielt. Du weißt, was du zu tun hast, um mich abzuwehren. Unsere Feinde werden auch kein Erbarmen zeigen.«

Während ich noch den Sinn seiner laut gesprochenen Worte zu begreifen versuche, rollt er meinen Körper wie in einem Wirbelsturm über die Matten von der Mitte zum Ende der Turnhalle. Als ich mit dem Rücken und Hinterkopf gegen die Sprossenwand schlage, brülle ich vor Schmerz und hilfloser Wut. Tränen laufen über meine Wangen.

Tu es, tu es, tu es!

Das Regal neben mir kippt auf einmal zur Seite und presst mich an Brust und Oberschenkel gegen die Sprossenwand. Und Farran drückt weiter mit seiner Kraft dagegen, als wolle er mich langsam zerquetschen.

»Lass gut sein, Fion! Bitte! Sie ist doch noch ein Kind!«, höre ich Mrs O'Connells schrille Stimme.

Als Antwort fliegt das zweite Regal in die Luft. Entsetzt drehe ich den Kopf nach oben, immer noch mit den Händen gegen das Möbelstück vor mir drückend, und sehe, wie Farran es genau über mir positioniert. Bücher fallen auf meine Schultern, die Hüfte, meinen Kopf. Dann lässt er los.

Das Krachen übertönt meinen Schrei. Es wird dunkel. Ich bin zwischen den beiden Regalen und der Sprossenwand eingequetscht wie in einem Sarg. Panik schnürt mir die Kehle zu.

Dad, bitte hilf mir. Bitte, bitte hilf mir.

Aber er ist tot. Und ich höre auf, mich gegen die Gedanken an ihn zu wehren. Ich sehe die zerstörte Panoramascheibe in Farrans Büro und meinen Vater, wie er mit ausgestreckten Armen in der Luft liegt, umgeben von winzigen Glassplittern, die im Schein des Feuerwerks wie bunte Edelsteine funkeln. Das Bild friert in meinem Kopf ein. Etwas baut sich in mir auf. Und diesmal kann ich es nicht mehr stoppen. Ich spüre Farrans Telekinese, als er das Regal weiter millimeterweise gegen meine Brust drückt. Aber ich halte ihn nicht auf. Damit rechnet er. Farran wird sich nur auf mich und die mich einquetschenden Möbel konzentrieren. Ich lege den Kopf in den Nacken und starre durch die schmale Lücke zwischen den Regalen zu der Sprossenwand am anderen Ende des Raumes. Sie ist mit sechs Schrauben verankert. Das habe ich mir bei unserem letzten Training genau eingeprägt. Aber dann kam ich nicht mehr dazu, dieses Wissen zu nutzen. Ich ringe nach Luft. Nur noch ein paar Sekunden.

Eins. Ein dunkler Sarg mit weißen Pfingstrosen.

Zwei. Dads Blick mitten im Fall.

Drei. Jareds blutige Lippen flüstern meinen Namen.

Vier. Aidan umklammert die Pistole, das Gesicht hassverzerrt.

Fünf. Jared brüllt vor Schmerzen und presst die Hände auf den blutigen Bauch.

Sechs. Aidans Gestalt zerfließt, formt sich neu und ich sehe in James Callahans kalte Augen, als er Jared in den Bauch schießt. *WAS? Woher kommt das denn?*

Jetzt!

Ein dumpfes Krachen und laute Stimmen. Dann ist der Druck weg, als hätte jemand Farrans Verbindung zu mir mit einer Schere durchtrennt. Ich habe den Test bestanden. Leider bin ich viel zu erschöpft, um zu jubeln.

»Einen Notarzt, schnell!«, ruft Mrs O'Connell.

Na, so schlimm ist es auch wieder nicht. Die Prellungen werde ich schon überleben.

»Unglaublich! Wie hat sie nur ...«

»Hebt das Regal weg! Beeilt euch!«

Seit wann spielt Callahan den Chef? Es dauert ein paar Sekunden, dann haben Farrans Terminator die Möbel weggerückt und zwei Hände strecken sich mir entgegen. Instinktiv greife ich danach. Ein kalter Schauer jagt über meinen Rücken, als ich erkenne, dass Aidans Vater mich hochzieht. Er lässt mich nicht sofort los, sondern beugt sich ganz nah zu meinem Ohr und flüstert: »Gratuliere, Emma. Aidan wäre heute bestimmt genauso stolz auf dich wie ich.«

Meine Kehle schnürt sich zu. Er macht sich über mich lustig. Er ... Aber sein Blick ist ernst, geradezu feierlich. Dann macht er einen Schritt zur Seite.

»NEIN!«

BELOHNUNG

»Er möchte Sie sprechen, Miss MacAengus.«

Die Stimme klingt nicht so, als würde sie dieses Anliegen gutheißen. Ich hebe meinen Kopf und blicke in hellblaue Augen, die mich ansehen, als habe ich gerade Jesus ans Kreuz genagelt. Schwester Myrtles sonst fröhliches, rotwangiges Gesicht ist blassrosa, die Augen verquollen.

Wundert dich das? Du hast ihren Abgott ausgeknockt.

Seit zwei Stunden sitze ich im Wartebereich des obersten Stockwerks von Farrans Privatklinik, eingekeilt zwischen zwei seiner Security-Hünen, die mich keine Sekunde aus den Augen lassen.

Die Wachmänner stehen synchron mit mir auf, als hätten wir es einstudiert. Richtig unheimlich ist das. Während wir hinter Myrtle den langen Gang zu Farrans Zimmer gehen, frage ich mich, wieso man gleichzeitig eiskalte und schwitzige Hände haben kann. An der breiten, hellgrauen Tür stehen ebenfalls Wachmänner und trinken Kaffee aus Pappbechern. Ich atme noch einmal tief durch. Dann drücke ich die Klinke und trete ein.

Und bleibe stehen.

Noch nie habe ich Fionbarr Farran so hilflos gesehen. Selbst die bewusstlose, verrenkte Gestalt auf den Turnmatten hat gewirkt, als würde sie jeden Moment erwachen und zurückschlagen. Meine Beine werden weich und ich lehne mich mit dem Rücken an die Tür.

Fions Gesicht ist so weiß wie der Verband um seinen Kopf. Sein Nacken steckt in einer Halskrause und von der feingliedrigen Hand auf der Bettdecke spinnt sich eine durchsichtige Kanüle zu einer Infusionsflasche, die an einem Haken über dem Bett befestigt ist. An dem Mittelfinger der anderen Hand klemmt ein graues Plastikteil, von dem ein Schlauch zu einem Gerät mit Monitor hinter dem Bett führt. Vor seinem schwarzen Hintergrund pulsieren Kurven in verschiedenen Farben.

Schwere Gehirnerschütterung, hat man mir gesagt. Er kann noch von Glück reden, dass die Sprossenwand nur seinen Hinterkopf gestreift hat. Hätte sie ihn frontal getroffen, wäre er jetzt vermutlich gelähmt oder tot.

Ich schließe die Augen.

»Jetzt ist der richtige Zeitpunkt, es zu Ende zu bringen, Emma!«

Was? Ich reiße die Augen auf und starre ihn an.

»Vorausgesetzt, du willst das tun.« Seine Stimme ist leise, mit einem amüsierten Unterton und so viel Selbstsicherheit, als stünde nicht ich, sondern er als Sieger vor mir.

»Fion! Warum sollte ich ...«

Und da fühle ich ihn. In dem trüben See beißender Schuldgefühle schießt er empor wie eine Fontäne. Hell und klar. Der Drang, ihn zu besiegen.

Töte ihn!

Ich schlinge die Arme um mich und rutsche an der Tür hinunter, bis ich auf dem kalten Linoleum kauere.

Nein! Aufhören! Das ist vollkommen falsch!

Mein Körper bebt, meine Zähne klappern aufeinander. Kälte. *Es ist richtig! Tu es!*

Ich kämpfe gegen die Stimme in mir, kämpfe gegen dieses widersinnige Gefühl. Aber trotzdem bleibt es da und vermischt sich mit etwas Neuem: Hass. Bittere Galle schießt in meine Speiseröhre und ich würge, winde mich.

»Emma?« Der Tonfall hat sich verändert. Besorgnis mischt sich mit ... »Was ist mit dir?«

... Angst.

Blut rauscht in meinen Ohren. Es ist, als würde die Zeit stillstehen. Und dann spüre ich Fion in meinem Kopf.

Oh Gott nein, er darf diese Gedanken nicht sehen! Ich muss das verhindern, muss ...

Ich tauche in ihn.

Er keucht laut auf und die Kurven auf dem Monitor hinter ihm beginnen hektisch zu pulsieren.

So viel Angst. Zu sterben? Nein, das ist es nicht.

Ich spüre, wie er gegen mich arbeitet, mich abzuwehren versucht. Aber er ist zu schwach. Sein Gehirn arbeitet nicht wie sonst. Dann weiß ich es. Die Apparate hinter ihm fangen zu piepsen an.

Angst, mich zu verlieren, wie er Jacob verlor. Angst vor der Einsamkeit.

Schlagartig tauche ich auf.

Die Tür schlägt gegen meinen Rücken, als Myrtle hereinstürzt.

»Was haben Sie getan?«, zischt sie. »Er braucht absolute Ruhe! Mr Farran, was ...«

Ich taumle hoch und laufe an ihr vorbei zu seinem Bett. Bevor Myrtle mich noch aufhalten kann, greife ich nach seiner kühlen Hand. Ich fröstele, aber unterdrücke gewaltsam den paradoxen Drang, meine Hand wegzuziehen.

»Ich bleibe, Fion. Ich verspreche es.«

Schweißperlen laufen über seine Stirn, aber sein Gesicht entspannt sich. Das Piepsen verstummt und die Kurven auf dem Monitor sehen nicht mehr so hektisch aus.

»Besser, Sie gehen jetzt!« Rote Flecken liegen auf Myrtles Wangen und ihr Blick sagt, dass sie mich eigenhändig raustragen wird, wenn ich nicht sofort gehorche. Aber Fion lässt meine Hand nicht los.

»Ich sagte, Sie sollen mich mit Emma alleine lassen, Myrtle. Was war daran missverständlich?«, flüstert er.

»Aber, Sir!«

»RAUS!« Ein Zucken in seinem Gesicht verrät mir, wie stark seine Schmerzen sind.

Als die Tür leise ins Schloss fällt, drückt er meine Hand und lässt dann los. Unter den Klebestreifen, die über der Infusionsnadel liegen, schimmert seine Haut blaugrün.

»Es tut mir so leid. Ich wusste nicht, dass … ich meine …«

»Dass dein Meister versagen würde?«, unterbricht er mich spöttisch.

Ich nicke und weiche seinen fiebrig funkelnden Augen aus.

»Du hast nur meinem Befehl gehorcht, kompromisslos dein Bestes zu geben. Keiner von uns hat damit gerechnet, dass du mich ernsthaft verletzen könntest. In Zukunft werde ich bei unserem Training vorsichtiger sein.« Er lacht leise, als ich seufze. »Gönnst du mir etwa keine Revanche?«

Mein Kopf fühlt sich so klar an, wenn diese widersprüchlichen Gefühle weg sind. Ich merke, dass ich lächle.

»Du hast dir eine Belohnung verdient, Mädchen. Hast du Lust auf einen Trip nach New York?«

Aidan

NEUANFANG

»Dissoziative Fugue?«

Ich unterdrücke den Impuls, ihm mein Wasserglas ins Gesicht zu kippen und schenke Dr. Frankenstein stattdessen einen mörderischen Blick. Seit über einer Stunde fragt er mir Löcher in den Bauch. Jetzt offenbart sein Gesichtsausdruck eine beunruhigende Mischung aus Begeisterung, Mitleid und Neugier.

»Äußerst selten.« Er nimmt seine Brille ab, zieht ein Taschentuch aus seiner Hose und beginnt, die ohnehin sauberen Gläser zu putzen. »Nur etwa 0,3 % der Allgemeinbevölkerung erleiden im Laufe ihres Lebens diese Form von Amnesie. In Kriegszeiten soll der Prozentsatz allerdings höher sein.«

»Warum?«

»Wenn keine organischen Ursachen wie Kopfverletzungen oder Hirntumore dahinterstehen und auch Erkrankungen wie Epilepsie oder Schizophrenie ausgeschlossen werden können, bleibt in den meisten Fällen nur ein traumatisches Erlebnis als Auslöser des Erinnerungsverlustes und dem damit verbundenen zwanghaften Fluchtbedürfnis.«

Schizophrenie. Trauma. Ich beiße die Zähne so fest zusammen, dass mein Kiefer knackt. *Ich bin doch kein verdammter Irrer!*

»Wann hört es wieder auf?«

Er seufzt und setzt die Brille wieder auf.

»Das ist von Fall zu Fall unterschiedlich. Meist dauert es Tage. Manche wandern allerdings monatelang ziellos umher.

In Einzelfällen kommt die Erinnerung nie wieder zurück und die Betroffenen nehmen eine neue Identität an, lassen sich nieder und führen oft ein Leben, das vollkommen konträr zu ihrem bisherigen ist.«

Eine Hand legt sich auf meine Schulter. »Antonio, du könntest wirklich ein wenig einfühlsamer mit ihm sein.«

»Schon okay«, ächze ich und schüttele die Hand der Buchhändlerin ab.

Aber es ist nicht okay. Und ich will hier raus. Laufen. So schnell wie möglich.

»Seit wann bist du der Therapeut, Amy? Er muss sich mit der Wahrheit auseinandersetzen.« Antonio beugt sich vor. »Du bist wütend«, stellt er fest. »Das ist ...«

Ich hebe drohend den Zeigefinger. »Sagen Sie jetzt bloß nicht *normal* – nachdem Sie mich gerade für geisteskrank erklärt haben. Warum tun Sie beide das überhaupt? Wildfremde Menschen, die von der Polizei gesucht werden, von der Straße auflesen? *Das* ist nicht *normal*. Untersuchen Sie sich lieber selbst. Ich hab's satt, Ihr Versuchskaninchen zu sein.«

Sie werfen sich einen langen Blick zu, als ich aufspringe. Mein Kopf dröhnt und mein Herz schlägt so fest gegen meine Brust, dass es schmerzt. Ich drehe ihnen den Rücken zu und marschiere zur Tür.

»Warte, Junge. Wohin willst du gehen? Von der Polizei verfolgt, ohne einen Cent in der Tasche, ohne deinen eigenen Namen zu kennen? Bei uns bist du sicher, wir wollen dir helfen«, höre ich Amys Stimme in meinem Rücken.

Oh ja. Vermutlich stecken sie mich in einen Käfig und füttern mich mit Pillen, die Dr. Frankenstein gerade neu entwickelt hat. Keiner hält mich auf, als ich das Wohnzimmer verlasse und in den Gang gehe. Meine Kapuzenjacke hängt an einem Haken neben der Tür. Auf der Ablage daneben liegt ein schwarzer Geldbeutel. Ich strecke die Hand aus.

»Du solltest nicht alleine sein, wenn deine Erinnerung zurückkommt!«, ruft Antonio mir aus dem Wohnzimmer nach. »Eine dissoziative Fugue beruht meist auf einer extrem unangenehmen Situation, aus der man keinen Ausweg mehr sieht. Wenn das Stresslevel intolerabel hoch wird, schützt sich das Gehirn durch den partiellen Gedächtnisverlust.«

Schon klar. Meine Hand schwebt über der Brieftasche. Ich greife zu und stürze hinaus.

Ein paar Straßen weiter, am Abgang zur Metro-Station, herrscht reger Betrieb. Der Duft von frischem Brot und Kaffee aus einem Deli lässt meinen Magen knurren. Dafür ist jetzt keine Zeit. Ich quetsche mich vorbei an Männern und Frauen, deren Gesichter so grau sind wie ihre Geschäftskleidung.

137th Street City College steht auf einem Mosaik gegenüber den hellen Säulen vor den Gleisen. Zugwind zerrt an meiner Kleidung und ich fühle Kälte auf meinen Armen prickeln. Während ich mich an die weiß gekachelte kalte Wand lehne und auf die nächste Bahn warte, untersuche ich die Geldbörse. Ich finde Bibliotheksausweise, zwei Kreditkarten, einen Führerschein und einen Personalausweis, die auf den Namen Dr. Antonio Fernandez Morales, geboren in Medellín, Kolumbien, lauten. Außerdem 150 Dollar in bar und ein paar Visitenkarten von Leuten, deren Namen mir nichts sagen. Es fühlt sich eigenartig an, in einem fremden Portemonnaie zu wühlen. Habe ich so etwas schon einmal getan? Gestohlen? *Du solltest nicht alleine sein, wenn deine Erinnerung zurückkommt!* Mein Magen zieht sich zusammen. Ich könnte jemanden ermordet haben und wüsste es nicht einmal. Was, wenn nicht nur die Polizei nach mir sucht?

Gerade als ich die Brieftasche wieder zuklappen will, fällt mir ein Fach hinter dem Münzbeutel auf. Als ich den Zeigefinger hineinschiebe, ertaste ich ein Stück Papier. Vorsichtig ziehe ich es heraus und entfalte es. In dem vergilbten Zeitungsausschnitt erkenne ich die Todesanzeige eines sechzehnjährigen Jungen namens Nathaniel Grey. Unter den kurzen Lebensdaten steht:

Gefangen im Labyrinth deiner Träume hast du meine Hand verloren, als du nach dem Pfad des Lebens gesucht hast, um dann den Weg in den Tod zu finden.

Ich werde mich an dich erinnern, mit jedem Lächeln, das ich denen schenke, die deine Suche fortführen, mit meiner Hand, die ich ihnen reiche, bis in ihren Augen die Hoffnung glänzt, die ich nicht schaffte, in den deinen zu entfachen.

Vergib mir.

In Liebe, deine Schwester Amy

»*Nathaniel's Quest*«, flüstere ich. Die Bahn fährt ein, aber ich starre weiter auf den Zettel.

Und ich denke: *Du begehst gerade einen großen Fehler. Amy Grey hat vor siebzehn Jahren ihren kleinen Bruder verloren. Sie fühlt sich schuldig, ihm nicht geholfen zu haben.*

Als die dritte Bahn an mir vorbeirauscht, falte ich den Zeitungsausschnitt wieder zusammen und stecke ihn zurück in das Portemonnaie. Dann drehe ich mich auf den Absatz um und verlasse die Metro-Station, um es seinem Eigentümer zurückzubringen.

Emma

WILLKOMMEN

New York.

Ich sollte vor Freude jubeln. Aber für mich ist es nur ein Grund mehr, ein schlechtes Gewissen zu haben. Seit jenem Tag im Krankenhaus weiß ich, dass ich es Farran endlich sagen sollte. Gerade weil ihm mein Vater so viel bedeutet hat, gerade weil er mir nach allem, was geschehen ist, immer noch vertraut und meine Kräfte stärker werden.

Töte ihn!

Die Fensterscheibe kühlt meine pochende Stirn, während die grauen Wolkenfetzen unter mir langsam zerfasern und den Blick auf Land freigeben. All die Monate habe ich bis zum Umfallen gelernt und trainiert, in der Hoffnung, meine abnormen Gefühle dadurch in den Griff zu bekommen.

Ein Fehler.

Aber wie hätte ich auch ahnen sollen, dass meine eigenartigen Anfälle von Grauen und Kälte Farran gegenüber in Hass und Wut umschlagen, nur weil er begeistert von seiner gelehrigen Schülerin ist. Verstohlen linse ich zu ihm hinüber. Seine Hände fliegen über die Tastatur seines Netbooks und auf dem Sitz neben ihm stapeln sich Arbeitsmappen und Briefe. Vor zwei Tagen erst haben sie ihm die Halskrause entfernt, aber er sieht immer noch blass und angeschlagen aus.

Ich drehe mich zurück zum Fenster. Unter mir schrauben sich Wolkenkratzer wie gigantische Stelen aus einem Meer grauer Steinklötze und markieren die südliche Grenze eines rechteckigen Flecken Grüns, in dem ich den Central Park erkenne.

Ich werde es ihm sagen, wenn wir zurückkehren. Nur wie? »Entschuldige, Fion, aber in meiner seit Silvester gespaltenen Persönlichkeit lechzt ein dunkler Teil nach deinem Tod.«

Natürlich. Ganz einfach.

Wir landen auf dem Privatflughafen Teterboro in New Jersey, etwa 20 Kilometer von New York City entfernt. Als wir mit zwei Leibwächtern von Bord gehen, fahren auf dem Rollfeld dunkle Limousinen vor und drei Männer in Anzügen steigen aus. Zwei von ihnen sind in Farrans Alter und umarmen ihn wie einen heimgekehrten Bruder. Der schlaksige Blonde ist jung. Er reicht Farran und Claire förmlich die Hand. Dann nimmt er seine Sonnenbrille ab und dreht sich zu mir.

»Hi, Emma! Willkommen in New York. Du ahnst nicht, wie sehr ich mich freue, dich wiederzutreffen.«

Einen Augenblick lang sehe ich ihn überrumpelt an. Als ich Farrans belustigte Miene wahrnehme, fange ich mich.

»Um dich für deine Niederlage letztes Jahr zu revanchieren, Jack?«

Sein Mund verzieht sich zu einem übertriebenen Lächeln und enthüllt durchsichtige Brackets auf den Zähnen. Der Drahtbogen darüber ist weiß beschichtet. Hatte er die Zahnspange schon bei der Initiationszeremonie? Die Metallbrackets, die ich vor ein paar Jahren getragen hatte, sahen, verglichen mit diesem Luxusmodell, wie die Aschenputtelversion aus.

Er bemerkt meinen Blick und schiebt die Lippen zurück über die Zähne.

»Nach den neuesten Gerüchten würde ich das niemals wagen«, erklärt er und macht eine kurze Kopfbewegung in Farrans Richtung.

Die Männer, mit denen er gekommen ist, lachen auf. Meine Wangen werden heiß. Ich wollte es niemandem erzählen. Doch mein SPSE-Lehrer Macmillan hat im Unterricht zu viele Anspielungen gemacht, und bereits wenige Tage nach Schulbeginn verbreitete sich das Gerücht, dass es mir gelungen war, Farran zu schlagen, rasend schnell in der Rabengemeinschaft. Wenigstens hier, dachte ich, würde ich meine Ruhe haben.

»Wir sind alle so glücklich, dass endlich mal jemand Fion einen Denkzettel verpasst hat!«, sagt der Grauhaarige, der sich mit Nicholas Carter vorgestellt hat. Er zwinkert mir freundlich zu, aber sein Blick ist dabei so schneidend wie der einer Kobra. »Zu viel Hybris schadet den Besten.«

Ich zwinge mich zu einem Lächeln und zucke zusammen, als Jack sich unvermittelt an meinen Schulleiter wendet: »Was dagegen, wenn Emma mit mir fährt?«

Wie bitte? Nein, ich möchte lieber ...

»Natürlich nicht. Nach allem, was ich von Nick gehört habe, gibt es niemanden, der sie besser beschützen könnte.«

Na toll. Ich fahre zu Farran herum. Bevor ich widersprechen kann, spüre ich das Kribbeln auf meiner Kopfhaut.

»Sei nicht gleich so abweisend, Emma. Jacks Gabe ist wirklich einzigartig. Außerdem hast du mir versprochen, Aidan zu vergessen und nicht in allen anderen Jungen eine potenzielle Gefahr zu sehen.«

Ja. Ich arbeite daran. Wie an so vielem anderen. Aber es ist verdammt schwer. Und Jack interessiert mich wirklich nicht die Bohne.

Seufzend drehe ich mich um. Aber da, wo der Junge gerade noch stand, sehe ich nichts als den Asphalt der Rollbahn und im Hintergrund die Limousinen. Viel zu weit weg, als dass er in der kurzen Zeit zu ihnen gerannt sein könnte. Außerdem hätte ich doch seine Schritte hören müssen.

»Ich weiß, dass du meinen Schutz nicht brauchst«, sagt seine ruhige Stimme unmittelbar neben mir. Ich stoße einen spitzen Schrei aus und drehe mich einmal um mich selbst. Claire starrt mit offenem Mund auf einen Fleck rechts von mir. Ich kneife die Augen zusammen. Da ist nur ein leichtes Flimmern in der Luft. Kaum wahrnehmbar. Und plötzlich streicht etwas Warmes über meinen Handrücken, tastet zu meinen Fingern und verschwindet wieder. Ich keuche auf und kämpfe mühsam gegen den Drang, erneut zu schreien.

Kann Jack sich wirklich unsichtbar machen? Kein Wort steht über eine solche Gabe in Farrans Bibel.

Ein Lufthauch kitzelt mein linkes Ohr. »Ich verrat's dir im Auto, wenn du mit mir kommst«, flüstert er. So nah. Und ich sehe immer noch nichts. Rein gar nichts.

Langsam strecke ich die Hand aus und stoße auf Widerstand. Haut. Mitten in der Luft taste ich über optisch nicht vorhandene Wangenknochen, zucke zur Seite und greife in weiches, kurzes Haar. Wow!

Ein dreispuriger Highway führt uns vorbei an Autohändlern und riesigen Supermärkten. Laut Farran ist die Schule nur eine gute Viertelstunde vom Flughafen entfernt. Unser Chauffeur ist schätzungsweise Mitte dreißig und trägt das maskenhaft unverbindliche Gesicht des gelangweilten Angestellten.

»Erzähl!«, fordere ich Jack auf. »Wie funktioniert dieses Unsichtbarmachen?«

Bevor ich reagieren kann, legt er seine Hand auf meinen Oberschenkel. Ich will sie wegstoßen, aber plötzlich löst sie sich auf. Dort, wo das Handgelenk in seiner Jacke mündet, flimmert es verschwommen. Und ihr Gewicht liegt immer noch auf meinem Bein. Ich beiße mir auf die Unterlippe. *Denk nach, Emz! Das ist kein Zaubertrick. Irgendetwas anderes …*

»Ich hätte dich am liebsten umgebracht, als du damals das Rätsel, das Farran uns als Aufnahmeprüfung gestellt hat, gelöst hast.« Er schneidet eine so verzweifelte Grimasse, dass ich grinsen muss. Die Anspannung zwischen uns löst sich auf.

»Du hättest eben nicht so schnell den Mund aufreißen dürfen. Ich hatte auch keine Ahnung, worauf Farran hinauswollte. Das war reines Glück.«

»Glück. Aha.« Er schüttelt ungläubig den Kopf. »Weißt du, ich war mir so verdammt sicher, dass er sich das hier«, er zwickt mich neckisch mit seiner unsichtbaren Hand über dem Knie, »nicht entgehen lassen wird. Aber er hatte offenbar recht, dich zu wählen. Damit allein könnte ich jemanden wie ihn nicht besiegen.«

»Natürlich nicht«, pflichte ich ihm bei und ein Schatten huscht über seine Miene. »Farran ist ein Empath. Er sieht die Umrisse deines Körpers an der Aura, die deine Gefühle verursachen.«

Um ihn zu foppen, greife ich nach seiner unsichtbaren Hand, hebe sie hoch auf Augenhöhe und erstarre. Die Landschaft, die im Seitenfenster hinter ihm vorbeifliegt, bildet über meiner Hand längliche Schlieren, ähnlich Filmbildern, die haken, zerbröckeln, das alte Bild noch zeigen, während sich das neue bereits aufbaut. Ich erinnere mich plötzlich, wie Dean hinter den verblassenden Bruchstücken von Aidans

Gestalt auftauchte. Und da verstehe ich es. Ab einer gewissen Geschwindigkeit schafft er es nicht mehr schnell genug. Ich lasse die Hand los.

»Projektionen! Du baust um deinen Körper exakte Nachbildungen deiner Umgebung auf. Wahnsinn! Das ist einfach unglaublich!«

»Nicht halb so unglaublich wie du«, sagt er beeindruckt. »Emma, das hat bisher nur Farran auf Anhieb verstanden, als Nicholas mich ihm vor zwei Jahren in einer Online-Videokonferenz vorstellte.« Er seufzt. »Seitdem träume ich davon, von ihm persönlich unterrichtet zu werden.«

Ich weiß nicht, was ich darauf sagen soll.

Seine Hand wird wieder sichtbar und er hält sie mir entgegen. »Frieden?«

Waren wir denn bisher im Krieg?

»Okay.« Ich schlage ein.

Er lächelt, ohne seine Zähne zu zeigen, und zieht seine Hand so schnell zurück, als hätte ich eine ansteckende Krankheit.

Jacob

NEUIGKEITEN

Das Taxi, das James Miller zu dem gelben zweistöckigen Einfamilienhaus in Kinsale bringt, ist das dritte Fahrzeug, das er innerhalb der letzten eineinhalb Stunden benutzte, obwohl das um diese Jahreszeit recht belebte Küstenstädtchen nur eine gute halbe Stunde von Cork entfernt ist. Doch die notwendigen Sicherheitsvorkehrungen bei ihren Treffen allein sind nicht der Grund, warum er sich, kaum dass er das Wohnzimmer betreten hat, Perücke und Bart vom Kopf reißt und schwer atmend vor Jacob stehen bleibt.

»Erst Aaron und letzte Nacht Colin. Erzähl mir nicht, dass ihre *Unfälle* Zufall sind, MacAengus!«

Warum ist der Falkenchef eigentlich nie anwesend, wenn es zu solch unerfreulichen Konfrontationen kommt?

Was glaubst du wohl? Wozu hat er seine Mantik?

»Beschuldigen Sie nicht mich! Sie wissen, dass ich die Seiten gewechselt habe.« Jacob deutet auf den Sessel vor ihm, aber Miller zieht es vor zu stehen.

Auf seinen Wangen bilden sich rote Flecken und seine Stimme wird schneidend. »Wenn ich die zwei nicht überredet hätte, Farran in den Rücken zu fallen, wären sie jetzt noch am Leben! Wer sagt mir, dass das hier nicht eine hübsche neue Strategie ist, die Sie und dieser Drecksack sich ausgedacht haben, um potenzielle Verräter in den eigenen Reihen schneller zu entlarven und in einem Erstschlag zu beseitigen?« Millers rechte Hand verweilt bereits viel zu lange in der Tasche seiner Jacke. Robustes Leder. Zusammen mit den Schweißperlen auf seiner Stirn ist das an diesem warmen Spätsommertag auffälliger als ein feuerrot blinkendes Warnschild.

Jacob verkneift sich nur mühsam das Lachen. Ein tobender Stier, der blind vor Wut auf das rote Tuch zurast.

Aber seine Anspannung ist verständlich. Das Wasser steht ihm bis zum Hals. Wenn Farran herausbekommen hat, wer die beiden Unternehmer zu ihrem aufsässigen Verhalten angestachelt hat, blüht Miller ein ähnliches Schicksal.

»Ihr Verstand. Und jetzt packen Sie endlich die Pistole weg und setzen Sie sich, damit wir reden können.«

Ein Zucken in Millers Kiefermuskeln. Langsam zieht er eine Glock 17 aus seiner Jacke und richtet sie auf ihn. »Können Sie mit Ihrer Telekinese auch Kugeln abwehren?«

Wenn er schießen wollte, hätte er sich beeilt.

»Möchten Sie das wirklich testen? Himmel, James, verstehen Sie nicht, dass Ihr Misstrauen nur Wasser auf Farrans Mühlen ist?«

Eine Weile starren sie sich über die Mündung der Waffe hinweg an. Mit einem Schnauben wirft Miller schließlich die Pistole auf den Couchtisch, zieht seine Jacke aus und lässt sich in den Sessel fallen.

Jacob schenkt ihm eine Tasse Tee ein. »Ich weiß, wie Sie sich jetzt fühlen. Aber es ist nicht Ihre Schuld. Der neue Chef der Picten ist nach unseren letzten Informationen übrigens Callahan.«

Miller fährt aus dem Sessel hoch, als habe ihn ein Skorpion gestochen. »Ausgerechnet!«, ruft er und schlägt mit der Faust auf seinen Oberschenkel.

Jacob nickt düster. »Das heißt, es wird viel mehr Blut fließen als bisher. Callahan ist noch nie zimperlich gewesen ...«, er ignoriert das provokante Lachen seines Gegenübers, »und seit dem Verschwinden seines Sohnes soll er extrem unberechenbar und launisch sein. Er will Exempel statuieren. Farrans Rabenspione offen zu provozieren, ihre Anordnungen zu missachten und ihnen gar mit Kündigung zu drohen, war ein großer Fehler von Aaron und Colin. Montgomry hat ausdrücklich angeordnet, dass jeder Verdacht auf Unregelmäßigkeiten in ihrem Betrieb vermieden werden muss, bis es zum Prozess kommt. Sie hätten sie einfach mit falschen Informationen füttern und abwarten können.«

»Als ob ich das nicht wüsste!« Miller verschränkt die Arme über der Brust. »Ich hab es ihnen gesagt. Mehrmals. Aber Aaron sah Farran nach dem Gespräch mit Montgomry praktisch schon hinter Schloss und Riegel. Er war schon immer ein besserwisserisches Ar...« Er bricht erschrocken ab und murmelt: »Gott sei seiner Seele gnädig.«

»Amen«, spottet Jacob.

»Halten Sie bloß die Klappe, MacAengus!« Miller beugt sich vor, deutet auf die Pistole auf dem Tisch und funkelt ihn aufgebracht an. »Eher jage ich mir eine Kugel in den Kopf, bevor ich so werde wie Sie!«

Noch so ein Fehler und er springt endgültig ab.

Jacob seufzt und schluckt widerwillig die Antwort, die ihm auf der Zunge liegt, hinunter. Seine wahren Gefühle unter dem schützenden Mantel des Zynismus zu verbergen, ist ihm bereits so zur Gewohnheit geworden, dass er einen Moment braucht, bevor er weitersprechen kann.

»Wir befinden uns im Krieg, James. Sie können sich nicht für alles, was schiefläuft, die Schuld geben. Denken Sie an die Zukunft ...«

Ein Poltern im Flur, die Tür wird aufgerissen und eine vor Begeisterung überschnappende Stimme setzt seiner heiklen

Predigt ein barmherziges Ende: »Das glaubst du nicht, Jacob! Farran wurde …« David Stein hält abrupt inne, als er die Anwesenheit Millers erfasst. Sein Blick bleibt an der Waffe auf dem Couchtisch kleben. »Was geht denn hier ab?«

»MacAengus hat mir soeben demonstriert, dass er meine Kugeln abfangen kann«, erklärt Miller ernsthaft.

Davids Kinnlade klappt nach unten. »Ohne Scheiß!«

Na, wunderbar. Nach deinem unfreiwilligen Flug-Stunt an Silvester würde er ihm auch abnehmen, dass du über Wasser wandelst.

»Nein«, knurrt Jacob und schenkt Miller ein giftiges Lächeln.

»Schieß schon los! Was ist mit Farran?«

David strahlt ihn an, als wäre das Pferd, auf das er bei den Galway Races sein ganzes Vermögen gesetzt hat, gerade durchs Ziel geprescht.

»Deine Tochter hat Farran krankenhausreif geschlagen und darf zur Belohnung nach New York.«

Ach. WAS?

Emma

Englewood Ravens

»Englewood Ravens«.

Die gold glänzenden viktorianischen Lettern verkünden den Namen der New Yorker Zweigschule so selbstbewusst, wie das schwarz eloxierte Tor und die hohen Mauern jeden Unbefugten von ihren Mysterien fernhalten. Um keine Zweifel aufkommen zu lassen, bauen sich vor uns Wachmänner auf, die Sturmgewehre mit der gleichen Gelassenheit tragen wie ich meinen Schulrucksack.

Willkommen in deinem neuen Gefängnis, Emz.

»Hinter der Kontrolle wird's idyllischer«, lacht Jack, als er meinen Blick bemerkt.

Märchenhafter hätte es besser getroffen.

Im Schritttempo fahren wir auf einem schmalen Weg durch eine alte Baumallee. Windböen stäuben uns das herbstliche Kleid der Ahorn- und Kastanienbäume in Fetzen von grün bis goldgelb, feuerrot bis braun entgegen und lasieren den Weg wie die angrenzenden Wiesen mit der vergänglichen Patina ihres letzten Aufbäumens vor dem Winter. Ein farbenfrohes Holifest der Natur. Ich wünschte, Faye wäre bei mir.

»Klein, aber fein, und nur zwanzig Minuten mit dem Auto von Manhattan entfernt«, hat Farran im Flugzeug zu Claire gesagt. Dass er in anderen Dimensionen denkt, weiß ich mittlerweile. Aber als die herabhängenden Zweige am Ende des Weges endlich den Blick auf die Schule freigeben, bin ich dennoch überrascht. Gut, Sensus Corvi ist vermutlich doppelt so groß, aber das dreiflüglige Anwesen mit wuchtigen

Säulen und großzügigen Erkern als »klein« zu bezeichnen, ist die Untertreibung des Jahrhunderts.

Stunden später, nach endlosen Schulhausführungen und der Vorstellung zahlreicher Schüler und Lehrer, erwischt mich der Jetlag mit voller Wucht und nach dem Abendessen falle ich todmüde ins Bett.

»Lass sie los, Vater!«

Aidan! Seine Stimme streichelt warm über meine Haut. Es ist dunkel. Ich liege im Bett, die Luft ist stickig und meine Haare kleben feucht in meinem Nacken. Eigenartig. Der Lichtschalter ist nicht da, wo er sich sonst befindet. Ich fahre über den Nachtschrank und stoße gegen etwas, das zu Boden fällt und ein klirrendes Geräusch von sich gibt. Verflucht! Wo ist nur mein Handy? Wie spät ist es?

»Ich denke gar nicht daran. Und jetzt gehen wir alle ganz artig rüber ins Büro. Bist du okay, Fion?«

Mein Herz hämmert schneller gegen meine Brust. Ich halte den Atem an und lausche. Die Schwärze webt emsig ein klebriges Netz aus Angst um mich, bis ich glaube, darin zu ersticken. Ich hole tief Luft, springe auf, stolpere durch das unbekannte Zimmer und stoße gegen Möbel. Die Stimmen verhallen. Nur vereinzelte Wortsplitter treffen mich wie scharfkantiges Eis.

»... hat es erwischt.«

»Ist ... tot?«

Endlich ertaste ich Holz, fahre mit den Handflächen über die Maserung nach unten und finde den metallenen Türgriff. Vor mir liegt ein langer Gang mit großen cremefarbenen Fließen, von dem massive Eichenholztüren zu beiden Seiten abgehen. An den Wänden spenden kelchförmig gewölbte

Lampen aus Milchglas gedämpftes Licht. Ich blinzele gegen die Helligkeit. Dann erinnere ich mich. Die neue Schule. New York.

Die Kälte des steinernen Bodens kriecht langsam an meinen nackten Füßen nach oben. Fröstelnd reibe ich mir über die Arme. Wieso ist Callahan uns überhaupt nachgereist?

Frag dich lieber, was du tust, wenn du Aidan begegnest.

Ich beiße mir auf die Unterlippe und eile weiter, auf eine wuchtige Tür zu, aus der sich Schnitzereien wie Geschwüre erheben.

»DU hast Brady umgebracht?«, schreit Aidan.

Ich reiße mit beiden Händen an den Türgriffen.

Und stehe mitten in Farrans Büro in SENSUS CORVI. Lichtkegel blenden mich durch Fensterscheiben und beißender Rauch schlägt mir entgegen. Da ist so ein wummerndes Geräusch in meinen Ohren, stetig und dumpf, wie der Hintergrundbeat in einem Horrorfilm, und genauso sieht es auch um mich herum aus. Papierfetzen wirbeln in der Luft und rieseln wie Schnee auf Möbelreste, aufgeplatzte Aktenordner und Glasscherben liegen überall verstreut. An den Fenstern züngelt Feuer an halb verbrannten Gardinen hoch.

Und dann sehe ich Callahan, der meinem Spiegel-Ich die Mündung seiner Waffe an die Stirn presst und Aidan, der rußverschmiert mit geballten Fäusten danebensteht, wie ein an Ketten gelegter Tiger.

»Still, Emma! Du weckst noch alle auf!«, flüstert plötzlich eine heisere Stimme ganz nah an meinem Ohr. Jemand erstickt meinen Schrei mit der Hand.

Ich öffne die Augen. Blondes kurzes Haar, dunkelblaue Augen. Zahnspangenlächeln.

»Schak«, nuschle ich. Jack zieht seine Hand weg.

»Das war echt gruselig! Schlafwandelst du öfters?«

Schlafwandeln? Dafür hat es sich verdammt echt angefühlt. Ich löse mich aus seinen Armen, setze mich auf und schüttele benommen den Kopf. Im Schein der Deckenlampe erkenne ich das Zimmer wieder, das mir hier in ENGLEWOOD RAVENS zugewiesen wurde.

»Nein. Wie spät ist es überhaupt?«

Von allen Menschen hier muss mich ausgerechnet er bei so etwas Peinlichem erwischen.

Jack hebt die Hand hoch. Unter dem rot karierten Ärmel kommt eine Smartwatch zum Vorschein. Neben der New Yorker Zeit werden im unteren Bereich die Zeiten in London und Tokio eingeblendet.

»Kurz nach halb sechs.«

Mein Blick wandert an seinem Arm entlang nach unten und bleibt an behaarten Beinen hängen, die unter dem Saum des überlangen Oberteils hervorlugen. Ich schließe die Augen.

Nicht lachen, Emz.

»Du hast in deinem Zimmer herumgepoltert und bist dann auf den Gang gelaufen. Na ja, Farran hat nach dem Abendessen gemeint, ich sollte ein Auge auf dich haben, ich schlafe schließlich gleich nebenan«, plappert Jack auf mich ein und ich beiße mir noch fester auf die Unterlippe. *Fion hat einen tollkühnen Ritter im karierten Nachthemd beauftragt, dir beizustehen.* »Ich konnte dich abfangen, als du gerade die Tür zum Besprechungszimmer aufgerissen hast. Dann bist du ohnmächtig nach hinten gekippt. Was wolltest du überhaupt dort?«

Meine Vergangenheit wiederfinden. Der Gedanke rast unvermittelt mit der Geschwindigkeit eines Meteorits durch mein Gehirn und hinterlässt eine glühende Spur von Wut und Hass.

Atmen. Langsam ein und wieder aus. Ich brauche all meine Kraft, um meine Telekinese im Zaum zu halten und Jack nicht grundlos anzugreifen.

»Tut mir leid, dass ich dich geweckt habe. Ich ... ich hatte nur einen Albtraum und war total neben der Spur.«

»Mach dir nichts draus. Wir Raben helfen einander doch gerne.«

Etwas in seinem Tonfall ist eigenartig. Aber ich bin zu erschöpft und durcheinander, um mich mit Jacks Befindlichkeiten auseinanderzusetzen. Soll er mich doch für vollkommen durchgeknallt halten.

»Danke. Wir sehen uns dann beim Frühstück um acht. Ich schlaf jetzt wohl besser noch eine Runde.«

So wach hatte ich mich zuletzt gefühlt, als Liz mir einen doppelten Espresso mit der neuen italienischen High-Tech-Maschine ihrer Mutter gemacht hat. Ich knie mich neben das Bett und sammle mechanisch die Scherben der Nachttischlampe auf, die ich umgestoßen habe. Ein Glück, dass ich nicht hineingetreten bin, als ich im Dunkel die Tür suchte. So viele winzige Splitter. Da lässt sich nichts mehr zusammenfügen.

Zusammenfügen.

Ich halte inne und starre auf die Bruchstücke vor mir. Die Nachricht von Montgomry auf meinem Handy! »SENSUS CORVI *hat zwei Seiten. Du musst die zweite Seite finden und beide wieder zu einer Einheit zusammenfügen. Versprich es mir!*«

Mein Herz klopft schneller.

Denk nach!

Montgomry ist ein Feind der Raben, aber er ist der gerissenste Mensch, den ich neben Farran kenne. Im Gegensatz zu mir wusste er ganz genau, dass der Schulleiter die Nachricht auf meinem Handy abhören würde, sonst hätte er sich nicht an ihn gewandt und ihn aufgefordert, mich gehen zu lassen. Das bedeutet aber auch, dass die Nachricht, die er an mich persönlich richtete, verschlüsselt war, damit Farran sie mir nicht vorenthalten würde.

SENSUS CORVI. *Die zweite Seite.*

Und dann kommt mir ein so simpler wie grausamer Gedanke.

Ich springe auf, laufe zu meinem Schreibtisch und greife nach meinem Handy. Die App für das Lateinwörterbuch öffnet sich. Ich tippe mit den Daumen das Wort ein: *Sensus*

1. Empfindung, Gefühl
Empfindungsvermögen
Bewusstsein, Besinnung

Ungeduldig streiche ich über das Display.

2. Verstand, Denkvermögen

Oh Scheiße!

Ich werfe das Handy quer durch den Raum auf mein Bett. In meinen Augen bilden sich Tränen. Die ganze Zeit über bin ich davon ausgegangen, dass mich meine Gefühle seit Silvester belügen.

Was, wenn es in Wahrheit mein Verstand ist?

Teil 2

ERWACHEN

Wo die Welle, weiß von Gischt,
Um den Brandungsfelsen zischt,
Steh ich, und vom goldnen Sand
Halt ich Körner in der Hand.
Wenige! Doch selbst diese, ach!
Gleiten in die Flut gemach,
Und ich weine ihnen nach.
Kann ich nicht dichter falten
die Hände, sie zu halten?
O Gott! wie rette ich schier
nur eins vor der Welle Gier?
Ist, was wir scheinen und schaun im Raum,
nur ein Traum in einem Traum?

(Edgar Allan Poe
aus: »Ein Traum in einem Traum«)

Emma

ALLES FALSCH

Gefühl und Verstand.

Wie katastrophal es sein kann, wenn sie nicht im Einklang sind, erinnert mich an einen Zeitungsausschnitt, den Mama mir gezeigt hat, als ich das erste Mal abends mit Liz weggegangen bin:

Wie einfach ist es, seine Gefühle infrage zu stellen! In westlichen Kulturen haben wir es uns so zur Gewohnheit gemacht, unseren Verstand über sie herrschen zu lassen, dass wir uns selbst elementare, lebensrettende Impulse wie das natürliche Angstgefühl abtrainieren. In Gesprächen mit weiblichen Gewaltopfern stellte sich heraus, dass sie sich ohne zu zögern von einem Fremden die Einkaufstüten in die Wohnung tragen ließen. Oder zu einem unheimlich aussehenden Mann in den Fahrstuhl stiegen. In beiden Fällen gaben die Frauen zu, ein »mulmiges Gefühl« gehabt zu haben. Ihr Verstand suggerierte ihnen jedoch, dass es schlicht »unhöflich« wäre, sich anders zu verhalten.

Damals war der Artikel ein Grund mehr, Mama für vollkommen paranoid zu halten.

Jetzt liege ich auf dem Bett und versuche zum ersten Mal in meinem Leben, den Spieß umzudrehen und meinen Verstand unter das Regiment meiner Gefühle zu stellen. Kompromisslos. Klingt ganz einfach und ist so verdammt schwer. Selbst für eine Emotionentaucherin wie mich. Vermutlich gerade deswegen. Habe ich doch all die Jahre mein ganzes Training darauf verwandt, meine Emotionen mit meinem Verstand zu kontrollieren.

Wenn Montgomry recht hat, dann ist an Silvester etwas geschehen, das Einfluss auf mein Denkvermögen hatte.

Ich versuche, mich darauf zu konzentrieren, was Mama mir über das Zusammenspiel von Verstand und Gefühlen erzählt hat. Das war eine ganze Menge. Plötzlich erinnere ich mich an das Foto, das sie mir an meinem ersten Schultag schenkte: Ein Mädchen in einer blauen Regenjacke und gelben Gummistiefeln lässt einen knallbunten Drachen vor dunklen, sturmgetriebenen Wolken am Herbsthimmel tanzen. Sie drückte mich fest an sich und sagte mit tränenerstickter Stimme: *Deine Gefühle wirbeln im Wind des Lebens wie dieser Drache. Sie steigen empor und stürzen hinab. Doch wenn es zu stürmisch wird, musst du deinen Verstand von deinen Gefühlen trennen, Emma. Versprich mir, dass du dich nicht von ihnen mitreißen lässt! Lass die Leine los! Sonst wird der Wind dich einfach davontragen.*

Ich atme tief durch und schließe die Augen.

Und dann mache ich das genaue Gegenteil, klammere mich fester an die Schnur, bis ich im Brausen meiner Gefühle wegschnelle, weiter, immer weiter in den düsteren Himmel. Die Leine zerrt in meinen Armen und schneidet in meine Hand, während ich mich langsam an ihr hochhangle, um den regenbogenfarbenen Wirbel zu erreichen, in dem sich meine Emotionen bündeln. Mit jedem Stückchen Schnur, das durch meine Hände fließt, höre ich auf zu verdrängen und durchlebe erneut die Ereignisse jener Nacht. Es fühlt sich an, als würde ich einen sich steigernden Rhythmus auf einer heißen Herdplatte trommeln. Der brennende Schmerz wird nur von der Angst, beim Loslassen in den Abgrund zu stürzen, übertroffen.

Die Vorbereitungen auf dem Schiff. Wie wir in Cork ankommen. Jared und ich auf dem Motorrad, das Eingangstor von Sensus Corvi, *Farrans Stimme im Headset, als wir durch den Park laufen.* Ich spüre Schweißtropfen auf meiner Stirn und balle die Hände zu Fäusten, als könnte ich mich dem Folgenden so leichter stellen. *Wir werden angegriffen. Und ich töte Dean, der sich hinter der Projektion Aidans verbirgt. Dean Owens. Einen Menschen, kaum älter als ich.* Stöhnend halte ich inne und reibe mir über die Schläfen.

Er war Mamas Mörder! Vergiss das nicht!

Irgendwo auf dem Gang schlägt eine Tür zu. Die ersten Internatsschüler stehen auf. Ich muss mich beeilen. *Dad rettet mich vor Deans Vater, indem er ihn erschießt. Ich richte meine Waffe auf Dad. Er steht jetzt ganz dicht vor mir und das Leiden ist ihm so ins Gesicht gegraben, dass ich es körperlich fühlen kann. Schließlich bin ich bereits in ihn getaucht. Als er sagt, dass er mich liebt, spricht er die Wahrheit. Ich weine. Die Waffe zittert in meinen Händen. Da ist ein solches Durcheinander von Emotionen: Wut, Hass, Trauer, Verzweiflung, Zuneigung, Vertrautheit, Liebe. Er erzählt, wie er Mama anflehte, zu ihm zurückzukommen, und sie …*

Oh verdammt!

Blut in meinem Mund.

Wie konntest du das übersehen?

Ein Schmerz auf der Zunge. Noch mehr Blut. Ich muss zum Waschbecken.

Schluck's runter und konzentriere dich!

Ich schlucke. Der metallische Geschmack verschwindet allmählich. Die Zunge fühlt sich pelzig an und das Blut rauscht in meinem Kopf.

Defekt, vollkommen anders, unvollständig. Mit dieser Erinnerung stimmt etwas nicht. Ich verstehe nicht, warum das so ist. Aber ich erkenne es. So klar und deutlich, dass ich nicht glauben kann, wie mir das so lange entgangen ist.

Farran wird ausflippen, wenn ich ihm von meiner Entdeckung erzähle und es sofort in das Kapitel über Emotionentaucher in seiner Bibel aufnehmen.

Eine zusätzliche Dimension.

Das ist es, wie ich Gefühle wahrnehme. *Das* unterscheidet Taucher von Empathen! In unserer dreidimensionalen Wirklichkeit sind meine und die Gefühle der Menschen, in die ich bereits getaucht bin, nicht einfach eine farbige Aura, sondern als eine zusätzliche Ebene vorhanden. In dem Augenblick, als Dad von Mama zu erzählen beginnt, verschiebt sich aber das emotionale Erscheinungsbild meiner Erinnerung. So als würde vor meinen Augen ein aufwendig computeranimierter Film plötzlich zu einer Walt-Disney-Produktion aus den 1960er Jahren werden. Wow!

Ich springe vom Bett und tigere durch den Raum, spiele die Szene mit meinem Vater immer wieder wie einen Film in meinen Gedanken ab. Meine Emotionen sind falsch. Die meines Vaters nicht erkennbar, obwohl sie ein paar Sekunden zuvor so deutlich lesbar waren.

So ist es geschehen, sagt mein Verstand.

Alles falsch, antwortet mein Gefühl.

Aidan

VITO

Über acht Monate ist es nun her, seit ich Antonios Geldbeutel zurückgebracht und in dem skurrilen Alten und Amy eine Ersatzfamilie gefunden habe. Unvorstellbar, wie mein Leben weitergegangen wäre, wenn ich mich anders entschieden hätte. Ich habe das Zimmer von Amys Sohn Vito bezogen, der in Kalifornien studiert, und arbeite tagsüber in ihrer Buchhandlung.

Das Mädchen mir gegenüber schüttelt energisch den Kopf und legt den Krimi, den ich ihr in die Hand gedrückt habe, zurück auf den Bestsellerstapel.

»Ich mag lieber romantische Bücher. Können Sie mir etwas empfehlen?«

Verdammt hübsch. Blonder Pagenkopf, blaue Augen, ein süßes Lächeln. Schlank, aber kurvig. Ihre Wangen röten sich unter meinem forschenden Blick. Seit mehr als einem Monat schaut sie hier wöchentlich vorbei. Selbst wenn Amy anwesend ist, bin ich derjenige, den sie fragt. Liebesromane. Oh Mann! Amy könnte ihr aus dem Stand mindestens zwei Dutzend Titel nennen.

»Shades of Grey?«, schlage ich vor und setze ein Jack-Nicholson-Grinsen auf.

Sie zuckt zusammen und mustert mich skeptisch.

»Lesen Sie lieber das hier, junge Dame.«

Antonio streunt schon seit einer Stunde in der Buchhandlung herum. Ich habe den unguten Verdacht, Amy hat ihn hierher beordert, um ein Auge auf mich zu werfen, während sie ihren Sohn vom Flughafen abholt. Das plötzliche Auftauchen des Alten lässt das Mädchen rückwärts gegen das Regal stolpern. Dabei hätte sie der holzig-moosige Duft seines Parfums eigentlich vorwarnen müssen.

Ich linse auf das Cover. »Ja, das wird sicher romantisch. Lassen Sie mich raten, Antonio. Ein wohlhabender Arzt heilt eine an Cholera erkrankte Schönheit aus dem Armenviertel, erkrankt dabei selbst und …«

»Unfug!«, poltert er entrüstet. »*Die Liebe in den Zeiten der Cholera* ist ein epochales Werk, das seinesgleichen sucht. Hier geht es um die wahre, die reine, ein ganzes Leben andauernde Liebe, etwas, das ihr jungen Leute der Facebook- und Twitter-Ära überhaupt nicht mehr nachvollziehen könnt. Denn, wie Márquez genau wusste, ›nichts in der Welt ist schwieriger als die Liebe‹.«

Sein Blick ist sengend und er schwenkt das Buch vor uns wie einen Degen. Der Roman scheint ihm wirklich am Herzen zu liegen. Das Mädchen nimmt Antonio den Schmöker zaghaft aus der Hand und schenkt ihm ein versöhnliches Lächeln.

»Nicht alle Männer Ihres Alters lesen Romane und machen sich über die Liebe Gedanken. Und nicht alle jungen Leute hängen nur an ihrem Smartphone rum.« Dann dreht sie sich zu mir. »Ich nehme es.«

Ein warmes Gefühl macht sich in meinem Bauch breit. *Versuch es!* Mein Herz klopft schneller. Wir gehen zur Kasse. Ich tippe den Betrag ein und stecke das Buch in eine Papiertüte. *Mach schon! Jetzt.*

»Lust auf eine Tasse Kaffee? In zwei Stunden habe ich Feierabend.«

Ein hektisches Blinzeln ihrer schön geschwungenen Wimpern. »Oh. Okay. Gerne.«

So einfach ist das. Meine Finger zittern leicht, als ich das Geld in die Kasse lege.

»Ich bin Chloe.«

Einfach? Träum weiter!

Sorry, Chloe, ich kann dir meinen Namen nicht sagen. Irgendwie ist er mir abhandengekommen und seit acht Monaten nicht wieder aufgetaucht. Nebst anderen wichtigen Dingen. Keine Aussicht auf Wiederkehr. Vielleicht freust du dich gerade auf ein Date mit Billy, dem Ghostface-Mörder. Shit!

Ich werde nicht mal die erste Runde Smalltalk überstehen.

Das dumpfe Räuspern von Antonio bringt mich in die Wirklichkeit zurück.

»Thomas«, presse ich hervor.

Ich hasse diesen geliehenen Namen. Er fühlt sich an wie ein Pullover, der zu eng ist und kratzt.

Sie lächelt. »Also ... dann komm ich in zwei Stunden wieder. Bis nachher.« Ihre Hüften wiegen im Takt ihrer Schritte, als sie zur Tür geht.

»Du hast unverschämt viel Glück, dass du so gut aussiehst, Junge. An deinem Charme müssen wir gelegentlich mal arbeiten.« Antonio klopft mir aufmunternd auf die Schulter.

»Wozu? Spätestens nach zwanzig Minuten wird sie unter irgendeinem Vorwand abhauen«, seufze ich. Er runzelt die Stirn und setzt sofort seinen Analysierblick auf. Ich verdrehe die Augen. »Was machen Sie überhaupt hier? Normalerweise kommen Sie samstags.«

»Lesen?«

»Halten Sie mich für blöd?« Er schüttelt bedächtig den Kopf. Sein abwartendes Schweigen provoziert mich. Wie immer. »Warum hat Amy Sie hergeschickt? Nach all den Monaten glaubt sie bestimmt nicht, dass ich mich in ihrer Abwesenheit mit der Kasse aus dem Staub mache.«

»Was denkst du?«

Schweigen oder Gegenfragen. Falls er je verheiratet war, ist die Ehe garantiert daran zugrunde gegangen. *»Schatz, bringst du den Müll raus?« – »Warum denkst du, dass ich das tun sollte, Liebste?«*

Ich zucke die Achseln.

»Vito könnte auch auf der Couch im Wohnzimmer schlafen, nicht wahr?« Er schiebt seine Brille am Steg weiter nach oben. »Schließlich ist er nur zwei Wochen hier. Oder du schläfst dort.«

Nein. Ich bleibe über Nacht hier unten in der Buchhandlung. Sicher wird Amy nach so langer Zeit mit ihrem Sohn allein sein wollen. Wortlos drehe ich mich um und gehe ins Lager. Fünf Kartons mit Büchern sind heute mit der Post angekommen, die im Bestand erfasst und in die Regale einsortiert werden müssen. Wenn ich den Alten ignoriere, lässt er mich vielleicht in Ruhe. Doch als ich das erste Paket aufreiße, steht Antonio bereits neben mir.

»Was wollen Sie?«, frage ich gereizt.

»Fühlst du dich dadurch zurückgesetzt?«

Das bringt das Fass zum Überlaufen.

»Himmel, nein!«, brülle ich. »Ohne Amy hätte ich keinen Job und würde irgendwo auf der Straße rumlungern. Schlimmer noch, ich wäre im Knast. Ihr Sohn hat ein Anrecht auf sein Zimmer, wenn er in den Semesterferien heimkommt. Ich kann heilfroh sein, wenn Vito so einen Schmarotzer wie mich nicht gleich auf die Straße setzt. Ganz unabhängig davon, *wo* ich schlafen werde.«

»*Davor* hast du also Angst«, erklärt Antonio ruhig und knetet nachdenklich sein Kinn. Ein heftiger Windstoß fegt durch den Raum. Der Alte dreht den Kopf verwundert zum geschlossenen Kellerfenster.

»NEIN! Ich habe keine ...«

»Der kann einen vollkommen wahnsinnig machen, nicht wahr?«

Ich fahre herum. Im Türrahmen lehnt ein junger Mann in einer zerrissenen Jeans und einem T-Shirt mit dem Aufdruck: »DNA? Time to change!« Grinsend stößt er sich ab und kommt uns entgegen. »Hi! Ich bin der Kerl, der dich auf der Stelle rausschmeißen wird, wenn du weiter so einen Schwachsinn brüllst und es wagst, aus meinem Zimmer zu ziehen. Was Besseres konnte mir gar nicht passieren. Die Couch ist ausziehbar und viel bequemer. Und wie ich sehe, hat Antonio endlich ein anderes Opfer gefunden, dem er im Gehirn herumwühlen kann.«

»Richtig. Sein Fall ist wesentlich interessanter als deine halbgaren Rebellionsphasen«, erwidert Antonio trocken, aber in seine Miene hat sich ein Lächeln geschlichen und seine Augen glänzen.

Mit einem Ruck zieht Amys Sohn den Alten in eine herzliche Umarmung. Dann schüttelt er kräftig meine Hand.

»Ich würde mich ja gerne vorstellen, aber ...«, beginne ich.

»Hab's schon gehört. Sag mal, von allen Namen der Welt nimmst du ausgerechnet *Thomas?* Wie bescheuert ist das denn?«

Amy schiebt sich schmunzelnd an ihm vorbei und gibt ihm einen Klapps auf den Arm. Neben ihrem Sohn sieht sie wie eine zierliche Elfe aus. Körperlich muss er nach seinem Vater kommen. Dunkelblond, athletisch, mit breiten Schultern und sogar einen Kopf größer als ich. Aber seine Augen sind braun und freundlich wie die ihren.

»Ich schließ jetzt den Laden ab und wir gehen alle zusammen bei Tino essen.«

»Aber ohne ihn«, brummt Antonio. »Thomas hat heute ein Date.«

»Ach?« Amy starrt mich an, als hätte ich mir in ihrer Abwesenheit die Haare blau gefärbt.

Vito legt den Arm um ihre Schulter und spottet: »Mum! In seinem Alter ist das nicht ungewöhnlich.«

Sie errötet. »Entschuldige, ich wollte dich nicht beleidigen. Es ist nur ...«

Ja. Ich weiß.

Emma

MANHATTAN

Alles falsch.

Und der einzige Mensch, der bei Dads Geständnis dabei war, ist tot. Jared kann mir nicht mehr verraten, was damals vorgefallen ist. Warum von da an alles, was in der Silvesternacht geschah, immer wieder von fehlerhaften Sequenzen durchbrochen wird. Und woher Richard Montgomry das bereits einen Tag später wissen konnte. *Er ist ein Mantiker. Vermutlich hat er einfach seine Gabe wiedergefunden.*

Der Duft von frisch gebrühtem Kaffee, Pancakes und Ahornsirup lockt bereits auf den breiten, mit dunklem Teppich ausgelegten Marmorstufen. Niemand begegnet mir auf meinem Weg nach unten. Die anderen Schüler haben sich längst in der Mensa eingefunden. Ich beschließe, mich möglichst unauffällig unter die am nächsten zur Tür Sitzenden zu mischen, um Farrans Nachfragen zu entgehen. Das Stimmengewirr und Geschirrklappern wird lauter, als ich im Erdgeschoss in den rechten Flügel des Gebäudes abbiege.

Gedämpftes Licht aus bunten Tiffanylampen und klassische Hintergrundmusik empfangen mich. Ein Wunder, dass keine Kellner in marineblauen Uniformen vorbeischweben. ENGLEWOOD RAVENS' Speiseraum würde mehr einem Kurhaus der Belle-Époque-Ära denn einer Schulkantine gleichen, müsste man das Durchschnittsalter der hier Anwesenden dafür nicht locker verfünf- oder versechsfachen. In dem riesigen, an das Hauptgebäude zur Parkseite angebauten Jugendstilpavillon stehen eckige und runde Tische für jeweils zehn Personen inmitten einer Farbenpracht aus gelben und grünen floralen Glas- und Wandmalereien, gold verzierten Säulen und jeder Menge Grünpflanzen. Es dauert eine Weile, bis ich in diesem mondänen Dschungel Jack erspähe. Er sitzt an einem Rundtisch in der Nähe des Buffets und ist, seinen ausladenden Handbewegungen zufolge, in eine heftige Diskussion mit seinem Tischnachbarn vertieft. Zu seiner Linken schielt ein großes braun gelocktes Mädchen mit bewunderndem Blick zu ihm auf. Ihnen gegenüber räumen eben drei Jungen ihren Platz und kommen mir mit leeren Tellern entgegen. Als sie mich erkennen, tuscheln sie miteinander. Sicher hat Jack ihnen schon von meinem nächtlichen Herumgeistern erzählt. Und Farran womöglich ebenfalls, um sich bei ihm einzuschmeicheln. Seufzend laufe ich zum Buffet, belade mein Tablett mit einer Tasse Kaffee, Toast und Marmelade, bevor ich auf Jacks Tisch zusteuere.

»... ist allein seine Sache, klar? Farran wird seine Gründe haben, warum er ihr eine zweite Chance einräumt. Ich würde sein Urteil nicht anzweifeln. Schließlich ...«

Das braunhaarige Mädchen dreht den Kopf, als mein Schatten auf sie fällt. Ihre Augen weiten sich und sie versetzt Jack einen unsanften Stoß mit ihrem Ellenbogen.

»Jane, was ...«, ruft Jack verärgert, während er sich zu ihr dreht, und verstummt bei ihrem Gesichtsausdruck mitten im Satz. Sein Blick wandert zu mir und augenblicklich wird seine Miene so steinern wie das Mount Rushmore Memorial.

»Ist der Platz noch frei oder willst du weiterhin ungestört über mich ablästern?« Meine Stimme zittert leicht. Eine zweite Chance. Verdammt! Hört das Misstrauen denn nie auf? *Hast du wirklich gedacht, dass nur deine Heldentat, Farran besiegt zu haben, bis hierher durchdringt und sie von den Vorgängen an Silvester nichts wissen?*

»Ehrlich gesagt, habe ich dich gerade eben verteidigt, MacAengus«, erwidert er scharf. »Ich vertraue Farrans Menschenkenntnis. Und wir Raben sollten zusammenhalten.«

»Dann hast du ihm nichts von heute Morgen erzählt?«

Er schüttelt den Kopf und deutet auf den freien Stuhl am Tisch. »Wenn du mir so sehr misstraust, was treibt dich dann hierher an den Tisch?«

Vielleicht meint er es wirklich ehrlich mit mir. Ich stelle mein Tablett ab, setze mich und beschließe, ebenso offen zu sein.

»Farrans Anordnung. Ich soll mich mit anderen Jungen anfreunden, um zu vergessen, dass mein Freund an Silvester meinen Dad umgebracht und sich danach einfach in Luft aufgelöst hat.«

Jacks kontrollierte Miene verrutscht. »Shit«, murmelt der dunkelhaarige Junge neben ihm ungläubig, während mich das Mädchen anschaut, als hätte sie bitteren Wermuttee getrunken. Aber Jack fängt sich schneller als gedacht. »Verstehe. Wenn du uns verrätst, was damals wirklich passiert ist, bin ich für die zwei Wochen eures Aufenthalts dein perfekter Begleiter. Immer zur Stelle, ohne dir zu nahe zu treten. Farran wird begeistert von uns als Paar sein.«

Darauf kannst du wetten.

Vier Tage Sightseeing.

Und das Beste daran: Jack konnte Farran, der mit Vorbereitungen für die Schuleinweihungsfeier am Wochenende vollauf beschäftigt ist, tatsächlich davon überzeugen, dass er zu meinem Schutz ausreichen würde. Dabei hatte ich mich schon wie einen Filmstar flankiert von seinen Bodyguards durch den Central Park wandern sehen. Wie peinlich wäre das nur gewesen!

Nach den fast neun Monaten, die ich ausschließlich innerhalb der Mauern SENSUS CORVIS verbracht habe, genieße ich jede Sekunde Abwechslung und Freiheit. Ich habe Faye Selfies auf dem Empire State Building und der Brooklyn Bridge geschickt und ein Video, das Jack von mir auf dem Boot vor Liberty Island aufgenommen hat. Gestern sind wir die Green Line, eine stillgelegte Bahntrasse, die zu einem Hochpark umfunktioniert wurde, entlanggejoggt und ich musste frustriert feststellen, dass Jack eine ähnlich gute Kondition wie Aidan hat. Die letzten Tage fordern ihren Tribut.

Als der Wecker heute Morgen um sieben klingelte, wollte ich ihn am liebsten in den Papierkorb werfen, die Decke über den Kopf ziehen und weiterschlafen. Die Club-Tour gestern Nacht war auch ohne Alkohol anstrengend gewesen. So starte ich in meinen fünften Tag in New York mit reißendem Muskelkater in Armen und Beinen, schweren Füßen und dem Gefühl geistigen Overloads. Ausgerechnet heute stehen die Museum Mile und der Central Park auf Jacks Programm.

Während unseres Lunchs im *Café Fledermaus* gibt Jack Anekdoten aus dem ereignisreichen Leben früherer Mafiagangster in der Nähe des Fulton Fish Market zum Besten. Während ich den Sahneberg auf meinem Kaffee ablöffle und mich ernsthaft frage, wie ich das Riesenstück Sachertorte nach dem üppigen Mittagessen noch runterbringen soll, erfahre ich, dass der berüchtigte Lucky Luciano schon als Zehnjähriger von seinen Mitschülern Geld dafür forderte, dass er sie nicht im Pausenhof verprügelte. Zwischen den beschwingten Walzerklängen schweben Jacks ausschweifende Erzählungen über die Five Points Gang und Al Capone im Dreivierteltakt an mir vorbei.

Das Klingeln seines iPhones reißt mich aus meinem hypnotischen Walzerkoma.

»Hi, Jane!«

Jacks Wangen färben sich rosa. Ich habe mich endlich durch die Sahne gekämpft und beobachte ihn über den Rand meiner Tasse, während ich an dem heißen Kaffee nippe.

»Nicht dein Ernst? Ja, natürlich. Nein, überhaupt kein Problem. Kann doch jedem mal passieren.«

Er wirft mir einen verzweifelten Blick zu.

»Was?«, flüstere ich, aber er spricht schon weiter. »Klar, komme ich. Bin in zehn Minuten bei dir.«

Seufzend legt er das Handy auf die mit Schmetterlingen und Blumen gemusterte Tischplatte.

»Ähm, Emma ...«, stottert er und seine Wangen werden noch roter.

»Jane steht im *Armani*-Shop mit ihrem Kleid für die Einweihungsfeier und ihre Kreditkarte funktioniert nicht.«

»Oh, die Ärmste!«, säusele ich und versuche echte Anteilnahme in meine Stimme zu legen. Ein Kleid für die Einweihungsfeier? Shit, daran habe ich überhaupt nicht gedacht. Bis auf den Rock meiner Schuluniform habe ich nur Jeans eingepackt.

»Dann macht es dir nichts aus, schnell mit mir rüberzufahren, damit ich ihr aushelfe?«

Eher verdrücke ich noch eine zweite Portion Sachertorte. Ich lege meine Hand auf seinen Arm. »Wir könnten uns doch einfach in zwei Stunden wieder bei der Metro-Station *Central Park North* treffen«, erkläre ich ihm und halte ihm das Display unter die Nase. Auf seiner Stirn glänzen Schweißperlen. »Farran muss das nicht wissen. Du hast mich schließlich auch nicht verpfiffen, als ich am Montag durch die Gänge gegeistert bin. Von mir erfährt er kein Wort, ich schwöre es dir!«

Das Eichhörnchen jagt nur wenige Meter von mir entfernt über den Weg, bleibt kurz stehen und sieht mich mit seinen winzigen schwarzen Knopfaugen neugierig an. Dann huscht es unter dem niedrigen Geländer hindurch und verschwindet raschelnd zwischen bunten Blättern in einem Labyrinth von Baumstämmen im Herzen des Parks. So schön habe ich mir den Central Park gar nicht vorgestellt. Dabei hat sich während unseres Aufenthalts im *Café Fledermaus* die Sonne verzogen und der bilderbuchblaue Himmel verdüstert. Die Wolken sehen nach Regen aus und der aufziehende Wind lässt mich frösteln. Ich hätte besser etwas Wärmeres mitgenommen, statt nur mit einer Strickjacke loszuziehen. Kinderlachen schallt mir entgegen und ich entdecke einen Mann, der mit zwei mit einem Draht verbundenen Stäben riesige Seifenblasen über das Wasser fliegen lässt. Manchmal zerplatzen die Blasen nicht gleich, sobald sie die Oberfläche des Sees berühren, sondern schwimmen darauf wie regenbogenfarbene Kugeln aus Glas.

So sehr hatte ich mich nach der Stille gesehnt und gedacht, Jacks Dauergequassel nicht mehr ertragen zu können. Jetzt schlingt sie sich wie eine Fessel um meine Brust und der Druck in meiner Kehle wird immer größer. Ich spüre bereits, wie die Schatten ihre Finger nach mir recken. Die Bäume wispern Aidans Namen im Wind und ich beginne zu laufen.

Als ob du vor deinen Gefühlen fliehen könntest!

Wenigstens wird mir dadurch wärmer. Eigenartig, wie man

sich inmitten von Spaziergängern, Joggern und Radfahrern so einsam fühlen kann. Ich schwimme in der Anonymität der Masse wie ein Fremdkörper, steigere mein Tempo, um meine Gedanken in meiner Atemlosigkeit zu ersticken, bis der Park mich an seinem nördlichen Ende vor der Metro-Station wieder ausspuckt. Keuchend lehne ich mich an den Mast einer Straßenlaterne und schaue auf die Uhr. Herrje! Noch eine Stunde Zeit, bis ich mich mit Jack treffe.

Entfernt höre ich das dumpfe Grollen von Donner. Das Laufen war ein Fehler. Mein T-Shirt und die Jacke kleben an meiner verschwitzten Haut und der Wind bläst mittlerweile so kalt durch das löchrige Strickmuster, dass meine Zähne aufeinanderschlagen. Blätter peitschen gegen meine Jeans und ein Blick auf die grauschwarzen Wolken sagt mir, dass ich nicht mehr viel Zeit habe, mich irgendwo vor dem drohenden Regen unterzustellen.

Nachdem ich die Straße überquert habe, laufe ich an einer Kirche mit feuerroten Türen vorbei. Ihr gegenüber reihen sich Lebensmittelgeschäfte und ein Diner. Der Wind treibt Pappbecher und schmutzige Papierservietten aus einer aufgeplatzten Mülltüte über das Pflaster des Gehwegs. Der widerliche Gestank nach Abwasser und Zigaretten schlägt mir entgegen. Ein lautes, ziemlich nah klingendes Donnern lässt mich zusammenzucken. Auf meine Stirn klatschen bereits erste dicke Tropfen und es ist so dunkel geworden, dass sich die Straßenlaternen einschalten. Ich renne, einem inneren Drang nachgebend, einfach weiter. Passanten hasten in die Häuser oder stellen sich unter deren Eingänge. Mittlerweile strömt der Regen in langen grauen Fäden auf mich herab, prallt von meinen Wangen, rinnt mir in den Nacken und durchnässt mich bis auf die Haut. Meine Schuhe spritzen mit jedem Schritt den Dreck des Gehwegs an meine Hosenbeine. Der Boden ist rutschig von nassem Laub. Und da erinnere ich mich an den Augenblick, den ich noch mehr als alles andere vergessen wollte. Die Schatten sind jetzt so unglaublich nah. Gleich werden sie mich ihn spüren lassen, die Wärme seines Körpers, seine Finger in meinem Haar, seinen fordernden Mund auf meinen Lippen.

Glückseligkeit.

Kehr sofort um!, brüllt die Stimme meines Verstandes im Hinterkopf. Aber ich klammere mich fester an die Leine des bunten Drachens, lasse mich mitreißen durch Sturm und Regensplitter, und sei es nur, um einmal, ein allerletztes Mal, so zu empfinden wie damals.

Der helle Schein eines Schaufensters wirft einen rechteckigen Lichtfleck über den Gehweg bis zur Straße. Als er auf mich fällt, verschwindet das Gefühl vor Freude zu explodieren so abrupt, als hätte jemand die Schnur meines Drachen mit einer Schere durchschnitten und mich zu Boden stürzen lassen. Nach Luft ringend, schlinge ich die Arme um mich und wippe auf meinen Fußballen.

Es ist so kalt, so entsetzlich kalt. Erschöpft schaue ich in die Auslage des Schaufensters vor mir. Mein verschwommener Blick wird klarer und ich registriere abgegriffene, antiquarische Bücher neben aktuellen Bestsellern in Taschenbuchausgabe. Diese Buchhandlung scheint nicht so überfüllt zu sein. Daher beschließe ich, mich hier wieder aufzuwärmen, Jack anzurufen und ihn zu bitten, mich mit dem Taxi abzuholen. Ich hebe den Kopf. Dann stolpert mein Herz und setzt für einen Moment aus.

Seine dunkelblonden Haare sind länger als gewohnt, aber

genauso zerzaust. Weich fallen sie ihm in die Stirn und verdecken die dichten, schön geschwungenen Brauen. Darunter brennen weit aufgerissene Augen glühende Narben in mein Herz. Augen, so einzigartig wie der Junge, zu dem sie gehören. Flaschengrüne Strahlen in einem Farbverlauf von Hellblau bis Türkis, ein nachtblauer Rand. Meine Knie werden weich.

»Aidan«, flüstere ich und schlage meine Hände vor den Mund.

Aidan

SIE

Chloes Augen leuchten noch immer, wenn sie mich ansieht.

Wie an dem Tag, an dem ich lernte, meinen neuen Namen zu lieben.

Ich kann nicht begreifen, warum sie sich mit mir trifft. Okay, ich sehe nicht übel aus. Aber sie ist einfach toll. Die Jungs laufen ihr sicher reihenweise nach. Vitos Blick war kaum zu ertragen. Dabei habe ich sie nicht einmal belogen. Gleich bei unserem ersten Date vor knapp vier Wochen erzählte ich ihr alles. Besser gesagt, ich gestand ihr, dass es nichts zu erzählen gibt. Danach war sie ziemlich einsilbig und bald darauf verließ sie das Café.

Doch ein paar Tage später erschien sie erneut in Amys Buchhandlung.

»Thomas? Hörst du mir eigentlich zu?«

Ihre schmalen Augenbrauen wandern nach oben. *Nein. Keine Ahnung, was du gerade gesagt hast. Eigentlich habe ich nur auf deine Lippen gestarrt und mir vorgenommen, sie heute zu küssen. Wenn du mich lässt.*

»Entschuldige, Chloe.« Ich greife über den Tisch und streiche zart über ihre Hand. Ihre Wangen färben sich rosa und mein Herz schlägt schneller. »Es ging um Vito, ja?«

Sie schmunzelt und beugt sich näher. »Amy hat mir gestern verraten, dass er sich gleich nach seiner Rückkehr an der Uni in San Diego nach dem Extension-Programm erkundigt hat. Sie wäre bereit, auch dir einen Vorschuss zu gewähren, damit du an den Vorbereitungskursen teilnehmen kannst. Wenn du die Auswahlprüfungen bestehst, könnten wir alle drei dort studieren. Denk doch nur, wie fantastisch das wäre!«

Ja. Abgesehen davon, dass ich Amy nicht in noch größere Schulden stürzen möchte und einen gefälschten Ausweis sowie einen Lebenslauf bräuchte.

»Chloe, gib mir noch ein bisschen Zeit, okay? Es tut mir leid.«

Als wir uns nach dem Lunch vor dem *Starbucks* verabschieden, ist ihre Stimmung gedrückt. Ich hätte besser auf einen günstigeren Zeitpunkt gewartet. Doch meine Hände gleiten wie von selbst in ihr Haar. Seit Wochen sehne ich mich danach. Ich beuge mich zu ihr hinunter und drücke meine Lippen auf die ihren.

»Ein Flashback?«

Nicht zum ersten Mal ist Antonio mir unheimlich.

»Woher wissen Sie …?«

Er macht einen Schritt zur Seite und ich betrete schwer atmend den Flur. Chloe war kaum in das nächstbeste Taxi, das um die Ecke bog, eingestiegen, da rannte ich schon zu seiner Wohnung, als wäre die Polizei hinter mir her. Die Passanten müssen mich für einen Taschendieb gehalten haben. Oder Schlimmeres.

»Deine Pupillen sind geweitet, du bist schweißüberströmt und atemlos, demnach den ganzen Weg zu mir gelaufen. Abgesehen davon kann ich mir keinen anderen Grund denken, warum du freiwillig außerhalb unserer Sitzungen zu mir kommst.«

Er dreht sich um und geht in die Küche. »Kaffee?«, ruft er.

»Wollen Sie mich umbringen?« Antonios Kaffee ist so

stark, dass der Löffel darin stecken bleiben könnte. Ich glaube nicht, dass mein Kreislauf das jetzt verkraftet.

Wenige Augenblicke später sieht Antonio selbst aus, als stünde er kurz vor einem Kollaps. Nervös wandert er vor dem Sessel, in den ich mich geschmissen habe, hin und her.

»Damit habe ich nicht gerechnet.«

Ja. Ich auch nicht. Und am allerwenigsten Chloe. Welcher normale Junge stößt schon das Mädchen, das seinen Kuss zärtlich erwidert von sich? Krank, einfach krank.

»Es war ein Reflex. Ich hatte überhaupt keine Kontrolle über mich. Ist das zu fassen? ICH wollte sie küssen. ICH habe damit begonnen. Was soll ich denn jetzt machen?«

»Nichts. Du kannst nichts tun. Warten.«

»Was soll das heißen?«, schreie ich.

»Du liebst ein anderes Mädchen. Offenbar mit einer Leidenschaft, die ich dir gar nicht zugetraut hätte.« Er mustert mich kopfschüttelnd über den Rand seiner Brille. »Denk daran, was du mir über dein Gefühl bei Regen erzählt hast. Heute ist deine zweite Erinnerung zurückgekehrt. Die an einen Kuss.«

Allerdings. Was für eine Erinnerung! Nur ein paar Sekunden explodierende Gefühle. Doch die haben ausgereicht, um Chloe instinktiv zurückzuweisen. Fuck!

»Ich weiß doch gar nicht, wer *sie* ist! Wer ich bin! Selbst wenn ich das jemals herausbekomme, liebt sie mich vielleicht gar nicht mehr. Oder sie ist bereits tot. Soll ich denn nie wieder ein anderes Mädchen ... Scheiße! Nein! Glauben Sie, ich habe ihr möglicherweise etwas angetan und dadurch ...«

Das ernste Gesicht des Alten sagt mehr als Worte.

»Mein Gott!«, stöhne ich und vergrabe mein Gesicht in den Händen.

»Thomas.« Er drückt meine Schulter. »Es macht keinen Sinn, gleich das Schlimmste zu befürchten. Aber du solltest offen mit Chloe über deine Gefühle reden.«

»Tut mir leid, dass ich so spät komme.«

Amy sitzt über einen Stapel Papiere gebeugt an dem kleinen runden Mosaiktisch neben der Kasse. »Kein Problem. Ich war auch mal verliebt.« Sie hebt den Kopf und lächelt zynisch. »So ungefähr vor hundert Jahren.«

Wenn sie wüsste, wie sehr ich ihre Gefühle in diesem Moment nachempfinden kann! Ein Blick auf die unbezahlten Rechnungen vor ihr lässt mich hinunterschlucken, was mir so brennend auf der Zunge liegt.

»Hundert Jahre? Dafür hat sich Vito aber ganz passabel gehalten.«

Sie zum Lachen zu bringen, ist wahrscheinlich meine einzig gute Tat heute. Ein dumpfes Grollen lässt mich zusammenzucken und einen Blick nach draußen werfen. Auf dem Weg von Antonio zu *Nathaniel's Quest* war ich so in Gedanken versunken, dass mir gar nicht aufgefallen ist, wie sehr sich der Himmel verdüstert hat. Es sieht nach Gewitter aus. Und es gibt nichts, wonach ich mich gerade mehr sehne.

Bis auf die Erinnerung an diesen unglaublichen Kuss im Regen.

Sofort verdränge ich wütend jeden Gedanken daran. Schließlich ist Chloe deswegen mit Tränen in den Augen davongelaufen. Unschlüssig beobachte ich Amy, die mit gefurchter Stirn auf ihren Taschenrechner eintippt.

»Soll ich die Auslage umdekorieren?«

»Nur zu. Man soll die Hoffnung auf mehr Laufkundschaft niemals aufgeben.«

Nicht nur meine Stimmung ist heute im Keller. Ich schnappe mir den Karton mit den Bestsellern und ein paar ausgesuchten antiquarischen Raritäten und stelle mich an das Schaufenster. Es donnert erneut. Sehnsüchtig blicke ich hoch in die grauschwarzen Wolken. Jedes Mal, wenn das zarte Anklopfen des Regens zu einem dröhnenden Trommeln emporschwillt, fühle ich es. Glückseligkeit. Vor Freude kaum atmen zu können. Buntes Laub wirbelt gegen die Scheiben und vereinzelt kann ich bereits dicke Tropfen auf dem Asphalt zerspringen sehen. Menschen hasten vorbei, ohne auch nur einen Blick in das Schaufenster zu werfen. Bei dem Wetter kann Amy wirklich nicht mit Laufkundschaft rechnen. Die Straßenlaternen flackern auf, als wollten sie die Bühne für dieses Naturschauspiel beleuchten. In meinen Ohren rauscht der Regen wie ein Lieblingssong, den ich nach langer Zeit endlich wieder höre. Am Straßenrand hat sich ein kleiner Bach gebildet, der zum Gully rinnt. Endlich trommelt das herabstürzende Nass mit meinem Herz im Gleichtakt die ersehnte Melodie.

Als ich aufschaue, ist da das Mädchen. Unwirklich schön.

Als hätte der Sturm sie aus einer anderen Welt zusammen mit den Blättern vor die Scheibe getragen. Mein Herz gerät aus dem Takt, kann dem Rhythmus des Regens nicht mehr folgen und das Glücksgefühl zerspringt in Scherben aus Unruhe und Angst.

Sie hebt den Kopf und unsere Blicke treffen sich. Augen wie gefrorenes Blau. Etwas bäumt sich in mir auf, versucht sich freizukämpfen. Eine neue Erinnerung. Schwindel. Unscharfe Bilder.

Ihre Pupillen weiten sich. Sie öffnet den Mund und ihre Lippen formen ein Wort. Dann schlägt sie die Hände vor das

Gesicht und taumelt zurück in das Unwetter. Regen schlägt gegen ihre hellgraue Strickjacke, die Jeans, das hüftlange, schwarze Haar. Ich möchte es so gerne berühren. Warum sieht sie mich nur so eigenartig an? Panik umschattet ihre weit aufgerissenen Augen.

Sie kennt dich!

Das Buch rutscht mir aus der Hand und fällt mit einem Knall in die Auslage.

Sie kann dir sagen, wer du bist!

Ich drehe mich um, hetze zwischen Wühltischen und Regalen zur Ladentür. Die Bambusstäbe des Windspiels schlagen gegeneinander, als ich auf den Gehweg stürze.

Doch er ist leer.

Bilder, die sich gerade eben noch in meinem Kopf aufbauen wollten, zersplittern in Millionen unscharfe Pixel. Wilde Verzweiflung schraubt sich in mir hoch. Ich brülle sie dem Sturm entgegen. Auf der gegenüberliegenden Straßenseite geht ein Baum in Flammen auf. War das ein Blitzeinschlag? Äste prasseln zu Boden. Funken sprühen. Zwei Frauen schreien laut um Hilfe. Aber mein Blick sucht rechts und links die Straße ab. Ein heller Schemen taucht in eine Seitenstraße ein. Regentropfen zerplatzen auf meiner Haut, als ich ihr hinterherrenne.

Emma

ER

Aidan.

Ich sauge jede Einzelheit seiner regelmäßigen Gesichtszüge, seiner anziehenden Gestalt in mich auf, als könnte ich so wahr werden lassen, wovon ich eben noch träumte. *Sieh ihn dir nur an! Hast du ernsthaft gedacht, du könntest so einen unglaublichen Jungen einfach in ein paar Monaten vergessen?*

Meine Gedanken pulsieren hektisch, mein Herz klopft viel zu schnell. Spielen mir meine überreizten Nerven etwa einen Streich? Nein, das hier ist anders als alles, was die Schatten mir bisher vorgesetzt haben.

Mit einem Mal reißt der Faden ungestillter Sehnsucht, der sich zwischen ihm und mir spannt. Ich taumle rückwärts und Regen klatscht mir wie eine kalte Ohrfeige ins Gesicht, wodurch ich wieder zur Besinnung komme.

Mörder.

Seine Augen sind riesig und starren mich unverhohlen an. Ein Buch rutscht ihm aus der Hand und fällt in die Auslage. Er blinzelt. Doch anstatt es aufzuheben, fährt er herum, verschwindet hinter Regalen, und ich weiß, dass er jetzt zu mir herauskommen wird. Das wohlige Gefühl von gerade eben zerstäubt im rasenden Ansturm kalter Angst und mein Körper reagiert instinktiv. Bevor mir bewusst wird, dass ich fliehe, biege ich schon in die nächste Seitenstraße, schlittere auf dem nassen Boden, rutsche aus und kann mich gerade noch an einem Zaun festhalten. Ein flüchtiger Blick nach links, dann überquere ich die Kreuzung, ignoriere hupende Autos auf der

Gegenfahrbahn und haste weiter in die nächste Querstraße. Etwa hundert Meter von mir entfernt steigt ein Mann mit Trenchcoat und Aktenkoffer aus einem Taxi. Schreiend und mit den Armen rudernd laufe ich ihm entgegen. Ein dunkles, überraschtes Gesicht wendet sich mir zu. Dann beugt sich der Mann hinunter, um dem Fahrer etwas zu sagen, bevor er lächelnd winkt und in einem Hauseingang verschwindet.

Das Taxi wartet.

»Was ist passiert?« Farrans Stimme klingt angespannt. Vermutlich habe ich ihn gerade in einer wichtigen Sitzung gestört. Noch nie habe ich ihn auf seinem privaten Handy angerufen. Unnötig, zu erwähnen, dass das nur die Option für einen Notfall ist.

So wie jetzt.

»Fion ... ich ...«, meine Stimme bricht ab.

»Bist du allein?« Er verleiht seinem Tonfall die kühle Gelassenheit eines Notdienstleiters, der möglichst viele brauchbare Informationen in möglichst kurzer Zeit einem aufgeregten Hilfesuchenden entlocken will. Plötzlich schäme ich mich. Tränen lassen meine Sicht auf die Taxikolonne vor mir verschwimmen. Ich kämpfe sie nieder und atme tief durch. Hupen und das Aufheulen einer Sirene begleiten Farrans geschäftsmäßige Worte. »Emma, sag mir bitte, wo genau du bist und wie ich dir helfen kann.«

Reifen quietschen, ich rucke nach vorne und mir fällt durch das abrupte Bremsen des Fahrers fast das Handy aus der Hand.

»Maldito idiota!«, brüllt er aufgebracht, fährt die Seitenscheibe herunter und gestikuliert im Freien mit seinem linken Arm. Für einen Mann, der aussieht, als stünde er kurz vor der Pensionierung, ist er erschreckend temperamentvoll.

»Ähm, ich sitze in einem Taxi auf dem Rückweg nach ENGLEWOOD. Allein.« Ich flüstere, als hätte ich Angst, meine Stimme könnte ihn irgendwie herbeirufen. »Aidan ist hier.«

»WIE BITTE?«, ruft mein Mentor fassungslos. »WO? Bist du dir sicher, Emma?«

»Ja.« Mich räuspernd schlucke ich den dicken Kloß in meinem Hals hinunter. »Er stand in einer Buchhandlung nördlich vom Central Park. Ich ... ich hab's einfach nicht fertiggebracht, ihn anzusprechen.«

»Wo steckt Jack?«

Oje. Ich hasse es, mein Versprechen zu brechen. »Er ... er kann nichts dafür. Ich habe ihn weggeschickt, weil ...«

»Das interessiert mich jetzt nicht. Ich will wissen, ob er Aidan finden kann.«

Ich erzähle Farran von unserem Treffpunkt und beschreibe ihm den Weg zu der Buchhandlung.

»Mach keine Umwege. Ich will dich in zehn Minuten hier in meinem Büro sehen!«

Aufgrund des Verkehrschaos während der Rush Hour stehe ich jedoch erst eine geschlagene Stunde später im Empfangsbereich von Farrans Büro, der einer eigenwilligen Mischung aus futuristischer Raumstation und rustikaler Blockhütte gleicht. Ich will gar nicht wissen, wie viel der Stararchitekt, der sich das ausgedacht hat, für seinen Designentwurf verlangt hat. Der ganze Aufwand für ein paar Wochen im Jahr, die Farran hier angeblich verbringen wird! Dunkler Basaltstein und rotbraune, stark gemaserte Holzplatten pflastern die Wände. Breite, massive Dielen aus dem gleichen Holz finden sich zu meinen Füßen.

»Er wartet schon ungeduldig auf dich, komm!« Farrans

Sekretärin Claire läuft mir voran nach rechts auf die Wand neben der Empfangstheke zu. Skeptisch nähere ich mich dem, was ich bei genauer Betrachtung als Tür interpretiere. Eine Klinke kann ich allerdings nicht entdecken. Stattdessen liegt zu meiner Rechten auf Schulterhöhe ein in dem Basalt eingelegtes, schwarzes Glasdisplay. Als Claire rasch mit der Hand darüberwinkt, flackert in grüner Schrift »Please enter password« auf und vor ihr wölbt sich aus dem Stein ein holografisches Keyboard. Krass!

Farran muss mich wirklich ungeduldig erwarten, denn sie macht sich keine Mühe, das Passwort vor mir zu verbergen, als sie zu tippen beginnt: *Keeps Darwin ahead*

Ein Schauer läuft mir vom Nacken über die Wirbelsäule. Mit Farrans Glauben, wir seien aufgrund unserer Gaben eine neue, bessere Spezies Mensch, kann ich mich nicht anfreunden. Ein leises Klicken, dann schwingt die gut zehn Zentimeter dicke Holztür lautlos auf. Dahinter schallt mir die ungewohnt aufgebrachte Stimme meines Schulleiters entgegen. Er steht mit dem Rücken zu mir im verglasten Erker neben einem wuchtigen, dunklen Schreibtisch und hält sein Handy ans Ohr, während er mit der freien Hand in der Luft gestikuliert. Ich schlüpfe in den Raum und Claire schließt leise die Tür hinter mir.

»Das weiß ich selbst, James! Glaub mir, ich tue mein Möglichstes. Die Lage ist sogar noch ernster, als du denkst. Jared Brady war für Montgomry eine Zeitlang fast wie ein Sohn. Wenn Aidan ihm von Emmas Erinnerungen erzählt, wird Montgomry deinen Sohn umbringen.«

Ich starre Farran an und versuche zu begreifen, was seine Worte bedeuten.

Mein Frösteln wird schlimmer. Immer noch kleben die

nassen Kleider an mir, die Temperatur in Farrans Büro scheint einige Grad kühler als im Empfangsbereich zu sein und unvermittelt muss ich niesen.

Farran dreht sich ruckartig um.

Aidan

VERFOLGT

Unverschämt schnell.

Dabei hat sie so zierlich ausgesehen, als würde sie keine zweihundert Meter in dieser Geschwindigkeit durchhalten.

Mein T-Shirt klebt nach wenigen Minuten nasskalt an meiner Brust und die Sneakers fühlen sich an, als hätte ich sie in den Hudson getaucht. Ein paar Hundert Meter weiter muss ich mir schließlich eingestehen, dass die Kleine womöglich gar nicht schneller, sondern vor allem schlauer ist als ich. Irgendwo ist sie abgebogen, es kann gar nicht anders sein, vielleicht sogar zwei-, dreimal hintereinander, während ich geradeaus gerannt bin und nur flüchtige Blicke in die Seitenstraßen geworfen habe. Schwer atmend bleibe ich an der blau getünchten Mauer eines Geschäftes für Sanitärbedarf stehen. Rechts von den Schaufenstern mit Designwaschbecken und gold glänzenden Armaturen liegt ein kleiner Innenhof, in dem es überdachte Parkplätze gibt. Dort kann ich mich unterstellen und das Ende des Wolkenbruchs abwarten. Ich komme jedoch nur ein paar Schritte weit.

»Starke Show, Callahan. Vielleicht ein wenig auffallend, gleich den Baum abzufackeln, nur weil dein Babe nichts mehr von dir wissen will.«

Ich drehe mich um, immer weiter, einmal komplett um die eigene Achse. Aber da ist niemand. Ich bin vollkommen allein. Lediglich ein paar Ratten huschen zwischen den streng riechenden Müllcontainern an der linken Hausmauer auf der Suche nach etwas Essbarem umher.

»Farran wird begeistert sein, wenn ich dich in den Schoß der Familie zurückbringe.« Die Stimme kommt näher, ein wenig atemlos, männlich dunkel, und mir stellen sich im Nacken die Haare auf, weil ich durch den Hof auf die Straße starre und weit und breit keine Menschenseele sehen kann. *Jetzt ist es so weit. Du wirst endgültig wahnsinnig! Antonio hätte dich heute Nachmittag besser gleich in eine Anstalt eingewiesen.*

»Was willst du von mir?«, rufe ich zittrig.

Moment mal. Vielleicht ist das alles nur ein Trick und gleich tauchen ein paar Leute mit Kameras auf und lachen sich halb tot über mich.

Aber woher wussten sie dann von dem brennenden Baum? Starke Show? Denkt der etwa, ich habe ...

Sein Lachen klingt überheblich und schrecklich nah. Wenn mir nicht bereits so kalt wäre, würde ich spätestens jetzt zu schlottern beginnen. »So schwer von Begriff? Ich sagte doch bereits, dass ich dich zu den Raben zurückbringen werde. Dein Vater hat im Übrigen eine Wahnsinnssumme auf deine Ergreifung ausgesetzt.«

»Ergreifung«? Das klingt alles andere als nach einem *Vater*, selbst wenn der Tonfall des Sprechers nur halb so zynisch wäre. Ist das wirklich jemand, der mich von früher kennt, der weiß, wer meine Eltern sind? Warum zeigt er sich mir nicht? Und plötzlich entdecke ich etwas. In dem durchdringenden Schleier grauer Regenfäden bilden sich etwa einen Meter von mir entfernt Lücken. Ich folge ihnen mit den Augen, bis ich auf dem Boden ovale Stellen wahrnehme, von denen keine Wassertropfen abprallen. Oval, wie die Abdrücke von Schuhen im Schnee. Ach du Schande! Gerade als mein Gehirn das Wort »unsichtbar« in meinen Gedanken formt, kommen die unheimlichen Flecken auf mich zu.

Mein Magen zieht sich zusammen, ich balle die Hände zu Fäusten und mache einen Schritt nach hinten, während ich leicht in die Knie gehe. Da! Der Regen bewegt sich auf Augenhöhe waagerecht, ich ducke mich blitzschnell und ramme meinen Kopf nach vorne. Wenn ich mich getäuscht habe, werde ich jetzt kopfüber aufs Pflaster stürzen. Aber das geschieht nicht. Ich schlage gegen etwas, das sich anfühlt wie Leder und ein ächzendes Geräusch ertönt über mir. Drehen. Schnell. Ich gleite an meinem unsichtbaren Gegner vorbei und stoße meine Faust hoch in die Luft, treffe auf Haut und knackende Knochen. Ein zorniger Schmerzensschrei lässt mich triumphieren. Meine Handknöchel brennen ebenfalls und ich entdecke fasziniert Spuren fremden Blutes auf ihnen.

Ein Fehler, auf die Hand zu schauen.

Etwas Hartes trifft mein Kinn, lässt meine Kiefer aufeinandermahlen und den Kopf in den Nacken fallen. Meine Beine knicken ein, ich stürze rückwärts und falle unsanft auf den Boden. Sofort presst mich etwas auf den nassen Asphalt, hält mich gefangen. Ich versuche mich herauszuwinden, schlage um mich, aber es ist so verdammt schwer, jemanden zu treffen, den man gar nicht sieht. Ich haue daneben, streife nur, rutsche an nasser Kleidung ab. Der Regen kommt mir auf einmal in einem eigenartigen Winkel entgegen, ich drehe im letzten Moment den Kopf.

Wamm. Glühender Schmerz strahlt über meine linke Schläfe, an meinem Wangenknochen vorbei in den Nacken, das Rückgrat hinunter, und ich spüre meine Arme und Beine nicht mehr, kann mich nicht bewegen. Dunkelheit, in der weiße Lichtblitze zucken, umgibt mich. Dann höre ich ein schepperndes Geräusch.

Etwas Schweres fällt mir mitten ins Gesicht. Jetzt bekomme ich auch keine Luft mehr. Irgendwo klingt verzerrt eine Stimme. Mein Herz rast irrsinnig schnell, schmerzpochend, angsthämmernd, also lebe ich noch, doch ich kann immer noch nicht atmen, mein Brustkorb verkrampft sich und gleich wird es aufhören zu schlagen, wird ...

Das Gewicht rollt plötzlich über meinen Arm zur Seite. Ich reiße den Mund auf, trinke Sauerstoff und Regen. Meine Lungen rebellieren und ein Hustenkrampf schüttelt mich. Oh verflucht, tut der Kopf weh. Gleichzeitig ist mir schlecht. Aber langsam wird es wieder heller und klarer. Jemand liegt mit geschlossenen Augen neben mir auf dem Pflaster. Ein Junge in meinem Alter. Er trägt eine schwarze Lederjacke im Bikerstil. Seine Lippe ist aufgeplatzt und blutet. Auf seinem blonden Hinterkopf befindet sich ein dunkler Fleck, von dem ebenfalls Blut über seine Schläfe läuft und sich mit dem Regen auf seinen Wangen mischt. Neben ihm trommeln Tropfen laut wie Hagelkörner auf einen blechernen Mülltonnendeckel.

»Alles okay, Aidan?«, fragt eine weibliche Stimme.

Ich fahre zusammen. Etwas regt sich in mir. Als zupfe jemand ganz zart an den Saiten meiner Gedanken. Wenn ich nicht so starkes Kopfweh hätte, könnte ich mich vielleicht darauf konzentrieren. So drehe ich nur den Kopf und sehe über mir eine Frau mit roten kurzen Haaren, die regennass wie ein glänzender Helm an ihrem Gesicht anliegen.

Aidan. Wenn das mein Name ist, warum erinnere ich mich dann nicht an ihn?

Sie streckt ihre Hand aus und ich fasse instinktiv danach und ziehe mich hoch. Wer unsichtbare Angreifer mit einem Mülleimerdeckel k. o. schlägt, kann nur ein Freund sein. Leider ist das auch schon alles, was ich über sie weiß. Mir ist schwindlig. Ich stoße mit dem Fuß gegen das Bein des Angreifers.

»Ist er tot?«, frage ich und bin mir nicht sicher, ob ich jetzt lieber ein Ja oder ein Nein hören möchte. Überhaupt: Wie zum Geier hat er es geschafft, sich unsichtbar zu machen? Wer ist die Unbekannte und was will sie von mir? Ich presse meine Lippen aufeinander.

Nicht jetzt. Besser sie weiß noch nichts von deinem Gedächtnisverlust.

»Nein. Wir sollten ihn lieber fesseln, damit er nicht so schnell Farran verständigen kann. Es sei denn«, sie kneift die Augen zusammen und wirft mir einen gespannten Blick zu, »du legst Wert darauf, deinen Mentor wiederzusehen.«

Meinen Mentor. Farran. Das war der Kerl, zu dem der Junge mich schleppen wollte, zu ihm und zu den *Raben*. Ich schüttele langsam den Kopf, was den pulsierenden Schmerz verstärkt.

»Bestimmt nicht.«

Die Antwort gefällt ihr. Sie lächelt. »Dachte ich mir. Sonst wärst du an Silvester wohl kaum abgehauen.«

Ja. Und ich wüsste jetzt wirklich gerne, wovor. So nah an der Wahrheit! Am liebsten würde ich die Rothaarige packen und all die Erinnerungen aus ihr herausschütteln. Sie zieht den Ledergürtel aus ihrer Jeans und fesselt dem bewusstlosen Jungen damit die Hände hinter den Rücken. Dann nimmt sie ihren bunten Seidenschal ab und knebelt ihn mit geschickten Handgriffen. So etwas macht sie offenbar nicht zum ersten Mal. Ihr Kopf ruckt zu mir hoch.

»Na, komm schon. Hilf mir, ihn zu den Mülltonnen zu ziehen.«

Gemeinsam schleifen wir ihn zu der Mauer. Eine Ratte verkriecht sich unter eine Tonne, als wir ihn hochhieven und mit dem Oberkörper aufrecht an die Wand lehnen. Ob ihn das vor den hungrigen Biestern schützen wird, wage ich zu bezweifeln. Weglaufen wird für ihn mit zusammengebundenen Schnürsenkeln jedenfalls schwer werden.

»Und jetzt?«, frage ich. Aus ihrem Rucksack angelt sie einen Schirm und spannt ihn auf.

»Ich bringe dich zu Richard.« Sie schmunzelt. »Dort gibt es jemanden, der vor Freude ausrasten wird, wenn er dich sieht.«

»Das Mädchen von eben?«, rutscht es mir hoffnungsvoll heraus. Ihr Lächeln erstirbt und sie mustert mich verwundert.

Der Schlag auf deine Schläfe hat dich deinen letzten Funken Verstand gekostet. Wenn diese Schönheit dich hätte sehen wollen, wäre sie wohl kaum vor dir weggerannt, als sei der Teufel hinter ihr her.

»War nur ein Witz«, versuche ich zu retten, was nicht mehr zu retten ist, und zucke mit den Schultern.

»Ich weiß«, sagt sie langsam. Dann legt sie mir die Hand auf den Arm und lächelt aufmunternd. »*Emily* wird sich schon wieder beruhigen und zu dir zurückkommen, nicht wahr?«

Zurückkommen.

Bedeutet das ...

Du liebst ein anderes Mädchen. Offenbar mit einer Leidenschaft, die ich dir gar nicht zugetraut hätte, analysiert Antonio ziemlich überzeugend in meinem Kopf. Der Kuss! Dieser hammergeile Kuss! War das mit ... ihr?

»Emily«, wiederhole ich zufrieden und merke erst, dass ich wie ein Volltrottel breit grinse, als die Rothaarige die Stirn in Falten legt. Schnell gebe ich meinem Gesicht eine ernste Miene. »Ähm, also ... das an Silvester war nicht leicht für sie, oder?«

Doch sie zerschlägt meine Hoffnung auf mehr Informationen mit einem nachdenklichen Kopfschütteln. »Komm jetzt, Aidan. Wir müssen uns beeilen. Farrans Leute können jederzeit auftauchen und nach ihm suchen.« Sie deutet auf den Jungen an der Wand. Seine Augen sind geschlossen, aber er bewegt bereits den Kopf.

Wer auch immer Farran ist, wenn er zu dem grusligen Unsichtbar-Mutanten gehört, will ich ihn lieber nicht kennenlernen.

Als ich der Rothaarigen durch das Tor auf den Gehweg folge, drehe ich mich noch ein letztes Mal um. Das Gesicht des Jungen ist mir zugewandt. In seinen weit aufgerissenen Augen schimmert nur ein einziges Gefühl: Hass.

Jacob

LIBERTY LANDING MARINA

»Alles nimmt ein gutes Ende, für den, der warten kann.«

Der Regen trommelt so laut gegen das Dach der Yacht, dass Jacob den Falkenchef in seinem Rücken erst bemerkt, als er ihn mit den Worten Tolstois beglückt. Würden seine Nerven nicht bereits seit dem letzten Anruf von Namara vor zwei Stunden blank liegen, so täten sie es spätestens jetzt. Um die in ihm aufschießende Wut zu kontrollieren, umklammert er das schneeweiße Leder des Cockpitsessels ein Stück fester.

»Noch so ein weiser Spruch, Montgomry, und die Falken können sich einen neuen Anführer suchen«, knurrt er.

Musste er ihm auch hierher auf das Cockpit folgen!

Seit mehr als einer Woche liegt das Schiff, das Richards Verbindungsmann aus Québec unter kanadischer Flagge in Saint John gechartert hat, in der Liberty Landing Marina. Trotz seiner knapp siebenundzwanzig Meter ist es als kanadische Touristenyacht unauffällig für eventuelle Rabenspione, die sich vor allem auf die Flughäfen in und um New York konzentrieren werden. Für jemanden, der die Einsamkeit sucht, bietet das seit ihrer Ankunft verwaiste Cockpit eine letzte Zuflucht vor zermürbenden, ergebnislosen Gesprächen im Salon. Der Postkartenblick, den der luxuriöse Hafen für Privatyachten am Hudson River auf die Skyline von Manhattan gestattet, ist Jacob mittlerweile so vertraut, dass er die Wolkenkratzer mit verbundenen Augen zeichnen könnte.

»Siehst du dich dann etwa als neuen Anführer?«, erwidert

der Falkenchef mild lächelnd und lässt sich in den freien Sessel neben ihm fallen.

Jacob seufzt und der Griff seiner Hände lockert sich, als er den Kopf zu ihm dreht. Die Schatten unter Montgomrys Augen widerspiegeln seine eigenen schlaflosen Nächte. In den letzten Tagen hat der Falke sich nicht einmal die Mühe gemacht, sich zu rasieren. Leider kann das Lächeln auf seinem Gesicht den forschenden Blick seiner Augen ebensowenig kaschieren wie die angespannte Haltung seiner nach hinten gedrückten Schultern. Jahrelang hat Jacob trainiert, in Gesichtern und Gesten von Menschen wie ein Fährtensucher zu lesen. Aber erst die enge Zusammenarbeit mit Rina verlieh seiner Beobachtungsgabe den letzten Schliff. Je vertrauter ihm sein Gegenüber, desto leichter, und allen Widrigkeiten zum Trotz ist ihm Richard Montgomry in den vergangenen acht Monaten nähergestanden, als er sich je hatte träumen lassen. Selbst in seinen schlimmsten Albträumen nicht.

Das dünne Band gegenseitigen Verständnisses, ja, vielleicht sogar beginnender Freundschaft, das sich erstaunlicherweise zwischen ihnen gespannt hat, wird jedoch in letzter Zeit durch die Bewunderung gerade der jüngeren Falkenmitglieder zunehmend belastet. Als ob Jacob darauf Wert legte!

»Denkst du im Ernst, ich würde es auch nur ansatzweise in Erwägung ziehen, deinen unorganisierten, unfähigen Haufen zu übernehmen?« Selbst in seinen Ohren klingt der darin schwingende Vorwurf einfach nur kindisch.

Er kann Montgomry nicht ernsthaft beschuldigen, sosehr er sich auch einen Sündenbock für die neuesten Enttäuschungen wünscht. Kaum dass David über Farrans Pläne von Emmas Freundin Faye informiert wurde, hat der Falke alle anderen Vorhaben auf Eis gelegt und sich mit ihm darangemacht, eine Strategie für Emmas Entführung auszuarbeiten. Vier seiner erfahrensten Leute hat Montgomry zu diesem Zweck von ihren Aufgaben abgezogen, nur um mit ihm hierherzureisen. Schon vor Emmas Ankunft haben sie eingehend die Lage in ENGLEWOOD RAVENS ausgekundschaftet. Leider können Farrans Sicherheitsvorkehrungen dort mit denen in SENSUS CORVI konkurrieren, weshalb ihre einzige Hoffnung von Anfang an in den zu erwartenden Sightseeing-Touren Emmas bestand.

»Du wusstest, dass Farran deine Tochter nicht einfach so durch New York spazieren lässt«, entgegnet der Falkenchef ruhig, lehnt sich in dem Sessel zurück und verschränkt die Arme übereinander. »Er hat einen Narren an ihr gefressen und ich kann ihm das nicht mal verübeln.«

»Ach ja? Ich hatte wirklich gehofft, Jack Pashley reicht ihm als Schutz. Weißt du, was das Schlimmste für mich ist? Nicht dass mindestens fünf Raben rund um die Uhr die zwei beschatten. Sondern dass Emma es laut Phyllis noch nicht einmal merkt! Herrgott! Sie vertraut Farran wie … wie …« Jacob bricht ab und ballt die Fäuste.

»Einem Vater.« Der Blick, den er Montgomry zuwirft, hätte vermutlich jeden anderen Falken in Rekordgeschwindigkeit die schmale Treppe hinunter in den Salon zurückgescheucht. Aber der Falkenchef lächelt nur noch mitleidiger und beugt sich vor. »Jacob, hör mir zu …«

»NEIN!« Er springt auf. Sein Herz hämmert schneller gegen seine Brust als der verdammte Regen gegen die Scheiben. Die Nadeln der Instrumente im Cockpit beginnen zu vibrieren. Die schlaflosen Nächte, die Angst um seine Tochter machen es unglaublich schwer, seine Gabe zu unterdrücken. Er hebt abwehrend die Hand und deutet auf die Skyline Manhattans.

»Mein einziges Kind ist da draußen in den Fängen eines Psychopathen. Ich werde NICHT mehr warten, bis dir was Neues einfällt. Dein Plan, ihr Verschwinden wie ein Verbrechen aussehen zu lassen, sodass Farran nicht die Falken dahinter vermuten kann, ist gründlich ins Wasser gefallen! Sieh es endlich ein und lass mich zu ihr gehen! Wenn sie erkennt, dass ich nicht tot bin ...«

»... erkennen das auch Jack und die anderen Spione. Sie werden verhindern, dass wir Emma entführen, dich überwältigen und Farran wird euch beide mit Callahans Hilfe einer netten, kleinen Gehirnwäsche unterziehen.«

Vielleicht wäre ich dann sogar glücklicher als jetzt.

Jacob schluckt schwer, dreht sich um und marschiert zur Treppe. »Ich muss es zumindest versuchen. Sollte es schiefgehen – leb wohl, Richard.«

»Gib mir noch zweiundvierzig Sekunden.«

Was? Jacob bleibt verdutzt stehen. Montgomry hat ihn eingeholt und lehnt sich an das Treppengeländer. Seine dunklen Augen glitzern eigentümlich. Er zieht ein Smartphone aus der Tasche und reicht es ihm. In Gedanken zählt Jacob bereits mit.

Neununddreißig, vierzig, einundvierzig, zweiund...

Zu dem Soundtrack von *Sky is the Limit* vibriert das Gerät und Jacob geht ran.

»Rich, ist Jacob in der Nähe?«

Seine Knie werden weich. Dass Phyllis nach ihm verlangt, kann nur eines bedeuten.

»Bin dran«, entgegnet er heiser.

Sie lacht auf. »Ach, dann weißt du die Neuigkeiten schon von unserem allseits beliebten Orakel?«

»Nein, er gibt sich wie immer mysteriös mehrdeutig.«

Oh Gott, sag es endlich!

Aber es ist nicht Phyllis, die antwortet. Die Stimme am anderen Ende klingt so vertraut und fremd zugleich, dass Jacobs Herz in einer Achterbahnfahrt erst vor Freude zerspringen und dann vor Schmerz erstarren möchte.

»Ähm, hi, Mrs MacAengus. Hier ist ... Aidan. Schön, Sie zu hören.«

Verflucht, was haben sie dir angetan, Junge!

Emma

GEFÜHLSWAHRHEITEN

»Emma!«

Die düstere Unschärfe um Farrans Gestalt zerfließt in einem schnellen Wirbel bunter Lichtreflexe, bevor die Farben verblassen, als er in geschäftlichem Ton sein Telefonat beendet. »Ich rufe dich später zurück, James.« Er beugt sich zu seinem Schreibtisch hinunter und steckt das Handy in eine schwarz glänzende Metallhalterung.

Ich fühle mich, als wäre ich gar nicht in diesem Raum anwesend, als würde ich alles hinter einer verspiegelten Glasscheibe sehen.

Wenn Aidan ihm von Emmas Erinnerungen erzählt, wird er ihn umbringen. Meine Erinnerungen können Aidan umbringen. Was um Himmels willen hat Aidan mit *meinen Erinnerungen* zu tun?

Farran umkreist den Schreibtisch und geht jetzt langsam auf mich zu. Jeder seiner Schritte hinterlässt ein klopfendes Geräusch auf dem hölzernen Boden, das sich wie ein Echo in meinem Kopf fortsetzt. Mein Atem geht augenblicklich schneller. Ohne es verhindern zu können, wandert Kälte von meinen Fingerspitzen über meine Arme und hinterlässt eine Gänsehaut wie einen verräterischen Angstabdruck auf meinem Körper. Im Taxi noch habe ich mir vorgenommen, nicht länger zu warten, sondern endlich mit ihm zu reden. Über meine zwiespältigen Gefühle ihm gegenüber, die Entdeckung, dass meine Erinnerungen eigenartig sind und wie das emotionale Gedächtnis einer Taucherin funktioniert.

Warum nur drückt sich Farran so umständlich aus? Wäre es nicht viel logischer zu sagen: Wenn Aidan Montgomry verrät, dass er Jared umgebracht hat, tötet er ihn? Ich beiße mir auf die Unterlippe.

»Du hast Angst, nein, regelrecht Panik«, sagt Farran in diesem leisen, eindringlichen Tonfall, der einschüchternder ist als jedes Gebrüll. »Wovor?« Seine graublauen Augen funkeln wie die blank polierte Schneide eines Messers.

Himmel, reiß dich zusammen, bevor er beschließt, deine Gedanken zu scannen!

Denn nach diesem eigenartigen Telefonat will ich überhaupt nichts mehr mit ihm teilen, schon gar nicht meine wahren Gefühle. Ich spüre mit jeder Faser, dass er mir etwas verschweigt. Etwas Wichtiges. Und je näher er kommt, desto stärker wird mein Drang davonzulaufen.

Jetzt hat er mich erreicht und legt seine Hände auf meine Schultern. Ich zucke zusammen. Sie hinterlassen ein Vibrieren auf meiner Haut, wie winzige eisige Stromstöße. »Ich vertraue dir, Emma. Erzähl es mir einfach. Du magst nicht, wenn ich deine Gedanken lese. Dann zwinge mich bitte nicht dazu.«

Wieder fühle ich mich wegen seiner Rücksichtnahme schuldig – jeden anderen hätte er einfach mit seiner Telepathie überfallen – aber gleichzeitig bin ich unglaublich wütend und da ist diese alles überdeckende Angst, ja, ein regelrechtes Grauen vor ihm.

Aber er kann nicht wissen, dass ich das für ihn empfinde, solange er nicht in meinem Kopf ist. Er sieht meine Emotionenaura, aber nicht, worauf sie sich richtet.

»Bringt Montgomry Aidan wirklich um, wenn er ihn erwischt?«, frage ich rasch, als ich bereits ein leichtes Kribbeln auf meiner Kopfhaut spüre. Es bricht ab, als wäre die Verbindung einfach gerissen.

Farran seufzt, Erleichterung huscht kurz über seine Miene und er nimmt seine Hände von meinen Schultern, während sich sein Blick verdüstert. »Aidan ist bereits in seiner Gewalt.«

»WAS?« Ich ringe nach Luft. »Montgomry ist tatsächlich in New York? Aber wie? Und so schnell?«

Diesmal muss ich ihm nichts vormachen, um ihn von meinen Gefühlen ihm gegenüber abzulenken. Die Angst um Aidan schnürt mir tatsächlich die Kehle zu. *Mörder*, wispert die Stimme der Vernunft in meinem Kopf, bevor meine Gefühle sie kurzerhand knebeln.

»Jack hat mich vor ein paar Minuten angerufen. Aidan ist dir nachgelaufen, als du weggerannt bist. In einem Hinterhof haben die Falken sie überfallen, als sie gerade miteinander sprechen wollten. Jack wurde bewusstlos geschlagen und gefesselt. Aber er konnte noch sehen, wie Phyllis Aidan mit einer Waffe gezwungen hat, mit ihr zu kommen.«

Er ist mir nachgelaufen. Mein Magen krampft sich zusammen. Ich sehe Aidan vor mir, wie er im Schaufenster steht. Weit aufgerissene blaugrüne Augen in einem blassen Gesicht, zerzaustes Haar; ich fühle meine Sehnsucht, die Finger darin zu versenken, ihn an mich zu ziehen und meine Lippen auf die seinen zu drücken. *Ja genau, hör endlich auf, dir etwas vorzumachen! Callahan hat ausnahmsweise einmal recht. Du klebst an Aidan wie die Motte am Licht und sein Feuer wird dich unausweichlich verbrennen.*

»Möglicherweise denkt Montgomry, du würdest wieder zu ihm gehen, um Aidan zu befreien. Dann wird er ihn vorerst verschonen.« Farran sieht mich fragend an.

Die Erinnerung an jene Nacht schießt wie eine Flamme

empor. Ich fühle das kühle Metall der Horusmünze auf meiner Hand, atme salzige Luft und spüre brennenden Schmerz. Richards Worte summen in meinen Ohren: *Ein Callahan! Du hast keine Ahnung, worauf du dich da einlässt.*

Jetzt schon.

Aber dann gleiten meine Gedanken weiter und Aidans Körper ist plötzlich so nah, dass sein Herz gegen meine Brust schlägt und sein Atem meine Wangen streift, bevor ich die eiskalten Lippen mit den meinen wärme, bis unsere beiden Münder glühen.

Ich schüttele die Erinnerung gewaltsam von mir und konzentriere mich auf meine Atmung und auf Farrans Blick.

»Ich bin Ihr Rabe, Fion. Entscheiden Sie! Was soll ich tun?«

Das kühle Stahlblau seiner Augen blitzt auf.

»Das, liebe Emma, muss ich mir erst selbst noch überlegen.« Er schmunzelt zufrieden und fährt in ironischem Ton fort: »Fürs Erste befehle ich dir, diese nassen Kleider loszuwerden und heiß zu duschen. Du siehst total durchgefroren aus.«

Das Geräusch klappernder Absätze, Stimmen und Lachen dringen dumpf durch die Tür meines Zimmers und verhallen wieder, während ich mich nachdenklich aus meinen nassen Kleidern schäle und ins Bad gehe. Farran wird nicht erwarten, dass ich pünktlich zum Abendessen erscheine. Nach Essen ist mir ohnehin nicht zumute. Nach Gesellschaft noch viel weniger. Ich schiebe die Acrylwand auf und drehe die Dusche an. Mamas Worte geistern durch meine Gedanken: »Sei vorsichtig, wem du dein Vertrauen schenkst.«

Zeit, auf meine Gefühle zu hören.

Wasser und Dampf hüllen mich in eine wärmende Wolke,

ich schließe die Augen und genieße die Tropfen, die wie warmer Sommerregen auf mich niederprasseln.

Nach einer knappen Stunde fühlen sich meine Hände an, als würden mir gleich Schwimmhäute wachsen, und das Kondenswasser läuft an den Kacheln der Wände und am Spiegel hinunter. Ich rubble mich mit dem Handtuch trocken, binde mir ein Tuch um das Haar und setze mich im Bademantel an den Schreibtisch, um meine »Gefühlswahrheiten« zu skizzieren.

1. Ich liebe meinen Vater. Kurz vor seinem Tod hat er zugegeben, dass er meine Mutter töten ließ. Unmöglich, dass ich so für ihn empfinde, wenn er die Wahrheit gesagt hat.

2. Ich liebe meine Mutter. Aber sie hat mich aus Liebe und Sorge zu sehr beschützt. Wollte sie dasselbe mit Dad tun? Schrieb sie deshalb diesen Abschiedsbrief?

3. Ich habe Jared wie einen Bruder geliebt. Warum sollte ich einen Kuss zulassen, der Aidan so aufgebracht hat, dass er ihn tötete?

4. Ich hasse Callahan. Er ist der Einzige, bei dem sich Gefühl und Verstand erstaunlich einig sind. Und ich fürchte ihn. Mehr noch als Farran. Zweimal haben meine Gefühle mir bereits vorgegaukelt, dass er Jareds Mörder wäre.

5. Ich empfinde tiefe Zuneigung für Montgomry. Er ist für mich wie ein zweiter Vater. Ich würde ihm mein Leben anvertrauen. Wenn das Gefühl richtig ist, muss der Brief meiner Mutter falsch sein. Auch wenn es ihre Handschrift ist.

Ich halte inne. Stimmen hallen über den Gang und entfernen sich wieder. Es ist dunkel geworden. Als ich aufblicke und zum Fenster schaue, kann ich kaum mehr etwas erkennen. Die Dämmerung schmiegt sich in die Arme der Nacht. Ich tippe auf den Schirm meiner Tischlampe und ein sanftes Licht ergießt sich über das Weiß meines Schreibblocks. Meine Hand beginnt zu zittern, als ich zu den Personen komme, bei denen meine Gefühle vollkommen abwegig sind.

6. Ich liebe Aidan immer noch genauso wie an dem Tag, als wir uns zum ersten Mal küssten. Im strömenden Regen. Nass bis auf die Haut und atemlos vor Glück. Kein Gefühl in mir ist stärker. Die verzweifelten Versuche meines Verstandes, es auszulöschen, führten von Kontrollverlust über meine Telekinese bis hin zu Halluzinationen von Aidans Anwesenheit. Wie kann ich so empfinden, obwohl er Jared und meinen Vater getötet hat?

7. Fion. Von all den Gefühlen, die ich für ihn empfinde, tritt eines als klarer Sieger hervor: Hass. Im Krankenhaus konnte ich mich kaum zurückhalten, ihn zu töten. Einfach so. Ohne auch nur einen Grund dafür zu erkennen. Denn alles, woran ich mich erinnere, sind Wohltaten, Besorgnis und Freundlichkeit. Und dafür bestrafe ich mich selbst pausenlos mit Schuldgefühlen. Ich verstehe einfach nicht …

Es klopft so energisch an meine Tür, dass ich vor Schreck einen schrägen Strich über meine letzten Worte ziehe.

WIR RABEN HALTEN ZUSAMMEN

»Moment«, rufe ich laut, schnappe mir eine Jeans und meinen warmen Zopfpullover aus dem Schrank und schlüpfe hinein. Es klopft erneut. Fordernder.

»Ich bin's, Jack. Mach auf, Emma!«

Scheibenkleister. Den habe ich bei all dem Gefühls- und

Gedankenwirrwar ganz vergessen. Dabei hat Farran doch noch gesagt, dass er von den Falkenmitgliedern bewusstlos geschlagen worden ist. Und mein Versprechen, nichts von seiner kurzfristigen Abwesenheit zu erwähnen, konnte ich unter den gegebenen Umständen auch nicht halten. Mein schlechtes Gewissen schraubt sich augenblicklich in Wolkenkratzerhöhe hinauf. Während ich auf dem Bett meine Socken anziehe, konzentriere ich mich auf den Türgriff.

Ich spüre, wie der Federdruck die schräge Türfalle ins Schloss zurückzieht, die Tür aufschwingt und die hochschnellende Türklinke die Türfalle zurückschnappen lässt.

Jack stürmt mit langen Schritten in mein Zimmer, als käme er geradewegs von einem Schlachtfeld. Seine Lederjacke und die Jeans könnten nicht schlimmer aussehen, wäre er mit beiden Beinen in Schlammpfützen herumgesprungen, und an seiner einseitig geschwollenen Lippe klebt angetrocknetes Blut. Ebenso an der Schläfe.

»Oh Schande!«, rutscht es mir heraus, als er sich kurz umdreht und die Tür mit einem lauten Knall hinter sich zuschlägt. Nicht wegen der Heftigkeit seines Auftritts, sondern weil das kurze blonde Haar seines Hinterkopfes ebenfalls einen faustgroßen Blutfleck über einer ziemlich dicken Beule enthüllt. Mit einem grimmigen Gesichtsausdruck dreht sich Jack um.

»Oh Schande?« Seine Brust hebt und senkt sich wie nach einem Sprint. »Schlimmer als mein Aussehen ist die Tatsache, dass Farran mich fast eine Stunde lang in der Mangel gehabt hat!«

Ein paar Sekunden befürchte ich, dass er jetzt komplett austicken und sich an mir rächen wird. Immerhin bin ich schuld daran, dass er bei seinem Idol in Ungnade gefallen ist. Zum ersten Mal erkenne ich, was Farrans intensives Ferientraining in meinem Unterbewusstsein bewirkt. Ohne es willentlich zu steuern, sind meine Muskeln bereits unter Hochspannung und ich konzentriere mich auf jede noch so kleine Regung in seinem Gesicht. Mein Puls geht schneller. Ich atme instinktiv dagegen und versuche, ruhiger zu werden, genauso, wie er es mir beigebracht hat.

Lektion 1: Lass nie deinen Gegner aus den Augen. Du musst an seinem Gesicht ablesen, was er als Nächstes plant.

»Bei mir lief es auch nicht gerade rosig«, sage ich langsam und beobachte, wie er die Hände zu Fäusten ballt. Ein Flackern zieht über seine Gestalt. Es sieht aus, als wäre das Bild auf einem Bildschirm für Bruchteile von Sekunden verrutscht, doch dann entspannt sich sein Gesichtsausdruck und die Hände öffnen sich wieder, als er weiter auf mich zugeht und vor dem Bett stehen bleibt. In meinem Kopf schrillen erneut Alarmglocken.

Jack atmet tief durch. »Ja. Kann ich mir denken.« Wasser läuft aus seiner Kleidung auf den Boden. In der Stille klingt der Aufprall der einzelnen Tropfen wie das unheilvolle Ticken verrinnender Lebenszeit. Ich verdränge mein ängstliches Selbst, wickle mir das Handtuch vom Kopf und lege es neben mich.

»Jetzt zieh schon die nasse Jacke aus und setz dich, bevor du das ganze Zimmer überflutest.«

Er blinzelt verdutzt. Dann zucken seine Mundwinkel.

»Mensch, Emma, wenn ich dich inzwischen nicht besser kennen würde, käme ich jetzt auf ganz dumme Ideen.«

Er schält sich aus der Jacke, schmeißt sie neben sich auf den Boden und lässt sich auf das Bett fallen. Seine Jeans hinterlässt dunkle Schlammspuren auf dem weißen Handtuch.

»Sehr witzig.« Ich lächle zurück. Das Eis ist gebrochen.

Meine Anspannung weicht Neugier. »Du hast wirklich Phyllis Kane gesehen?«

Er nickt und seine Augen verdüstern sich. »Sie hat mir einen bescheuerten Mülltonnendeckel über den Kopf gezogen.« Ich beiße mir auf die Lippen. Jack bemerkt es und hebt drohend den Zeigefinger. »Wenn du jetzt auch noch lachst, erwürge ich dich.« Er greift kopfschüttelnd über meine Schulter nach der Tissue-Packung auf meinem Nachttisch und beginnt, sich Gesicht und Haare abzutupfen.

Schaudernd beobachte ich, wie sich die weißen Papiertücher auf seinem Hinterkopf rot färben und ignoriere seine letzte, gehässige Bemerkung.

»Du solltest damit zum Arzt gehen.«

»Keine Zeit. Du hast nicht zufällig eine Desinfektionslösung und ein Kopfschmerzmittel hier?«

»Klar. Aber ich würde das trotzdem untersuchen lassen.«

Froh, ihm eine Pause zur Beruhigung gewähren zu können, springe ich auf und laufe ins Bad. Während ich im Spiegelschrank nach der Desinfektionsflasche krame, beschleicht mich das eigentümliche Gefühl, ich hätte etwas Wichtiges vergessen. Doch erst, als ich die Tür wieder öffne und mein Blick auf das leere Bett trifft, fällt es mir wieder ein. Der Schreibblock!

Meine Beine werden weich. Jack steht nur etwa einen Meter von meinem Schreibtisch und meinen Aufzeichnungen entfernt am Fenster und starrt in die Dunkelheit. Hat er gesehen, was ich zuletzt geschrieben habe? Verdammt! Ausgerechnet meine Gefühle für Aidan und Farran stehen auf der aufgeschlagenen Seite. Meine Hände zittern, als ich mich zwischen ihm und den Tisch schiebe, das Desinfektionsmittel neben mir abstelle und ihm den Becher Wasser zusammen mit der Tablette in die Hand drücke. Während er sie schluckt, klappe ich den Block rasch zu, lege mein Federmäppchen darauf und verstaue beides in meinen Rucksack neben dem Tisch.

»Tagebuch oder Liebesbrief?«, kommentiert er spöttisch.

Erleichtert schüttele ich den Kopf. Also hat er es nicht gelesen. »Nur ein Brief an meine Freundin.« Ich greife zur Ablenkung nach dem Fläschchen. »Ich hoffe, es brennt nicht.«

Jack verzieht keine Miene, während ich die Wunde säubere und desinfiziere. Er erzählt mir von Farrans Strafpredigt und dass Callahan bereits mit seinem Privatjet nach New York unterwegs ist, worüber Farran keineswegs begeistert zu sein scheint.

Ich beiße mir auf die Unterlippe. Bestimmt wird er mich persönlich über Aidan befragen wollen. Das hat mir gerade noch gefehlt!

»Haben die zwei schon immer Probleme miteinander gehabt? Carter meinte, sie kennen sich schon seit einer Ewigkeit.«

»Keine Ahnung. Na ja, da war schon eine gewisse Spannung. Schätze, es fällt jedem schwer, mit Callahan auszukommen. Und seit Aidan verschwunden ist, hat er sich ziemlich verändert.«

Er ist sozusagen vom Ork zu Sauron mutiert.

»Emma, ich weiß, du hast allen Grund der Welt, auf Aidan wütend zu sein. Aber er ist immer noch ein Rabe und wir Raben sollten ...«

»Zusammenhalten?«, vollende ich seinen Satz und verdrehe die Augen. »Verstehe. Du bist demnach nicht hierhergekommen, damit ich deine Krankenschwester spiele, ja?«

Jack dreht sich auf meinem Schreibtischstuhl um. Mit der Tischlampe im Rücken leuchten seine blonden Haare wie ein Lichtkranz. Sein Gesicht ist feierlich und so ernst, dass ich am liebsten davonlaufen möchte, denn ich weiß genau, was er sagen wird. Aber ich stehe einfach nur da und warte, beobachte, wie sein Mund sich öffnet, die Lippen sich bewegen. Kalter Schweiß bricht auf meiner Haut aus und das Blut rauscht in meinen Ohren. Das Schlimme ist, dass jede Faser in mir bereits danach schreit und ich nur darauf gewartet habe, bis jemand wie Jack es ausspricht, damit ich ihm die Schuld dafür geben kann.

»Du musst mir helfen, Aidan zu befreien. Nur so kann ich mich bei Farran wieder blicken lassen«, fordert er eindringlich.

Ich schließe die Augen und kämpfe gegen das in mir aufsteigende, verräterische Glücksgefühl.

»Okay«, meine Stimme zittert leicht. »Schätze, das bin ich dir schuldig.«

Was bist du doch für eine Lügnerin!

Aidan

JACOB MACAENGUS

Sie wissen es.

Meine Hoffnung, es würde ein wenig länger dauern, bis sie es erkennen, zerplatzt wie der Regen auf der Windschutzscheibe des Taxis, das mich meiner rätselhaften Vergangenheit unaufhaltsam näher bringt. Schlecht genug, dass ich nicht die geringste Ahnung habe, wer sie sind. Noch schlimmer, dass sie genau zu wissen scheinen, wer ich bin. Das liefert mich ihnen aus. Macht mich verletzbar. Sie könnten mir weiß der Himmel was erzählen, ohne dass ich den Wahrheitsgehalt überprüfen könnte. Und schuld daran ist dieses lächerliche Telefongespräch, das nicht einmal eine Minute dauerte.

»Möchtest du Jacob MacAengus sprechen?«, hat die Rothaarige ganz harmlos gefragt und, als ich nicht sofort darauf reagiert habe, hinzugefügt: »Du hast doch früher bei ihm gewohnt.«

»Gerne.« Was spricht auch dagegen, ein paar höfliche Worte mit seinem ehemaligen Vermieter zu wechseln? Aber seit dem kurzen Telefonat kämpfen in dem Gesicht meiner rothaarigen Begleiterin Entsetzen und Mitleid.

Immerhin kenne ich jetzt den Namen meiner Retterin. Wenn ich mehr über mich herausfinden möchte, bleibt mir gar nichts anderes übrig, als Phyllis zu vertrauen, auch wenn es sich anfühlt, als müsste ich mit verbundenen Augen hinter ihr einen schmalen Gebirgsgrat entlangwandern und darauf hoffen, dass mich am Ende meines Weges nicht ein unüberwindlicher Abgrund erwartet.

Unruhig rutsche ich auf dem ausgeleierten, nach kaltem Rauch stinkenden Polster näher ans Fenster. Auf meiner Stirn fühle ich Schweißperlen, die an den Schläfen hinunter in meinen Nacken laufen. Kein Wunder. Der Fahrer, ein knochiger Mittvierziger, hat die Heizung so stark aufgedreht, dass unsere nasse Kleidung die Raumluft in die stickige Feuchtigkeit eines tropischen Urwaldes verwandelt. Hinter den beschlagenen Fensterscheiben spiegeln sich verschwommen Leuchtreklametafeln in der nass glänzenden Schwärze des Asphalts. Ich lege die immer noch schmerzhaft pochende Schläfe an das kühle Glas und denke: *Ein Mädchen namens Emily, das aussieht, als wäre es geradewegs Grimms Märchenbuch entsprungen, flüchtet vor dir in panischer Angst. Ein Junge, der sich unsichtbar machen kann, überfällt dich. Er will dich gewaltsam zu deinem »Mentor« Farran und einem Geheimclub der »Raben« zurückbringen. Wie aus dem Nichts kommt dir eine Amazone namens Phyllis zu Hilfe. Und vergiss nicht den Vater, der ein gewaltiges Lösegeld auf deine »Ergreifung« ausgesetzt haben soll.*

Wann genau ist mein Leben eigentlich zu einem Sequel von »Hangover« mutiert? Hat mir Antonio ein Halluzinogen gespritzt, um meine Erinnerungen gewaltsam herbeizuführen? Oder ist das hier alles einfach nur ein Traum?

Welcome in your brave new world, Thomas. Oder Aidan. Oder wie zum Teufel du auch heißt!

Minuten später poltern wir über Kopfsteinpflaster zu einem Yachthafen. Der Regen hat nur geringfügig nachgelassen und auf dem Parkplatz reihen sich luxuriöse Limousinen.

»Das Treffen findet auf einer Yacht statt«, erklärt Phyllis schmunzelnd.

Ach. Was kann schon beruhigender sein, als sich auf die Privatyacht eines Unbekannten zu begeben, dessen Mitarbeiterin junge Männer niederschlägt. Während sie den Taxifahrer bezahlt, ziehe ich verstohlen mein Handy heraus und drücke Amys Nummer. Sie sollte sicherheitshalber Bescheid wissen. Bestimmt macht sie sich schon Sorgen um mich, nachdem ich die Buchhandlung so überstürzt verlassen habe. Phyllis stockt einen Moment, klappt dann ihre Geldbörse zu und nimmt mir das Handy in einer Geschwindigkeit ab, dass ich ihre Berührung überhaupt nicht wahrnehme.

»Was soll das?«, rufe ich empört, aber da ist sie auch schon aus dem Fahrzeug gesprungen. Ich reiße die Tür auf und renne ihr nach. In meinem Rücken schimpft der Taxifahrer, der jetzt notgedrungen selbst aussteigen und die hinteren Seitentüren schließen muss. Phyllis läuft geradewegs auf die Bootsstege zu. Laternen tauchen die schlanken Rümpfe von Motorbooten und Segelyachten in ein weiß-grünliches Licht. Gegenüber, auf der anderen Seite des Hudson, erheben sich mächtig und hell erleuchtet die Hochhäuser Manhattans. Die Schiffsmasten der Segelboote vor mir schimmern wie skelettgleiche Schemen im Zerrspiegel des dunklen Wassers. Vor einer Yacht mit kanadischer Flagge bleibt die Rothaarige stehen und dreht sich nach mir um.

»Geben Sie mir mein Handy zurück!« Auffordernd strecke ich ihr meine Handfläche entgegen.

Aus dem Inneren des Schiffes gleitet ein dunkel gekleideter Mann mit schwarzen Haaren die Treppe hinunter zur Badeplattform. Sein Gang ist so geschmeidig wie der einer Raubkatze. Er springt von Bord und stellt sich neben Phyllis.

»Hallo, Aidan.« Die Stimme klingt weicher als am Telefon. Im Kunstlicht der Laterne über uns glänzen seine Augen geradezu fiebrig. Tiefe Schatten liegen unter ihnen und betonen die hervorstehenden Wangenknochen. Er sieht aus wie jemand, der weiß, was Leid bedeutet. »Bitte. Gib mir eine Stunde. Wenn du dann immer noch telefonieren oder gehen möchtest, werde ich dich nicht aufhalten.«

Sein Blick hat etwas Hypnotisches. Ich kenne diese Augen. Einen Moment lang hoffe ich, meine Erinnerung würde endlich zurückkehren. Doch dann trifft mich die Erkenntnis wie ein Schlag ins Gesicht. Ja, ich habe diese Augen schon einmal gesehen. Vor nicht einmal zwei Stunden. Augen wie gefrorenes Blau.

»In Ordnung«, sage ich und springe an Deck der Yacht.

Emma

AUFBRUCH

Zehn Minuten.

Meine Haare sind noch nicht ganz trocken, da steht Jack bereits wieder vor meiner Tür und drängt zum Aufbruch.

»Beeil dich! Noch sind alle beim Abendessen. Hinterher wird es wesentlich schwieriger, unbemerkt zu verschwinden.«

Tatsächlich begegnet uns niemand, als wir die Treppe hinunter ins Erdgeschoss eilen. Der Geruch von Gegrilltem und Knoblauch folgt uns durch die Gänge wie ein aufdringlicher Besucher, der sich nur schwer abschütteln lässt. Doch die Aussicht auf ein Treffen mit den Falken und Aidan hat jedes Hungergefühl in mir im Keim erstickt. Als ich auf dem schwarzen Pflaster der Eingangshalle geradeaus zum Portal weitergehen möchte, packt mich Jack am Ärmel meiner Jacke und bugsiert mich in einen Seitentrakt.

»Viel zu auffällig!«, raunt er. »Zu viel Security.«

Kennt er etwa einen geheimen Ausgang?

Zielstrebig läuft Jack bis zum Ende des Gangs. Dort erwartet uns eine schwere, doppelflüglige Glastür, die mit Milchglaseinsätzen in Form des Rabenemblems von SENSUS CORVI verziert ist und zur Schulbibliothek gehört. Wie selbstverständlich kramt er eine Magnetkarte aus seiner Jackentasche und zieht sie durch den Türöffner. Ein summendes Geräusch ertönt, ein leises Klicken und wir schlüpfen ins Innere. Der vertraute Duft von Papier und Leder begrüßt mich wie einen Freund. Eigenartig, dass man sich auch in fremden Bibliotheken sofort wie zu Hause fühlt.

»Kein Licht!«, befiehlt Jack unnötigerweise. Wir schlängeln uns zwischen hohen Regalen und Lesepulten mit stilvollen Tiffanylampen hindurch zu den Fenstern auf der Nordseite des Gebäudes.

»Woher hast du den Ausweis?«, frage ich verwundert.

»Ich helfe Mrs Watson beim Inventarisieren.«

Wie bitte? Mr *Men's Health* macht nicht gerade den Eindruck, als habe er es nötig, in seiner Freizeit zu jobben. Selbstlose Hilfsbereitschaft ohne Hintergedanken traue ich ihm noch viel weniger zu. Sein Ehrgeiz ist viel zu groß, als dass er seine Energie »sinnlos« verschwenden würde. Mein jahrelang von Mama antrainiertes Misstrauen schlägt Alarm.

»Du arbeitest nur für sie, um heimlich über die Bibliothek abhauen zu können, nicht wahr?«, flüstere ich.

Er nickt grinsend. »Hilf mir mal, Emma.« Vor den bodenlangen Fenstern im Erker steht ein schmaler Tisch mit Informationsbroschüren. Wir heben ihn hoch und tragen ihn ein paar Meter weit in den Raum. Jack zieht die seidenen Vorhänge beiseite. Das Fenster dahinter entpuppt sich als Terrassentür.

»So kompliziert?«, hake ich nach. »Für dich wäre es doch ein Leichtes, dich unsichtbar zu machen und einfach unter den Überwachungskameras beim Haupteingang rauszuspazieren.«

Schmunzelnd dreht Jack am Griff des Fensters, zieht es mit einem Ruck auf und wirft mir einen spöttischen Blick zu. »Sicher. Aber manchmal möchte ›Mann‹ eben Gesellschaft haben.«

»Oh.« Ich denke an Jane und fühle, wie ich erröte. *Idiot! Nur weil du kein Liebesleben hast, gilt das nicht für alle anderen ebenso.*

Es hat aufgehört zu regnen.

In ENGLEWOOD RAVENS' Parkanlagen reihen sich so viele Schlammpfützen aneinander, dass ihr Umwandern einem Hindernisparcours gleichkommt. Die Luft schmeckt nach Erde, Holz und feuchtem Laub und kleidet mich in weiße Nebelschleier. Versteckt zwischen Ästen oder hoch auf Laternenmasten lauern die dunklen Augen der Überwachungskameras. Aber Jack scheint jede einzelne zu kennen und führt mich geschickt in Schlangenlinien durch das Gelände.

Zwanzig Meter vor dem Eingangstor bleibt er im Schutze des breiten Stammes einer alten Weide stehen.

»Während ich die Security ablenke, läufst du durchs Tor«, wispert Jack. »Siehst du den Schaltkasten am Pförtnerhaus?«

Ich kneife die Augen zusammen. »Die graue Box neben der Tür?«

»Ja. Drück auf den zweiten Knopf von links. Dann öffnet sich nur die Fußgängertür im Eingangstor. Wenn du sie wieder hinter dir schließt, wird kein Mensch etwas bemerken. Wir treffen uns vor dem FLAT ROCK BROOK NATURE CENTER. Du findest doch den Weg?«

»Natürlich.« Erst vorgestern sind wir morgens durch den Wald dorthin gejoggt. Länger als eine Viertelstunde brauche ich dafür bestimmt nicht. Mein Blick wandert von der Tortür nach oben. »Was ist mit den Kameras?« Die länglichen Überwachungsgeräte rechts und links der Torflügel sind selbst im Halbdunkel der schummrigen Parkbeleuchtung kaum zu übersehen.

»Hab ich außer Betrieb gesetzt.«

»Was? Aber wie hast du ...«

»Herrgott, Emma!« Jacks Flüstern schwillt zu einem ärgerlichen Brummen an. »Vertraust du mir jetzt oder nicht? ICH muss Aidan zurückschaffen, um mit Farran wieder ins Reine zu kommen, nicht du.«

Ich nicke zögernd und Jacks Umrisse verschwimmen in Bruchteilen von Sekunden mit der dunklen Landschaft.

Mit Gänsehaut auf den Armen pirsche ich mich geduckt hinter Büschen und Baumstämmen näher an das Pförtnerhaus heran. Zwei schwarz gekleidete Männer mit Maschinenpistolen in Schulterhalftern stehen unter seinem Vordach, gleich neben dem linken Torflügel, und unterhalten sich. Zigarettenrauch liegt in der Luft. Im hell erleuchteten Fenster erspähe ich einen dritten Mann, bärtig und älter als die beiden anderen. Er sitzt an seinem Schreibtisch und liest in einer Zeitung. Ich warte. Plötzlich höre ich ein Knurren.

Dumpf und bedrohlich. Mein Herz klopft schneller. Hinter den Rauchern regt sich etwas, schält sich aus dem Schutz des Hausschattens und tritt in den Lichtschein. Ein Hund.

Für einen Moment vergesse ich, warum ich überhaupt hier herumschleiche, statt entspannt im Bett zu liegen. Er reicht dem Wachmann bis zur Hüfte und mir ganz sicher über die Taille. Zottiges schwarzes Fell, mächtiger Schädel, und unter den bedrohlich hochgezogenen Lefzen blitzen weiße Zähne im Streiflicht des Fensters auf.

Dann knurrt er erneut. Lauter. Was schon schlimm genug wäre, würde das Ungetüm nicht ausgerechnet genau in meine Richtung schauen. Mein Mund wird trocken. Der Wachmann tätschelt beruhigend über den Kopf des Tieres, dennoch knurrt es weiter. Ich höre auf zu atmen, als seine Pfoten sich nach vorne, in meine Richtung bewegen.

In einem Ruck reißt der Hund seinen Kopf herum und jagt mit gewaltigen Sätzen von mir weg in den Park.

»Fury! Hierher! Verflixter Köter!« Der Wachmann schmeißt

seine Zigarette auf den Boden und rennt fluchend dem Hund hinterher.

»Hab ich dir nicht gesagt, du lässt ihn besser daheim?«, ruft der zweite Wachmann ihm nach und geht lachend zu dem Bärtigen ins Pförtnerhaus.

Ich atme aus. Meine Knie sind immer noch weich.

Der Bärtige lässt die Zeitung sinken und schaut kopfschüttelnd zu seinem Kameraden auf. Vor ihm auf dem Tisch steht eine Tasse. Ich schicke ein Stoßgebet zum Himmel, dass sie noch voll ist, und konzentriere mich auf das Porzellan. Glänzend glasiert, gebogener Griff, breiter Tassenrand, aber schmale Auflagefläche. Perfekt.

Als sie mit einem lauten Klirren auf dem Boden zerschellt, sprinte ich aus meiner Deckung. Von der offenen Tür dringen wechselseitige Beschuldigungen nach draußen. Ich laufe geduckt an den abgelenkten Wachmännern vorbei, drücke auf den Knopf des Schaltkastens und hetze weiter zum Tor. Wenn Jack sich in dem Schalter geirrt hat, steht mir eine unangenehme Unterhaltung mit Farran bevor. Aber das Türchen gibt mit einem klackenden Geräusch nach, als ich dagegendrücke und das Schulgelände verlasse.

FLAT ROCK BROOK FOREST

Gespenstisch.

Im Taschenlampenlicht meines Handys folge ich den roten Markierungen an den Baumstämmen des Red Loop Trail und gebe mir Mühe, auf den regennassen, glitschigen Holzstufen des Pfades nicht auszurutschen. Hat sich der Wald vorgestern in dem leuchtenden Bunt des Indian Summer von seiner farbenfrohen Seite gezeigt, so offenbart er nun seinen düsteren Charakter. Wenigstens regnet es nicht mehr. Dennoch rieseln ab und an kalte Wassertropfen von den Blättern und tropfen in mein Haar oder laufen mir über die Wangen in den Nacken. Moos und Erde atmen schaurige Nebelgestalten aus, die ihre dürren Finger nach mir ausstrecken und mühelos den Lichteinfall meines Handys blockieren. Eine unheimliche Stille liegt über allem, die nur durch den gedämpften Tritt meiner Turnschuhe, das Knacken kleiner Äste am Weg und das Rascheln von Laub unterbrochen wird.

Ein schauriges Jaulen unmittelbar neben mir bringt mich aus dem Tritt, ich rutsche über die Holzkante einer Stiege, rudere im Fallen mit den Armen und schreie laut auf. Bevor ich auf den Boden schlage, schlingt sich etwas um meine Taille und bremst meinen Sturz. Dunkles Lachen direkt an meinem Ohr.

»Und das soll Farrans beste Nachwuchs-Kämpferin sein?«

»JACK! Hast du sie noch alle? Ich dachte, das Hundemonster ist abgehauen und verfolgt mich!«

Meine Beine fühlen sich noch immer schwammig an, als er mich loslässt und wieder sichtbar wird.

»Erzähl«, sage ich versöhnlich, »wie bist du ihn losgeworden?«

Er hebt den Kopf und schenkt mir ein breites Zahnspangenlächeln. »Fury? Der sieht nur aus wie ein Goliath. Irischer Wolfshund. Innerlich weicher als ein Welpe.«

»Wie bitte? Er hat mich angeknurrt, als könne er es kaum erwarten, mich zu zerfetzen.«

»Das Einzige, was er auf den Tod nicht ausstehen kann, sind Katzen.« Jack stapft die Stufen des Pfades weiter hinab und ich folge ihm, erleichtert, nicht mehr alleine weiterlaufen zu müssen. »Nach dem Gespräch mit Farran brauchte ich erst mal Luft. Also hab ich die Lage am Tor abgecheckt und gesehen, dass Jeff ausgerechnet heute Fury mitgebracht hat. Und jetzt rate mal, was ich getan habe?«

Keine Ahnung. Ich frage mich gerade eher, wie Jane es mit dir aushält.

Er wartet meine Antwort gar nicht erst ab. »Ich hab die kleine Katze von Mrs Miles gefangen, Und als ich sie vorhin freigelassen hab, und Fury ums Eck geschossen kam, ist sie pfeilschnell davongeheizt. Hat krass ausgesehen.«

»Sie muss schier gestorben sein vor Angst! Wie konntest du nur ...«

»Hör endlich auf, die heilige Unschuld zu spielen!«, ruft er so unvermittelt laut, dass ich instinktiv zurückzucke. In seinen Augen lese ich Verletztheit. Er hat allen Ernstes erwartet, ich bewundere ihn für seine Idee. Jack hebt drohend den Zeigefinger seiner rechten Hand. »Und WIE konntest DU nur die Raben verraten und Dean Owens erschießen, nachdem Farran sein ganzes Vertrauen in dich gesetzt hat?«

Es fühlt sich an, als hätte er mir statt des Zeigefingers auf die Brust, die Faust in den Bauch gerammt. Für einen Augenblick bleibt mir tatsächlich die Luft weg. Ich schlucke gegen den Druck in meiner Kehle.

Jack seufzt, seine Stimme klingt mit einem Mal nur noch resigniert. »Gerade du müsstest es doch besser wissen. Krieg erfordert eben Opfer. Na, komm schon. Wir zwei müssen ja nicht die besten Freunde werden, aber wenigstens heute Nacht zusammenhalten, um einen Raben aus den Klauen der Falken zu befreien. Exfreund hin oder her. Das Leben einer Katze ist er doch allemal wert.«

Ich starre ihn wortlos an und erkenne zwei Dinge. Erstens: Seine Argumentation ist falsch. Von wegen *Krieg erfordert Opfer*. Was für eine bescheuerte Phrase! Er hätte Fury auch anders ablenken können, während ich Owens' Vater und Sohn an Silvester vollkommen ausgeliefert war. Um seine Ziele zu erreichen, wählt Jack Pashley rücksichtslos den für ihn bequemsten Weg. Und: Damit ist er Dean Owens ähnlicher, als mir bislang bewusst gewesen ist. Ich sollte mich künftig hüten, ihm zu viel Vertrauen zu schenken.

Den Rest des Weges bis zum Nature Center legen wir schweigend zurück.

»Du hast nicht zufällig Montgomrys Handynummer greifbar?«, fragt er schließlich.

»Klar, wir quatschen täglich miteinander«, entgegne ich eisig.

»Chill mal. Ich wollte dir nichts unterstellen. Aber du hast doch früher seine Nummer gehabt, oder?«

»Glaubst du im Ernst, er ist so doof und hat sie behalten? Selbst wenn ich sie Farran nicht gegeben hätte – er hat an Neujahr ein Abhörprogramm in mein Handy einbauen lassen!«

»Oh shit! Das hättest du auch früher sagen können!« Mit einer fließenden Bewegung reißt mir Jack das Telefon einfach aus der Hand, schaltet es aus und entfernt die Abdeckung. Ich öffne den Mund zum Protest, stocke dann und schlucke meinen Ärger wieder hinunter. Farran hat behauptet, er würde mein Handy nicht mehr abhören, als er mir die alte Speicherkarte und die neue SIM gab. Aber woher will ich wissen, dass das stimmt und er mich nicht doch über das Gerät insgeheim ortet? Was kann ich ihm nach dem eigenartigen Gespräch mit Callahan überhaupt noch glauben?

Ich lass nicht zu, dass du weggehst. Niemals.

Etwas in mir erstarrt.

Die Haare auf meinen Armen stellen sich auf. Da ist ein bitterer Geschmack in meinem Mund und mir wird übel. Es rauscht in meinen Ohren. Wind? Mein Puls?

Jack hebt die Hand mit den Handyteilen und hält sie mir entgegen. Seine Stimme klingt irgendwie verzerrt: »Sorry, ich wollte nur sichergehen, dass ...« Die restlichen Worte kann ich nicht mehr verstehen, zu sehr nimmt mich diese unerwartete Gefühlswelle gefangen. Ich lasse mich von ihrer Strömung mitreißen, um endlich der Wahrheit ein Stück näherzukommen, aber das ist ein Fehler.

Hass und Zorn schlagen über mir zusammen, ziehen mich in den Abgrund ihrer Kälte. Nein. Zu viel. Aufhören! Im letzten Augenblick schaffe ich es, meine ausbrechende Telekinese von dem Jungen vor mir auf den Gegenstand in seiner Hand zu lenken.

Das Handy, die Abdeckung und der Akku schießen hoch in die Luft, jagen über den Platz und zerschmettern die spiegelgleiche Schwärze des kleinen Teiches davor. Erst als das Kräuseln des Wassers verebbt, räuspert sich Jack.

»Fertig? Oder möchtest du vielleicht noch ein paar Bäume kleinhacken?«

Es ist schwer, seinen Blick zu deuten. Ich bin viel zu aufgewühlt, um mich darauf zu konzentrieren. Nach meinem Ausbruch muss er mich für vollkommen verrückt halten.

»Wie sieht dein Plan aus?«, frage ich und versuche, meiner Stimme einen ruhigen Klang zu geben.

»Ich schlage vor, wir fahren dorthin, wo ich Aidan zuletzt gesehen habe. Wenn Montgomry mit dir Kontakt aufnehmen will, wird er dich am ehesten dort vermuten.«

Mein Herz pocht immer noch schneller als normal, aber langsam kehrt die Wärme wieder zurück.

»Vergiss es. Farran wird das Gelände mit Raben umzingelt haben. Wir werden auffliegen, bevor Montgomry sich mir überhaupt nähern könnte, falls er das überhaupt will. Dasselbe gilt für die Buchhandlung, in der ich Aidan entdeckt habe. Unsere einzige Hoffnung besteht darin, dass Montgomry seine Mantik wiedererlangt hat und vorhersieht, dass ich ihn suche. Wir müssen zu einem Ort gehen, den er leicht wiedererkennt, an dem er sich sicher fühlt, weil er genügend Versteck- und Rückzugsmöglichkeiten bietet.«

»Central Park?«, Jack zieht fragend die Augenbrauen hoch.

»Perfekt.«

Aidan

PARANORMAL

Der Salon der Yacht ist so groß wie Amys Drei-Zimmer-Wohnung. Von der Decke strahlen Halogenlampen auf eine Sitzgruppe aus hellem Leder, eine Bar und einen Essbereich mit langer Tafel aus demselben glänzend rotbraunen Holz wie der Boden. Ihre Besatzung passt in dieses verschwenderische Interieur ungefähr genauso wie die Mannschaft der *New York Giants* in eine Vorlesung über archäologische Hermeneutik. Nichts passt hier zusammen und alles in mir schreit danach, wegzulaufen. Stattdessen setze ich mich brav in das weiche Leder und verschränke abwartend die Hände über der Brust.

Nur eine Stunde.

Schlimmer als in den letzten Stunden kann es kaum werden.

»Möchtest du uns etwas fragen, Aidan?« Dem großen Dunkelhaarigen, der sich mit Richard vorgestellt und offensichtlich hier das Sagen hat, merkt man deutlich an, wie sehr er mich bedauert. Ich straffe meine Schultern in der Hoffnung, dadurch souveräner zu wirken. Neben ihm starren mich vier weitere Augenpaare unverhohlen an.

Also gut. Fragen. Aber es gibt so viel, das ich gerne wissen möchte. Wer bin ich? Wer sind Sie? Warum wurde ich überfallen? Wer sind meine Eltern? Die Liste ließe sich unendlich fortführen. Mein Blick wandert von einem zum anderen und bleibt schließlich an MacAengus' eisblauen Augen hängen. Und da weiß ich wieder, was mich im Moment am allermeisten interessiert, warum ich überhaupt einen Fuß auf diese Yacht gesetzt habe. Ich räuspere mich.

»Das Mädchen hatte Ihre Augen. Wer ist sie und warum ist sie vor mir davongelaufen?«

Ich verliere jedes Gefühl für Zeit.

Dass bereits mehr als zwei Stunden vergangen sind, merke ich erst, als sich der Schmerz von meiner linken Schläfe über den Hinterkopf bis in den Nacken ausgedehnt hat, ich nach einer Kopfschmerztablette verlange und dabei flüchtig auf meine Armbanduhr schaue. Halb acht!

Phyllis öffnet einen Schrank hinter dem Tresen der Bartheke und drückt eine Tablette aus dem Blister. Meine Kehle ist ganz ausgetrocknet von dem langen Gespräch. Ich spüle das Schmerzmittel mit einem Glas Mineralwasser hinunter, stehe auf und schenke mir noch einmal nach.

Von wegen, *schlimmer kann es kaum werden!*

Paranormale Fähigkeiten, Geheimgesellschaften, Machtkämpfe! Kein Wort würde ich ihnen glauben, hätte ich nicht mit eigenen Augen gesehen, wie Phyllis, Jacob und Patrick Gegenstände durch die Luft fliegen ließen. Einen Moment lang massiere ich mir mit den Fingerspitzen die Schläfen und hoffe, dass die Tablette schnell wirkt, während MacAengus Richard in eine heftige Diskussion über die Befreiung seiner Tochter verwickelt.

Emma.

Der Gedanke an sie löst einen wohligen Schauer in mir aus. Dennoch müsste ich lügen, würde ich behaupten, sie wiedererkannt zu haben. Wenn es stimmt, was die Falkenmitglieder mir eben erzählt haben, ist sie sogar noch übler dran als ich. Lieber keine Erinnerungen als falsche.

»Warum haben Sie Emma nicht schon längst zu sich geholt, wenn Sie über solch unglaubliche Fähigkeiten verfügen?«, unterbreche ich die beiden. »Immerhin ist sie ganz allein durch New York gelaufen. Na ja, bis auf den *Invisible-Man*. Aber mit dem hätten Sie doch locker fertig werden können.«

Emmas Vater sieht aus, als ob er mir zustimmen will, aber Phyllis lässt ihn nicht zu Wort kommen.

»Du irrst dich«, erklärt sie. »Emma wird seit Tagen ohne ihr Wissen rund um die Uhr von Raben beschattet. Und heute ist etwas Eigenartiges passiert. Emma war mit Jack Pashley beim Mittagessen, hat das Café jedoch allein verlassen. Ich vermute, dass Jack ihr die ganze Zeit über unsichtbar gefolgt ist.«

»Du meinst, Fion wollte sie auf die Probe stellen und herausfinden, ob sie versucht zu fliehen?«, fragt MacAengus stirnrunzelnd.

Phyllis knetet nachdenklich ihre schmalen Finger. »Möglich wäre es.« Sie dreht sich wieder zu mir. »Jedenfalls wäre Jack sicher nicht dir, sondern ihr gefolgt, wenn er nicht gewusst hätte, dass genügend andere Rabenmitglieder für ihre Sicherheit sorgen. So aber wollte er sich ein paar Lorbeeren bei Farran verdienen, indem er den Sohn seines Socius' zurückbringt.«

»Es war ein Fehler«, murmelt Montgomry düster. »Du hättest nicht zulassen dürfen, dass Jack dich erkennt, Phyl. Jetzt weiß Farran, dass wir hier sind.«

Emmas Vater legt schützend die Hand auf meine Schulter. »Ich bin froh, dass Phyllis Aidan vor Jack gerettet hat, auch wenn damit dein schöner Plan, Emmas Verschwinden wie ein Verbrechen aussehen zu lassen, obsolet ist. Jetzt können wir endlich handeln.«

Noch immer pocht mein Kopf und ich wünschte, sie würden leiser reden. Meine Gedanken schweifen ab zu dem magischen Moment vor der Buchhandlung, ich höre ihnen nicht mehr zu, sondern versuche, vor meinem inneren Auge ein Bild des Mädchens aufzuwerfen, das in panischer Angst vor mir geflohen ist. Warum schaffe ich es einfach nicht, mich an die Zeit zu erinnern, in der wir zusammen waren?

Die Stimmen neben mir werden noch lauter und plötzlich fällt mein Name. Ich horche auf.

»Sie *wird* nach Aidan suchen! Das ist die Gelegenheit, um sie von Farran zu trennen. Du hast keine Ahnung, wie verliebt die beiden ...« MacAengus unterbricht sich und dreht sich zu mir um. Sein Gesicht spiegelt die Verzweiflung und Wut seiner Stimme wider. »Himmel, Aidan, ich kann einfach nicht glauben, dass du das nicht mehr weißt! Du hättest gemordet für sie!«

»Aber genau das hat dieser Farran ihr doch eingetrichtert!«, entgegne ich zornig. Er zuckt bei meinen Worten sichtlich zusammen. »Ihren Informanten zufolge glaubt sie jetzt, ich hätte ihren Vater und ihren Freund ermordet, damit sie bei mir und den Raben bleibt. Begreifen Sie denn nicht, MacAengus? Gerade weil sie meine Gefühle kennt, fällt es ihr so leicht, diese Erinnerungen als wahr zu akzeptieren. Statt auf mir herumzuhacken, weil ich mich an nichts erinnere, sollten Sie sich lieber fragen, ob Ihre Tochter mich so sehr liebt, dass sie auch diese Morde hinnehmen und trotzdem nach mir suchen würde.«

Er schließt die Augen und atmet schwer. Seine Schultern sacken nach unten und ich bereue meine vorschnellen Worte. Ich will mich doch erinnern! Aber mein jetziges Leben beginnt schlicht mit dem Aufwachen auf einer Parkbank im Central Park.

»Tu mir einen Gefallen, Junge.« MacAengus streicht sich fahrig die Haare aus der Stirn. Seine Hand zittert. »Nenn mich wenigstens Jacob. Und schau dir diese Fotos an.« Er greift in die Hosentasche, zieht ein Smartphone heraus und wischt über das Display, bevor er es mir entgegenhält. Ich schlucke, als mein Blick auf das strahlende junge Paar neben dem Christbaum fällt. »Vielleicht bringen die dein Gedächtnis auf Vordermann.«

Aber ich komme nicht dazu, danach zu greifen.

»JA!«, brüllt Richard auf einmal so laut, dass Phyllis erschrocken aufschreit und ich herumwirble.

Die dunklen Augen des Falkenchefs glänzen wie im Fieber. Er eilt auf MacAengus zu, legt seine Hände auf dessen Schultern und schüttelt ihn. Irritierenderweise sieht der ihn nur erwartungsvoll an. Scheinbar bin ich der Einzige hier im Raum, der glaubt, dem Anfall eines Geisteskranken beizuwohnen.

»Du hattest recht! Teufel noch mal, was für ein Prachtmädchen! Sie schert sich nicht darum, dass Aidan ihren Vater auf dem Gewissen hat, sondern will den Jungen tatsächlich vor uns übler Falkenbande retten. Ist das nicht wunderbar?«

Jacobs Mundwinkel zucken. Er hebt die linke Augenbraue. »Richtig. Genau das, was ein liebender Vater sich von seinem Töchterchen erhofft. Und ich werde auf jeden Fall mitgehen. Egal, was du jetzt sagst. Von mir aus als Transvestit verkleidet.«

Richard lacht und nimmt die Hände von Jacobs Schultern. »Besser, du suchst dir ein anderes Kostüm. Wir wollen doch lieber kein Aufsehen erregen.«

Plötzlich begreife ich, was vorgefallen ist. Sie haben ihn

zuvor einen *Mantiker* genannt. Der Falkenchef muss gerade eben in die Zukunft gesehen haben.

Emma will dich retten!

In meinem Bauch kribbelt es auf einmal warm und ich treffe meine Entscheidung.

»Ich komme auch mit.« Alle drehen sich zu mir um.

»Aidan, du musst das nicht tun«, erklärt Phyllis ruhig. »Es könnte gefährlich werden, du hast deine Gabe noch nicht zurückerlangt und wirst obendrein von der Polizei gesucht. Besser, du wartest hier, bis wir mit Emma ...«

»Nein. Das bin ich ihr schuldig.«

Der Central Park ist für mich die Geburtsstätte meines neuen Lebens. Ich meide ihn, seit die zwei Polizisten mich hier im Januar auf einer Parkbank aufgelesen haben. Besonders nachts schlage ich einen großen Bogen darum. Zu hoch das Polizeiaufkommen, zu groß die Gefahr einer Entdeckung. Doch heute kann ich mich nicht drücken. Richards Vision zufolge wird Emma im Süden des Parks auf die Falken warten. Auf der Sheep Meadow.

Allein.

Gut für seinen Plan, sie notfalls zu entführen, falls sie nicht freiwillig mit ihm geht. Schlecht für Jacob, der sich um seine Tochter sorgt und zum sofortigen Aufbruch drängt. Ich persönlich halte die Meadow für gar keine schlechte Wahl. Amy ist hier häufig nach Sonnenuntergang unterwegs, um ihre Schützlinge zu sehen. Ein beliebter Treffpunkt für Teenies. Selbst wenn der Andrang nach den starken Regenfällen nicht so groß ist wie sonst, ist die Wahrscheinlichkeit eines Überfalls hier wesentlich geringer als im Labyrinth des Ramble weiter nördlich.

Meine Hoffnung, bei einer erneuten Begegnung mit Emma mein Gedächtnis wiederzuerlangen, kämpft gegen mein schlechtes Gewissen, Amy nicht zu verständigen. Aber Richard zufolge besteht die Gefahr, dass Rabenspione in der Nähe von Amys Wohnung oder in *Nathaniel's Quest* selbst lauern.

In Zweier-Gruppen aufgeteilt, nähern wir uns gegen halb neun in unterschiedlichen Taxis dem Central Park von drei Seiten. Richard und Stein steigen am East Drive aus. Phyllis und Patrick gegenüber im Central Park West. Den längsten Weg haben Jacob und ich. Wir verlassen den gelben Wagen am südlichsten Punkt des Parks.

»Ob bewusst oder unbewusst, Emma könnte auch nur ein Lockvogel sein, um dich gefangen zu nehmen. Die anderen werden versuchen, das herauszufinden, bevor wir eintreffen«, erklärt mir Jacob, während wir auf dem Fußgängerweg zu einem kurzen Tunnel gelangen, der unter dem West Drive verläuft. Der Geruch von Urin klebt hier wie Graffiti an den feuchten Wänden und das Regenwasser bildet riesige Schlammpfützen auf dem Boden zwischen den roten Ziegelmauern.

»Kann Richard das nicht voraussehen?«, entgegne ich überrascht. Innerlich habe ich mich bereits auf ein, zugegebenermaßen heikles, Gespräch mit diesem unglaublichen Mädchen eingestellt. Auf den Nervenkitzel eines erneuten Überfalls kann ich gut und gerne verzichten.

»Frag mich was Leichteres«, brummt Jacob und zieht die Kapuze seiner schwarzen Trainingsjacke, die ihm der kühle Wind in den Nacken geblasen hat, wieder tief in seine Stirn. Es war Phyllis' Idee gewesen, sich als joggendes Vater-Sohn-

Gespann der Wiese zu nähern. Die Klamotten für mich stammen von einem der jüngeren Bodyguards, die auf Richards Schiff Wache schieben. »Wie es funktioniert, ist und bleibt mir ein Rätsel. Zu viele Variablen, zu viele Unwägbarkeiten, ständige Modifikationen, auf die man reagieren muss. Besonders dann, wenn man versucht, in die Zukunft einzugreifen. Normalerweise dürfte Richard seine Gabe gar nicht gezielt auf Emma fokussieren können. Von den wenigen Mantikern, die es gibt, ist er vermutlich der Einzige, der das überhaupt beherrscht.«

Bewunderung schwingt in seiner Stimme mit. Hinter dem Tunnel läuft uns eine Gruppe junger Männer in neonbunter Trainingskleidung entgegen. Ich warte, bis ihre Gespräche hinter uns verhallen, bevor ich Jacob frage, was mir schon den ganzen Abend wie ein Stein im Magen liegt. »Was, wenn Emma und ich unsere Erinnerungen nie wieder zurückbekommen?«

Das Licht der schmiedeeisernen Laternen beleuchtet nur schwach den Weg und unter seiner Kapuze kann ich nur erkennen, dass er die Lippen fester aufeinanderpresst. Erst als wir den großen Kinderspielplatz mit Klettergerüsten und verwaist im Wind schwingenden Schaukeln hinter uns gelassen haben, wendet Jacob mir den Kopf zu.

»Das wird nicht geschehen, Aidan. Ich verspreche es dir. Notfalls werde ich Farran und deinen Vater dazu prügeln, euch eure Erinnerungen wieder zurückzugeben.«

Wir sehen die Lichter schon von Weitem.

Wie leuchtende Nester aus Dutzenden Glühwürmchen schimmern sie auf der weitläufigen Wiese. Nur dass es um diese Jahreszeit schon zu spät für die winzigen Leuchtkäfer ist. Dafür ist die Zahl der hartgesottenen Feiernden, denen die Nässe durch den nachmittäglichen Regen nichts ausmacht, umso erstaunlicher. Auf Plastiktüten oder wasserfesten Rucksäcken, mit Teelichtern und Taschenlampen bewaffnet, freuen sie sich auf den Beginn des Wochenendes. Das lebhafte Murmeln unterschiedlicher Stimmen wird ab und an von Gelächter, tarzanähnlichen Schreien oder Gesangseinlagen unterbrochen. Jacobs Handy vibriert, und während er es mit ausdruckslosem Gesicht an sein Ohr hält, gehe ich ein paar Schritte weiter und beobachte ein paar Jungen und Mädchen in meinem Alter, die mit einem nachtleuchtenden Ball auf einem eingezäunten Sandplatz Volleyball spielen. Von den zwei Straßenlaternen, die das Feld spärlich erhellen, ist eine ausgefallen, während die andere wie ein Stroboskop weiß flackert und die Spieler in die abgehackte Bewegungsrhythmik tanzender Clubbesucher taucht.

Ich stütze meine Hände auf dem Zaun ab und wünsche mir plötzlich nichts sehnlicher, als mitzuspielen, mir keine Gedanken mehr über meine Vergangenheit oder die Zukunft machen zu müssen. Mein Blick schweift zwischen den Spielern hindurch in die Ferne.

Und genau in diesem Moment sehe ich sie.

Außerhalb des gegenüberliegenden Spielfeldes.

Im Kunstlicht der flackernden Lampe strahlt ihr Gesicht wie mondbeschienener Schnee. Ein Windstoß wirbelt durch ihr Haar. Sie hebt die rechte Hand, streicht eine schwarze Strähne hinter das Ohr und lächelt.

Lächelt. Mich. An.

Alles in mir erstarrt, dabei will ich zu ihr laufen, mir ist plötzlich ganz heiß, meine Hände schwitzen, mein Herz hämmert wie wahnsinnig von innen gegen die Brust und gleichzeitig läuft ein kühler Schauer über meinen Rücken. Noch während ich versuche zu verstehen, was gerade mit mir geschieht, schiebt sich einer der hünenhaften Spieler zwischen uns und der Bann bricht.

Was für ein Lächeln! Mona Lisa kann einpacken dagegen!

Jemand schmeißt den Volleyball auf den Rücken des jungen Mannes. Er fährt herum, macht einen Schritt nach vorne und hebt lachend die Fäuste. Noch einen Schritt. Diesmal zur Seite.

Ich lasse das Gitter los und taumle zurück.

Die Absperrung, hinter der Emma gerade eben noch gestanden hat, ist leer. Nur wenige Meter dahinter gleitet ein zierlicher Schatten auf den Eingang der Wiese zu. Meine Füße bewegen sich wie von selbst und erst, nachdem ich das kleine Türchen zur Sheep Meadow passiert und in das Dunkel der unbeleuchteten Rasenfläche getaucht bin, denke ich daran, dass es klüger gewesen wäre, Jacob zu rufen.

Emma

CENTRAL PARK

Schneller.

Ich beschleunige meinen Schritt gerade so, dass ich nicht auffalle. Im Strom der Masse mitschwimmen. Ein Mädchen wie viele andere, das sich im Zickzack zwischen Gruppen Bier trinkender oder kiffender Jugendlicher und schmusenden Pärchen hindurchschlängelt. Unsichtbar für Augen, die nach einem konkreten Erkennungsmerkmal fahnden. Nach meiner Rückkehr zu den Raben habe ich das Kapitel über Mantik in Farrans Bibel auswendig gelernt. Zu bewegt, zu unscharf, zu dunkel muss das Bild sein, dass ich Montgomry jetzt biete. Hier gibt es keine Gebäude oder Statuen, Straßenschilder oder sonst etwas, an dem er meinen Standort festmachen kann. Anders als bei dem Volleyballfeld. Dort konnten sie mich aufspüren. Solange ich aber hier in dem Gewimmel von Menschen herumstreune, bin ich sicher vor seiner Entdeckung. Vorausgesetzt, ich renne ihm oder einem seiner Falken nicht gerade zufällig in die Arme.

Langsamer.

Sonst wird Aidan mich verlieren! Seit ich den Sandplatz verlassen habe, werfe ich immer wieder einen verstohlenen Blick über meine Schulter. Aber in der Dunkelheit ist es schwer festzustellen, ob er mir noch folgt. Und der Falke, der bei ihm stand? Ist Aidan ihm wirklich entwischt?

Mein Instinkt sagt mir, dass ich geradewegs auf eine offene Falle zusteuere. Ich habe Montgomry persönlich erwartet oder zumindest einen seiner Gefolgsleute. Stattdessen schlendert Aidan, begleitet von nur einem einzigen Mann, so seelenruhig zum Volleyballplatz, als wäre er ein Tourist auf der Suche nach ein bisschen Abenteuer im Central Park. Dabei hat Jack Farran gegenüber behauptet, dass Phyllis ihn mit Waffengewalt gezwungen hat, mit ihr zu gehen. Sein Verhalten am Spielfeldrand ergibt keinen Sinn. Warum hat er nicht versucht, wegzurennen, während sein Begleiter telefonierend im Halbdunkel der Bäume stand? Groß und hager, habe ich ihn zunächst für den Falkenchef persönlich gehalten. Sein gesenkter Kopf und die tief in die Stirn gezogene Kapuze machten es mir unmöglich, einen Blick auf seine Gesichtszüge zu erhaschen. Aber Montgomry bewegt sich anders, nicht ganz so geschmeidig, mit der angespannten Haltung eines geübten Kämpfers.

Langsam könnte Jack sich wieder mal neben mir bemerkbar machen! Immerhin ist unser Plan, mir zu dem Versteck der Falken unsichtbar zu folgen und mich und Aidan zu befreien, gerade über den Haufen geschmissen worden. Zuvor hatte Jack in seinem unsichtbaren Zustand mit mir gesprochen. Seit dem unerwarteten Auftauchen Aidans scheint er schlicht und ergreifend nicht mehr anwesend zu sein. Dafür kann es nur zwei Gründe geben: Entweder er kneift und ist abgehauen. Oder Montgomry ist in der Lage, ihn mit seiner Gabe trotz Unsichtbarkeit zu orten und hat ihn außer Gefecht gesetzt.

Zittrig atme ich durch und verlangsame meinen Schritt. Was nun? Ich kann nicht ewig auf der Sheep Meadow umherwandern und einen Sicherheitsabstand zu Aidan wahren, in der Hoffnung, Jack käme mir endlich zu Hilfe. Mir bleibt gar nichts anderes übrig, als mich Aidan zu stellen und mit ihm zu reden. Sosehr ich mich davor fürchte.

Ein gleißend heller Lichtstrahl leuchtet mir plötzlich mitten ins Gesicht. Ich reiße schützend die Hände hoch, komme aus dem Tritt und rutsche auf dem glitschigen Gras aus. Mit einem Aufschrei stürze ich zu Boden. Brennender Schmerz zieht in meine Hüfte und das Steißbein.

»Sorry, Süße!« Der Lichtkegel der Lampe tanzt über meinen Körper. »Brauchst du Hilfe?« Ein massiger Schatten beugt sich zu mir hinunter, eine Hand streckt sich mir entgegen. Der Geruch von billigem Schnaps und Knoblauch verschlägt mir fast den Atem.

»Hau ab!« Ich schlage die Hand weg, rutsche auf dem Hosenboden nach hinten, doch bevor ich mich aufrichten kann, taumelt er mir nach, erstaunlich flink für seinen Zustand, krallt seine Finger in meine Schultern und zieht mich zu sich hoch. Panik. Nur ein paar Sekunden, in denen mir eine ähnliche Situation in den Sinn kommt, unscharf, als blickte ich durch ein beschlagenes Fenster. Hände, die mich nach oben ziehen, festhalten, weil meine Knie so stark zittern, ich ganz benommen bin. Da klebt Blut an meinen Händen, auf meinen Lippen und …

Klatsch. Mit dem Geräusch lösen sich die Finger wieder von meinen Schultern, fällt etwas mit einem dumpfen Laut ins Gras. Licht flackert kurz auf und erlischt. Neben mir droht eine Stimme, scharf wie ein Messer: »Fass sie nicht an, du Drecksack!«

Aidan.

Mein verräterisches Herz macht einen Freudensprung und gleichzeitig krampft sich mein Magen vor Angst zusammen. So nah. Ich spüre seinen Körper an meiner Seite, auch ohne ihn zu berühren, als würden Vibrationen in der Luft sanft über meinen Arm prickeln. Seit Silvester bin ich ihm nicht mehr so nahe gewesen. Von dem vertrauten Geruch seiner Haut wird mir ganz schwindlig und ich kämpfe gegen das überwältigende Bedürfnis an, mich sofort in seine Arme zu stürzen.

Der Betrunkene glotzt uns einen Augenblick lang verwirrt an, dann beugt er sich hinunter zu dem länglichen Gegenstand, der ihm bei Aidans Angriff aus der Hand geglitten ist. Vermutlich eine Taschenlampe.

Angespannt verfolge ich jede noch so kleine Bewegung des bulligen Mannes, registriere, wie er mit der linken Hand nach der Lampe greift, während seine rechte Hand sich auf dem Schaft seiner Schnürstiefel abstützt. Im nächsten Moment stößt er nach vorne, ein dunkler, massiger Schatten, die rechte Hand von sich gestreckt. Ein Messer blitzt darin auf. Ich schwinge herum. Aidans Gesicht ist ein bleicher Fleck in einem Meer aus Finsternis, auf den der Schatten zuschnellt.

Nein!

Es fühlt sich an, als hätte mich jemand in eine Kältekammer gestoßen.

Mein Puls rauscht laut in den Ohren, ich sehe alles viel klarer, irgendwie überzeichneter. Gleichzeitig sind meine Schmerzen wie weggeblasen, dafür erfasst mich ein von irrsinniger Angst um Aidan gespeistes Hochgefühl.

Meine Telekinese entlädt sich mit einer solchen Wucht, dass ich rückwärts taumle.

Der Mann wird von Aidan weg nach hinten gerissen. Sein ohrenbetäubendes Brüllen hallt sekundenlang schaurig über den Platz, mischt sich mit den erschrockenen Aufschreien der uns am nächsten sitzenden Parkbesucher und verstummt abrupt mit dem dumpfen Geräusch seines Aufpralls, mindestens zwanzig Meter entfernt.

»Fuck! Du bist noch besser, als Jacob erzählt hat! Gehört so was zu deinem Training?«

Ich starre Aidan an. Seine Augen glitzern vor Begeisterung.

Im selben Augenblick bricht um uns herum Panik aus. Als wäre das Gebrüll des unfreiwilligen Flugakrobaten der Startschuss zur Sprengung einer Lawine gewesen. Menschen springen auf, hasten in Panik über den Platz, stolpern über in Eile liegen gebliebene Rucksäcke, Decken oder andere Besucher, die noch schreckerstarrt am Boden sitzen. Taschenlampen blenden mich, jemand schlägt mir so heftig gegen den Rücken, dass ich Aidan entgegenstolpere.

Bevor ich reagieren kann, schließt er die winzige Lücke zwischen uns und legt seine Arme schützend um mich. »Lass uns abhauen, Emma! Ich erklär dir alles später«, ruft er in mein Ohr und lacht bitter. »Na ja, zumindest alles, was ich weiß. Keine Sorge, ist nicht besonders viel.«

Was bedeutet das? Ich kann mich nicht konzentrieren. Zu groß ist die Hitze, die von seinem Körper ausgeht. Alles in mir brennt. Die vertrauten Feuerzungen lassen mich erschauern. Einen Moment stehen wir nur da. Jetzt müsste die Zeit anhalten. Keine Vergangenheit, keine Zukunft, nur köstlich berauschendes Jetzt. Ich schließe die Augen, spüre, wie Aidan sein Gesicht in mein Haar versenkt. Gänsehaut überall.

In das angsterfüllte Kreischen mehrerer Mädchen mischt sich aus der Ferne der Klang einer Polizeisirene.

Aidan löst sich mit einem Ruck von mir, greift nach meiner Hand. »Komm! Ich bring dich zu deinem Dad!«

Harmlos. Als wären wir auf dem Rückweg von einem Date. Ich atme ein und wieder aus. Dann trifft mich die Erkenntnis wie ein Faustschlag ins Gesicht.

Dad ist tot.

Ich bring dich zu deinem Dad! klingt wie ein total abartiges Versprechen.

Sein Mörder schenkt mir ein Lächeln. Meine Knie werden weich.

Weg! Bloß weg hier!

Aber meine Beine fühlen sich plötzlich an, als wären sie mit dem verdammten Gras verwachsen. Schlimmer noch. Meine Gefühle sind vollkommen erstarrt. Als hätte jemand eine Kerze ausgepustet. Während um uns herum das Chaos tobt, kann ich nicht den Funken eines Gefühls aufbringen. Da ist nichts. Vollkommene Leere.

Ohne Emotionen kannst du deine Telekinese nicht aktivieren. Und deshalb werde ich jetzt sterben. An einem kühlen Freitagabend in New York.

»Er lebt, Emma.«

Seine Augen lodern wie Feuer. Aidan ist wahnsinnig. Die Schuldgefühle müssen ihn um den Verstand gebracht haben. Auf seinen schönen Lippen liegt immer noch dieses Lächeln. Selbst dann, als sich schräg hinter ihm die Nacht zu einer Gestalt verdichtet und etwas gegen seine Schläfe kracht.

Ohne einen Laut sackt er in sich zusammen.

VERRAT

»Jack!«

Es sollte erleichtert klingen, aber der Vorwurf in meiner Stimme ist unüberhörbar. Musste er dermaßen fest zuschlagen? Konnte er Aidan nicht einfach …

Männer und Frauen in dunkler Kleidung, fünf, nein, sechs

umzingeln uns, als wären sie geradewegs aus dem Boden gewachsen. Wie eine schwarze Mauer schirmen sie uns vor den fliehenden Jugendlichen ab. Woher kommen die denn? Und vor allem, was wollen sie von uns? Hektisch drehe ich mich einmal um mich selbst und trete dann einen Schritt näher an Jack heran.

»Verräterin!« Jacks bellende Stimme hallt schmerzhaft in meinem Ohr. Ich zucke zusammen. Auf seiner Stirn hat sich eine steile Falte gebildet und sein Mund ist voller Abscheu nach unten verzogen.

»Bist du übergeschnappt?«, frage ich. Bevor er antworten kann, wird mein Blick von ihm auf einen hünenhaften Mann gelenkt, der Aidan nach oben wuchtet und sich einfach über die Schulter wirft. »Lassen Sie ihn runter! Wer ...«

»Mitkommen!« Jemand packt mich so fest am Arm, dass ich nur mühsam einen Aufschrei unterdrücken kann. Ich sehe auf und erkenne in dem Kerl einen von Farrans persönlichen Leibwächtern.

»Was soll der Überfall? Jack und ich wollten nur Aidan befreien!«, herrsche ich ihn an. »Nicht wahr?«

Aber Jack denkt nicht daran, mir beizustehen.

»ICH wollte Aidan befreien. Doch offensichtlich ist er gar kein Gefangener gewesen. Und DU warst kein bisschen darüber verwundert! Ich frage mich, wieso.«

Jetzt verstehe ich. »Du hast Farran verständigt«, flüstere ich.

»Natürlich! Dachtest du, ich sehe gelassen zu, wie du mit Aidan zu den Falken spazierst?«

»Aber das hatte ich doch gar nicht vor! Keine Ahnung, warum Aidan hier einfach so auftauchen konnte. Ich ...«

»Erzähl das Mr Farran«, unterbricht mich der Leibwächter

und zieht mich mit sich. Ich stolpere an seiner Seite über das Gras. Die Baumgruppe am östlichen Rand der Sheep Meadow, hinter der uns Straßenlaternen entgegenleuchten, ist nur noch hundert Meter entfernt. Vermutlich haben die Raben dort ihre Autos abgestellt. Verdammt! Wenn ich beweisen will, dass ich die Wahrheit gesagt habe, werde ich zulassen müssen, dass Farran in meine Gedanken dringt. Leider sieht er dann auch alles andere, was ich bislang vor ihm verborgen habe.

Farrans Raben bilden um den Leibwächter, der mich immer noch in seinem eisernen Klammergriff mitschleift, und den Mann, der Aidan schleppt, eine geradezu militärisch anmutende Schutzformation. Ihre Köpfe drehen sich ständig nach allen Seiten, um das Gelände zu überblicken, und sie gehen so schnell, dass ich in einen leichten Lauf fallen muss, um mit ihnen mithalten zu können.

Und da kommt mir ein neuer Gedanke. Haben die Falken Aidan laufen lassen, weil er nicht mehr ganz dicht im Kopf und somit für sie unbrauchbar ist?

Es darf nicht wahr sein!

Meine Augen wandern zu Aidans regloser Gestalt. Mit jedem Schritt schlägt seine Stirn gegen den Rücken des Mannes, der ihn trägt. Wie sehr muss ein Mensch bereuen, dass er verrückt wird? Tränen tauchen seinen Körper in verschwommene Schwärze. Die Angst um ihn bäumt sich in mir auf, ein wildes, zorniges Tier, das jeden Vorwurf erstickt, den ich in den letzten Monaten gehegt und gepflegt habe wie eine giftige Pflanze.

Wir können Schuld nur dann tilgen, wenn uns vergeben wird. Oder wir uns selbst vergeben. Anderenfalls wird sie uns töten. Mama hat das vor knapp zwei Jahren in einem Telefonat zu einer Freundin gesagt. Worum es ging, weiß ich nicht. Aber während ich mechanisch weiterlaufe, denke ich verzweifelt nur an eines: *Du musst es schaffen, Aidan zu verzeihen.*

Polizeisirenen übertönen das Geräusch unserer Schritte im raschelnden Laub, als wir die Baumgruppe erreicht haben.

»Beeil dich!«, befiehlt Farrans Leibwächter und drückt meinen Arm noch fester.

Ich bin sicher, dass ich hinterher blaue Flecken haben werde, aber ich beiße die Zähne zusammen, beginne zu rennen und verkneife mir das Betteln um eine Lockerung seines Griffs. Hinter dem niedrigen Gitterzaun kann ich bereits zwei schwarze Lieferwagen mit abgedunkelten Scheiben sehen. An dem schmalen Eingang zur Sheep Meadow drängen sich flüchtende Teenies. Die Ungeduldigeren unter ihnen klettern daneben über den Zaun. Mein Bewacher stößt einen leisen Fluch aus und zieht mich ein paar Schritte weit neben das Tor.

»Los! Klettere rüber und komm nicht auf dumme Ideen.«

Endlich lässt er meinen Arm los. Ich reibe mit der Hand über die Druckstelle. Von wegen dumme Ideen. Warum denken alle nur, dass ich abhauen möchte? Ein kräftiger Mann schwingt sich über die Brüstung und nimmt dem Hünen Aidan ab, damit er ihm folgen kann. Die Polizeisirenen werden immer lauter. Es kann nicht mehr lange dauern, bis sie uns erreicht haben. Die Metallstange ist kalt, die Schutzlackierung bereits an mehreren Stellen abgeblättert. Ich stemme mich an ihr hoch und schwinge mein rechtes Bein darüber. Als ich gerade das linke Bein hinterherziehe und auf dem rissigen Asphalt des Gehwegs aufsetze, passiert es.

Das Glas der Straßenlaterne schräg über mir zersplittert in tausend Stücke, die wie scharfe Hagelkörner auf mich herabprasseln. Aber nicht nur sie, auch alle anderen Straßenlaternen im Umkreis explodieren und tauchen uns in komplette Finsternis. Instinktiv ducke ich mich nach unten und halte die Hände über den Kopf. Meine Handrücken brennen von den scharfkantigen Stücken, mein Nacken ebenfalls. Das Kreischen der Jugendlichen am Tor, Befehle der Rabenmitglieder und mein rasender Puls dröhnen laut in meinen Ohren. Und dann verlieren meine Füße auf einmal den Kontakt zum Boden, mein Körper schnellt hoch in die Luft, als würde mich jemand wie eine Marionette an einem unsichtbaren Gummiband an sich reißen. Schreiend rudere ich mit den Armen in der Luft. Erst als ich auf der anderen Straßenseite gegen einen Körper pralle, erkenne ich, was hier vor sich geht.

Wir sind in einen Hinterhalt der Falken geraten. Das eben kann nur ein Telekinet gewesen sein. Kräftige Arme schlingen sich um meine Brust, während ich zusammen mit wem auch immer auf den Asphalt stürze, nur wenige Schritte von einem der abgedunkelten Vans entfernt. Der Geruch von herbem Deo sticht mir in die Nase. Ich reagiere schnell. Mit dem Kopf schlage ich mit voller Kraft nach hinten. Es kracht und ein unterdrückter Schrei ertönt. Für eine Sekunde lockert sich der Griff seiner Arme. Aber als ich mich freistrampeln will, hält er mich noch fester als zuvor.

»Emma. Hör auf! Wir wollen dir doch nur helfen.«

Ausgerechnet Patrick Namara!

Meine Gedanken rasen im Rhythmus meines Herzschlags. Ich höre auf, um mich zu schlagen.

»Patrick!« Erleichterung in die Stimme legen, aufatmen. »Was für ein Glück! Warum sagst du das nicht gleich! Hey, lass mich los.«

Ein amüsiertes Lachen. »Netter Versuch, Mädchen. Aber

so leicht lass ich mich nicht einwickeln. Ich weiß genau, dass du nicht freiwillig mitgehen wirst.«

Ich frage mich, warum er sich da so sicher ist. Er rappelt sich hoch und zieht mich auf die offen stehende Schiebetür des Lieferwagens zu. Gerade als er mich hineinstoßen will, schwingt sie mit einem lauten Knall zu.

»EMMA!«, ruft er frustriert über meinem Kopf. Die Tür schiebt sich wieder auf. Ich lasse sie erneut zufallen. Blitzschnell schiebt er seinen Arm nach oben um meinen Hals, drückt mir die Luft ab. Doch die Erstickungsangst macht meine Telekinese nur noch mächtiger. Wenn ich ihn wegschleudere, könnte ich mich selbst verletzen. Ich muss mir etwas anderes einfallen lassen. Instinktiv konzentriere ich mich auf seine muskulösen Arme, die mich wie ein Schraubstock umklammern. Auf Richards Schiff habe ich ihn einmal hemdsärmelig gesehen. Seine Unterarme sind stark behaart. Ich stelle mir vor, wie ich ihm alle Haare auf einmal in einem Ruck ausreiße. Als meine Telekinese auf ihn einwirkt, stößt Patrick einen schmerzhaften Schrei aus und lässt mich für ein paar Sekunden los. Ich springe mit einem Satz in den Wagen und verriegele alle Türen. Meine einzige Möglichkeit, ihm schnell genug zu entkommen. Seine Faust donnert gegen das Fenster der Schiebetür. Zornig ruft er meinen Namen. Während ich nach vorne auf den Fahrersitz klettere, spüre ich, wie seine Telekinese mit schwindelerregender Kraft gegen meine drückt, in dem Versuch, die Türen wieder zu öffnen.

Schweiß bricht mir aus allen Poren. Lange werde ich nicht dagegenhalten können. Meine Finger tasten über das Leder des Lenkrads, gleiten zur Seite und treffen auf etwas Metallisches. Den Autoschlüssel.

Als ich den Kopf wieder hebe, blenden mich grelle Scheinwerfer und das Blaulicht herannahender Polizeiwagen. Patricks Kraft ist mittlerweile so enorm, dass die gesamte Karosserie des Wagens vibriert und ich vollkommen schweißgebadet bin. Meine Finger zittern von der Anstrengung, sodass ich zwei Anläufe brauche, um den Schlüssel zu drehen. Endlich springt der Motor an. Ich schalte den Automatikhebel auf Drive. Meine Augen tränen so stark, dass ich überhaupt nichts mehr erkennen kann. Ich fühle mich, als würde Patricks Kraft mich gleich in tausend Stücke reißen. Mein Fuß sucht das Gaspedal und ich drücke es bis zum Anschlag durch.

Jacob

ENTSCHEIDUNG

»Abwarten!«, lautete Montgomrys Befehl.

Aus dem Augenwinkel hat er nur knapp dreißig Meter entfernt seine Tochter am Rand des Volleyballfeldes entdeckt. Zum Greifen nah. Nur um tatenlos zu beobachten, wie sie, gefolgt von Aidan, in die Finsternis der Meadow abtaucht. Aber er sollte ja *abwarten*.

Statt an sein Smartphone zu gehen und dieser Anweisung zu lauschen, zu erfahren, dass er sich in wenigen Minuten am anderen Ende der Sheep Meadow, auf dem Center Drive einzufinden habe, hätte er besser das Handy in den nächsten Mülleimer geworfen und sich Emma gezeigt. Aber der Falkenchef ist fest davon überzeugt, dass ein überstürztes Auftauchen seine Tochter erschrecken, ja, ihrer Psyche sogar erheblichen Schaden zufügen könnte. Ganz abgesehen von der hohen Wahrscheinlichkeit, dass sie schlicht schreiend davonläuft, weil sie ihn für den Geist eines Toten hält. Oder für eine Projektion.

Zumindest beobachten will Jacob die beiden ehemals Liebenden auf seinem Weg zum Center Drive. Während er ihnen folgt entdeckt er, wie sich am gegenüberliegenden Wiesenende mehrere Erwachsene gruppieren. Sicherheitshalber zieht er sich die Kapuze seiner Jacke ein wenig tiefer in die Stirn und will ihnen gerade den Rücken zukehren, als sich vor den Männern und Frauen plötzlich die Schwärze verdichtet und zu einem schlanken, hochgewachsenen Jungen wird, so schnell, wie vermutlich nur sein geübtes Auge erkennen kann.

Jack Pashley. Seine Gabe ist so beeindruckend wie sein übersteigerter Ehrgeiz problematisch. Das war Farran im vergangenen Jahr nicht entgangen, weshalb er beschlossen hatte, ihm mit der ausschließlichen Aufnahme Emmas in Sensus Corvi einen Dämpfer zu verpassen. Als wäre der Junge nicht schon Beweis genug, dreht sich nun ein hochgewachsener Mann zu dem jungen Rabenschüler und Jacob erkennt in ihm einen von Farrans alten New Yorker Bekannten wieder.

Wie konnte Montgomry nur so naiv sein, zu glauben, Emma würde es gelingen, Farran auszutricksen und das Schulgelände unbemerkt zu verlassen? Andererseits. Wer sagt, dass sie nicht sogar auf Farrans Anordnung hier ist? Als Lockvogel für die Falken, und gar nicht vorhatte, Aidan zu befreien. Warum sonst sollte sie, statt stehen zu bleiben und mit Aidan zu reden, ständig vor ihm herlaufen? Wenn es stimmt, was David und Liz von Jamie im Kino erfahren haben, steht seine Tochter voll und ganz hinter dem Rabenanführer. Jetzt, nach dem großzügigen Geschenk dieser Reise, sicherlich mehr denn je.

Jacob beißt die Zähne so fest aufeinander, dass sein Unterkiefer knackt. Er schiebt die Hände in die Hosentaschen und dreht der Gruppe den Rücken zu. Betont langsam zwingt er sich, vorwärts zu gehen, ohne sich umzusehen.

In diesem Augenblick hört er das Brüllen eines Mannes in Todespanik. Seine Hand zuckt zu der Waffe, die er in ein Halfter unter seine Jacke geschoben hat. Der Kunststoffgriff ist warm und fühlt sich vertraut an.

»Du benutzt sie nur im äußersten Notfall«, hat Montgomry misstrauisch angeordnet, als er darauf bestand, sie mitzunehmen. »Je weniger Aufsehen wir erregen umso besser. Deine übliche Vorgehensweise dient nicht diesem Zweck.« Montgomry weiß offenbar nicht, wie viele der ihm angedichteten

Überfälle auf Falken in Wahrheit gar nicht auf sein Konto gingen. Nicht dass er es für nötig hält, ihn aufzuklären.

Das Geräusch eines dumpfen Aufpralls beendet das Brüllen abrupt und macht Platz für eine Stille, die selbst Jacob frösteln lässt. Das satte Stampfen schneller Schritte im Gras erklingt hinter ihm. Jacob zieht die Waffe aus dem Halfter und platziert sie unauffällig so, dass er notfalls durch seine Jacke hindurch schießen kann. Ein Lufthauch streift ihn, kaum wahrnehmbar, so als würden kühle Finger ihm den Schweiß von der Stirn wischen. Aber dann zieht das Geräusch der Schritte an ihm vorüber. War das Pashley? Jacobs Smartphone vibriert. *Oh, nicht gerade jetzt!*

Er ignoriert den Ruf des Falken, biegt nach rechts ab, um sich in einem Bogen der Stelle zu nähern, auf die der junge unsichtbare Rabe dem Gehör nach zugelaufen ist. Die Stelle, von der auch das Brüllen kam.

Und dann explodiert die Welt.

Zwischen den schreienden, in Panik fliehenden jungen Leuten Emma und Aidan wiederzufinden, ist schwerer, als Callahan davon zu überzeugen, seine nächsten Börsengewinne dem Native Woodland Trust zur Wiederaufforstung Irlands zu spenden. Kostbare Minuten vergehen, in denen Jacob sich seinen Weg durch angstverzerrte Gesichter und im Ansturm der Menge zu Boden stürzende Jugendliche bahnt. Als er endlich aufgibt und sich zum Center Drive aufmacht, vibriert sein Handy bereits zum vierten Mal und das schlechte Gewissen zwickt unangenehmer als Sodbrennen.

Etwa dreißig Meter ist Jacob noch von dem Zaun der Sheep Meadow und der dahinterliegenden Straße entfernt, als das helle Klirren zersplitternden Glases und die darauf folgende

Dunkelheit das Kreischen der Fliehenden zu neuer Höchstlautstärke anschwellen lässt. Im Laufen tastet er nach der kleinen LED-Taschenlampe in seiner Jacke. Mit ihr in der linken und der Waffe in der rechten Hand, rennt er, als gelte es, einen Wettlauf zu gewinnen. Schüssen auf der anderen Seite des Zauns folgen Angstschreie. Er hätte eine stärkere Lampe einstecken sollen. Der kleine Schein hüpft unruhig wie ein Irrlicht über junge Menschen, die auf dem Boden kauern oder liegen, sich umarmend oder die Hände schützend um sich selbst geschlungen, die Gesichter voll Panik.

Ein großer dunkler Schemen richtet sich nicht weit von ihm entfernt auf der anderen Seite des Zaunes auf und eilt über die Straße nach rechts, von wo abermals Schüsse und Schreie zu hören sind. Geduckt läuft Jacob auf den Zaun zu und schwingt sich darüber. Doch statt auf festen Boden trifft er auf etwas Weiches. Er knickt mit den Beinen ein, hört ein schmerzerfülltes Stöhnen und stürzt. Glas knirscht unter seinen Knien und Handflächen. Fluchend streift er die Splitter, die in seinen Handflächen stecken geblieben sind, an seiner Hose ab.

»MacAengus«, flüstert eine kaum wahrnehmbare, brüchige Stimme hinter ihm.

Jacob schnellt herum und leuchtet hinter sich, die Waffe im Anschlag. »Eine Bewegung und ich knall dich ab!«

Ein heiseres Lachen geht in ein Gurgeln und dann ein Husten über. Als würde sich jemand an einem Glas Wasser verschlucken. Der Lichtstrahl seiner Lampe erfasst Beine in einer dunklen Männerjeans, direkt vor dem Zaun. Als er nach oben leuchtet, zieht Jacob scharf die Luft ein und hält den Atem an.

Im selben Augenblick ertönt aus der Ferne das Zuschlagen einer Tür und eine Stimme, die ihm nur allzu bekannt vorkommt, brüllt: »Emma!«

Reflexartig dreht er den Kopf in die Richtung, aus der Namaras Schrei kam, sucht mit der Taschenlampe den Weg ab und erkennt, knapp achtzig Meter entfernt, zwei Gestalten vor einem Van, die miteinander ringen. Finger krallen sich in seinen Unterarm und Jacob wendet sich schuldbewusst wieder an den, der seine Hilfe jetzt dringender benötigt.

Christian Stein, einer von Montgomrys treuen Falken.

Sein Gesicht ist kalkweiß, die Pupillen riesig und die Iris darum in einem unheimlichen dunklen Grün, wie Jacob es bislang noch nie in den Augen des Mannes gesehen hat, den er seit mehr als fünfzehn Jahren durch ganz Europa verfolgt hat. Aber das grusligste Detail dieses fremd wirkenden Gesichtes ist der blutrote Mund, aus dem ein karmesinfarbenes Rinnsal über das Kinn am Hals hinunterläuft.

»Richard!«, stöhnt er, Blutbläschen auf den Lippen, und lässt seinen Arm los.

»Schon gut! Ich suche gleich nach ihm.« Er öffnet den Reißverschluss von Steins Jacke, auf das Schlimmste gefasst und schluckt. »Oh, verdammt!«

Rechts, mindestens eine handbreit unter der Schulter klafft ein fast faustgroßes Loch in dem Körper des Neurokineten, aus dem Blut in viel zu großer Menge strömt. Wenn Stein nicht sofort ins Krankenhaus kommt, wird er verbluten. Falls er überhaupt noch eine Chance auf Rettung hat. Jacob tastet nach seinem Handy. »Ich ruf einen Notarzt.«

»Nein!« Der Mann vor ihm schüttelt schmerzverzerrt den Kopf.

»Hör auf, den Märtyrer zu spielen, Stein. Du verreckst jetzt und hier auf der Straße, wenn ich nicht …«

Das Zuschlagen von Türen und ein lautes Knallen, beenden Jacobs Erwiderung.

»EMMA! Verdammt, mach auf!«, brüllt Namara.

Was treibt er denn da? Ist der Kerl mit all seiner Kampferfahrung nicht mal in der Lage, sein kleines Mädchen zu bändigen? Und als wäre der Zwiespalt, in dem Jacob sich befindet, nicht schon groß genug, setzt Stein noch eins drauf, indem er röchelnd verkündet: »Rich … auch angeschossen. Phyllis … musst helfen. Zu viele Raben!«

Er hebt seinen heftig zitternden linken Arm und deutet in die entgegengesetzte Richtung von Namara. In die Richtung, in die der dunkle Schemen zuvor verschwunden ist. »Bitte, Jacob.« Tränen schwimmen in seinen Augen. »Für … meinen Sohn. David.«

Ein Motor springt an.

Jacob starrt in die flehenden Augen des sterbenden Mannes unter ihm. Dann trifft er eine Entscheidung.

Emma

DAS VERMÄCHTNIS

Gerade als der Motor aufheult und die Reifen quietschend durchdrehen, kann ich Namaras Telekinese nicht mehr standhalten. Erschöpft sacke ich über dem Lenkrad zusammen, drücke mit letzter Kraft das Gaspedal weiter durch und höre, wie die Schiebetüren aufspringen und krachend in ihre Halterung einrasten.

Bing, bing, bing.

Da ist ein hohes, penetrantes Klingeln in meinem Kopf. Wenn es doch endlich aufhören würde! Kalter Fahrtwind zieht durch das Auto, rauscht pfeifend in meinen Ohren, zerrt an meinen Haaren, treibt Tränen in meine Augen. Polizeiwagen kommen mir entgegen. Blenden mich mit ihrem Fernlicht. Ich blinzele. Einer bremst und steht plötzlich quer vor mir. Ich reiße das Lenkrad herum und weiche über den Gehweg aus, fahre an ihm vorbei. Weiter! Ich habe keine Ahnung, wo ich eigentlich entlangfahre, aber plötzlich lande ich auf einer Straße. Moment mal. Die kenne ich. Nach ein paar Metern auf der 5th Avenue kapiere ich endlich, dass das schrille, laute Piepen nicht eingebildet ist, sondern von dem Fahrzeug selbst kommt und mich nur davor warnen will, mit offenen Schiebetüren zu fahren. Ich suche nach dem entsprechenden Schalter, entdecke ihn über meinem Kopf und drücke darauf. Langsam schnarren die Schiebetüren zu.

In der Stille ist nur noch mein schwerer Atem zu hören. Sofern man das Fahren im New Yorker Verkehr überhaupt als still bezeichnen kann. Meine Stirn schmerzt. Mittlerweile pumpt wahrscheinlich mehr Adrenalin als Blut durch meinen Körper. Das nun anschwellende Geräusch von Polizeisirenen macht es nicht gerade besser. Verzweifelt überlege ich, wie ich ihnen entkommen kann.

In einem Strom von Rücklichtern schwimme ich auf den Trump Tower zu, dessen protzige Glasfassade die bunten Reklametafeln gegenüberliegender Gebäude widerspiegelt. Zwei Autos weiter wechselt ein gelbes Taxi die Spur, ordnet sich links ein und hält vor einem hell erleuchteten Hoteleingang. *The Pierre* lese ich im Vorbeifahren. Ein livrierter Diener springt herbei und öffnet die Tür des Taxis. Stopp! Der Gedanke kommt so schnell, dass ich das Steuer nach links gerissen und wenige Meter vor dem Taxi angehalten habe, bevor die mollige, ältere Frau noch ganz ausgestiegen ist. Ich springe aus dem Wagen, schlage die Tür zu und laufe zu ihr. Lächelnd drückt sie dem mit dem Rücken zu mir stehenden Portier einen Geldschein in die Hand. Ich schiebe mich vorsichtig an ihnen vorbei. Der Portier ist viel zu abgelenkt, um mein regelwidriges Parken vor dem Hotel zu bemerken. Rasch schlüpfe ich unter seinem Arm durch die noch offene Tür auf den Rücksitz des Taxis.

»ENGLEWOOD RAVENS«, sage ich, während ich die Tür zuschlage und mich nach vorne beuge, als wollte ich mir die Schnürsenkel neu binden. Die Polizeisirenen klingen schon ganz nah, als das Taxi sich rechts in den Verkehr einordnet.

Farrans ohnehin schon düsteres Büro ist bis auf die Schreibtischlampe auf seinem Tisch in vollkommene Schwärze getaucht. Bei meiner Ankunft hat er mir einen kurzen, eisigen Blick zugeworfen. Jetzt tritt er an das Fenster und starrt in die Nacht. Ich knete meine Hände und suche nach Worten.

Aber jede Entschuldigung, die mir in dieser Situation angemessen vorkommt, ist so hohl, phrasenhaft und scheinheilig nach allem, was ich in den letzten Stunden erlebt habe, dass ich einfach mit der Wahrheit herausplatze: »Es tut mir nicht leid.«

Seine Schultern zucken. Ich spüre das zynische Lächeln, ohne sein Gesicht zu sehen. Und wieder einmal überrascht er mich. »Das habe ich nicht anders erwartet.«

Ach? Was soll das denn jetzt heißen? Regungslos steht er am Fenster. Eine schmale, unscheinbare Gestalt für Fremde, die nichts von seinen inneren Kräften ahnen. Er hat es *erwartet*. Meine Gedanken überschlagen sich, pulsieren hektisch im Kreis auf der Suche nach einem Hinweis, wie das sein kann. Mein Blick streift seinen Schreibtisch, der wie ein dunkler Koloss über Farrans Geheimnisse wacht.

»Dazu hatten Sie kein Recht«, flüstere ich. Schwankend gehe ich auf den schwarz gemaserten Tisch zu, nehme meinen Block von der Lederunterlage und presse ihn fest an meine Brust.

»Angst treibt giftige Blüten, Emma. Du bist nicht die Einzige mit widersprüchlichen Emotionen.«

Angst? Ich denke an seine Gefühle im Krankenhaus und wünschte, er würde sich endlich umdrehen und mich ansehen, aber gleichzeitig fürchte ich mich davor. Doch plötzlich weicht meine Wut darüber, dass er meine privaten Aufzeichnungen gelesen hat, Erleichterung. Das Gespräch, das ich so lange schon mit ihm hätte führen müssen und nie den Mut aufgebracht hatte, wird jetzt, da er meine Gefühle bereits schwarz auf weiß nachlesen konnte, viel einfacher. Ich durchschreite den Raum und stelle mich neben ihn ans Fenster.

Rabenschwarz. Kein einziger Stern lugt heute durch den wolkenverhangenen Himmel, selbst der Mond versteckt sich.

»Es gibt einen Grund, nicht wahr? Es muss einen Grund geben, weshalb ich Sie hasse. Sie würden sich nicht weiter mit mir abmühen, wenn ich einfach nur den Verstand verloren hätte.«

»Warum bist du zurückgekommen, wenn du mich so sehr hasst und Montgomry als zweiten Vater siehst?«

Er beherrscht seine Stimme meisterhaft. Wäre ich nie in seine Empfindungen getaucht, hätte ich die leisen Misstöne von Enttäuschung und Eifersucht sicher nicht bemerkt.

»Warum sind Sie nicht wütend auf mich? Wenn das ein anderer Rabe verfasst hätte«, ich klopfe gegen meine geschriebenen Worte, »hätten Sie ihn auf der Stelle rausgeschmissen. Auch das beweist, dass Sie mir etwas verheimlichen.«

Jetzt dreht er sich um und lächelt. Nicht spöttisch, damit könnte ich besser umgehen, nein, eher ... stolz. Schuldgefühle formen augenblicklich einen Knoten in meinem Bauch.

Nein, lass dich nicht wieder einwickeln!

Ich drücke meine Finger so fest in den Block, dass sich die Spiralheftung tief in meine linke Handfläche gräbt. Das Graublau seiner Augen beginnt metallisch zu funkeln.

»Wer versichert dir, dass ich das nicht noch tun werde? Dass mein erduldbares Maß an Ablehnung nach allem, was ich für dich getan habe, nicht endlich voll ist? Ich nicht noch Schlimmeres vorhabe, als dich *rauszuschmeißen*?«

Er ist ein Meister darin, deine Gewissensbisse wie die Saiten eines Instruments zu spannen und darauf die Melodie, die er hören will, zu spielen. Sing jetzt nicht sein Lied! Du musst herausfinden, was er dir verheimlicht.

Ich kenne nur eine Schwäche, die ich gegen seinen Willen

im Krankenhaus herausgefunden habe, und mir bleibt nichts anderes übrig, als sie jetzt gegen ihn einzusetzen.

»Sie werden mir nichts antun, denn Sie fürchten die Einsamkeit seit dem Tod meines Vaters mehr als meinen Hass«, erwidere ich und lege in meine Stimme so viel Mitleid, dass seine Augen schmal werden und er die Stirn runzelt.

»Du gehst zu weit, MacAengus«, erklärt er kalt.

»Weil ich meine Gabe benutze? Sie sind ein Empath, Fion. Sie können Ihre Gefühle vielleicht vor anderen Empathen verbergen. Gegenüber Tauchern sind Sie machtlos.«

Jetzt lacht er laut auf und im nächsten Moment jagt ein Kribbeln über meine Kopfhaut. *»Kind, du hast überhaupt keine Ahnung, was Macht über Gefühle bedeutet.«*

Seine Stimme beherrscht all meine Gedanken. Dann fühle ich seinen Zorn über mich aufschießen, als wäre es der meine, ich spanne mich an, wie er es mir in den Übungsstunden beigebracht hat, und erwarte seinen telekinetischen Angriff. Seine Augenlider zucken minimal. Meine Telekinese baut sich abwehrend auf, ich mache mich bereit zum Sprung.

Nur ein weiterer Test, sage ich mir, doch dann stürzt etwas über mich ein, das ich nicht erwartet habe, das mich auf die Knie fallen und zusammengekrümmt vor seinen Schuhen winden lässt.

Anders.

Ganz anders als die Schmerzen, die ein Neurokinet oder ein Telekinet zufügen kann.

Wenn es wirklich einen Ort namens *Fegefeuer* geben sollte, hat Farran mich gerade mitten hineingestoßen. Es fühlt sich an, als hätten sich alle Schuldgefühle, die ich je in meinem Leben empfunden habe, zu einem gewaltigen Chor vereinigt. Der Druck in meiner Brust zerreißt mich, mein Herz rast, etwas Nasses benetzt meine Wangen, gurgelnde, wimmernde Laute dröhnen in meinen Ohren, mischen sich mit dem schabenden Geräusch meiner Fingernägel, die über den Holzboden kratzen.

Sterben.

Wie ein himmlischer hoher Ton schwebt dieses erlösende Wort über dem apokalyptischen Ensemble.

Und dann herrscht plötzlich Stille.

Als hätte jemand die Starkstromleitung einer schrillbunten, lautstarken Multimediashow kurz vor dem Höhepunkt gekappt. Es dauert eine Weile, bis die letzten Gewissensbisse in mir abebben. Was übrig bleibt, ist der metallische Geschmack meiner blutig gebissenen Zunge.

Schwer atmend, am ganzen Körper schweißgebadet, setze ich mich auf. Dass meine Beine mich schon tragen können, bezweifle ich.

»Was ... was war das?«, stammele ich.

»Sag du es mir, Emma.«

Ich wünschte, ich könnte ihm dieses Lächeln aus seinem Gesicht kratzen.

»Ach, hören Sie schon auf, den verdammten Mentor zu spielen! Sie haben mich fast umgebracht! Noch ein paar Minuten länger und ich wäre vermutlich an Herzversagen gestorben.«

»Gut möglich.« Er geht in die Hocke und setzt sich im Schneidersitz zu mir auf den Boden. »Auch, wenn ich persönlich vermute, dass es nur noch zehn oder zwanzig *Sekunden* länger gedauert hätte. Bislang hatte ich nicht die Gelegenheit, es an einem Taucher zu testen. Ihr seid zu selten.«

Die letzten Worte hat er mehr zu sich selbst als zu mir gesprochen, während er nachdenklich sein Kinn knetet.

Von meinem Nacken jagt ein eiskaltes Kribbeln über meine schweißbedeckte Wirbelsäule.

»Wie können Sie so etwas sagen?«, flüstere ich. Dann dringt der Kern seiner Aussage zu mir durch. »Ihre bisherigen Testpersonen sind nicht mehr am Leben.«

Sein Schweigen brüllt in meinen Ohren.

Nicht daran denken. Konzentriere dich auf das Hier und Jetzt, auf die Fakten!

»Sie können Emotionen nicht nur sehen, Sie steuern sie auch, richtig? Von dieser Gabe haben Sie aber in Ihrem Buch nichts erwähnt.«

»Das ist auch nicht nötig. Bislang habe ich keinen Menschen kennengelernt, der über meine Gabe verfügt. Du bist die Erste und Einzige, die dieses Geheimnis erfährt, auch wenn du mit deiner Vermutung knapp danebenliegst.« Er faltet die Hände wie zum Gebet und beugt sich ein Stück weit vor. »Ich *steuere* Emotionen nicht. Ich *verstärke* lediglich, was bereits in dir angelegt ist, und zwar so lange, bis dieses Gefühl alle anderen verdrängt, übermächtig wird. Wie du dann darauf reagierst, bleibt dir überlassen. Bei einem so stark empfindenden Menschen wie dir ...«

»... hatten Sie besonders leichtes Spiel. Schon klar. Vielen Dank für die Demonstration.«

Plötzlich begreife ich, woher die unglaubliche Anziehungskraft kommt, das Charisma, das Farran ausstrahlt. Ich denke an meine Initiationszeremonie, daran wie wir Schüler ihm begeistert zugejubelt haben. Meine plötzliche Sehnsucht, zu den Raben gehören zu wollen. Das ist also der Grund, warum ihm keiner widerstehen kann. Ich habe mich einsam gefühlt und er vermittelte mir das Gefühl, ein Vater zu sein, jemand, der mir ein neues Zuhause, eine Gemeinschaft geben wird.

Ein anderer bewundert vielleicht seine telekinetischen Kräfte und ein Dritter seine Intelligenz. Farran kann in jedem Einzelnen von uns genau das verstärken, was ihn am meisten für uns anziehend macht. Fassungslos schüttele ich den Kopf.

»Warum vertrauen Sie nach allem, was ich getan habe, nachdem Sie meinen Hass auf Sie kennen, gerade mir das Geheimnis Ihrer Gabe an?«

Wie er so vor mir sitzt, in seinem Anzug, die Hände über dem Schoß gefaltet, sieht er aus wie ein meditierender Geschäftsmann auf einer Motivationsveranstaltung. Nur dass Farran dergleichen nicht nötig hat. Aber was will er von mir?

»Dass du das immer noch nicht begriffen hast, liegt an deiner Bescheidenheit.« Ein feines Lächeln gleitet über seine dünnen Lippen. »Ich habe dir bereits gesagt, dass dein Vater wie ein Bruder für mich war.«

»Und deshalb lassen Sie mir alles durchgehen? Sie sind doch sonst unerbittlich, wenn es darum geht, den Rabenkodex einzuhalten!«

Zwischen seinen Augenbrauen bildet sich eine senkrechte Falte. »Du beißt hilflos um dich wie ein verletztes Tier. Lass mich ausreden. Ich musste dir heute Nacht meine Macht demonstrieren, damit du es mir glaubst.« Er seufzt und streicht sich durch die kurzen Haare. Bevor er fortfährt, sieht er mich einen Augenblick lang nur an. Als müsste er sich noch einmal vergewissern.

Ich schlucke das Blut in meinem Mund hinunter und versuche ruhig zu bleiben.

»Dass ich dich auserwählt habe. Du wirst meine Nachfolgerin sein, Erbin meines Privatvermögens, meiner Geschäftsanteile an allen Unternehmen, die von Raben geleitet werden, meines Imperiums. Du würdest unter den Milliardären in der Forbes-Liste stehen, hätte ich es nicht so arrangiert, dass mein wahres Vermögen unerkannt bliebe. Umgekehrt wirst du mein Vermächtnis für die Raben, Wissensbewahrerin und -vermittlerin, leidenschaftliche Kämpferin für unsere Sache werden. Nach dem Tod deines Vaters gibt es niemanden sonst, dem ich zutrauen könnte, diese Bürde für mich zu tragen, mein Lebenswerk fortzuführen, vielleicht sogar zu vollenden. Und damit wir uns klar verstehen, Emma.« Er beugt sich näher zu mir. Das Graublau seiner Augen schimmert dunkel wie Platin. »Das hier ist keine Frage oder Bitte. Es gibt kein ›Vielleicht‹ und kein ›Ich überleg's mir‹. Du wirst dich hier und jetzt entscheiden, auf welcher Seite du stehst. Endgültig. Wenn du dich bereit erklärst, meine Erbin zu werden, gibt es keine Geheimnisse mehr zwischen uns. Ich biete dir die Welt, Emma. Oder den Tod.«

Jacob

VERLOREN

Verloren.

Das Wort rast durch seinen Kopf und hinterlässt eine glühende Spur. Jacob springt auf, hetzt, die quietschenden Reifen und Namaras Gebrüll ignorierend, in die entgegengesetzte Richtung. Noch nie hat er sich so elend dabei gefühlt, das Richtige zu tun. Hätte er Emma überhaupt noch erwischt?

Denk jetzt nicht daran. Fion wird ihr nichts antun. Er wird ihr ganz sicher nichts antun.

Er wiederholt den Satz, bis er selbst daran glaubt, ein Mantra zur Beruhigung seines sich aufbäumenden Gewissens, während er die dunkle Straße entlangeilt, vorbei an Sportplätzen und Parkbänken, dem Geräusch von aufgeregten Rufen und undefinierbarem Getöse entgegen. Ein paar Mädchen und Jungen mit Taschenlampen kreuzen seinen Weg, schreien, als der Lichtstrahl auf die Waffe in seiner Hand fällt, bevor sie nach links, tiefer in den Park flüchten. Jacob verlangsamt seinen Schritt und entsichert die Sig. Den Geräuschen nach kann er nicht mehr weit vom Kampfgeschehen entfernt sein.

Für David, waren Steins letzte Worte gewesen.

Neurokineten sind selten. Deshalb will Farran David, Steins Sohn, unbedingt zu einem seiner Raben machen. Die Idee, einen Geheimbund von Begabten zu schaffen, ist ihm schon als Jugendlicher gekommen.

Während Jacob der knirschenden Spur zerbrochener Straßenlaternen folgt, erinnert er sich plötzlich wieder an den würzigen Geschmack von Rauch, gebratenen Lachsen und Abenteuer, und an den seltsamen vierzehnjährigen Jungen, viel zu klein und mager für sein Alter, der sich lächelnd neben ihn gesetzt und ihm gezeigt hat, wie man Fische durch Gedankenkraft im River Drowes fängt. Damals ist Jacob erst sechseinhalb Jahre alt und voller Bewunderung für ihn gewesen.

Alles verloren.

Himmel ja, vielleicht auch dieser Kampf. Und seine Tochter, zum wiederholten Mal. Aber nicht endgültig. Dafür würde er sorgen. Stein soll nicht umsonst gestorben sein. Als das Bild David Steins in ihm aufflackert, verdrängt er die bevorstehende Bürde, ihm die Nachricht vom Tod seines Vaters übermitteln zu müssen, und konzentriert sich auf die Finsternis des Parks. Eine Taschenlampe einzuschalten wäre lebensmüde. Das Geräusch zerberstenden Holzes lässt ihn mitten im Lauf stocken und hinter dem Stamm eines hohen Baumes in Deckung gehen. Lichtkegel blitzen an ihm vorbei. Aus dem Gewirr verschiedener Zurufe sticht plötzlich das gellende Schreien einer Frau hervor, so schmerzerfüllt, als würden ihr gerade die Knochen einzeln gebrochen werden. Verdammt!

»Wir haben Phyllis! Es ist aus, Montgomry! Zeig dich endlich oder wir jagen ihr eine Kugel in den Kopf!«

Schlagartig wird alles in Jacob ruhig.

Schon immer ist das so gewesen. Während andere den Kopf verlieren, streift er im Augenblick höchster Gefahr den Mantel angespannter Unruhe ab und agiert so kalkuliert, als hätte jemand in ihm einen Schalter umgelegt.

Männlich, mindestens dreißig Jahre alt, vielleicht auch älter und extrem nervös, analysiert er den Tonfall des Drohenden. Verständlich, schallen doch mittlerweile die Sirenen von Polizeiwagen lautstark durch den Park. Ein, zwei Minuten, mehr Zeit haben sie nicht, um den Falkenanführer in die Finger zu bekommen, und dann vor dem Eintreffen der Polizei zu verschwinden.

Schlechte Karten für Phyllis.

Jacob verlässt geduckt den Schutz des Stammes und sprintet auf einen dunklen, massigen Fleck zu, der sich wenige Meter entfernt vor ihm erhebt. Nur etwa dreißig Meter dahinter leuchten grelle LED-Lampen gezielt die Umgebung ab. Kurz bevor ihre Lichtkegel ihn streifen können, hat Jacob seine Deckung erreicht: die Bronzestatue eines Mannes mit Hund. Er kniet sich hinter ihren Sockel und wartet, bis das Licht ein Stück weiter nach links gewandert ist. Dann beugt er sich langsam vor und lugt um den steinernen Rand, um anhand ihrer Taschenlampen Anzahl und Entfernung der einzelnen Raben abzuschätzen.

Eins, zwei, drei …

Sie müssen sich ihres Sieges ziemlich sicher sein, wenn sie die Lampen so unvorsichtig einsetzen.

Sechs, sieben ….

So viele! Jacob beißt sich auf die Unterlippe.

Grelles Licht flammt auf, leuchtet ihm mitten ins Gesicht und eine junge Männerstimme ruft fassungslos: »SIE!« Und dann: »KEITH, NICK, HIER IST …«

Mit einem Satz wirft sich Jacob in das schwarze Nichts, trifft, wie vermutet, mitten in der Luft auf einen Körper, prallt zusammen mit ihm gegen die Längsseite des Steinsockels und rollt sich dann geschmeidig auf dem Boden einige Meter von der Statue weg ab, als er spürt, dass der

Körper in seinen Händen erschlafft ist. Laub raschelt unter den sich nähernden Schritten. Im Schein der über das Gras zuckenden Lichter erkennt Jacob seinen Angreifer, Jack Pashley, der jetzt regungslos neben dem Sockel liegt. Er wartet, bis die Herbeieilenden die Hälfte des Weges zurückgelegt haben und sich die Lichtkegel auf das Standbild konzentrieren. Dann stemmt er sich hoch und jagt, einen weiten Bogen beschreibend, auf die kleine Gruppe zu, die in der Dunkelheit zurückgeblieben ist und Phyllis in ihrer Gewalt haben muss. Die letzten zehn Meter kriecht er hinter ihnen über den Boden, während er in Gedanken das welke Laub verflucht, das in seinen empfindlichen Ohren viel zu laut knistert. Aber seine Sorge ist unbegründet. Niemand scheint mit einem weiteren Falkenangreifer zu rechnen. Montgomry selbst ist ein Stratege, zum Kampf so untauglich wie der König auf seinem Schachbrett.

Und dann ist er nur wenige Meter hinter ihnen.

Es sind vier. Zwei dicht nebeneinander stehende Gestalten werden rechts und links in einem Abstand von etwa einem halben Meter von den beiden anderen flankiert.

Lieber Gott, lass mich schnell sein!

Eine winzige Verzögerung und sie beide könnten Stein in wenigen Sekunden Gesellschaft leisten. Jacob positioniert seine Taschenlampe auf Kopfhöhe des umringten Paares. Einer von den beiden muss Phyllis sein. Seine Waffe richtet er auf den rechts von ihnen stehenden Raben. Eins, zwei ...

»Das ist Jack! Montgomry hat ihn ...«, ruft eine Frau vom Standbild her laut.

... drei.

»LINKS, PHYL!«, brüllt Jacob und betätigt den Schalter der Taschenlampe und den Abzug seiner Waffe zeitgleich.

Ein schmerzhafter Aufschrei ertönt von rechts. Doch Jacob konzentriert sich auf das Paar in der Mitte, sieht rotes Haar im Schein seiner Lampe aufblitzen, in das der Lauf einer Pistole gedrückt wird. Die dazugehörige Hand des Mannes wird unter seiner Telekinese gewaltsam nach hinten verdreht, verliert den Kontakt zu der Waffe, die hochwirbelt und zwischen dem Laub der Bäume verschwindet. Sekunden später rollt sich Jacob zur Seite, gerade noch rechtzeitig, denn dicht neben seinem Kopf jagt ein Querschläger in den Boden. Dreck spritzt ihm ins Gesicht. Seine Finger liegen immer noch am Abzug, er reißt sie gerade nach vorne, als ihn unerwartet ein Schmerz durchfährt, der alles in den Schatten stellt, was er je empfunden hat. Unfähig, das unkontrollierte Zucken seines Körpers zu stoppen, die Tränen, die seine Sicht verschwimmen, wegzublinzeln. Er schafft es nicht, eine Gegenwehr aufzubauen. Etwas Dunkles bewegt sich auf ihn zu, sein Kopf wird gleich explodieren ...

Plötzlich ist es vorbei. Als hätte jemand den glühenden Faden der Qualen mit einer Schere durchtrennt. Jacobs Puls rast wie eine Achterbahn, seine Hand zittert, als er sich über die Augen fährt. Jemand zieht grob an seinem Arm. Bevor er um sich schlagen kann, hört er verzerrt Phyllis' atemlose Stimme: »Verdammt, Jacob, beweg dich endlich! Ausruhen kannst du dich später!«

Du hast nicht wirklich ein »Danke« erwartet?

Mühsam kämpft er sich hoch. Verflucht, seine Beine fühlen sich an wie schmelzender Gummi. Phyllis reißt ihn im Laufen mit sich, auf den East Drive zu. Schüsse knallen, ein Projektil prallt mit einem metallischen Ton an einer Straßenlaterne ab und fliegt haarscharf an ihnen vorbei. Doch gerade als sie die Straße überqueren, biegen die ersten Streifenwagen um die Ecke. Ihre Scheinwerfer tauchen sie in gleißendes Licht. Jacob beißt die Zähne aufeinander und rennt schneller, um zu Phyllis aufzuschließen, die ihm ein paar Schritte voraus auf die andere Seite des Parks zueilt. Sirenen dröhnen in seinen Ohren, und kurz bevor er Phyllis einholt, schlägt etwas gegen seinen linken Arm, so heftig, dass er taumelt. Heiß-glühender Schmerz durchfährt ihn.

»Shit!«, brüllt er.

»Jacob? Was …«, ruft Phyllis und dreht sich im Laufen nach ihm um. Ihre Pupillen weiten sich, als sie seine blutige, auf den Arm gepresste Hand sieht.

Reiß dich zusammen!

»Wo zur Hölle steckt Rich? Ich hoffe, nicht am anderen Ende des Parks!« Seine Stimme klingt rauer als bezweckt. Aber die gewünschte Wirkung tritt ein.

Der Schrecken in Phyllis' Augen weicht dem Zorn. »Nein, du Arschloch! Wir sind gleich da.«

Nicht allein das Schimpfwort, noch etwas anderes in ihrem Tonfall macht ihn stutzig. Sie hat Angst. Richard sei ebenfalls angeschossen, hat Stein behauptet.

Von der Straße her dringen harsche Befehle und Schüsse zu ihnen herüber. An der Mauer von Polizeiwagen, die sich hinter ihnen aufgebaut hat, scheinen ihre Verfolger nicht so schnell vorbeizukommen. Zweifelsohne hat Farran genügend Kontakte bei der Polizei und der Staatsanwaltschaft New Yorks, um seine Leute im Falle einer Festnahme wieder freizubekommen, aber Jacob weiß, dass bei den Raben der Grundsatz gilt, Verhaftungen und Aufsehen möglichst zu vermeiden. Dass dieser Einsatz in einem Fiasko enden würde, scheint sein ehemaliger Freund genauso wenig geahnt zu haben wie die Falken.

Aber Richard hätte es doch vorhersehen und sie warnen müssen. Was ist nur passiert?

Jacobs Oberarm fühlt sich an, als würde jemand ein glühendes Kohlestück dagegenpressen. Aber bedrohlich scheint die Verletzung nicht zu sein, wohl nur ein Streifschuss.

Vor ihnen taucht eine längliche, viktorianisch anmutende Holzkonstruktion auf, die wie eine Loggia an ein kirchenartiges Gebäude angrenzt. *The Dairy,* liest Jacob, als er unter einer giftgrünen Flagge hindurcheilt, die von einer Metallstange herabhängt. Eine Molkerei mitten im Central Park? Kurz bevor sie das Ende der Passage erreicht haben, macht Phyllis einen Schlenker nach rechts auf das alte Steingemäuer zu und bleibt vor einer vergitterten, zweiflügligen Holztür stehen.

»Nicht dein Ernst!«, entfährt es Jacob. »Richard hat sich da drin versteckt und dich einfach hängen gelassen?«

Der Blick, den sie ihm zuwirft, lässt ihn verstummen. »Mach dich lieber nützlich, bevor ich mich vergesse, MacAengus!«

Er atmet tief durch. So wütend hat er sie schon lange nicht mehr erlebt. Dabei hätte er weit mehr Grund, sich aufzuregen. Sie haben Aidan verloren und Emma. Ein kaltes Kribbeln läuft ihm über die Arme, bei dem Gedanken daran, was ihn wohl hinter der Tür erwartet.

Mir ihrer vereinten Telekinese schaffen sie es, Gitter und Schloss innerhalb weniger Sekunden zu öffnen. Gerade als sie durch die Tür schlüpfen, kündigt eine blecherne Megafon-Stimme das Herannahen der Polizei an.

»Wieder verschließen!«, zischt Phyllis, dreht sich um und verschwindet in dem Dunkel des Raumes.

Jacob legt die Hände auf die Tür und fokussiert seine

Telekinese auf das kühle Metall von Gitter und Schloss. Kaum hat er beides verriegelt, hört er schon Schritte. Licht tritt durch die Fensterscheiben. Jemand rüttelt von außen an dem schweren Metall.

»Abgesperrt. Da kommt nicht mal eine Maus durch.«

Ein Lichtkegel leuchtet durch das Fenster ins Innere des Raumes und Jacob betet, dass Phyllis klug genug gewesen ist, Richard nicht in der Nähe der Fenster zu verstecken. Er presst sich an das Holz der Tür. Vor ihm tauchen mit Büchern und allerlei Krimskrams vollgestopfte Regale, Fotos an den Wänden und Theken mit Souvenirs im Meer der Finsternis auf wie Boote, die in den Strahl eines Leuchtturms geraten. Von Phyllis und Richard fehlt jede Spur.

Jacob atmet auf. Sie ist ein Profi.

Emma

FARRANS GESTÄNDNIS

Die Stille in Farrans Büro frisst Löcher in die Zeit, die mir noch zum Leben bleibt.

Ein hungriges Tier, das das Warten noch viel schwerer ertragen lässt, als sein satter Bruder Lärm. Und Farran wartet schon viel zu lange auf meine Antwort, um mir noch weiter Aufschub zu gewähren.

Zum zweiten Mal an diesem Abend glaube ich, einen Menschen vor mir zu haben, der den Verstand verloren hat.

Erst Aidan. Jetzt Farran.

Wie kann er nur ernsthaft denken, ich wäre in der Lage, nach seinem Tod die Raben anzuführen? Warum nicht Callahan? Er ist doch sein Socius, zweiter Mann, langjähriger Vertrauter. Ihn zu belügen ist unmöglich. Davon abgesehen sieht Farran nicht aus, als ob er sich bereits um sein Ableben Gedanken machen müsste. Wozu die Eile mit einer Erbin? Ich hebe den Kopf, den ich bisher in meinen Armen vergraben hatte, und schaue ihn an.

Seine Augenbrauen wandern nach oben. »So verzweifelt?« Milder Spott schwingt in seiner Stimme und wirft Funken in meine Trauer und Wut.

»Wäre es Ihnen in meinem Alter leichter gefallen zu sterben?«, schnaube ich.

Der ironische Zug um seine Mundwinkel verschwindet und er atmet tief durch. »Ich habe um mein Überleben gekämpft.«

»Gegen jemanden, der so mächtig war wie Sie?«

»Ich war noch jünger als du, da hat der Mensch, dem ich

am meisten vertraute, dem ich vollkommen ausgeliefert war, meinen Tod beschlossen.«

Sein Blick gleitet an mir vorbei in die Ferne und seine Mimik versteinert.

Einen Moment lang bin ich versucht, in ihn zu tauchen. Aber der verletzte Zug um seinen Mund, die angezogenen Schultern, seine verkrampften Hände warnen mich.

Farran löst sich von den Geistern seiner Vergangenheit, indem er unwillig den Kopf schüttelt und unvermittelt fragt: »Wie denkst du, würde Jack Pashley sich entscheiden?«

»Jack? Steht der denn auch zur Wahl?«

Über Jack nachzudenken lenkt mich kurzfristig von meiner Angst vor Farran ab. Jacks Gabe ist so einmalig wie beeindruckend. Und ehrgeizig ist er auch. Von seiner Ergebenheit Farran gegenüber ganz zu schweigen. So gesehen der perfekte Kandidat. Als meine Gedanken zu seinem Äußeren schweifen, spüre ich, wie meine Mundwinkel zucken.

»Ja?«, hakt Farran nach, der meine Miene aufs Genaueste studiert.

»Schätze, Armani kann seine Umsatzprognosen schon mal hochschrauben, wenn Sie Jack fragen.«

Da ist er. Dieser feuchte Glanz in seinen Augen, den ich bislang nur ein paar Mal zu Gesicht bekommen habe und der mich immer an die Haut eines Delfins erinnert. Sein Lachen ist überraschend herzlich für jemanden, der gerade meinen Tod plant. »Entschuldige, Emma.« Er wischt sich mit dem Ärmel über die Augen. »Ich weiß, die Situation erfordert allen Ernst. Aber du bist deinem Vater gerade so unglaublich ähnlich. Niemand außer ihm hat mir bislang so kompromisslos die Wahrheit ins Gesicht geschleudert. Selbst die zynische Verpackung beherrschst du bereits ebenso gut.«

»Das muss der berühmte Galgenhumor im Angesicht des Todes sein.«

Er nickt. »Vielleicht. Ach, Emma, was für eine Verschwendung, dich zu töten! Aber du bist zu stark. Du hast mehr Potenzial, als du wahrhaben willst. Ich kann nicht zulassen, dass du zu meinem Feind überläufst und alles gefährdest, was ich in all den Jahren aufgebaut habe.«

Ich fühle mich wie ein in klebrigen Fäden verfangenes Insekt, das beobachtet, wie die Spinne sich ihm langsam nähert.

»Eines verstehe ich nicht«, sagt er nachdenklich. »Warum bist du nicht gleich bei ihnen geblieben, als sie im Park angriffen? Man hat mir berichtet, dass du dich gegen Namara zur Wehr gesetzt hast.«

Ja, warum? Im Nachhinein betrachtet war das der größte Fehler, den ich in meinem ganzen Leben begangen habe.

»Ich ... ich konnte nicht anders«, flüstere ich. Mein Mund wird trocken und etwas schnürt mir die Kehle zu.

Doch, du konntest. Du hast nur wieder auf deinen Verstand und nicht auf deine Gefühle gehört.

»Aber du hast geschrieben, dass du Montgomry wie einen zweiten Vater liebst.« Seine Stimme vibriert leicht. Er verliert die Kontrolle, offenbart mir zu viel von seiner Verletztheit aufgrund meiner Worte.

Nein, er braucht dir nur nichts mehr vorzuspielen, da er dich ohnehin gleich töten wird.

»Ich verstehe diese Gefühle doch selbst nicht! Es ist einfach in mir. So wie ... wie es in mir ist, dass ich Sie hasse. Glauben Sie etwa, ich hab mir das so herbeigewünscht?« Tränen laufen jetzt über meine Wangen, aber das ist mir gleichgültig. Ich will nicht mehr stark sein. Tapfer, erhobenen Hauptes in den Tod gehen. So ein Quatsch! Ich will schreien, mich winden, ihn anflehen, mich zu verschonen. Gott, ich bin siebzehn Jahre alt! Es gibt noch so vieles, das ich nicht erlebt habe.

»Ich bin nicht mit Namara gegangen, weil ich Sie nicht töten kann, Fion. Und Montgomry würde genau das von mir fordern. Aber Sie haben in den letzten Monaten so viel für mich getan. Sie und die Raben sind doch alles, was mir nach dem Tod meiner Eltern geblieben ist. Verraten Sie mir, weshalb ich Sie dennoch hasse, ich bin sicher, Sie kennen den Grund.«

Die Wut in seinen Augen hat dem Ausdruck von Überraschung Platz gemacht. Im nächsten Moment spüre ich ihn in meinem Kopf. Ich wehre mich nicht, lasse zu, dass er in meinen Gedanken liest, was im Central Park vorgefallen ist. Nach einer Weile zieht er sich zurück.

Er knetet nachdenklich seine Finger. Dann sieht er mich ernst an. »Aidan hat deinen Vater nicht umgebracht, Emma.«

»WAS? Wer denn sonst?«

»Du.«

Nein. Unmöglich. Ohne nachzudenken, tauche ich in ihn, schlüpfe durch den schmalen Spalt in der Mauer seiner Abwehr. Er macht sich nicht die Mühe, ihn vor mir zu verschließen. Ich werde eins mit seiner Angst, mich töten zu müssen, fühle seinen Widerwillen und gleichzeitig seine Entschlossenheit und noch etwas. Trauer. Entsetzliche Trauer. Wut, darüber, dass er versagt hat. Und ganz versteckt keimt ein winziger Funke Hoffnung in ihm wie ein glühender Span in der Dunkelheit.

Aus der Ferne höre ich dumpf seine Stimme: »Du hast deinem Vater befohlen, aus dem Fenster zu springen, als ich gerade dabei war, ihm die quälende Erinnerung an deine Mutter zu nehmen. Ich wollte, dass er mit dir bei den Raben glücklich wird und ihn der Tod deiner Mutter nicht mehr belastet. Aber dir waren die Erinnerungen an Katharina wichtiger. Du wolltest das verhindern. Um jeden Preis.«

Seine Worte sind so rein wie frisch gefallener Schnee. Keine Lüge wirft ihren Schatten darüber.

Warum habe ich das getan? Und wie konnte er überhaupt Einfluss auf Dads Erinnerungen nehmen? Ein entsetzlicher Gedanke durchzuckt mich und ich reiße mich gewaltsam aus seinen Gefühlen heraus.

»SIE haben auch MEINE Erinnerungen manipuliert!«, stoße ich hervor. »Deshalb passen meine Gefühle und mein Verstand nicht mehr zusammen!«

»Ja.«

Er gibt es zu. Einfach so. Ich starre ihn an, unfähig, etwas auf dieses ungeheuerliche Geständnis zu erwidern, doch da fährt er auch schon fort.

»Nachdem dein Vater in die Tiefe gestürzt ist, hast du erkannt, welchen Fehler du begangen hast. Du wärest an deiner Schuld fast zerbrochen.« Er hebt die Hände und lässt sie kraftlos wieder auf seinen Schoß fallen. »Ich wollte einfach nur helfen, verstehst du, Emma? Du hast getobt, hast erst mich für dieses Unglück verantwortlich gemacht – daher rührt vermutlich der Hass, den du immer noch für mich empfindest – doch dann hat sich deine Wut gegen dich selbst gekehrt. Ich hatte furchtbare Angst, dass du dir etwas antust.«

Ich habe meinen Vater umgebracht.

Wie ein Pendel schwingen die Worte durch meinen Verstand, schlagen wunde Lücken in alles, woran ich bislang geglaubt habe.

»Faszinierend, wie stark deine Gefühle sind. Du hast es sogar vorhergesehen. In der Silvesternacht hast du mir erklärt, ich hätte keine Ahnung, wie sich meine Manipulation auf einen Emotionentaucher auswirken wird, und dass der Tag kommen wird, an dem deine Erinnerung zurückkehrt und du mich töten wirst.«

Unter meinen Tränen ist sein Gesicht unscharf geworden. Dads Tod muss mich halb irrsinnig gemacht haben.

Plötzlich blitzt ein neuer Gedanke in mir auf und ich wische mir über das Gesicht. »Haben Sie Aidan ebenfalls die Erinnerungen genommen? Als ich ihn im Park getroffen habe, sagte er, dass er mich zu Dad bringen möchte. Das war so gruselig. Ich dachte, er will mich umbringen.«

Farran seufzt. »Als ich mit Keith und Jack vor einer guten halben Stunde telefoniert habe, war Aidan leider noch nicht bei Bewusstsein. Ich kann dir nicht sagen, was genau in ihm vorgeht. Dazu müsste ich erst in seine Gedanken eindringen. Aber du täuschst dich. Ich habe Aidan nie manipuliert. Du hast dich gegen meine Erinnerungsveränderungen gewehrt und bist in Aidan getaucht. Alles, was ich dir suggerieren wollte, hast du dadurch auf ihn übertragen. Normalerweise hätte das niemals geschehen dürfen. Ich vermute, dass es mit eurer besonderen Verbindung zusammenhängt.«

Alles, was ... Meine Hände beginnen zu zittern und mein Herz klopft, als wolle es zerspringen. »Etwa, dass er Dad umgebracht hat? Wie konnten Sie mir überhaupt so etwas einreden! Sie wussten doch, wie sehr ich Aidan liebe, dass es mich innerlich zerreißen würde! Und für Aidan war Dad mehr Vater als Callahan. Was muss er durchgestanden haben, als er sich für seinen Mörder hielt. Sie ... Monster, wie konnten Sie so unmenschlich ...«

Die Druckwelle, die ich ihm in meiner Wut unüberlegt entgegenschleudere, wehrt er mühelos ab. Sein Rückstoß lässt mich dagegen mit Wucht nach hinten fallen. Mit dem

Hinterkopf schlage ich dumpf auf dem Holzboden auf. Aber mein innerer Zorn ist viel größer als der äußere Schmerz. Sofort rapple ich mich wieder auf. Doch als ich meinen Mentor ansehe, schrecke ich zurück.

Farrans Gesicht hat jede Farbe verloren. Heiser zischt er: »ICH bin also ein MONSTER? UNMENSCHLICH?« Er rutscht näher an mich heran, beugt sich über mich, so nah, dass sein Gesicht nur Zentimeter von meinem entfernt ist. Ich halte die Luft an und wage nicht, mich zu bewegen. »DU hast deinem Vater befohlen zu springen. DU bist in Aidan getaucht. Im Übrigen war es nicht meine Idee, sondern Callahans Bedingung. ER wollte dich gegen Aidan aufbringen. Ich hätte euch das niemals angetan, das weißt du ganz genau, aber James war besessen davon, euch zu trennen. Erinnerungsmanipulationen kann ich aber nur mit seiner Hilfe vornehmen. Ich brauchte ihn, um deinen eigensinnigen Vater von der Trauer um deine Mutter zu kurieren.«

Das sieht Callahan ähnlich! Wer sonst könnte sich so etwas Bösartiges ausdenken?

»Dann ist das zwischen Ihnen und Callahan so ein Verbindungsding wie zwischen Aidan und mir?«

»Vermutlich.« Farrans Brustkorb hebt und senkt sich in einem schnellen Rhythmus. Die Adern an seinen Schläfen pochen, die Augen sind zu schmalen Schlitzen verengt. Warum hat der Ausdruck *Monster* ihn so aufgebracht?

Jemand muss das schon einmal zu ihm gesagt haben. Jemand, der ihn damit schwer verletzte.

Und plötzlich erkenne ich den Fehler in seiner Argumentation.

»Es war also Callahans Bedingung, mir einzureden, dass Aidan Dad umgebracht hat?« Farran nickt unwillig. Seine

Geduld mit mir ist ausgereizt. Ich spüre bereits erneut die Schuldgefühle in mir wachsen. Hastig spreche ich weiter. »Aber das ergibt keinen Sinn. Dann hätten Sie Dads Sprung in den Abgrund schon erahnen müssen!«

Die Schuldgefühle in mir brechen zusammen, als hätte ich ein Kartenhaus umgestoßen. Erschreckend, wie mühelos er meine Emotionen steuert. Farran lächelt bitter und seufzt.

»Es gab ursprünglich etwas anderes, was Callahan in deiner Erinnerung verändern und womit er dich gegen Aidan aufbringen wollte. Denk nach! Was ist in der Silvesternacht noch geschehen, das du nach unserer Manipulation Aidan vorwirfst?«

Mein Magen krampft sich zusammen und Säure schießt in meiner Speiseröhre hoch, als ich endlich die ganze Wahrheit begreife: »Nicht Aidan, sondern Callahan hat Jared in den Bauch geschossen?«

»Deine Aufzeichnungen«, er deutet mit der Hand auf den Schreibblock, der neben mir auf dem Boden liegt, »sind wirklich erstaunlich. Sie beweisen, dass deine Erinnerungen in deinem Unterbewusstsein weiter existieren, durch deine Träume geistern, wir nur verändern konnten, was unmittelbar auf der Oberfläche schwimmt. Noch nie haben James und ich das bei einem Menschen, den wir manipuliert haben, erlebt. Deine Gefühle sind unglaublich stark. Und somit gefährlich.«

»Aidan ist vollkommen unschuldig«, murmele ich und achte überhaupt nicht mehr auf seine Worte. Ein Brausen erfüllt mich, so mächtig, dass ich Mühe habe, nicht aufzuspringen und auf der Stelle nach ihm zu suchen.

Du musst Aidan helfen. Egal wie. Egal was du Farran dafür versprechen musst. Lass nicht zu, dass er dich tötet. Kämpfe endlich!

Ich konzentriere mich darauf, tief ein- und auszuatmen, die Ungeheuerlichkeit auszublenden, dass mein Mentor ungefragt meine Gedanken manipuliert, Callahans Forderungen nachgegeben und sein Verbrechen gedeckt hat, und versuche stattdessen verzweifelt, mich auf seinen guten Willen zu konzentrieren. *Farran muss fühlen, dass du es ernst meinst. Du kannst ihn nicht belügen.*

»Ist Ihnen überhaupt bewusst, was Sie mit dem gutgemeinten Versuch, Dad und mir zu helfen, ausgelöst haben? Meine Schuldgefühle und der Hass Ihnen gegenüber haben mich fast wahnsinnig gemacht und meine Telekinese beeinflusst. Anfang des Jahres bin ich mit Ian Sutherland in der Mensa aneinandergeraten und hätte ihn beinahe mit einem Messer erstochen. Und er war leider nicht der einzige Rabenschüler, der mich gemobbt hat und von meiner außer Kontrolle geratenen Telekinese bedroht war. Ich habe Ihrem Wachmann Jamie O'Shea bereits im Januar das Versprechen abgenommen, mich zu erschießen, falls ich durchdrehen und in SENSUS CORVI Amok laufen sollte. Sie können ihn gerne fragen, wenn Sie mir nicht glauben.«

»Was sagst du da?« Farrans Augen weiten sich. Er packt mich fest an den Schultern. »Warum hast du mir davon nie erzählt?«

»Weil ich Angst hatte, Sie würden Ihr Ansehen verlieren, wenn Sie mich, eine Verräterin, weiterhin in Schutz nehmen. Sie hätten es mir erzählen müssen! Alles, alles wäre anders gekommen! Warum haben Sie mir das verschwiegen? Um Callahans Mord an Jared zu decken? Bedeutet er Ihnen wirklich so viel?«

Es dauert lange, bis er mir antwortet, meine Kopfhaut kribbelt, er ist in meinen Gedanken und liest die Aura meiner

Gefühle, und die ganze Zeit über hält er meine Schultern so fest umklammert, als müsste er verhindern, dass ich weglaufe. Als ob ich eine Chance hätte, ihm zu entkommen.

Endlich lässt er mich los. »Nein. Nicht mehr. Emma, ich frage dich jetzt ein letztes Mal, bist du bereit, mein Erbe anzutreten?« Er streicht mir eine Träne von der Wange. »Kein Mensch auf der Welt bedeutet mir mehr als du. Aber ich muss dich auf meiner Seite wissen. Du kennst jetzt die Wahrheit über das, was an Silvester geschah, aber es gibt womöglich andere Dinge in meiner Vergangenheit, die dir nicht gefallen werden. Dinge, die du erst verstehen wirst, wenn du älter bist, reifer an Erfahrung. Schwörst du, dass du zu deiner Entscheidung stehen wirst, was auch immer man dir über mich erzählt, was auch immer geschieht?«

Ich horche in mich.

Dort, wo die Schwärze meines Hasses ihm gegenüber getobt hatte, pulsiert ein kleiner, dunkler Fleck. Er wird sich auflösen. Er *muss* sich auflösen, damit ich mit Aidan ein neues Leben beginnen kann.

»Ich habe Ihnen bereits im Krankenhaus versprochen, dass ich Sie nicht verlassen werde. Von mir aus, machen Sie mich zu Ihrer Erbin. Aber ich hoffe, dass Sie jemanden finden, der besser für diese Aufgabe geeignet ist. Denn ich bin mir nicht sicher, ob die Gefühle, die Sie für Dad hatten, Sie nicht blind machen, ob ich wirklich in der Lage sein werde, die Raben einmal anzuführen.«

Bunte Lichtwirbel huschen über seine Silhouette und ein warmes, entspanntes Lächeln erscheint auf seinem Gesicht.

»Dein Vater wäre stolz auf dich.«

Jacob

DER GABE FLUCH

Das Licht von Jacobs Taschenlampe fliegt über bunte Kissen mit dem aufgestickten Plan des Central Parks, türkisfarbene Krawatten, diverse Schneekugeln mit Blumen und Vögeln bis hin zu den für Souvenirshops geradezu unverzichtbaren Kaffeebechern.

Ein schmerzhaftes Stöhnen zu seiner Linken weist ihm den Weg. Jacob umrundet die Kassentheke. Phyllis kauert neben dem auf dem Boden liegenden Falkenchef. Sofort fällt sein Blick auf das Bein. Der Druckverband, den Phyllis etwa zehn Zentimeter über Montgomrys rechtem Knie mit einem Tempopack und augenscheinlich einem Seidenschal aus der Central-Park-Collection angelegt hat, ist so rot wie der verschmierte Boden unter seinem Oberschenkel. Aber es ist nicht die schwere Schussverletzung allein, die Jacob nach Luft schnappen und einen gälischen Fluch ausstoßen lässt. Richards Gesicht ist von Kratzern so entstellt, als wäre er kopfüber in eine Dornenhecke gestoßen worden. Besonders tief wirken die Wunden in dem empfindlichen Bereich der Augenlider, wo sich Tränenflüssigkeit und Blut vermischen und dunkelrote Muster über seine bleichen Wangen ziehen. Seine Augen starren glasig geradeaus, das Gesicht ist schmerzerfüllt verzogen und sein Brustkorb hebt und senkt sich in einem ungleichmäßigen, hektischen Rhythmus.

»Wer hat das getan?« Jacob sinkt neben dem Mantiker auf die Knie. Falls er ihn verstanden hat, zeigt er zumindest keine Reaktion. Es ist Phyllis, die ihm den Namen nennt, und der bittere, vorwurfsvolle Tonfall ihrer Stimme ist ebenso grausam wie die Botschaft selbst. »Richard Montgomry.«

»Wie bitte? Er hat sich selbst ...« Jacobs Blick gleitet zu Richards Händen und erst jetzt erkennt er, dass sie mit einem zweiten Seidenschal über kreuz gefesselt an einer Regalstrebe fixiert sind. Phyllis muss das getan haben, um ihn vor sich selbst zu schützen.

»Wo bist du so lange gewesen?« Jedes einzelne ihrer Worte ist ein Schlag ins Gesicht. »Wir haben dich angerufen. Mehrfach.«

Er weiß nichts darauf zu sagen. Es gibt keine Erklärung, außer die, dass er es in seinem Starrsinn, seine Tochter nicht aus den Augen verlieren zu wollen, verbockt hat.

»Stein könnte noch leben!«, faucht Phyllis nun deutlich lauter. Rote Flecken blühen auf ihren Wangen. »Aber warte. Sein Tod muss dich doch mit ungeheurer Befriedigung erfüllen, nachdem du ihn jahrzehntelang vergeblich gejagt hast!«

Ihre Worte sollen ihn verletzen. Aber alles, woran Jacob denkt, ist: Was um Himmels willen hat Richard dazu veranlasst, sich wie von Sinnen sein Gesicht blutig zu kratzen? Stein war sein bester Kämpfer und sicher ein sehr guter Freund, aber verflucht noch mal, er hat schon viele geliebte Menschen verloren und immer wieder weitergemacht. Selbst nach Rinas Tod. *Sieh dir nur die Wunden um die Augen an! Seine Gabe! Er muss etwas vorausgesehen haben. Etwas, das er nicht ertragen konnte.*

Ein kalter Schauer läuft über seinen Nacken abwärts.

»Hörst du mir überhaupt zu?« Die Porzellantassen in dem Regal über ihnen vibrieren.

Beschwichtigend hebt Jacob die rechte Hand. »Wenn du mich angreifen willst, nur zu. Aber vielleicht sollten wir erst einmal überlegen, wie wir ihn in diesem Zustand hier rausschaffen. Und vor allem: Wer ihn verarzten soll. Farran wird sämtliche Krankenhäuser im Umkreis des Central Parks überwachen lassen.«

Phyllis presst die Handflächen gegeneinander, als wollte sie ihn darin zerquetschen. Ein heiseres Flüstern lässt sie beide zusammenfahren.

»Kein Krankenhaus. Bringt mich zu der Frau, von der Callahans Sohn erzählt hat. Amy Grey.«

»Rich!«, ruft Phyllis und blinzelt gegen die Tränen in ihren Augen. »Bist du wieder …« Sie stockt und berührt seine Hände.

»Bei Verstand?« Ein schmerzhaftes Zucken um seinen Mund. Dann gleitet sein Blick zu Jacob. »Du hast dich wirklich für mich entschieden. Gegen Emma.«

Phyllis' Kopf schwenkt herum. »Was meint er?«

Er hat es vorausgesehen. Verwirrt erwidert Jacob Richards Blick. Aber warum hat er dann nichts von der Gefahr, in der sich Stein befand, geahnt?

»Bevor Stein gestorben ist, hat er mich angefleht, Richard zu Hilfe zu eilen«, erklärt Jacob, ohne den Falkenchef aus den Augen zu lassen.

»Und deine Tochter?«, will Phyllis nach einer Pause wissen. Ihre Stimme klingt skeptisch.

Missmutig verzieht Jacob den Mund und wendet sich der Rothaarigen zu. »Hat Namara in der Zwischenzeit wie einen Anfänger abserviert. Keine Ahnung, wie sie das geschafft hat. Ich konnte die beiden nur hören, nicht sehen. Vermutlich hätte ich sie eh nicht mehr aufhalten können, selbst wenn ich Steins Bitte abgeschlagen hätte.«

»Scheiße«, flüstert Phyllis und starrt ihn entgeistert an.

»Ich meine«, sie schüttelt den Kopf, »Wahnsinn, du hast dich wie ein echter Falke verhalten.«

»Ach. Was war ich denn bisher für dich? Farrans spionierender Kettenhund?«

Sie schluckt, weicht seinem Blick aus und beugt sich über Montgomry, um den Schal von seinen Händen zu lösen.

Hör schon auf. Sie mussten glauben, dass du ihnen mit den anderen Raben eine Falle stellen wolltest, nachdem du weder an dein Handy gegangen noch bei ihnen aufgekreuzt bist. Phyllis hat recht. Wenn du früher gekommen wärst, hättest du verhindern können, dass Stein stirbt.

Heiße Wut über sich selbst schießt in ihm hoch, mischt sich mit dem brennenden Gefühl, das seit dem Tod des Neurokineten in seinem Inneren nagt, neu entfacht durch den schrecklichen Anblick des Falkenanführers.

»Und? Fühlst du dich jetzt mit deinen Wunden besser?«, platzt es unvermittelt aus ihm heraus. »Da es gar nicht deine, sondern meine Schuld war, was schlägst du nun vor, Rich? Soll ich mir zur Buße Steins Namen mit dem Messer ins Gesicht ritzen? Mich umbringen? Macht das Stein irgendwie wieder lebendig? Bringt das Farran zu Fall?«

Bravo. Entschuldigungen sind wirklich deine besondere Stärke.

»Halt den Mund, Jacob!«, braust Phyllis auf. »Nicht jeder ist so ein gefühlloser Eisklotz wie du. Zum Glück!«

Stöhnend setzt sich Richard zwischen ihnen auf. Er nimmt Phyllis das Tuch, mit dem sie ihn gefesselt hatte, aus der Hand und wischt sich über das Gesicht. Das verschmierte Blut lässt ihn nur noch grusliger aussehen.

»Gib nicht ihm die Schuld, Phyl. Er wollte nur seine Tochter retten.« Er legt die Hand auf ihre Schulter. »Ich muss dich um einen Gefallen bitten. Schau nach, ob draußen die Luft rein ist und ruf Namara an. Ich bin sicher, sie haben ihn nicht erwischt. Er soll einen Wagen organisieren und zum East Drive schaffen.«

Ihr skeptischer Blick streift ihn. »Kann MacAengus das nicht erledigen? Ich würde lieber bei dir bleiben.«

»Besser so. Sie glaubt sonst noch, dass ich dich in der Zwischenzeit auffresse.«

Ein telekinetischer Schlag gegen seine Schulter lässt ihn rückwärts gegen die Theke prallen. Nicht besonders stark, aber Phyllis sieht aus, als würde noch mehr folgen.

»Hört auf, ihr zwei!« Mit einem Mal ist die Kraft in Montgomrys Stimme zurückgekehrt. »Seit wann zweifelst du meine Befehle an, Phyl? Mach dich auf den Weg, bevor ich hier verblute.« Augenblicklich springt sie auf. »Und gib unseren Leuten auf dem Schiff Greys Adresse. Sie sollen alles zusammenpacken und so schnell wie möglich verschwinden.«

»Du willst das Schiff aufgeben?«, mischt sich Jacob ungläubig ein. »Bist du von Sinnen? Du kennst diese Frau doch überhaupt nicht. Was, wenn sie die Polizei verständigt? Was, wenn Farrans Leute uns bei ihr auflauern?«

Richards Lächeln wirkt ungeduldig. »Sie haben Aidan doch bereits in ihrer Gewalt. Wozu bei Grey warten.«

»Ja schon, aber ...«

»Kein Aber«, unterbricht ihn Phyllis und macht sich auf den Weg zur Tür. Kurz bevor sie den Riegel löst, ruft sie ihm aus der Dunkelheit zu: »Wenn ich es fertiggebracht habe, mich allein einer Überzahl Raben zu stellen mit seinem vagen Versprechen, du würdest noch rechtzeitig aufkreuzen, um mich zu retten, dann solltest du auch endlich seiner Mantik vertrauen. Kein Mensch wird uns ausgerechnet bei Grey vermuten.« Die Tür fällt hinter ihr ins Schloss. Von draußen dringt das metallische Geräusch des zuschnappenden Gitters zu ihnen.

Jacob lehnt den Kopf nach hinten an die Verkaufstheke und verdreht die Augen. »Kein Wunder, dass sie so von der Rolle ist. Erst Stein und dann befiehlst du ihr auch noch ...«

»Ich habe ihn umgebracht«, murmelt Montgomry.

»Wen? Stein? Ach, komm schon, Rich! Jede Gabe kann mal versagen«, erklärt Jacob beschwichtigend. Doch die Augen des Falken glänzen wie im Fieber und sein Gesicht verzerrt sich so schmerzerfüllt, als würde er gerade gefoltert. Als er weiterspricht, ist seine Stimme kaum mehr zu hören. »Sie hat nicht versagt. Meine Mantik hat mir Steins Tod glasklar prophezeit, als du gerade mit Aidan am Volleyballfeld angekommen bist.«

Es dauert ein paar Sekunden, bis Jacob aus dieser Information die richtigen Schlüsse zieht. Einen Augenblick lang hat er das Gefühl, der Boden unter ihm würde schwanken, sich ihm irgendwie entgegenwölben. Er atmet tief durch.

»Du willst mir jetzt nicht sagen, dass du mich angerufen und mir befohlen hast, Aidan gehen zu lassen, obwohl du wusstest, dass die Raben auftauchen, ich aber den beiden folgen würde und dadurch einer deiner engsten Freunde und dein vermutlich bester Mann sterben wird?«

»Genau so war es«, wispert Montgomry. Tränen strömen über sein zerschundenes, blutiges Gesicht und alles, was Jacob erwidern könnte, ertrinkt in diesem Antlitz peinigender Schuld.

Minuten vergehen, die ihm wie Stunden vorkommen.

»Warum erzählst du das ausgerechnet mir?«, fragt er schließlich.

»Damit du weißt, dass dich keine Schuld trifft.«

»Na, wunderbar. Jetzt fühle ich mich gleich viel besser.« Jacob schüttelt den Kopf. »Verrätst du mir auch, was der große Plan dahinter ist? Denn den gibt es doch hoffentlich, oder?«

Der Falke starrt an ihm vorbei ins Leere. »Er kannte ihn. Und er hat mir zugestimmt. Es war der einzige Weg! So viel Vertrauen. So viel Treue. Ich hätte das verhindern müssen. Vielleicht hätte sich doch noch eine andere Lösung ergeben. Verflucht sei diese Gabe! Oh Gott, wie ich sie hasse!«

Jacob packt ihn fest am Arm. »Wer kannte welchen Plan? Verdammt, reiß dich zusammen, Rich, dieser Kampf ist noch lange nicht vorbei! Die Falken brauchen dich! Emma braucht dich!«

Bei dem Namen zuckt Richard heftig zusammen. Sein Blick klärt sich. »Aber deswegen habe ich es ja getan!«, stöhnt er. »Wenn du rechtzeitig zu uns gestoßen wärst, hättest du Namara unterstützt. Emma hätte dich erkannt und sie hätte versucht, mit Aidan zu uns zu fliehen. Sie wären von den Raben gefangen genommen worden. Aber jetzt ist alles anders gekommen. Durch sie ist Callahan endlich entmachtet! Weißt du, was das für uns bedeutet?«

Richards wirre Worte rauschen in Jacobs Ohren. Mühsam versucht er sich ein Bild aus den bruchstückhaften Informationen zu machen.

»Langsam. Emma hat Callahan entmachtet? Und Stein wusste davon? Du hast ihm einfach auf den Kopf zugesagt, dass er sterben muss, damit genau das geschieht?«

»Es geschieht noch«, lächelt Montgomry gequält. »In eben dieser Stunde.«

Wenn Jacob ihn nicht besser kennen würde, hätten sich mit diesen Worten alle Zweifel an seiner Zurechnungsfähigkeit bestätigt. Er hat einen seiner besten Freunde wie eine Figur auf seinem Schachbrett benutzt. Kein Wunder, dass er fast wahnsinnig wird vor Schuldgefühlen. Aber es muss um mehr gegangen sein als um Callahans Fall. Um viel mehr.

»Was wäre geschehen, wenn Stein sich nicht geopfert hätte?«, fragt er vorsichtig.

Der Falke erwidert seinen Blick mit einer solchen Verzweiflung, dass Jacob die Frage am liebsten zurückgezogen hätte. Er weiß, dass er die Antwort nicht mögen wird, bevor Montgomry sie ausspricht.

»Farran hätte Emma ermordet.«

Emma

DIE EINZIGE ERINNERUNG

Etwas summt leise.

Farran zieht die Augenbrauen zusammen, steht auf und fischt sein Handy aus der Tasche seines Jacketts.

»Claire, ich habe ausdrücklich gesagt ...«

Ein dumpfes Pochen an der Tür und gedämpfte Stimmen mischen sich mit der aufgeregten Stimme seiner Sekretärin, die durch das Telefon zu mir herüberschallt, und lassen die Zornesfalten in dem Gesicht meines Schulleiters verschwinden. Er lächelt amüsiert. »Nein, schon gut. Lassen Sie ihn rein. Wir sind eben zu einer Einigung gekommen. Oder?«

Das *Oder* richtet sich an mich.

Klar. Ich erbe deine Millionen und verwandle mich im Gegenzug in die schwarz gefiederte Jeanne d'Arc Irlands.

Der Schock über all das, was in den letzten Stunden geschehen ist, entlädt sich in einem bizarren Humor und ich erkenne, dass ich meinem Vater viel ähnlicher bin, als ich bisher geahnt habe.

Ich denke an Aidan und unsere gemeinsame Zukunft und nicke tapfer.

Farran streckt mir schmunzelnd die Hand entgegen, um mir aufzuhelfen. In diesem Moment surrt der Schließmechanismus und die Bürotür schwingt in hohem Bogen auf, als hätte jemand gewaltsam dagegengedrückt.

Aidan stürmt herein, die Haare zerzaust, das rechte Augenlid angeschwollen und zur Schläfe hin blau verfärbt, die

Augen dunkel vor Zorn. Bei meinem Anblick stockt er mitten im Lauf und bleibt abrupt stehen.

»Emma!« Die Erleichterung in seiner Stimme stürzt nach dem Drahtseilakt mit Farran über mir zusammen wie eine warme Welle, reißt mich mit sich und wirbelt nur noch einen einzigen Gedanken durch meinen Kopf: Aidan hat weder Jared noch Dad ermordet. Mein Herz klopft, als würde es jeden Moment zerspringen, und es ist mir vollkommen egal, dass ihm Claire, Jack und einer von Farrans Leibwächtern durch die Tür folgen oder dass Farran selbst neben mir steht.

Meine Lippen flüstern mechanisch seinen Namen und ich fliege geradezu auf ihn zu, unendlich froh, dass ihm nichts geschehen und er jetzt bei mir ist. Ich schlinge meine Arme um seinen Hals und vergrabe mein Gesicht in seiner Schulter. Sein herber Duft jagt ein warmes Kribbeln über meinen Körper.

Aidan lebt. Und Farran hat mich verschont.

Sein Atem streichelt mir heiß über Haare und Nacken, während seine Hände zögernd über meine Arme zu meinem Rücken tasten und die Umarmung ungewohnt schüchtern erwidern. Irgendwo im Hintergrund höre ich Farrans Stimme.

»Gute Arbeit, Pashley. Deine Loyalität und deine Einsatzbereitschaft rechne ich dir hoch an.«

»Danke, Sir. Darf ich eine Bitte äußern?« Von seinem Idol gelobt zu werden, lässt Jacks Stimme vor Stolz erzittern. Aber das harsche Wort *Verräterin* hallt noch in meinem Kopf nach und ich spitze instinktiv die Ohren, während ich mich aus Aidans Umarmung löse, um ihn anzusehen.

Diese Augen. Türkisfarbene Strahlen brechen durch das helle Blau, bevor sie der dunkle Rand umarmt. Werde ich mich je an ihnen satt sehen? Unter meinem intensiven Blick huscht ein verlegenes Lächeln über Aidans Gesicht und er errötet tief.

»Nur zu«, fordert Farran Jack auf.

Etwas stimmt nicht mit ihm. Er sieht dich an, wie … wie …

»Emma wäre bestimmt nicht auf die Idee gekommen, noch einmal zu Montgomry überzulaufen, wenn Aidan nicht bei ihm untergetaucht wäre.«

… wie jemanden, den er gar nicht richtig kennt. Deine Nähe macht ihn total verlegen.

»Bitte gehen Sie nicht zu streng mit ihr ins Gericht. Als Emotionentaucherin tut sie sich schwer, im Ansturm ihrer Gefühle zwischen richtig und falsch zu unterscheiden. In solchen Situationen stößt sie einfach an ihre Grenzen.«

Wie bitte?

Ich reiße mich gewaltsam von Aidans Augen los und fahre herum zu Jack. Seine Stirn ist blutig geschrammt. Er sieht richtig mitgenommen aus, aber Mitleid ist das Letzte, was ich nach dieser Äußerung für ihn empfinde.

»Spar dir deine Fürbitten für den nächsten Kirchenbesuch auf, Jack Pashley. Du hast nicht die geringste Ahnung von meiner Gabe. Dass ich nicht vorhatte, heute Abend zu Montgomry überzulaufen, konnte Mr Farran bereits in meinen Gedanken und Gefühlen lesen.«

Jede Farbe weicht aus seinem Gesicht und er schlägt die Augen nieder. »Entschuldige, Emma. Ich … ich wollte dich nicht beleidigen, sondern nur helfen.« Er wendet sich wieder an Farran. »Es sah ziemlich eindeutig aus, Sir. Aber wenn ich falsch liege …«

»Du liegst in der Tat falsch. Auch, was Aidan anbelangt. Ich war soeben in seinen Gedanken.«

Ein entsetztes Aufkeuchen in meinem Rücken zeigt mir, dass Aidan davon keine Ahnung hatte. Er legt seinen Arm erneut um meine Taille. Eigenartigerweise fühlt es sich nicht so an, als wollte er mich beschützen. Eher, als suche er selbst Halt. Ausgerechnet Aidan! Noch nie ist er mir so unsicher vorgekommen.

»Aidan hat massive Gedächtnislücken. Er erinnert sich nicht einmal mehr an Emma. Was genau geschehen ist, muss ich noch herausfinden. Gut dass er wieder daheim ist und wir uns um ihn kümmern können. Deine Hilfsbereitschaft weiß ich zu schätzen. Solltest du Interesse daran haben, von mir persönlich unterrichtet zu werden, kannst du uns in ein paar Tagen gerne nach Sensus Corvi begleiten. Ich werde alles Nötige in die Wege leiten.«

Jacks Antwort bekomme ich nicht mehr mit. Da ist ein eigenartiges Rauschen und Pochen in meinen Ohren. Ich fühle mich so benommen, als wäre ich gerade aus einer Vollnarkose erwacht. Aidans Hand auf meiner Hüfte fühlt sich falsch an. Alles fühlt sich falsch an.

Was habe ich getan?

Plötzlich spüre ich seine Lippen an meinem Ohr und er wispert so leise, dass nur ich es hören kann: »Dieser Farran manipuliert dich, Emma. Dein Vater lebt. Er ist zu Richard übergelaufen und versucht, dich seit Monaten zu befreien.«

Ein Eimer Eiswasser über meinem Kopf ausgeleert, hätte das vertraute Gefühl seiner Wärme nicht schneller abkühlen können. Ich löse mich von ihm und mache ein paar Schritte zur Seite. *Atme, Emz!*

Irgendwo schnappt eine Tür zu. Nur Farran, Aidan und ich sind noch da. Die anderen müssen das Büro eben verlassen haben.

Fröstelnd verschränke ich die Arme über der Brust und starre Aidan an.

Glaub mir, bittet sein Blick.

Und ich weiß, er sagt die Wahrheit.

Aber natürlich tut er das. Ich erinnere mich noch deutlich an Mamas Warnung: *Sei vorsichtig beim Aufdecken von Lügen durch deine Gabe. Wenn du tauchst, kannst du nur erkennen, was dein Gegenüber subjektiv als wahr empfindet. Das muss nicht zwangsläufig mit der objektiven Realität übereinstimmen.*

Was auch immer an Silvester mit Aidans Verstand passiert ist, rein objektiv betrachtet, ist es unmöglich, dass Dad einen Sturz aus dieser Höhe überlebt hat, und davon abgesehen würde ich eher glauben, dass der Papst zum Islam übertritt, als dass Dad sich mit Montgomry verbündet. Und wenn er bei Verstand wäre, würde Aidan mir darin sicher zustimmen.

Eine Hand legt sich auf meine Schulter und ich schrecke zusammen. »Alles wird wieder gut. Ich helfe euch«, erklärt Farran beruhigend.

»Nein, danke«, ruft Aidan und ballt die Hände zu Fäusten. »Emma, du darfst ihm nicht vertrauen. Bitte.«

»Nein, eben nicht *Emma!*« Meine Stimme klingt unangenehm schrill in meinen Ohren. »Du weißt noch nicht einmal, wie du mich normalerweise nennst! Spiel mir nichts vor! Für dich bin ich doch ein vollkommen unbekanntes Mädchen, nicht wahr?«

Bitte, sag Nein. Sag, dass Fion sich täuscht. Mein Herz stolpert unregelmäßig.

»Tut mir leid.« Sein Gesicht ist wie in Stein gemeißelt. Schweißtropfen glänzen auf seiner Stirn.

»Verdammt noch mal!« Der Schmerz schnürt sich wie eine Fessel um meine Brust. »Wieso behauptest du dann, dass Fion mich manipuliert? Wer hat dir das erzählt? Montgomry?« Er nickt zögernd. »Himmel, Aidan! Du bist ein Rabe mit Leib und Seele! Wer sagt dir denn, dass es nicht umgekehrt die Falken sind, die dich belogen haben? Und warum bist du der Meinung, dass Dad noch lebt?«

Farrans Hand drückt fest in meine Schulter und dreht mich zu ihm um. »Was sagst du da?«

Ich lache bitter auf. »Freuen Sie sich nicht zu früh. Er hat allen Ernstes behauptet, Dad habe sich mit Montgomry verbündet.«

»Nein, Emma!«, stöhnt Aidan und hebt abwehrend die Hände.

»Interessant. Nun, das lässt sich leicht überprüfen«, verkündet Farran mit einer Stimme wie zersplitterndes Eis. Aidan sieht mich an, als hätte ich ihn gerade ans Messer geliefert.

Farran fixiert Aidan, der die Augen aufreißt und ein paar Schritte rückwärts stolpert. Seine Angst brennt wie Säure auf meiner Haut. Ich würde ihm so gerne sagen, dass er nichts zu befürchten hat, dass Farran doch nur seine Gedanken liest, um festzustellen, was Montgomry ihm alles eingeredet hat. Aber ich wage nicht, die Spannung im Raum zu unterbrechen.

Nach kurzer Zeit beginnt die Luft um Farran herum zu vibrieren. Ich kneife die Augen zusammen und konzentriere mich auf die Umrisse seiner Gestalt, bis ich ihn sehe, den unruhigen Schatten, der ihn wie eine dunkle Aura umfließt. So nahe bei mir, dass ich nur die Hand zu heben brauche, um ihn zu berühren. Vorsichtig strecke ich die Finger aus. Einen aberwitzigen Moment lang habe ich Angst, so etwas wie einen elektrischen Schlag zu bekommen. Aber als meine Fingerspitzen in das Dunkel tauchen, passiert etwas vollkommen

Unerwartetes: Die Schwärze verblasst und bunte Lichtwellen schlingen sich wie ein Band um meine Hand. Hastig ziehe ich sie zurück und schaue auf. Vermutlich hat niemand seine Gesichtszüge so gut unter Kontrolle wie Farran, dennoch lese ich in dem metallischen Aufblitzen seiner Augen ohnmächtige Wut, bevor er die Lider senkt und von Aidan ablässt, der kreidebleich an den Schreibtisch zurückgewichen ist und mit beiden Händen die Platte fest umklammert.

Der Schulleiter räuspert sich. »Jacob MacAengus war ein Rabe, Aidan. An Silvester ist er leider von uns gegangen«, erklärt er mit fester Stimme. »Ein schwerer Schlag für uns alle. Der Mann, mit dem du gesprochen hast, gehört zu den Falken.«

Der winzige Funke Hoffnung in mir verglüht so schnell, wie er aufgeflammt ist.

»Aber er hat beteuert, dass er dein Vater ist. So gut kann er doch unmöglich schauspielern!«, stammelt Aidan und sieht mich flehend an. »Und er hat Fotos von dir und mir auf seinem Handy!«

Dass Montgomry so tief sinken würde, hätte ich nicht gedacht. Es rinnt mir eiskalt über den Rücken. »Dad ist an Silvester aus fast dreißig Metern Höhe in den Abgrund gestürzt. Die Falken haben seinen Leichnam mit sich genommen. Das Handy hatte er sicher eingesteckt.«

Aidans Gesichtszüge entgleisen. »Das kann ich nicht glauben. Warum sollten sie so etwas tun?«

»Weil ihr die Erben meiner Socien, meiner engsten Vertrauten, seid, klug, charismatisch und mit außergewöhnlichen Gaben gesegnet. Ihr seid unsere Zukunft«, erklärt Farran sanft. Er hebt die Hand und schaut auf seine Armbanduhr. »Es ist spät. Deine Eltern sind bereits gelandet. Sie werden jeden Moment hier eintreffen.« Ich grabe meine Fingernägel in die Handinnenflächen bei dem Gedanken daran, Callahan zu begegnen. Jareds Mörder.

Farran entgehen meine Gefühle nicht. »Dein Vater ist ein schwieriger Mann und Emma hat allen Grund, ihn zu hassen. Aber er ist halb wahnsinnig geworden vor Sorge, als du fort warst. Du solltest ihm eine Chance geben.«

Na toll. Und ich habe naiverweise geglaubt, er würde ihn zur Rechenschaft ziehen, wenn ich mich bereit erkläre, seine Erbin zu werden.

Meine Kopfhaut kribbelt und ich unterdrücke mühsam den Drang, in Farran zu tauchen, um ihm das Eindringen in meine Gedanken zu verwehren.

»Callahan wird seine Strafe bekommen, Emma. Ich schwöre es dir. Aber das geht nicht von heute auf morgen. Er ist viel zu stark in die Finanzgeschäfte SENSUS CORVIS *involviert. Du musst lernen, deine Rache zu kontrollieren, Geduld zu haben, über einen längeren Zeitraum strategisch zu planen und erst dann zuzuschlagen, wenn du und nicht er alle Fäden in der Hand hältst. Das wird deine erste Lektion als meine Nachfolgerin sein. Beweis mir, dass du das kannst.«*

Laut fügt er hinzu: »Ihr habt eine Viertelstunde für euch alleine. Ich werde in der Zwischenzeit deine Eltern begrüßen und sie auf deine besondere Verfassung vorbereiten.«

Scheibenkleister!

Meine Augen folgen Farran, wie er mit einem freundlichen Lächeln auf dem Gesicht an Aidan vorbei zur Tür geht, sie mit seinem Daumenabruck auf einem Display öffnet und hinter dem rotbraun gemaserten Holz verschwindet.

Oje! Was soll ich denn jetzt tun? Was sagt man zu einem Jungen, dem man sich gerade eben buchstäblich an den Hals geschmissen hat, obwohl er einen nicht im Geringsten kennt! Gott, wie peinlich!

Ich weiß nicht, wie lange wir einfach so dagestanden sind, aber das raschelnde Geräusch von Kleidung verrät mir, dass Aidan jetzt auf mich zukommt. Ausgiebig mustere ich meine dreckigen Turnschuhe, als ob ich jeden Schlammspritzer einzeln auswerten und katalogisieren müsste. Eine Hand schiebt sich in mein Blickfeld.

»Hi, Emma MacAengus. Ich bin Aidan Callahan. Sagt man zumindest. Ob das stimmt, keine Ahnung. Aber eines weiß ich ganz sicher. Ich würde mich auch Georgie Porgie nennen lassen, wenn du mir dann die Chance gibst, dich kennenzulernen.«

Mein Herz hämmert gegen meine Brust, als wollte es Stepptanzen, und die Anspannung löst sich schlagartig auf. Ich reiche ihm die Hand, unterdrücke das Grinsen, das sich bei dem Namen des Kinderreimhelden auf mein Gesicht schleichen will, und sehe ihn an.

Offene Neugier liegt in seiner Miene. Nein, mehr. Zärtlichkeit. So vertraut und doch ganz anders. Und plötzlich wird mir bewusst, was sich geändert hat. Es fehlt dieses arrogantlässige Selbstbewusstsein, das schon vor mir viele Mädchen um den Verstand gebracht hat. Okay. Damit kann ich leben. Aber ich muss etwas wissen.

Langsam entziehe ich ihm meine Hand.

»Warum gerade ich? Ich meine, so ein Gedächtnisverlust gibt dir doch jetzt die einmalige Chance, einfach neu anzufangen. Du solltest das nicht überstürzen. Schließlich kannst du kennenlernen, wen du magst, und ...«

»Nein.« Er winkt ab und lächelt schief. »Ich hab's versucht, ehrlich, aber es klappt nicht. War die reinste Katastrophe.«

»Du hast es *versucht*?«, rutscht es mir empört heraus und im nächsten Moment möchte ich mir am liebsten die Zunge abbeißen.

Er lacht leise und tritt noch ein Stück näher an mich heran, so nah, dass vermutlich nur noch ein Blatt Papier zwischen uns passen könnte. Ein wirklich dünnes Blatt Papier. Und dann bekommt seine Stimme diesen unwiderstehlich rauen, dunklen Tonfall.

»Hey. Du bist unglaublich süß, wenn du eifersüchtig bist. Und wenn du wütend bist, wie gerade eben, und überhaupt. Seit du vor Amys Buchhandlung aufgetaucht bist, spielt mein Körper total verrückt, schaltet sich mein Verstand ab, kämpfe ich gegen Unsichtbare, treffe ich mich mit irgendwelchen Freaks auf einem Schiff und laufe dir im Central Park nach. Und du fragst ernsthaft *warum*?« Aidan hebt die Hand und streicht mir zärtlich eine Haarsträhne hinter das Ohr.

Gebannt schaue ich ihn an. Unfähig, mich auch nur einen Millimeter zu bewegen. Sein Gesicht kommt noch näher und ich verliere mich haltlos in dem Blaugrün seiner Augen. »Nur eine Erinnerung ist mir geblieben, Emma MacAengus. Und ich möchte herausfinden, nein, ich *muss* herausfinden, ob sie mit dir zusammenhängt. Denn nur das würde Sinn ergeben.« Sein warmer Atem bläst gegen meine Wangen, als sich lange, schön geschwungene Wimpern über seine Augen schieben und er verträumt weiterspricht. »Ich erinnere mich an Regen. An stürmischen Wind und Kälte. Aber jemand ist bei mir. Jemand, der mir mehr bedeutet als alles andere auf dieser Welt. Das Geräusch von Regen ist lange Zeit das Schönste gewesen, das ich mir vorstellen konnte.« Er öffnet die Augen wieder und sieht mich ernst an. »Bis ich mich wieder an den Kuss erinnert habe, der dem Regen folgte.«

Meine Lippen fangen an zu beben. Der Boden wird irgendwie schwammig, aber Aidan streckt jetzt seine Hände aus und legt sie auf meine Hüften, gibt mir Halt. »Küss mich, Emma MacAengus. Bitte. Nur ein einziges Mal. Nur so lange, bis ich weiß, ob du das Mädchen aus dieser Erinnerung bist.«

Ich atme zittrig ein, hebe die Hände zu seinem Kopf und führe meine Finger durch sein Haar. Hitze. Als würde ich durch die Flamme einer Kerze streichen.

Du hast keine Wahl. Du hast nie eine gehabt.

Dann ziehe ich seinen Kopf näher, zu mir hinunter. Seine Augen sind riesig, die schwarzen Pupillen tätowieren seinen Namen in mein Herz, meine Lippen öffnen sich leicht und ich schließe sehnsüchtig die Augen.

Der Türmechanismus surrt.

Und wir fahren auseinander, als wären wir in ein Wespennest gefallen.

Jacob

AMY GREY

Nathaniel's Quest.

Das Geschäft ist im Erdgeschoss eines vierstöckigen rotbraunen Sandsteingebäudes untergebracht, dessen Fassade, die mit runden Säulen und verschnörkelten Mauervorsprüngen zwischen zwei schlichten Backsteingebäuden hervorsticht, eine Renovierung vertragen könnte. Laut Aidan befindet sich Greys Apartment im selben Gebäude, zwei Stockwerke über der Buchhandlung.

Jacobs Blick gleitet an der schwarzen Holztür vorbei nach oben. Nur in wenigen Fenstern brennt noch Licht. Schließlich ist es schon halb zwölf.

Wie Montgomry vorausgesehen hat, ist weit und breit kein Rabenmitglied zu entdecken. Wozu auch? Farran hat Emma und Aidan wieder in seinen Fängen. Und mittlerweile dürfte er in Aidans Gedanken gelesen haben, dass Amy Grey nicht die geringste Ahnung hat, wer der Junge ist. Somit stellt sie auch als potenzielle Zeugin keine Gefahr dar.

Die Kapuze seiner Jacke über den Kopf geschlagen geht Jacob an der dunklen Schaufensterauslage vorbei auf ein schulterhohes schwarzes Torgitter zu, das von zwei Säulen eingefasst wird. Dahinter liegt eine Außentreppe, über die man zu der Haustür des Gebäudes gelangt. Natürlich ist es abgesperrt. Unter anderen Umständen würde er zunächst abwarten, die Umgebung genauer inspizieren, aber Richard hat bereits zu viel Blut verloren, ein kurzer Rundumblick muss genügen. Mit einem Ruck stemmt er sich an dem Torpfosten hoch, schwingt sich über das Gitter und läuft nahezu lautlos die Treppe nach oben. Er atmet auf. Die Eingangstür aus verwittertem Holz verfügt noch über ein altmodisches Schloss, keine Elektronik, die das Öffnen mit seiner Telekinese erschweren könnte. Ein leises Klacken ertönt, als es aufspringt.

Minuten später hat er Amy Greys Wohnung erreicht.

Für New Yorker Verhältnisse ist das Treppenhaus gut gepflegt. Dennoch muffelt es nach einer unangenehmen Mischung aus ranzigem Fett, abgestandenem Rauch und Chlorreiniger. An den weißen Wänden finden sich Dellen und Schmutzspuren.

Jacobs Finger umfassen entschlossen den Knauf der Wohnungstür, während er sich mit seiner Telekinese auf das Schloss darüber konzentriert.

Finsternis empfängt ihn im Wohnungsinneren. Entweder Grey ist nicht zu Hause oder Aidans Schicksal liegt ihr doch nicht so am Herzen, wie dieser vermutet hat. Vorsichtig schiebt sich Jacob durch den schmalen Spalt und drückt die Tür zurück ins Schloss. Gerade als ihm der Gedanke durch den Kopf schießt, dass Richard sich auch täuschen und in Amy Greys Wohnung Farrans Raben lauern könnten, flammt vor ihm grellweißes Licht auf. Jacob kneift geblendet die Augen zusammen und öffnet den Mund, aber bevor er noch etwas sagen kann, spürt er kühles Metall an seiner Schläfe und zeitgleich brüllt ihm eine dunkle, männliche Stimme mit deutlich lateinamerikanischem Akzent entgegen: »Hände über den Kopf und auf die Knie!«

Jacobs Gedanken rasen. Kein Rabe. Sie wüssten von seiner Telekinese und hätten ihn sicherheitshalber sofort bewusstlos geschlagen, statt ihn mit einer Waffe in Schach zu halten. Ist Amy Grey überfallen worden?

Jacob beschließt, den Anordnungen erst einmal Folge zu leisten, um sich ein Bild von der Lage zu machen, und verschränkt die Hände über dem Hinterkopf. Das Deckenlicht flammt auf und Jacob bietet sich ein überraschendes Bild:

Vor ihm steht eine zierliche, etwa vierzigjährige Frau mit zurückgebundenem Haar und schwarzer Kunststoffbrille, hinter der ihn braune Augen argwöhnisch mustern. In ihrer rechten Hand hält sie eine Taschenlampe, in der linken einen riesigen Baseballschläger.

»Wollen Sie mich damit etwa erschlagen?«, entfährt es Jacob belustigt.

Die Augen der Frau verengen sich zu schmalen Schlitzen und im selben Moment schlägt jemand so brutal gegen seinen Hinterkopf, dass sein Kinn nach vorne auf die Brust fliegt und er sich auf die Zunge beißt. Er reißt den Kopf nach rechts herum.

Der Akzent des Mannes hatte Jacob in der falschen Sicherheit gewogen, der alte Psychiater, von dem Aidan erzählt hat, stünde neben ihm. Ein Fehler. Einer von so vielen in dieser Nacht.

Du wirst unvorsichtig, Jacob. Wenn du dich in deiner Sorge um Emma weiter so gehen lässt, hat Farran bald leichtes Spiel mit dir.

Neben Jacob steht ein breitschultriger, kahl geschorener Junge, höchstens achtzehn Jahre alt, in abgerissenen Kleidern und Militärstiefeln, mit den wachsamen, eigentümlich alt wirkenden Augen eines jungen Menschen, der sich seit frühester Kindheit im Krieg befindet. Narben im Gesicht, Tätowierungen auf den muskulösen Armen und die Maschinenpistole in der Hand verraten Jacob mehr über sein Leben, als er in den wenigen Sekunden erzählen könnte, bevor er ihn anherrscht: »Schau auf den Boden oder ich schieß dir ins Bein.«

Das fehlte gerade noch. Dann hätten sie gleich zwei davon zu verarzten.

»Wer sind Sie? Haben Sie Thomas entführt? Wollen Sie Lösegeld?«, fragt Amy Grey mit zitternder Stimme.

Jacob betrachtet das Parkettmuster unter seinen Knien. Genau deshalb wäre es besser gewesen, Phyllis zu schicken. Sein diplomatisches Geschick hält sich ebenso in Grenzen wie seine Geduld. Wenn er das hier friedlich angeht, ist er morgen früh noch nicht fertig, und Richard längst verblutet. Aber vielleicht hat der Falke gerade aus diesem Grund ihn geschickt.

»Hören Sie mir gut zu, Miss Grey. Ich werde hier nicht wie ein reuiger Sünder vor dem Priester im Beichtstuhl knien und Ihnen eine Geschichte erzählen, die einen ganzen Roman füllen könnte. Ich weiß, wo der Junge ist, und wir brauchen Ihre Hilfe. Also halten Sie Ihren schießwütigen Freund von mir fern und lassen Sie uns in Ruhe darüber reden, bevor ich …«

Ein harsches Lachen unterbricht ihn und die Mündung der Waffe presst sich erneut in seine Schläfe.

»Bevor was, du Arschloch? Ich knall dich ab wie eine Ratte, wenn du uns nicht sofort erzählst, wohin ihr den Jungen …«

Der Rest seines Satzes geht in einem erstickten Schrei unter, als er mit dem Kopf voran an Amy vorbei durch den Gang fliegt und an dessen Ende gegen eine Zimmertür schlägt. Die Waffe schlittert wie ein Bumerang über den Boden zurück zu Jacob, der sie mit der rechten Hand abfängt und aufsteht. Es scheppert laut, als Amy Grey der Baseballschläger aus der

Hand rutscht und auf den Boden fällt. Blass, mit weit aufgerissenen Augen weicht sie vor ihm zurück.

Ungefährlich. Konzentriere dich auf den Jungen.

Der richtet sich gerade stöhnend wieder auf. Seine Hand schießt vor. Etwas blitzt vor Jacob auf. In letzter Sekunde lenkt er das Messer, das der junge Mann gegen ihn geschleudert hat, ab. Es beschreibt einen Bogen in der Luft, rast auf seinen Besitzer zurück und landet Zentimeter von seinem Kopf entfernt hinter ihm im Holz der Tür.

Ein Keuchen entfährt ihm.

»Schluss damit, sonst verletzt du noch Miss Grey!«, befiehlt Jacob.

Eben diese stellt sich jetzt mit ausgebreiteten Armen in die Mitte des Gangs. »Bitte, tun Sie ihm nichts! Er ist doch erst siebzehn!«

Ja. Und er hätte mich gerade eben mit seinem Messer umgebracht, wenn ich es nicht abgewehrt hätte. Aber das sagt Jacob nicht. Er muss sie jetzt vor allem beruhigen, daher öffnet er das Magazin der Waffe, lässt die Munition zu Boden prasseln und stößt sie mit dem Fuß beiseite. Grey weicht dennoch vor ihm zurück. Er folgt ihr weiter in den Gang hinein, an einer halb offenen Zimmertür vorbei, aus der ihm der Geruch von Kaffee entgegenschlägt, und hält ihr die Waffe entgegen.

»Hier, nehmen Sie schon! Aber geben Sie ihm das Ding erst wieder, wenn Sie mich angehört haben.«

Sie streckt die Hand aus. Dafür, dass sie so verängstigt wirkt, ist der Griff, mit dem sie ihm die Waffe abnimmt, erstaunlich fest.

Verdutzt schaut Jacob auf. Für den Bruchteil einer Sekunde meint er, einen eigentümlich konzentrierten Ausdruck in ihren Augen zu erkennen, bevor sie die Lider senkt und mit erstickter, weinerlicher Stimme flüstert: »Was wollen Sie von mir? Und warum haben Sie Thomas ...«

Jacob hört nicht weiter zu. Etwas stimmt hier nicht. Die Tür, gottverdammt!

Doch als Jacob herumfahren will, ist es bereits zu spät. Ein kurzer, stechender Schmerz schießt in seinen Nacken. Er schlägt dagegen, sieht, wie ein durchsichtiges Röhrchen auf dem Boden aufprallt. Im Drehen taumelt er gegen Amy Grey. Es rauscht plötzlich irrsinnig laut in seinen Ohren. Die Silhouette eines alten Mannes mit einer gold umrandeten Brille schiebt sich vor ihn und verschwimmt zu einem Meer aus Farben. Sie münden in einen dunklen Tunnel, dessen Öffnung immer größer wird und Jacob wie ein schwarzes Loch verschluckt.

Emma

GEHEIMNISSE

Ich liege auf meinem Bett und starre an die Decke.

Seit gut zwei Stunden mache ich nichts anderes. Die Ereignisse in Farrans Büro laufen in einer endlosen Zeitschleife vor mir ab. Farrans Geständnis, mich manipuliert zu haben, schockiert mich immer noch.

Kein Mensch auf der Welt bedeutet mir mehr als du.

Und dennoch hätte er mich getötet, wenn ich mich von ihm abgewandt hätte. Montgomry irrt sich. SENSUS CORVI ist für Farran nicht einfach nur eine Möglichkeit, Macht zu erlangen oder Reichtum. Es ist seine heilige Mission. Er widmet sich ihr mit dem gleichen religiösen Eifer wie alle Fanatiker, die ihre eigenen Bedürfnisse und Gefühle dem »großen Ziel« unterordnen. Was auch immer das sein mag. In Farrans Fall die Vorherrschaft von Menschen mit außergewöhnlichen Gaben.

Kälte breitet sich bis in meine Fingerspitzen aus, bei dem Gedanken daran, wie knapp ich eben dem Tod entkommen bin, und wie schmal der Grat ist, auf dem ich meinem Mentor weiterhin über den Abgrund folge. Ich ziehe die Bettdecke bis zu meinem Hals hoch.

Aidans hilfloses Gesicht, als seine Eltern in den Raum stürmten, schmerzt wie eine offene Wunde. Hinter meinen geschlossenen Lidern flehen seine wundervollen Augen: »Bleib bei mir!«

Aber wie sollte ausgerechnet *ich* ihm helfen, Eltern wiederzubegegnen, die ich selbst kaum kannte und noch viel weniger leiden konnte?

Mich vollkommen ignorierend, eilte James Callahan zu Aidan und riss ihn in seine Arme. Der väterliche Gefühlsausbruch kam derart überraschend für alle Anwesenden, sogar für Aidans Mutter, die mit ihren Tränen kämpfte und sichtlich nach Fassung rang, dass ich unbemerkt die Gelegenheit nutzen und zur Bürotür huschen konnte, bevor Claire sie schloss.

Feigling!

Mein Blick fällt auf den Wecker. Bereits halb eins.

Englewood Ravens liegt in tiefem Schlaf. Das Geräusch meines Atems ist das Einzige, was ich höre.

Stille kann einen mit Ehrfurcht erfüllen oder einen beruhigen, auffangen in einem Netz von Glück, Sehnsucht oder Hoffnung. Aber das sind nicht die Fäden, aus denen mein Leben in den letzten Monaten gesponnen wurde.

Deshalb ist diese Stille anders.

Sie wartet, belauert mich, geduldig wie eine Spinne, und je mehr ich mich abzulenken und ihr durch den herbeigesehnten Schlaf zu entrinnen versuche, desto stärker verheddere ich mich in ihren klebrigen Fäden, bis ich wie in einem Kokon von ihr eingeschnürt bin und kaum noch Luft bekomme. Meist spricht man von der Ruhe vor dem Sturm. Doch den habe ich bereits hinter mir gelassen. Jetzt wandere ich über das gespenstisch stumme Schlachtfeld meiner Vergangenheit, eine einsame Gestalt auf der Suche nach dem, was von ihrem Leben übrig blieb. Und finde doch nichts als Verlust und Tod.

Du hättest Aidan niemals mit ihnen allein lassen dürfen!

Vielleicht ist der Aidan, den ich kannte, für immer verloren, die Gedächtnislücken in ihm so stark, dass er sich nicht einmal mehr an unsere Liebe erinnert. Aber seine Gefühle haben die Manipulation überlebt, genau wie meine.

Nur eine Erinnerung ist mir geblieben.

Die Erinnerung an Regen und einen Kuss. Unseren ersten Kuss.

Mit einem Satz springe ich aus dem Bett und schlüpfe in meine Turnschuhe. Ich muss Aidan finden. Sofort.

Die Tür fällt hinter mir ins Schloss und ich laufe den Gang entlang. Wo haben sie Aidan wohl untergebracht? Wenn Farran und Callahan befürchten, dass er erneut flieht, müsste ein Wachposten vor seinem Zimmer stehen. Oder Callahan selbst leistet ihm Gesellschaft. Bei dem Gedanken krampft sich mein Magen zusammen.

Doch nachdem ich eine halbe Stunde durch das Gebäude geirrt bin, muss ich mir eingestehen, dass ich so nicht weiterkomme. Wenigstens hat mich niemand entdeckt und zurück auf mein Zimmer geschickt. Auch das wundert mich.

In Irland haben wir Überwachungskameras in den öffentlichen Bereichen der Schule und Wachpersonal patrouilliert mindestens zweimal nachts über die Gänge. Ich erinnere mich noch an mein »Tribunal«. Sheila musste damals die Kameras heimlich deaktivieren. Aber als ich mit Jack zum Central Park aufgebrochen bin, hat er sich nicht im Geringsten um Kameras in den Gängen gesorgt.

Natürlich, Jack! Ich bleibe wie angewurzelt stehen. Wenn es einen Menschen gibt, der sich hier besser auskennt, als der Architekt selbst, dann er. Und er ist mir etwas schuldig. Bei dem Gedanken daran, wie er mich als Verräterin vor Farran brandmarken wollte, balle ich die Hände zu Fäusten und drehe auf dem Absatz um.

Nur wenige Minuten später klopfe ich leise an die Eichenholztür seines Zimmers.

Abrupt wird die Tür aufgerissen. Überrascht sehe ich ihn

an. Ich hatte erwartet, ihn in seinem Schlafhemd, müde, mit verquollenen Augen vorzufinden. Stattdessen trägt er eine dunkle Jeans und ein hellgraues Sweatshirt, seine Haare sind ordentlich gekämmt und der frische Duft von Duschgel und Männerdeo schlägt mir entgegen. Nur die Schrammen um die blaugrün gefärbte Beule auf der Stirn, seine geschwollene Lippe und die Wunde am Hinterkopf zeugen von den Kämpfen, die er in den letzten Stunden durchgestanden hat.

Sein Gesicht verrät die gleiche Überraschung, die ich empfinde. Er zieht eine Augenbraue hoch.

»Hast du für heute immer noch nicht genug, Emma?«

Ich schiebe mich an ihm vorbei in sein Zimmer. Die Schreibtischlampe brennt neben einem aufgeklappten MacBook.

Daneben liegt ein Block mit Notizen. Das Geräusch der zuschnappenden Tür in meinem Rücken lenkt mich von seinem Schreibtisch ab.

»Was treibt dich denn nachts durch die Gänge? Kleine Racheaktionen? Ich musste dich für eine Verräterin halten, das weißt du nur zu gut.«

»Bitte hilf mir, Aidan zu finden.«

Er reißt die Augen auf. »Aidan? Hör mal, für ein Schäferstündchen ist es reichlich spät.« Bevor ich protestieren kann, hebt er die Hand. »Falls du nicht vorhast, mit ihm durchzubrennen, könnte ich dir tatsächlich helfen.«

»Himmel, Jack, ich will nicht abhauen! Wann hörst du endlich mit deinem Misstrauen auf?«

Er mustert mich ein paar Sekunden lang prüfend, dreht sich dann um, setzt sich auf das Bett und zieht seine Sneakers an.

Mein Herzschlag beschleunigt sich. »Du weißt tatsächlich, wo sie ihn hingebracht haben?«

Er greift nach einem Rucksack neben seinem Schreibtisch.

»Ich weiß *alles*, was hier vor sich geht«, erklärt er, öffnet die Tür und hält sie mir mit einem spöttischen Lächeln auf.

Schon klar. Ich verkneife mir die Bemerkung über seine Göttlichkeit und marschiere an ihm vorbei auf den Gang. Während wir die Treppe hinunter ins Erdgeschoss laufen, flüstere ich Jack zu: »Warum hat Mr Carter eigentlich in den Gängen keine Überwachungskameras installieren lassen? Der ganze Park ist doch voll davon.«

Jack packt mich am Arm und zwingt mich dadurch stehen zu bleiben. Er deutet auf ein riesiges modernes Gemälde in der Eingangshalle. Ich zucke zusammen, als Jack sich hinunterbeugt und mir ins Ohr wispert: »Sieh dir die Augen näher an.«

Das Gesicht der jungen Frau auf dem Bild ist wunderschön, und ein Lächeln umspielt ihre vollen Lippen. Die schwarzen Augen unter den dichten Brauen stechend – nein, feucht glänzend wie ... Glas. Ich fahre herum.

»Sie haben Kameras in den Gemälden? Aber warum ...«

»Warum sie uns dann nicht orten und schon längst die Security unterwegs ist?«, vollendet Jack meinen Satz und jetzt funkeln seine Augen. »Ganz einfach. Seit zwei Tagen funktioniert die Überwachungsanlage im Haus nicht mehr einwandfrei.« Er geht weiter und ich bemühe mich, ihn einzuholen. »Sie läuft über das Netzwerk, ist softwaregesteuert, hat immer wieder Ausfälle. Die Techniker arbeiten fieberhaft daran, sie zu reparieren. Mittlerweile vermuten sie, dass jemand einen Virus eingeschleust hat. Bislang hat er nur das hausinterne System lahmgelegt. Die Außenüberwachung funktioniert zum Glück noch. Trotzdem hat Farran getobt. Nachdem wir aus ENGLEWOOD RAVENS abgehauen sind, hat er Nicholas gedroht, ihn als Schulleiter abzusetzen oder sogar aus der

Gemeinschaft der Raben zu verstoßen, wenn er nicht bis morgen die Anlage wieder in Gang bekommt. Die Techniker arbeiten rund um die Uhr daran und die gesamte Security-Mannschaft bewacht seit dem Auftauchen der Falken den Park und die Außenmauern. Ihren möglichen Angriff abzuwehren ist ihnen nach dem Vorfall im Central Park wichtiger, als Schüler nachts auf den Gängen bei einem heimlichen Date zu erwischen.«

»Wahnsinn! Woher weißt du das alles?« Er überhört meine Frage geflissentlich und deutet stattdessen mit der Hand nach oben.

»Dieses Gebäude steckt voller Geheimnisse. Es ist viel älter, als du vielleicht denkst. Ende des 19. Jahrhunderts wurde es von einem exzentrischen irischen Botaniker namens Samuel Heap erbaut. Daher auch die weitläufigen Gartenanlagen und Gewächshäuser. Sein Sohn war ebenfalls Biologe, aber der hat sich auf menschliche Genetik spezialisiert.«

Wir laufen mittlerweile den gemäldegeschmückten Gang entlang, der zur Bibliothek führt, und ich komme nicht umhin, die Personen darauf auf Kameraaugen zu untersuchen, während ich ihm nur mit halbem Ohr zuhöre. Jack entgeht das nicht.

»Manche stecken auch im Rahmen hinter den Schmucksteinen. Vergiss sie einfach. Heute Nacht sind alle blind.«

Ich frage mich, wie er so sicher sein kann, dass die Techniker nicht gerade jetzt das Virus deaktivieren. Scheinbar traut er der IT-Abteilung seiner Schule nicht besonders viel zu. Statt an einer der Seitentüren des Ganges stehen zu bleiben, läuft Jack schnurstracks bis zu der gläsernen Eingangstür der Bibliothek, nimmt wie selbstverständlich den Rucksack von der Schulter und kramt seinen Ausweis heraus.

»Du willst mir jetzt nicht weismachen, dass sie Aidan in die Bibliothek geschafft haben? Soll er etwa den Stoff nachbüffeln, den er in seiner Abwesenheit verpasst hat?«

Verschwörerisch legt er seinen Zeigefinger auf die Lippen. Das nächtliche Herumschleichen scheint ihm zu gefallen. Seine Wangen sind rosig, er wirkt geradezu euphorisch, so als wollte nicht ich, sondern er Aidan unbedingt finden. Dafür dass er so auf Regeln beharrt, hat er eine ziemlich ungesunde Freude daran, dieselben zu übertreten.

»Sagte ich nicht gerade, das Haus steckt voller Geheimnisse?«, wispert er. »Aidan wollte dich nach dem Gespräch mit seinen Eltern unbedingt sehen, aber Callahan hat es strikt verboten. Daraufhin ist er vollkommen ausgetickt. Sie hatten die Wahl. Entweder ihn mit einem Schlafmittel ruhig zu stellen, was seine Mutter ablehnte, bevor ein Arzt ihn nicht gründlich untersucht hatte, oder ihn in einen Raum zu schaffen, in dem er herumwüten kann, ohne andere Schüler oder sich selbst zu verletzen.«

Mir ist, als habe er mir gerade zwei kräftige Ohrfeigen verpasst. »Und das sagst du mir erst jetzt?«

Wir treten in das Dunkel des Raumes, Jack stößt mit dem Rücken die Tür hinter uns zu und lehnt sich mit verschränkten Armen lässig dagegen. Die Sorge um Aidan schnürt sich wie ein Riemen um meinen Brustkorb und drückt mir die Luft ab.

»Was soll das?«, frage ich alarmiert.

»Geheimnisse haben ihren Preis, Mylady. Ich könnte Sie zu ihrem Liebsten führen. Allerdings nur, wenn Sie mir ebenfalls eines Ihrer Geheimnisse anvertrauen.«

Das ist so typisch für ihn. Ich atme tief durch.

»Was schwebt Ihnen denn vor, Geheimnishüter?«

»Verratet mir, was hat Euer Mentor gemeint, als er zu Claire sagte, ›wir sind eben zu einer Einigung gekommen‹?«

Schande! Ganz sicher will Fion nicht, dass ich etwas von unserem Gespräch ausplaudere.

»Du machst dich doch nur über mich lustig! In Wahrheit hast du überhaupt keine Ahnung, wo Aidan steckt und ...«

»Diese Bibliothek verfügt über einen Geheimgang in eine unterirdische Kelleranlage mit einem riesigen Versuchslabor.«

Ein ächzendes Geräusch verlässt meinen Mund. Versuchslabor? Was zum Teufel ...

»Ich weiß, dass sie Aidan dorthin geschafft haben. Und ich habe gehört, dass es dort einen Raum geben soll, den man mit paranormalen Kräften nicht öffnen kann. Boden, Decken und Wände bestehen aus der gleichen feuerfesten, widerstandsfähigen Keramikbeschichtung, mit der die NASA die Raumfähren überzieht.« Er zuckt mit den Schultern. »Keine Ahnung, ob er wirklich dort oder in einem etwas angenehmeren Nebenzimmer ist. Kommt vermutlich darauf an, ob er sich am Ende in sein Schicksal ergeben oder weiter nach dir geschrien hat.«

Mein Mund wird trocken und meine Hände beginnen zu zittern.

Jack grinst und hebt feierlich die rechte Hand. »Emma, ich schwöre dir, dass ich dich sofort in Farrans geheimen Keller bringe, wenn du mir von eurem Gespräch erzählt hast. Und lüg mich nicht an. Ich weiß, dass es um etwas sehr Wichtiges ging, sonst hättest du nicht so verheult und erschöpft ausgesehen.«

Ich hab keine Wahl. Meine Augen wandern über die Bücherregale zu den Wänden der Bibliothek. Das fahle Licht der gläsernen Eingangstür dringt nicht einmal bis nach hinten durch. Aber vermutlich könnte ich hier selbst im hellen Tageslicht keine verborgene Tür entdecken, ohne den Zugang zu kennen. Mein Herz hämmert mir bis zum Hals, als ich ihm die Worte entgegenspucke: »Farran möchte mich zu seiner möglichen Erbin ausbilden.«

Jacob

RICHARDS PLAN

»Versprich es mir«, sagt der blonde Junge und hält ihm seine magere, knochige Hand entgegen.

Aber Jacob schiebt trotzig seine Unterlippe vor.

»Warum darf ich es ihr nicht verraten? Sie ist nicht so, wie du denkst. Sie wird es verstehen.«

»Deine Mutter wird dich für wahnsinnig halten und zu einem Arzt gehen. Dann sperren sie dich in eine Irrenanstalt, machen Experimente mit dir, schmerzhafte Experimente. Vielleicht schneiden sie dir sogar dein Gehirn auf.« Er zieht die Hand zurück, greift nach dem langen Messer in seinem Rucksack und haut dem Lachs zu Jacobs Füßen mit einem Hieb den Kopf ab. Jacob rutscht zurück und beißt sich auf die Lippen.

»Ich will dich nur beschützen«, sagt der Junge, während er die Schneide im Gras abwischt.

»Okay.« Jacob atmet tief durch. »Na gut, ich schwöre, dass ich mit niemandem über meine Gabe rede, bis du mich holen kommst. Aber wann wird das sein?«

»In ein paar Jahren. Hab Geduld.« Er lehnt sich so weit vor, dass seine Nasenspitze nur noch Zentimeter von Jacobs Gesicht entfernt ist. Die Augen funkeln silbern und Jacob fühlt sich unter diesem Blick auf einmal unendlich geborgen. Fion wird zurückkommen, er wird ihn nicht vergessen, wie es sein Vater getan hat. Niemals.

»Ich wünschte, du wärst mein Bruder«, sagt er erstickt und blinzelt gegen den Kloß in seinem Hals.

Fion lacht, als hätte er einen guten Witz gemacht, und wuschelt ihm durch das Haar.

»Aber das sind wir doch. Hier drin«, er klopft sanft auf seine Schläfe, »werden wir immer Brüder sein. Fühlst du es nicht? Es ist da. Unauslöschlich.«

Sein Gesicht verschwimmt, wird älter, reifer und der Blick seiner Augen so unendlich vorwurfsvoll, dass Jacob ihn nicht mehr ertragen kann und wieder nach unten auf den toten Fisch schaut.

Aber der liegt gar nicht mehr vor ihm.

Sondern seine Tochter.

Jemand schreit. Unerträglich laut. Dann spürt er eine Hand auf seinem Mund und Jacob reißt die Augen auf. Sein Atem geht hektisch und die Kleider kleben feucht an seinem Körper. Licht blendet ihn, er blinzelt, aber das Geräusch hat aufgehört.

Ich war das, denkt er verwundert, während seine Augen an Schärfe gewinnen und er Namaras angespanntes Gesicht über sich sieht. Was zum Teufel ...

»Hör auf zu brüllen, sonst weckst du die gesamte Nachbarschaft auf!«

Bevor Jacob nach ihm schlagen kann, zieht Namara die Hand weg. Stöhnend richtet Jacob sich auf. Sofort erfasst ihn ein Schwindel, der das Zimmer erneut in pulsierende Unschärfe taucht und gleichzeitig pfeift es in seinen Ohren. Eine Stelle in seinem Nacken brennt scheußlich, sein linker Arm ist einbandagiert und sein Kopf fühlt sich an, als hätte ihn jemand als Ball für ein Squash-Turnier benutzt.

»Hier, schlucken Sie das. Dann fühlen Sie sich besser.«

Langsam hebt Jacob den Kopf. Plötzlich fällt ihm alles wieder ein.

»Sie!«, ruft er aus und verzieht das Gesicht. »Was haben Sie mir verpasst?«

Der Alte, der aufgrund seines Aussehens niemand anderes als der Psychiater sein kann, den Aidan ihnen beschrieben hat, drückt ihm ein Glas Wasser und eine Tablette in die Hand.

»Ein Betäubungsmittel. Allerdings in einer höheren Dosis, als ich sie gewöhnlich bei einem Menschen verwende.« Er schüttelt den Kopf und mustert ihn mit dem interessierten Blick eines Wissenschaftlers, der eine Anomalie in seiner Versuchsreihe entdeckt hat. »Ich wusste schließlich nicht genau, *was* Sie sind.«

Ein dunkles Lachen an seiner Seite. »Ja, das habe ich mich auch schon oft gefragt«, gluckst Namara und klopft ihm auf die Schulter.

»Die Dosis hätte vermutlich auch einen Löwen lahmgelegt«, überlegt der Alte vor ihm und knetet nachdenklich sein Kinn.

»Wenn Sie sich nicht so um Aidan gekümmert hätten, würde ich Sie jetzt wie ein Löwe in Stücke reißen!«, erwidert Jacob und reibt sich über die Stirn. Tatsächlich ärgert er sich, vor allem über sich selbst. Wie konnte er nur an der Tür vorbeigehen, ohne sie zu untersuchen?

»Seien Sie froh, dass Antonio Ihnen nicht Gift injiziert hat!«, tönt die energische Stimme einer Frau zu seiner Linken. »Sie haben uns zu Tode erschreckt mit Ihren Fähigkeiten.« Amy Grey geht neben ihm in die Hocke und mustert ihn mit dem Blick einer Lehrerin, die ihren Schüler dabei ertappt hat, die Hausaufgaben abgeschrieben zu haben.

Ach. Das wird ja immer schöner.

»Ihr junger Held hat mich zuerst angegriffen.«

»Sie sind in meine Wohnung eingebrochen!«

»Und? Wir brauchten Ihre Hilfe!«

»Es gibt eine Klingel.«

»Natürlich. Sie öffnen bestimmt jedem bereitwillig die Tür, der nachts klingelt und Ihnen einen Verblutenden auf die Couch legen will.« Jacob stockt und dreht sich zu Namara. »Wo ist Rich? Wie geht es ihm?«

Namara winkt beschwichtigend ab. »Rich ist zäh. Antonio hat Kontakt zu einem ehemaligen Combat-Mediziner aus seiner Violencia-Zeit in Kolumbien aufgenommen. Sein Sohn ist Chefarzt in der Hämatologie im LENOX HILL HOSPITAL, nur eine Viertelstunde von hier entfernt. Er konnte seinem Vater Blutkonserven in Richards Blutgruppe zur Verfügung stellen. Phyllis hat gerade eben angerufen. Über eine Stunde lang mussten sie Rich zusammenflicken. Aber jetzt ist sein Zustand stabil.«

»Etwa in der Klinik?« Durch Jacobs Kopf pulsieren schmerzhafte Wellen. »Seid ihr verrückt geworden? So nah am Central Park! Wenn Farran ...«

»Beruhige dich! Phyllis und die Security-Jungs sind bei ihm und außerdem schaffen sie ihn vor Ende der Nacht noch hierher zurück. Farran hat tatsächlich im Eingangsbereich einen Raben postiert, aber das LENOX ist zurzeit im Umbau. Für die OP haben sie Rich heimlich über den Baustellenzugang in einen abgeriegelten Trakt geschafft. Kein Mensch hat sie beobachtet.«

Nur langsam spürt Jacob die Wirkung der Tablette, die Antonio ihm gegeben hat. Er dreht sich zurück zu Amy Grey, die immer noch neben ihm in der Hocke verharrt. Sie scheint ihn schon eine ganze Weile zu beobachten.

»Wieso helfen Sie uns auf einmal so bereitwillig?« Es schmerzt ihn, Greys Blick zu erwidern. Ihr offenes Lächeln erinnert ihn an Rina und ihre Augen strahlen in dem gleichen warmen Braun.

»Francesco hat Ihr Handy geknackt und wir konnten die Bilder von Ihnen und Aidan sehen. Aus glücklicheren Tagen«, fügt sie hinzu.

Jacob greift unwillkürlich in seine Jackentasche. Ein Schatten fällt über ihn, dann schiebt sich Francescos muskulöser, tätowierter Arm in sein Blickfeld, in der Hand sein Handy.

»Niedliche Bilder. Besonders die von Ihrer Tochter. Hab mir ein paar von der Süßen runtergeladen.«

Grey wirft einen tadelnden Blick nach oben, während Jacob sein Handy an sich reißt und mit einem Satz aufspringt. Einen Moment lang befürchtet er, wieder umzukippen, als der Schwindel ihn erneut überrollt, wenn auch schwächer als zuvor, doch dann lässt das Gefühl nach.

»Chill the base! Das war nur ein Witz.« Der Junge grinst schief. »Für so einen alten Mann hast du ganz schön was drauf.«

»Für so einen jungen Kerl hast du ganz schön viele Narben und Tätowierungen. Gehörst du zu einer Gang?«

Sein Grinsen verschwindet und Wachsamkeit beherrscht wieder seine Züge. »Früher einmal«, sagt er gedehnt. »Ich konnte aussteigen. Dank Amy. Hast du ein Problem damit?«

Jacob schüttelt den Kopf. »Danke«, sagt er schlicht.

»Dafür, dass ich dich bedroht habe und die Wahrheit aus dir prügeln wollte?«, entgegnet Francesco kopfschüttelnd.

Jacob streckt ihm die offene Hand entgegen. »Dafür, dass du Miss Grey helfen wolltest, Aidan wiederzufinden.«

Die Wangen des Jungen werden rot. Während er seinen Händedruck erwidert, hören sie hinter sich ein herzhaftes Gähnen.

»Nachdem hier nun endlich Waffenstillstand herrscht, wärst du bitte so freundlich, uns einen Kaffee zu machen, Amy?«, fragt Antonio. Er hat die Brille abgenommen und reibt sich über die geröteten Augen. »In meinem Alter ist man es nicht mehr gewohnt, sich die Nächte um die Ohren zu schlagen und meinem Patienten«, er deutet auf Jacob, »kann ein kleiner Koffein-Schub auch nicht schaden.«

»Ihrem Opfer, meinen Sie«, wirft Jacob ein, aber da hakt sich bereits ein schmaler Arm unter seinen und zieht ihn mit sich in Richtung Küche.

Der süße Duft von Jasmin und frischer Zitrone strömt Jacob entgegen und Greys unerwartete Nähe löst ein warmes Kribbeln in seinem Bauch aus. Sie hebt den Kopf und schenkt ihm ein freundliches Lächeln. »Und dann überlegen wir, wie wir Aidan und Ihre Tochter befreien können.«

Oh, nein! Das fehlte noch!

»*Wir* befreien hier niemanden, Miss Grey«, poltert er los. »Sobald Rich wieder auf den Beinen ist, müssen Sie ganz schnell vergessen, dass Sie uns gesehen haben.«

Sie öffnet die Küchentür und bugsiert ihn zu einem der hohen, mit braunem Leder bezogenen Esszimmerstühle. Jacob setzt eine grimmige Miene auf, während er sich darauf niederlässt. Tatsächlich ist er erleichtert, fühlen sich seine Beine doch immer noch wie Gummi an. Peinlich genug, dass er sich auf den letzten Metern bei Amy abstützen musste.

Sie verschränkt die Arme über der Brust. »Hören Sie endlich auf, mich ›Miss Grey‹ zu nennen. Amy genügt. Und nein, ich werde Thomas, ich meine Aidan, nicht einfach vergessen und mich darauf verlassen, dass ein Haufen paranormaler Freaks ihn befreit. Ich verlange nicht, dass Sie mir alles erzählen. Wenn Sie nicht mit mir zusammenarbeiten wollen, ist das okay. Aber ich lasse den Jungen ganz sicher nicht hängen.«

Bevor Jacob etwas erwidern kann, schiebt sich Namara zwischen ihn und Grey. »Schluck's runter, MacAengus, und warte erst einmal ab, was Rich dazu sagt. Ich meine, er muss ihre Reaktion doch vorhergesehen haben. Irgendwie. Hoffe ich.«

Und erst da explodiert die Erkenntnis wie ein Leuchtfeuer in Jacobs Kopf. Deshalb hat er darauf bestanden, dass er und nicht Phyllis Greys Wohnung betritt. Der Falkenchef muss vorhergesehen haben, dass Grey ihnen keinen Glauben schenken würde, hätten sie ihr die Bilder auf dem Handy einfach so gezeigt. Fotos lassen sich so gut fälschen. Nein, sie sollte erkennen, wie sehr er bereit war, um Aidan zu kämpfen. Um wie viel überzeugender müssen die Bilder von Aidan, Emma und ihm auf sie gewirkt haben, nachdem sie ihn trotz seiner, für sie sicher schockierenden Gabe überwältigt und dann sein Handy untersucht hat.

Jacob schließt erschöpft die Augen. Der pulsierende Schmerz ist in seinen Kopf zurückgekehrt und er fragt sich erneut, ob er Richard Montgomry nun bewundern oder hassen soll.

Emma

HEAP

Jacks Augen weiten sich.

Eine Welle von Emotionen huscht über sein Gesicht, bis er so verletzt aussieht, als hätte ich ihn geschlagen. Ich wusste, dass er nicht erfreut sein würde. Aber mit einer so heftigen Reaktion habe ich nicht gerechnet.

Und genau da begreife ich, dass Farrans Erbe anzutreten, womöglich eine seiner Visionen gewesen ist. Nein, vermutlich *die Vision*.

Herrje! Ich habe eben literweise Öl ins Feuer gegossen.

»Natürlich nur vorläufig, bis er einen geeigneteren Kandidaten findet«, räume ich langsam ein, was an seinem Mienenspiel bedauerlicherweise nichts ändert. Verdammt. Wenn er sich jetzt nicht an sein Versprechen hält, finde ich Aidan heute Nacht nie. »Glaub mir, ich bin nicht scharf auf diesen Posten.«

Wenigstens das nimmt er mir ab. Seine Kiefermuskeln zucken angespannt. »Okay.« Pause. Jacks Stimme klingt vollkommen unbeteiligt. »Komm!«

Mit langen Schritten durchquert er den Raum, bis wir zu einem kreisförmigen Regal mit einem Durchmesser von mindestens zehn Metern gelangen. Es steht im Zentrum der weitläufigen Bibliothek wie eine Bücherinsel in einem strahlenförmig angeordneten Meer von Seitenregalen, bietet Sichtschutz und die Möglichkeit zur Bücheraufbewahrung in seiner Außen- und Innenwand. Nur zur Terrassenseite hin öffnet sich ein türbreiter Spalt, auf den Jack jetzt zusteuert. Im Inneren der Insel liegen eine große runde und mehrere kleine ovalförmige, graulederne Sitze wie Kieselsteine auf dem blaugrünen Mosaik des Bodens verstreut. Mir bleibt nicht viel Zeit, die Schönheit dieser Architektur zu bewundern.

Jack marschiert zielstrebig auf einen der zwei Rechnerterminals zu, die in die Regalwände integriert sind, um den Schülern das Recherchieren nach Büchern und Zeitschriftenartikeln zu erleichtern. Seine Hände fliegen über die Tasten und sein Gesichtsausdruck ist konzentriert. Über einen Bibliotheksscanner liest er seine Magnetkarte ein und loggt sich mittels einer zehnstelligen Zahlenkombination in ein Netzwerk ein, das nur für Bibliotheksmitarbeiter und Lehrer freigegeben ist. Schließlich aktiviert er einen Bereich, der im Menü »Gesperrte Zugänge« unter dem Titel »Chief Executive« auftaucht. Es dauert einen Augenblick. Dann wird der Bildschirm vollkommen schwarz bis auf ein kleines weißes Fenster mit der Aufforderung: »Authentifizieren Sie sich.«

Ich werfe ihm einen erstaunten Blick zu. Er kann doch unmöglich das Passwort dafür haben! Ein grimmiges Lächeln umspielt seine Lippen, als er zu tippen beginnt.

Keeps Darwin ahead!

Perplex starre ich auf die Buchstaben. Farrans Büropasswort?

Ein neues Fenster ploppt auf. »Bitte wiederholen.«

Als Jack zu schreiben beginnt, beschleunigt sich mein Pulsschlag.

Kieran W. Heap's dead!

Was soll das denn? Im nächsten Augenblick verblassen die Buchstaben. Sie schieben sich ineinander und formen sich neu. Und dann steht in dem weißen Feld erneut: *Keeps Darwin ahead!*

»Ein Anagramm!«, flüstere ich, aber meine Aufmerksamkeit wird von einem scharrenden Geräusch in meinem Rücken abgelenkt. Ich fahre herum. Die große Sitzgarnitur beginnt sich zu drehen, schraubt sich langsam in die Höhe und schwebt schließlich etwa zwei Meter über dem Boden.

Als ich näher an das Loch herantrete, das sich im Boden geöffnet hat, erkenne ich eine dunkle hölzerne Wendeltreppe, die sich wie eine schwarze Schlange um eine breite Stahlsäule windet und in einen schwach beleuchteten Gang mündet. Mein Blick wandert die Säule entlang nach oben. Gleich einem Blütenkelch schmiegt sich eine kegelförmige Metallkonstruktion an ihr oberes Ende und entfaltet über sich die grauledernen Blätter ihrer Blüte.

»Beeindruckend, nicht?« raunt Jack neben mir. »Warte erst einmal ab, bis du das Labor siehst.«

Ich erschauere. Er schwingt sich auf die ersten Stufen der Treppe und reicht mir die Hand nach oben. Als ich ihm meine Hand gebe, ist die seine kühl und dennoch feucht, so wie meine, wenn ich mündliche Prüfungen habe. Sein Blick huscht unruhig an mir vorbei.

»Ist da unten jemand? Ich meine, ist das Labor bewacht?«, flüstere ich.

Er schüttelt den Kopf. »Nein. Aber mir ist wohler dabei, den Zugang so schnell wie möglich zu verschließen. Nicht dass die Wachmänner doch noch in der Bibliothek vorbeischauen.«

»Du willst uns hier unten nicht ernsthaft einsperren?«

Was, wenn er die Konstruktion hinterher nicht mehr aufbekommt, das Passwort geändert wird oder der Strom ausfällt? Ein unangenehmer Druck baut sich in meiner Kehle auf. Als ich mit einem Satz auf den Stufen neben ihm lande, knarzt das Holz unter meinen Füßen.

»Erzähl mir jetzt nicht, dass Farrans große Hoffnung Platzangst hat«, spottet Jack. Er lässt meine Hand los und wandert lässig die Stufen hinunter. Seine Stimme hat einen eigentümlich hallenden Klang bekommen. Der Gang muss ziemlich lang sein. Ich steige eine weitere Treppenwindung abwärts und spähe den Korridor hinunter. Leider reicht das bullaugenförmige Wandlicht neben der Treppe nicht aus, um ihn bis zu seinem Ende zu erhellen. Nach wenigen Metern verschluckt Finsternis den Weg und alles, was dahinterliegt.

Als ich das Treppenende erreicht habe, drückt Jack auf einen roten Knopf neben dem Lichtschalter. Die Stahlsäule beginnt sich zu drehen und die Sitzgarnitur über uns senkt sich wieder auf die Öffnung herab. Mit einem dumpfen Geräusch rastet der Blütenkegel über uns in seine Bodenverankerung.

»Wer ist eigentlich dieser Kieran Heap?«, frage ich in Gedanken an das Passwort und reibe mir über die Arme. Es ist merklich kühler hier unten.

Jack wühlt in seinem Rucksack und murmelt »Shit, ich bin sicher, dass ich sie eingesteckt hab.«

»Was?«

»Die Taschenlampe. Hier, halt mal!« Er drückt mir den aufgeklappten Rucksack in die Hand, um mit beiden Händen darin zu suchen. »Kieran war Samuel Heaps Sohn.«

Ich versuche, mich an seine Worte über die Geschichte des Hauses zu erinnern.

»Der Humangenetiker?«

Lässt Darwin einen Schritt voraus sein. Kieran W. Heap ist tot.

Und plötzlich begreife ich. »Das Versuchslabor hier unten gehörte ihm! Hat er etwa mit Menschen experimentiert?«

Jack hat die Taschenlampe gefunden, zieht sie zusammen

mit einem Tempopack aus dem Rucksack und raunt dunkel: »Perfekt, nicht wahr? Hier unten hört niemand deine Schreie, Emma.«

Idiot! Ich schlage ihm den Rucksack energisch gegen die Brust und erwidere kühl: »Liegen in den Laboren noch ein paar Skelette herum oder hat Farran wenigstens seinen Putztrupp durchgeschickt?«

Lachend schultert Jack den Rucksack, knipst die Taschenlampe an und leuchtet in den Gang hinein. Er ist mindestens dreißig Meter lang, Boden, Decke und die Seitenwände mit schwarzgrauem Granit gefliest. Kein Wunder, dass man nichts erkennen konnte. Am äußersten Ende entdecke ich eine Nische in der Wand. Dort scheint eine Tür zu sein.

»Keine Sorge!« Seine Stimme hallt von den kahlen Wänden wider. »Ist alles top in Schuss und mit neuester Technik bestückt.«

Nicht dass mich das jetzt beruhigen würde.

Mit ausladenden Schritten steuert Jack auf das Ende des Gangs zu. Kurz bevor wir die Wandnische erreichen, niest Jack so laut, dass ich heftig zusammenzucke.

Zu meinem Erstaunen ist die Tür zweiflüglig und stammt mit ihren schmiedeeisernen Verzierungen zwischen den Glaselementen offenbar ebenso aus der Jugendstilzeit wie die Mensa von ENGLEWOOD RAVENS. Die wulstigen Metallstränge wuchern wie Urwaldpflanzen über das dunkle Glas. Der Raum dahinter liegt in völliger Dunkelheit.

»Ladys first«, witzelt Jack und reicht mir die Taschenlampe. Er legt die Hand auf den Griff in Form eines Pfaus, drückt ihn hinunter und schiebt dann mit dem Rücken die Tür auf, während er ein Taschentuch aus seiner Tempopackung nestelt. Ich gehe an ihm vorbei in das Labor. Ein scharfer Geruch streift mich, als ich die Taschenlampe hebe und sie über helle Regale und Unterschränke mit schwarzen Arbeitsplatten wandern lasse. Dann wird der scharfe Geruch auf einmal stärker. Ich fahre herum. Doch Jack steht gar nicht in der Tür. Er ist überhaupt nicht mehr zu sehen. Oh nein!

Lektion 1: Lass nie deinen Gegner aus den Augen.

Ich taumle rückwärts. Mein Herz hämmert gegen meine Brust, als wollte es zerspringen. Die Taschenlampe! Blitzschnell drücke ich auf den Schalter, das Licht erlischt und gleichzeitig ducke ich mich und hechte nach rechts. Wieder streift mich dieser Geruch und da verstehe ich. Jack hat Tücher in seinem unscheinbar aussehenden Tempopack, die er mit einem Betäubungsmittel getränkt hat. Panik schlägt mir ihre Faust in den Magen. Ich versuche, mich so leise wie möglich zu bewegen. Aber hier ist es vollkommen finster und mein rascher Atem verrät mich. Ein Scheppern rechts von mir. Ich stürze nach links, pralle gegen seinen Körper, schlage zu, doch da fühle ich bereits etwas Weiches auf meinem Gesicht. Die Telekinese, die ich gerade aufbaue, bricht in sich zusammen, zerrinnt wie Sand zwischen meinen Fingern, und genau in diesem Augenblick schießt mir ein vollkommen verrücktes Wort in den Kopf: *Amontillado*

AMONTILLADO

Lesen ist wie Tauchen.

Statt in Gefühle sinke ich in schillernde Tiefen der Fantasie, um hinter den Abgründen der Wirklichkeit ein blühendes Korallenriff fremder Gedanken zu entdecken. Manche Geschichten verschwinden im schlammigen Morast des Vergessens, andere lassen mich nicht mehr los. Ihre Figuren gleiten sanft neben mir durch das trübe Wasser meines Unterbewusstseins, nur um in den ungünstigsten Momenten wieder daraus hervorzutauchen.

Amontillado.

Warum konnte ich mich nicht ein paar Minuten früher daran erinnern, wie die Hauptfigur in einer von Poes Erzählungen zu einem Fässchen Amontillado-Sherry in den Keller gelockt und dort bei lebendigem Leib eingemauert wurde? Zum Teufel mit Poe! Ich hätte Mamas Leidenschaft für diesen Autor niemals teilen dürfen.

Das Wort hat nicht nur eine brennende Spur in meinem Kopf hinterlassen, ich fühle mich, als hätte ich tatsächlich getrunken, viel getrunken, und würde jetzt mit einem Kater erwachen. Mir ist schwindlig und auf meiner Zunge liegt ein bitterer Geschmack. Ich schlucke, versuche zu blinzeln, aber meine Augen lassen sich nicht öffnen. So als hätte mir jemand einen Ski-Sturzhelm samt Schlafbrille über den Kopf gestülpt. Außerdem steckt etwas in meinen Ohren. Zumindest bin ich nicht geknebelt. Dafür aber gefesselt. Deutlich spüre ich den Druck von festen Riemen an meinen Handgelenken, Füßen und über meiner Taille.

»Hallo, Emma.«

Jacks Stimme hallt überlaut durch meinen schmerzenden Schädel, in einer gruseligen Mischung aus Schadenfreude und Aufgekratztheit. Gänsehaut breitet sich augenblicklich auf meinen Armen aus. Aber ich darf nicht zulassen, dass die Panik mich mit sich reißt, deshalb konzentriere ich mich auf die technischen Details meiner Gefangenschaft.

Jack muss mir In-Ear-Kopfhörer in die Ohren gesteckt haben, denn jedes Umgebungsgeräusch wird von ihnen ausgeblendet. Meine hörbare Welt besteht nur noch aus Jack und dem Rauschen des Blutes in meinen Ohren.

Wo bin ich nur? Das, worauf ich liege, ist hart und kalt. Ich versuche, es zu untersuchen, und ertaste unter den Kuppen meiner Finger kühles Metall. Bilder von Operationstischen aus Edelstahl erscheinen vor meinem inneren Auge. Ich schlucke gegen den zunehmenden Druck in meiner Kehle.

»Farran wird dich umbringen, wenn du mir was antust«, ist alles, was ich hervorbringe, und schäme mich sofort, weil es sich so furchtbar hilflos anhört. Meine Stimme klingt durch die zugestopften Ohren eigenartig, viel dumpfer als sonst, irgendwie so, als würde ich Bauchreden.

»Wer sagt denn, dass *ich* dir etwas antue? Das wird Aidan für mich erledigen.«

»Aidan?«, flüstere ich. Mein Atem wird hektischer und seine Worte legen sich wie eine schwere Decke über mich, die mich zu ersticken droht. Ich strample mich darunter hervor.

»Netter Plan. Und wie willst du Aidan davon überzeugen, den Part des Bösewichts in deiner Tragödie zu übernehmen?« Ich lege so viel Spott in meine Stimme, wie ich nur aufbringen kann, und lasse ihn gar nicht erst antworten. »Und selbst wenn es dir gelingen würde, könnte Farran hinterher in deinen Gedanken lesen, was wirklich passiert ist.«

Da ist plötzlich etwas Kaltes auf meiner rechten Wange und ich fahre zusammen. Ein brennender Schmerz zieht unterhalb des Jochbeins zu meiner Schläfe.

»Vorsicht, Emma. Ein Skalpell ist ziemlich scharf. Ich an deiner Stelle würde jetzt lieber ganz ruhig liegen bleiben.«

Mein Herz flattert wie ein Schmetterling unter einem umgestülpten Einmachglas, ich halte die Luft an und das Metall, auf dem ich liege, beginnt zu vibrieren. Oder sind es meine Finger, die zittern?

Tu was, tu was, tu was!

Aber die Mühlen meiner Furcht zermalmen jeden rettenden Gedanken zu Wortstaub, der sich verflüchtigt, bevor ich ihn zu Sätzen formen kann. Langsam atme ich aus und stelle mir vor, wie er durch die Luft wirbelt und sich auf meiner Stirn, meinen Wangen, den Lippen absetzt, bis jede noch so kleine Pore verschlossen ist.

Jack stößt auf einmal einen anerkennenden Pfiff aus, so als beglückwünsche er sich gerade selbst. »Keine Sorge, ich wollte dir nur deine Situation verdeutlichen. Ich bin schließlich kein irrer Messerschlitzer. Vergiften passt auch viel besser zu dir.«

Die Worte fegen über mich hinweg wie ein Sturm, reißen die klebrigen Schichten meiner Angst von mir und legen darunter blanke Wut frei.

»Das hat schon im Märchen bei Schneewittchen nicht geklappt. Willst du das Risiko wirklich eingehen?«

Ich höre seine Schritte. Schleicht er jetzt um mich herum? Und da kommt mir der rettende Gedanke: Wenn ich ihn dazu bringe, das Skalpell erneut über meine Haut zu führen, dann könnte ich es mit meiner Telekinese erfassen und gegen ihn schleudern, ich muss ihn nur genug reizen, muss …

Wieder Schritte, sie klingen ganz nah. Eine Tür fällt ins Schloss und Jack lacht laut auf.

»Interessant. Willst du das Skalpell auf mich werfen? Gar nicht übel.« Ich fühle mich, als wäre ich gerade frontal gegen eine Wand gerannt. »Die Mühe kannst du dir sparen, Emma. Wenn du wüsstest, wie plastisch deine verzweifelten Befreiungsideen gerade auf diesem Monitor zu sehen sind –

jammerschade, dass wir zu wenig Zeit haben, um Heaps Labor in vollem Umfang zu testen. Er war seiner Zeit wirklich weit voraus. Und Farran hat das Erbe seines Vaters mit neuester Brain-Computer-Interface-Technik erweitert. So geil.«

Wieso kann er meine Gedanken auf einem Monitor sehen? Habe ich deshalb dieses Ding auf dem Kopf? Meine Haare stellen sich im Nacken auf.

Denk nach, Emma! Du musst mehr darüber herausfinden, ihn mit seiner größten Schwäche ködern: seiner Eitelkeit.

Ich räuspere mich. »Farran hat mich heute übrigens gefragt, was ich von dir als seinem Nachfolger halte«, erkläre ich im Plauderton, als würden wir immer noch gemütlich bei einem Stück Sachertorte im *Café Fledermaus* sitzen.

»Ach, was!« Jack schnappt hörbar nach Luft. Gut, dann hat Farran ihn selbst noch nicht darauf angesprochen. »Das sagst du jetzt nur, damit ich dich freilasse. Eben noch hast du behauptet, du wärst seine Favoritin.«

»Dein Monitor zeigt dir doch angeblich alles, was ich denke. Kann das Interface keine Lügen erkennen? Was nutzt es dir dann überhaupt?«

Einen Augenblick herrscht Stille. Plötzlich höre ich im Hintergrund ein klackendes Geräusch, es kommt mir bekannt vor, so vertraut, es ist ... als würde jemand eine Tastatur bedienen. Ein leises Summen ertönt. Was hat er jetzt schon wieder aktiviert?

»Vermutlich hat er hier tatsächlich so was wie einen Lügendetektor eingebaut«, murmelt Jack, mehr zu sich selbst als zu mir. »Gedanken sind letztlich nicht mehr als elektrische Impulse. Mit dem hochsensiblen Brain-Computer-Interface, das du gerade auf deinem hübschen Köpfchen hast, könntest du mit deinen Gedanken sogar den Roboter dazu bringen, dir ein Glas Wasser einzuschenken.« Pause. »Oder mich zu töten. Nicht dass ich dir Zugang zu Excalibur verschaffen würde.«

Vielleicht würde ich es unter anderen Umständen tatsächlich cool finden, hier zu liegen und einen Roboter mit meinen Gedanken zu steuern, den irgendein verrückter High-Tech-Freak nach König Artus' Schwert benannt hat. Jetzt kann ich nur daran denken, was der technische Zauberkasten, mit dem Jack gerade spielt, noch für mich bereithält.

»Das Muster, das Lügen bilden, sollte eigentlich irgendwie anders aussehen. Man könnte …«

»Meine Gedanken haben ein bestimmtes Muster?«

»Hm. Verdammt, jetzt ist das Programm abgestürzt«, schimpft er enttäuscht.

»Wie sieht das Muster aus?«, versuche ich ihn abzulenken.

»Warum sollte ich dir das überhaupt erzählen?«

»Verstehe. Du bist nicht vollkommen davon überzeugt, dass dein Plan aufgeht und möchtest verhindern, dass ich ihn vereitle«, entgegne ich spöttisch.

Jack schnaubt auf und unterbricht sein Tippen. »*Du* wirst heute Nacht *sterben*. Es gibt nichts, absolut nichts, was du dagegen unternehmen kannst.«

Ein Zittern läuft durch meinen Körper.

Weiterspielen, Emma. Hör einfach nicht auf ihn.

Ich denke an Regen, an den Kuss, den ich Aidan gegeben habe. Es hilft. Seine Worte perlen an mir ab, bilden gefrorene Angstpfützen, über die ich steige, ohne einzubrechen.

»Kein letzter Wunsch? Jetzt bin ich aber enttäuscht. Du bist doch sonst immer so erpicht darauf, mir zu erzählen, was du für Geheimnisse herausgefunden hast. Wenigstens muss es auch unbefriedigend für dich sein, die Pläne, die Farran mit dir hat, nicht zu kennen, oder warum er mich dir letztlich vorziehen wollte.«

Ich rechne mit einer pampigen Antwort, überlege mir, wie ich ihn dazu bringe, auszurasten, Fehler zu machen, mir mehr über das BCI, an das er mich angeschlossen hat, zu verraten.

»Da kann ich dich beruhigen.« Das beängstigende Geräusch seiner auf die Tastatur hämmernden Finger setzt wieder ein. Klack, klack, klack. Dumpfe, kleine Stiche in meinem Kopf. Und mit dem nächsten »Klack« zertrümmert er meine Welt.

»Dass Farran dein Onkel ist, weiß ich bereits.«

Aidan

ZWEIFEL

Der hochgewachsene, blonde Mann, der sich mein Vater nennt, drückt mich so fest, dass er mir fast die Luft abschnürt, aber ich sehe nur über seine Schulter hinweg zu Emma, wie sie zur Tür läuft, als müsste sie sich so schnell wie möglich in Sicherheit bringen. Das Gefühl, ihr folgen zu wollen, wird so übermächtig, dass meine Zähne aufeinandermahlen. Endlich lässt James Callahan mich los und mustert mich so eindringlich, als wolle er sich vergewissern, nicht den Falschen umarmt zu haben. Ich erkenne mein schmales Gesicht mit dem kräftigen Kinn in ihm wieder und die breiten Schultern. Aber ein Yak-Führer in Tibet könnte nicht weniger Gefühle in mir auslösen.

»Aidan«, murmelt eine weibliche Stimme hinter mir und ich wappne mich sofort für einen neuen Überfall. Doch meine Mutter geht auf mich zu, als wäre ich ein scheues Reh, das sofort im Dickicht des Waldes verschwindet, wenn sie ihm zu nahe kommt. Sie ist schlank, regelrecht dünn. Das knielange marineblaue Businesskostüm und die in einem Knoten am Hinterkopf zusammengesteckten Haare lassen sie streng, wie eine Unternehmerin oder Politikerin, aussehen. Aber ihre Maske ist verrutscht. Die Lippen beben, auf ihren Wangen haben Tränen Spurrinnen durch ihr Make-up gezogen und die Wimperntusche malt schattige Halbmonde unter ihre Augen.

Meine Augen.

Grüne Strahlen, die in ein Türkis übergehen, ein dunkler Rand. Etwas zupft in meinem Inneren, verschwommene Bildfetzen strömen in meinen Kopf, ein abstraktes Potpourri aus Farben. Wie Konfetti schwimmen sie auf dem Meer meiner Erinnerung, saugen sich voll und sinken auf den Grund, bevor ich sie zusammensetzen kann. Ich senke den Kopf und starre auf meine Schuhe.

Das sind deine Eltern. Das ist dein Leben.

Morgen fliegen wir nach Hause, sagen sie.

Aber ich kann weder aufhören, an Amys Lachen und Antonios grüblerische Miene zu denken, noch den dumpfen Schmerz vertreiben, der durch meine Brust zieht.

Stunden später liege ich immer noch wach im Bett. Sie haben mir nicht erlaubt, Emma noch einmal zu sehen. Und nichts wünsche ich mir sehnlicher. Es sei ein so anstrengender Tag für uns gewesen, wir bräuchten Ruhe. Beide.

Oh Mann, das Gefühl, als sie auf mich zugelaufen ist, ihre Arme um meinen Hals geschlungen hat, ihr warmer Körper an meinem, dieser Duft ...

Ich weiß überhaupt nicht mehr, was und wem ich glauben soll. Emma ist von Farran überzeugt. Aber hat nicht Montgomry behauptet, dass sie von Farran manipuliert worden sei? Die Falkenmitglieder auf der Yacht haben so aufrichtig gewirkt. Phyllis hat mich vor Jack gerettet. Und der Unbekannte, der sich als Emmas Vater ausgegeben haben soll, könnte für seine Darstellung des besorgten Vaters einen Oscar bekommen, wenn sie wirklich nur gespielt war. Die Erklärungen des Rabenchefs fühlen sich falsch an, so als würde er ein Puzzlestück gewaltsam in eine Lücke quetschen wollen, in die es nicht passt. Gott, ich muss dringend mit Emma reden.

Leise steige ich aus meinem Bett, schlüpfe in meine Jeans und Turnschuhe. Dann trete ich hinaus auf den Gang. Das

Parkett glänzt wie frisch poliert in dem Lichtkegel, der durch meine Zimmertür tritt, aber es knarzt unter meinen Sohlen wie alter Schiffsboden. Vor und neben mir liegen drei weitere Türen. Eine führt ins Bad, die andere zum Schlafzimmer meiner Eltern. Aber auf einem Stuhl vor der dritten Tür unseres Gästeapartments sitzt ein stämmiger Mann und bewacht den Ausgang zum Treppenhaus der Schule. Über seinem schwarzen Pullover spannt sich ein Schultergurt mit einer Waffe und in seinem Gürtel stecken Patronen. Sein Blick ist so streng, als müsste er die britischen Kronjuwelen vor mir bewachen.

Ich bin kein heimkehrender Sohn. Ich bin ein Gefangener.

Die Augen des Security-Manns brennen Löcher in meinen Rücken, als ich ins Bad schleiche. Das Fenster über der Badewanne führt zum Garten, aber ist so eng vergittert, dass eine Katze ihre Mühe hätte, sich hindurchzuschlängeln. Die Müdigkeit ist ein zäher Strom in meinem Inneren. Ich drehe den Hahn auf und spritze mir eisiges Wasser ins Gesicht. *Denk nach!*

Es klopft an der Tür.

»Besetzt!«, rufe ich.

Eine dumpfe Stimme antwortet: »Aidan, geht es dir gut?«

Meine Mutter. Auch das noch! Meine Chancen, den Gästetrakt von ENGLEWOOD RAVENS heute Nacht zu verlassen, sinken immer mehr.

»JA!«, brülle ich eine Spur zu zornig und warte, bis ich höre, dass die Schritte sich entfernen. Dann verlasse ich das Bad.

Am Fenster meines Zimmers steht Caitlin Callahan, die Haare offen, leicht zerzaust, ohne Schuhe, aber immer noch in diesem spießigen Business-Kostüm. Nachts, kurz vor zwei!

Ich lehne mich mit dem Rücken an die Zimmertür und verschränke die Arme vor der Brust.

»Was? Darf man hier nicht einmal mehr allein pinkeln gehen?«

Sie zuckt zusammen, greift dann in die Tasche ihres Blazers und zieht etwas Silbriges hervor. Mein Herz macht einen Satz, als ich mein Handy wiedererkenne. Ich dachte, ich hätte es bei dem Überfall im Central Park verloren. Den Zeigefinger der anderen Hand hebt sie an ihre Lippen. Rasch stoße ich mich von der Tür ab, bin mit drei Schritten bei ihr und nehme es ihr aus der Hand. Sie tritt ganz nah an mich heran, ein süßlich-schweres Parfum steigt mir in die Nase und ihre Haare kitzeln meinen Hals, als sie wispert: »Emma ist nicht in Gefahr, Aidan. Aber du.«

Emma

HILFLOS

Farran ist mein Onkel?

Tränen drücken gegen die Augenbinde und der Kloß in meinem Hals wird größer. Dann ging es ihm niemals um meine Gabe? Hat er mich all die Zeit über nur wegen unserer Verwandtschaft vorgezogen und gefördert?

»Woher weißt du das?« Meine Stimme ist so leise, dass ich sie mit den In-Ears kaum verstehe.

»Hättest nicht gedacht, dass ich es rauskriege, nicht wahr? Mir war von Anfang an klar, dass etwas faul ist. Ich meine, wie konnte er so ein unberechenbares Emotionsbündel wie dich mir vorziehen?« Ich widerspreche ihm nicht, warte wie betäubt, bis er hinzufügt: »Sheila hat's für mich rausgefunden.«

»Sheila aus SENSUS CORVI? Das Computergenie?«

»Genau die«, bestätigt er spöttisch. »Wenn du und Aidan erst einmal aus dem Weg geräumt seid, werden wir das neue Dreamteam der Raben werden, die blühende Zukunft.«

Sheila, die ihr blasses Gesicht hinter einer riesigen braunen Kunststoffbrille versteckt, schüchtern, unbeholfen und fast zu jeder Tageszeit vor einem Bildschirm zu finden ist, soll Jacks Komplizin sein?

»Aber du und Jane ...«, werfe ich ein.

»Jane ist süß, ein netter Zeitvertreib, doch sie kann Sheila mit ihrer Gabe nicht annähernd das Wasser reichen. Bei der geringen Reichweite ihrer Televisionen muss sie froh sein, dass sie überhaupt den Status einer Optiva erreicht hat.«

Ich hätte nicht gedacht, dass ich Jane einmal bemitleiden würde.

»Und wie genau will Sheila herausbekommen haben, dass Farran und mein Dad Brüder sind?«

Ein leises Rauschen ertönt, als würde eine Festplatte oder irgendein anderes elektronisches Gerät angehen.

»Sheila hat Farrans Masterpasswort geknackt, das, hinter dem er seine anderen Passwörter, Bankdaten, persönliche Aufzeichnungen, Protokolle über Schüler und weiß der Geier was noch alles versteckt hat. Aber Farran ist schlau. Er hat die sensiblen Daten noch einmal einzeln über Sicherheitsfragen gesichert, die nur er beantworten kann. Oder über Bilder, die ein bestimmtes Wort in seiner Erinnerung auslösen. Deshalb ist es so ein elendig mühsames Puzzlespiel für Sheila, alle Daten zu knacken. Aber sie wird es schaffen, da bin ich sicher.«

Ein Piepston ertönt und das Rauschen bricht ab.

»Die Datei über deinen Vater zu entschlüsseln, war ein harter Brocken. Eine Luftaufnahme von einem Fluss. Sheila musste Satellitenbilder scannen, bis sie endlich herausgefunden hat, dass es sich um den River Drowes handelt. Weder Fluss- noch Ortschaftsnamen haben Sheila weitergebracht. Bis sie entdeckt hat, dass die Gegend für ihre Lachsfischerei berühmt ist.«

»Das Passwort war *Lachs*?«, frage ich ungläubig.

»Yep. Und dreimal darfst du raten, wer aus der Gegend kam?«

»Dad«, flüstere ich.

»Farran selbst ist hier in den USA zur Welt gekommen. Er und dein Dad sind Halbbrüder und haben denselben Vater.«

Ein eigenartiges Gefühl erfasst mich. Als würde ich in einer Geisterbahn sitzen, vor mir eine schwarze zweiflüglige Tür, gleich wird sie aufgehen und ich bin mir nicht sicher, ob ich wirklich wissen will, was sich hinter ihr verbirgt. Warum sollte Farran eine besonders gesicherte Datei angelegt haben, nur um darin festzuhalten, dass sein Vater Kieran Heap und sein Bruder Jacob MacAengus ist? Und warum tragen eigentlich weder er noch Dad den Namen Heap?

»Soll ich dir verraten, was er geschrieben hat?«, fragt Jack gedehnt. Er hat mit dem Tippen aufgehört, widmet sich jetzt voll unserem Gespräch und genießt es, mich zappeln zu lassen. Sein Tonfall verrät ihn. Jack wird mir nichts sagen. Ich muss ihm einen Köder zuwerfen, meine eigene Falle auslegen.

»Soll ich dir verraten, warum Farran mich heute töten wollte?«

Da ist ein dumpfes Klacken, hart, kurz, das Drücken der Entertaste, nein, eher das Herabfallen des Daumens auf die Leerzeichentaste und im nächsten Augenblick zerreißt ein hoher, schriller Ton mein Trommelfell. Es fühlt sich an, als würde Jack zwei Stricknadeln, die er über einem Feuer erhitzt hat, in meine Ohren bohren. Ich brülle, bäume mich gegen meine Fesseln auf. Aber sie geben nicht nach. Meine Zunge schmeckt Blut, mein Körper schwitzt Angst. Ich baue meine Telekinese auf, richte sie auf die Riemen, die meine Arme und Beine festhalten. Aber natürlich kenne ich nicht ihre Beschaffenheit, nichts, rein gar nichts weiß ich über ihr Material. Meine Gedanken nagen an Leder, zerfasern Sisal, aber nichts geschieht. Gleich werde ich das Bewusstsein verlieren, ich dürste danach, möchte endlich Stille trinken und Dunkelheit.

Aidan

SCHNEEWITTCHEN

»Schneewittchen soll sterben«, rief die Königin, »und wenn es mein eigenes Leben kostet!« Darauf ging sie in eine ganz verborgene, einsame Kammer, wo niemand hinkam, und vergiftete da einen Apfel …

Wenn du dein Schneewittchen lebend wiedersehen willst, schaff Jacob MacAengus zum Eingangstor. Sobald er sich kampflos den Sicherheitsleuten ergeben hat, erhältst du weitere Anweisungen. Ich gebe dir einen kleinen Vorsprung, Prinz, sagen wir Spielfilmlänge 120 Minuten?

Die Fußgängertür im Eingangstor öffnest du über den Schaltkasten am Pförtnerhaus. Zweiter Knopf von links. Beeile dich. Ich werde um exakt 2:15 Uhr für eine kleine Ablenkung bei den Wachleuten sorgen. Keine Zeugen, keine Einweihung dritter. Sonst spritze ich ihr das Schlangengift sofort. Glaub mir, es wirkt schneller und viel sicherer als der Apfel.

Der Absender dieser Botschaft hat seine Rufnummer unterdrückt. Die Buchstaben auf dem bläulich leuchtenden Display meines Handys brennen wie Feuer auf meiner Netzhaut.

»Wann …«, ächze ich.

»Vor einer Viertelstunde. Ein Glück, dass ich es angeschaltet habe, um …« Caitlin Callahan senkt beschämt die Augen, »um mir die Fotos anzuschauen, die du von deinem Leben hier in New York gemacht hast.«

Zum Beleidigtsein, weil sie wie selbstverständlich in meine Privatsphäre eingedrungen ist, bleibt keine Zeit.

»Der Mann auf der Yacht war tatsächlich Emmas Vater?«

Sie nickt. »Ich denke schon. Ich weiß seit St. Patrick's Day, dass er noch lebt. Damals habe ich ihn auf dem Friedhof gesehen.«

»Mein Gott! Und du hast es ihr nie gesagt?«

»Aidan, du ... du verstehst nicht, was das für Emma bedeutet hätte. Farran ist zu mächtig.«

Ich möchte etwas erwidern, aber sie drückt jetzt fest meinen Arm, ihre Stimme ist nur noch ein Hauch und die Pupillen ihrer Augen riesige schwarze Abgründe.

»Dein Vater hätte das an Silvester nicht tun dürfen. Ich hätte es verhindern müssen. Aidan, schon morgen früh will James dich mit Fion manipulieren. Niemand weiß, was dann geschieht, ob dein Verstand das verkraftet. Ich will dich nicht verlieren, Kind. Ich will nicht, dass sie eine seelenlose Marionette aus dir machen. Du musst hier weg! So schnell wie möglich. Ich kann dir helfen zu fliehen.«

»WAS?« Ich reiße mich von ihr los. Mein Herz klopft mir bis zum Hals und meine Beine fühlen sich an, als würde ich über ein schwankendes Seil balancieren. »Aber ich muss Emma ...«

»Gleich nachdem die Nachricht angekommen ist, bin ich in ihr Zimmer gelaufen. Es war leer. Aber ich glaube nicht, dass jemand sie in seiner Gewalt hat. Das Ganze scheint mir vielmehr ein Trick von Fion zu sein. Er weiß, dass James und ich dich nicht noch einmal zu den Falken gehen lassen würden, und hofft, er kann auf diese Weise Jacob wieder in seine Gewalt bekommen, bevor James und er dein Gedächtnis endgültig manipulieren. Warum sonst hat er deinem Vater das Smartphone in die Hand gedrückt mit der klaren Anweisung, es dir zu geben?«

»Was, wenn es kein Trick ist? Wenn wirklich jemand Emma umbringen möchte?«

In ihren Augen lese ich, dass es sie nicht interessiert. Sie sorgt sich nicht um sie, nur um mich.

»Wer sollte das denn sein? Selbst wenn sie Feinde in SENSUS CORVI hatte, hier in den USA …«

»Vielleicht mein Vater«, unterbreche ich sie.

Sie zuckt zusammen. Dann nickt sie langsam. »Aber dann hätte er dein Handy nicht einfach bei mir in die Handtasche gesteckt und würde nicht nebenan tief und fest schlafen.«

Sie hat recht. Trotzdem krampft sich mein Magen bei dem Gedanken daran, dass Emma ernsthaft in Gefahr sein könnte, zusammen. Ich muss tatsächlich hier weg. Nicht, um abzuhauen. Sondern, um MacAengus zu finden und hierherzuschaffen.

»In Ordnung. Ich gehe. Wie sieht dein Plan aus?«

Einige Minuten später renne ich durch ENGLEWOOD RAVENS' Park. Die feuchte Kälte kriecht unter die Kapuze meiner Trainingsjacke in meinen Nacken und von dort mein Rückgrat hinunter. Den Wachmann vor unserer Tür hat meine Mutter geschickt abgelenkt, damit ich unbemerkt das Apartment verlassen konnte, und in meiner Jackentasche stecken Geld sowie ein handgeschriebener Zettel mit einer Anschrift in Brooklyn Heights. Dort, bei einer alten Bekannten meiner Mutter, soll ich Unterschlupf finden, bis sie meinen weiteren Fluchtweg geplant hat.

Trotz meines Versprechens habe ich nicht vor, nach Brooklyn zu gehen. Die Zeit drängt und wer auch immer mir die makabre Botschaft geschickt hat, sei es Farran – wie meine Mutter vermutet – oder tatsächlich ein Entführer, der Emmas

Leben bedroht, kann keinen Kontakt mehr zu mir aufnehmen. Denn Caitlin hat mein Handy bei sich behalten, aus Angst, Farran habe es manipuliert, um mich und das Versteck der Falken orten zu können.

Zwischen knorrigen Ahorn- und hellen Birkenstämmen pirsche ich mich zum Eingangstor vor. Ich schaffe es gerade noch, mich hinter einen Busch zu ducken, als eine Alarmsirene aus Richtung des Schulgebäudes die Stille zerreißt. Die Wachleute im Inneren des Pförtnerhauses springen auf und eilen nach draußen, während die Männer am Tor sich neugierig zu ihnen gesellen. Sie sprechen in ihr Headset.

Ich halte die Luft an und schleiche geduckt an ihnen vorbei. Ein Schritt. Noch einer. Dann fliegen meine Füße über den schlammigen Boden, Dreck spritzt an meinen Beinen hoch bis zu meinen Händen, ich streife mitten im Lauf den Knopf des Schaltkastens und höre, wie der Verschluss der Fußgängertür in dem riesigen Tor zu surren beginnt.

»STEHEN BLEIBEN!«, brüllt ein Mann hinter mir, aber jetzt habe ich die Tür bereits aufgerissen und haste nach draußen. Etwas prallt mit einem lauten, metallischen Pling gegen das Gitter.

»NICHT SCHIESSEN!«, ruft jemand im Hintergrund. »DAS IST EIN SCHÜLER!«

Vor mir öffnet sich der Forst, ein schwarzes Labyrinth aus Tannen- und Nadelbäumen und dichtem Unterholz, das mir bessere Zuflucht vor meinen Verfolgern gewährt als die daran angrenzende Straße. Es empfängt mich mit dem würzigen Geruch von feuchtem Laub und Erde und dem Geschmack wiedergewonnener Freiheit. Die Blätter rascheln laut unter meinen Füßen, aber ich bin schnell, noch folgt mir keiner, vielleicht hält meine Mutter sie auch zurück. Ich werde es schaffen. Ich muss es schaffen!

Aber es gibt ein Problem.

Farran hat noch am Abend zu meinem Vater gesagt, dass er einen Trupp Raben zu der Yacht des Falkenchefs schicken wird. Sie werden nicht mehr im Hafen sein und ich habe keine Ahnung, wo sie sich jetzt verstecken könnten. Meine Füße rutschen über Wurzeln, und Disteln verfangen sich an dem Saum meiner Hose, als ich die ausgetretenen Pfade verlasse und mich immer tiefer in das Dickicht schlage.

Es gibt nur einen einzigen Menschen, der mir helfen kann. Nur einen, dem ich vertraue. Amy.

Jacob

HILFE

Schlafen.

Namaras Vorschlag, sich ein paar Stunden Ruhe zu gönnen und das Gangmitglied Francesco die erste Wache übernehmen zu lassen, klingt in Jacobs Ohren so verheißungsvoll wie die Aussicht auf ein Nickerchen im Löwengehege des Central Park Zoos. Als er sich dennoch kurz nach Mitternacht auf Amys Wohnzimmercouch ausstreckt, ist er sicher, kein Auge zutun zu können. Aber die Anstrengungen der letzten Stunden und der wenige Schlaf in den Nächten zuvor fordern ihren Tribut und schon kurze Zeit später fühlt sich sein Körper so schwer an, als hingen Pflastersteine an ihm. Sie ziehen ihn hinab in die Tiefen einer Stille, die seine Gedanken, seine Sorgen und Wut aufsaugt und nichts als Leere hinterlässt. Himmlische, willkommene Leere.

Ein schriller Klingelton reißt ihn so abrupt aus diesem Zustand, dass er beim Aufspringen orientierungslos gegen den Couchtisch prallt. Zumindest wirkt der brennende Schmerz in seinen Schienbeinen so ernüchternd, wie ein Schwall kalten Wassers im Gesicht. Jacob wirft hastig einen Blick auf seine Armbanduhr. Die Zeiger stehen auf dem beleuchteten Ziffernblatt auf kurz vor drei Uhr.

Während er in den Flur eilt, klingelt es erneut und jemand klopft heftig an die Eingangstür von Amys Wohnung.

Ein dunkler Schatten bewegt sich plötzlich geschmeidig neben ihm. Francesco.

»Soll ich aufmachen?«, wispert der Junge. Durch die offene

Küchentür fällt schwach das Licht der Straßenbeleuchtung und reflektiert in dem metallischen Gegenstand, den er in seiner Hand hält, einem Messer mit gut fünfzehn Zentimeter langer Klinge.

Bevor Jacob antworten kann, wird das Trommeln an der Tür so heftig, dass sie vibriert, und dennoch übertönt das verzweifelte Brüllen auf der anderen Seite den Lärm: »AMY! Bitte mach auf, ich bin's, Thomas!«

Jacob wischt jeden Gedanken an einen Hinterhalt beiseite, schubst Francesco von der Tür weg und reißt sie auf. Aidan ist so bleich im Gesicht wie die Wand in seinem Rücken. Sein Atem geht stoßweise und auf seiner Stirn glänzen Schweißperlen. Doch als er Jacob erkennt, weiten sich seine Augen und ein Lächeln erhellt seine Züge. Nachbartüren springen auf und lautes Schimpfen hallt durch das Treppenhaus, aber Aidan ruft erleichtert: »MacAengus! Gott sei Dank! Sie sind hier.«

»Glauben Sie wirklich, Farran steckt dahinter?«, fragt Aidan leise, während das Taxi entlang des Hudson Rivers durch das nächtliche New York gleitet. Die Hoffnung, die in diesen Worten mitschwingt, ist ein dünner Span in der schwelenden Glut von Jacobs Wut.

»Möglich«, brummt er mürrisch, ohne seinen Blick vom Seitenfenster zu heben. Die vorbeiziehenden Straßenlaternen tauchen sein Gesicht in ein unruhiges Spiel aus Licht und Schatten.

Einen Moment lang herrscht Schweigen, dann erklärt Aidan: »Ich kann verstehen, dass Sie wütend auf mich sind, weil ich im Central Park versagt habe.«

Jacob fährt herum und atmet tief durch. »Nein, Junge. Ich bin wütend, weil mir immer noch keine Idee gekommen ist, wie ich dich vor Farran und deinem skrupellosen Vater in Sicherheit bringen und gleichzeitig meine Tochter retten kann.«

Wenn überhaupt jemand eine Schuld an den schicksalhaften Ereignissen im Central Park trägt, dann Montgomry. Aber der hatte gute Gründe. Jacobs Blick wandert zu seinen Händen und er muss sich zusammenreißen, sie nicht erneut an seiner Hose abzuwischen, als klebe Steins Blut immer noch an ihnen. Er wünschte, er könnte noch einmal mit ihm sprechen. Oder mit Montgomry. Aber der Falkenchef ist vor seiner Operation narkotisiert worden und seither nicht wieder aufgewacht. Namara wird in Kürze bei Phyllis eintreffen und die Falken mobilisieren, während Amy, Antonio und Francesco ehemalige Mitglieder seiner Gang für ihren Kampf gewinnen wollen. Jacob hatte versucht, ihr das auszureden. Kinder. Was sollten die schon gegen die erfahrenen Raben in ENGLEWOOD RAVENS ausrichten können? Aber die Zeit ist zu knapp und Amy so stur gewesen wie er selbst.

Sie überqueren die George Washington Brücke, die sie so festlich beleuchtet empfängt wie ein Riesenrad auf dem Jahrmarkt und gerade als Aidan auf seine Armbanduhr schaut und murmelt, dass die Zeit, die der Entführer ihnen gewährt, fast um wäre, schießt ihm ein Gedanke durch den Kopf und er packt seinen Patensohn am Arm. »Weißt du überhaupt, in welchem Zimmer Emma untergebracht ist?«

Aidan schüttelt den Kopf.

»Warum hätte Farran dann Emma aus ihrem Zimmer schaffen sollen?« Der Druck in seiner Kehle nimmt zu, als er fortfährt: »Außerdem hätte er niemals den Umweg über deinen Vater gewählt, wenn er sichergehen wollte, dass du die Nachricht erhältst, sondern er hätte dir das Handy direkt in die Hand gedrückt. Und er wäre dir gefolgt, in der Hoffnung, Montgomry selbst in die Hände zu bekommen. Es kann nicht Farran gewesen sein! Großer Gott, Aidan, denk nach! Ist dir irgendjemand aufgefallen, der Emma schaden wollte?«

Das Taxi verlässt die Interstate und biegt nach New Jersey ab. In knapp fünf Minuten werden sie ENGLEWOOD RAVENS erreicht haben. Aidan hat beide Hände geballt und starrt an ihm vorbei ins Leere.

Nach dem belebten Highway ist die Straße wie ausgestorben. Sekunden verrinnen zäher als Minuten. Kurz vor der Abzweigung zum FLAT ROCK BROOK NATURE CENTER keucht Aidan auf.

»Der Kerl, der mich überfallen hat und sich unsichtbar machen kann!«, zischt er atemlos. »Emma ist ausgeflippt, als er Farran um Nachsicht gebeten hat, weil sie mit ihren Emotionen überfordert gewesen wäre.«

»Jack Pashley! Möglich wäre es. Seine Niederlage in SENSUS CORVI hat ihm damals sehr zu schaffen gemacht.« Jacob ballt die Hände zu Fäusten und ruft dann zornig: »Anhalten!«

Der Mann am Steuer zuckt zusammen und wirft einen nervösen Blick nach hinten. Jacob bemüht sich, seinen Tonfall zu mäßigen. Das Letzte, was ihnen jetzt noch fehlt, ist die Einmischung der Polizei, die von einem hysterischen Taxifahrer über zwei seltsame Fahrgäste unterrichtet wird.

»Bitte setzen Sie uns am FLAT ROCK BROOK PARK ab. Meinem Sohn geht es nicht gut. Ich glaube, er muss sich gleich übergeben.«

Das Taxi wendet auf dem Parkplatz neben dem Nature Center, einem zweistöckigen, um diese Uhrzeit unbeleuchteten Gebäude aus Holz mit doppelflügliger Eingangstür aus Glas.

Kurz spiegeln sie sich darin, als die Scheinwerfer des Taxis sie streifen, bevor es in der schmalen Zufahrtsstraße verschwindet und die Dunkelheit sie wieder verschluckt.

»Und jetzt?«, fragt Aidan.

Jacob zieht sein Handy aus der Tasche. Einen kurzen Moment zögert er und lässt seinen Blick über den kleinen Teich schweifen, der wie ein schwarzer Abgrund vor ihnen liegt. Er fröstelt. Es gibt keinen anderen Weg.

Dann schaut er zurück auf das Display und beginnt zu wählen.

Emma

EXPERIMENTE

Rauschen.

»Verstehst du mich, Emma?« Jacks Stimme klingt metallisch verzerrt. »Entschuldige, aber ich kann es nicht ausstehen, wenn ich belogen werde.«

Meine Ohren schmerzen immer noch. Da ist ein hohes Sirren, aber es wird langsam leiser. Dafür höre ich etwas anderes, dumpfer, weiter entfernt. Es kommt nicht über die In-Ears. Ist das ein Feueralarm?

»Ah. Dein Prinz hat sich endlich auf sein Ross geschwungen, um dich zu retten.« Jack kichert leise.

Aidan. Mein Gott, was hat er vor?

»Ich hab nicht gelogen, du Idiot. Farran wollte mich wirklich umbringen.«

Eine Weile höre ich nur seinen Atem und das Alarmgeräusch. Dann erlischt der schrille Ton und Jack räuspert sich.

»Du bist seine Nichte. Warum sollte er dich all die Zeit fördern, schonen und dann ...«

»Erzähl mir erst, was du mit Aidan vorhast, dann verrate ich es dir.«

Klack, klack. Jack tippt wieder auf seiner Tastatur. Das Geräusch reißt die dünne Mauer, die ich um meine Angst errichtet habe, so mühelos ein, als würde er mit einem Hurlingschläger auf ein Kartenhaus einschlagen. Ein Zittern läuft durch meinen Körper, als ein langer Piepton erklingt, und ich erwarte den Schmerz. Aber er kommt nicht. Stattdessen beginnt Jack so laut zu lachen, dass ich meinen Kopf hin-

und herdrehe, in der Hoffnung, ich könnte irgendwie diese bescheuerten In-Ears und damit seine Stimme loswerden. Aber natürlich gelingt es mir nicht. Sie sitzen viel zu tief in meinem Gehörgang, regelrecht schmerzhaft.

»Shit, Emma. Ich hatte gehofft, du hältst mehr aus. Es gäbe noch so viel, das ich an dir testen könnte. Aber bei den Werten, die hier gerade reinströmen, kriegst du noch einen Herzinfarkt und vermasselst mir den ganzen dramatischen Showdown, den ich für dich geplant habe. Und das nur wegen ein bisschen Ohrenschmerzen!«

Der Hass auf ihn nimmt mir beinahe den Atem.

Luft. Kann ich nicht wenigstens die Luft gegen ihn richten, einen Windstoß entfachen? Doch um Jack damit anzugreifen, müsste ich ihn orten können. Und der Mistkerl hat mir das mit den In-Ears und der Augenbinde unmöglich gemacht.

Jack deutet mein Schweigen als Resignation. »Okay, du beginnst. Wir haben noch viel Zeit zu plaudern, bis Aidan deinen Vater herbeischafft.«

»Mein Vater ist tot! Farran selbst ...«, rufe ich aufgebracht.

»Hat dich belogen.«

Ich trommle mit den Fingerspitzen gegen die metallene Unterlage, auf der ich liege. »Hör mit deinen Spielchen auf, du kranker Psychopath.«

Zeitgleich mit einem Tastaturklacken geht ein Rucken durch den Untergrund, meine Beine werden nach oben gerissen und ich hänge plötzlich kopfüber, spüre, wie die Fesseln an Knöcheln, Beinen und Händen sich durch das Gewicht meines Körpers in meine Haut bohren.

»Angenehmer?«, spottet Jack. Das Blut strömt mir in den Kopf und mir wird schwindlig. Ich presse die Lippen aufeinander, bis es schmerzt. »Du wirst in genau ...«, er macht eine Pause, so als würde er auf eine Uhr schauen, »... dreiundneunzig Minuten sterben. Warum sollte ich mir da die Mühe machen, dich anzulügen?«

Mein Blut rauscht unerträglich laut in meinen Ohren. »Aber Farran hat die Wahrheit gesagt. Ich kann bei Menschen, in die ich getaucht bin ...« Ich breche ab, als mir klar wird, was genau er gesagt hat.

Jacob MacAengus war ein Rabe. An Silvester ist er leider von uns gegangen. Der Mann, mit dem du gesprochen hast, gehört zu den Falken.

Oh nein! Bittere Galle schießt in meine Speiseröhre. Angewidert würge ich sie hinunter und versuche, mich auf den winzigen leuchtenden Fleck am Rande meiner Finsternis zu konzentrieren: Dad lebt. Nur das zählt.

»Warum wollte Farran dich töten?«, schallt Jacks Stimme durch die Kopfhörer.

Aber ich denke gerade an Aidans Worte, dass Dad zu den Falken übergelaufen ist, sich mit seinem Erzfeind verbündet hat. Nur um mich zu retten.

Jack ist gerissen. Sein Plan muss wahrhaft gut sein, wenn er der Meinung ist, Aidan und Dad überwältigen zu können und gleichzeitig Farran davon zu überzeugen, dass er mich vor ihnen retten wollte.

»Wegen dir«, würge ich hervor.

»Geht's noch ein wenig genauer, Prinzessin?«

Ich schweige. Nach einer Weile höre ich Jack aufstöhnen, seine Finger klopfen laut auf die Tastatur ein und das, worauf ich liege, schiebt sich wieder in eine waagerechte Position.

»Ich hatte wirklich gehofft, dass du den Bogen irgendwann überspannst, dass Farran dir nicht mehr vertraut und dich aus SENSUS CORVI rauswirft oder dir etwas antut. Was meinst du, warum ich dir im *Café Fledermaus* die Möglichkeit gegeben habe zu fliehen?«

Mir ist immer noch schwindlig und meine Kehle brennt. »Der Anruf von Jane war also nicht echt?«

»Doch. Aber ich habe ihr erklärt, dass ich mit dem Taxi im Stau feststecke. Nachdem ich gegangen bin, habe ich draußen auf dich gewartet und dich unsichtbar verfolgt. Jim, Cole und die anderen Raben hätten ebenfalls bezeugen können, wie du zu unserem Feind Kontakt aufnimmst. Aber du bist einfach nur durch den Central Park gelaufen.«

»Jim und Cole? Wir waren gar nicht alleine?«

Er lacht gehässig. »Natürlich nicht. Farran hätte mir sein Goldstück doch niemals alleine anvertraut. Du hast keine Ahnung, wie wütend er war, weil ich mich von dir entfernt habe. Ein Glück, dass Jane meine Ausrede vor meiner Ankunft bestätigt hat und Farran sich daher nicht die Mühe machte, meine Gedanken zu lesen. Dabei hätte er froh sein müssen, dass ich Aidan wiedergefunden habe.« Er macht eine Pause. Ich versuche, mich an unsere Touren durch die Stadt zu erinnern. Warum ist mir nie aufgefallen, dass wir verfolgt wurden?

»Du hast immer noch nicht erraten, was ich jetzt vorhabe?«, unterbricht Jack meine Überlegungen.

»Nein. Dein Plan ist einfach zu genial«, entgegne ich sarkastisch. Oder zu hinterhältig. »Da du mich so sehr hasst, müsste es dir doch ein Vergnügen sein, mich darin einzuweihen.«

Er zögert nur ein paar Sekunden. Stolz schwingt in seiner Stimme, als er wieder zu sprechen beginnt, und mit jedem Wort wird mir die Ausweglosigkeit meiner Situation klarer.

Und die Tatsache, dass Dad, Aidan und ich in weniger als zwei Stunden endlich wieder vereint sein werden.

Im Tod.

Aidan

FEUERWERK

Wir laufen durch den Wald.

Jacobs Gesicht ist seit dem Telefonat wie in Stein gemeißelt und der Blick seiner Augen könnte glühende Lava auf der Stelle erstarren lassen. Ich kann mich nicht mehr an die Zeit mit ihm in Cork erinnern. Aber in diesem Augenblick bewundere ich ihn maßlos für seinen Mut. Mein Herz hämmert jedenfalls gegen meinen Brustkorb, dass es schmerzt.

Wir sind schnell.

Unser Atem wirft weiße Hoffnung über den Pfad. Wir überholen sie, bevor sie in Finsternis zerfasern kann. Ich konzentriere mich auf das Laub und die rutschigen Holzstufen, über die der Lichtstrahl von Jacobs Taschenlampe so unruhig flirrt wie ein wütendes Insekt. Kurz bevor wir den Waldrand erreichen, der an ENGLEWOOD RAVENS' Tor grenzt, bleibt Jacob stehen und leuchtet nördlich ins Waldinnere. Ich kneife die Augen zusammen, packe ihn am Arm und deute ein Stück weit nach rechts. Das Licht bleibt an einem gewaltigen, knapp zwanzig Meter hohen Rotahorn hängen, dessen Herbstlaub flammengleich aufleuchtet, und gleitet dann langsam nach unten. Auf teils rot lodernden, teils kastanienbraunen Blättern lehnt eine schwarze Sporttasche an dem schlanken Stamm.

»Stehen bleiben!« Ich erkenne die heisere Stimme des Wachmanns sofort wieder. Dasselbe hat er mir vor knapp zwei Stunden zugerufen. Meine Nerven sind zum Zerreißen gespannt, die ganze Situation kommt mir so unwirklich vor. Eine Sekunde lang frage ich mich ernsthaft, ob der Mann, der jetzt mit erhobener Waffe auf uns zielt, nur dieses eine Wort in seinem Repertoire hat. Zwei weitere Männer kommen aus dem Pförtnerhaus auf uns zu. Endlich öffnen sie das Tor.

»Hände in den Nacken und keine schnellen Bewegungen, klar?«

Sie mustern Jacob mit sichtlichem Unbehagen. Alle Waffen sind ausschließlich auf ihn gerichtet. Damit haben wir gerechnet. Sie wissen, dass ich meine Gabe verloren habe.

Während die Security ihn auf Waffen untersucht, stehe ich wie ein Unbeteiligter daneben. Warte, fixiere die breite Allee, die hinter dem Tor liegt. Ein Auto nähert sich. Seine Scheinwerfer werfen gespenstische Fratzen auf die knorrigen Stämme. Ich bin sicher, dass meine Eltern in dem Fahrzeug sitzen. Der angsterfüllte Blick meiner Mutter brennt bereits auf meiner Haut, als ich auf einmal, ganz nah an meinem linken Ohr, die Stimme höre.

»Gut gemacht. Aber zu spät. Vor sieben Minuten habe ich ihr die Spritze verabreicht.«

Nein. Meine Arme sacken nach unten und meine Kehle schnürt sich zu.

»Schlangengifte wirken unterschiedlich«, hat Jacob mir unterwegs mit zitternder Stimme erklärt. »Je nachdem, welches er nimmt und wie er es injiziert. Wenn er es ihr in die Halsvene spritzt, erreichen die Toxine Herz und Gehirn viel schneller. Ist es ein Nervengift, wird sie vermutlich ersticken. Bei anderen Formen könnte sie innerlich verbluten.«

Erinnerungen an Emmas Blick, als sie mir in Farrans Büro entgegenläuft, an den Duft ihres Haares strömen auf mich ein. Ich schrecke aus meiner Starre, fahre herum, schlage in die Richtung, aus der die Stimme kam, aber meine Faust trifft in die Luft und jetzt höre ich ihn auf einmal von rechts.

»Ruhig, Aidan. Es gibt ein Gegengift. Wenn du dich beeilst.«

»Du Arschloch«, keuche ich. »Warum hast du ...«

Einer der Wachmänner dreht sich nach mir um. »Hände in den Nacken!«, brüllt er.

Das Auto hat uns erreicht. Die Scheinwerfer blenden mich, ich blinzele, Türen springen auf, dunkle Schemen schieben sich aus dem Inneren des Wagens, aber ich rühre mich nicht, spüre, wie jemand in meinem Rücken etwas in den Bund meiner Jeans schiebt. Es fühlt sich kalt an, metallisch. Mein Herz flattert so schnell, dass ich das spöttische Wispern in meinem Nacken kaum verstehen kann.

»Na los, Aidan. Zeig ihnen, dass du ein Rabe bist. Erschieß den Verräter. Dann bekommst du von mir das Antiserum. Vielleicht ist es noch nicht zu spät für sie.«

Mir wird so übel, als hätte er mir gerade seine Faust in den Magen gerammt. Ich fahre herum und sehe zu Jacob. Sie haben ihm Handschellen angelegt und Fußfesseln. Zwei Security-Männer flankieren ihn. Aber er beachtet sie überhaupt nicht. Seine Augen fixieren nur mich, sind das Leuchtfeuer inmitten von Sturm und Brandung. Und dann nickt er mir langsam zu.

Verdammt, ich wünschte, es wäre nicht so gekommen, wie er es vorausgesehen hat. Ich atme tief durch, meine Hand gleitet nach hinten und in einer fließenden Bewegung wieder nach vorne. Als hätte ich das schon hundertmal geübt. Ich kann mich nicht daran erinnern, aber diesem Körper ist der Umgang mit Waffen scheinbar so vertraut wie schwimmen. Oder atmen. Oder töten?

»AIDAN, NEIN!« Die Stimme meiner Mutter überschlägt sich, als Jacob rückwärts zu Boden geschleudert wird, die Hände gegen die Brust gepresst, das Gesicht schmerzverzerrt.

Laufen.

Es ist dunkel und eisige Luft schießt in meine Lungen. Das Laub knistert unter meinen Schuhen und Schreie hallen hinter mir. Großer Gott, was habe ich getan? Eine monotone Stimme hämmert wie ein Mantra in meinem Kopf: *Du musst laufen! Laufen!*

Das fühlt sich eigenartig an, ich weiß, ich habe das schon einmal erlebt. Meine Gedanken spinnen Fäden in eine Zeit, die mein Gehirn längst ausradiert hat. Wenn ich mich darauf konzentriere, werde ich mich dann endlich erinnern? Die Stimmen in meinem Rücken werden lauter. Nachdenken kostet zu viel Zeit, jede Sekunde könnte über Emmas Leben entscheiden.

Ich renne schneller, immer schneller, zerreiße das fragile Erinnerungsgeflecht und konzentriere mich nur noch auf das Unterholz vor mir. Meine Füße fliegen über Wurzeln und versinken in Moos. Äste streifen meine Arme, meine Hände, peitschen schmerzhaft gegen Stirn und Wangen, aber mein Herz trommelt jetzt im Takt meiner Schritte ihren Namen.

Emma. Emma. Emma.

ENGLEWOOD RAVENS' Park mündet in eine weitläufige Rasenfläche mit Sportanlagen. Ich halte mich im Dickicht des Waldes, sehe am gegenüberliegenden Ende der Wiese plötzlich die Schule aufragen, einen hell erleuchteten Koloss. Alarmsirenen schrillen mir entgegen, Bewaffnete stürmen aus dem Haus und sichern den Eingang. Wie soll ich da nur ungesehen reinkommen? Aber vielleicht ist Emma gar nicht im

Gebäude. Meine Lunge schmerzt so stark, dass jeder Atemzug sticht wie ein Messer.

Dann schlägt mir etwas in den Rücken.

Ich stolpere, reiße im Fallen die Hände mit der Waffe herum. Vom Schulgebäude her dringt genügend Streiflicht durch das Labyrinth von Baumstämmen und Gestrüpp, um zu erkennen, was vor mir auf dem feuchten Laub liegt: ein Paket, etwa so groß wie eine Buchsendung.

»Jack?«, keuche ich.

Stimmfetzen wehen verzerrt in den Park, gefolgt von zornigem Gebell. Ich höre ein Rascheln weiter entfernt, aber keine Antwort. Emmas Entführer bleibt lieber unsichtbar.

Feiger Hund! Ich falle auf die Knie, lasse die Pistole sinken und reiße mit klammen Fingern den Karton auf. Darin befinden sich ein Funksprechgerät, eine Packung Böller, ein Feuerzeug und ein Brillenetui. Schweiß läuft mir über Stirn und Rücken, aber als ich das Etui öffne, wird mir eiskalt. Auf schwarzem Samt liegt eine Einwegspritze mit einer hellgelben Flüssigkeit. Vorsichtig klappe ich den Deckel wieder zu und schalte das Funkgerät an.

»Hallo?« Meine Stimme vibriert vor Hass.

»Zünd die Böller an. Sie sind mit einer extralangen Schnur miteinander verbunden. Der Krach wird die Security ablenken und gibt dir einen Vorsprung.« Seine Stimme klingt atemlos. »Lauf zur Rückseite des Gebäudes weiter. Dort ist die Bibliothek. Aber verlasse erst den Wald, wenn die Wachen durch die Böller abgelenkt sind.«

Für wie blöd hält der mich eigentlich?

»Wenn Emma was geschieht, bring ich dich um!« Es knistert in der Leitung, als er lacht.

»Beeil dich. Die Terrassentür zur Bibliothek ist nur angelehnt«, erklärt er abschließend, dann bricht die Verbindung ab. Hastig stopfe ich die Pistole, das Funkgerät und das Brillenetui in meine Jackentaschen, schnappe mir Feuerzeug und Knallkörper und mache mich an die Arbeit.

Die Glasfenster der Bibliothek sind riesige schwarze Augen in dem hell erleuchteten Gebäude darüber. Ein Lichtkegel wandert über das Rasenstück, das mich von der Terrassentür der Bibliothek trennt. Ich folge seinem Strahl und nehme zwei Security-Leute auf der Rückseite des Gebäudes wahr.

Genau in diesem Augenblick explodiert der erste Böller.

Dem Zischen und Aufheulen folgt ein Rattern wie von Gewehrsalven. Wachhunde bellen, Menschen brüllen durcheinander, Flutlichter richten sich auf die funkensprühende Stelle im Wald, an der ich unmittelbar zuvor noch die Schnur angezündet habe. Die Männer vor der Bibliothek ziehen ihre Waffen aus den Schulterhalftern und hetzen Richtung Haupteingang.

Ich presche aus der Geborgenheit des Waldes auf die freie Wiese, stemme meine Hände gegen die kühle Glasscheibe der Bibliothekstür, bis sie dem Druck nachgibt und aufschwingt.

Die Finsternis in ihrem Inneren verschlingt mich, schützt mich vor den Blicken der aufgescheuchten Meute im Park.

Aber ich fühle mich nicht geborgen. Ich fühle mich wie ein Tier, das gerade in eine Fallgrube gestürzt ist.

Emma
ZU SPÄT

So fühlen sie sich also an, die letzten Minuten meines Lebens.

Ich lausche meinem Pulsschlag, als wäre sein schnelles Trommeln der Auftakt zu meinem Lieblingssong, stelle mir vor, wie sich die Muskelfasern meines Herzens zusammenziehen und wieder strecken, wie das Blut in die entlegensten Bereiche meines Körpers schießt, bis in die Fingerspitzen, die Zehen. Ich genieße den Zustand der Schwere und fürchte mich davor, schwerelos, körperlos zu sein. Auf meiner Haut stellen sich einzelne Härchen auf, es kribbelt und fühlt sich kalt an. Auch das möchte ich nicht missen. Ganz unbedeutende Augenblicke meines Lebens schießen mir plötzlich in den Kopf, der Geruch von frisch gepflückten Erdbeeren, barfuß über Moos zu laufen, das Kitzeln im Bauch beim Achterbahnfahren. Ich denke an all das und plötzlich an Regen, der mir in den Nacken läuft, das Rückgrat hinunter.

Regen.

Himmel, es muss eine Schwachstelle geben! Kein Plan ist perfekt.

Hinhalten. Hinauszögern.

Während ich Jack von dem Gespräch mit Farran erzähle, gehe ich insgeheim seinen hinterhältigen Plan noch einmal Schritt für Schritt durch. Meine Haut fühlt sich an, als möchte mein Körper aus ihr schlüpfen, sie brennt wie im Fieber und hinter meiner Stirn explodiert ein Feuerwerk von Gedanken.

Der Raum, in dem ich liege, wird angeblich von einer Kamera überwacht. Aber Sheila hat sich in das Sicherheitssystem von ENGLEWOOD RAVENS eingehackt und alle Kameras seit Tagen außer Kraft gesetzt. Erst kurz bevor Aidan dieses Labor erreicht, wird sie ENGLEWOOD RAVENS' Technikern wieder erlauben, ihr System zu kontrollieren. Meine Gefangennahme und alles, was seitdem geschehen ist, kann daher niemand rekonstruieren. Und in wenigen Minuten wird Jack mich betäuben und mir einen Venenkatheter in den Arm legen.

»Wer weiß, ob dein Prinz sonst die richtige Stelle trifft«, hat er gespottet. »Aidan wird umso bereitwilliger glauben, dass ich dich vergiftet habe, wenn er den Venenzugang sieht.«

Die Kamera soll später aufnehmen, wie Aidan zu mir eilt, im festen Glauben, mir ein Antiserum spritzen zu müssen. Doch in Wahrheit enthält die Spritze, die Jack für ihn vorbereitet hat, Taipoxin, das Serum der australischen Taipan, das stärkste Schlangengift weltweit. Nach Kieran Heaps Anleitung hat er das vakuumgetrocknete Giftkonzentrat aus dessen Vorräten mit Kochsalzlösung vermischt und injizierbar gemacht.

»Das ist doch Blödsinn«, habe ich entgegnet. »Warum sollte Aidan dir abnehmen, dass du ihm freiwillig ein Antiserum in die Hände drückst, nachdem du mich erst vergiftet hast?«

»Weil ich ihn quälen will. Er wird glauben, dass ich ihm den Stein der Weisen in die Hand drücke, nur um ihn dann daran zu hindern, ihn dir zu verabreichen.«

»Du hast zu viel Harry Potter gelesen«, schnaube ich, aber erste Zweifel höhlen Löcher in den Fels meiner Überzeugung.

»Wir werden natürlich gegeneinander kämpfen, Emma. Ist es dir nicht ein Trost, dass dein Tod eine bühnenreife Inszenierung bekommen wird? Und keine Sorge, ich werde es deinem tapferen Helden leicht machen, mich zu besiegen. Ich breche einfach mitten im Kampf bewusstlos zusammen.

Kannst du dir vorstellen, warum?« In seiner Begeisterung ist Jack immer lauter geworden und seine Stimme hat mittlerweile einen Pegel erreicht, der meine bereits überstrapazierten Ohren erneut an ihre Schmerzgrenze bringt.

»Du erstickst an deiner eigenen Widerwärtigkeit?«

Diesmal ist er zu gut gelaunt, um mich für diese Bemerkung zu bestrafen.

»Weil ich vorher ein Glas Cola mit K.-O.-Tropfen getrunken habe, auf dem Aidans Fingerspuren zu finden sein werden.«

Die Worte sinken in mich, ich versuche zu begreifen, was um alles in der Welt er damit bezweckt, und dann verstehe ich es.

Gewaltopfer, denen K.-O.-Tropfen verabreicht wurden, können sich hinterher in den wenigsten Fällen erinnern. Jack wird reinen Gewissens Farran gegenübertreten können, weil er einen Filmriss haben wird. Die Überwachungskamera dokumentiert ausschließlich, wie ein vollkommen manischer Aidan auf mich zustürmt und mir eine Todesspritze verpasst, nachdem er bereits meinen Vater umgebracht hat. Jeder wird glauben, dass Aidans Gehirn durch die Manipulation an Silvester irreparablen Schaden genommen hat.

»Vermutlich wird der Versager hinterher erneut seinen Verstand verlieren, wenn er sieht, was er angerichtet hat«, spottet Jack. »Aber für den unwahrscheinlichen Fall, dass dein Tod ihn weniger rührt als gedacht, habe ich noch einen hübschen Schutzengel eingebaut. Schließlich könnte er auf die dumme Idee kommen, zurück zu mir zu eilen.«

»Jane?«, rufe ich angeekelt. »Du willst sie zwar hinterher abservieren, aber erst einmal soll sie dir den Arsch retten?«

Jack lacht schallend auf. »Ts, ts, seit wann verwendet Schneewittchen denn solche Ausdrücke?«

Ich gebe ihm keine Antwort. Jeder Wutausbruch, jede Beschimpfung ist eine zart schmelzende Praline auf seiner Zunge. Er kostet seinen künftigen Triumph schon vorneweg in vollen Zügen aus. Und bald wird niemand mehr übrig sein, um die Wahrheit ans Licht zu bringen.

»Es ist so weit«, raunt Jack in diesem Moment beinahe zärtlich. »Schneewittchen muss jetzt schlafen.«

Nein! Mein Hals schnürt sich zu, mein Herz hämmert wie verrückt gegen meinen Brustkorb.

»Warte!«, rufe ich. »Was ist mit Aidans Handy? Wenn Farran es in die Finger kriegt ...«

»Du unterschätzt Sheila gewaltig. Die Nachricht enthielt natürlich einen Trojaner, der bereits eine halbe Stunde nach dem Lesen das Handy lahmgelegt und alle Nachrichten unwiederbringlich gelöscht hat. Die einzige Handynachricht, die Farran lesen wird, ist die an Jane, in der ich sie verzweifelt um Hilfe bitte, weil ich dich vor deinem durchgeknallten Ex-Freund retten möchte.«

Eine Tür fällt ins Schloss.

Jetzt verstehe ich. Er war gar nicht hier bei mir. Es muss einen zweiten Raum geben, von dem aus er mich die ganze Zeit über beobachtet hat. Aber nun kommt er zu mir. Mir bleibt nur noch eine einzige Möglichkeit, ihn anzugreifen, nämlich dann, wenn er mir den Venenkatheter setzt, um mich zu betäuben. Alle meine Sinne konzentrieren sich auf meine Arme. Ich glaube, jede einzelne Hautpore, jedes Haarfollikel zu spüren. Mein Körper ist so angespannt, dass die Muskeln nach wenigen Sekunden bereits schmerzen. Wird es der rechte oder der linke Arm sein? Jetzt kann ich seine Schritte auf dem Boden hören. Aber natürlich klingen sie die ganze Zeit über gleich. Es gibt kein Annähern aus einer bestimmten Richtung, kein anschwellendes Geräusch, das mich warnen könnte, wie nah er mir bereits ist. Schließlich nehme ich seine Schritte über die In-Ears aus seiner eigenen Perspektive wahr.

Gänsehaut breitet sich auf mir aus und kalter Schweiß.

Warten. Aber nichts geschieht. Vermutlich weidet sich dieser Irre gerade an meinem hilflosen Anblick.

Dann höre ich ein Zischen und ein eigentümlicher Geruch strömt mir in die Nase. Und mit den letzten Zuckungen meines wachen Verstandes erkenne ich, dass Jack selbst daran gedacht hat, dass ich mich beim Setzen der Venennadel gegen ihn wehren könnte.

Ich schreie auf, zerre an meinen Fesseln, erkenne zu spät, dass das Betäubungsgas, das aus dem Helm strömt, nur umso schneller in meine Lungen gelangt. Die Dunkelheit um mich herum wird noch schwärzer, es rauscht in meinen Ohren. Da ist eine Hand an meinem linken Arm, schiebt den Pullover hoch, aber ich bin schon viel zu weit weg, viel zu schwach, um mich dagegen zu wehren. Es fühlt sich an, als wäre ich Meilen, nein Lichtjahre, von meinem Arm entfernt. Ein letzter, schwacher Impuls rast in seine Richtung wie ein verglühender Stern, der von der Finsternis des Alls verschluckt wird.

Dann schwebe ich davon.

Aidan

IN DER BIBLIOTHEK

»Emma?«

Meine Stimme zerschneidet die Stille der Bibliothek. Ich wage mich ein paar Schritte weiter in den Raum hinein, bleibe stehen, lausche. Dann spüre ich rechts von mir einen Lufthauch. Ich reiße meinen Kopf herum, sehe etwas Dunkles auf mich zurasen und will mich ducken, aber da peitscht es mir schon mit voller Wucht gegen Stirn und Wange. Der Schmerz strahlt mir über den Nacken bis in den Arm hinunter, ich schnappe nach Luft, vor meinen Augen pulsieren Sterne. Ein erneuter Schlag auf den Hinterkopf lässt mich zu Boden sacken. Ich rolle mich mit meiner ganzen Kraft nach hinten, pralle gegen etwas, das nachgibt, und jetzt höre ich Jacks Aufschrei, bevor ein dumpfes Geräusch mir seinen Aufprall bestätigt.

Brüllend, wie betäubt vor Schmerz, stürze ich mich auf die Stelle, an der ich ihn vermute, und schlage zu. Ein Flackern geht durch die Dunkelheit und ich erkenne vor mir, wie auf dem Display eines Fernsehers mit Bildstörung, Bruchstücke seiner zusammengekrümmten Gestalt.

»WO IST EMMA?«, herrsche ich ihn an, während ich mich auf ihn wälze, den Gegenstand, mit dem er mich geschlagen hat, aus seiner Hand winde und von ihm wegstoße: einen Ast mit mindestens zehn Zentimeter Durchmesser. Er wimmert, hört auf, sich zu wehren, und sein Körper wird nun dauerhaft sichtbar. Den anderen Arm, mit dem er sein Gesicht geschützt hat, lässt er langsam auf seine Brust sinken.

»Du wirst zu spät kommen«, entgegnet er grinsend.

»NEIN!« Ich schlage ihm ins Gesicht, sehe, wie seine Lippe aufplatzt und dunkles Blut über sein Kinn läuft. Seine selbstgerechte Miene verschwindet nur für einen Moment. Dann nuschelt er: »Ich hab dir das Serum nur gegeben, um dich hierherzulocken. Damit mir Farrans Security nicht dazwischenfunkt, wenn ich dich umbringe. Verräter müssen bestraft werden.«

Mir wird schlecht bei dem Gedanken, dass alles umsonst war, weil das Gift tatsächlich schon zu viel in Emmas Körper zerstört hat. Ich reiße die Pistole aus der Jackentasche und drücke ihm den Lauf gegen die Stirn.

»Na, wenn das so ist. Gut dass ich für Jacob nicht alle Kugeln gebraucht habe.«

Seine Augen weiten sich. Er liegt ganz still. »Warte«, murmelt er. Auf seiner Stirn liegt ein feuchter Glanz. Vermutlich macht er sich vor Angst gerade in die Hose.

»Worauf?«, herrsche ich ihn an.

»Sie …« Er stockt. Sein Blick wird auf einmal fahrig. Er sieht aus, als wüsste er nicht genau, was er sagen soll, als hätte er gerade etwas Wichtiges vergessen. Dann lallt er: »Sie ischt im Keller unterrr der Bibothek. Du muscht das … Paaaswort in den Computer …«

Hat er getrunken?

»Welches Passwort?« Ich zerre ihn an seinem Sweatshirt auf Augenhöhe hoch und schüttele ihn.

»Zettel … neben dem Rechner. In dem Rundbogen der … Biblio …«

Seine Augen verdrehen sich und fallen dann zu. Shit! Ich schlage ihm mit der flachen Hand ins Gesicht, sein Kopf fliegt zur Seite, aber er zeigt keinerlei Reaktion. Unglaublich!

Der Feigling muss in Ohnmacht gefallen sein. Auf meinem Handrücken klebt Blut, das ihm vom Mund getropft ist. Angewidert lasse ich Jack los, wische meine Hand an seinem Sweatshirt ab und springe auf.

Vor mir bilden Regale einen Korridor, der an einer gebogenen Bücherwand in der Mitte des Saales endet. Das muss er gemeint haben. Jack liegt immer noch vollkommen reglos da. Ich nehme mir nicht die Zeit, ihn zu fesseln, sondern laufe los. Zwischen den Büchern des Rundbogens schimmert etwas bläulich. Mein Puls rast, ich renne weiter, bis ich an einen türbreiten Spalt gelange, den ich durchquere. Hier, im Inneren, ist es wie in einer Höhle.

Einer Bücherhöhle.

An der Wand mir gegenüber leuchtet tatsächlich der Bildschirm eines Computers. Ich zwänge mich an Sitzgarnituren vorbei und entziffere die Schrift auf dem Display: *»Authentifizieren Sie sich.«*

Wo ist der verdammte Zettel? Mein Blick wandert im Schein des Displays über Tatstatur und Mousepad. Schließlich entdecke ich eine handschriftliche Notiz rechts im Bücherregal. Eine Coladose und ein Glas mit einem winzigen Rest brauner Flüssigkeit stehen darauf. Ich stelle sie ein paar Bücher weiter und halte den Zettel unter das leuchtende Display.

Keep's Darwin ahead!

Kieran W. Heap's dead!

Meine Finger klopfen ungeduldig auf die Tastatur.

Wenig später renne ich einen unterirdischen Geheimgang entlang, folge dem matten Schein der Hoffnung, der mir an seinem Ende entgegenstrahlt, und erreiche endlich eine Tür. Licht kämpft sich durch das rauchige Glas zwischen schwarzen Metallwulsten. Es darf einfach nicht zu spät sein. Im letzten Augenblick frage ich mich, ob das nicht eine Falle ist und Jack einen Komplizen hat. Meine Hand ist schwitzig, sodass sie an dem Messing-Gefieder des Pfauentürgriffs abrutscht. Die Klinke schnellt nach oben, ich springe zur Seite, schiebe meinen Fuß vor und stoße die Tür auf. Ein heller Lichtstreifen flutet neben mir in den Gang. Sekunden verrinnen wie zäher Honig.

Zumindest hat dich noch keine Kugel oder ein Messer empfangen.

Vorsichtig schiebe ich meinen Kopf vor und spähe in den Raum. Der altertümlichen Tür und dem Ort entsprechend habe ich ein Lager erwartet, deckenhohe Regale, vollgestopft mit Büchern, in deren Inneren der Stockschimmel stärker nagt als der Staub an ihren Einbänden. Stattdessen gleiten meine Augen über moderne weiße Schränke, schwarze Arbeitsplatten und technische Geräte auf rollbaren Wägen. Sie folgen dem Schein des Lichts, der auf der rechten Seite des Raumes deutlich an Stärke zunimmt. Und dann entdecke ich etwas, das mich fast in die Knie gehen lässt.

Auf einem Metalltisch, der in einer wuchtigen Konsole mündet, liegt eine schmale Gestalt. Über ihre Handgelenke, der Brust, den Oberschenkeln und Fußknöcheln fließen handbreite Bänder wie geschmolzenes Silber. An Kopf- und Fußende ist der Tisch von dunklen Techniktürmen flankiert, apokalyptisch aussehenden Wächtern, auf deren Displays neonfarbene Diagramme blinken, und über dem ganzen Szenario hängt eine Lampe, fast ebenso lang wie der menschliche Körper und so grell, dass sie den gesamten Raum ausleuchtet. Tatsächlich fällt mir auf, dass sie die einzige Lichtquelle ist, die Halogenstrahler in der Decke dunkel sind.

Einen Moment lang stehe ich da wie festgenagelt. Mein Herz krampft sich zusammen, als mein Blick von dem hellen Strickpullover hochgleitet zu einem Helm, dessen dunkles Visier das Gesicht vollkommen abschirmt. Aber darunter quellen lange Haare wie schwarze Seide hervor, bahnen sich ihren Weg nach unten und schweben knapp einen halben Meter über dem Boden.

Ich erwache aus meiner Erstarrung, laufe fluchend los, nestele das Brillenetui aus meiner Jackentasche und klappe es auf. In dem riesigen breiten Spiegel mir gegenüber streift mich mein kreidebleiches Antlitz. Von meiner Stirn ziehen sich rote Schrammen bis zur Wange, auf der sich ein grünblauer Schatten ausgebreitet hat. Als ich Emmas Arm berühre, zeigt sie keine Reaktion. Oh Gott, ist sie bereits tot? Hilflos sehe ich mich um, entdecke, dass Kabel, die in Halshöhe unter ihrem Pullover verlaufen, zu einem Herzschlagmonitor im Technikturm am Kopfende führen.

Noch schlägt es.

Aber selbst ein medizinischer Laie wie ich weiß, dass zweiunddreißig Schläge pro Minute nicht normal sind. Meine Hände zittern, als ich die Plastikabdeckung von der Spritze schraube. Einen winzigen Tropfen des Antiserums drücke ich aus der Nadel.

Gerade will ich Emmas Pullover am rechten Handgelenk nach oben schieben, da sehe ich, dass in ihrem linken Arm, unterhalb der Armbeuge, bereits eine durchsichtige Kanüle steckt, die mit Leukoplast fixiert ist. In diese Vene muss Jack ihr das Gift gespritzt haben. Mein Magen krampft sich zusammen. Ich laufe um den Tisch herum, öffne den Zugang und senke die Spritze darüber.

Dann stocke ich.

Emmas Hand sieht irgendwie eigenartig aus. Es könnte eine Auswirkung des Giftes sein, aber ... Ich sehe hinüber zu ihrer rechten Hand. Sie ist zu einer Faust verkrampft. Bei der linken Hand hingegen liegt der ausgestreckte Zeige- unter dem Mittelfinger, während die übrigen Finger unter dem Handrücken geballt sind.

»HÄNDE HOCH!«, ruft eine weibliche Stimme.

Ich fahre zusammen und hebe den Blick. An der Tür steht ein Mädchen und richtet mit beiden Händen eine Pistole auf mich.

Finger hinter dem Rücken kreuzen.

»Verstehst du nicht? Ich sagte ...«

Vorsätzliche Lügen.

Wie betäubt schaue ich wieder zurück auf Emmas Finger. Wusste sie, was passieren wird? Wollte sie mir ein Zeichen geben?

Ein Schuss knallt und jagt so haarscharf an meinem Unterarm vorbei, dass er einen Teil der Jacke zerfetzt.

Ich atme tief durch, lege die Spritze auf dem Metalltisch ab und hebe langsam meine Hände.

»Du Psycho, was hast du mit Emma und Jack gemacht?«, ruft sie aufgebracht. Erst jetzt entdecke ich die Tränen auf ihrem, von braunen Locken umrahmten Gesicht. Bevor ich ihr antworten kann, höre ich das Geräusch schneller Schritte. Es klingt nach schweren Stiefeln, einer halben Armee, die in unsere Richtung läuft.

Emma

KINDHEIT

Es ist so kalt.

Und so still.

Ich fühle mich wie ein Taucher, der in der Finsternis der Tiefe die Orientierung verloren hat und nicht weiß, in welche Richtung er schwimmen muss, um wieder an die Oberfläche zu gelangen. Während ich dahintreibe, bricht plötzlich ein Geräusch durch die grenzenlose Weite um mich herum, zunächst ganz fein, nur ein Hauch, dann wird es immer lauter. Jetzt sehe ich den Schimmer. Die Schwärze teilt sich in Streifen von Nacht- und Kobaltblau, die an den Rändern türkis ausfransen.

»Emma.«

Meine Augenlider klappen auf und sofort wieder zu, ich blinzele gegen das viel zu helle Licht, spüre Tränen auf meinen Wangen. Langsam stellt sich das Bild scharf, gleitet über ein schwarzes Sakko nach oben.

Farran.

Er sieht fast so schlimm aus wie nach unserem Kampf, als ich ihn im Krankenhaus besucht habe. Aber eigenartigerweise bin ich diesmal diejenige, die auf ... ja, worauf liege ich eigentlich und warum?

»Geht es dir gut?«, fragt er leise. Seine Stimme klingt betroffen.

Mein spontanes Nicken löst Wogen von Schmerz in meinem Kopf aus, meine Kehle ist ganz ausgedörrt.

»Verzeih mir«, sagt er. Die Worte erschrecken mich. Ich

versuche, mich zu erinnern, warum ich hier bin, während er sich mit der Hand durch das kurze Haar fährt. »Ich hätte nicht gedacht, dass er so weit gehen würde. Das war unachtsam.«

Der Druck hinter meiner Stirn wird stärker und plötzlich stürzen die Ereignisse der letzten Stunden über mir zusammen, gleich Wassermassen, deren steter Druck den Damm bricht. Ich versuche mich aufzurichten und kämpfe gegen bleierne Schwere.

»Aidan! Dad!«, stöhne ich.

Farran greift stützend hinter meinen Rücken. »Beruhige dich. Es geht ihnen gut. Beiden.«

Gut. Einen Moment lang ist dieses Wort tatsächlich tröstend, dann stoße ich seine Hand von mir und murmle: »Sie haben mich belogen! Sie wussten, dass Dad nicht tot ist!«

Die Tür am anderen Ende des Zimmers wird aufgerissen, schwere Schritte hallen wie Schläge in meinem Kopf.

»Sir, die Falken greifen ENGLEWOOD RAVENS an!«

»Das war zu befürchten.« Farran wendet sich dem Mann zu.

Aber ich werfe nur einen kurzen Blick auf seine Uniform – ENGLEWOOD RAVENS' Security – und mustere dann die technischen Apparate, die Metallliege, auf der ich sitze. Als ich mich umdrehe, fällt mir der klobige Helm mit schwarzem Visier ins Auge. Ein Schauder läuft mir über den Rücken. Rechts von mir hängen silbrige Bänder auf den Boden herab. Ich nehme eines in die Hand und betrachte es.

»Ich komme in ein paar Minuten, Stevens. Geben Sie Callahan Bescheid. Er soll das Kommando bis zu meinem Eintreffen führen.« Die Tür fällt ins Schloss und ich sehe aus dem Augenwinkel, dass er sich wieder mir zuwendet.

Das silberne Band hat eine waffelartige Struktur und einen schweren, biegsamen Kern.

»Was ist das?«, frage ich und halte ihm das Band entgegen. Meine Hand zittert vor Wut.

Er seufzt. »Kunststoffbeschichtete Fiberglasbänder, innen verstärkt mit dünnen Stahlseilen. Wirf dir bitte nicht dein Versagen vor. Selbst Jacob hätte sie ohne dieses Wissen mit seiner Telekinese nicht lösen können.« Sein ausgestreckter Arm zeichnet einen Halbkreis über den ganzen Raum. »Und bevor du mich verurteilst: Das hier ist nicht mein Werk, sondern das Erbe meines Vaters.«

Das letzte Wort spuckt er aus, als hätte es einen verdorbenen Geschmack. Die Alarmsirenen dringen mittlerweile bis in den Keller hinunter, aber er steht so ruhig vor mir und sieht mich an, als hätte er alle Zeit der Welt. Langsam lichtet sich der Nebel in meinem Kopf und dann spreche ich es einfach aus.

»Sie sind das Ergebnis von Kieran Heaps genetischen Experimenten, nicht wahr? Deshalb verfügen Sie über so viele Gaben. Vor ein paar Stunden, als ich Sie unmenschlich, ein Monster genannt habe, sind Sie richtig wütend geworden. Darum geht es hier.« Ich deute voller Abscheu auf die Liege und die Technik um mich herum. »Ihr Vater hat ein Monster in Ihnen gesehen.« Ein trauriges Lächeln huscht über sein Gesicht, so schnell, dass ich mich frage, ob ich es mir nicht nur eingebildet habe. »Warum war er nicht stolz auf Sie?«

Farran atmet tief durch. »Weißt du, was passiert, wenn man ein Pferd mit einem Esel paart?« Sein Blick wird so metallisch hart, dass ich auf der Liege ein Stück nach hinten rutsche, bis ich an den Helm stoße. »Es entsteht ein Hybrid, ein Mischwesen, das möglicherweise bessere Eigenschaften aufweist als die einzelnen Arten, aber letztlich ein Kunstprodukt wider die Natur ist, weil es sich nicht … fortpflanzen kann.«

Meine Wangen werden heiß und ich senke rasch den Kopf.

»Ich war dreizehn, als er das feststellte. Wenig später wollte er das Experiment beenden.«

»Beenden?«

»Mich umbringen. Entsorgen.«

Ich beiße mir auf die Unterlippe, weiß nicht, was ich zu dieser Ungeheuerlichkeit sagen soll, aber er fährt bereits fort. Seine Stimme klingt monoton, weit entfernt, als distanziere sich sein Inneres immer mehr von seinen Worten. »Diesen Raum durfte ich in meiner Kindheit nur unter strenger Bewachung für eine, maximal zwei Stunden pro Tag verlassen, um in ENGLEWOOD RAVENS' Park zu gehen. Es gab nur eine Handvoll Angestellter, die in Kierans Versuche eingeweiht waren und hier im Haus lebten. Er zahlte ihnen ein fürstliches Gehalt dafür, dass sie Stillschweigen über …«, er stockt und seufzt, »… über all das hier bewahrten.«

Auf meiner Lippe schmecke ich Blut. In Gedanken sehe ich einen kleinen Jungen festgeschnallt auf dem Metall liegen, auf dem ich gerade sitze, hilflos den Versuchen seines Vaters ausgeliefert. Falls es überhaupt sein biologischer Vater war.

»Warum hat er Ihnen das angetan?«, wispere ich. Immer noch wage ich es kaum, ihn anzusehen. Stattdessen schaue ich auf seine schmalen Hände, die er jetzt zu Fäusten ballt.

»Kieran war nicht nur selbst ein außerordentlich begabter Telekinet. Die Frage, woher seine Gabe stammt und wie er ihr Fortbestehen gewährleisten kann, hat ihn ein Leben lang beschäftigt. Er wurde ein brillanter Genetiker und war seiner Zeit um Jahrzehnte voraus. Denn nachdem er feststellte, dass seine Gabe ein Zufall der Natur, eine simple Andersartigkeit seiner Erbanlagen war, richtete er all sein Streben darauf, andere Menschen mit angeborenen, außergewöhnlichen Fähigkeiten zu finden und dem Zufall ein wenig nachzuhelfen. Wenn ich den Aufzeichnungen, die er über mich führte, Glauben schenken kann, hat er bereits Techniken entwickelt, die heute unter dem Begriff CRISPR/Cas9 laufen.«

Zugegeben, Biologie war noch nie mein Lieblingsfach gewesen.

Er lächelt, als er meinen verständnislosen Blick sieht, und seine Stimme nimmt wieder den melodischen Tonfall meines Mentors an. »Stark vereinfacht ausgedrückt hat er die extrahierte Eizelle meiner Mutter mit seinen und den Genen anderer begabter Embryonen manipuliert. Du kennst das Aussehen eines DNA-Stranges?« Ich nicke. »Du musst dir das so vorstellen, als würdest du den Strang an einer bestimmten Sequenz einschneiden und die genetische Information mit anderen Enzymen an dieser Stelle überschreiben. Wie bei einem Datensatz in einem Softwareprogramm. Danach hat er die befruchtete Eizelle meiner Mutter wieder eingesetzt.«

Die Temperatur im Raum wird plötzlich merklich kühler.

»Und Ihre Mutter hat bei all dem bereitwillig mitgemacht? Auch, als er Sie als Kind hier unten eingesperrt und gequält hat?«

»Mary Farran hat meinen Vater in einem Ausmaß bewundert und geliebt, dass sie ihm vollkommen hörig machte. Dennoch war sie anfangs die Einzige, die mir so etwas Ähnliches wie Zuneigung entgegenbrachte.« Er reibt sich über das Kinn. »Aber mit der Zeit hat es sie wohl doch stärker belastet, als sie Kieran gegenüber zugeben wollte. Vielleicht wurde sie aber auch nur nicht damit fertig, dass er in ihr nie mehr als eine Eizellenspenderin gesehen hat. Jedenfalls hat sie sich das Leben genommen, als ich sieben Jahre alt war.«

Mein Gott! Ich denke an Mama, wie sehr ich mich immer über ihre übertriebene Vorsicht beklagt habe, und komme mir auf einmal erbärmlich vor.

Farrans Handy beginnt zu summen, er nimmt es aus der Tasche, tippt etwas ein und steckt es dann wortlos wieder zurück. Seine Schultern sind angespannt. Gleich wird er gehen müssen. Aber ich habe noch so viele Fragen.

»Und Ihr Vater? Sie sagten, er wollte Sie umbringen?«

Keeps Darwin ahead. Kieran W. Heap's dead.

In meinem Nacken richten sich die Haare auf. Ich ahne, warum er dieses Passwortanagramm gewählt hat, bevor er es ausspricht.

»An meinem vierzehnten Geburtstag habe ich ihn getötet, als er versucht hat, mir eine Spritze mit Curare-Gift zu verabreichen. Er wusste nicht, dass ich seine Tagebucheinträge gelesen hatte. Er wollte mir weismachen, ich würde meine tägliche Dosis Vitamine erhalten.«

»Wie grausam!«, keuche ich. Aus einem Biologiereferat von Faye weiß ich, dass Curare die Atemmuskulatur lähmt und man erstickt.

Farran nickt. »Ich konnte die Spritze mit meiner Telekinese aus seiner Hand reißen und gegen ihn richten. Es war ...« Er bricht ab, räuspert sich. »Kieran hat in seinem privaten Arbeitszimmer ein ganzes Arsenal von Giften gehortet.« Er deutet auf den großen Spiegel an der Wand hinter mir.

Erst jetzt fällt mir die Tür daneben auf. Ich wette, dass man von der anderen Seite diesen Raum beobachten kann.

Dort muss Jack gewesen sein, als er mit seinem Computer die Metallliege bedient und mit mir gesprochen hat.

»Ein Hobby, das er von meinem Großvater übernommen hat. Samuel Heap hat Giftpflanzen gezüchtet und sich mit medizinischen Einsatzmöglichkeiten von Toxinen beschäftigt. Mein Vater erweiterte die Sammlung unter anderem mit Schlangengiften. Wie glaubst du wohl, ist Jack an das Gift rangekommen, das Aidan dir verabreichen sollte?«

»Reizende Familie«, rutscht es mir heraus und Farran lächelt bitter.

»Ich hoffe, du zählst mich nicht dazu.«

»Na ja. Sie hatten eine entsetzliche Kindheit, aber dennoch führen Sie heute auf Ihre Weise die genetischen Experimente Ihres Vaters fort, indem Sie dafür sorgen, dass Menschen mit besonderen Fähigkeiten nur untereinander heiraten und Kinder bekommen sollen.«

Er zuckt zusammen, als hätte ich ihn geschlagen, und öffnet den Mund. Doch bevor er zu einer Antwort ansetzen kann, dröhnt ein Donnern oder eine Explosion in unmittelbarer Nähe durch den Raum. Grelle Lichter flackern durch die Kellerfenster, die Metallliege vibriert unter mir und erneut summt Farrans Handy.

Er ignoriert es und legt die Hände auf meine Schultern. »Ich bin nicht ansatzweise mit Kieran vergleichbar«, erklärt er ernst. »Bitte, lass uns später darüber diskutieren. Sag mir nur eins: Stehst du zu deinem Schwur, bist du weiterhin auf meiner Seite?«

Das Licht über uns flackert auf und erlischt. Stimmen hallen draußen über den Gang. Ich kann nur noch die Umrisse seines Gesichts erkennen, lausche dem Trommeln meines Herzschlags.

»Ich stehe nur dann zu meinem Schwur, wenn Sie mich zu Aidan und Dad bringen und mir versprechen, ihnen nichts anzutun.«

Er drückt fest meine Schultern. »Du hast mein Wort, Emma. Ich werde euch drei wieder in die Rabengemeinschaft integrieren.«

»Das reicht nicht. Was, wenn Dad oder Aidan ...«

Ein hartes Klopfen an der Tür unterbricht mich.

»Einen Moment noch!«, ruft Farran laut. Dann streicht er mir sanft über das Haar. Kälte rieselt über meinen Rücken, als er meine Befürchtung ausspricht: »Wenn sie nicht in der Lage sind zu kooperieren, wovon ich leider ausgehe, werde ich ihre Erinnerungen manipulieren müssen. Du weißt, dass mir keine andere Wahl bleibt.«

Von wegen! Warum kann er uns nicht einfach gehen lassen? Warum ... Und da begreife ich seine Gefühle plötzlich, verstehe, warum er überhaupt Menschen mit Gaben fördert und die Verbreitung der Gaben durch Heirat untereinander fördern will.

Fionbarr Farran wird nie eigene Kinder bekommen. Er will sichergehen, dass Seinesgleichen nicht aussterben. Nur mein Vater und ich sind mit ihm blutsverwandt. Nach dem, was ihm in der Kindheit widerfahren ist, gibt es für ihn nur ein Ziel: fortzubestehen und gegen jeden zu kämpfen, der ihn auslöschen will.

Farran wird uns niemals aufgeben. Eher tötet er uns.

»Emma?«, drängt er, als jemand erneut gegen die Tür trommelt.

Mitleid, Verständnis und zugleich das Gefühl, seiner Macht ausgeliefert zu sein, drücken mir die Luft ab.

»Ich bin Ihr Rabe«, flüstere ich. Tränen laufen mir über

die Wangen, tropfen über mein Kinn und versickern in der Finsternis.

GERICHTET

Ich höre ihr Schluchzen schon von Weitem.

Es perlt in den unterirdischen Gang und schmiegt sich an seine kahlen Wände, bis sie es verzerrt wieder zurückstoßen, doch erst, als ich hinter Farran die Wendeltreppe erklimme, verstehe ich auch die Worte.

»Nein! Jack, lieber Jack, nein, nein!«

Meine Beine werden weich.

»Was geht hier vor?«, herrscht Farran den Security-Mann an, der uns voranschreitet und mit der Taschenlampe zwischen den Bücherregalen den Weg weist. Im ersten Moment frage ich mich, warum nirgends Licht brennt, dann fällt mir ein, dass zuvor auch im Keller die Beleuchtung erloschen ist. Mein Atem geht so schwer, als hätte ich einen Marathonlauf hinter mir, mein Herz schlägt unregelmäßig wie ein stotternder Motor und ich fühle mich furchtbar wacklig auf den Beinen.

Der Mann an Farrans Seite räuspert sich unwohl. »Sir, Ihr Stellvertreter war der Ansicht, dass Mr Pashleys Vergehen gegen die Rabengemeinschaft so groß war, dass er dafür auf der Stelle gerichtet werden sollte.«

»Wie bitte?«, entgegnet mein Mentor entgeistert.

»Er sagte, keiner, der das Leben seines Sohnes bedrohe, dürfe auf Gnade hoffen.«

»Warum haben Sie mich nicht verständigt, Stevens?«

Der Wachmann strafft die Schultern. »Aber Sie haben angeordnet, dass Mr Callahan das Kommando bis zu ihrem Eintreffen führt, Sir.« Unter Farrans Blick fügt er kleinlaut hinzu: »Es … es ging furchtbar schnell, der Junge stand schließlich vollkommen neben sich. Wir konnten gerade noch verhindern, dass Mr Callahan auch das Mädchen erschießt.«

Wir biegen am Ende der Regalreihe nach links, vor uns ragen die großen Terrassenfenster zum Park auf, vor denen zwei weitere Wachmänner stehen, und in diesem Moment fällt das kühle LED-Licht der Taschenlampe nach unten, auf eine am Boden kauernde Gestalt, in ein bleiches Gesicht. Haarsträhnen kleben an Janes tränennassen Wangen wie dunkle Narben. Ihr Blick ist gebrochen und undeutlich, als wäre sie in Gedanken weit entfernt. Ich bin sicher, dass sie mich und Farran überhaupt nicht richtig wahrnimmt. Mit eingezogenen Schultern wiegt sie ihren Oberkörper vor und zurück. Mir stockt der Atem, als ich ihre rot verschmierten, zitternden Hände sehe und die Lache, die sich um den Körper, vor dem sie kniet, gebildet hat.

»James«, murmelt Farran kopfschüttelnd neben mir.

Mein Herz krampft sich bei Callahans Vornamen schmerzhaft zusammen.

Jareds Gesicht flackert in meiner Erinnerung auf, kreideweiß, Blutbläschen zerplatzen auf den bläulichen Lippen, als sie meinen Namen wispern.

Ich denke daran, wie sehr ich mir in den letzten Stunden Jacks Tod gewünscht habe. Scheiße. Ich sollte Jane besser sagen, welche Pläne er hatte, dass er keine einzige Träne wert ist, die sie jetzt für ihn vergießt. Aber ich bringe einfach kein Wort heraus, höre nicht mehr zu, was Farran und die Wachmänner besprechen, sondern starre in ihre Verzweiflung wie in einen dunklen Spiegel, bis mich plötzlich jemand unsanft am Arm packt.

»Komm«, befiehlt Farran heiser und zieht mich von ihr weg, vorbei an Tischen, Regalen und Grünpflanzen. Der Druck seiner Hand ist fest, zu fest, regelrecht schmerzhaft.

Ich stolpere neben ihm her und frage mich, ob er jetzt etwa mir die Schuld an Jacks Tod gibt. Der Wachmann, breitschultrig und groß, verdeckt fast das gesamte Licht seiner Taschenlampe. Es ist zu dunkel, um in Farrans Miene zu lesen.

Kurz bevor wir den Ausgang erreichen, bleibt mein Mentor plötzlich stehen, beugt sich hinunter und raunt mir ins Ohr: »Verstehst du jetzt endlich, weshalb du meine Erbin sein musst, Emma MacAengus? Denk mal darüber nach, was James Callahan aus SENSUS CORVI machen würde.«

»Warum ich? Warum nicht Dad? Jetzt wo Sie wissen, dass er noch lebt, wäre er doch ...«

Er schnaubt unwillig auf. »Dein Vater hat mich nicht zum ersten Mal verraten. Und Montgomry hat ihm eingeredet, dass ich am Tod deiner Mutter schuld wäre.«

Ich schnappe nach Luft. »Wie das?«

Farran dreht sich zur Tür und winkt dem Wachmann zu. »Einen Augenblick noch.«

Der Angesprochene nickt, verlässt die Bibliothek und wartet mit über der Brust verschränkten Armen auf der anderen Seite der Glastür. Als seine Taschenlampe erlischt, ist es so dunkel, dass ich kaum mehr die Hand vor Augen sehen kann.

»Du weißt aus ihrem Abschiedsbrief, dass selbst deine Mutter auf Montgomry hereingefallen ist«, raunt Farran mir zu.

Ich wünschte, er würde mich nicht daran erinnern. Es war nicht schwer, ihre Handschrift zu erkennen, auch wenn ich kaum glauben kann, wie sie meinem Vater so etwas antun konnte.

»Er ist der beste Stratege, der mir je begegnet ist. Menschen zu seinen Schachfiguren zu machen, liegt ihm im Blut. Dein von Schuldgefühlen gepeinigter Vater sehnt sich sicher danach, einen Sündenbock für seine Taten zu finden, und Montgomry ist sehr gut darin, der Wahrheit eine andere Bedeutung zu verleihen.«

»Aber er hat doch Dean und seinen Vater beauftragt! Wie will Dad das leugnen?«

»Das konnte ich in seinen Gedanken lesen, als er sich uns ergeben hat, um dich vor Jack zu retten. Montgomry hat ihm eingeredet, dass deine Mutter mit ihm gegangen wäre, wenn er sich von mir losgesagt und seinen Treueschwur mir gegenüber gebrochen hätte. Somit wäre ich in letzter Konsequenz für ihren Tod verantwortlich. Die Schuld treibt deinen Vater langsam in den Wahnsinn. Mittlerweile ist er sich nicht einmal mehr sicher, ob nicht ich den beiden den Mordauftrag gegeben habe, um ihn nicht zu verlieren. Und so wie Callahan sich aufspielt«, ich ahne es mehr, als dass ich sehe, wie er den Arm hebt und zum rückwärtigen Teil der Bibliothek deutet, dahin, wo Jacks Leichnam liegt, »glaube ich nicht, dass er mir helfen wird, deinem Vater neue Erinnerungen zu geben.« Seine Stimme klingt gepresst.

»Abgesehen davon werde ich James nach dieser Tat nicht mehr decken. Er hatte schon früher eine gewisse Neigung zur Grausamkeit und durch seine Sorge um Aidan scheint sich diese Charakterschwäche verstärkt zu haben.«

»Charakterschwäche? Er hat bereits zum zweiten Mal einen wehrlosen Schüler erschossen! Sie hätten ihn nach Jareds Ermordung schon nicht decken dürfen.«

»Ich weiß. Aber du kennst die Hintergründe nicht, die ihn zu diesem Menschen gemacht haben. James ist in seinem Leben nichts in den Schoß gefallen.« Ich erinnere mich daran, wie er während meines Praktikums bei Leech erklärt hat, dass seine Familie kein Geld für Eliteschulen hatte und er sich alles, was er erreicht hat, Stück für Stück erkämpfen musste. »Außerdem war James mir viele Jahre ein treuer Freund. Doch jetzt kann ich mein Ansehen nicht länger für ihn aufs Spiel setzen.«

Ein warmes Gefühl durchflutet mich. Wenn Farran sich endlich dazu durchringt, sich von Callahan zu trennen, kann er nie wieder Erinnerungsmanipulationen vornehmen.

»Was haben Sie vor?«, flüstere ich.

Aber mein Mentor hat sich bereits umgewandt und marschiert mit langen Schritten zur Tür.

Unsere Schuhe trommeln auf den Stufen, während wir uns Stockwerk für Stockwerk nach oben arbeiten, und Farran telefoniert, gibt Anweisungen und beschwichtigt. Die vertraute Bewunderung mogelt sich in meine zerrissenen Gefühle. Farran wirkt so routiniert und gelassen wie ein erfahrener Arzt bei einem Noteinsatz. Weder die Schreie und Schüsse, die vom Park ins Haus dringen, noch das Klirren von Glas aus den unteren Stockwerken scheinen ihn zu beeindrucken.

Seitdem wir das Erdgeschoss passiert haben, sind wir von zwei weiteren Security-Leuten flankiert. Ich rede mir ein, dass es lediglich Jacks Betäubungsmittel ist, das mich kaum mit den Männern Schritt halten lässt. Doch meine Gedanken kreisen um die letzte verhängnisvolle Silvesternacht und die Erinnerungen schnüren mir immer mehr die Brust ab. Irgendwo brennt es, der Rauch verdichtet sich, beißt in unsere

Lungen und treibt uns Tränen in die Augen. Der Mann hinter mir hustet verhalten.

»Vergiss die Polizei. Ich will kein Aufsehen erregen, Nick«, spricht Farran in sein Handy und fügt nach einer Weile in schärferem Ton hinzu: »Eine Jugendgang? Soll das ein Witz sein?«

Wir haben das letzte Stockwerk erreicht. Im Gang patrouillieren Wachmänner links vor Farrans Büro. Das gesamte Gebäude ist verdunkelt, damit die Security-Leute, die sich hinter den Fenstern postiert haben, den Angreifern kein allzu leichtes Ziel bieten. Ich frage mich gerade, wo sie die Schüler untergebracht haben, als zu meiner Verwunderung Farran nach rechts abbiegt, in die entgegengesetzte Richtung seines Büros.

»Dass Montgomry bereits kriminellen Abschaum für seine Ziele einspannt, ist aufschlussreich. Ich bin in einer Minute bei dir«, beendet er das Gespräch, steckt sein Handy zurück in die Tasche seines Sakkos, bleibt stehen und wendet sich mir zu. »Emma, ich gebe dir fünf Minuten mit Aidan und deinem Vater. Dann erwarte ich dich in meinem Büro. Du wirst heute Nacht an meiner Seite gegen unsere Feinde kämpfen und ihnen zeigen, wo dein Platz ist und was ich dir beigebracht habe.«

Unsere Feinde.

Ich beiße mir auf die Unterlippe, als das Bild des Falkenanführers vor mir aufblitzt, mit hängenden Schultern in seiner Schiffskabine, das Foto meiner Mutter auf seinem Nachttisch.

»Mrs Callahan war wirklich außer sich, als ich sie nicht zu ihrem Sohn gelassen habe, Fion«, wendet sich in diesem Moment ein älterer, hagerer Mann an meinen Mentor und erspart mir die Antwort. Er lehnt an der Wand neben einer Tür und trägt eine Waffe, aber keine Security-Uniform. Zusammen mit der Tatsache, dass er Farran mit Vornamen anspricht, kann das nur bedeuten, dass er kein gewöhnlicher Wachmann, sondern ein hochrangiger Rabe ist. Vermutlich ein Tele- oder Neurokinet.

»Keine Sorge, ich spreche gleich mit ihr«, seufzt mein Mentor. Sein Handy summt erneut. Er ignoriert es und wendet sich mir zu. »Erschrick bitte nicht, wenn du deinen Vater siehst. Es geht ihm gut, aber wir mussten ihn sicherheitshalber ruhig stellen. Heute Nacht habe ich wahrlich keine Zeit, mich mit seinen halbgaren Rebellionsallüren zu befassen.«

Der Hagere öffnet die Tür und ich bringe vor Aufregung kein Wort heraus. Nach neun langen Monaten werde ich meinen Vater wiedersehen. Und Aidan.

»Fünf Minuten!«, mahnt Farran. Ich nicke und ringe mir ein nervöses Lächeln ab. Endlich dreht er sich um und marschiert den Gang hinunter zu seinem Büro.

Ich hole tief Luft, huste, als der Rauch scharf in meine Lunge sticht, und trete ein.

Aidan

NUR EIN KUSS

Das Parkett seufzt unter meinen Turnschuhen.

Ich weiß, dass ich wie ein Volltrottel aussehen muss, so wie ich hier auf und ab marschiere, den Blick auf Jacob gerichtet, der bleich und regungslos auf dem Bett liegt, in dem ich vor wenigen Stunden noch vergeblich Schlaf gesucht habe.

Ich hasse dieses Zimmer. Ich hasse den jungen, flachsblonden Mann, der mit spöttischem Lächeln auf den Lippen uns gegenüber in dem Stoffsessel lümmelt, jede meiner Bewegungen verfolgt, die Hand mit der Pistole lässig auf dem übergeschlagenen Bein abgelegt. Elender Wichtigtuer! Unter anderen Umständen hätte ich ihn ausgelacht. Wenn ich eines begriffen habe, dann dass er es nicht wagen wird, dem Sohn von Farrans Stellvertreter eine Kugel in die Brust zu jagen. Allerdings war er so freundlich, mich darüber aufzuklären, dass die Waffe keine Munition, sondern Betäubungspatronen enthält, die einen ausgewachsenen Löwen schachmatt setzen könnten.

Ich war gerade dabei, die Infusionsflasche näher zu inspizieren, deren Inhalt stetig in Jacobs Venen tropft, als er die Pistole schwenkte und »Versuch es!« sagte. »War schon immer scharf darauf, zu sehen, wie schnell man damit k. o. geht. Aber beschwer dich hinterher nicht, wenn du dir die Seele aus dem Leib kotzt. Das Zeug soll hammermäßige Nebenwirkungen haben.«

So viel zu meinem Plan, Jacob aufzuwecken.

Am meisten hasse ich mich dafür, dass ich diese unglaubliche Gabe, von der sie mir erzählt haben, nicht mehr besitze. Elementarkinetiker. Noch nie hat der Verlust meiner Erinnerung so schwer gewogen wie jetzt.

Ich versuche, mich damit zu trösten, dass Farran bislang sein Wort gehalten hat. Die kugelsichere Weste, die er Jacob für sein Versprechen, sich kampflos zu ergeben, in der Sporttasche im Wald deponiert hatte, war entgegen unserer Befürchtungen, nicht manipuliert gewesen. Mein Schuss hat lediglich einen münzgroßen, blauen Fleck auf Jacobs Brust hinterlassen. Und der Peilsender, den ich mir in die Hosentasche gestopft habe, hat ihn und seine Männer tatsächlich zu mir und Emma geführt, auch wenn sie verdammt noch mal früher hätten aufkreuzen können. Nicht auszudenken, wenn ich Emma doch das Gift injiziert hätte!

Ein Geräusch lässt mich in meinem sinnlosen Marsch innehalten.

Die Eingangstür zu dem Gästeapartment fällt ins Schloss, doch die Schritte auf dem Gang sind leise, kaum wahrnehmbar. Meine Mutter mit ihren Pumps, die zuvor lautstark mit dem Wachposten diskutiert hat, ist das jedenfalls nicht. Mein Bewacher schnellt aus dem Sessel hoch und richtet seine Waffe auf unsere Zimmertür. Shit! Ausgerechnet jetzt bin ich mindestens zwei Meter von der Infusionsflasche entfernt, viel zu weit, um ihren Hahn zuzudrehen.

Langsam mache ich einen Schritt rückwärts, hoffe, dass die Bewegung ihm in dem dämmrigen Halbdunkel der Nachttischlampe entgeht, als die Tür aufschwingt und meine Konzentration in einem Feuerwerk aufschießender Gefühle verpufft.

»Aidan!«

Kein Mensch kann meinen Namen so aussprechen wie sie.

Emma fliegt mir entgegen, fällt mir um den Hals und vergräbt ihr Gesicht an meiner Brust. Mein Puls rast und ein warmes Glücksgefühl macht sich in meinem Bauch breit. Ihr geht es gut. Nur das zählt. Sekundenlang vergesse ich, dass wir beobachtet werden, schließe die Augen, lege die Arme um sie und drücke sie fest an mich. Doch an ihrem Haar und ihrer Kleidung klebt der Geruch von Rauch und zerstört schlagartig die Illusion einer heilen Welt.

Der Kampf muss mittlerweile auf das Gebäude übergegriffen haben, wenn es in seinem Inneren bereits brennt.

Emma scheint meine Anspannung zu spüren, denn sie windet sich aus meinen Armen, sieht mich fragend an und senkt dann beschämt die Augenlider.

Nein, nein, du verstehst das falsch.

Aber gerade als ich sie zurück in meine Arme ziehen will, dreht sie sich um und läuft zum Bett, wo sie neben dem Garderobenständer, an dem die Infusionsflasche provisorisch befestigt worden ist, auf die Knie sinkt.

»Dad!«, schluchzt sie heiser. Ihre Finger schieben sich über das weiße Laken zu Jacobs Hand, aber bevor sie ihren Vater berühren kann, räuspert sich der Blonde hinter mir und verkündet in herrischem Tonfall: »Finger weg von der Infusionsnadel, Miss MacAengus. Ich muss Sie sonst ebenfalls betäuben.«

Ich balle die Hände zu Fäusten und kann mich nur mühsam beherrschen, ihm nicht einfach ins Gesicht zu schlagen. Verdammt, sie hat ihren Vater für tot gehalten und sieht ihn gerade seit Monaten zum ersten Mal wieder! Dieser ...

»Sicher erklären Sie Mr Farran dann auch, weshalb ich

heute nicht wie versprochen an seiner Seite kämpfen werde. Weil *Sie* mich nämlich außer Gefecht gesetzt haben!«

Ich fahre zusammen. Das kann doch nicht ihr Ernst sein?

Emma richtet sich auf und strafft die Schultern. In ihren Augen glänzen Tränen, aber ihre Miene ist so abweisend und kühl wie ihr Tonfall.

Der Wichtigtuer grinst schief und lässt die Hand mit der Waffe sinken, aber ich fühle mich, als hätte er sie mir gerade über den Schädel gezogen. Mit einem Schritt bin ich bei Emma und reiße sie zu mir herum.

»Du darfst nicht kämpfen! Hörst du? Montgomry will dir doch nur helfen. Lass dich nicht von Farran manipulieren. Dein Vater würde niemals gutheißen, dass du an seiner Seite ...«

Ein trauriger Ausdruck schleicht sich in ihr Gesicht, als sie die Hand hebt und auf meine Lippen legt. »Lass uns später darüber reden, Aidan.«

»NEIN! Was, wenn dir etwas geschieht, es kein Später mehr gibt!« Ich drücke ihren zierlichen Körper erneut an mich, so eng, dass ich ihren Herzschlag zu spüren glaube.

»Mach dir keine Sorgen. Es wird alles gut werden, Aidan«, wispert sie und versucht, sich aus meiner Umarmung zu befreien.

Das wird es nicht, ganz bestimmt nicht, ich muss etwas tun, muss ...

»Warte!«, entgegne ich.

Sie hält in ihrer Bewegung inne und hebt die Augenbrauen. Ich höre, wie mein Bewacher sich mit einem theatralischen Stöhnen in den Sessel zurückfallen lässt, spüre regelrecht, wie er hinter meinem Rücken die Augen rollt.

»Der Kuss«, hauche ich. »Du hast ihn mir versprochen.«

Die Pupillen ihrer Augen weiten sich, als hätte ein Maler schwarze Tusche auf das noch feuchte, eisige Blau seines Winteraquarells getropft. Sie blinzelt, schaut über meine Schulter zu dem Blonden, runzelt die Stirn, doch dann wendet sie sich schüchtern lächelnd wieder mir zu. Meine Hände werden feucht, eine Hitzewelle jagt durch meinen Körper, während sich ihre Lider wie dunkle Wolkenkanten über das Blau schieben und ihr halboffener Mund sich dem meinen nähert.

Schneewittchen.

Ihre Lippen sind tatsächlich kühl wie Schnee, aber unglaublich weich, sie erwärmen sich unter den meinen, und im nächsten Augenblick explodiert ihr Geschmack auf meinem Mund und meiner Zunge wie zart schmelzende Eiscreme, die einen zunächst nur Kälte, dann süße, himmlische Frucht schmecken lässt.

Und da geschieht es. Mein Herz zerspringt. Ein Wirbel von Erinnerungen reißt mich mit sich und plötzlich stehe ich in Jacobs Garten, folge einem eigenartigen Geräusch, hebe den Kopf und sehe dieses unwirklich schöne Mädchen inmitten von Blättern und Zweigen des Walnussbaums, die Augen geschlossen, Tränen auf den bleichen Wangen und ihr Haar fließt über ihren Rücken bis zu dem Ast, auf dem sie sitzt.

Haar so schwarz wie das Gefieder der Krähe, Lippen rot wie die Beeren der Stechpalme und weiße Wangen wie Schnee.

Nein, das ist unmöglich, denke ich, die sieht aus, als wäre sie einem Elfenmärchen entsprungen. Ich konzentriere mich, schicke ihr einen Windstoß entgegen – ja, zum Teufel, ich kann die Luft bewegen, ich weiß endlich wieder, wie das geht – da reißt sie die Augen auf.

Alles in mir wird still vor Erwartung und sie ruft erschrocken: »Scheiße!«

Ich grinse, juble innerlich. Keine Märchenfee würde so etwas von sich geben. Sie ist es wirklich, Jacobs Tochter, ein ganz normales Mädchen, das ich kennenlernen, mit dem ich ausgehen, das ich ... küssen kann.

Ich lächle bei der Erinnerung an unsere erste Begegnung.

Das Bild flackert plötzlich, ich spüre, wie sie ihre Lippen von mir lösen will, nein, bitte noch nicht. Die Angst, meine Erinnerungen wieder zu verlieren, krampft mein Herz zusammen, ich greife mit der linken Hand hinter ihren Kopf und drücke sie wieder an mich, während meine rechte ihre Taille fest umklammert, als würde ich ohne ihren Kuss ertrinken. Ihr Haar fällt gegen meine Wange.

Und da rieche ich wieder den Rauch. Ich sinke zurück in die Erinnerungen.

Farrans Büro steht in Flammen. Meinen Flammen, ich habe das Feuer entfacht. Aber es war vergebens. Jacob ist aus dem Fenster in den Tod gefallen. Nein, Moment, er hat doch überlebt, er liegt hier neben uns. Aber woher kommen dann diese Gedanken, dieser Schmerz? Es zerreißt mich innerlich. Ich sehe, wie Farran und mein Vater auf Emma einwirken, und dann verschmilzt sie mit mir, ich schmecke ihre Angst und ihre Verzweiflung, spüre ihre Wut auf mich, als wären es meine eigenen Gefühle.

Meine Knie werden weich, ich stütze mich auf Emma, lasse zu, dass all diese grausamen Geschehnisse erneut auf mich einströmen.

Und dann verstehe ich endlich.

Alles.

»Das reicht jetzt aber, Loverboy. Lass sie los!«

Jemand greift nach meinen Armen und zerrt mich gewaltsam von Emmas Lippen weg. Sie steht schwer atmend vor mir, ihr rot geküsster Mund zittert. Während sie ihre Finger knetet, sieht sie mich vollkommen irritiert an. Ich will es ihr erklären, aber da dreht sie sich schon auf dem Absatz um und läuft zur Tür. Der Wachmann hält mich am Arm zurück.

»Emz!«, rufe ich ihr nach.

Sie schlägt mit der Schulter gegen den Türrahmen, bleibt stehen und starrt zurück.

Vorsicht, Aidan. Der Blonde darf nicht mitbekommen, dass du eben deine Erinnerung wiedergefunden hast.

Meine Augen suchen die ihren und ich betone mit Nachdruck jedes einzelne Wort: »Sag Kate, dass sie mir vertrauen muss.«

Kate. Ihr Alter Ego der Kindheit, das ihr in schwierigen Situationen geholfen hat, sich nicht von ihren Gefühlen mitreißen zu lassen. Sie hat mir auf Montgomrys Schiff davon erzählt.

Emma blinzelt und beißt sich auf die Unterlippe. Ich halte den Atem an, befürchte, dass sie zu weinen beginnt, aber sie ist stark, Himmel, wie ich dieses Mädchen – *mein* Mädchen – dafür liebe.

»Ich werd's ihr ausrichten«, versichert sie, dann flüchtet sie hastig aus dem Raum.

Als die Tür des Gästeapartments mit einem dumpfen Klicken ins Schloss fällt, stößt mich der Blonde angewidert von sich. »Bei dir sind seit Silvester echt ein paar Schrauben locker«, erklärt er verächtlich. »Mann, wenn ich an ihrer Stelle wäre, hätte ich dir schon lange ...«

Weiter kommt er nicht.

Es fühlt sich an, als wäre ich eine Zeit lang erblindet und könnte jetzt endlich wieder sehen. In meinen Fingerspitzen kribbelt die Energie, die ich auf die Luftteilchen übertrage, um den Luftdruck hinter meinem Bewacher zu verringern. Je größer der Druckunterschied, desto heftiger strömen die Luftmassen in seine Richtung. Es fällt mir leicht, ich kann nicht glauben, wie ich das vergessen konnte. So viele Jahre habe ich das trainiert! Nun ist es ein Kinderspiel, wie aufrecht gehen oder Fahrrad fahren.

Der Blonde ist zu überrumpelt, um einen Laut von sich zu geben, während er mit dem Luftstrom nach hinten gerissen wird. Die Waffe entgleitet seiner Hand, als er mit dem Kopf gegen die Wand schlägt und bewusstlos zu Boden sackt. Ich hebe sie auf, presse die Mündung gegen seinen Oberschenkel und bedecke meine Hand mit einem Kopfkissen, um den Schall zu dämpfen, bevor ich abdrücke.

Emma

LIEBE UND VERTRAUEN

Meine Lippen glühen.

Meine Wangen ebenfalls. Ich bin so froh, dass es im Gang immer noch dunkel ist, als ich aus dem Gästeapartment schlüpfe. Der Mann, mit dem Farran vorher gesprochen hat, lehnt mir gegenüber an der Wand und blickt nur kurz von seinem Handy auf, bevor er den Kopf wieder darüber senkt. Er murmelt etwas in das Mikro seiner Kopfhörer. Im Widerschein des Displays schimmert sein hageres Gesicht geisterhaft grün.

Sag Kate, dass sie mir vertrauen muss.

Aidans Worte hängen in meinen Gedanken wie die feinen Rauchschwaden über dem Korridor und ich bewege mich auf Farrans Büro zu, als würde ich auf einem schwankenden Schiff balancieren und hätte Angst, über Bord zu gehen.

Weit entfernt vernehme ich Schüsse, einen wütenden Schrei, gefolgt von etwas, das klingt, als würde jemand mit Möbeln um sich schmeißen. Ein paar Männer hasten an mir vorbei zum Treppenhaus, aber ich kann inmitten dieses Chaos nur an eines denken: Aidan hat seine Erinnerungen wiedergefunden.

Und statt mich darüber zu freuen, schnürt Angst mir die Kehle zu.

Denn Aidan steht offenbar auf Montgomrys Seite und wird versuchen, sich zu befreien, um für die Falken zu kämpfen. Warum sonst hat er mich an Kate erinnert und dem Security-Mann, der ihn bewacht, nichts von seinem Flashback erzählt?

Und mein Vater?

Heute Nacht habe ich wahrlich keine Zeit, mich mit seinen halbgaren Rebellionsallüren zu befassen.

Zumindest Farran ist überzeugt davon, dass er sich gegen ihn wenden würde, wäre er nicht betäubt.

Ich knabbere an meiner Unterlippe und wünsche mir, der Gang wäre kilometerlang. Gleich werde ich bei meinem Mentor sein, an seiner Seite kämpfen, im schlimmsten Fall – wenn ich ihn nicht vor den beiden warne – gegen meinen eigenen Vater und den Jungen, den ich liebe.

Ich bin Ihr Rabe.

Mein Magen krampft sich zusammen, ich bleibe stehen und lehne meine Stirn an die Wand. Plötzlich schiebt sich ein schwarzer Schemen neben mich, ich drehe den Kopf und schreie auf, zucke zurück. Erst als er die Hand hebt und das Ding von seinem Kopf schiebt, kapiere ich, dass es nur ein Helm mit einer Gasmaske ist.

»Geht es Ihnen gut, Miss? Soll ich Hilfe holen?« Gesicht und Kopf des kahlgeschorenen Riesen glänzen im Schein seiner Taschenlampe vor Schweiß und Ruß. Er klingt außer Atem, vermutlich ist er gerade erst die Treppe hochgelaufen.

»Danke, ich ... bin okay. Mir ist nur ... ein wenig schwindlig.«

Jemand ruft über den Gang nach ihm, er wirft mir noch einen letzten besorgten Blick zu, dann eilt er weiter. Auf seinem Rücken trägt er eine graue Sauerstoffflasche wie einen Rucksack. Wahnsinn! Was zum Teufel ist hier eigentlich los? Hat Montgomry eine ganze Armee von Irland hierhergeschafft? Oder haufenweise Verbündete in New York?

Mechanisch gehe ich weiter, wünsche mir so sehr, jemand könnte mir bei dieser Entscheidung helfen.

Du musst den Plan dahinter verstehen, sonst haben sie dich in der Hand.

Fakt ist, dass ich mich auf meine eigenen Erinnerungen nicht verlassen kann.

Fakt ist auch, dass es keinen Menschen gibt, den ich mehr liebe und dem ich mehr vertraue als Aidan.

In der Silvesternacht wurde er im Gegensatz zu mir nicht manipuliert. Durch mein Emotionentauchen und unsere gemeinsame Verbindung habe ich jedoch einen Schock und eine Amnesie in ihm ausgelöst. Das bedeutet aber, dass er jetzt seine wahren Erinnerungen zurückerhalten haben muss. Warum stellt er sich dann gegen Farran? Er war ein überzeugter Rabe, nur die Angst um mich hat ihn zu Montgomry getrieben. Aber Farran bedroht uns nicht. Wir könnten einfach gemeinsam wieder neu anfangen. Meine Nägel graben sich in meine Handflächen.

Was übersehe ich?

Vor einer halben Stunde in der Bibliothek war Farrans größte Sorge gewesen, dass er die Erinnerungen meines Vaters nicht mehr mithilfe Callahans beeinflussen kann. Selbst wenn Dad tatsächlich aufgrund seiner Schuldgefühle wahnsinnig geworden wäre, erklärt das noch lange nicht, weshalb Montgomry seinen Rivalen, den Mörder seiner einstigen großen Liebe, verschonen und ihm monatelang Unterschlupf gewähren sollte. Schließlich konnten Phyllis und ich ihn auf dem Schiff kaum davon abhalten, Jared zu erschießen, und der stand ihm nahe, während er in meinem Vater seit jeher einen Feind gesehen hat.

Kälte breitet sich in mir aus, als sich vor mir die Tür zu Farrans Büro aus dem Rauch schält. Claires Gesicht zieht neben anderen bekannten und fremden Menschen im Inneren des

Vorzimmers an mir vorbei. Ihr Gemurmel rauscht undeutlich in meinen Ohren. Wie betäubt schreite ich weiter auf den Lichtschimmer zu, der durch den Spalt der angelehnten Holztür quillt.

Farrans Vater hat gelogen, als er behauptete, seinem Sohn lediglich eine Vitaminspritze geben zu wollen.

Fakt ist, Farran hat bereits in frühester Kindheit gelernt, dass Vertrauen und Liebe tödliche Waffen sind.

Und gerade deshalb benutzt er sie in seinem Krieg.

»Was ist geschehen, du siehst aus, als wärst du unterwegs Montgomry persönlich begegnet?«, schlägt mir die spöttische Stimme meines Mentors entgegen.

Angespanntes Gelächter folgt seinen Worten. Farran steht an seinem Schreibtisch, der mit riesigen Grundrissplänen und Fotografien bedeckt ist. Auf drei Monitoren an der Wand laufen Videos, unscharfe, dunkle Aufnahmen, offenbar von den Überwachungskameras. Auf dem Weg zu Aidan und Dad habe ich Farran von Sheilas Beteiligung an Jacks Intrige erzählt. Er wird in SENSUS CORVI Bescheid gegeben haben, weshalb sonst sollten die Kameras wieder funktionieren? Ich frage mich, welche Strafe Sheila jetzt blüht, aber da drehen sich bereits zwei ältere Männer und eine Frau nach mir um.

Nicholas Carter, ein mir unbekannter Mann und – zu meiner Überraschung – Caitlin Callahan. Sie hat ihr Businesskostüm gegen einen schwarzen Trainingsanzug getauscht, zweifelsohne ein Designerstück, in dem sie nicht minder perfekt aussieht. Eine irische, kupferblonde Version der Braut aus *Kill Bill*.

»Caitlin ist eine Pyrokinetikerin und ein Kontrollfreak«, hat mein Vater mir vor dem Weihnachtsempfang letztes Jahr verraten. »Ein Glück, dass Aidan nur ihre feurige Gabe geerbt hat.«

Ein Kribbeln auf meiner Kopfhaut lenkt mich von Aidans Mutter ab. Ich erwidere Farrans stahlgrauen Blick, verdränge jeden Gedanken an Aidan und meinen Vater und besinne mich nur noch auf eines: *Ich habe so viel von dir gelernt. Es wird Zeit, Meister, mir heute deine letzte Lektion zu erteilen.* Und ich meine jedes einzelne Wort ernst.

Farran lächelt.

Jacob

AUSGESCHLAFEN

»Jacob!«

Die Stimme klingt, als wäre sie weit entfernt. Aber etwas zupft an seinem Arm und plötzlich klatscht ihm etwas Kaltes, Feuchtes ins Gesicht.

Jacob fährt so ruckartig auf und schlägt um sich, dass ihm übel wird und Magensäure die Speiseröhre hochschießt. Seine linke Brust schmerzt, aber jemand stützt ihn, verhindert, dass er wieder zurückfällt, und als er den Kopf dreht, erkennt er Aidan. Der Junge ist bleich, die rechte Gesichtshälfte frisch aufgeschrammt und an der Wange blüht ein Bluterguss. Aber in seinen Augen glüht ein Feuer, das er seit jener verhängnisvollen Neujahrsnacht nicht mehr darin gesehen hat.

»Ausgeschlafen?«, spottet der Junge.

Jacob würgt den bitteren Geschmack in seinem Mund hinunter und schaut sich um. Nichts in diesem Raum weckt Erinnerungen in ihm. Dann fällt sein Blick auf einen blonden Mann, der mit geschlossenen Augen an der Wand gegenüber lehnt. Sein Kinn ruht auf der Brust und aus seinem halb offenen Mund tropft Speichel.

Wo zur Hölle bin ich? Und was ist geschehen?

Die Fragen müssen ihm ins Gesicht geschrieben sein, denn Aidan erklärt: »Dein Plan ist tatsächlich aufgegangen. Nachdem ich dir in die Brust geschossen habe, bist du k. o. gegangen und sie haben dich betäubt.«

Geschossen? Jacob tastet nach der schmerzenden Stelle links von seinem Brustbein. Es fühlt sich an wie eine Prellung.

»Nächstes Mal übernehme ich bitte schön den Part mit dem gemütlichen Nickerchen und du jagst dem Psychopathen hinterher und triffst Entscheidungen über Leben und Tod deiner Tochter.«

Schlagartig ist er hellwach. »Emma!«, keucht Jacob und greift nach Aidans Arm. »Was ist mit ihr?«

Der Junge seufzt. »Sie war eben hier. Körperlich ist sie okay, aber Farran spukt immer noch in ihrem Kopf herum und ich hab keine Ahnung, was er ihr alles eingetrichtert hat.«

Jacob benötigt einen Moment, um die Worte seines Patensohnes zu verarbeiten. Was auch immer sie ihm verabreicht hatten, es macht seinem Kreislauf ziemlich zu schaffen. Er lässt Aidan los und hebt seinen Arm zur Stirn, um sich den kalten Schweiß abzuwischen. Da sieht er die blau gestochene Vene und das angetrocknete Blut. Sein Blick wandert von dem Garderobenständer mit der Infusionsflasche über den bewusstlosen Mann zurück zu Aidan. Wie hat er ihn bloß überwältigt?

»Du hast deine Gabe zurück, Junge!«, ruft er fassungslos.

»Nicht nur die«, grinst Aidan. »Ich weiß jetzt auch wieder, was für ein nervtötender strenger Lehrmeister du sein kannst.« Er wird ernst und greift nach seiner Hand, drückt sie fest. »Du bist mir mehr Vater gewesen als James. Tut mir leid, dass ich das einfach so vergessen habe.«

Jacob schließt rasch die Augen, um die Gefühle zu verbergen, die ihm die Luft abschnüren und den Kloß in seinem Hals wachsen lassen.

»Aber wie hast du es geschafft, deine Amnesie zu überwinden?«, presst er heiser hervor.

Aidan lässt ihn los und lacht leise. »DAS wird dir nicht gefallen.«

»Dein Vater und Farran?«, fragt Jacob vorsichtig und öffnet die Augen wieder.

Aidan lächelt verschmitzt. »Nein. Deine Tochter hat mich geküsst. Ziemlich ... ähm ... intensiv.«

»Wie bitte?«

Das Bild des eng umschlungenen Paares unter dem Mistelzweig schießt ihm in den Kopf, zusammen mit den widerstreitenden Gefühlen von Glück und väterlichem Beschützerinstinkt.

»Weißt du, das zwischen Emma und mir ist wirklich ...«

Jacob hebt rasch die Hand. »Lass uns lieber zusehen, wie wir von hier abhauen können.«

Kopfschüttelnd schwingt er seine Beine über die Bettkante und steht auf, macht ein paar erbärmlich wacklige Schritte auf das Fenster zu und öffnet es.

Kälte schlägt ihm ins Gesicht, aber die Kampfgeräusche, die nach oben dringen, beleben seine Sinne weit mehr, als es die frische Luft vermag.

»Amy und ihre tätowierten Schäfchen?«

Aidan tritt neben ihn und lacht. »Unterschätz sie nicht. Sie würden Amy zuliebe durchs Feuer gehen. Viele verdanken ihr das Leben. Zusammen mit Namara scheinen sie für einen ganz schönen Rummel da unten zu sorgen.«

Jacob schmunzelt. »Wird Zeit, dass wir ihnen zu Hilfe kommen.«

Emma

PLÄNE

Ich sollte es vermutlich als Ehre betrachten, an Farrans Seite zu stehen, während er mit den ranghöchsten Raben die Lage bespricht und eine Strategie zur Abwehr des Falkenangriffs ausarbeitet.

Doch ich fühle mich, als hätte ich mich in der Mensa freiwillig an den Lehrertisch gesetzt. Jeder der Anwesenden ist älter als mein Vater, und je hitziger die Diskussionen unter ihnen werden, desto unpassender kommt es mir vor, hier und nicht bei den anderen Schülern zu sein.

Eigenartig. Bei Montgomrys Lagebesprechungen auf dem Schiff und dem Golfplatz war das Gefühl anders gewesen.

»Wir leben hier nicht in der Einöde Montanas, Fion!« Carters aufgebrachte Stimme reißt mich aus meinen Grübeleien. »Die Nachbarschaft hat die Polizei wegen der Schüsse bereits verständigt.« Als könnte er seinen Worten damit Nachdruck verleihen, trommelt er mit den Fingerspitzen auf Farrans Schreibtisch. »Lieutenant Phillips steht mit seinen Einsatzkräften unmittelbar vor ENGLEWOOD RAVENS’ Toren und wimmelt alle anderen Einheiten ab, die einschreiten wollen. Aber lange kann er das mit der Begründung, er habe hier alles unter Kontrolle, nicht mehr tun.«

Farran zuckt mit den Schultern. »Dann muss er sich eben etwas anderes einfallen lassen. Nicht alle seiner Leute sind Raben und ich lasse keine Externen während eines Kampfes auf dieses Gelände.«

»Sie müssen ja nichts von unseren Gaben mitbekommen!

Dass Montgomry so weit gesunken ist, kriminelle Jugendbanden zu bestechen, ist doch ein Geschenk des Himmels. Wir tarnen den Angriff als Raubüberfall. Ein Wink von dir und Phillips stürmt das Gelände und macht mit dem ganzen Pack kurzen Prozess.«

»Nein!«, rutscht es mir heraus.

Niemand achtet auf meinen Protest. Nur Aidans Mutter kneift die Augen zusammen, während sie mich eindringlich mustert.

Als Carter weitere Argumente ins Feld führt, presst sie ihre Handflächen fest auf die Tischplatte und unterbricht ihn energisch. »Ich bin ganz Emmas Meinung.«

Mein Herz klopft schneller.

»Natürlich bist du das, Caitlin!«, höhnt Carter. »Du musst wirklich eine Heidenangst um deinen Mann haben.« Stille folgt seinen Worten.

»Bleib bitte sachlich, Nick«, maßregelt Farran den Schulleiter von ENGLEWOOD RAVENS. »Dass Caitlin hier steht, statt an James' Seite zu kämpfen, ist Beweis genug für ihre Treue.«

»Treue«, schnaubt der Angesprochene verächtlich. »Ihm hat sie schließlich auch die Treue geschworen.«

In diesem Moment vergesse ich, wie stolz und herablassend sie sich letztes Jahr an Weihnachten gegeben hat, und empfinde tiefes Mitgefühl. Farran hat James Callahan, den vorangegangenen Gesprächen nach, entmachtet, sobald er mich vor dem Gästezimmer abgesetzt hatte. Callahan scheint sich seitdem irgendwo zu verstecken, und seine Frau hat Farran ihre Unterstützung im Kampf um ENGLEWOOD RAVENS angeboten. Caitlin Callahans Augen sind geschwollen und die Schatten darunter so tief, als wäre ihr Kajal verwischt. Dabei ist sie gar nicht geschminkt. Mir wird bewusst, dass sie seit ihrem Flug nach New York wenig oder gar nicht geschlafen hat. Sie muss noch müder sein als ich.

»Du hattest dich noch nie besonders gut unter Kontrolle, Carter«, entgegnet sie kühl. »Ich werde wohl besser als du James' Verhalten vorhersehen können, und meine persönlichen Gefühle für ihn habe ich noch nie über das Wohl der Rabengemeinschaft gestellt.«

Ein Schauer läuft mir über den Rücken.

»Ich sage dir, James weiß genau, welche Konsequenzen Fions Befehl hat, und er wird deshalb so schnell wie möglich fliehen. Vermutlich hat er das Gelände bereits verlassen.«

»Als ob James jemals kampflos das Feld räumt!«, lacht Carter, aber auf seinen Wangen blühen rote Flecken der Wut.

Die Ermordung seines besten Schülers nagt sichtlich an seiner Urteilsfähigkeit. Ich habe selbst erlebt, wie sehr Jack sich einschmeicheln konnte. Mrs Callahan, die sich über die Karte gebeugt hatte, richtet sich auf und strafft ihren Oberkörper, sodass sie sich auf Augenhöhe mit ihm befindet.

»Natürlich räumt er nicht das Feld«, erklärt sie spitz. »Er wird sich in Sicherheit bringen und versuchen, Fion mit der Treuhandschaft über seine Geschäftskonten zu erpressen.«

Carter klappt der Mund auf. Er dreht den Kopf zu Farran, aber der nickt nur zustimmend.

Ich verstehe seine Gelassenheit nicht. Noch vor wenigen Stunden hat er mir selbst erklärt, dass Callahan zu sehr in die Finanzgeschäfte SENSUS CORVIS verwickelt sei, um ihn einfach zu entmachten. Das kann sich unmöglich so schnell geändert haben.

»CALLAHAN & COMPANY LTD. investiert in zahlreiche, höchst spekulative Geschäfte, nicht nur an der London Stock Exchange, auch anderorts«, erklärt Farran und drückt die

Handflächen gegeneinander, sodass seine Knöchel knacksen. »Um eine mögliche Haftung mit seinem Privatvermögen zu minimieren, hat James daher nahezu sein gesamtes Vermögen auf Caitlin überschrieben.« Er macht eine Pause und lächelt ihr freundlich zu. »Und sie hat mir heute Nacht zugesichert, dass sie es in voller Höhe in eine Stiftung zugunsten SENSUS CORVIS einlegen wird, falls James eine solche Drohung gegen mich in die Tat umsetzen sollte.«

Einen Augenblick lang ist nur noch das Atmen der Anwesenden zu hören und Mrs Callahans Miene wird so ausdruckslos wie die einer Sphinx.

Liebe und Vertrauen.

Jetzt begreife ich, warum Farran sie nicht zu Aidan gelassen hat. Er zwingt sie mit der Liebe zu ihrem Sohn zum Verrat ihres Mannes. Mir wird übel.

»Mir blieb nichts anderes übrig, Emma. James ist zu einer unberechenbaren Gefahr geworden.«

Ich hasse es, wenn er so plötzlich in meine Gedanken taucht. *Ein reichlich hoher Preis*, denke ich bitter.

Mein Mentor schüttelt kaum merklich den Kopf.

»Nein. Caitlin hat James nach Aidans Verschwinden große Vorwürfe gemacht. Sie war strikt gegen seinen Plan, ihren Sohn morgen einer Erinnerungsmanipulation zu unterziehen. Ich habe ihr zugesichert, ihn nicht zu verändern, in der Hoffnung, dass eure Liebe stark genug sein wird, seine Gabe und seine Treue mir gegenüber auch ohne Manipulation zurückzubringen.«

Zum Glück zieht sich Farran wieder aus meinem Kopf zurück, denn Paul Walsh, der mir als stellvertretender Schulleiter vorgestellt worden war, unterbricht unseren Gedankenaustausch.

»Was schlagen Sie denn zur Lösung des Konflikts vor, Miss MacAengus? Das Schulgebäude hat bereits jetzt erheblichen Schaden genommen, einer unserer Sicherheitskräfte ist tot, fünf weitere sind schwer verletzt und zwei unserer telekinetischen Lehrer vermissen wir seit einer Viertelstunde. Mal ganz abgesehen von den Falken, deren Anzahl wir noch nicht abschätzen können, sind die von ihnen angeheuerten Jugendlichen keine harmlosen Graffiti-Sprayer oder Metro-Surfer, die mal ein bisschen Action haben oder die Einrichtung ENGLEWOOD RAVENS plündern wollen. Sehen Sie sich die Videos doch einmal an!« Er deutet auf die Monitore. Walsh hat sich bislang in der Besprechung weitgehend still verhalten. Seine jetzige Einschätzung drückt echte Besorgnis aus, keinen Vorwurf, wie ich ihn im nächsten Moment von Carter zu hören bekomme.

»Sehr richtig, Paul. Miss MacAengus kann aufgrund ihrer Jugend die Brisanz der Lage nicht richtig einschätzen.«

Die Angst um Aidan und meinen Vater verdichtet sich zu einem Knoten in meiner Brust.

»Vielleicht habe ich aufgrund meiner Jugend nur weniger Skrupel, mich in den Kampf zu stürzen, anstatt andere meinen Job erledigen zu lassen.«

Aus dem Augenwinkel sehe ich, wie Farrans Mundwinkel zucken.

»Unterstellst du mir etwa Feigheit?«, donnert Carter, aber Walsh hebt bereits beschwichtigend die Hand.

»Lass sie ausreden, Nick. Fion hat sicher seine Gründe, warum er sie an unserer Runde teilnehmen lässt, habe ich recht?«

Farran nickt zustimmend und verschränkt abwartend die Arme über der Brust.

Ganz sicher hat er bereits eine Lösung parat und will mich

nur testen, mir mal wieder die Gelegenheit geben, mich vor allen zu beweisen. Seit unserer Unterredung in den geheimen Kellerräumen ENGLEWOOD RAVENS kenne ich auch den Grund dafür. Ich soll bereits jetzt seinen ranghöchsten Raben als mögliche Nachfolgerin präsentiert werden. Wunderbar.

Mein Herz klopft mir bis zum Hals. Ich darf keinen Fehler begehen. Schließlich stehen Aidans und Dads Leben auf dem Spiel. Die Sekunden verrinnen so zäh wie Honig, während vier Augenpaare mich durchbohren.

»Ihr Lieutenant Phillips könnte seinem Vorgesetzten zunächst einmal erklären, dass wir ... wir hier nur einen Film drehen, als Projektarbeit an unserer Schule. Wir haben leider nicht bedacht, dass es zu laut für die Nachbarschaft werden könnte und bitten daher nachträglich um eine Drehgenehmigung.« Meine Stimme klingt viel zu piepsig. Farran hebt zweifelnd eine Augenbraue. Hastig, bevor mir jemand widersprechen kann, fahre ich fort: »Montgomrys Leute wissen seit heute Nacht, dass mich jemand innerhalb ENGLEWOOD RAVENS töten wollte. Sie haben aber keine Ahnung, dass es Jack war. Was, wenn wir es so darstellen, als wäre dieser jemand Mr Callahan gewesen. Ich meine, er hat mich doch noch nie als Freundin seines Sohnes akzeptieren können. Mit ein bisschen Glück, haben die Falken sogar den Funkspruch abgefangen, in dem Mr Callahan der Befehl über die Raben entzogen wurde.«

»Sehr gut. Wir beide könnten uns im Park duellieren, um diese Version zu bestätigen, schließlich ist James mein Mann«, kommt Mrs Callahan mir zu Hilfe. Sie muss ahnen, dass Aidan in Gefahr schwebt. Er hat nicht nur seine feurige Gabe von ihr geerbt. Mein Respekt vor seiner Mutter wächst.

»Ich verstehe nicht ganz ...«, beginnt Walsh.

»Ausgezeichnet.« Farran beugt sich über den Plan und deutet auf eine Stelle im Park nahe des Jugendstilpavillons der Mensa. »Derzeit konzentrieren sich alle Angriffe hier. Sie haben Steine und Molotow-Cocktails in den Speisesaal geworfen. Die Löscharbeiten sind in vollem Gange und wir haben etwa ein Drittel unserer Leute dort zur Abwehr positioniert, damit sie nicht zu den Schülern in der Turnhalle gelangen.«

»Sie haben aber nur Jugendliche und keinen Falken entdeckt«, mutmaße ich. Er widerspricht mir nicht. »Also wäre die der Bibliothek zugewandte Seite des Parks perfekt für meine und Mrs Callahans vorgetäuschte Auseinandersetzung. Denn dort werden vermutlich Letztere auf ihren Einsatz warten.«

Carter wirft mir einen eigenartigen Blick zu. »Du willst dich Montgomry wirklich ausliefern?«

»Genau das bezweckt er doch! Vermutlich hat er es sogar vorhergesehen«, ruft Walsh.

Farran winkt unwillig ab. »Montgomry ist im Central Park allem Anschein nach schwer verletzt worden. Ich denke, er ist bewusstlos oder bereits tot, und das hier ist ein letzter verzweifelter Racheakt seiner Anhänger. Denn wenn er seine Mantik nutzen könnte, hätte er gewusst, wohin Jack Emma verschleppt hat. Ihr Vater hätte sich mir niemals freiwillig ausgeliefert, sondern mir gleich am Telefon über die Gefahr, in der sie schwebte, Bescheid gegeben. Er weiß, dass ich Emma nicht im Stich gelassen hätte.«

Seine Worte lösen eine Welle widersprüchlicher Gefühle in mir aus. Ich atme tief durch und versuche, sie zu blockieren. Jetzt ist nicht der richtige Moment, um über Montgomrys möglichen Tod nachzudenken. Carter senkt den Blick und

Walsh fährt sich nervös mit der Hand durch das Haar. In ihrer Wut über Jacks Hinrichtung fällt es ihnen allzu leicht, seine vorangegangenen Taten zu vergessen.

»Schön und gut, aber was bringt es uns, wenn Miss MacAengus den Falken in die Hände fällt? Sobald sie merken, auf wessen Seite sie wirklich steht, können Sie uns mit ihr als Geisel erpressen.«

Aidans Mutter stöhnt auf und ringt die Hände. »Himmel, Paul! Dazu wird es erst gar nicht kommen. Emma wird sie natürlich in eine Falle locken. Schließlich werden sie MacAengus und meinen Sohn *befreien* wollen.« Sie spricht das Wort abfällig aus. Als wäre das ein Witz, aber ich spüre ihre Anspannung und kann nur hoffen, dass Farran sie falsch deutet.

Nirgends brennt Licht, als Caitlin Callahan und ich über den Gang Richtung Bibliothek laufen. Da sie sich im Gebäude nicht auskennt, übernehme ich die Führung. Doch mit jedem Schritt, den wir uns der Bibliothek nähern, geht mein Atem flacher, bekomme ich immer weniger Luft. Und das liegt nicht an dem Rauch, der sich mittlerweile auch in diesen Winkel von ENGLEWOOD RAVENS geschlichen hat. Die Gesichter auf den Gemälden rechts und links von mir verzerren sich zu hohnlachenden Fratzen. Sie waren stumme Zeugen, als Jack mich in den Tod locken wollte. Keuchend bleibe ich vor der Glastür stehen. Meine linke Seite sticht, als wäre ich gerade einmal rund um den Central Park gerannt.

Während der Security-Mann uns die Tür öffnet, spüre ich eine warme Hand auf meiner. Sie drückt kurz meine Finger und verschwindet, bevor der Mann vor uns sich wieder zu uns dreht. Ich bin sicher, Caitlin Callahan würde sich nie zu einer aufmunternden Geste herablassen.

Das war ein Zeichen.

Wie in Trance drücke ich auf den Schalter meiner Taschenlampe, lösche das Licht ebenso wie die warnenden Stimmen in meinem Kopf und klammere mich fester an das geriffelte Metall.

Aidans Mutter bleibt neben dem Wachmann im Inneren der Bibliothek stehen, während ich weitergehe, die Augen fest auf den Tunnel von Büchern geheftet, an dessen Ende mir schwarz glänzend das Tor zu einem neuen Leben entgegenschimmert.

Oder zu meinem Tod, wenn das, was meine Gefühle mir zuwispern, falsch ist.

Denn noch einmal wird Farran mir nicht verzeihen.

IM WALD

Die Wand ist kühl.

Ich presse mich mit der rechten Schulter dagegen und spähe hinaus, die Hand bereits auf den Griff der Terrassentür gelegt, und warte. Lange kann es nicht dauern, bis Farran den Wachmännern den Befehl gibt, sich zurückzuziehen, und tatsächlich verdichtet sich das Dunkel nur wenige Meter von mir entfernt zu tintenschwarzen Schemen, die an den Fenstern der Bibliothek entlanggleiten, bis sie um die Ecke verschwinden.

Ich muss schnell sein.

Nur einen Spaltbreit öffne ich die Tür, haste blindlings los, mitten auf den Wall aus Bäumen und Sträuchern zu, deren Konturen in Dunkelheit und Nebel unscharf verschwimmen.

Kälte knebelt meine Müdigkeit und kribbelt in meinen Fingerspitzen wie feine Nadelstiche.

»Emma!«, schreit Aidans Mutter hinter mir plötzlich zornig. »Bleib stehen!«

Wie abgesprochen verlangsame ich meinen Schritt gerade so viel, dass sie mich erst einholen kann, wenn ich den Wald erreiche und aus dem Blickfeld der Kameras komme. Farran hat uns die Positionen der einzelnen Nachtsichtgeräte auf der Karte gezeigt. Sie sollen sich in Sicherheit wiegen. Denn sie wissen nicht, dass ich ein Abhörgerät bei mir führe. Und Farran weiß nicht, dass ich es genau jetzt verlieren werde.

Hitze streift mich plötzlich und ein Feuerstoß jagt an mir vorbei wie ein Miniaturkomet und schlägt unmittelbar rechts von mir in den Boden ein. Das Laub zischt auf, hüllt mich in eine Wolke aus Dampf und Rauch, bevor es die rot-gelben Flammen in modriger Feuchtigkeit erstickt. Ich spüre dennoch, wie der Geschmack des kokelnden Waldbodens unter meine Kleidung und in mein Haar kriecht. Meine Augen tränen, aber ich fahre herum und konzentriere mich darauf, dass wir bereits zu spät sein könnten, und male mir aus, wie Aidan oder mein Vater verletzt oder gar tot sind. Meine Brust fühlt sich an, als hätte ich sie mit einem viel zu engen Mieder geschnürt.

Als ich meine Telekinese gegen Aidans Mutter richte, ist die befreiende Druckwelle so groß, dass ich befürchte, ich könnte sie zu schwer verletzen. Aber sie ist offenbar gut trainiert. Sekunden nachdem ich sie zu Boden geschleudert habe, rappelt sie sich bereits auf und schickt mir erneut einen Feuerball entgegen, dem ich nur durch einen gewagten Sprung zur Seite ausweichen kann. Himmel, war das knapp! Meine Hände stoßen in stachliges Gestrüpp und mit dem rechten Knie lande ich auf einer Wurzel. Der Schmerz lässt mich aufschreien, ich rolle stöhnend zur Seite, Disteln stechen in meine Kopfhaut, bleiben in meinem Haar kleben, aber sie sind jetzt meine geringste Sorge. Mit beiden Händen taste ich nach meiner Kniescheibe, als plötzlich jemand unter meine Achseln greift, mich hochreißt und in den Schutz des Waldes zerrt. Bevor ich auch nur einen Laut von mir geben kann, drückt eine Hand gegen meinen Mund und eine junge, männliche Stimme mit spanischem Akzent flüstert: »Ganz ruhig, Francesco beschützt dich nur.«

Ach, wirklich?

Links von mir schält sich eine massige Gestalt aus dem Dickicht und mein Herz klopft augenblicklich schneller, als ich Namaras Gesicht über mir erkenne. »Ärger mit der Schwiegermama, Rabenmädchen?« Er grinst breit.

Im selben Moment brüllt Caitlin Callahan erneut nach mir, so nah, dass ich bereits das Knacken von Zweigen und das Rascheln des Laubs unter ihren Füßen hören kann.

Namara richtet sich wieder auf, bewegt sich flink nach links und ich beiße mit aller Kraft in die Hand auf meinen Lippen.

»Mierda!«, flucht mein selbsternannter Beschützer, reißt seine Hand von mir, schlingt jedoch im nächsten Augenblick seinen muskulösen Arm so fest um meinen Hals, dass ich keine Luft mehr bekomme. Idiot! Ich muss sie doch warnen, muss unbedingt verhindern, dass Namara Aidans Mutter etwas antut, bevor wir mit ihm reden können.

Meine Angst konzentriert sich auf den Jungen, der mich so fest gegen seine Brust presst, dass ich bereits Sterne vor Augen sehe. Mir gegenüber ist Namara etwa zwei Meter in den Schutz von dichten Tannenzweigen gewichen, um Caitlin

Callahan zwischen uns in die Falle zu locken. Ich spüre, wie der Oberkörper des Jungen sich versteift, er hält den Atem an. Seine Beine sind rechts und links um meine geschlungen und drücken sie wie Laubpressen in den weichen Waldboden. Ich kann mich keinen Millimeter in dieser Umklammerung rühren und von dem Sauerstoffmangel klingt bereits ein hohes Sirren in meinem Kopf.

Panik senkt sich bleischwer in meinen Bauch. Und dann lasse ich sie frei.

Zusammen werden wir in einem Druckstoß nach vorne gerissen, ich schließe die Augen und lege im Flug die Hände, die bisher an seinem mich würgenden Arm gezerrt haben, schützend über mein Gesicht, als wir gegen Namara schlagen. Ich habe Glück. Nur meine linke Schulter schrammt an etwas Hartem vorbei. Die Wucht des Aufpralls wird vor allem von Francesco, dessen Stahlgriff sich nun endlich lockert, gedämpft. In dem Tumult aus unterdrückten Schreien und sich windenden Körpern klingt leise, aber schneidend die Stimme von Aidans Mutter: »Eine Bewegung und ich verwandle euch elende Verräter allesamt in lebende Fackeln.«

WAS?

Ist sie verrückt geworden? Selbst wenn ich mich in ihr getäuscht habe und sie weiterhin auf Farrans Seite steht, keine Ahnung davon hat, in welcher Gefahr ihr Sohn schwebt, entspricht dieses Vorgehen wohl kaum seinem Plan.

Das Geräusch klatschender Hände lässt mich entgegen ihrer Anweisung den Kopf heben und nach rechts drehen. Die Dunkelheit gerinnt zu einer hohen, schlanken Gestalt, die sich auf uns zubewegt und das Klatschen bricht ab, als hätte die Schwärze der Nacht es verschluckt. Als er zu sprechen beginnt, kriecht die Kälte des Bodens mir bis in die Knochen.

»Bravo, Liebes. Zeig ihnen, was in dir steckt und dann lass uns Aidan holen und von hier verschwinden.«

LAUF!

Der Strahl einer Taschenlampe leuchtet mir mitten ins Gesicht, sodass ich im ersten Moment geblendet bin und nur die Umrisse von James Callahan erahnen kann. Aber ich gehe jede Wette ein, dass er eine Waffe in der Hand hält. Hat Aidans Mutter diesen Überfall mit ihrem Mann abgesprochen?

Ich fühle eine Bewegung in meinem Rücken und Patrick Namara wispert: »Ich übernehme Caitlin, du James. Auf drei. Eins ...«

Aber ich hatte bislang überhaupt keine Ahnung, wie schnell und mächtig Aidans Mutter ist. Spätestens die stolze Stimme ihres Mannes hat mich davon überzeugt, dass ihre Drohung, sie könne uns in lebende Fackeln verwandeln, keine reine Angeberei war.

»Aidan ist überhaupt nicht mehr im Gebäude«, rufe ich laut.

Namara hört auf zu zählen und zischt etwas auf Gälisch, wahrscheinlich einen Fluch.

»Ich habe ihn und Dad befreit. Wenn Sie uns töten, werden Sie nie erfahren, wohin die beiden geflohen sind.«

Aidans Vater lacht höhnisch auf. »Umso besser. Ich finde sie schon. Oder soll ich besser sagen – sie finden mich, um dich zu rächen?«

Er will dir nur Angst machen, hör nicht auf ihn!

Aber jetzt, da er bei seinem mächtigen Freund in Ungnade gefallen ist, kann ich nicht mehr darauf zählen, dass er Farran nicht verärgern will. Die Tatsache, dass Aidan heute Nacht sein Leben riskiert hat, um mich zu retten, hat seinen alten Hass auf mich offenbar neu geschürt und Jack wurde sein erstes Opfer.

»Francesco, nicht!«, warnt Namara leise und ich frage mich, was der Junge hinter mir wohl vorhatte, denn jetzt lodert unmittelbar neben uns drohend ein Ast auf. Ein tätowierter Arm schlingt sich schützend um meine Mitte und zieht mich ein Stück von dem Feuer weg. Meine Schläfe kommt an Francescos Hals zu liegen, sodass sein Herzschlag gegen den meinen hämmert. Wir müssen wie ein Haufen durchgeknallter Freaks auf ihn wirken. Keine Ahnung, was Montgomry ihm für diesen Einsatz versprochen hat, aber er scheint seine Aufgabe, mich zu beschützen, wirklich ernster zu nehmen, als mir lieb sein kann.

James Callahan tritt näher an uns heran. Im Schein von Caitlins Flammen flackern Licht und Schatten geradezu gespenstisch auf seinem ausgemergelten Gesicht, und seine Augen beginnen eigenartig zu glitzern. Mein Brustkorb zieht sich zusammen.

»Sieh mal einer an. Hat die Schlampe einen neuen Underdog zum Beschützer erkoren?«

Ich zucke zusammen, nicht wegen der Beleidigung, sondern weil ich weiß, an wen ihn der junge Mann hinter mir erinnert: Jared

»James!«, tadelt seine Frau.

Wie konnte ich mich so sehr in Aidans Mutter irren? Wie konnte sie überhaupt Farran derart täuschen? Der Gedanke an meinen Mentor lässt mich stutzen.

Caitlins Gesicht liegt im Schatten, ich kann in ihren Zügen nicht lesen. Und in sie zu tauchen kommt nicht infrage. Jede Sekunde Unaufmerksamkeit könnte über mein Leben entscheiden. Nicht zum ersten Mal wünsche ich mir, ich hätte Mamas Gabe. Wer Emotionen als Aura sieht, weiß zwar bei Weitem nicht so viel von seinem Gegenüber wie ein Taucher, aber er verliert nicht vollkommen den Bezug zu seiner Umgebung.

»Sieh sie dir doch an! Dieses hinterhältige Biest weiß ganz genau, wer ihr Nutzen bringt, und wickelt alle mit ihrer Unschuldsmasche ein, allen voran unseren Sohn und Fion. Eine Schande ist das! Aber ich habe dich längst durchschaut, Emma.« Callahans Augen werden schmal. »Du dachtest, dass Aidan nach den Vorgängen an Silvester den Verstand verloren hat, nicht wahr? Schließlich warst du der Auslöser für seine Amnesie. Und deshalb ist deine ach so große Liebe für ihn plötzlich erkaltet und du hast dich geweigert, nach ihm zu suchen. Er wäre für deinen Ehrgeiz unbrauchbar gewesen. Erst hier, als du erkannt hast, dass Fion und ich ihn heilen werden, bist du ihm wieder um den Hals gefallen.«

»*Heilen* nennen Sie Ihre widerwärtigen Manipulationen? *Sie* haben den Verstand verloren, nicht Aidan!«, rufe ich zornig.

Doch im nächsten Moment bereue ich, mich nicht besser beherrscht zu haben, denn er räuspert sich und verzieht zynisch die Mundwinkel, bevor er erklärt: »Vielleicht täusche ich mich tatsächlich und du brauchst nur eine weitere Lektion in Sachen Loyalität.«

Jemand pikst mir dreimal mit dem Finger in den Rücken, aber ich fühle mich nach diesen Worten wie betäubt, sie reißen Wunden auf, die noch viel zu frisch sind. Hilflos starre ich in Caitlins Richtung, während die Waffe ihres Mannes weiterhin auf mich zielt.

In diesem Augenblick höhnt James Callahan verächtlich: »Macht's Spaß, sich hinter *chicas* zu verstecken, Guerrillero?«

Oh Gott, nein!

Jared liegt auf einmal wieder vor mir auf dem eisigen Boden. Ich sehe, wie er seine Hände gegen den Bauch presst und doch nicht verhindern kann, dass das Blut zwischen seinen Fingern hervorschießt. Sein infernalisches Brüllen rollt auf mich zu wie ein grausiges Echo aus der Vergangenheit und braust orkangleich in meinen Ohren. Francescos Arm verschwindet blitzschnell von meiner Taille, ich spüre seine Bewegung in meinem Rücken, springe zeitgleich mit ihm auf, fahre herum und werfe mich schützend vor seine Brust.

»NICHT!«, schreie ich mit überschnappender Stimme. »Er bringt dich um!«

Dunkle, fast schwarze Augen unter gepiercten Brauen mustern mich sekundenlang verblüfft. In meinem Rücken höre ich Caitlin rufen: »James, warte! Aidan wird ...«

Aber ich höre nicht mehr, was Aidan tun wird, denn etwas drückt gegen meine Jacke. Ich senke den Blick und kann gerade noch erkennen, dass Francescos tätowierte Finger etwas Längliches aus der Tasche seiner Militärweste fischen, bevor er mich mit seiner anderen Hand brutal zur Seite stößt.

Er wird dennoch zu langsam sein.

Und Callahan wird ihn töten. Wie Jared.

»MÖRDER!«, brülle ich im Fallen, fokussiere meine gesamte telekinetische Kraft auf Aidans Vater und schlage unsanft auf dem Boden auf. Ein gleißender Schmerz explodiert hinter meiner Schläfe und in meiner rechten Schulter, ich reiße die Arme nach vorne, während das Geräusch eines

Schusses laut in meinen Ohren hallt, gefolgt von dem zornigen Aufschrei Callahans und dem Fluchen Namaras. Etwas prallt gegen meine Brust, fällt vor mir ins Laub und ich greife blind danach, ohne meine Augen von Jareds Mörder zu wenden. Seine Taschenlampe ist erloschen, nur mühsam kann ich seinen gebückten Schemen in der Dunkelheit ausmachen. Doch im nächsten Moment stieben helle Flammen vor uns gut zwei Meter hoch in den Himmel und Hitze rast wie eine glühende Druckwelle auf mich zu, als ich endlich den Griff von Callahans Pistole ertaste und mit ihr aufspringe. Francesco prallt vor der Feuerwand zurück, stolpert rückwärts und kommt neben mir zu stehen.

»Töte sie, Caitlin!«, keucht Callahan heiser vor Schmerz und Wut, die linke Hand gegen die rechte Schulter gepresst. Zwischen seinen Fingern lugt der Schaft eines Messers hervor.

Meine Hände zittern, als ich die Waffe auf ihn richte.

Ich versuche, Aidans Mutter hinter dem Flammenmeer auszumachen, und entdecke sie ein paar Meter weiter rechts, auf dem Bauch am Boden liegend. Gerade hebt sie den Kopf. Ihre Stirn ist blutig geschrammt, Mund und Wangen erdverschmiert. Namara muss sie mit seiner Telekinese dorthin katapultiert haben, während Francesco und ich gegen ihren Mann gekämpft haben. Montgomrys bestem *Gladiator*, wäre es sicherlich ein Leichtes gewesen, sie dabei so gegen einen Baum zu schleudern, dass ihr Genick gebrochen wäre. Warum hat er es nicht getan? Nach allem, was ich von ihm gehört habe, liegt es gewiss nicht an mangelnder Skrupellosigkeit.

»Tu es nicht, Cat!«, verkündet Namara laut in meinem Rücken.

Cat?

Caitlin Callahan rappelt sich mühsam hoch.

»Gib endlich auf, James!«, stöhnt sie, während sie wieder auf uns zuwankt.

Er fährt herum. »Verdammt, Caitlin, sie haben doch überhaupt keine Chance gegen dich, wenn du ernst machst!«

Mittlerweile spüre ich die Hitze auch in meinem Rücken. Verflucht! Das ist gar keine Wand. Sie hat einen *Kreis* aus Flammen um uns gezogen. Spitze Feuerzungen lecken über das Moos zu meinen Füßen, lassen es sekundenschnell aufglühen. Das Flammenmeer ist gut einen Meter breit und rückt immer näher, sogar das Metall der Waffe erhitzt sich bereits unter meinen Fingern. Schweiß läuft mir über die Stirn und rinnt meinen Rücken hinab.

»Gib sie mir«, flüstert Francesco und deutet mit einem Kopfnicken auf die Pistole, aber ich schüttele nur den Kopf.

Hinter der flirrenden Hitze sieht Caitlin Callahan wie eine sich langsam nähernde Fata Morgana aus. Wunderschön, surreal und tödlich. Ihr rotblondes zerzaustes Haar züngelt flammengleich um ihr Gesicht, als sie so nahe vor uns stehen bleibt, dass nur noch ihr Feuerring uns trennt. Ihre Augen, Aidans Augen, durchbohren mich, während sie erwidert: »Und dann? Wirst du deinem Sohn erklären, dass ich das Mädchen, dem sein Herz gehört, in einen Haufen Asche verwandelt habe?«

Ihr Mann gibt einen unwilligen Laut von sich und stolpert, immer noch unter Schmerzen gekrümmt, auf sie zu. Doch sie hebt abwehrend die Hand.

Er erstarrt. »Bist du verrückt geworden, Weib?« Seine Stimme überschlägt sich. »Ich werde Aidan mit Fion gehörig den Kopf waschen und dann wird alles wieder wie früher!«

Sein Atem geht stoßweise, Schweiß läuft ihm über das Gesicht, ob aus Schmerz oder aufgrund der Hitze, ist schwer zu sagen.

Aber Caitlin beachtet ihn nicht, sondern mustert mich, als müsse sie sich vergewissern. Namara legt von hinten die Hand auf meine Schulter.

»Warte«, flüstert er.

Der Rauch ist inzwischen so stark, dass ich husten muss und gegen die Tränen in meinen Augen blinzele. In der Ferne peitschen Schüsse durch die Nacht, klirrt zerberstendes Glas und dann übertönt plötzlich das unverwechselbare Geräusch eines Hubschraubermotors alles andere.

James Callahan lächelt triumphierend und wendet sich wieder seiner Frau zu: »Glaub mir, Fion wird niemals auf unsere gemeinsame Verbindung verzichten. Die Erinnerungen von Menschen zu manipulieren macht ihn unvorstellbar mächtig. Denk nur! Er könnte höchste Staatsmänner oder Unternehmer glauben lassen, er sei ihr bester Freund seit Kindheitstagen. Er kann mich nicht auf Dauer entmachten. Er ist auf mich angewiesen.« Als sie nicht antwortet, fügt er gepresst hinzu: »Gut, im Moment ist er eingeschnappt wegen des toten Jungen, aber ich bekomme das wieder hin, ich verspreche es dir. Er wird mir verzeihen und wir können endlich wieder neu beginnen. Ohne den Einfluss von MacAengus und seiner intriganten Göre. Caitlin, ich bitte dich!«

Endlich dreht sie sich zu ihm um.

Ich halte die Luft an, was in Anbetracht der Rauchentwicklung ohnehin besser ist.

»Ich lasse nicht zu, dass du Aidan manipulierst. Es ist vorbei, James.«

»Vorbei? Was soll das heißen? Überleg dir gut, was du

sagst. Ich befehle dir, diese Verräterbande auf der Stelle zu vernichten. Anderenfalls werde ich …«

»DU hast mir ÜBERHAUPT NICHTS zu befehlen!« Ihre Stimme verliert die Beherrschung, wird laut und schrill.

Callahan nimmt die Hand von seiner Schulter, in der immer noch das Messer wie ein grausiges Requisit steckt, und richtet sich sichtlich unter Schmerzen auf. »Das wirst du bereuen! Fion und ich …«

Sie macht eine abwehrende Handbewegung und ein Teil des Feuers, das unseren Ring speist, jagt um Haaresbreite an dem Kopf ihres Mannes vorbei. Er verstummt.

»Lauf, James!«, erklärt sie heiser. »Lauf!«

Langsam lasse ich die Waffe sinken. Callahan zögert nur ein paar Sekunden, dann kehrt er uns den Rücken zu und stapft tiefer in den Park hinein. Aidans Mutter richtet ihre Augen auf den Feuerring, der jetzt nur noch knapp eineinhalb Meter von uns entfernt lodert. Innerhalb von Sekunden fällt er in sich zusammen wie ein Springbrunnen, dessen Wasser man abgedreht hat, und taucht unsere Umgebung in rauchige Finsternis.

»Por dios!«, hustet Francesco neben mir, während die Rauchschwaden gespenstisch zwischen uns hindurchstreifen, und wischt sich den Schweiß von der Stirn.

Meine Anspannung lässt nach und mein Herzschlag normalisiert sich wieder. Wind kommt auf und als ich mich zu Namara umdrehe, durchbricht der Strahl eines Suchscheinwerfers die Dunkelheit und erhellt sekundenlang sein Gesicht. Der Helikopter kreist jetzt genau über uns, entfacht einen wahren Sturm, der durch die Äste der umliegenden Bäume peitscht, Laub und Asche aufwirbelt und auf Gesichtshöhe über uns zusammenschlagen lässt.

Ich kneife die Augen zusammen und halte die Hände schützend vor Mund und Nase. Eisig fährt die Luft durch meine Kleidung und bringt meinen schweißbedeckten Körper zum Erschauern.

Und da brüllt Namara plötzlich wie von Sinnen gegen den Lärm der Rotoren: »Runter, Cat!«

Im Forteilen stößt er mich zu Boden. Ich rutsche in Deckung eines Baumstamms, erwarte Schüsse von oben, aber das Licht wandert wieder weiter, streift den Waldrand und das knatternde Dröhnen über uns wird endlich leiser.

Jemand packt mich am Arm.

»Bist du okay?«, fragt Francesco.

»Ja. Was ist denn passiert?«

Statt einer Antwort kramt er in einer der Taschen seiner Weste und zieht sein Handy heraus. Er aktiviert die Taschenlampenfunktion und leuchtet hinüber zu Namara, der gerade dabei ist, Aidans Mutter vom Boden aufzuhelfen. Ihr Gesicht ist so weiß wie die Stämme der Birken hinter ihr.

»Dein Messer muss hier irgendwo gelandet sein«, ruft Namara Francesco zu und deutet mit der Hand rechts von sich auf den Boden. »Besser, wir finden es, bevor es James noch einmal in die Hände fällt.«

Ein kalter Schauer läuft mir über den Rücken, als ich begreife, dass Aidans Vater eben versucht hat, seine Frau mit dem Messer, das in seiner Schulter steckte, zu ermorden. Ich helfe Francesco, den aschebedeckten Boden nach der Waffe abzusuchen.

Als ich an Caitlin und Namara vorbeigehe, höre ich ihn raunen: »Sag mal, Cat, sehe ich es richtig, dass du deinem Ehemann gerade den Laufpass gegeben hast und somit wieder frei bist?«

»Bestimmt nicht für dich!«, entgegnet sie scharf und fügt dann versöhnlicher hinzu. »Danke, Patrick.«

Ich beiße mir auf die Unterlippe und unterdrücke ein Lächeln. So wie es aussieht, kennen sich die beiden noch aus ihrer gemeinsamen Zeit in SENSUS CORVI.

»Ich hab's«, ruft Francesco in diesem Augenblick und das Licht seines Handys erlischt. Mit dem Messer in der Hand kommt er zu uns zurück. Angeekelt beobachte ich, wie er die blutige Schneide an seiner Jeans abwischt.

»Emma?«, fragt Namara und ich drehe mich um. »Wo sind Aidan und dein Vater?«

Ich zucke die Schultern. »Keine Ahnung. Aber so wie ich die zwei kenne, befinden sie sich gerade auf dem direkten Weg zu Farrans Büro.«

Aidans Mutter gibt einen erstickten Laut von sich, aber Namara lacht auf. »Ich wusste, dass du nur geblufft hast. Genauso wie du dein Überlaufen zu uns nur vortäuschst.«

Lektion 1: Lass nie deinen Gegner aus den Augen.

Ich denke daran, wie oft Farran mir das in den Übungsstunden eingeschärft hat, als ich aus dem Augenwinkel Francescos Faust auf mich zurasen sehe und mit letzter Kraft seinen Arm abzuwehren versuche. Der plötzliche Schmerz an meiner Schläfe treibt mir Tränen in die Augen und meine Telekinese bricht zusammen wie die Beine unter mir, der Boden nähert sich und in meinen Ohren geht das entfernte Wummern des Hubschraubers in das rauschende Störgeräusch eines Radiosenders über, das erlischt, bevor ich auf dem Moos aufschlage.

Aidan

SEITE AN SEITE

Durch den schmalen Spalt der Tür dringt kein Licht, als Jacob Millimeter für Millimeter die Klinke nach unten drückt und sie nur so weit aufschiebt, dass höchstens eine Scheckkarte hindurchpassen könnte. Mit angehaltenem Atem lauschen wir.

Draußen wird der Wachmann stehen, mit dem meine Mutter sich angelegt hat.

Jacobs Lippen formen ein lautloses »Jetzt«. Seine linke Hand umklammert den Türgriff, in der anderen hält er die Pistole mit den Betäubungspatronen. Ich nicke und spanne mich an, um meine Kräfte gegen jeden einzusetzen, der mich daran hindern will, Emz zu finden. Doch dazu kommt es nicht.

Der Mann ist groß und schlank. Er lehnt mit der Schulter am Türrahmen, starrt auf sein Smartphone und bemerkt uns erst, als ihn bereits das Betäubungsprojektil in den Arm und Jacobs Faust am Kinn trifft. Mit einem ächzenden Laut schlägt er gegen das Holz, lässt sein Handy fallen und sackt in sich zusammen. Sofort fangen wir ihn auf und schleifen ihn in das Apartment zurück, das Handy stößt Jacob mit dem Fuß weg.

Ich drücke die Tür leise zurück ins Schloss.

Mein Puls rast, Erinnerungen an die zahlreichen Trainingsstunden mit meinem Patenonkel wirbeln durch meinen Kopf und ich genieße es so sehr, wieder ich selbst zu sein, dass ich ihn am liebsten umarmen würde. Aber ich weiß auch wieder, wie Jacob zu derartigen Gefühlsausbrüchen steht. Also lasse ich es lieber.

»Was denkst du, wie lange hält die Betäubung an?« Ich stoße mich von der Tür ab und gehe neben Jacob in die Hocke.

»Woher soll ich das wissen?«, brummt er. Neben sich auf dem Parkett hat er eine weitere Pistole, Patronen und zwei Messer aufgereiht. Gerade inspiziert er das Handy des Mannes. »Jackpot! Damit haben wir Zugang zur Videoüberwachungsanlage und Raven's Voice.«

»Was soll das denn sein?«

Jacob lächelt. Und plötzlich fällt mir auf, wie sehr er sich in den Monaten meiner Amnesie verändert hat. Er hat abgenommen. Sein Gesicht ist spitzer geworden und so eingefallen, dass die Haut sich wie Pergament um seine Zähne spannt, als würde sie jeden Moment reißen. Unter seine Augen haben sich tiefe Schatten und Falten gegraben, die ihn Jahre älter aussehen lassen, und die Wangenknochen treten kantiger hervor als in meiner wiedergewonnenen Erinnerung. Jacob muss in den vergangenen Monaten durch die Hölle gegangen sein.

»Ein rabeninterner Messengerdienst für Smartphones. Fions neueste Waffe in der Falkenabwehr. So stark verschlüsselt, dass selbst Kryptologen des MI6 oder der NSA sich die Zähne daran ausbeißen würden. Die Nachrichten können in Echtzeit an alle Mitglieder des Rabennetzwerks weltweit geschickt werden. Kurz vor Silvester war sie noch im Entwicklungsstadium, deshalb hat er sie damals noch nicht eingesetzt.«

Ich verdränge den Gedanken an Jacobs körperlichen Verfall und die Verbitterung darüber, dass mir so vieles während meiner mentalen und körperlichen Abwesenheit entgangen ist.

»Und darüber freust du dich? Farran muss nur einen Schneeball werfen und kann damit eine ganze Lawine auslösen.«

Er reicht mir die Betäubungspistole und eines der Messer. Mechanisch nehme ich sie ihm ab und stecke sie in meine Jackentaschen.

»Was, wenn wir den Schneeball an seiner Stelle ins Rollen bringen?«, erklärt er augenzwinkernd, steht auf und schiebt das Smartphone in seine Hosentasche.

Ich folge Jacob zurück ins Gästezimmer und beobachte, wie er sich am Bett zu schaffen macht.

»Hilf mir mal, das Leintuch in Stücke zu reißen, damit wir die zwei fesseln und knebeln können, solange die Betäubung noch wirkt.«

Stirnrunzelnd überfliegt Jacob wenig später die neuesten Nachrichten auf dem Smartphone.

»Beeilen wir uns. Von Emma liegen bislang keine Meldungen vor. Das spricht dafür, dass sie tatsächlich an Farrans Seite ist, vermutlich in seinem Büro.« Jacob schlägt seine Kapuze hoch und marschiert auf den Ausgang zu. »Wir können uns nicht zu zweit in die Höhle des Löwen wagen. Fions Büro wird bestens bewacht sein und ich habe keine Ahnung, was in Emma vorgeht. Auf keinen Fall werde ich gegen meine eigene Tochter kämpfen. So ungern ich das sage, aber ohne die Unterstützung von Namara und Amys Schützlingen sind unsere Chancen, Emma zu entführen, gering.«

Patrick Namara ist neben Richard Montgomry einer der Falken gewesen, die Jacob am meisten gehasst hat. Ich kann mir ein Schmunzeln bei dem Gedanken, welche Überwindung es ihn gekostet haben muss, sich mit den beiden zu verbünden, nicht verkneifen.

»Wir müssen dafür sorgen, dass sie das Gebäude stürmen«, fährt er fort. »Wenn Fion sich tatsächlich aus seinem Büro hervorwagen sollte, umso besser. Im Gelände wird es leichter sein, ihn von Emma zu trennen. Diesmal dürfen uns nicht dieselben Fehler passieren wie an Silvester. Übrigens ...« Er steckt das Smartphone weg. »Wenn wir den Nachrichten glauben dürfen, wurde dein Vater von Fion entmachtet und befindet sich auf der Flucht.«

»Haha, guter Witz!«

Aber seine Miene bleibt ernst. In meinem Bauch beginnt es zu kribbeln, als würde ein ganzer Ameisenstaat in seinen Bau wuseln. Farran soll sich ernsthaft von James getrennt haben? »Aber dann kann er unsere Erinnerungen nicht mehr beeinflussen!«

»Freu dich nicht zu früh. Ich kann diese ungeheuerliche Wendung in seinem Verhalten nur auf Emmas Einfluss zurückführen.«

Der Ameisenhügel in meinem Bauch zerspringt, als hätte jemand eine Stange Dynamit hineingesteckt und gezündet.

»Shit!«, flüstere ich. »Wenn wir sie nicht vor James finden, wird er sie ...«

»Wir werden sie rechtzeitig finden.«

Jacob hat sich wirklich verändert. Selbst seine Stimme klingt nicht mehr halb so zuversichtlich wie früher.

In dem allgemein herrschenden Chaos hält niemand uns auf, als wir die Treppe nach unten ins Erdgeschoss laufen. Keiner scheint zu befürchten, dass sich bereits Feinde im Inneren des Schulgebäudes aufhalten könnten. Unter dem Rand meiner Kapuze erspähe ich wenig später eine Szenerie der Verwüstung in einem Raum, der ENGLEWOOD RAVENS als Speisesaal dienen muss. Von umgestürzten Tischen ragen teilamputierte Holzbeine wie zersplitterte Knochen empor, umgestürzte Stühle säumen neben entwurzelten Grünpflanzen, Erde, Scherben von Blumenkübeln und Lampenschirmen den Boden, und über allem schwebt in einer dumpfen Glocke dichter Rauch. Meine Augen beginnen zu brennen. Ein untersetzter dunkelhaariger Mann steht gegenüber an den Fenstern und brüllt Befehle. Kokelnde Überreste dessen, was einmal schwere Vorhänge gewesen sein müssen, umgeben ihn. Der Schaum von Feuerlöschern liegt wie frisch gefallener Schnee auf der zerstörten Einrichtung, tropft auf das dunkle Parkett und bildet eine rutschige Schmiere.

Jacob hat mich für den Kampf als Farrans Rabe ausgebildet, aber meinen ersten realen Kampfeinsatz hatte ich an Silvester ausgerechnet gegen meinen Schulleiter. Das Ausmaß der Zerstörung in diesem Raum erinnert mich an jene albtraumhafte Nacht in Farrans Büro und wäscht die dünne Haut, die sich über der Wunde in meinem Inneren gebildet hat, schmerzhaft von mir.

Wir gehen an zwei jungen Männern in Military-Hosen und Lederjacken vorbei, die gefesselt neben einer Buffettheke liegen und von einem Security-Mann mit einer Waffe bedroht werden. Einer von ihnen sieht aus, als wäre er gerade mal fünfzehn. Mit angstgeweiteten Augen verfolgt er jede Bewegung seines Bewachers. Die übrigen Security-Leute, Tele- und Neurokineten haben Amys Kämpfer offenbar zurück ins Freie gedrängt und stürmen ihnen nun durch eine geöffnete Seitentür hinterher. Das Glas in ihrem Rahmen ist zu großen Teilen gesprengt, hierüber müssen die Angreifer ins Innere des Pavillons gelangt sein. Scherben knirschen unter meinen Füßen, während wir uns dem Ausgang nähern. Eigenartig, dass die übrigen Fensterscheiben bis auf wenige Risse und weiße Einschlagdellen heil geblieben sind. Hat Farran den Glaspavillon mit Panzerglas ausgestattet? Ich lasse mich im Strom der Rabenmitglieder treiben, als gehöre ich zu ihnen. Jacob ist dicht an meiner Seite. Wir ziehen unsere Waffen und folgen ihnen unter lauten »Corvi! Corvi!«-Rufen nach draußen.

Mein Puls beschleunigt sich, als die Kälte mir entgegenschlägt – eisige, sauerstoffreiche Freiheit, die den Rauch aus meinen Lungen quetscht. Nach ein paar Metern hält Jacob mich am Arm auf und signalisiert mir, unseren Schritt zu verlangsamen, bis wir die Nachhut bilden und dann im Schutz der Dunkelheit einfach stehen bleiben. Weit vor uns erreichen die letzten Nachzügler den Waldrand.

»Deck mich!«, befiehlt Jacob plötzlich und dreht sich entschlossen zurück zum Schulgebäude.

»Was hast du vor?«, frage ich atemlos, während ich ihm gehorche, mich mit dem Rücken zu ihm stelle und die Männer beobachte, die zwischen den schlanken Stämmen verschwinden. Keinem Menschen vertraue ich mehr als ihm.

»Amy und ihren Jungs die Türen öffnen.«

»Oh Mann, vergiss es! Das ist bestimmt Spezialglas. Selbst du kannst nicht ...«

Ein hohes Quietschen dringt schmerzhaft an mein Ohr und wird von einem markerschütternden Dröhnen abgelöst. Gänsehaut überzieht meinen Körper. Die Laute erinnern mich an eine Szene in einem Kriegsfilm. Bevor ich Jacob fragen kann, was er da genau treibt, tauchen dunkle Schemen am Waldrand auf und laufen uns entgegen. Ein Schuss ertönt und etwas schlägt links von mir in den Boden ein. Erde spritzt gegen mein Hosenbein. Ich presse die Lippen fest aufeinander und konzentriere mich auf meine Aerokinese. Die Luft fühlt sich wie Seide an, leicht, kühl und rutschig, sie gleitet durch meine ausgestreckten Hände und schlingt sich um meine Finger, als begrüße sie einen Freund. Erneut bin ich vollkommen überwältigt von dem berauschenden Gefühl, meine Gabe wieder zu besitzen.

»Aidan!«, warnt Jacob ungeduldig, als ein weiterer Schuss knallt, dessen Projektil nur knapp über unseren Köpfen hinwegzischt.

Mein Windstoß reißt die Angreifer von ihren Füßen, lässt sie aufschreien und einige Meter weit entfernt zu Boden stürzen. Dem faszinierenden Gefühl von Macht, das mich gefangen nimmt, folgt die Ernüchterung durch ein Geräusch, das mir die Nackenhaare in die Höhe treibt: Hinter mir ächzt Metall in einer Lautstärke, als sei es in einer gewaltigen Presse gelandet. Und zu allem Überfluss dröhnen nun auch noch ganz in der Nähe die Rotoren eines Hubschraubers.

Ich vertraue darauf, dass Jacob weiß, was er tut, und richte meine Aufmerksamkeit lieber auf den Himmel, ertaste die Luftwirbel und versuche, ihn durch Gegenwind zum Abdrehen zu zwingen, bevor wir noch in seine Schussweite geraten, als plötzlich gleißendes Licht vom Schulgebäude her aufflammt und die Szenerie in ungewohnte Helligkeit taucht.

»Jacob, geh in Deckung!«, brülle ich und werfe mich zu Boden.

»Gleich!«, keucht er mit angestrengter Stimme und da erklingt ein markerschütterndes Bersten von Glas.

Vor mir rappeln sich einige der Männer und Frauen wieder auf, die ich mit meiner Aerokinese verscheucht habe.

Hitze baut sich in mir auf und ich jage ihnen einen Feuerstoß entgegen, als Jacob plötzlich zusammen mit dem erneuten Knallen von Schüssen, diesmal aus Richtung des Pavillons, auf mich fällt. Mein Feuerstoß bricht in sich zusammen wie meine Kraft. Einen Moment lang bleibt mir vollkommen die Luft weg, mein Rücken, der Brustkorb, jede einzelne Rippe schmerzt und meine Finger graben sich in feuchtes Gras, das in dem Flutlicht des Suchscheinwerfers unter mir glitzernd auffunkelt.

Sie haben ihn getroffen.

»JACOB!« Ich kämpfe mich mühsam unter seinem schweren Körper hervor. Sein Anblick lässt mich zurückschrecken und mein Atem setzt für einen Moment aus. Jacobs Gesicht sieht wie gespalten aus. Im bläulichen Licht des Suchscheinwerfers leuchtet die rechte Hälfte weiß wie gebleichtes Papier, während Stirn und Wange auf seiner linken Seite blutbespritzt und seine Pupillen riesige, schwarze Löcher in den geweiteten Augen sind.

»NEIN!« Fieberhaft taste ich seine Brust ab und entdecke, dass der Stoff an seiner linken Schulter, nur ein paar Zentimeter von der Halsschlagader entfernt, zerrissen ist. Während ich vorsichtig zwei Stofffetzen auseinanderschiebe, stöhnt Jacob auf und blinzelt. Blut strömt pulsierend aus einer großen Wunde. Hinter mir erschallt vielstimmiges Gebrüll, das Dröhnen des Hubschraubers ist viel zu nah, auch seine Scheinwerfer tasten nun den Boden ab und der Wind seiner Rotoren fegt über uns hinweg, wirbelt durch mein Haar, kriecht zwischen jede Lage meiner Kleidung. Ich reiße den Kopf hoch, starre tränenblind in das grelle Licht des Schulgebäudes und werde eins mit der Luft, die meine Haut so eisig umschmeichelt wie der blanke Hass mein Herz.

Lass mich frei!

Der Sog meiner Aerokinese ist so groß, dass ich vornüber auf Jacob kippe, der Hubschrauber dreht röhrend ab und das Licht im Gebäude erlischt in einer gewaltigen Explosion.

Meine Welt steht still.

Meine Ohren sind taub.

An meinen Händen klebt Jacobs Blut, das ich ihm aus dem Gesicht wische.

»Nicht schießen! Das sind MacAengus und der junge Callahan!«

Ausgerechnet Farrans megafonverstärkte Stimme reißt mich in die Wirklichkeit zurück. Ich muss Jacob hier wegbringen, bevor er ihm in die Hände fällt.

Doch in diesem Moment packt mich jemand an den Schultern, ich schlage nach ihm, bis ich in das vollkommen tätowierte Gesicht eines kahlgeschorenen Jungen in meinem Alter schaue und erstarre.

»Komm mit! Wir haben deine Freundin«, ruft er laut gegen das Röhren des Hubschraubers, der jetzt etwa hundert Meter von uns entfernt zur Landung ansetzt.

Sie haben Emma?

Zwei weitere Jungen tauchen neben mir auf und greifen nach Jacob, um ihn wegzuzerren, aber der erwacht aus seiner Schockstarre, schüttelt sie ab und packt den Jungen neben mir am Kragen seiner Jacke. Für seine Verletzungen scheint sein Griff erstaunlich fest zu sein.

»Wo ist meine Tochter?«, keucht er mit schmerzverzerrter Miene.

»Francesco bringt sie gerade zu Amy«, entgegnet der Junge und versucht vergeblich, sich Jacobs Hand zu entwinden.

Erneut schallt Farrans Stimme über den Rasen: »Jacob,

Aidan kommt doch zur Vernunft! Emma steht treu zu mir. Wollt ihr euch wirklich gegen sie und mich wenden? Habt ihr vergessen, was es bedeutet, ein Rabe zu sein? Ich verzeihe euch. Schließt euch jetzt nicht den Verrätern an.«

Mit einem Ruck zerrt Jacob den Jungen näher an sich heran. »Wenn du mich belügst ...«, droht er dunkel.

»Er sagt die Wahrheit, lass ihn los!« Patrick Namaras Gesicht ist so rußverschmiert, als hätte er sich in der erkalteten Asche eines offenen Kamins gewälzt. »Caitlin und Francesco bringen sie gerade in Sicherheit.«

»CAITLIN?«, ruft Jacob fassungslos. Froh, dass Jacob ihn vor Überraschung loslässt, rutscht der Junge hinter den bulligen Iren.

»DU HAST SIE CAITLIN ÜBERLASSEN? Großer Gott, Namara, wenn James sie umbringt, sorge ich dafür, dass du ...«

»Spar dir deine Kräfte für Farran auf! James hat gerade eben versucht, Caitlin zu erstechen, weil sie sich geweigert hat, Emma umzubringen. Sie ist bei Aidans Mutter in guten Händen.«

Alles um mich herum scheint auf einmal still zu stehen und etwas, das ich vor langer Zeit in meiner Kindheit tief in mir begraben habe, bahnt sich seinen Weg, schnürt mir die Kehle zu und treibt mir Tränen in die Augen. Die letzten Schwingungen der Hubschrauberrotoren fegen sie mit ihrem eisigen Atem von meinen Wangen.

»Kannst du noch kämpfen?«, fragt Namara und beugt sich vor, um Jacobs Wunde zu untersuchen.

Etwas zischt an uns vorbei. Dorthin, wo Namaras Kopf gerade noch war.

Dorthin, wo jetzt der Junge kauert.

Ich registriere das knallende Geräusch erst in dem Augenblick, in dem sich die schwarze Tinte auf seiner Haut rot färbt und er zur Seite gerissen wird.

»HIERHER, AIDAN!«, brüllt jemand aus der Richtung des Helikopters.

Ich springe auf. Und laufe ihm entgegen.

Emma
CAITLIN

Auf meinen Lippen schmecke ich Blut und Rauch.

Meine Welt ist ein schwankendes Schiff, die Beine schaukeln in der Luft, meine Wange reibt im gleichmäßigen Rhythmus an etwas Rauem. Kopfschmerzen ziehen sich von meiner linken Schläfe über die gesamte Stirn.

»Schaffst du es, mit ihr zu laufen, während ich die Wachen ablenke?«, flüstert jemand direkt über mir.

»Klar doch. Die ist federleicht. Zur Not kann ich sie mir auch über die Schulter werfen«, erwidert eine männliche Stimme, deren Akzent schlagartig die Synapsen in meinem Gehirn auf Hochtouren laufen lässt. *Francesco*, hämmert es hinter meiner Stirn. Jetzt erkenne ich auch Caitlins Stimme wieder. Die irische High-Society-Lady und der lateinamerikanische *Underdog* vereint auf geheimer Mission? Träume ich?

Ein Summen erklingt, so leise, dass ich erst denke, ich bilde es mir nur ein. Doch dann sagt Aidans Mutter: »Nein, hier ist Caitlin. Patrick hat mir sein Handy gegeben und ist mit den Jungs zurück zur Schule gelaufen ... Wo wir stecken? Na, immer noch auf dem Schulgelände, wo sonst? ... Du hast leicht reden. Hier wimmelt es von Fions Wachmännern und draußen, entlang der Mauer, lauern seine bestochenen Polizisten ... Schon klar, aber wir sind nur zu zweit, besser gesagt, ich bin auf mich allein gestellt.« Ein beleidigtes Schnauben ertönt über mir, aber sie ignoriert es. »Der Junge hat genug damit zu tun, MacAengus' Tochter zu tragen, da kann er wohl kaum ... Wie bitte? Und das soll ich dir glauben? ... Seit wann? … Großer Gott! Fion wird das niemals hinnehmen! Er wird sich in seinen Privatjet setzen und auf der Stelle zurück nach Irland fliegen … Phyllis, wenn du mich belügst, brenne ich dir jedes Haar einzeln vom Kopf ab.«

Ich halte den Atem an. Caitlin Callahan telefoniert mit Montgomrys rechter Hand? Ich muss wirklich träumen.

»Also gut. Nehmen wir mal an, ich glaube dir und Montgomry. Dann kann doch Francesco Emma alleine beim Tor rausschaffen, sobald der Zirkus losgeht, und ich mache mich derweil auf die Suche nach Aidan … Ich weiß, dass Patrick und Jacob ihr Bestes geben werden, aber Aidan ist schließlich *mein* Sohn … Jacob wird zu sehr damit beschäftigt sein, Fion hinterherzujagen, um Rina zu rächen … Aber sie ist doch bewusstlos! Egal was Fion mit Emmas Erinnerungen angestellt hat, der Junge kommt mit ihr klar. Leg sie mal für einen Moment ab, ich muss was klären.«

Die letzten Worte gelten offenbar Francesco, denn wir stoppen abrupt, er senkt mich ab und dann spüre ich die kühle Feuchte des Waldbodens unter mir. Caitlins Stimme entfernt sich. Vermutlich will sie nicht, dass der Junge mitbekommt, was sie sonst noch mit Phyllis bespricht. Die Kälte des Untergrunds kriecht langsam von meinem Rücken in mein Herz.

Jacob wird zu sehr damit beschäftigt sein, Fion hinterherzujagen, um Rina zu rächen.

Sie hat das gesagt, als wäre es etwas Selbstverständliches, wie »Ich liebe meinen Sohn«.

Ich weiß, dass Farran Caitlin zugesichert hat, Aidan und sie vor ihrem Mann zu beschützen. Dennoch hat sie sich jetzt von ihm abgewandt und verbündet sich mit den Falken. Dafür kann es nur einen Grund geben: Sie weiß, dass Aidan niemals bei den Raben bleiben wird. Meine Gedanken rasen.

James Callahan muss seiner Frau erzählt haben, was in Wahrheit in der Silvesternacht geschehen ist. Farrans Worte in der Bibliothek schießen mir in den Kopf: *Dein Vater hat mich nicht zum ersten Mal verraten.*

Dad wollte die Raben für Mama und mich verlassen. Und das musste Farran verhindern. Mit allen Mitteln.

Meine Kehle schnürt sich zu. Ich muss zu meinem Vater. Sofort.

Aber Francesco beobachtet mich.

Ich spüre seine Blicke wie ein Kribbeln auf meiner Haut. Und ich versuche, meinen Atem ruhig und gleichmäßig zu halten, konzentriere mich auf jedes einzelne Geräusch. Da! Ein Rascheln unmittelbar hinter meinem Kopf. So, als würde er sich hinsetzen und die Beine auf dem Laub ausstrecken.

Ich lasse mich nicht von dir aufhalten!

Der Satz kreist in meinem Kopf, schmeckt nach Wut und Hilflosigkeit. Ich lasse diesen Gefühlen freien Lauf, bis sie sich schwer, wie glühende Kohlestücke, in meinen Bauch herabsenken.

Fion hat mir gezeigt, wie man mit verbundenen Augen kämpft. Ich male mir aus, wie Francesco hinter mir an einen Baum gelehnt sitzt, die Muskeln angespannt, die Faust geballt, bereit, erneut zuzuschlagen, wenn ich mich rege. Ein menschlicher Körper. Bei seiner Größe schätzungsweise achtzig oder neunzig Kilogramm schwer. Los!

Sein Schrei klingt nicht besonders laut oder zornig. Es hört sich eher an wie ein stimmhaftes Nach-Luft-Schnappen während einer schockierenden Szene in einem Horrorfilm, als meine Telekinese über ihn einbricht und ihn vom Boden reißt.

Der Duft von modrigem Laub schießt mir in die Nase, ich rolle mich seitlich möglichst weit von Francesco weg, öffne die Augen und springe auf. In meinen Kopf fährt ein glühender Schmerz, der meine Beine fast einknicken lässt. Hinter mir ertönt ein dumpfer Schlag, aber ich warte nicht ab, ob der Junge sich wieder hochkämpft, sondern taumle vorwärts, während ich meine Handflächen, an denen Schlamm und Blätter kleben, an meiner Jeans abwische. Hektisch blicke ich mich um. Von Aidans Mutter ist nichts zu sehen oder zu hören, was kein gutes Zeichen ist. Caitlin werde ich nicht so einfach überwältigen können, falls sie mir bereits auflauert. Aber wollte sie sich nicht auch auf die Suche nach ihrem Sohn machen?

Durch den Wald zur Schule zurückzufinden ist trotz Dunkelheit nicht schwer. Ich folge dem Lärm, den die Kämpfenden und der Hubschrauber verursachen. Doch jeder Schritt meiner Füße auf dem weichen Waldboden setzt sich über meine Beine und meinen Oberkörper bis in meine Stirn fort, verstärkt sich und fühlt sich am Ende an, als würde jemand meinen Kopf rhythmisch auf eine Granitplatte schlagen. Mit zusammengebissenen Zähnen kämpfe ich gegen den Schmerz und die zunehmende Übelkeit. Ich habe den Waldrand schon fast erreicht, als ein eigenartiges Geräusch mich innehalten lässt. Ein metallisch dumpfer Ton mischt sich mit einem Quietschen, das so angenehm wie kratzende Kreide auf einer alten Schultafel klingt. Gänsehaut breitet sich auf meinen Armen aus.

Mechanisch gehe ich weiter, aber als ich aus dem Wald auf die Wiese trete, flammt plötzlich grelles Licht vom Gebäude her auf, strahlt zu mir herüber und ich bleibe erneut stehen.

Ein Geräusch, als würden sämtliche Fensterscheiben des Gebäudes vor mir zerspringen, ertönt. Über das Dröhnen des sich nähernden Hubschraubers hinweg höre ich Stimmfetzen meines Mentors, blechern und offenbar durch ein Mikrofon verstärkt: »... schießen! Das ... MacAengus und ... Callahan!«

Angst schnürt mir die Luft ab, verstärkt den pochenden Schmerz in meinem Kopf.

Der Helikopter senkt sich plötzlich wie ein riesiges schwarzes Insekt auf die weitläufige Rasenfläche vor ENGLEWOOD RAVENS herab. Ich stolpere in einem Bogen um den Luftstrom der Rotoren auf die Südseite des Gebäudes zu, dorthin, wo sich der Pavillon der Mensa befindet, oder vielmehr das, was wohl nach dieser Explosion noch übrig ist.

»Jacob, Aidan ... Vernunft! Emma ... treu ...er Seite«, schallt Farrans Stimme abgehackt zwischen dem Brausen. Ein wahrer Sturm zerrt an meiner Kleidung und streicht mit eisiger Hand über meine verschwitzte Haut. Ich stemme mich mit letzter Kraft gegen ihren Sog, stürze dennoch und bleibe dann erschöpft liegen.

Endlich drehen sich die Rotorblätter des Hubschraubers langsamer und der Wind flaut ab. Unscharf kann ich unter ihnen, etwa zwanzig Meter von mir entfernt, zwei wild gestikulierende Männer ausmachen. Zum Glück achten sie nicht auf mich, sondern auf die Schemen, die auf der gepflegten Rasenfläche vor dem Glaspavillon der Mensa kauern. Einer der Männer zieht etwas Längliches aus dem Inneren des Hubschraubers, tritt nach vorne und hebt es hoch. Mein Herz krampft sich zusammen, als das Cockpitlicht des Helikopters auf ihn fällt und ich Aidans Vater erkenne. Ich öffne den Mund, aber bevor mein Warnschrei meine Lippen verlassen kann, höre ich bereits den Knall. Und ihm folgt wie ein grausiges Echo James Callahans Befehl: »HIERHER, AIDAN!«

Aus der Gruppe vor dem Pavillon löst sich eine Gestalt und

läuft ihm entgegen. Leichtfüßig, kaum den Boden berührend, wie ein Pfeil, der von einer Sehne losschnellt. Ich kenne die Geschmeidigkeit seiner Bewegungen aus zahlreichen Hurling-Spielen.

Aber warum folgt Aidan dem Befehl? Er ist nur noch etwa zwanzig Meter von seinem Vater und dem anderen Mann entfernt, als er ruckartig stehen bleibt. Und die Hand hebt, als wolle er ihm zuwinken.

Ein Licht, so grell, dass ich für einen Moment die Augen schließen muss, schneidet durch die Finsternis. Als ich sie wieder öffne, steht der Helikopter in Flammen und die beiden Männer, die vor ihm standen, rennen direkt auf mich zu. Einer von ihnen zieht einen Feuerschweif wie einen lodernden Umhang hinter sich her. Die Flammen züngeln von seiner Jacke zu seinem Kopf hoch und erfassen seine Haare. Panik und Schmerz verzerren seine Züge, als er haltlos zu schreien beginnt, in die Knie bricht und sich auf dem Boden wälzt, um die Flammen zu ersticken.

Ich reiße meinen Blick im letzten Moment von ihm los. James Callahan ist nur noch wenige Meter von mir entfernt, sieht mir direkt in die Augen und hebt im Laufen sein Gewehr.

Dann stoppt er und zielt.

FLIEG FÜR MICH!

Die Zeit friert ein.

Meine Augen scheinen nicht mehr richtig zu funktionieren. Es ist, als würde das Bild vor mir immer wieder verschwimmen und jedes Mal, wenn sie es scharfstellen, entschlüpft es ihrem Fokus und versteckt sich hinter dem pochenden Schmerz meines Kopfes.

Leere.

In mir ist keine Kraft mehr, die ich bündeln und gegen Aidans Vater richten könnte. Hilflos starre ich ihm wie hypnotisiert entgegen. Sein Gesicht ist hassverzerrt, die verletzte Schulter hält er gequält nach unten geneigt.

Sein eigener Sohn hat ihn angegriffen. Dafür wird er mich jetzt erschießen.

Mein Name dringt von irgendwoher schrill an mein Ohr. Auf meiner Lippe spüre ich Blut, ich muss darauf gebissen haben, und dann bewegt sich plötzlich das Gewehr in Callahans Händen. Es sieht eigenartig aus, so als wäre es gegen seinen Willen zum Leben erwacht. Seine Miene geht von Überraschung zu Entsetzen über, während er verzweifelt versucht, die Waffe unter Kontrolle zu bekommen. Aber sie reißt seine Arme nach hinten, zwei Schüsse lösen sich, verhallen, ohne ihr Ziel zu erreichen, und dann hebt Aidans Vater unvermittelt vom Boden ab.

Waagerecht, mit dem Kopf voran, schwebt sein zappelnder Körper ganz langsam zurück zu dem Helikopter, dessen Flammenkranz gleichzeitig abrupt erlischt, als hätte jemand einen Mantel aus gewebter Finsternis darübergeworfen. Ich kenne nur einen Menschen, der einen solchen Flug so zielsicher und langsam zu steuern vermag. Zwischen die Rauchschwaden, die sich in einem geisterhaften Nebel um die Kufen schlängeln und am Cockpit emporklimmen, tritt eine schmale Gestalt.

Farran.

Sanft setzt Callahan vor seinem langjährigen Freund auf dem Boden auf, der ihm die Waffe aus der Hand nimmt und einem herbeieilenden Wachmann übergibt.

Das Geräusch von Schritten neben mir lässt mich herumfahren, Aidan fällt auf die Knie und nimmt mich in seine Arme. Einen köstlichen Augenblick lang schließe ich die Augen und gebe mich ganz seiner Wärme hin. Meine Finger zittern, so fest klammere ich mich an seine Jacke, als würde ich über einem Abgrund hängen und unweigerlich in die Tiefe stürzen, wenn mein Griff sich auch nur einen Millimeter lockert.

»Schnell! Lass uns abhauen!«, keucht er in mein Haar, zerrt mich wieder auf die Beine und in meine qualvolle Wirklichkeit zurück. Sein Arm schlingt sich fest um meine Taille und gibt mir Halt, während ich mit ihm auf den verschwommenen vor mir pulsierenden Waldrand zustolpere. Das Kribbeln in meinem Kopf bemerke ich erst, als Farrans Stimme wie ein glühendes Stück Metall zwischen all den dumpfen Schmerz fährt und mir seine Worte einbrennt: *»Du bist meine Erbin, Emma. Vergiss das nicht.«*

Ich schnappe nach Luft und drehe den Kopf, um einen Blick über meine Schulter nach hinten zu werfen, während ich mich von Aidan einfach weiterziehen lasse.

Der verletzte Pilot hat es geschafft, zu dem Helikopter zurückzulaufen, und klettert eben in die Kanzel. Zeitgleich hieven zwei Security-Leute Callahan in den Fahrgastraum des Hubschraubers und setzen sich zu ihm. Die Tür schlägt hinter ihnen zu und Farran hebt seine Hand in meine Richtung.

Mein Herz zieht sich zusammen. Nein! Jetzt wird er mich zu sich holen, so wie er es zuvor mit Aidans Vater getan hat, und ich habe keine Kraft, mich dagegen zu wehren.

»Komm schon, Emz!«, stöhnt Aidan und drückt mich fester an sich, aber meine Beine werden weich und er muss mich mittlerweile regelrecht über den Rasen schleifen.

In diesem Moment geht eine Erschütterung durch den Helikopter, als hätte jemand von außen an seinem Rotorkopf gerüttelt und eine wutverzerrte Stimme schallt über das Anwesen: »FION! Stell dich mir endlich, du feiger Hund!«

Ich reiße den Kopf herum. Gestützt von Namara und umringt von jungen Männern steht mein Vater unweit des Helikopters.

»Dad!« Ich stemme mich fest gegen Aidan und zwinge ihn, anzuhalten. »Er darf Farran nicht töten!«

»Was sagst du da?« Er packt mich an den Schultern und dreht mich ruckartig zu sich um, zwingt mich, ihn anzusehen. Zu ruckartig. Alles wirbelt plötzlich in einem Sturm bunter Bildfetzen um mich herum und mir wird schwindlig, nein, regelrecht übel. Als das Bild wieder klar wird, lese ich in seinen Augen keinen Zorn, vielmehr Sorge und Trauer.

»Farran hat deine Mutter auf dem Gewissen. Vermutlich auch deine Großeltern. Wach endlich auf, Emz! Er hat dich an Silvester manipuliert.«

Meine Großeltern.

Tief in mir flammt etwas auf, schießt empor und zerstäubt in einem Funkenregen von Wut. Mama hat mir nie von ihnen erzählt, kein einziges Mal. Sie waren ein Tabuthema, wie Dad, wie so vieles. Ich spüre, wie sich meine Telekinese nach den züngelnden Flammen reckt und sich gegen meinen Schmerz, den Schwindel und meine Erschöpfung aufbäumt.

»Nicht schießen!«, befiehlt in diesem Augenblick Farran.

Aidan dreht den Kopf zum Hubschrauber und seine Augen weiten sich vor Entsetzen. Ich folge seinem Blick. Vor dem Rabenchef haben sich mindestens zehn Wachmänner wie eine Wand aufgebaut und zielen mit Sturmgewehren auf die kleine Rebellengruppe um meinen Vater. Farran zur Seite stehen jetzt Carter und Walsh, die Schulleiter von ENGLEWOOD RAVENS.

Angst schnürt mir die Kehle zu. Ich reiße mich von Aidan los und setze mich in Bewegung. Ohne Aidans Unterstützung zu gehen, fühlt sich eigenartig an, als wäre der Boden ein schwankendes Trampolin. Der Schmerz in meinem Kopf bringt mich fast um. Doch Sekunden später ist Aidan wieder an meiner Seite und versucht, mich aufzuhalten.

»Lass mich, ich muss verhindern, dass sie gegeneinander kämpfen!«

»Verdammt, Emz, du kannst dich kaum auf den Beinen halten! Wie willst du ...«

In diesem Moment bemerkt Dad meine Anwesenheit. Er schüttelt unwillig den Kopf und ruft laut: »Misch dich nicht ein, Emma! Das ist eine Sache zwischen mir und dem Mörder deiner Mutter! Aidan, schaff sie hier weg!«

Und zu Farran gewandt fährt er fort: »So feige, Fion? Willst du mich wirklich wie einen tollwütigen Hund erschießen lassen, genauso wie James den Jungen erledigt hat? Und ihr unterstützt diesen Irrsinn weiterhin. Paul! Nick!« Er deutet auf Carter und Walsh, die ihm mit versteinerten Mienen entgegensehen. »Wie lange wollt ihr diesem größenwahnsinnigen Schlächter folgen? Hört nicht auf seine Versprechen! Hat er euch nicht zugesichert, Callahan zur Rechenschaft zu ziehen? Aber jetzt sitzt Jacks Mörder unbehelligt im Helikopter und wartet darauf, vor euch in Sicherheit gebracht zu werden.«

Carter runzelt die Stirn, beugt sich zu Farran und sagt etwas zu ihm, aber der wendet den Blick nicht von meinem Vater und entgegnet laut: »Du musst dich von Namara stützen lassen und willst ernsthaft gegen mich kämpfen, Jacob?« Er lächelt und deutet mit dem Finger in meine Richtung.

»Derselbe Hitzkopf wie eh und je. Denkst du auch ein Mal an deine Tochter? Willst du sie wirklich zur Waise machen?«

»Lass Emma gefälligst aus dem Spiel!«, brüllt mein Vater aufgebracht und ballt die Fäuste.

»Nein. Die Fehler meiner Vergangenheit kann ich nicht mehr rückgängig machen. Aber ich habe deiner Tochter mein Wort gegeben, dir nichts anzutun, und ich werde mich daran halten.« Sein Blick wandert hinüber zu mir.

»Lass dich nicht in denselben Käfig aus Angst, Zorn und Hass sperren, der mich bisher gefangen hielt. Du bist so viel stärker. Flieg für mich!«, wispert er in meinem Kopf, bevor er sich zu Carter umdreht, etwas zu ihm sagt und dann auf den Helikopter zugeht.

»NEIN!«, brüllt mein Vater. »BLEIB DA!«

Einige Wachmänner, die ganz in der Nähe von Farran stehen, werden zu Boden gerissen. Mein Vater muss mit seiner Telekinese auf sie eingewirkt haben, aber Farran öffnet die Tür zur Kanzel des Hubschraubers ebenso gelassen, wie er den Angriff meines Vaters abwehrt. Warnschüsse schlagen unmittelbar vor Dad ein und einige der Jugendlichen weichen zurück, drehen sich um und laufen in Richtung Wald. Nur drei von ihnen bleiben neben meinem Vater und Namara stehen. Letzterer redet auf ihn ein und ich hoffe nur, dass er ihn zum Aufgeben bewegen will.

Aber ich täusche mich.

Während Farran in die Kanzel klettert, geht eine Erschütterung durch den Hubschrauber. An den konzentrierten Gesichtern meines Vaters und Namaras kann ich ablesen, dass sie ihre Telekinese auf die Rotorblätter richten, die sich gerade langsam in Bewegung setzen.

»Das ist doch sinnlos! Ergib dich, MacAengus!«, ruft Carter

und ringt die Hände. »Ihr habt überhaupt keine Chance gegen uns. Wenn ihr Fion nicht ziehen lasst, befehle ich meinen Männern, euch in die Beine zu schießen.«

»Das Schwein in dem Helikopter hat Enrique ermordet!«, brüllt einer der tätowierten Jungen zurück, während er ebenfalls eine Waffe hochhebt und mit ausgestreckten Armen auf ihn zielt. »Ich lasse den Mörder meines Bruders nicht laufen!«

»Auf in den Kampf!«, flüstert Aidan grimmig.

Ich spüre, wie er sich anspannt und packe ihn am Arm. »Spinnst du? Es sind zu viele. Wir können sie nicht besiegen, wir müssen uns ergeben!« Wut flammt in seinem Gesicht auf, als er sich von mir lösen will. »Aidan, hör mir doch zu! Deine Mom hat eben mit Phyllis telefoniert. Montgomry hat bereits einen Plan. Es muss sich um etwas Großes handeln, sonst würde Farran nicht so überstürzt ...«

Er unterbricht mich scharf: »Was zur Hölle hat Farran eigentlich mit deinem Kopf angestellt? Sagst du das nur, damit wir deinen Herrn und Meister unbehelligt entkommen lassen?«

Seine Worte reißen die letzten schmalen Dämme, die ich innerlich gegen den glühenden Schmerz in meinem Kopf gebaut habe, einfach mit sich.

Wenn er mir schon Caitlins Gespräch mit Phyllis nicht abnimmt, wie soll ich ihm dann erst erklären, dass Farran Dads Halbbruder ist, und dass er das wissen sollte, bevor er ihn umbringt.

Aus dem Augenwinkel beobachte ich, wie Walsh mit einigen Wachmännern Dads und Namaras telekinetischen Angriffen entflieht und in unsere Richtung läuft, während Carter verzweifelt versucht, den Angreifern seine eigene Telekinese entgegenzusetzen. Die Rotorblätter des Helikopters rucken ungleichmäßig und geben ein schrilles Quietschen von sich, das sich wie das Feuer einer entzündeten Lunte durch meinen Kopf frisst. Ich bin mir sicher, dass sich alle Aufmerksamkeit meines Vaters und Namaras nur auf den Helikopter richtet.

So sicher, wie ich mir bin, dass Walsh der Klügere von den beiden Schulleitern ist.

Ich weiß, was Walsh vorhat.

Und ich werde es ihm leicht machen, um diesen Irrsinn zu beenden.

Hastig umarme ich Aidan, lenke ihn von dem Geschehen in seinem Rücken ab und verhindere so, dass er den sich in einem Bogen nähernden Walsh und seine Männer ebenfalls bemerkt.

»Vertrau mir!«, flüstere ich ihm ins Ohr. Dann stoße ich Aidan mit letzter Kraft in einem Ruck von mir und reiße gleichzeitig die Arme hoch.

Während er vollkommen überrumpelt das Gleichgewicht verliert und zu Boden stürzt, rufe ich Walsh und seinen Männern entgegen: »Ich ergebe mich!«

Sie stoppen mitten im Lauf und legen ihre Gewehre auf mich an. Ein Warnschuss schlägt vor Aidan in den Boden ein und spritzt Erde und Gras auf, als er aufspringen und mir zu Hilfe eilen will.

»Aufhören, MacAengus!«, brüllt Walsh meinem Vater entgegen. »Du willst sicher nicht, dass ich deine Tochter verletze!«

Ein zorniger, geradezu unmenschlicher Schrei geht in dem Getöse des Hubschraubermotors unter. Wind schlägt mir wie eine eisige Faust entgegen. Ich schwanke. Die Geräusche verzerren sich, Stimmen werden zu metallischem Kreischen und ich kann mich einfach nicht mehr auf den Beinen halten.

Als ich mit den Knien auf dem Rasen aufschlage, drehe ich den Kopf.

Hinter dem Schulgebäude malt die Sonne violettrote Streifen über den Horizont und vertreibt die Schatten der Nacht. Die Kufen des Hubschraubers glitzern in ihren hereinbrechenden Strahlen. Meine Wange berührt das feuchte Gras und ein schwarzer Schleier schiebt sich wie die Blende eines Objektivs über meinen Augen zusammen, bis nur noch ein winziger heller Punkt am Himmel zu sehen ist, vor den sich der dunkle Helikopter schiebt.

VERLUST

Ich falle.

Eisige Luft fährt wie scharfkantige Buchseiten zwischen meine gespreizten Finger, die nirgends Halt finden, und mein Herz flattert wie ein Kolibri.

Schnee bedeckte Berge, so weit das Auge reicht, und in ihrer Mitte liegt ein Tal. Es kommt so schnell näher, dass der Windzug mir den Atem nimmt und der Druck auf meinen Ohren unerträglich wird.

Schon bin ich auf gleicher Höhe mit den Wipfeln weiß geeister Tannen, an denen Zapfen wie längliche Kristalle hängen, und die einen riesigen beschneiten See unter mir säumen.

Meine Tränen sind gefrorene Perlen, sie fliegen mir voraus und gleich werden sie – wir – auf dem harten Eis zerschellen. Jetzt kann ich die Fußabdrücke von Winterspaziergängern erkennen und Kerben, die Schlittschuhe in das eisgewordene Nass gezogen haben, die Narben winterlicher Freuden.

Flieg für mich!, wispert seine Stimme.

Die Berge ringsherum fangen die Worte ein und werfen sie mannigfach zurück, wie das Bild eines Spiegels im Spiegel, bis ein Brausen mich erfüllt, dem ich nicht mehr widerstehen kann.

Ich zerre an meinem dicht gewebten Kleid aus Trauer, Wut, Hass und Verzweiflung, sprenge die Nähte meines Verlangens nach Rache, die den Stoff so lange zusammengehalten haben, bis er reißt und weggetrieben wird.

Nackt und schutzlos bin ich jetzt dem eisigen Fallwind ausgeliefert.

Meine Haut platzt auf. Federn sprießen aus ihrem milchigen Weiß und meine Beine werden zu Fängen. Ihre dunklen Krallen ritzen Furchen in das Eis, Kristallfunken sprühen neben mir auf, aber da breite ich meine Schwingen aus und reiße meinen schlanken Rabenkörper wieder nach oben, bevor mein gefiederter Brustkorb auf dem See zerschellt.

Eine einzelne blauschwarze Feder segelt hinab und küsst meine Spuren im Schnee.

Als ich wieder zu mir komme, sehe ich in eisiges Blau.

Die Augen meines Vaters. Eine Hälfte seines Gesichts ist so weiß wie der Schnee, von dem ich eben geträumt habe, die andere rot von getrockneten Blutspritzern. Ich kann keine frische Wunde in seinem Gesicht erkennen, es scheint also nicht sein eigenes Blut zu sein. Trotzdem prickelt Gänsehaut über meine Arme bei seinem Anblick. Dads Miene ist versteinert. Doch ich lese Sorge darin. Und Wut.

Ausgerechnet seine Tochter hat verhindert, dass er gegen Farran kämpft.

Lange kann ich nicht bewusstlos gewesen sein, denn über

seinem schwarzen Haar schimmert immer noch violettrotes Morgenlicht. Aber von den Hubschrauberrotoren ist nichts mehr zu hören, dafür schallen jetzt Krankenwagensirenen über das Anwesen und entfachen den glühenden Schmerz in meinem Kopf neu.

»Dad«, flüstere ich.

»Haben Sie Schmerzen, Miss?«, tönt eine resolute Frauenstimme links von mir und dann schiebt sich das schmale Gesicht einer jungen Afroamerikanerin in einer neongelben Jacke mit Leuchtstreifen und der schwarzen Aufschrift *Paramedic* neben das meines Vaters. Sie zieht eine Lampe hervor und leuchtet mir in die Pupillen.

»Mein Kopf«, stöhne ich und blinzele.

Während sie wissend nickt, tastet sie meinen Schädel nach Verletzungen ab, hebt ihn vom Boden hoch und versucht vorsichtig, mir das Kinn auf die Brust zu drücken. Ich schreie auf, als neue Schmerzwellen mich überrollen.

»Was tun Sie da?«, herrscht mein Vater sie an, aber die Sanitäterin lässt sich von seinem Tonfall nicht beeindrucken.

»Ihre Tochter hat vermutlich eine massive Gehirnerschütterung. Wir nehmen Sie mit ins Krankenhaus.« Sie dreht den Kopf und deutet auf Dads Schulter. »Und Sie ebenfalls, es sei denn Sie ziehen es vor, hier zu verbluten. Darf ich mir jetzt endlich Ihre Wunde ansehen?«

Ihrem scharfen Tonfall entnehme ich, dass sie bereits zuvor versucht hat, ihn zu untersuchen. Mein Vater macht sich gerade daran, Jacke und Hemd auszuziehen, als zwei weitere Sanitäter neben uns auftauchen und mich auf Anweisung der Frau vorsichtig auf eine Trage betten. Während sie mich hochheben, überfallen mich erneut Schwindel und Übelkeit, dennoch strecke ich meine Hand nach meinem Vater aus.

»Warten Sie bitte! Dad!«, rufe ich verzweifelt.

Ich muss ihm unbedingt sagen, warum ich mich Walsh und den Wachmännern freiwillig ausgeliefert habe. Wer weiß, ob er mir wirklich ins Krankenhaus folgt, ob er sich nicht sofort daran macht, Farran hinterherzujagen.

»Ich bin hier, Kleines.«

»Verdammt! Wie soll ich Ihnen einen Druckverband anlegen, wenn Sie nicht eine Sekunde stillhalten!«, schimpft die Sanitäterin.

Als er an das Kopfende meiner Trage tritt, keuche ich auf.

Nein, er wird Farran in diesem Zustand nicht verfolgen können. Dads linke Brust ist so blutverschmiert wie seine Gesichtshälfte. Aus einer Wunde an seiner linken Schulter läuft ein feines Blutrinnsal zu seiner Hüfte hinunter. Er schwankt und stützt sich im letzten Moment an meiner Trage ab.

Himmel, wie viel Blut muss er bereits verloren haben!

Ich lasse mir keine Zeit für lange Erklärungen, sondern sage es rundheraus: »Fion ist dein Halbbruder. Ihr habt denselben Vater, Kieran Heap.«

Er öffnet ungläubig den Mund. Seine Pupillen werden riesig und dann drehen sie sich auf einmal nach oben, seine Hände lösen sich von meiner Trage und er kippt einfach zur Seite und schlägt dumpf auf dem Boden auf.

»Jordan! Sally!«, brüllt die Sanitäterin und kniet sich fluchend neben meinen Vater. »Ich brauche hier sofort eine Ringer-Lösung!«

»DAD!«, schreie ich und zerre an meinen Gurten, aber die Männer, die mich tragen, setzen sich jetzt rasch in Bewegung und eilen mit mir auf den Krankenwagen zu. Einen Moment lang überlege ich, ob ich die Riemen lösen soll, mit denen sie mich auf der Trage festgeschnallt haben. Aber ich bezweifle, dass ich es auf eigenen Beinen überhaupt zu Dad zurückschaffen würde.

»Was geschieht mit meinem Vater?«, rufe ich dem Sanitäter am Fußende zu. Mein Kopf tobt, als wollte er zerspringen.

»Mach dir keine Sorgen«, erklärt er atemlos von dem schnellen Marsch. »Sie gleichen nur den Blutverlust mit Flüssigkeit aus, bis er im Krankenhaus eine Bluttransfusion bekommt. Sein Kreislauf muss stabilisiert werden.«

Ganz in der Nähe sehe ich plötzlich Carter und Walsh zusammen mit einigen anderen Rabenmitgliedern. Sie gestikulieren, telefonieren mit ihren Handys und wirken so angespannt, als sei ihnen gerade der Geist Kieran Heaps über den Weg gelaufen. Das Blaulicht eines Krankenwagens flackert gespenstisch über ihre bleichen Gesichter. Als Carter mich erkennt, läuft er auf mich zu und greift nach meiner Hand. Auf seiner Stirn glänzen dieselben Schweißperlen, wie ich sie auf seiner Handfläche spüre.

»Miss MacAengus, Sie wissen doch, dass ich seit Jacks Tod nicht mehr auf Farrans Seite stand, nicht wahr? Sie können das bezeugen!«

Das habe ich anders in Erinnerung.

»Treten Sie beiseite, Sir!«, herrscht der Sanitäter am Kopfende meiner Trage ihn an, bevor ich noch etwas erwidern kann, und Carter lässt widerwillig meine Hand los.

»Wen haben wir hier?« Eine Frau mit kurzen blonden Haaren, unter deren neongelber Sanitätsjacke ein weißer Arztkittel hervorlugt, beugt sich über mich.

»Verdacht auf Gehirnerschütterung«, erklärt der Sanitäter, der eben noch Carter zurechtgewiesen hat.

Sie deutet mit ausgestrecktem Arm auf einen Krankenwagen zu ihrer Rechten. »Nehmt den. Der fährt zur Columbia-

Presbyterian-Klinik. Bringt das Mädchen in die Radiologie. Sie sollen sie röntgen, um Hirnblutungen auszuschließen.«

»Kommt mein Vater auch in diese Klinik?«, frage ich, aber da heben sie mich bereits in den Wagen und die grelle Beleuchtung in seinem Inneren zwingt mich, die Augen zu schließen.

Ich habe das eigentümliche Gefühl, etwas Wichtiges vergessen zu haben. Die Türen schlagen zu und der Sanitäter schnallt die Trage, auf der ich liege, fest.

»Dauert nicht lange. In zehn Minuten sind wir da«, sagt er und lächelt aufmunternd. Er zieht sich seine graue Wollmütze vom Kopf. Dunkelblonde, zerzauste Haare kommen zum Vorschein.

Und da weiß ich es wieder.

Aidan!

Warum ist er nicht bei mir und Dad gewesen, als ich aufgewacht bin? Er ist die ganze Zeit über mit ihm zusammen gewesen und musste doch wissen, wie schwer er verletzt ist. Was ist während meiner Bewusstlosigkeit geschehen?

»Hey«, der Sanitäter beugt sich von seinem Sitz vor, als er meinen Gesichtsausdruck bemerkt. »Alles okay, in ein paar Tagen bist du wieder auf dem Damm.«

Ich versuche, mir einzureden, dass es für Aidans Abwesenheit eine ganz normale Erklärung gibt. Aber tief in meinem Inneren weiß ich, dass etwas nicht stimmt.

Die Klinik, in die ich gebracht werde, ist ein gewaltiger Komplex verschiedener, mehr als zehn Stockwerke hoher Gebäude aus braunem Backstein. Auf den Gängen der Notaufnahme geht es fast so hektisch zu wie auf dem Times Square. Wenigstens stellt sich bei der Röntgenuntersuchung heraus, dass ich keine Hirnblutungen habe. Der Oberarzt, ein untersetzter kahlköpfiger Mann mit müden dunkelbraunen Augen, injiziert mir ein Schmerzmittel und verspricht, sich zu erkundigen, ob mein Vater ebenfalls in diese Klinik gebracht wurde.

Aber ich vermute, dass er zusätzlich ein Beruhigungs- oder Schlafmittel in die Infusion gemischt hat, denn als ich die Augen geschlossen habe, bin ich in einem Vier-Bett-Zimmer gewesen, zusammen mit zwei älteren Frauen um die sechzig und einer jungen Mutter, die gerade Besuch von ihrem Mann und ihrer vierjährigen Tochter bekommen hat. Das fröhliche Plappern des kleinen Mädchens ist das letzte Geräusch gewesen, das ich bewusst wahrgenommen habe.

Als ich die Augen wieder öffne, ist es dunkel und so still, als hätte mir jemand Watte in die Ohren gestopft. Die Erinnerung an das Aufwachen in Heaps Labor, dem psychopathischen Jack vollkommen ausgeliefert, bringt meinen Puls auf der Stelle zum Rasen.

Ich befinde mich in einem fremden Raum. Mein Bett steht jetzt direkt neben einem Fenster, nicht mehr links von der Tür. Durch die große Scheibe kann ich den klaren Nachthimmel und die beleuchteten Hochhäuser gegenüber erkennen. Verflucht, ich muss den ganzen Tag verschlafen haben! Über mir, an einer silbrig schimmernden Stange, hängt eine Infusionsflasche, deren Inhalt tröpfchenweise in eine Vene meines rechten Unterarms fließt. Links von mir erspähe ich einen runden Tisch mit drei Stühlen. In dem schwachen Licht, das von draußen durch das Fenster dringt, kann ich ein Tablett mit einem leeren Teller, einem Glas und einer Wasserflasche erkennen. Mein Blick wandert zu meinen Füßen. Nur durch einen schmalen Gang von dem Fußende meines Bettes getrennt schälen sich die Umrisse einer Couch aus der Schwärze des Zimmers. Und die einer Person, die auf ihr liegt.

Ich halte den Atem an. Dann, ganz vorsichtig, tauche ich in sie. Nur ein paar Sekunden. Die Konzentration auf diese Anstrengung treibt mir dennoch den Schweiß aus den Poren, aber mein Herz macht einen Satz vor Erleichterung.

Und zugleich vor Furcht.

»Aidan!«, rufe ich laut in die Stille.

Er fährt hoch. Einen Moment lang starrt er verwirrt in meine Richtung, dann springt er auf. Mit ein paar Schritten überbrückt er den kurzen Abstand zu mir, beugt sich über mein Bett und haucht mir einen Kuss auf die Stirn. Sein Gesicht schwebt nur Zentimeter über meinem, das Haar ist zerzaust, die Augen stark gerötet und geschwollen. Tiefe Schatten liegen unter ihnen.

»Sag's mir!«, flüstere ich angsterfüllt. »Geht es um Dad? Ist er ...«

Aidan lächelt gequält und schüttelt den Kopf. »Jacob liegt ein paar Zimmer weiter. Er hat viel Blut verloren, aber so einen sturen, zähen Kerl wie ihn kriegt man nicht so leicht unter! Alles ist wieder gut. Du hattest tatsächlich recht. Montgomry hat eine Rebellion gegen Farran gestartet, wie keiner sie je für möglich gehalten hätte. Du glaubst gar nicht, wie ...«

»Ich war gerade in deinen Gefühlen, Aidan«, unterbreche ich seinen hastigen Wortschwall. »Nichts ist gut. Lüg mich nicht an.«

Er zuckt zusammen. Dann lächelt er traurig und gibt mir einen weiteren Kuss auf die Nasenspitze. »Monatelang hast du dich geweigert, meine Gefühle für dich zu erforschen und jetzt ...«

»Lenk nicht wieder ab!«

Er wird ernst, dreht sich um und zieht einen der Besucherstühle neben mein Bett. Ich warte.

Minuten kommen mir wie Stunden vor. Nervös beiße ich mir auf die Unterlippe, während er mit gebeugtem Oberkörper und zu Boden gesenktem Kopf neben mir sitzt, die Ellenbogen auf den Knien abstützt und die unruhigen Hände ineinander verschränkt.

Als er endlich spricht, klingt seine Stimme erstickt. »Sie haben meine Mutter mit gebrochenem Genick am Rande des Parks gefunden. Namara hatte ihn gleich in Verdacht. Ich wusste überhaupt nicht, dass meine Mutter ihm so nahe stand. Carter hat mir dann vor ein paar Stunden die Aufnahme einer Überwachungskamera aufs Handy geschickt. Die Kamera war ziemlich weit vom Tatort entfernt und wenn man das Bild vergrößert, ist es extrem pixelig und unscharf, aber ich …«

»Oh mein Gott, Aidan!«, flüstere ich und Tränen stürzen mir in die Augen, während ich versuche, mich zu ihm hinunterzubeugen. Seine Hände sind ungewohnt kalt, als er nach den meinen greift, sie drückt, als müsse er sich an mir festhalten. Die Flammen, die sonst bei seiner Berührung über meine Haut streicheln, sind erloschen.

Er hebt den Kopf und sein Blick zerreißt mir das Herz. »Auch wenn ich das Gesicht auf dem Video nicht erkennen kann. Ich weiß, wie mein Vater sich bewegt.«

REBELLION

Jack Pashley wurde zum symbolischen Märtyrer von Richard Montgomrys Rebellion.

Ausgerechnet Jack.

Der überzeugte Rabe, der unbedingt eines Tages Farrans

Macht an sich reißen und die Falken sowie alle anderen Verräter vernichten wollte.

Anfangs konnte ich mich überhaupt nicht damit abfinden, wollte allen die Wahrheit ins Gesicht schreien, die ihn so sehr bedauern, ihnen erzählen, dass ich nachts schweißgebadet aufwache, weil ich sein hämisches Lachen in meinen Ohren zu hören glaube und mich erneut gefesselt auf der Metallliege in Heaps Labor sehe.

»Ich weiß, ich verlange viel von dir, Emma«, räumte Montgomry zehn Tage nach den Kämpfen in ENGLEWOOD RAVENS ein, als wir uns, gerade frisch aus dem Krankenhaus entlassen, in seinem Privatflugzeug auf dem Heimweg nach Irland befanden: Dad, Aidan, Namara, Phyllis und ich.

Christian Stein und Caitlin Callahan, im Sarg. Im Frachtraum.

Allein der Gedanke an sie ließ meine Hände vor Wut zittern.

Hätte Jack im Central Park Farran nicht verständigt, wäre Stein nicht gestorben. Hätte er mich nicht entführt und dadurch diese verhängnisvolle Kette von Ereignissen in Gang gesetzt, wäre Aidans Vater nicht auf die Idee gekommen, seine Frau zu ermorden.

»Du musst versuchen, die Dinge weniger emotional, sondern strategisch zu betrachten«, fuhr Montgomry fort. Er sah müde aus, kleine weiße Narben umkränzten seine Augen und neben seinem Sitz lehnten die dunkelblauen Krücken, ohne die er in absehbarer Zeit nicht würde laufen können. »Würden wir Farran schwächen, indem du allen die Wahrheit erzählst? Nein. Jacks brutaler Tod eröffnet uns die Möglichkeit, allen noch zweifelnden Raben zu beweisen, dass ihm nichts an seinen Schülern liegt, dass er ausschließlich seine eigenen Interessen verfolgt und bereit ist, selbst die Ermordung eines wehrlosen Schülers, eines überzeugten Rabenmitglieds, zu decken, wenn es sich bei dem Mörder um seinen langjährigen Freund handelt. Zudem ist Jacks Vater einer der erfolgreichsten und einflussreichsten Medienunternehmer der USA. Seit Jahren hat er mich hart bekämpft und nur Schlechtes über mich verbreitet. Die Wut über den Tod seines einzigen Sohnes hat ihn jetzt dazu gebracht, mir sofort seine uneingeschränkte Hilfe in der Vernichtung Farrans anzubieten.«

»Schön für Sie«, entgegnete ich giftig, denn es war klar, dass der Deal vorsah, Jack als tragischen Helden zu feiern.

Mit Callahan zusammen zu fliehen war jedenfalls ein gewaltiger Fehler von Farran und eine einmalige Chance für Montgomry.

Hat Farran es wirklich nur getan, um sicherzustellen, dass er keinen Einfluss mehr auf sein Vermögen hat? Oder wurde er von treuen Anhängern heimlich über Montgomrys beginnende Rebellion informiert, noch bevor die Schulleiter von ENGLEWOOD RAVENS davon erfuhren?

Denn exakt um zehn Uhr morgens irischer und sechs Uhr New Yorker Zeit waren auf Montgomrys Befehl an die hundert Strafanzeigen von einflussreichen Rabenmitgliedern bei den Staatsanwaltschaften in Cork, Dublin, London und anderen Orten weltweit eingegangen.

Die Anklagepunkte gegen Farran und Callahan reichen von Erpressung, schwerem Betrug und Steuerhinterziehung, Verstoß gegen das Kartellrecht bis hin zu Bedrohung, schwerer Körperverletzung und Mord. Oder Anstiftung zu diesen Straftaten.

Es hat Montgomry und meinen Vater in den letzten Monaten jede Menge Überzeugungsarbeit gekostet, Beweise zusammenzutragen und Zeugen zu finden, die sich bereit erklärten, gegen den mächtigen Rabenchef auszusagen. Dass sich ausgerechnet MacAengus, Farrans ehemals engster Vertrauter, gegen ihn stellte, war wohl der Funke gewesen, den Montgomrys Rebellion gebraucht hat.

Die Nachricht von den Anklagepunkten, die Farran vor dem High Court in Dublin zur Last gelegt werden, verbreitete sich wie ein Lauffeuer in der Rabengemeinschaft und die Zahl seiner Anhänger brach plötzlich zusammen wie ein Kartenhaus, das viel zu hoch gestapelt worden war.

Beschleunigend trug sein neuer rabeninterner Messengerdienst zu dieser für Farran katastrophalen Entwicklung bei, auf dem das verwackelte Video von Jacks Ermordung, das einer der Wachmänner in der Bibliothek heimlich mit seinem Smartphone aufgenommen hatte, tausendfach geteilt wurde.

Darüber hinaus warf Jacks Vater Farran nicht nur Beihilfe zum Mord an seinem Sohn vor, sondern sorgte in einer beispiellosen Hetzkampagne in den öffentlichen Medien für die Schließung seiner Schulen in Cork, Chicago und New York, um etwaige Missstände zu untersuchen.

Seit jenem kalten Septembermorgen, an dem ich meinen Schulleiter zum letzten Mal sah, befinden er und Callahan sich auf der Flucht und werden international von der Polizei gesucht.

Ihr Vermögen wurde per einstweiliger Verfügung eingefroren, bis die Gerichtsverfahren geklärt haben, ob die Ansprüche der verschiedenen Kläger gerechtfertigt sind.

»Das wird sie so schlimm treffen wie einen Hund der Verlust seines Halsbandes«, erklärte Namara vor zwei Wochen bei einem gemeinsamen Abendessen in Dads Haus verärgert. Caitlins Ermordung ging ihm sehr nahe und er schwor bereits in New York, Callahan zur Strecke zu bringen. »Selbst wenn ihr offizielles Vermögen ihnen abgenommen wird – die beiden haben bestimmt mehr Geld in Offshore-Gesellschaften gesteckt, als sie jemals bis zu ihrem Lebensende ausgeben können.«

»Farran wird die Schließung seiner Schulen mehr bedrücken als jedweder finanzielle Verlust«, warf Dad nachdenklich ein. »Es ist sein Lebenswerk. Aber was James anbelangt«, sein Blick wanderte bedauernd zu Aidan, »so fällt durch Caitlins Tod ihr Vermögen und seines, das er auf sie überschrieben hatte, ebenfalls wieder auf ihn als Alleinerben zurück, es sei denn, du versuchst, einen Pflichtteil zu erklagen.«

Aidan erbleichte, als er mit hassverzerrter Miene hervorpresste: »Bist du verrückt? Als ob ich auch nur einen Cent aus seinen blutigen Händen annehmen würde! Ich brauche sein Geld nicht.«

Ich glaube, ich war noch nie zuvor so stolz auf ihn.

Montgomry erwartet vermutlich Dankbarkeit, weil er so viel für mich riskiert hat, aber ging es ihm wirklich um mich? Er wusste genau, dass er meinen Vater niemals zum Verrat gegen die Raben hätte bewegen können, hätte er ihm nicht zugesichert, alles zu tun, um seine Tochter vor Farran zu retten.

In letzter Zeit denke ich immer öfter an Jared, daran, wie er mir geraten hat, mich von Farran ausbilden zu lassen und dann zu Montgomry überzulaufen. Wahrscheinlich würde er jetzt sagen: »Hey, ist doch perfekt gelaufen, Kleines.«

Aber das ist es nicht.

Ich bin vorsichtig im Umgang mit mächtigen Menschen geworden.

Farran hat Jacks Ermordung nie gutgeheißen und ich weiß jetzt, warum seine Schüler ihm so wichtig sind. Wir sind die Kinder, die er niemals haben wird.

Durch die Förderung unserer Gaben sollte etwas von ihm überdauern. Ein Ziel, das durchaus positive Aspekte für uns Schüler hatte und eine nachträgliche Rache an seinem Vater war, der ihn als Fehlschlag »entsorgen« wollte.

Montgomrys einziges Ziel scheint dagegen in der Vernichtung Farrans und all dessen, was er geschaffen hat, zu bestehen.

Du bist so viel stärker. Flieg für mich!

So lange habe ich fest daran geglaubt, dass ich den Mörder meiner Mutter würde töten können. Doch gerade Farrans Schicksal hat mir bewusst gemacht, wohin Angst, Hass und Rachegefühle führen können.

Ich will nicht so sein wie er.

Und habe ich mich durch Deans Tod besser gefühlt? Hat das den Schmerz um den Verlust meiner Mutter in irgendeiner Weise gelindert? Nein.

Ich weiß, Farran bereut, was er in der Vergangenheit getan hat. Warum sonst hätte er Dad trotz seines Verrats in ENGLEWOOD RAVENS verschont?

Benutzt Montgomry die Menschen um sich herum nicht ebenso wie Farran?

Ich wünschte so sehr, dieses Leben wäre einfacher und die Welt würde sich tatsächlich in Gut und Böse teilen lassen. Wie wundervoll wäre es, vollkommen überzeugt davon zu sein, das Richtige zu tun, auf der »guten« Seite zu stehen.

Ohne diesen schalen Beigeschmack, sich vielleicht zu irren.

»Niemand zwingt dich, am High Court gegen Farran auszusagen«, hat mein Vater mir versprochen, als er meinen inneren Konflikt bemerkte, und zynisch hinzugefügt: »Immerhin seid ihr miteinander verwandt.«

Ich bin mir immer noch nicht sicher, ob Dad mir glaubt, dass er und Farran Halbbrüder sind. Seine Wut auf ihn hat es bestenfalls verstärkt. Und Jacks Komplizin Sheila, die uns über Farrans geheime Daten Auskunft geben könnte, gelang es, zu fliehen. Kein Wunder, bei dem Tumult, der in SENSUS CORVI ausgebrochen ist, als Montgomrys Rebellion bekannt wurde.

Dad hat immer noch Angst vor dem, was sich in meinem Inneren abspielt, welchen Einfluss Farran wohl auf seine Tochter genommen hat.

Manchmal denke ich, sie alle halten mich aufgrund meiner gefälschten Erinnerungen für eine tickende Zeitbombe. Und das schmerzt am allermeisten.

Fünf Wochen sind seit jener schrecklichen Nacht in ENGLEWOOD RAVENS bereits vergangen. Als ich die Vorhänge vor meinem Fenster beiseiteziehe und in den dichten Nebel starre, der wie ein weißer Schleier über dem Garten meines Vaters liegt, fühle ich mich auf einmal so müde, dass ich am liebsten zurück ins Bett kriechen würde.

Ich lege meine Stirn an das kühle Glas und versuche, an etwas Schönes zu denken, jenseits der ewigen Diskussionen zwischen Dad und Aidan, wie man Farran und Callahan vor Gericht am besten schaden kann und wo sich die beiden wohl versteckt halten. Und da schleicht sich Liz wie ein heller Sonnenstrahl in mein Stimmungsgrau. Heute Nachmittag, zum Herbstferienbeginn, wird sie zu David nach Cork fliegen. Endlich, nach zehn Monaten, treffe ich sie wieder.

Seit meiner Rückkehr nach Irland habe ich bereits Dutzende Male mit ihr telefoniert, mich für ihre Hilfe bedankt und mich entschuldigt, dass ich mich so lange nicht gerührt habe. Sicher, ich habe alles getan, um ihr an Silvester das Leben zu retten. Doch ansonsten bin ich seit dem Tod meiner Mutter und dem Wegzug nach Irland eine grauenhafte Freundin gewesen. Auch das muss ich wieder in Ordnung bringen.

Ebenso wie mein Verhältnis zu Hannah und Elias, meinen »Ersatzgroßeltern«. Dad hat mir versprochen, dass wir sie im Frühjahr besuchen werden. Ich seufze.

Ein Jahr Schule liegt noch vor uns.

Liz kann es kaum erwarten, dass sie mit dem Abi fertig ist. Dann möchte sie zu David nach Irland ziehen, in Dublin Theaterwissenschaften studieren und ansonsten die Welt bereisen.

Wenn sie von ihrer Zukunft redet, ist es, als würde ein schillernder Schmetterling von einer bunten Blüte zur nächsten flattern.

Ich wäre schon froh, wenn ich mich wenigstens vollständig an meine Vergangenheit erinnern könnte.

Im Augenblick habe ich keine Ahnung, was ich nach der Schule tun soll. Ich komme mir vor wie ein wütender schwerfälliger Stier, der zielgerade auf das rote Tuch seiner Zukunft zurast, nur um dann festzustellen, dass sein Leben wie ein wendiger Matador triumphierend zur Seite wirbelt und ihn wie einen Idioten aussehen lässt.

NEUANFANG

Die Klingel unserer Haustür ist so schrill, dass sie Tote wecken könnte. Jedes Mal, wenn sie hinauf bis zu meinem Zimmer schallt, zucke ich erschrocken zusammen. So wie jetzt.

Ich habe Dad schon mehrfach vorgeschlagen, sie auszutauschen, aber er meinte, wir hätten doch sehr selten Besuch.

Allerdings hat sich seit unserer Rückkehr aus New York unsere Wohnung auf wundersame Weise zu dem konspirativen Haupttreffpunkt für die Falkenmitglieder entwickelt.

»Das liegt nur an meinen guten Weinvorräten«, mutmaßte Dad lachend, als ich ihn einmal darauf ansprach. Dann wechselte er rasch das Thema.

Und ganz nebenbei hast du panische Angst, mich allein zu lassen, solange Farran noch nicht gefasst ist, dachte ich. *Deshalb kommen alle immer zu uns ins Haus.*

So früh morgens, an einem Feiertag, kann uns eigentlich nur ein Mensch besuchen: Richard Montgomry.

Und ich habe keine Lust, seine forschenden Blicke heute schon beim Frühstück zu ertragen. In seiner Anwesenheit fühle ich mich entweder schuldig oder wütend oder beides zugleich und ich habe keine Ahnung, was er eigentlich von mir erwartet.

Missmutig löse ich mich von dem Nebelmeerblick meines Fensters, nehme meine Kleider vom Stuhl und husche über den Gang ins Bad. Beim Duschen lasse ich mir extra viel Zeit. Der heiße Dampf kondensiert auf dem Spiegel und läuft in Rinnsalen zum Waschbecken hinunter, als ich endlich den Wasserhahn abdrehe und mich mit dem Handtuch abtrockne.

Es klopft an der Tür.

»Falls du vorhast, heute einen Wellnesstag einzulegen, warne ich dich«, klingt Aidans belustigte Stimme durch das Holz. »Faye und Jamie sind ganz schön hungrig und haben schon das halbe Frühstück verputzt. Viel wird für dich nicht mehr übrig bleiben.«

Faye? Vor freudiger Überraschung rutscht mir das Handtuch aus der Hand und klatscht auf die nassen Fliesen.

Nach der Schließung von SENSUS CORVI und der unerwarteten Entthronung Farrans ist sie mit Jamie einfach durchgebrannt. Ihrer Familie hat sie die Nachricht hinterlassen, dass sie ein paar Wochen Auszeit brauche und sich auf den Jakobsweg nach Santiago de Compostela mache.

Montgomry gelang es, Fayes Vater zu überzeugen, seiner Tochter zu vertrauen und den beiden Verliebten einen Monat Zeit zu lassen. Als die ersten, vor Begeisterung übersprühenden Postkarten aus Pamplona und Burgos ankamen, legte sich die Angst ihrer Eltern.

Hastig schlüpfe ich in Jeans und Rollkragenpullover, föhne mir kurz durchs Haar und laufe hinunter ins Esszimmer, von wo mir Gelächter und der Duft von Kaffee und Schwarztee entgegenschlagen.

»Emz!«, ruft Faye und springt vom Tisch auf.

Sie sieht wunderschön aus. Das letzte Mal habe ich sie kurz vor meinem Abflug nach New York gesehen. Es kommt mir wie eine Ewigkeit vor. Ihre roten Haare sind noch ein Stück länger geworden und fallen in einer wilden, unbändigen Mähne über ihren dunkelblauen Pullover. Außerdem hat sie abgenommen. Aber was sie am meisten verändert hat, ist dieses besondere Leuchten in ihren Augen.

Faye schimmert vor Glück.

Den Blick auf meine Freundin gerichtet, laufe ich beinahe in den großen, hageren Mann hinein, der gerade mit einem Körbchen voll Toastbroten aus der Küche kommt.

»Oh, hi, Richard!«, murmele ich erschrocken und quetsche mich rasch an ihm vorbei. Verdammt, dass er auch hier ist, hat Aidan mir verschwiegen.

Aber dann liegen Faye und ich uns in den Armen, weinen und reden so wild aufeinander ein, dass erst einmal keiner von uns ein Wort versteht.

»Jamie ist übrigens auch noch da«, verkündet Aidan spöttisch in meinem Rücken.

Ich drehe mich schuldbewusst um. Auch Jamie hat sich verändert. Der angespannte vorsichtige Ausdruck ist von seinem Gesicht verschwunden. Mit einem breiten Grinsen umarmt er mich. »Mit dir wird's uns echt nie langweilig! Aber wenigstens hast du Aidan wieder zurückgebracht.«

»Nachdem du dafür gesorgt hattest, dass er abhauen konnte!« Ich gebe ihm einen Knuff in die Seite.

»Ist es nicht großartig, dass wir morgen wieder zusammen zur Schule gehen?«, ruft Faye, lässt sich auf ihren Platz fallen und angelt sich ein Toastbrot aus dem Korb.

Der Falkenchef räuspert sich und mein Vater wirft Faye auf einmal einen eigenartigen Blick zu.

Ich ziehe den Stuhl zwischen Aidan und Faye vor und setze mich.

Aidan legt beruhigend einen Arm auf meine Schulter.

SENSUS CORVI wird mir fehlen. Natürlich haben wir über den strengen Unterricht und die Lehrer geschimpft. Welcher Schüler tut das nicht? Aber von den Mobbingaktionen Anfang des Jahres einmal abgesehen, haben wir uns immer als feste Gemeinschaft gesehen. Wegen unserer Gaben. Jetzt gibt es keinen besonderen Unterricht zu deren Förderung mehr. Durch Richards Rebellion werden wir Schüler in alle Winde verstreut.

Die Raben verlieren ihr Nest.

Und was für mich am schlimmsten ist: alle privaten, weiterführenden Schulen mit gutem Ruf in Cork sind streng nach Jungen und Mädchen getrennt. Deshalb wird Aidan ab morgen nicht mehr dieselbe Schule besuchen wie ich.

»Du gehst also auch auf die Christ King Girls School?«, frage ich und versuche ein wenig Begeisterung in meine Stimme zu legen.

Faye starrt mich mit offenem Mund an. Dann werden ihre Augen schmal und sie lässt das Messer, mit dem sie sich gerade Honig auf ihren Toast gestrichen hat, sinken.

»Ihr habt es Emz noch gar nicht gesagt?«

Verwirrt schaue ich von ihr zu meinem Vater, der seine Teetasse so intensiv betrachtet, als wolle er die Zukunft darin lesen.

»Ehrlich gesagt, weiß ich nicht, ob Emma die Vorstellung überhaupt gefallen wird«, erklärt Richard und dreht verlegen den Apfel in seinen Händen. »Jacob meinte, es wäre besser, sie einfach am ersten Schultag zu überraschen, damit sie sich nicht vorab so viele Gedanken machen kann.«

»Was geht hier vor?«, frage ich eisig und mein Magen verkrampft sich.

Aidans Hand gleitet von meiner Schulter zu meinem Nacken. Feuerzungen streicheln beruhigend über meine Haut, als er erklärt: »Rich hat beschlossen, eine eigene Schule für Begabte zu gründen.«

Mein Kopf ruckt zu dem Falkenchef. Er legt den Apfel auf seinen Teller zurück und steht auf.

»Wir zwei sollten uns endlich mal allein unterhalten. Hast du Lust auf eine Privatführung durch deine künftige Schule?« Er zieht einen Schlüsselbund aus seiner Jeans.

Ich kann nicht glauben, was ich gerade gehört habe. Zögernd nicke ich und folge ihm zur Garderobe.

Anfangs sprechen wir kein Wort.

Die Situation erinnert mich unwillkürlich an unsere erste Begegnung, als er mit mir aufs Land gefahren ist, um mich Phyllis und den anderen Falkenmitgliedern vorzustellen.

»Nicht alles, was Fion getan hat, war schlecht«, erklärt er plötzlich, die Augen stur auf die Straße gerichtet. Wir verlassen den Stadtbereich von Cork und biegen in eine Landstraße ab. Selten spricht er von Farran, indem er seinen Vornamen benutzt, noch seltener klingt seine Stimme neutral und nicht hasserfüllt. Jetzt schwingt etwas darin, das ich nicht erwartet hätte: Wehmut.

»Wusstest du, dass er auch mir Einzelunterricht gegeben hat?«

Nein. Woher auch? Was könnte Fion einem Mantiker beibringen?

Richard lächelt und wirft mir einen flüchtigen Blick zu. »Als Empath wusste er, wie sehr ich unter meiner Gabe leide. Er hat mich Techniken gelehrt, psychisch besser damit klarzukommen, dass ich die Zukunft nur in den seltensten Fällen beeinflussen kann. Außerdem hat er mit mir experimentiert, wie ich das, was ich vorhersehe, besser fokussiere, damit nicht ungehindert alle möglichen Bilder auf mich einströmen. Fion ist der beste Lehrer für Menschen wie uns, den man sich vorstellen kann. Ich werde ihn dir und den anderen Schülern niemals auch nur annähernd ersetzen können. Du, ihr alle, werdet ihn vermissen. Das ist mir durchaus bewusst.«

Ich schlucke gegen die Enge in meiner Kehle. Mit diesem Geständnis habe ich nicht gerechnet.

Wir biegen von der Landstraße ab und fahren in das Dorf Blarney hinein.

Rechts von uns erhebt sich eine alte Kirche, aber Richard fährt nach links und folgt dem Wegweiser zu den »BLARNEY WOOLLEN MILLS«. Vor einem großen schmiedeeisernen Tor stehen zwei uniformierte Wachmänner, die ihm zuwinken und die elektrischen Torflügel nach innen, zu dem Parkplatz eines weitläufigen Gebäudekomplexes hin, aufschwingen lassen. Wir halten vor dem wuchtigsten der dreistöckigen, aus unregelmäßigen Ziegel- und Natursteinen bestehenden Häuser. Die zahllosen, weiß eingefassten Fenster lassen auf große, helle Räume in seinem Inneren schließen.

»Ist nicht ganz so pompös wie SENSUS CORVI, aber fürs Erste muss es reichen«, erklärt Richard und schaltet den Motor ab. »Ein Gebäude mit einer interessanten Geschichte. Früher war es eine Textilfabrik mit einer Wassermühle, später ein Hotel mit den landesweit größten Shops für typisch irische Produkte. Vor einem Jahr ist der Eigner bankrott gegangen, seitdem stand es leer.«

Immergrüner Efeu rankt an dem verwitterten Stein nach oben und mit kurzen Hecken eingefasste Blumenbeete schmücken den Eingang. Daneben ragen schlanke Birken hoch in den grauen Himmel. Auf ihren winterdürren Ästen entdecke ich plötzlich zwei Kolkraben. Einer der Vögel flattert gerade auf und segelt über den Parkplatz. Mein Herz klopft so fest gegen meine Brust, dass ich nicht sofort antworten kann. Der Falkenchef deutet das falsch.

»Es ist wirklich deine freie Entscheidung. Bislang haben uns weniger als die Hälfte der ehemaligen Schüler zugesagt, der Schock von der Schließung SENSUS CORVIS und mein rücksichtsloses Vorgehen gegen Farran haben ziemlich viel Schaden angerichtet, von dem ich nicht weiß, wie und ob ich ihn je wieder in Ordnung bringen kann. Aber ich hatte keine andere Wahl. Einen Mann wie ihn kann man nicht halbherzig besiegen.« Er gestikuliert nervös mit den Händen in Richtung des Gebäudes. »Es ist auch noch nicht alles so, wie ich es mir vorstelle. Die Sportanlagen sind zum Beispiel noch nicht fertig, aber wir könnten vorerst in dem angrenzenden Park trainieren und ...«

»Danke«, flüstere ich und kämpfe gegen die Tränen, die sich jetzt gegen meinen Willen in meine Augen stehlen.

Richard beugt sich zu mir hinüber und greift nach meiner Hand. »Eine Rebellion bringt nicht nur Verluste, sondern auch die Möglichkeit, neue Ideen zu verwirklichen. Aber ich schaffe das nicht allein, Emma. Ich brauche Menschen an meiner Seite, die genügend Feuer in sich tragen, um den Funken der Begeisterung in den jungen Leuten wieder zu entfachen. Ich will genauso wenig wie du, dass die Gemeinschaft der Rabenschüler verloren geht.« Er drückt meine Hand ein wenig fester. »Dein Vater und Aidan haben mir bereits ihre Unterstützung zugesagt, aber du bist wütend auf mich und hast dich von mir abgewandt. Ich verstehe das. Du musst mich auch nicht besonders mögen. Aber denk an das, was wir hier aufbauen könnten. Ich träume von einer Schule, an der nicht nur begabte Kinder, sondern auch Menschen unterrichtet werden, denen wir vertrauen. Fion hat mit seiner strikten Trennung von Normalen und Begabten ganze Familien oder langjährige Freundschaften auseinandergerissen. Deine Freundin Liz beispielsweise werde ich heute noch fragen, ob sie ihr Abschlussjahr hier verbringen möchte, in Davids Nähe. Apropos David, kannst du dir vorstellen, was für einen Lehrer er abgeben wird?« Er lacht. »Ich habe keinen anderen Neurokineten, also möchte er für diese Stunden einspringen. Mir tun jetzt schon seine Schüler leid.«

Er will Liz erlauben, die Schule mit uns zu besuchen? Ein eigentümliches Geräusch entringt sich meiner Kehle und all die aufgestaute Wut und Enttäuschung, die Angst vor meiner Zukunft platzen einfach aus mir heraus. Ich reiße schluchzend die Tür auf, springe aus dem Auto und renne los. Meine Beine fliegen über den gepflasterten Hof, immer dem langen Gebäude entlang, bis ich es umrundet habe und an dem verdutzt dreinblickenden Wachposten am Tor vorbei in den angrenzenden Park gelange. Erst als die Tränen eisig an meinen Wangen getrocknet sind und die kalte Luft mir in der Lunge sticht, mache ich mich auf den Rückweg. Sonnenstrahlen zerfasern plötzlich das dumpfe Grau und werfen helle Flecken auf das braune Pflaster zu meinen Füßen.

Richard lehnt mit übereinander verschränkten Armen mit dem Rücken an seinem Auto und blickt mir nervös entgegen.

Als ich vor ihm stehen bleibe, straffe ich die Schultern und streiche mir den Schweiß von der Stirn. »Ich habe es gerade getestet. Das mit dem Park als Ersatz für die Sportanlagen könnte vorerst gehen.«

Diese Nacht ist anders.

All die Nächte zuvor war es neblig und der Rauch der umliegenden Schornsteine hing tief über dem Rasen. Heute ist der Himmel klar, nicht eine einzige Wolke verdeckt die Sicht.

Mein Bauch ist voll Cider und Aidans Lippen schmecken nach Guinness, als er sich über mich beugt und mir einen Kuss auf die Lippen haucht.

Faye und Liz liegen neben mir auf der Picknickdecke in Dads Garten. Wir halten uns an den Händen und starren hinauf in den Sternenhimmel. Die Kälte kriecht langsam durch meine Jacke, Gänsehaut prickelt überall auf meinem Körper, aber innerlich glühe ich. Faye kichert, als sie Aidan wahrnimmt.

»Verzieh dich, Casanova«, mault Liz. »Heute ist Girls-Night! Du kannst sie morgen wieder haben.«

Von der Terrasse erklingt Gelächter und Jamie und David wandern zu uns herüber.

Wir blödeln eine ganze Weile, bis sich Liz plötzlich kerzengerade aufsetzt und sich mir zuwendet. »Sag mal, nicht dass ich hier der Profi mit euren Gaben wäre, aber wenn du Farrans falsche Erinnerungen an Silvester auf Aidan übertragen hast, indem du in ihn getaucht bist, wäre es dann nicht umgekehrt möglich? Also dass er dir zumindest den Teil an Erinnerungen wieder zurückgibt, den er selbst in Farrans Büro erlebt hat, indem du erneut in ihn tauchst?«

Ich schüttele den Kopf. »Nein. Farran selbst hatte keine Ahnung, wie das überhaupt passieren konnte und …«

»Aber natürlich könnte das gehen!«, ruft Faye und fährt von der Decke hoch, als habe sie ein Insekt gestochen. »Ich habe erst letztens eine Reportage gesehen, in der behauptet wurde, dass alles, was wir erleben, für immer gespeichert ist. Unser Gehirn macht es uns nur nicht immer zugänglich.«

»Das ging mir jedes Mal bei den Prüfungen so«, wirft Jamie spöttisch ein, aber Faye spricht bereits weiter: »Emz, wenn du es schaffst, durch das Tauchen in Aidan deine eigenen wahren Gefühle in jener Nacht zu aktivieren, dann zeigen sie dir vielleicht den Weg zu deinen wahren Erinnerungen. Farran selbst hat doch bereits erkannt, dass zwischen euch beiden eine ganz besondere Verbindung besteht.«

Langsam setze ich mich auf. Mir ist ein wenig schwindlig von dem Apfelwein, aber mehr noch von dem, was meine Freundinnen gerade gesagt haben.

Verdammt, darauf hätten Aidan und ich schon früher kommen können. Allerdings ist die Aussicht, jene Ereignisse noch einmal zu durchleben, alles andere als angenehm.

»Wir sollten das vorher mit Jacob besprechen«, wirft Aidan zögernd ein.

»Quatsch!« Ich greife nach seiner Hand und ziehe ihn zu mir hinunter. »Wenn ich je den Mut aufbringe, das alles noch einmal durchzumachen, dann jetzt und hier. Zusammen mit euch allen, den besten Freunden, die man sich vorstellen kann. Dad wird alles, was auch nur ansatzweise für mich gefährlich sein könnte, sofort ablehnen.«

Aidan nickt ernst und nimmt mein Gesicht in die Hände. »Bist du dir sicher?«

»Nein. Aber ich tu's trotzdem.«

Und dann hole ich tief Luft und tauche in seine Gefühle. Das Letzte, das ich von meiner Umgebung mitbekomme, ist, dass Faye und Liz jeweils eine Hand von mir in die ihren nehmen und fest drücken.

GEBURTSTAG

»Du bist die unromantischste Freundin, die man sich vorstellen kann!«, schimpft Aidan, als die Tür des indischen Restaurants hinter uns zufällt, den Geruch nach Räucherstäbchen, Curry und Patschuli grausam abschneidet und uns aus einer knallbunten Orientwelt in Corks trüben Alltag entlässt. »Was soll das heißen, ich darf dir nichts schenken?«

Vor uns, auf dem Parkplatz, verabschieden sich gerade Dad, Phyllis, Dennis und Patrick Namara voneinander. Wir hatten nicht geplant, sie hier zu treffen. Aber die Auswahl guter indischer Restaurants ist in Cork nicht besonders groß und *Raj's Restaurant* liegt nun einmal direkt auf dem Weg von Blarney nach Hause.

An diesem Freitag, zwei Tage vor meinem Geburtstag, sind am Nachmittag zwei Unterrichtsstunden Mathe und das Economics-&-Accounting-Seminar bei Sarah Parker ausgefallen. Wir hatten noch nicht zu Mittag gegessen und Dad, der Richard während dessen Geschäftsreise nach Dublin als Schulleiter vertritt, hat uns spontan zum Mittagessen eingeladen. Was ein kurzer Imbiss werden sollte, hat sich durch die überraschende Ankunft der anderen Falkenmitglieder zu einem fröhlichen Zusammensein bei einem Vier-Gänge-Menü mit Dessert und Wein entwickelt.

»Du hast mir schon so viel Wertvolles geschenkt«, erwidere ich, bleibe stehen und streiche Aidan eine Haarsträhne aus der Stirn. »Deine Liebe.« Er schneidet eine Grimasse. »Und meine Erinnerungen.«

»Das war dein Verdienst, nicht meiner.«

Ich schüttele den Kopf und denke an die kühle Novembernacht im Garten zurück, als uns das erste Mal bewusst wurde, wie stark die Verbindung unserer Gaben ist. Später hat er mir erzählt, dass er nicht nur um mich Angst gehabt hatte, sondern auch davor, erneut durch mein Gefühlstauchen sein Gedächtnis zu verlieren. Aber es war anders als an Silvester. Damals hatte ich verzweifelt nach Emotionen in ihm gesucht, die das Ungeheuerliche beweisen sollten, das Farran und Callahan mir gerade einredeten: Jareds und Dads Ermordung.

Diesmal tastete ich mich ganz unvoreingenommen an seine Gefühle heran und wartete ab, was sie mir erzählen würden. Aidan versuchte, die Ereignisse der Nacht von eben dem Moment an, als er Farrans Büro betrat, wie einen Film vor sich ablaufen zu lassen. Ich tat es ihm gleich und plötzlich geschah etwas Eigenartiges. Die Gefühlsdimension, mit der ich die Ereignisse wahrnahm, begann sich zu verschieben. Hier musste Farrans Manipulation eingesetzt haben. Aber Aidans Gefühle, die ich gleichzeitig spürte, seine Verzweiflung, die Angst um mich, Wut und Hass waren so intensiv, dass sie immer wieder gegen meine falschen Wahrnehmungen prallten, wie zwei Gewalten, die gegeneinander arbeiten, und plötzlich wurde der Druck zu groß, sie bäumten sich auf, schoben sich ineinander, bis meine falsche Gefühlswahrnehmung zerbarst.

Mein Körper brannte innerlich. Meine Glieder fühlten sich an, als würden sie zerreißen. Faye und Liz meinten, ich hätte mich gewunden und angefangen zu schreien, weshalb mein Vater in den Garten gerannt wäre. Jamie, David und Richard konnten ihn nur mit Mühe davon abhalten, einzugreifen.

Inmitten der auf mich einprasselnden Splitter von Lügen klammerte ich mich an Aidans Gefühle und dann erlosch das Brausen.

Die Stille fühlte sich seltsam an, wie diese eigenartige Zwischenwelt, noch halb im Schlaf, kurz vor dem Erwachen aus einem Albtraum, wenn man bereits spürt, dass man nur die Augen aufzumachen braucht, damit alles vorbei ist. Und das tat ich.

Ich öffnete die Augen. Und wusste auf einmal wieder, was geschehen war, schob Farrans Erinnerungen beiseite, wie man die Erinnerung an einen Traum fortwischt und in die Wirklichkeit zurückkehrt.

Womit allerdings keiner von uns gerechnet hatte, war, dass ich auch die Erinnerungen wiederfand, bei denen Aidan gar nicht anwesend war, nämlich die an Jareds Ermordung durch seinen Vater.

Wisch.

Etwas Helles streift meine Wange und bleibt in meinem Haar stecken. Verwirrt taste ich danach, drehe mich um und erkenne den kleinen, sommersprossigen Jungen von *Raj's Restaurant* wieder. Seine Eltern saßen mit ihm und seiner kleinen Schwester ganz in der Nähe von uns und hatten sichtlich alle Hände voll damit zu tun, ihn zu bändigen. Einer seiner aus Menüflyern gebastelten Papierflieger steckt jetzt in meinen Haaren.

»Na warte!«, ruft Aidan, als er seinen braunen Schopf zwischen zwei Autos hervorlugen sieht. »Dich krieg ich!«

Kichernd ziehe ich das Papierkunstwerk zwischen meinen Strähnen hervor und sehe bei Aidans Verfolgungsjagd zu. Die Mutter des Jungen lächelt zu uns hinüber, während der Vater seine Tochter in den Babysitz auf der Rückbank ihres Kombis festschnallt.

»Hab ich dich!«, ruft Aidan. Den zappelnden Kleinen fest

in seinen Armen stapft er auf mich zu und setzt ihn vor mir ab. »Die Prinzessin bestimmt jetzt die Strafe für dein Vergehen. Ich würde sagen, du musst sie küssen.«

Große braune Kinderaugen starren mich erschrocken an.

Ich lache laut auf und lasse den Flieger in den Kragen seiner Jacke segeln.

»Die Prinzessin rächt sich ebenbürtig«, erkläre ich besänftigend.

Der Kleine zupft das Papier aus seiner Jacke und reicht es mir schüchtern zurück. Sein niedliches Gesicht ist ganz konzentriert, so als überlege er, was er jetzt am besten sagen soll. Und dann verkündet er: »Flieg für mich!«

»Liam!«, ruft sein Vater in diesem Augenblick.

Mit einem Ruck dreht das Kind sich um und läuft zurück zu seinen Eltern. Der Papierflieger gleitet aus meiner Hand und segelt zu Boden. Mein Herz schlägt mir bis zum Hals, als ich mich hinunterbeuge, um ihn wieder aufzuheben. Ich stopfe ihn in die Tasche meines Wollmantels und folge Aidan zu den anderen.

Den restlichen Tag über rede ich mir ein, dass es blanker Zufall war, als der Kleine genau Farrans Worte wiederholt hat. Bereits auf der Heimfahrt im Auto habe ich den Flieger vorsichtig auseinandergefaltet. Doch er hat keine geheimen Botschaften enthalten. Dennoch habe ich es nicht über mich gebracht, ihn wegzuschmeißen. Wie eine stumme Mahnung lauert er seitdem auf meinem Schreibtisch.

Der Junge hat sich einfach versprochen. *Lass ihn fliegen*, wollte er sagen. Ganz sicher.

Aidan telefoniert vor dem Abendessen mit Amy und Antonio in New York. Sie hat überraschende Neuigkeiten. Die Gemeinschaft der New Yorker Raben hat mehrheitlich Paul

Walsh zum neuen Schulleiter von Montgomrys neu gegründeter Zweigschule gewählt. Er hat Amy heute einen Besuch abgestattet. Für sein junges Sicherheitsteam sucht Walsh noch Leute, denen er vertrauen kann, die über die Gaben der Schüler Bescheid wissen, aber in der Lage sind, Stillschweigen zu bewahren. Er ist bereit, Francesco und einigen anderen seiner Freunde eine besondere Security-Ausbildung zu bezahlen, wenn sie sich verpflichten, mindestens zehn Jahre für ihn zu arbeiten. Ich denke daran, wie Carter sie als Pack bezeichnet hatte und mit ihnen »kurzen Prozess« machen wollte, und freue mich, dass er als Schulleiter abgesetzt wurde. Außerdem habe er Claire als Sekretärin eingestellt. Ich weiß, wie sehr sie Farran bewundert hat. Für Montgomry persönlich zu arbeiten kam für sie nicht infrage. Wie schön, dass sie uns Raben dennoch nicht vollkommen den Rücken gekehrt hat. Die beste Nachricht aber ist, dass Amy, ihr Sohn Vito und dessen Freundin Chloe in den Sommerferien eine Europareise machen und uns besuchen wollen. Amy hat mich und meinen Vater im Krankenhaus besucht. Die letzten Tage vor unserer Abreise kam er mit ihr zusammen bei mir vorbei. Die Wortgefechte, die sich die beiden geliefert haben, waren einmalig.

»Er mag sie, nicht wahr?«, hat Aidan mir nach dem Telefonat zugeflüstert, als Jacob kopfschüttelnd mit den Worten »Mein Haus ist ein Taubenschlag geworden« die Treppe nach oben stapfte.

»Könntest du nicht herausbekommen, ob …?«

»Spinnst du? Dad bringt mich um, wenn ich in ihn tauche, um seine Gefühle für Amy zu scannen.«

Aidan zieht mich seufzend in seine Arme und küsst mich, bis mein Kinn sich wundgerieben anfühlt von den Stoppeln seiner Barthaare. Seine Hände gleiten vorsichtig unter meinen

Pullover, Feuerzungen streichen über meine Haut, bringen sie zum Brennen und lassen mich zugleich erschauern.

»Dann macht es dir nichts aus, dass Chloe jetzt Vitos Freundin ist?«, flüstere ich außer Atem, als er mich eine Sekunde lang freigibt.

»Natürlich«, er lächelt hintergründig, aber ich sehe, dass es ihm nicht ernst ist. »Ich kann das unmöglich auf mir sitzen lassen und werde sie ihm auf der Stelle wieder ausspannen.«

Als ich im Bett liege, kann ich nicht einschlafen und wälze mich von einer Seite zur anderen. Immer wieder sehe ich das Gesicht des kleinen Jungen auf dem Parkplatz von *Raj's Restaurant* vor mir. Schließlich knipse ich meine Nachttischlampe an, gehe zu meinem Schreibtisch und nehme mir den Papierflieger erneut vor.

Meine Hände zittern, als ich ihn entfalte und auf der Tischplatte glatt streiche. Auch jetzt, unter dem hellen Licht meiner Schreibtischlampe kann ich nichts Auffälliges erkennen. Erleichtert will ich das Papier gerade beiseitelegen, da fällt mein Blick auf einen Punkt. Klein, kaum wahrnehmbar steht er unter einer Ziffer des Preises für ein vegetarisches Currygericht. Ich sehe genauer hin und entdecke weitere Punkte auf der Karte. Insgesamt sind es acht.

Mein Atem geht schneller.

Auf der Rückseite der Menükarte kann ich sieben Ziffern mit Punkten ausmachen. Ich nehme einen Stift und einen Block aus meiner Schublade und schreibe die Zahlen in der Reihenfolge ihres Auftretens nebeneinander auf.

Als ich die Daten bei Google Maps eingebe, hoffe ich so sehr, dass ich mich täusche. Aber die Kartenansicht zoomt sekundenschnell auf einen Ort, der all meine Zweifel zerstreut: Blarney Castle.

Ich starre zurück auf die Menükarte. Der letzte Punkt befindet sich unter keiner Ziffer, sondern einem Text. »Celebrate your birthday with us!«

BLARNEY CASTLE

Heute ist mein 18. Geburtstag.

Aus dem Badezimmerspiegel blickt mir nach einer schlaflosen Nacht ein bleiches Gesicht mit dunklen Schatten unter den Augen entgegen. Schade, dass ich nicht an Halloween Geburtstag habe.

Ich schnappe mir die Make-up-Tube, verteile den Inhalt besonders großzügig um die Augenpartie und benutze anschließend Puder und Rouge. Als ich meine Mundwinkel zu einem Lächeln hochziehe, komme ich mir wie ein Clown vor.

Natürlich hätte ich meinem Vater und Aidan von der Menükarte erzählen müssen. Aber dann hätte ich sie genauso gut auch gleich in die Papiertonne werfen können. Niemals würden sie mir erlauben, auf ein Treffen mit wem auch immer zu gehen. Hoffentlich nicht Callahan.

Stattdessen habe ich ihnen gesagt, dass ich mir nichts sehnlicher wünsche, als an meinem Geburtstag endlich einen Ausflug zum Blarney Castle zu machen. Welcher Vater schlägt seiner Tochter zum 18. Geburtstag schon eine harmlose Sightseeing-Tour ab?

Als ich noch klein war, dachte ich, man wird ein ganz anderer Mensch, sobald man achtzehn ist. Mama wirkte so zielstrebig, als ob sie immer ganz genau wüsste, welche Entscheidung die richtige ist. Und für jede Situation hatte sie konkrete Pläne zur Hand. Wie ihren Sieben-Punkte-Plan in Notfällen.

Ich dagegen habe keine Ahnung, ob ich nicht gerade einen gewaltigen Fehler begehe. Mein einziger »Notfallplan« besteht in meiner Telekinese.

Endlich volljährig zu sein ist überhaupt nichts Besonderes, sondern fühlt sich nur wie eine zu große Haut an, in die ich erst hineinwachsen muss.

»Dein Geschenk gibt's erst, wenn alle da sind«, hat Dad nach dem Gratulieren am Frühstückstisch augenzwinkernd verkündet, als das Telefon klingelt.

Nach einer knappen Begrüßung des Anrufers schaut er auf seine Armbanduhr und erklärt: »In einer halben Stunde brechen wir auf. Schaffst du es bis dann zu uns?«

Ich ziehe die Augenbrauen hoch und werfe Aidan einen fragenden Blick zu. Meine Feier steigt doch erst heute Abend. Wer kommt uns denn jetzt schon besuchen?

»John«, murmelt Aidan in seine Teetasse hinein.

»John?«, flüstere ich empört. »Heute?«

John Quinn ist der Bodyguard, den mein Vater neuerdings zu meinem Schutz abgestellt hat. Er ist so kräftig und stiernackig wie Patrick Namara, aber vom Charakter her könnten die beiden nicht unterschiedlicher sein. Während Montgomrys »Gladiator« aufbrausend, manchmal geradezu jähzornig ist, bewahrt John in den stressigsten Situationen eine unmenschliche Ruhe. Vermutlich hat gerade das nach einem anfänglichen Unwohlsein dazu beigetragen, mich mit seiner Anwesenheit zu arrangieren. Heute ist sie mir allerdings mehr als unerwünscht. Nicht wegen meines Geburtstags, sondern weil sie es mir noch schwerer machen wird, mit dem Absender der Nachricht Kontakt aufzunehmen.

»Sei mir bitte nicht böse«, sagt Dad und legt das Telefon beiseite. »Ich erfülle dir deinen Wunsch mit diesem Ausflug, aber ich habe ein ganz ungutes Gefühl dabei. Deine Volljährigkeit stellt für eine gewisse Person ein bedeutendes Ereignis dar. Mir wird es erst wohler sein, wenn wir wieder daheim sind und uns auf deine Party heute Abend vorbereiten.«

Ich rolle mit den Augen. »Du kannst mich doch nicht ab jetzt einsperren, nur weil ich volljährig bin! Und überhaupt – gewisse Person? Mensch, Dad, Farran ist nicht Voldemort! Du kannst seinen Namen durchaus aussprechen.«

»Da wäre ich mir nicht so sicher«, erklärt er sarkastisch.

»Lass nur, das ist ganz normal«, sagt Aidan, schiebt mein Haar beiseite und gibt mir einen Kuss auf den Nacken. »Alle Väter rasten aus, wenn ihr kleines Mädchen volljährig wird.«

»Danke für deine Belehrung.« Dad steht abrupt auf und bringt sein Geschirr in die Küche. Mühsam unterdrücke ich ein Grinsen. Doch in diesem Augenblick nähert sich Aidan meinem Ohr und raunt zärtlich: »Denn dann können sie nicht mehr verhindern, dass es zur Frau wird.«

Meine Kehle wird trocken und in meinem Bauch kribbelt es warm.

Wunderbar. Die Erinnerung an meine Sehnsucht und zugleich Angst vor unserer ersten gemeinsamen Nacht ist genau das, was mir jetzt noch zu der ganzen Aufregung gefehlt hat.

Blarney ist eines der Haupttouristenziele Irlands.

Aber um diese Jahreszeit und so früh am Morgen geht es zum Glück an der Kasse beschaulich zu. Nur eine Handvoll Menschen stehen vor uns an. Dad sieht dennoch nicht besonders glücklich aus. Auch ohne seine Angst um mich war Warten noch nie seine Stärke.

Missmutig werfe ich einen Blick über die Schulter zu John, der stoisch mit dem Rücken zu uns gedreht, den Weg vom Parkplatz zum Eingang im Auge behält. Es ist kühl, im Schatten der mächtigen Burgmauern regelrecht eisig, und mein Schlafmangel lässt mich zusätzlich frösteln. Ich ziehe den Reißverschluss meiner Jacke bis zum Hals hoch und verschränke die Arme ineinander, um möglichst wenig Körperwärme zu verlieren.

»Komm her!« Aidan drückt mich ganz fest an sich. Ich wünsche mir, ich könnte diesen Ausflug so genießen wie die Besucher vor uns es tun. Aber die ganze Zeit über denke ich nur: Stammt die Nachricht wirklich von meinem Mentor? Würde er es wagen, sich mir hier in der Öffentlichkeit, unter den Augen meines Vaters, zu nähern?

Als wir den Eingangsbereich passieren, beginnt es zu regnen. Ein feiner, wispernder Regen, der in kleinen grauen Fäden sein nasses Gewand um uns webt. Zu der Ruine passt er allerdings so perfekt wie das sprichwörtliche Burggespenst. Moos und Flechten haben sich im Laufe der Zeit ihren festen Platz in den Ritzen des Mauerwerks erkämpft und bilden eine natürliche grüne Patina inmitten des steinernen Graus. Von dem einstigen stolzen Bau des Königs von Munster blieb nur der Bergfried erhalten, als Oliver Cromwells Truppen die Burg mit Kanonen beschossen. Viel hat es ihm nicht eingebracht, denn ihre Bewohner waren mit allen wertvollen Gegenständen durch Tunnel aus der Anlage geflüchtet.

Wir steigen über die rutschigen Stufen zu den Zinnen empor, Dad geht Aidan und mir voran, John bildet die Nachhut.

Als wir den oberen Wehrgang erreichen, bietet sich uns ein atemberaubender Blick über das regenverhangene Land. Dunkle Wolken hängen über unseren Köpfen und werfen ihre Schatten in den Fluss unter uns, dessen Oberfläche ein unruhiges Mosaik durch den immer stärker werdenden Regen bildet.

Aidan schiebt mir die Kapuze meiner Jacke über das Haar. Seine Fürsorglichkeit macht es mir noch schwerer, zu tun, wozu mein Inneres mich drängt.

Nur noch fünf Leute vor uns befindet sich der Blarney Stone, eine der Hauptattraktionen der Burg. Der Legende nach erhält derjenige, der den Stein küsst, die Gabe der Redegewandtheit.

Und genau in dem Moment, als ein junger Mann lachend nach dem Küssen des Steins seine Freundin an der Hüfte festhält, damit sie sich ebenfalls über die Brüstung beugen und es ihm gleichtun kann, spüre ich ein zartes Kribbeln unter meinem feuchten Haar.

»Mir gefällt der Name, den du Montgomrys Schule gegeben hast.«

Ich umklammere das Metallgeländer fester, um nicht vor Schreck auf den nassen Steinen auszurutschen. In Gedanken sehe ich Farrans Gesicht vor mir, das feine Lächeln, das jetzt um seine Mundwinkel spielt.

Excitati Corvi

Die erwachten Raben.

»Woher wissen Sie, dass ich es war?«, denke ich, während meine Füße mechanisch zwei Schritte weitergehen und die Lücke zu den Touristen vor mir schließen. Gelächter in meinem Rücken. Aidan unterhält sich mit John, aber ich achte nur auf die Stimme in meinem Kopf.

»Wer sonst steht noch auf meiner Seite und hat so viel Einfluss auf den Falken? Ich weiß, dass in seinem ursprünglichen Antrag auf Eröffnung einer Schule beim Bildungsministerium der Name FALKEN-AKADEMIE *stand.«*

Die zwei Frauen vor mir fotografieren sich gegenseitig vor dem dunkel geküssten, matt geriebenen Flecken an der Wand und zeigen kein Interesse daran, ihre Lippen ebenfalls darauf zu pressen.

»Jacob wird es dir nicht einfach machen, unbemerkt zu entkommen«, gleiten Farrans Worte durch meinen Kopf. *»Enttäusch mich nicht, Emma. Ich warte auf dich in einem Lieferwagen des* Stable Yard Cafés.«

»Was? Wie zur Hölle soll ich es schaffen, unbemerkt zum Café zu schleichen und zu Ihnen in den Wagen zu springen?«

Der Stein von Blarney liegt jetzt offen vor mir.

Wütend, weil das Kribbeln in meinem Kopf einfach verschwindet und Farran mich wieder einmal auf die Probe stellt, so als ob er immer noch mein Mentor wäre, schwinge ich herum, lehne mich mit dem Rücken entschlossen über die Brüstung und greife nach den beiden, neben dem Stein verankerten Metallstangen, um mich näher zu ziehen.

Aidan keucht erschrocken auf und fasst mich mit beiden Händen haltgebend an der Hüfte. »Shit, Emz, du hast doch gesagt, du willst ihn nicht küssen.«

»Hab's mir anders überlegt«, rufe ich und beuge den Kopf nach hinten. Meine Kapuze rutscht herunter und mein Haar hängt über dem Abgrund. Regen klatscht mir gegen den Hals und läuft von dort in den Kragen meiner Jacke, als ich meine Lippen fest auf den Stein presse.

Bitte, lass mich einen Einfall haben!

»Willst du wirklich bei dem Regenwetter durch die Gärten spazieren?«, fragt mein Vater und schlägt den Kragen seines Mantels hoch, als wir unseren Rundgang beendet haben und wieder am Fuße der Burg angelangt sind. Hoffnungsvoll schielt er zum Ausgang.

Ich setze ein strahlendes Lächeln auf und hake mich bei ihm unter.

»Nein, aber zur Feier des Tages hätte ich unheimlich Lust auf einen echten Irish Coffee. Schließlich ist der wegen des Whiskeys erst ab achtzehn erlaubt. Hier gibt es doch bestimmt ein Café, oder?«

Dad sieht mich so skeptisch an, als hätte der Kuss des Blarney-Steins seine Tochter in einen Frosch verwandelt.

»Heute ist sie wirklich voll auf dem Tourie-Trip«, spottet Aidan. »Sieh zu, dass wir hinterher einen großen Bogen um den Souvenirshop machen.« Er tippt mit dem Zeigefinger auf den durchnässten Besichtigungswegweiser, den man uns am Eingang ausgehändigt hat. »Der befindet sich nämlich unmittelbar neben dem Café.«

Ich gebe ihm einen Stoß in die Rippen und wir marschieren lachend los. Mein Herz klopft mir bis zum Hals vor Aufregung.

Es sind nur ein paar Minuten zu Fuß zum *Stable Yard Café*. Ich sehe den weißen Lieferwagen vor den ehemaligen Pferdeställen der Burg schon von Weitem. Er parkt direkt neben dem Eingang. Aber der Mann, der geschäftig Kisten aus dem geöffnetem Wagenheck auslädt, sieht Farran so ähnlich wie Tarzan seiner Jane. Hat mein Mentor ihn bestochen? Aber er sagte doch ausdrücklich, dass ich ihn persönlich bei dem Fahrzeug antreffen würde. Oder gibt es noch einen zweiten

Lieferwagen? Doch auf dem Parkplatz kann ich nur einen Reisebus sehen. Nervös beiße ich mir auf die Unterlippe, als wir den Gastraum betreten.

Zu meiner Erleichterung sind wir zu dieser frühen Stunde nicht die einzigen Gäste. Offenbar ist gerade eben eine Gruppe japanischer Touristen angekommen, die frühstücken möchte.

»Emma!«, stöhnt Dad verzweifelt.

»Du hast es mir versprochen!« Einen Augenblick lang denke ich, dass ich meine Show der zickigen Tochter zu weit getrieben habe, denn er kneift die Augen zusammen und mustert mich forschend. Rasch beuge ich mich vor und flüstere: »Außerdem muss ich mal. Bestell doch bitte schon für mich mit.« Ich gebe ihm einen Kuss auf die Wange und marschiere zum Eingangsbereich zurück, von wo aus auch die Toiletten abzweigen. Zu meinem Entsetzen bemerke ich, dass John mir auf einen Wink meines Vaters hin folgt. Verdammt! Während ich mich brav in der Schlange der wartenden Frauen einreihe, lehnt er sich an die Wand gegenüber.

Der Lieferant trägt gerade einen Kasten *Guinness*-Flaschen in das Lokal, da kommt mir eine Idee. Doch in dem Augenblick, als ich meine Telekinese auf ihn richte, spüre ich eine zweite, mir in so vielen Übungsstunden vertraut gewordene Kraft, und im nächsten Moment stolpert der Mann, der Kasten kippt nach vorne und einige Bierflaschen fallen heraus und zerspringen direkt vor John auf dem Boden. Bier spritzt dunkel an seinen Schuhen und den Hosenbeinen hoch. Er verzieht angewidert das Gesicht.

Der Lieferant murmelt eine hastige Entschuldigung und stürzt dann fluchend in die Küche. John wirft einen Blick zu mir und ich zucke mit den Schultern. Die Toilette vor mir wird frei. Ich lege meine Hand auf den Türgriff und schiebe sie einen Spaltbreit auf. Aus den Augenwinkeln sehe ich, dass John in der Männertoilette verschwindet. Vermutlich, um sich zumindest die Schuhe zu säubern.

Ich lasse den Griff los, fahre herum und renne zum Ausgang. Scherben knirschen unter meinen Schuhen und Bier spritzt nun auch an dem Saum meiner Jeans hoch. Der Motor des Lieferwagens läuft. Ich reiße die Beifahrertür auf und springe hinein.

Der Mann am Steuer trägt blaue schmutzige Arbeitskleidung, eine Baseball-Cap und hat einen Vollbart. Aber ich müsste schon blind sein, um nicht meinen Mentor in ihm zu erkennen.

Er schaut mich nicht an, sondern konzentriert sich auf den Weg und gibt Gas.

»Bitte vertrau mir, Emma«, sagt er zu mir in Gedanken.

Etwas raschelt hinter mir. Dann höre ich eine Stimme, bei deren Klang sich mir sofort die Haare im Nacken aufrichten: »Keine Bewegung, MacAengus!«

Alles in mir erstarrt, als Aidans Vater mir etwas Kühles ins Genick drückt.

VERGANGENHEIT UND ZUKUNFT

Corks Straßen sind an diesem Sonntagmorgen noch wie leergefegt.

Hier und da sieht man einen Jogger an einem Seitenarm des Flusses Lee entlanglaufen oder Hundebesitzer, die mit ihren vierbeinigen Lieblingen ungeachtet des strömenden Regens spazieren gehen. Doch in der Hannoverstraße, in die Farran jetzt einbiegt, ist keine Menschenseele unterwegs.

Zu meiner Überraschung hält Farran den Wagen vor einem mehrstöckigen Gebäude aus rotem Backstein an. Ich kenne den Häuserkomplex von seiner Frontseite, die in der Washington Street liegt. Offenbar gibt es in der Hannoverstraße einen Hintereingang. Als ich meinen Namen auf MacAengus ändern lassen wollte, sind mein Vater und ich zuletzt hier gewesen.

»Wenn du versuchst zu fliehen ...«, beginnt Callahan, aber Farran unterbricht ihn scharf.

»Sie ist nicht so dumm, das zu tun.«

Nein. Nur zu dumm, mich aus lauter Neugier überhaupt auf dieses Treffen einzulassen.

Während Aidans Vater aus dem Lieferwagen springt, durchbohren mich Farrans graublaue Augen geradezu flehend und er flüstert rasch: »Vergiss nicht, Emma, du hast versprochen zu vollenden, was ich begonnen habe.«

Bevor ich ihn fragen kann, was er damit meint, wird meine Seitentür aufgerissen und Callahan richtet seine Pistole erneut auf mich.

Wie betäubt steige ich aus. Farran geht uns voraus und drückt auf eine Klingel. Ein elektrisches Summen ertönt, als sich die schwere Holztür öffnet und wir das sonntags wie ausgestorben wirkende Amtsgebäude betreten. Unsere Schritte hallen auf den Treppenstufen wie das Echo meines viel zu schnellen Herzschlags.

Kurz darauf sitze ich in einem hohen altmodischen Ohrensessel in dem Büro eines etwa fünfzigjährigen, an den Schläfen bereits graumelierten Notars, der sich mir als Johnathan Pike vorgestellt hat. Er wirkt so blasiert wie seine antike

Einrichtung, der Inbegriff eines Snobs, und bildet in seinem akkuraten Anzug einen eigentümlichen Kontrast zu meinen Begleitern, die beide zur Tarnung wie Lieferanten oder Handwerker gekleidet sind. Der Geruch von Teppichreiniger und Möbelpolitur mischt sich mit Bergamottenduft.

»Möchten Sie eine Tasse Earl Grey, Miss MacAengus?«, fragt der Notar und ignoriert geflissentlich die Waffe in Callahans Hand.

Ich habe das Gefühl, gleich in hysterisches Lachen ausbrechen zu müssen.

»Lass die Höflichkeiten, Johnathan, und komm zur Sache!«, weist Callahan ihn ungeduldig zurecht.

Er sitzt zu meiner Rechten, den Rücken so kerzengerade durchgestreckt, als könnte er es kaum erwarten, wieder aufzuspringen und zu gehen. Links von mir hat sich Farran niedergelassen, die Beine übereinandergeschlagen und sich entspannt zurückgelehnt, als wäre das hier ein ganz gewöhnlicher Geschäftstermin.

»Aber ich hätte gegen Tee nichts einzuwenden«, erklärt er unter Callahans wütend aufblitzenden Augen.

Pike geht zu einem antiken Sideboard, auf dem eine messingfarbene Tischuhr unter einer Glasglocke steht, und schenkt Farran aus einer Thermoskanne Tee in eine kobaltblaue Tasse. Das Porzellan gibt auf der Untertasse ein klapperndes Geräusch von sich, so sehr zittern seine Hände, als er damit zurück an den Schreibtisch tritt und sie vor Farran abstellt.

Während mein ehemaliger Mentor die Tasse entgegennimmt und einen Schluck trinkt, setzt sich Pike uns gegenüber an den Tisch, legt die Hände auf die Platte und räuspert sich. »Miss MacAengus, es ist heute meine Aufgabe, Sie darüber in Kenntnis zu setzen, dass Mr Callahan all seine Anteile an verschiedenen Unternehmen von Mr Farran auf ihn rückübertragen wird.« Er deutet auf einen der Papierstapel vor sich, dann wandert sein Finger zu dem nächsten. »Des Weiteren werden diverse Treuhandverhältnisse zwischen Mr Farran und Mr Callahan aufgelöst werden.«

Aha. Ich frage mich, was diese Geschäfte mit mir zu tun haben und drehe mich zu Farran um. Selbst in der ungewohnten Kostümierung strahlt er eine beeindruckende Überlegenheit aus. Die Kappe, die er eben noch aufhatte, liegt jetzt auf seiner Stuhllehne. Sein hellblondes Haar ist voller und länger als gewohnt. Ich ertappe mich dabei, wie ich beobachte, ob es sich bewegt, aber vermutlich tut es das nur, wenn er seine Gaben einsetzt, und im Augenblick wirkt er vollkommen entspannt.

Im Gegensatz zu mir.

Der Notar fährt in geschäftlich leierndem Tonfall fort: »Dies nur zu Ihrer Information. Mr Farran hat mich darüber hinaus gebeten, sein Testament zu ändern. Im Falle seines Ablebens wird eine gemeinnützige Stiftung von Todes wegen errichtet werden, die all seine Vermögenswerte erbt. Stiftungszweck wird die Förderung der Bildung und Erziehung von Menschen mit besonderen ... ähm ... Begabungen sein sowie die wissenschaftliche Erforschung derselbigen. Zuständig für die Einhaltung des Stiftungszwecks und die Geschäftsführung ist der Vorstand. Bislang waren das gemeinschaftlich Ihr Vater, Mr MacAengus, und Mr Callahan. Jetzt werden Sie, Miss MacAengus, oder nach Ihrem Ableben Ihre Kinder gemeinschaftlich, zum Vorstand ernannt.« Er macht eine kurze Pause. »Haben Sie das so weit verstanden?«

Ich starre ihn nur vollkommen schockiert an.

Farran steht auf, lehnt sich über meinen Stuhl und fasst mich an den Schultern, zwingt mich, seinen Blick zu erwidern. Schon lange nicht mehr habe ich die verschwommene Aura um seine Silhouette so deutlich gesehen, und jetzt entdecke ich auch die Bewegung in seinem Haar, als würde Wind hindurchstreichen, obwohl in Pikes Büro keines der Fenster gekippt ist.

»Emma, ich möchte, dass du unterschreibst, was Mr Pike dir vorlegt. Alles!«, sagt er mit fester Stimme und in Gedanken fügt er hinzu: *»Bitte, du hast mir einst die Treue geschworen. Nur durch deine Hilfe kann ich ausschließen, dass Callahan weiterhin mit meinem Vermögen wirtschaftet. Aufgrund unserer gemeinsamen Verbindung kann ich ihn nicht mit meiner Gabe manipulieren.«*

Ich verstehe nicht, warum Callahan sich bereit erklärt, Farrans Anteile zurückzugeben und die Treuhandverträge zu beenden, wenn ich als Erbin eingesetzt werde. Aber ich spüre den Sog, der von Farrans Worten ausgeht, eine unsichtbare Kraft, die mich dazu drängt, alles zu tun, was er verlangt. Aber noch ist genug eigener Wille in mir, um mich ihm zu widersetzen. Schweiß bricht auf mir aus und ich grabe meine Finger fest in die Armlehnen meines Sessels, als ich denke: *»Trotz meines Schwurs wollen Sie wieder eine willenlose Marionette aus mir machen? Ich bin freiwillig nach Blarney gegangen, habe mich in Lebensgefahr begeben, um Sie zu treffen, und jetzt verweigern Sie mir meine freie Entscheidung? Sie werden nie lernen, denen, die Ihnen etwas bedeuten, zu vertrauen!«*

Schlagartig erlischt der sich aufbauende Drang in mir, ihm zu gehorchen.

Farrans graublaue Augen ruhen mit einem unergründlichen Ausdruck auf mir.

»Sie sollten Miss MacAengus jetzt über die Voraussetzung für diese Begünstigung aufklären«, unterbricht Callahan spöttisch unseren Gedankenaustausch.

Ich wende den Kopf in seine Richtung.

Was auch immer ihm dieses Lächeln auf das Gesicht zaubert, kann nichts Gutes für mich bedeuten. Bislang habe ich es vermieden, ihn länger anzusehen. Zu schmerzhaft sind die Erinnerungen an seine Verbrechen, zu groß die Gefahr, dass Angst mich lähmt. Er sieht gesünder und vitaler aus als bei unserer letzten Begegnung. James Callahan wirkt nicht wie ein schuldgeplagter Mann, der erst vor ein paar Monaten einen Schüler und dann seine Frau brutal ermordete und dafür von seinem Sohn angegriffen wurde.

Braun gebrannt und erholt gleicht er vielmehr jemandem, der gerade von einer Urlaubsreise im Süden zurückgekehrt ist. Farran dagegen ist blass und noch ein wenig schmaler geworden. Haben die beiden sich bislang gar nicht an demselben Ort versteckt gehalten?

Ein Hüsteln richtet meine Aufmerksamkeit wieder auf den Notar. Er zieht ein weiteres Papier von seinem Tisch.

»Das hier ist eine Zeugenaussage, Miss MacAengus. Darin erklären Sie, dass Sie gesehen haben, wie Mr Aidan Callahan den Schüler Jack Pashley in seiner New Yorker Schule erschossen hat.«

»WAS?« Ich fahre wie elektrisiert von meinem Stuhl hoch und stoße dabei gegen Farrans Schulter. Er streift kurz meine Hand, als wolle er mir ein Zeichen geben.

Nein, nein, nein!

Das Video von Jacks Ermordung spielt sich vor meinem

inneren Auge ab. Ich erinnere mich daran, dass es verwackelt und aufgrund der Dunkelheit in der Bibliothek verschwommen war. Durch die Ähnlichkeit Aidans mit seinem Vater könnte man tatsächlich auch Aidan den Mord in die Schuhe schieben.

»Das unterschreibe ich niemals!«, rufe ich und balle meine Hände zu Fäusten.

Callahan nimmt meinen Ausbruch gelassen hin. »Oh doch, das wirst du. Sonst geht dir und deinen Kindern euer künftiger Reichtum durch die Lappen.«

»Als ob ich auf Fions Vermögen scharf wäre!«

»Emma, das ist für ihn nur symbolisch«, versucht Farran mich in Gedanken zu überzeugen. *»Er will damit Aidan beweisen, wie falsch deine Gefühle für ihn sind. James ist von Wahnsinn gezeichnet, seit Caitlin ihm in den Rücken gefallen ist und Aidan ihn angegriffen hat. Bitte, unterschreib das Dokument! Erst dann wird er die von mir gewünschten Unterlagen ebenfalls unterzeichnen. Ich schwöre dir, deine Zeugenaussage hat vor Gericht keinerlei Belang, solange du dort von Eides statt etwas anderes erklärst.«*

Unmöglich! Ich kann Aidan nicht so hintergehen. Er wird …

»Er wird verstehen, warum du es tun musstest«, dröhnt Farrans Stimme in meinem Inneren.

»Verschwinden Sie aus meinem Kopf«, denke ich und drücke gegen meine schmerzende Stirn, als könnte ich ihn auf diese Weise aussperren. In ihn zu tauchen, wage ich nicht. Zu schutzlos wäre ich dann Callahan ausgeliefert.

»Wie rührend! Wenn deine filmreife Vorstellung vorbei ist, würde ich dich bitten, dich ein wenig zu beeilen. Wir haben eine Menge Papierkram zu unterzeichnen und Johnathan hat nicht ewig Zeit«, verkündet Aidans Vater.

Mein Blick wandert von Callahans Gesicht zu der Waffe, die er immer noch in seinen Händen hält. Was, wenn er mich doch erschießt, sobald ich die Zeugenaussage unterschrieben habe? Dann kann ich vor Gericht nicht mehr aussagen und Aidan würde unschuldig des Mordes angeklagt werden.

»Emma, vertrau mir!« Farrans Stimme gleitet so geschmeidig und bekannt durch meinen Kopf, als wären es meine eigenen Gedanken. *»Ich lasse nicht zu, dass er dir etwas antut.«*

Gänsehaut prickelt auf meinen Unterarmen. Während unseres stummen gedanklichen Zwiegesprächs trommelt Aidans Vater mit den Fingern ungeduldig auf der Lehne seines Sessels.

Ich wünschte, ich könnte mich mit Farran alleine unterhalten. Eine gesprochene Unterhaltung ist so viel angenehmer. Jetzt, da er in meinen Gedanken ist, steuert er, was er mich wissen lassen möchte, während meine sämtlichen Gedanken für ihn frei zugänglich sind.

»Sie lassen mich hinterher wieder frei?«

»Natürlich. Da, wohin ich gehe, sollst du mir nicht folgen.«

Das klingt eigenartig. So, als hätte er vor, sich dauerhaft nach Südamerika oder auf irgendeine einsame Insel zurückzuziehen. Damit habe ich nicht gerechnet.

»Aber ich habe noch so viele Fragen an Sie!«

Verdammt, der Gedanke, dass er mir mehr über diese eigentümliche Verbindung zwischen Aidan und mir verraten könnte, ist mir schneller in den Kopf geschossen, als ich ihn unterdrücken konnte, und entlockt Farran ein Schmunzeln.

»Ich werde dir hinterher alles verraten, was ich weiß. Versprochen. Aber bitte, unterschreib jetzt, Emma.«

Aidan wird es verstehen.

Ich erhebe mich und nehme Mr Pike den Füller und meine

Zeugenaussage aus der Hand. Schwungvoll fließt die dunkelblaue Tinte unter meinen Fingern über das Papier. James Callahan nimmt es mir ab, faltet es und steckt es in seine Jackentasche. Dann legt er die Pistole vor sich auf den Tisch und greift seinerseits nach dem Füller.

Während Callahan und Farran die übrigen Papiere unterzeichnen, setze ich mich zurück in den Sessel und überlege, welche Fragen ich Farran stellen möchte. Das lenkt mich von dem Geschehen ab.

Ich sehe erst wieder zu den drei Männern auf, als Farran gerade dem Notar einige Fragen zu dem Stiftungsvertrag stellt, den er erst ganz zum Schluss unterzeichnet hat. Und plötzlich fällt mir auf, wie sehr der Notar schwitzt.

Und dass er mehrmals in meine Richtung schaut.

Er öffnet die Schublade seines Schreibtischs, nimmt Siegelwachs und Stempel heraus und macht sich daran, das Heftgarn, das die Urkunde zusammenhält, zu versiegeln. Wieder blickt er zu mir auf. Ein eigentümliches Gefühl beschleicht mich und ich tauche vorsichtig in ihn.

Panik bricht wie ein Wasserfall über mir zusammen, reißt mich mit sich und drückt mir die Luft aus der Lunge. Ich versuche zu begreifen, was eine solche Furcht in ihm auslöst, etwas ist ihm unangenehm, er will es nicht tun und dann wieder doch. Ich tauche immer tiefer und treffe plötzlich auf ein neues Gefühl. Entschlossenheit. Sie kämpft sich aus seinem Inneren hervor wie ein Sprössling, der zur Sonne strebt. Reichlich genährt durch seine Angst.

Und Gier.

Moment mal, Gier? Was zum Teufel hat er vor?

Ich reiße mich ein paar Sekunden zu spät aus seinen Gefühlen heraus. Aber noch rechtzeitig genug, um zu sehen, wie er Siegellack und Stempel zurücklegt und plötzlich eine Waffe aus der Schublade zieht und in meine Richtung hebt.

Im nächsten Moment stürze ich mich aus dem Sessel zu Boden.

Das Geräusch meines Aufpralls wird von dem Knallen mehrerer Pistolenschüsse und einem dumpfen Poltern begleitet. Dann schneidet das Klirren von Glas alle Geräusche ab und ich höre nur noch meinen eigenen Atem.

Rasch rolle ich zur Seite und stoße gegen einen Körper. Farran.

Er liegt auf dem Rücken und sein blauer Kittel ist in Brusthöhe getränkt von Blut. Entsetzt zucke ich zurück. Hat er sich schützend vor mich geworfen? Über seinen Kopf hinweg kann ich unter dem Schreibtisch hindurchspähen und sehe auf der anderen Seite in die toten Augen von Jonathan Pike, der inmitten von Scherben seiner Tischuhr liegt, den Arm mit der Waffe immer noch in meine Richtung gereckt.

Callahan!

Der Gedanke daran, dass ich mich schleunigst vor ihm in Sicherheit bringen muss, rast wie ein Blitz durch meinen Kopf und ich schnelle herum. Aber er steht nicht mehr auf der anderen Seite des Tisches, ich kann ihn nirgendwo entdecken. Mein Herz klopft hart gegen meinen Brustkorb, ich schlängele mich vorsichtig hinter den Sessel, der bei meinem plötzlichen Aufspringen nach hinten gekippt ist, und spähe in seinem Schutz um den Tisch herum.

James Callahan liegt hinter dem anderen Tischende vor der Regalwand des Notars. Er muss gegen sie gestoßen sein, denn einige wuchtige Lederbände säumen seinen reglosen Körper. Mein Blick wandert von der Hand, die immer noch die Waffe hält, zu seinem Gesicht. Ein Ausdruck grimmiger Entschlossenheit liegt darin, aber in der Mitte seiner Stirn klafft ein dunkles Loch, aus dem Blut über seinen Nasenrücken zu seinem Mund läuft.

Großer Gott!

Ich springe auf, haste zurück zu meinem Mentor und falle vor ihm auf die Knie.

»Fion!«, brülle ich und taste nach seinem Puls, aber ich kann nichts spüren. Seine Augen sind geschlossen und auf seinen Lippen liegt ein so friedliches Lächeln, als hätte er nach einem langen und ausgefüllten Leben seinen letzten Atemzug getan und wäre nicht gerade eines gewaltsamen Todes gestorben.

Und in diesem Augenblick wird mir bewusst, dass er das alles von Anfang an geplant hatte.

Mein tränenverschwommener Blick gleitet hoch zu dem Schreibtisch, auf dem das frisch versiegelte Testament liegt.

»Das ist nicht fair!«, schluchze ich und schlage gegen seine Brust, »Ich schaffe das nicht! Wie konntest du mir das antun!«

Ich greife nach seinen Armen, schüttele sie, als könnte ich so wieder Leben in ihn bekommen, und plötzlich höre ich ein leises Klacken.

Neben den Fingern seiner rechten Hand liegt ein silberner USB-Stick.

Mit dem Ärmel wische ich mir die Tränen aus den Augen, um die Schrift darauf lesen zu können: *Emma MacAengus*

Ich weiß nicht, wie lange ich an seiner Seite auf dem Teppich gekauert bin, der sich dort, wo er lag, immer dunkler färbte.

Aber mein Körper fühlt sich kalt und taub an und in meinen Augen sind keine Tränen mehr, als die Polizeisirenen an mein Ohr dringen, gefolgt von dem Trampeln eiliger Schritte auf den Stufen der Treppe.

Als die Tür zu Johnathan Pikes Notariat aufgerissen wird, stecke ich den USB-Stick, den ich die ganze Zeit über mit meiner Faust umklammert habe, in die Tasche meiner Jeans.

Dann ist jemand bei mir, ruft meinen Namen und nimmt mein Gesicht in seine Hände.

Und mit seinen warmen Lippen sprengt er das Eis meiner Vergangenheit und schenkt mir meine Zukunft.

EPILOG

Die ballistischen Untersuchungen der Polizei haben ergeben, dass die Kugel aus der Waffe des Notars James Callahan in die Stirn getroffen hat. Callahan muss fast zeitgleich auf Farran geschossen haben und verletzte ihn tödlich. Weshalb Johnathan Pike jedoch gegen die Schrankkante seines Sideboards stieß und sich dabei das Genick brach, blieb ihnen ein Rätsel. Sie vermuteten, er wäre gestolpert.

Ich schwieg zu dieser offiziellen Version und behauptete, mich nur noch an den Streit der drei Männer erinnern zu können, der entbrannte, nachdem der bewaffnete Callahan mich zu einer falschen Zeugenaussage gezwungen hatte. Aus Angst hätte ich mich hinter dem Sessel versteckt und von dort nichts gesehen.

Selbst Dad, der – Aidan zufolge – tausend Tode während meines Verschwindens litt, musste hinterher seinem Halbbruder widerwillig Anerkennung dafür zollen, dass er mit seiner Telekinese die für mich bestimmte Kugel, die der Notar abgefeuert hatte, gegen Callahan gelenkt und den Notar gleichzeitig gegen den Schrank geschleudert hatte.

Dass Callahan im selben Moment auch auf ihn schoss, konnte er allerdings nicht mehr verhindern. Wollte er auch nicht, wie ich inzwischen weiß.

Lange Zeit habe ich überlegt, ob ich Dad von Fions geheimen Daten erzählen soll.

Aber neben seinen umfangreichen Recherchen zu den einzelnen Gaben, die ich auf einer externen Festplatte verschlüsselt gesichert habe, enthielt der Stick auch ein Tagebuch, das er seit seiner Kindheit geführt hatte.

Vieles, was ich darin las, war erschütternd und würde ich am liebsten wieder vergessen.

Einiges betraf meine eigene Familie: So hatte der jugendliche Fion nach der Ermordung seines Vaters, Kieran Heap, ursprünglich beschlossen, seinen Halbbruder Jacob in Irland zu suchen und zu töten, weil er ihm, dem »gut geratenen« Sohn Heaps, die Mitschuld dafür gab, dass er sich seines »missratenen Experiments« entledigen wollte.

Doch als Fion meinen damals sechsjährigen Vater schließlich fand, stand der gerade am Fluss Drowes und versuchte verzweifelt, Fische mit seiner Telekinese zu fangen. Er muss ein lustiges Bild abgegeben haben, das etwas in Fion berührte. Es war dieses Schlüsselerlebnis, das in ihm den Wunsch reifen ließ, sich an seinem Vater dadurch zu rächen, dass er Menschen mit Gaben förderte und ihr Überleben sicherte. Jacob, Heaps Lieblingssohn, sollte sein Werkzeug werden. Lange Zeit leugnete er, brüderliche Gefühle für Dad zu empfinden. Er wollte nicht zulassen, dass er ihm zu nahe kam. Vergeblich.

Es war grausam, die Einträge über Mama und meine Großeltern zu lesen. Letztere hat Fion durch seine Gabe des Emotionenverstärkens in derartige Schuldgefühle aufgrund des Verrats ihrer Tochter getrieben, dass sie Selbstmord begingen. Ihren Abschiedsbrief muss meine Mutter in dem verzweifelten Wunsch, Dad zu beschützen, geschrieben haben.

Nach Mamas Flucht fühlte sich Fion zunächst am Ziel seiner Träume. Mein Vater stand fest auf seiner Seite im Kampf gegen alle Widersacher, insbesondere gegen die Falken.

Doch dann erhielt er von Owens die Nachricht, dass Jacob und Katharina eine Tochter hätten.

Zu lesen, wie er immer mehr väterliche Gefühle für mich entwickelte, und seine Panik, ich könnte die Hintergründe des Todes meiner Mutter erfahren, waren am schlimmsten gewesen.

Die letzten Aufzeichnungen stammen aus der Zeit seiner Flucht.

Callahan und er hatten sich nach einem heftigen Streit getrennt und vereinbart, sich erst Anfang des neuen Jahres wiederzusehen, um Abstand von den Ereignissen zu gewinnen und nicht so leicht gefasst zu werden. Schon damals stand für Fion fest, dass er mich als Erbin einsetzen wollte. Aidans Vater war jedoch eine ernsthafte Bedrohung für mich, die er aus der Welt schaffen musste. Außerdem wollte er verhindern, dass Callahan weiterhin Einfluss auf sein Vermögen hatte. Deshalb überredete er ihn zu dem Treffen bei dem Notar, wohlwissend, dass Pike in früheren Zeiten ein Arbeitskollege und Freund Callahans gewesen war.

Die letzten Zeilen seines Tagebuchs sind ein Aufruf an mich:

Die Beziehung zwischen dir und Aidan ist nicht allein durch eure unerschütterliche Zuneigung und eure herausragenden Gaben bemerkenswert. Ich bin davon überzeugt, dass in euren Genen dieselbe Verbindung steckt wie zwischen mir und James, bist du doch meine Nichte und Aidan James' Sohn. Ihr werdet den Weg finden, in die Gedankenwelt von Menschen einzugreifen, sosehr dir das auch jetzt widerstrebt.

Alles, was ich besitze, lege ich in deine Hände, und vertraue darauf, dass ihr beide mein Lebenswerk fortführt und das Schicksal der Raben nicht allein Montgomry überlassen werdet.

Die Entscheidung, ob du diese Aufzeichnungen deinem Vater zeigst, überlasse ich dir, Emma. Jacob wird mir niemals verzeihen, aber wenigstens kann ich ihm die Verpflichtung abnehmen, mir hinterherzujagen.

Morgen werde ich dich ein letztes Mal sehen.

Ich freue mich darauf.

Seufzend ziehe ich den Datenstick aus meiner Jeans und betrachte ihn. So klein und leicht, aber sein Gewicht lastet zentnerschwer auf mir. Seit meinem Geburtstag ist er mein ständiger heimlicher Begleiter.

Der Wind peitscht mir Regen ins Gesicht und reißt an meiner Kleidung. Das Gemurmel der in meinem Rücken an mir vorbeihastenden Menschen mischt sich mit dem Brausen des Meeres. Unter mir brandet die Gischt weiß an die schroffen, dunklen Felstürme. Möwen jagen im Sturzflug über die Steilklippen. Wir haben uns nicht gerade das beste Wetter für unseren Ausflug zu den Cliffs of Moher ausgesucht.

»EMZ!«

Ich drehe den Kopf zu dem Weg, der sich entlang des Abgrunds zurück zum Parkplatz schlängelt. Faye und Liz winken mir mit beiden Händen zu, die Jungs sind ihnen bereits ein Stück vorausgegangen und haben schon fast die ersten Autos erreicht. Vorsichtig trete ich noch ein Stück näher an den Klippenrand heran.

Ich schließe meine Hand zu einer Faust, hole weit aus und öffne sie wieder, als sie auf den schmalen Streifen zeigt, wo das Grau der Wolken in der Weite des Atlantik versinkt.

Flieg für mich!

Legende 1: Führer der Raben

Exerzitator (der Lehrmeister)
Fionbarr Farran, Schulleiter, Oberhaupt der Raben

Socien (die Verbündeten)
engste Vertraute Farrans, leiten in seiner Abwesenheit die Schule, sind nach Farrans Tod seine Erben

Jacob MacAengus
(Emmas Vater)

Anführer der **Picten** (die Gezeichneten)
Die Picten sind eine geheime Streitmacht innerhalb der Raben, die dafür zuständig ist, gegen Verräter der Raben vorzugehen. Damit wenden sich die Picten nicht nur gegen die Horusringmitglieder unter der Leitung Richard Montgomrys, sondern auch gegen alle Verräter in den eigenen Reihen. Sie gelten als die treuesten Raben und haben die Befugnis, Verräter notfalls zu töten. Auf ihrer Brust über ihrem Herzen tragen sie eine etwa münzgroße Tätowierung des Rabensymbols.

James Callahan
(Aidans Vater)

Leiter der Finanzen von SENSUS CORVI und Verwalter von Farrans Privatvermögen

Rangordnung der Schüler
Die Entscheidung über die Zuweisung zu den Rängen trifft ausschließlich der Schulleiter (meist auf Vorschlag der Lehrkräfte und nach eigener Prüfung).

Anwärter/-in:
Schüler, die noch nicht an SENSUS CORVI aufgenommen wurden und sich noch den Auswahltests und der Prüfung durch den Exerzitator stellen müssen.

Adept/-in:
Alle aufgenommenen Schüler sind anfangs Adepten, sie werden in die Geheimnisse SENSUS CORVIS eingeweiht und hinsichtlich ihrer Gaben gefördert.

Myste/Mystin:
Schüler, die ihre Gabe bereits gut beherrschen und sich als zuverlässige, loyale Raben bewiesen haben, erreichen den Grad Myste/Mystin.

Optivus/Optiva:
Diesen höchsten Grad können Schüler mit besonders außergewöhnlichen oder seltenen Gaben erreichen, die sich als treue Raben bewährt haben.

Legende 2: Liste der wichtigsten Personen

RABEN

Emma Meyer (MacAengus)
»Emz«, Tochter von Katharina Meyer und Jacob MacAengus
Gaben: Emotionentaucherin, Telekinetin (über ihre Emotionen)

Jacob MacAengus
Emmas Vater; Gaben: Telekinet
Ehem. Socius und Chef der Picten

Katharina Meyer »Rina« Emmas Mutter; Gaben: Empathin

Aidan Callahan
Emmas Freund
Gaben: Elementarkinetiker der Elemente Feuer, Luft und Wasser

James Callahan
Aidans Vater
Gaben: James kann mit Farran eine Verbindung eingehen, um die Gedanken von Menschen zu manipulieren; Socius, Finanzverwalter

Caitlin Callahan
Aidans Mutter
Gaben: Pyrokinetikerin

Faye O'Brien
Emmas beste Freundin in Irland
Gaben: Tiertelepathin

James O'Shea
»Jamie«
Securitymann, Freund von Faye
Gaben: Keine

Fionbarr Farran
»Fion«
Schulleiter und Emmas persönlicher Mentor; Gaben: Telekinet, Telepath, Empath

Ryan Macmillan
Emmas Lehrer für SPSE
Gaben: Neurokinet

Evelyn O'Connell
Schulpsychologin
Führt die Intelligenztests mit den Anwärtern durch.
Gaben: Keine

Lynn Murphy
Aidans ehemalige Freundin
Gaben: Kyrokinetin; fotografisches Gedächtnis

Dean Owens
War mit seinem Vater an dem Anschlag auf Emmas Mutter beteiligt.
Gaben: Televisionär

Brandon Miles
Schüler
Gaben: Neurokinet

Ian Sutherland
Schüler
Gaben: Aerokinet

Claire Green
Farrans neue Chefsekretärin
Gaben: Keine

Sarah Parker
Emmas Lehrerin in Economics
Gaben: Keine

Sheila
Technik- und Mathematikgenie, Hackerin
Gaben: Für sie sind komplizierteste Schaltpläne oder Sicherheitscodes ein Kinderspiel.

Jack Pashley
Schüler in New York; ehem. Anwärter aus Chicago
Gaben: Projektionator (unsichtbar)

Keira
Schülerin, ehemalige Freundin von Dean Owens
Gaben: Harmonikerin

Nicholas Carter »Nick«
Schulleiter von ENGLEWOOD RAVENS
Gaben: Telekinet

Paul Walsh
stellvertretender Schulleiter von ENGLEWOOD RAVENS in New York
Gaben: Neurokinet

FALKEN

Richard Montgomry
Anführer des Horusrings (Falken)
Gaben: Mantiker, genialer Stratege

Phyllis Kane
Montgomrys rechte Hand
Gaben: Telekinetin

Dennis Kane
Ehemann von Phyllis
Gaben: Hydrokinet

Patrick Namara
Einer von Montgomrys besten Kämpfern gegen die Raben
Gaben: Telekinet

Connor Ward
Montgomrys IT-Profi und Hacker
Gaben: Keine

Christian Stein
Einer von Montgomrys besten Kämpfern gegen die Raben
Gaben: Neurokinet

David Stein
Steins Sohn, Freund von Liz
Gaben: Neurokinet

Jared Brady
Emmas ehem. Freund
Gaben: in Gedanken kommunizieren; kein Gedankenlesen

SONSTIGE
(ohne Gaben)

Liz Waldner
Emmas beste Freundin aus München

James Miller
Sohn des Industriellen Miller, der Emmas Mutter bedroht und dessen Frau an Niereninsuffizienz gestorben ist. Sein Vater beging Selbstmord.

Amy Grey
Buchhändlerin in New York, die Aidan bei sich aufnimmt.

Dr. Antonio Fernandez Morales
Psychiater, Freund von Amy Grey
Hilft Aidan, mit seiner Amnesie klarzukommen.

Vito Grey
Sohn von Amy Grey, studiert in Kalifornien

Francesco
Ehemaliges Mitglied einer Jugendgang in New York

DANKE

Liebe Leser,

ich steckte gerade mitten in der Arbeit an »Chosen – Das Erwachen«, als der erste Band »Die Bestimmte« veröffentlicht wurde.

Ihr habt mich mit so vielen wunderbaren Worten beflügelt, motiviert und mir manchmal sogar Tränen der Rührung in die Augen getrieben, dass ich euch einfach auf diesem Wege für eure Begeisterung an meiner ersten Geschichte danken möchte. Ihr wart großartig!

»A writer only begins a book – a reader finishes it«, sagte Samuel Johnson.

Richtig, denn ihr seid diejenigen, die meinen Geschichten erst Leben einhauchen. Allein euer Engagement bei der Leserunde zu »Chosen – Die Bestimmte« war unglaublich. Wir haben es in unseren hitzigen Diskussionen von Feinheiten zur Dominanz von Erbanlagen über Spekulationen zu Katharinas Ermordung bis hin zu »Team Jared« versus »Team Aidan« auf knapp 950 Beiträge gebracht!

Dabei habt ihr mir ein paar Anregungen zu Zusatzmaterial gegeben, das ich euch sehr gerne bereitstellen möchte.

Hier im Anhang habt ihr sicher bereits die ersehnte Personenliste entdeckt, die euch einen schnellen Überblick zu den wichtigsten Charakteren ermöglicht.

Auf dem Blog meiner Website *www.renafischer.com*
findet ihr zusätzlich:

- eine Legende der außergewöhnlichen Gaben
- mehrere Beiträge, die euch verraten, woher die Namen der Hauptcharaktere in »Chosen« stammen und weshalb ich sie gewählt habe
- Infos zu meinem Schreiballtag.

Ich wünsche euch viel Freude beim Aufspüren neuer Geheimnisse und weiterhin viele magische Lesemomente!

Dieses Werk wurde vermittelt durch die Agentur Brauer

Fischer, Rena:
Chosen – Das Erwachen
ISBN 978 3 522 50556 7

Umschlaggestaltung: Rose Dobmeier, Favoritbüro, München
Innentypografie: Kadja Gericke
Reproduktion: Digitalprint GmbH, Stuttgart
Druck und Bindung: GGP Media GmbH, Pößneck

FSC www.fsc.org
MIX
Papier aus verantwortungsvollen Quellen
FSC® C014496